SEPULCHRE
塔罗惊魂

[英] 凯特 · 摩斯 (Kate Mosse) 著
白照仪 译

西南师范大学出版社
国家一级出版社 全国百佳图书出版单位

万墨轩图书
WIPUB BOOKS

To my dearest mother Barbara Mosse

致我最亲爱的母亲，芭芭拉·摩斯

为那第一台钢琴！for that first **piano!**

此外，一如既往，我挚爱的格雷格

And, as ever, my beloved Greg

为那些现在、过去和将来的事物

for all things present, past and yet to come

他人的灵魂是一片必须小心踏入的黑暗森林。

摘自阿希尔—克劳德·德彪西信件（1891 年）

真正的塔罗是象征主义，无需其他语言，也不提供其他标记。

摘自亚瑟·爱德华·韦特《塔罗密钥》（1901 年）

目录 Contents

Si par une nuit lourde et sombre
Un bon chrétien, par charité
Derrière quelque vieux décombre
Enterre votre corps vanté,
A l'heure ou les chastes étoiles
Ferment leurs yeux appesantis,
L'araignée y fera ses toiles,
Et la vipère ses petits;
Vous entendrez toute l'année
Sur votre tête condamnée
Les cris lamentables des loups
Et des sorcières faméliques,

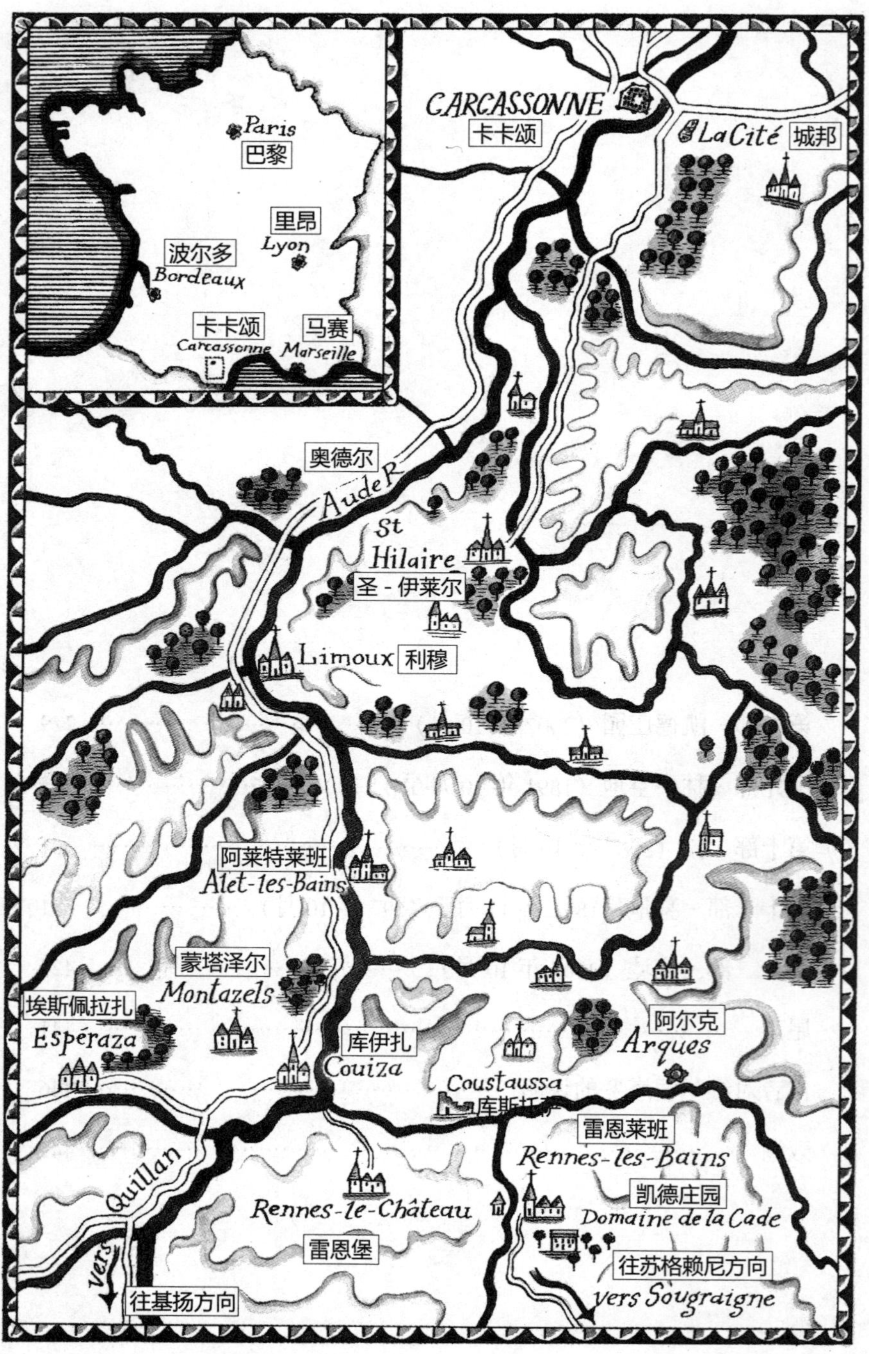
Paris
巴黎
里昂
Lyon
波尔多
Bordeaux
卡卡颂
Carcassonne
马赛
Marseille
CARCASSONNE
卡卡颂
La Cité
城邦
奥德尔
Aude R.
St
Hilaire
圣 - 伊莱尔
Limoux
利穆
阿莱特莱班
Alet-les-Bains
蒙塔泽尔
Montazels
埃斯佩拉扎
Espéraza
库伊扎
Couiza
阿尔克
Arques
Coustaussa
库斯
雷恩莱班
Rennes-les-Bains
凯德庄园
Domaine de la Cade
Quillan
Rennes-le-Château
雷恩堡
vers
往基扬方向
往苏格赖尼方向
vers Sougraigne

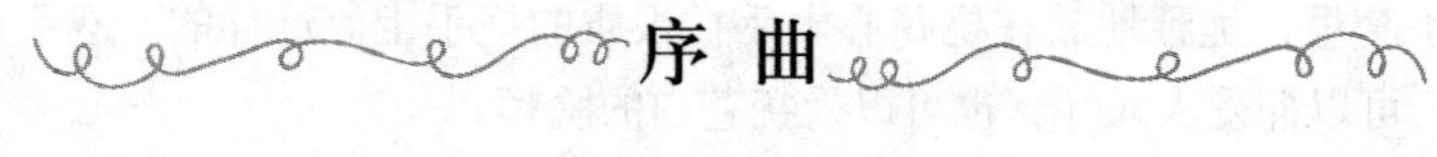

序曲

1891年3月

1891年3月25日，星期三

故事始于一座满是骸骨的城市，死亡充斥着大街小巷。巴黎蒙马特区的一座墓园里，遍布着大大小小的坟墓，到处都是天使的石雕，寂静的道路上徘徊着尸骨未寒就已被遗忘的魂灵。

故事要从墓园大门旁的窥视者讲起。那些巴黎最底层困苦无助的人：目光呆滞的乞丐、眼神敏锐的拾荒者、卖花圈和祭品的逃税小贩、折纸花的小女孩、出租车夫，还有他们玻璃脏兮兮的黑篷马车，他们到这儿来只为伺机从他人的悲苦中牟利。

故事还要从一场哑剧般的葬礼讲起。尽管《费加罗报》上有偿地登出了一小则通知，公布了葬礼的时间和地点，参加葬礼的人数还是寥寥无几。稀疏的人群中，女士们戴着黑色面纱，男士们身着晨礼服，脚蹬锃亮的长靴，他们撑着奢侈的雨伞来抵御这场不合时令的三月雨。

莱奥妮和哥哥、母亲站在挖开的墓穴旁，她标致的脸庞遮盖在黑色蕾丝面纱之下。神父呢喃着赦罪的话语，那些陈词滥调无法触动任何人的心灵。神父戴着没有浆洗过的白色领结，穿着粗俗的搭扣皮鞋，整个人看上去油乎乎的。他对整件事背后的阴谋诡计一无所知，正是那些谎言与欺骗诱使他来到了这里，巴黎北郊十八区的这块墓地上。

莱奥妮并没有哭泣，她对这个潮湿的下午正在上演的事情同样一无所知。她是来参加一个女人的葬礼的，一个她素未谋面的女人，她哥哥的爱人。莱奥妮来安慰她的哥哥，来悼念一个早逝的生命。

莱奥妮注视着棺材被放进蛛虫滋生的潮湿土地，眼中并没有泪水。假如她此刻转身，看到阿纳托尔麻木的眼神，也许会因为那表情而困惑，因为哥哥眼中流露出的并不是失落，而是解脱。

但是她并没有转身，所以也没有注意到墓园最远的角落里在柏树下避雨的男人。那人身材挺拔，穿着双排扣大礼服，戴着灰色礼帽，是那种能让巴黎名媛理理头发，从面纱后挑起眼睛的男人。他的双手宽阔而有力，包裹在定制的小牛皮手套里，优雅地放在桃花心木手杖银质的把手上。这样的一双手可以环住纤腰，可以拥爱人入怀，也可以爱抚苍白的脸颊。

他注视着，脸上的表情起伏不定，明亮的蓝眼睛里，黑色的瞳孔只有针孔大小。

泥土落在棺盖上发出砰砰声，神父的祷言回荡在阴郁的空气中。

“以圣父、圣子、圣灵之名，阿门。”

神父画了个十字，慢慢走开了。

阿门，就这样吧。

莱奥妮松开了手中的花束，那玫瑰是早晨在蒙索公园刚摘下的。花朵旋转着离开了她戴着黑色手套的指尖，在寒冷的空气中划出一道白光。

逝者已逝，逝者安息。

雨越下越大。越过铸铁大门，巴黎市内的屋顶、尖塔和穹顶都笼罩在一层银色的迷雾之中。雨减弱了克利希大道上马车的咔嗒声，还盖过了远方从圣拉扎尔车站出站火车尖锐的汽笛声。

参加葬礼的人转身离开。莱奥妮握住了哥哥的手臂，阿纳托尔拍了拍她的手，低下了头。在他们走出墓园时，莱奥妮衷心地希望可以就这样结束一切，希望在几个月的烦扰和悲剧之后他们终能释怀。

希望他们可以走出阴霾，重新生活。

但是此刻，在巴黎以南几百英里外的地方，有什么事正在发生。

一个反应，一个联系，一个结果。在温泉圣地雷恩莱班以北，一片古老的山毛榉林中，一阵风吹起了树叶，远处响起了似有似无的音乐。

“终于。”风中传来了这个词，终于。

受一名无辜女子在巴黎墓园里的行为驱使，有一些活动正在墓地里进行。在凯德庄园杂草丛生的道路之中，有什么正在醒来。对漫不经心的人来说，这不过是黯淡下午的光影把戏。但有那么一瞬间，那飞驰即逝的一瞬间，石膏雕像似乎开始呼吸，开始活动，开始叹息。

在干枯的河床里，深埋在石头和泥土之下的卡牌，上面画着的肖像有那么一刹那仿佛活了过来。形象、印记、阴影，都在飞逝着，而且远不止这些。一个建议，一个幻象，一个约定。那光影的折射，石阶拐角下的气流，都是无法逃脱的时空关联。

事实上，这个故事并不是始于巴黎墓园里的一副骸骨，而是始于一副牌。

魔鬼的图画书。

第一部

Paris 巴 黎

1891 年 9 月

第一章
巴黎

1891年9月16日，星期三

莱奥妮·维尔涅站在加尼叶宫[1]的台阶上，抱着她的链条包，不耐烦地跺着脚。

他在哪儿？

暮色给歌剧院广场披上了一层丝绸般的蓝光。

莱奥妮皱起了眉头。这太让人生气了。她在约好的地点等了她哥哥几乎一个小时，周围充斥着歌剧院屋顶装饰下的冷漠青铜雕像的注视。她忍耐着粗俗无礼的打量，那些来来去去的出租马车，支起篷子的私家马车，普通民众坐的公共交通车，四轮的、双轮的马车都送来了它们的乘客。一片来自米松·李欧提和查尔斯·沃斯展示间的黑丝绸礼帽和华丽晚礼服的海洋。那是一场高雅的首演，一群时髦的人来开开眼界，出出风头。

但里边没有阿纳托尔。

莱奥妮一度觉得看见了他。一位绅士，身高、体量都和她哥哥差不多，高大健壮，步幅也一样。在远处，她甚至想象看到了哥哥明亮的棕色眼睛和漂亮的黑胡子。她抬起了手挥舞着，但随后那人转过身来，她看到原来不是他。

莱奥妮的目光回到了歌剧院大街。这条街一直伸展到对角方向的卢浮宫，一个脆弱王权的遗存，当时一位神经质的法国国王寻求一条安全直达的道路通往他夜晚的娱乐生活。灯光在黄昏中闪烁着，方形的温暖光芒从咖啡馆和酒吧的窗户里透出来，煤气路灯噼啪作响。

随着夜色渐寒，她周围的空气里充满了黄昏时城市的喧嚣。“犬狼之时”[2]，忙碌的街道上传来了马具的叮当声和车轮声。远方嘉布遣大道的树上传来了鸟儿的歌声，小贩和马夫粗哑的喊声，歌剧院台阶上卖假花的小姑娘甜美的声音和男孩们音调尖锐的叫喊声，他们只要一苏就会打油擦亮一位绅士的皮鞋。

---

① 法国国家歌剧院，因设计师加尼叶得名。（译者注）

② 法国俗语，意为傍晚。因傍晚时分光线不明，无法分辨到底是自己的爱犬还是恶狼而得。（译者注）

又一辆开往奥斯曼大道的公共汽车从莱奥妮和加尼叶宫宏伟壮丽的门前开过。车上层的检票员边检票边吹着哨子，一位胸前别着东京战役纪念章[①]的老兵，蹒跚地来回走着，唱着一首荒腔走板的军歌。莱奥妮甚至还看见了一个小丑，黑色多米诺尖毡帽下是一张涂白了的脸，穿着有金色饰片的戏服。

他怎么能让我等着？

晚祷的钟声响起，轰鸣的声音在鹅卵石道路上回荡着。这钟声来自圣热尔维或是附近的其他教堂？

莱奥妮半耸耸肩。她的眼中闪过挫败，然后是兴奋。

她不能再耽搁了。要是她想听到瓦格纳先生的《罗恩格林》，那就得鼓起勇气自己一个人进场。

她行吗？

虽然男伴不在身边，幸运的是她自己的票在手里。

但她敢吗？

她思索着。这可是在巴黎的首演。凭什么要因为阿纳托尔的不守时而剥夺她的这次体验？

歌剧院内，玻璃吊灯流光溢彩，明亮又典雅，这场合不容错过。

莱奥妮下定了决心。她跑上台阶，穿过玻璃大门，走进了人群中。

开幕提示铃声已经响起，离开幕只有两分钟了。

莱奥妮急匆匆地跑过宽阔的大理石大堂，衬裙和丝绸袜子一闪而过，引来了一片的嘉许和钦佩。莱奥妮十七岁，马上就要出落成一位大美人了，已经不再是小孩，但还保留着孩子气。她幸运地拥有被莫罗先生和他拉斐尔前派[②]的画家朋友们高度称赞的时尚面容和怀旧肤色。

但她的外貌是有误导性的。莱奥妮坚定而不温顺，勇敢而不羞怯，是个充满现代激情的姑娘，不是中世纪的矜持小姐。事实上，阿纳托尔曾经取笑过她和罗塞蒂的《被选中的少女》肖像画里的人长得一模一样。其实她就是画中人的镜像，分身，是她又不是她。在四大元素中，莱奥妮是火不是水，是风不是土。

---

① 此处的东京为越南黎朝时代对河内的旧称。1884 年 –1885 年，清法战争后法国占领河内。（译者注）

② 1848 年在英国兴起的美术改良运动。（译者注）

现在，她白润光滑的脸蛋红了，红棕色的卷发从发插上散落下来，在她裸露的肩膀上滚动着。她迷人的绿眼睛被红褐色的睫毛围绕着，闪动着怒气和勇气。

他答应过不会迟到的。

莱奥妮一只手像抓盾牌似的抓着她的晚装包，另一只手抓着她绿松石色丝绸缎带晚礼服的裙摆，她在大理石地板上飞跑着，完全没有留意那些老妇人和寡妇投来的不满目光。她跑过玫瑰大理石立柱，镀金的雕像和饰带，向着绵延的大楼梯奔跑，衣服流苏上的银珠子和人造珍珠敲打着大理石的台阶踏面。因为紧身胸衣的束缚，她的呼吸开始凌乱，心跳得像个设定过快的节拍器。

莱奥妮依然没有放慢她的脚步。在前方，她可以看到杂役们准备关闭大厅的门了。她用最后一丝力气向入口冲刺。

“这是我的票。”她把票塞进引座员手里，“我哥哥等会儿就到。”

他们站到一边让她进去。

跟嘈杂的大堂比起来，观众席显得特别的安静。这里充满了低声的耳语，寒暄的词句，对健康和家庭的询问，所有声音被厚实的地毯和一排排的红色天鹅绒座椅吞没了一半。

熟悉的木管铜管乐器声、音阶、和弦和歌剧的片段，如秋日的烟雾般渐强地从乐池中传了出来。

我做到了。

莱奥妮镇定下来，理了理礼服。衣服是新买的，下午才从莎玛丽丹百货公司送来，第一次穿有点僵硬。她把绿色的长手套拉过手肘，这样就看不到一丝裸露的皮肤，然后向着舞台穿过正厅前排。

他们的座位在第一排，全场最好的两个座位，这馈赠来自阿纳托尔的作曲家朋友和他们的邻居，阿希尔·德彪西。她行进路线的左右两边是一排排的黑礼帽，羽毛饰头巾和摇动着的镶片扇子。贵妇们戴着白色假发，一个个红色紫色的易怒脸庞上铺着厚重的粉。她向着每一个眼神都致以礼貌的微笑和轻轻的点头。

空气中有一种奇怪的紧张感。

莱奥妮的目光锐利了起来。越往大厅里面走，她就越觉得有什么不对劲儿。人们的脸上满是警觉，有什么事情正蓄势待发，一种对即将到来的麻烦的期待。

她觉得如芒在背。观众都警惕着。她从那些飞快的瞥视和每个人脸上怀疑的表情中察觉出来了。

别傻了。

莱奥妮依稀记得阿纳托尔曾在晚饭时读过报纸上的一篇报道，是关于针对普鲁士艺术家作品在巴黎演出的抗议活动。但这里可是加尼叶宫，可不是什么克里希或蒙马特地区的偏僻小巷。

国家歌剧院能出什么事？

莱奥妮小心翼翼地沿着座位从膝盖和礼服裙子的森林里穿过，欣慰地坐在了座位上。她花了点时间镇定下来，然后打量下邻座。她的左边是一位珠光宝气的女士和她略有年纪的丈夫。他白发苍苍的额头下是一双水汪汪的眼睛，斑驳的双手交叠着，放在手杖的银质手柄上，杖柄上还有一圈铭文。在她的右边，阿纳托尔的空位像一条排水沟般隔开了四个留着胡子、眉头紧皱的中年男子，他们坐在那里，每个人的双手都放在普通的黄杨木手杖上。他们静静朝前坐着的姿势让人十分紧张，他们的脸上有着高度紧张的专注。

莱奥妮觉得挺奇怪的，他们居然都戴着皮手套，那该热得多难受啊。其中的一个人转过头来盯着她。莱奥妮脸红了，将目光转向前方，欣赏着美轮美奂的错视画①帷幕，深红色和金色交叠着从舞台口栱架上一直垂到舞台的木地板上。

或许他不是迟到？要是他出什么事了怎么办？

莱奥妮因为这个令人不快的新念头摇了摇头。

她从包里拿出了扇子，啪的一声打开。不论她多么希望给她的哥哥找到借口，但迟到这件事更有可能是由于他缺乏守时观念导致的。

这些日子里经常如此。

事实上，在蒙马特墓地那件悲伤的事情之后，阿纳托尔就愈发不可靠了。莱奥妮皱起了眉头，那段记忆再次地潜入了她的脑海。那天的事情纠缠着她。她一再地感受着那一天。

三月时她曾希望一切都结束了，可是他的举止依然反常。他经常一连消失好几天，在晚上奇怪的时间回家，躲开了很多亲朋熟识，一心扑在了工作上。

但今晚他答应我不会迟到的。

乐团指挥走上了指挥台，打断了莱奥妮纷繁的思绪。满怀期待的观众席响起了一轮猛烈、突然而又密集的掌声，像步枪的齐射般。莱奥妮充满期待与热情鼓着掌，希望以此克服她紧张的情绪。她右边的四位绅士一动未动。他们始

① 错视是指观察者在客观因素干扰下或者自身的心理因素支配下，对图形产生的与客观事实不相符的错误的感觉。利用这种现象的画法画出的作品就是错视画。（译者注）

终没有鼓掌，双手放在便宜又难看的手杖上。她瞥了他们一眼，觉得他们既无礼又粗俗，琢磨着既然他们决心不欣赏音乐还特意来这儿干吗。而且她希望没有坐得离他们那么近，尽管承认这种不安让她很恼火。

指挥深鞠一躬，转身面向舞台。

掌声渐渐消退，寂静笼罩了大厅。指挥在木台子上敲了敲指挥棒。观众席里的蓝色煤气灯噼啪响着，闪烁着，接着暗淡了。空气中充满了期待。所有的目光都注视着乐团指挥。乐团成员挺直了脊背，端起琴弓或是把乐器举到嘴边。

指挥举起了指挥棒。莱奥妮屏住了呼吸。瓦格纳先生《罗恩格林》的开场和弦弥漫在加尼叶宫富丽堂皇的空间里。

她旁边的座位仍然是空的。

第二章

口哨声和嘘声几乎立刻就从高处的楼层传来，一开始，大多数的观众完全没去注意这些干扰，假装它并不存在。但随着噪声越来越大，越来越吵，正厅座席和环形包厢中都传出了议论声。

莱奥妮没怎么听清抗议者在说什么。

反普鲁士口号？

她坚定地注视着乐池，试图克服每个嘘声和低语声。但随着序曲的继续，一股难以抑制的不安情绪悄无声息地由上至下、从左到右渗透了观众席。她再也无法控制自己的情绪了，倾向左边小声地问道：“这些是什么人啊？”

这位老贵妇虽然因为受到打扰而皱眉，但还是回答了。

“他们自称是歌剧院所上演节目的‘预约者’，”她在扇子后边回答道，“他们反对任何不是法国作品的演出。他们声称自己是音乐爱国者。在原则上我还挺赞同他们的，但这可不是合适的方式。”

莱奥妮点头致谢，重新坐直了身子。尽管那位女士就事论事的态度消除了她不少疑虑，但骚乱愈演愈烈。序曲的最后一个小节刚刚结束，抗议就正式开始了。帷幕升起，这一幕是十位站在古代安特卫普河岸上条顿骑士的合唱，而在第一层楼厅前排发生了更大的骚乱。

八九个男人一跃而起，发出一阵阵口哨声、嘘声和缓慢的拍手声。一阵不满席卷了正厅和楼厅，迎来了又一波抗议，抗议者发出了一阵嘲弄声。一开始莱奥妮并不能准确地分辨出他们在喊什么。杂音渐强，现在变得清晰可辨。

“德国佬！德国佬！”

抗议传到了歌手们的耳中，莱奥妮看见合唱团和主演之间交换着眼神，每个人的脸上都带着明显的警惕和犹豫。

尽管莱奥妮并不希望演出被打断，但她无法否认这还挺刺激的。她正在目睹一场通常只会在阿纳托尔看的《费加罗报》上出现的事情。

“德国佬！德国佬！德国佬！”

事实上，莱奥妮已经彻底厌倦了她日常生活中的条条框框，厌倦了陪着母亲在远亲和她父亲当年的同志家里参加那些无聊的聚会。她还不得不痛苦地陪着母亲现在的“朋友”闲谈，那位退伍军人只当她还是个穿短裙的小姑娘。

这将是多么不得了的一次经历，我一定得跟阿纳托尔说。

但抗议的气氛发生了变化。

舞台上的演员们脸色苍白、犹豫，厚厚的化妆也无法掩盖。他们依然在坚持演唱着，直到第一发“弹药”投到了舞台上。一个瓶子差点就击中了扮演海因里希一世的男低音。

在那一瞬间，场中一片寂静，就像乐团突然停止了演奏一般。全场的观众似乎同时屏住了呼吸，看着那个瓶子以慢动作旋转着，在白色的聚光灯下发散出刺眼的绿色闪光，然后砰的一声击中了帆布背景，滚进了乐池。

真实世界涌了回来，台上台下一片大乱，嘈杂纷纷。然后又一个投掷物飞过惊呆的观众头顶，在台上炸开了花。一股恶臭在正厅前排散开，血、烂青菜和老巷子的气味混杂在一起。前排的一位女士捂着嘴尖叫起来。

“德国佬！德国佬！德国佬！”

莱奥妮脸上的微笑消失了，取而代之的是不安的警惕。她心里忐忑不安。这既丑陋又可怕，根本不是冒险。她开始觉得反胃。

她右边的四人组突然整齐划一地站起身来，开始慢慢地拍手，他们看准时机，时不时像动物一样地嚎叫，模仿着猪牛羊的声音。他们的表情冷酷而恶毒，反普鲁士的口号充斥了整个观众席。

“以上帝的名义，请坐下！”

一位满脸胡须、戴着眼镜、脸色蜡黄的绅士，用手里的节目单拍了拍其中一个抗议者的后背。一看就知道他和文件、墨水、封蜡打了半辈子交道。

“这里的时间和场合都不对。坐下！”

“是的，不对。”他的同伴附和着，“坐下！”

抗议者转过身来，用手杖朝着那人的手肘迅猛地抽了过去。报复来得如此迅速和猛烈，那人哀号着，节目单掉到了地上，伤口上流出了血珠。他的同伴站了起来，尝试抓住了抗议者的凶器。他发现杖头故意镶了一枚钉子，然后被粗暴地推倒了。

指挥试着保持住歌剧的节奏，但乐手们惊恐地四处张望，节奏时快时慢，混乱不堪。于是后台做出了一个决定。穿着黑衣服的工作人员，把袖子挽到了手肘，突然从舞台两侧涌出，开始护送演出者们离开前线。

管理人员试图放下帷幕，由于速度太快，配重在空中发出危险的铿锵声。沉重的布料抖动着穿过空气，接着挂在一块布景上被卡住了。

直到现在莱奥妮才意识到这场抗议是多么组织有序。

叫喊声更大了。

私家包厢最先开始了逃亡。一群戴着金色羽毛和丝绸的资产阶级匆忙而出。逃跑的欲望很快席卷了上层楼厅，大多数民族主义抗议者都在那里，然后是楼厅包厢，接着是正厅。莱奥妮身后的观众也一排排地退到了过道中。大厅里到处都是座椅合上的砰砰声，出口处的天鹅绒门帘被扯得摇摇欲坠，横杆上的铜环发出刺耳的噪声。

但抗议者还没有达到他们阻止演出的目的。

在口哨与嘘声的合奏中，更多的东西被扔到了舞台上。瓶子、石头、砖块还有烂水果。乐团成员们抓住宝贵的乐谱、琴弓和乐器箱，借助座椅和指挥台的掩护，跌跌撞撞地从舞台下离开了乐池。

从幕布的缺口里，剧场经理出现在台上呼吁大家保持冷静。他不停地用一条灰色手帕擦着脸上的汗珠。

“女士们，先生们，请静一静，静一静！”

经理身材结实，但他的语气和姿态没有一点威严。在他拍手试图给不断加剧的混乱注入一点秩序的时候，莱奥妮看到了他的眼神有多么飘忽。

然而收效甚微。

又一件东西扔了上来，这次可不是瓶子或者随手抓的什么了，而是一条带着钉子的木板。钉子扎在了经理眼睛的上边，他踉踉跄跄地后退着，哀号着用手捂着脸，鲜血从指缝里流出。他整个人像只被孩童扯破的旧娃娃一样摔倒在台上。

看到这一幕，莱奥妮的勇气消失殆尽。她觉得胸口被勒上了钢圈，压得喘不过气来。

我得出去。

她惊恐万分地打量着观众席，发现自己被困住了，周围到处都是暴徒。莱奥妮抓着椅背，打算爬过一排排的座位逃出去。当她试着行动时，却发现裙子的滚边被座位下的螺栓挂住了。她弯下腰，焦急地试着拽出来，解救自己。

突然，新的抗议喊声又传遍了整个观众席。

“揍他！揍他！”

她抬起头来。又怎么了？观众席四处传来了这样的喊声：“揍他！动手！”

抗议者像十字军攻城一样涌上前来，手里挥舞着棍棒，到处可见利器的闪光。莱奥妮恐惧得发抖，明白了抗议者要冲上舞台，而她正挡在他们的路上。

在观众席中，仅存的一点巴黎上流社会的面纱也支离破碎了。被困住的人群开始歇斯底里，推搡着挤进了本就拥挤不堪的过道中。律师和记者，画家和学者，银行家和公务员，情妇和妻子，都惊恐万分地想要逃离这里的暴力。

逃命吧。人各为己。

民族主义者向着舞台前进，像军队一样有序，他们从观众席的各个部分越过座椅和栏杆，翻过乐池，爬上舞台。莱奥妮拽着裙摆，不断地用力，终于布料被撕破了，她解放了自己。

“德国佬！阿尔萨斯是法国的！洛林是法国的！”

抗议者开始拆舞台上的背景布，踢倒布景。画出来的树木流水岩石，虚构的十世纪士兵被真实的19世纪暴徒拆毁了。舞台上七零八落的满是破碎的木头、帆布和尘土，《罗恩格林》的世界毁于争斗之中。

终于有人开始反抗了。一群理想主义的年轻人和老兵不知怎么在正厅里聚集了起来，登上舞台对抗民族主义分子。分隔剧场后台与观众席的便门被突破了。

他们进入了舞台两翼和剧场后台工作人员汇合，然后一起去阻止布景板之间的民族主义分子。

莱奥妮注视着，虽然心里很害怕，但她还是被这场景惊呆了。一位英俊的男士，看上去不比孩子大多少，穿着借来的大了一号的礼服，长须打过蜡，冲向了抗议者的头目，用手臂勒住了他的脖子，试图把他摔倒。他们厮打着，一阵黑白的闪烁过后，年轻人发现自己躺在了地上。包铁头的靴子踢着他的肚子，他痛苦地蜷缩着。一位工作人员在他身后倒下，头上嵌着一根棍子。

“法兰西万岁！揍他！”

嗜血的欲望占据了上风。随着暴力的一再升级，莱奥妮看到暴徒的眼睛兴奋地睁大，目光狂乱，脸色因充血而发红。

“请让让。”她绝望地哭喊着，根本没人能听到她的喊叫，她依然无法脱身。

又一位工作人员被扔下了舞台，莱奥妮退缩回来。他摔在了黄铜栏杆上，身体在废弃的乐池里翻滚着，他的肩膀和手臂严重受伤，扭曲变形，眼睛还是睁开的。

莱奥妮不由自主地向后退。

你必须离开这里，退后。

但此刻的世界已被鲜血淹没，充斥着破碎的骨头和血肉。她只能见到周围人眼中扭曲的仇恨。她呆立在原地，离她不到五尺的地方，有人手脚并用地爬着，身上的背心和外套都被拖开了。在他所经之处，舞台的木板上留下了血迹斑斑的手印。

在他身后，一件武器高高举起。

不!

莱奥妮想出声示警，却被震惊得发不出声音。武器落了下来，砸倒了目标。那人滑倒了，重重地倒了下去。他抬头看到了袭击者手里的刀，在刀刃挥下时挥舞着双手来保护自己。金属刺进了血肉。他哀号着，凶器被拔了出来，又深深地刺进了他的胸口。

那人的身体抽搐着，像香榭丽舍大街小摊上的玩偶一样，他的手脚抖动了几下，然后不动了。

莱奥妮震惊过度，都没有意识到自己在哭。恐惧紧随其后袭来，更加暴力，更加具体，前所未有的包罗万象。

“请让让，”她哭喊着，“请让我过去。”

她想用肩膀挤开一条路，但她太瘦小了。在她与出口之间站满了人，中心过道还被一堆深红色的靠垫堵死了。在舞台之下，在现场不安扰动着的空气中，煤气灯喷出的火花落在了被遗弃的乐谱上。一阵橘红的噼啪声，明黄的嘶嘶声，然后舞台底端开始汹涌地燃烧。

“着火啦！”

目睹着这一切，另一种恐慌席卷了观众席。人们回想起了五年前发生在巴黎喜歌剧院的那场火灾，八十多人丧生，炼狱般的景象。

“让我过去！”莱奥妮哭喊着，“求你了！”

没人听到她的哀求。她脚下的地面上尽是被丢掉的节目单，羽毛头饰，缀片手套，遍布着长靴和皮鞋的脚印，还有长柄眼镜和观剧望远镜，有如远古坟场中的骨骼般散落着。

莱奥妮除了后脑勺和手肘之外什么也看不到，但她依然坚持前进，痛苦地一寸一寸远离打斗现场。能多远离一点就是成功。

在她旁边，一位老妇人被绊了一下，就要摔倒了。

她会被踩死的。

莱奥妮伸出手抓住了那位妇人的手肘，隔着浆洗过的面料，她发现握住的手臂瘦弱又单薄。

“我只想听听音乐，”老妇人哭泣着，“德国的，法国的，和我一点关系都没有。在这个时代我们竟然遇见了这样的事情，这样的事情竟然又发生了。”

莱奥妮支撑着老妇人，蹒跚地向出口前进，每走一步手上的重量就变得更重。老妇人失去了知觉，薄如纸的眼皮还在颤抖着。

“不远了，”莱奥妮哭喊着，“请坚持住。”她试着不让老妇人倒下去，“我们就快走到门口了，就快安全了。”

终于，她看到了熟悉的剧院杂役制服。

“上帝啊，快来帮帮我！”她喊着，“在这儿呢！”

引座员立刻就执行了命令。他一言不发地接过了莱奥妮的任务，把老妇人抱进了大堂。

莱奥妮筋疲力尽了，腿开始打战，但她逼着自己前进。就只有几步远了。

突然有人抓住了她的手腕。

“住手！”她喊着，“放开我！”

她不会让自己被困在里边，和暴徒一起被困在火灾现场。莱奥妮没头没脑地乱打着，却只打中了空气。

“别碰我！”她尖叫着，“放开我！”

第三章

“莱奥妮，是我啊。莱奥妮！”

一个男人的声音，熟悉又令人放心，还带有一股檀香发油和土耳其烟草的味道。

阿纳托尔？在这里？

此时一双强有力的手抱着她的腰，把她举出了人群。

莱奥妮睁开了眼睛。“阿纳托尔！”她哭喊着，抱住了他的脖子，“你去哪儿了？你怎么能这样！”她的拥抱变成了袭击，愤怒的拳头击打着他的胸膛：“我等了又等，你还是没来。你怎么能让我独自——”

“我知道，”他迅速回答道，“你有充分的理由指责我，但不是现在。”

她的怒气来得快去得也快。

她累坏了，把头靠在了哥哥的胸口上：“我看见了——”

“我知道，小家伙，”他轻柔地说，抚摸着她凌乱的头发，“士兵已经在外边集合了，我们得赶快离开，不然就要被困在战场了。”

“他们脸上有那么强烈的仇恨，阿纳托尔。他们毁坏了一切。你看见了吗？你看见了吗？”

莱奥妮感到歇斯底里的情绪从体内迸发而出，从肚子到喉咙：“他们空手就——”

“你可以晚点告诉我，”他突然说道，“但现在我们必须离开这里。走吧！”

莱奥妮立刻恢复了理智，深深地吸了一口气。

“乖孩子，”他看着她眼中重新燃起决心，“快。”

阿纳托尔利用他的身高和柔韧在逃离观众厅的人群中开辟出了一条路。

他们钻出天鹅绒门帘进入一片混乱之中。他们手拉着手，跑过露台，跑下楼梯。大理石地板上遍布着香槟酒瓶、打翻的冰桶和节目单，走起来就像溜冰场一样滑。他们小心翼翼地走出了玻璃大门，到达了歌剧院广场。

突然从他们身后传来了玻璃破碎的声音。

“莱奥妮，这边！”

如果她曾经觉得在大堂中大声喧闹是不可能的，那外边街道上的情况就更加糟糕了。民族主义抗议者、“预约者”纷纷占领了加尼叶宫的台阶。他们站成了三排，挥舞着棍棒、酒瓶和小刀，等待着，叫喊着。在下方，在歌剧院广场上，穿着红色短外套、戴着金色头盔的士兵们，举起步枪瞄准了抗议者，只等开火的命令。

“他们竟然这么多人。”她喊道。

阿纳托尔没有回答，加尼叶宫巴洛克风格的建筑前拥满了人。阿纳托尔拉着莱奥妮穿过了人群。他们到了拐角，转身走进了斯克里布街，远离了交火的第一线。他们在人群中随波逐流，紧紧地握着手以免走散，像湍急的河面上漂浮的残骸般被推着挤着，跌跌撞撞地走过了一片街区。

片刻，莱奥妮觉得自己安全了。她是和阿纳托尔在一起。

突然一声枪响撕裂了空气。人潮停了一下，然后步调一致地继续前进。莱奥妮觉得便鞋松脱了，接着感到男式长靴踩住了她破损拖曳的裙边。她努力地保持着平衡。一阵枪声从后方爆发。唯一稳定的地方就是阿纳托尔的手。

“别松手！”她喊道。

从身后传来了爆炸声，人行道颤动着。莱奥妮扭过身去，看见一道蘑菇状的烟尘从歌剧院广场的方向向着城市的天空升起。接着她感觉到第二次爆炸回响着从人行道传到了脚底。他们周围的空气似乎固化了，开始自发崩塌。

“是大炮！他们开炮了！”

“不，不，这是炸药。”

莱奥妮哭着抓紧了阿纳托尔的手。他们向前跑啊，跑啊，不知道要去哪里，也不知道时间，只是被一种动物的本能驱动着，告诉她不要停，永远别停下，直到远离了这嘈杂、鲜血与烟尘。

疲劳开始夺走她四肢的感觉，但她继续跑着，一直跑到她一步也不能动了。人群开始变得稀疏，最后他们发现身处一条安静的道路，远远地离开了战斗、爆炸和那一排排的枪管。她的双腿因奔跑而无力，她的皮肤泛红，因夜晚而变得湿润。

莱奥妮伸出一只手来扶着墙休息。她的心兴奋地跳动着，像锤子一样敲打着耳膜，沉重而又响亮。

阿纳托尔停了下来，斜倚着墙。莱奥妮弯腰扶着他，红棕色的卷发像丝绸一般在背上散开。阿纳托尔的双手保护着她，环绕着她的肩膀。

她大口地呼吸着夜间的空气，试着平复自己的呼吸。她用疲劳的手指拽掉了被烟尘和巴黎街道弄脏的手套，把它们丢在了地上。

阿纳托尔用手指理了理落在他高额头和颧骨上的浓密黑发。尽管他曾在击剑馆里花费过许多个小时，但现在一样气喘吁吁。

了不起的是，他似乎在微笑。

一段时间里，他俩谁都没有说话。白云朵朵静静飘浮在九月凉爽的夜空。终于，莱奥妮挺直了身子。

“你为什么迟到？”她质问他，仿佛过去几个小时的事情从未发生过。

阿纳托尔难以置信地看着她，接着笑了起来，笑得越来越厉害。他努力试着说话，空气中充满了他的笑声。

“在这种时候，你还要批评我吗，小家伙？”

莱奥妮盯着他，但很快感到自己的嘴角开始抽动。她发出一阵咯咯的笑声，然后又一阵，笑得她苗条的身形都不停地在颤抖，眼泪从她满是污垢的漂亮脸蛋上缓缓流下。

阿纳托尔脱下了晚礼服，把它披在了她裸露的肩膀上。

“你可真是个奇特的人，”他说道，“让人恼火，但真是奇特。”

莱奥妮看了看自己凌乱的衣着，又看了看他优雅的装束，露出了苦笑。她看着自己破烂的绿色礼服，裙摆松垮得像在身后拖着火车，剩下的玻璃珠也碎裂了，靠着一根线维持着没脱落。

尽管他们在巴黎的街头仓皇奔逃，但阿纳托尔看起来几乎一尘不染，衬衫的袖口洁白挺括，浆洗过的领口依然笔直，他的蓝马甲上一点污迹都没有。

他退后一步看了看墙上的路标。

“科马丹街，”他说道，“好极了！我们去吃饭吧？我猜你饿了？”

“饿极了！”

“我知道这附近有家酒吧。里面尽是来自品脱餐馆的表演演员和他们的崇拜者，但楼上有不错的包间。你觉得如何？”

“完全没问题。”

他笑了笑：“那就这么定了。而且这次我得让你晚点回家，在合理的睡觉时间之后回家。”他咧嘴笑了笑：“我可不敢把你这个样子送回家，妈妈看见了绝对不会原谅我。”

第四章

玛格丽特·维尔涅在康朋街和圣奥诺雷街的交汇处走下了出租马车，陪伴着她的是乔治斯·杜邦将军。

男伴在一旁付车费，玛格丽特露出了满意的微笑，她围上了厚披肩来抵御夜晚的寒意。这里是全市最好的饭店，那著名的窗户一如既往地挂着布列塔尼出产的花边窗帘。杜邦带她来这里，正是对她的关注日渐增长的标志。

他俩手挽着手走进了维尔森饭店，受到了谨慎而礼貌的欢迎。玛格丽特发现乔治斯挺起了胸，抬高了头。她意识到他知道屋里所有的男人都在嫉妒他，而且他喜欢这种感觉。她紧抱着他的手臂，感觉到他做出相同的举动，这让他俩想起了过去的两个小时是如何度过的。他像看着自己的所有物一样看着她，玛格丽特还以一个温柔的微笑。杜邦看着她，不禁从脖颈一直红到耳尖，玛格丽特静静地享受着这种欣赏与注目。正是她的嘴、她的微笑和她饱满的双唇使她的美貌无与伦比，承载着希望和邀请。

他的手伸向白色的领口，松开了黑色的领带。他的晚礼服剪裁技艺精湛，典雅合体，还掩盖了他年过六十，身材已经不再像军旅生涯时那样标准的事实。纽扣孔里系着彩色的缎带，标志着他在色当和梅斯拿到的勋章。他没有穿马甲，那样会暴露出他醒目的肚子。他穿着一条暗红色的腹带。他头发灰白，浓密的胡须一眼就能看出被整齐地修剪过。乔治斯现在是一位外交官，文雅又审慎，他希望全世界都知道这一点。

为了取悦他，玛格丽特穿着一件庄重的紫色波纹礼服，配有银色的边饰和珠子。手臂被完全包在袖子里，使注意力更多地被集中在苗条、逐渐收窄的腰线和长裙上。她的领口很高，一丝皮肤也露不出来。这些设计穿在玛格丽特的身上，使她显得更加迷人。她黑色的头发艺术地盘成了发髻，饰以一支紫色的羽毛，更显得她脖子修长和白皙。清澈的棕色眼睛，黑色的睫毛和她儿子的一样，配上雪花石膏白的皮肤，优美的面容。

饭店里所有无聊的妇女和穿着随便的妻子都投来了反感和嫉妒的目光。大部分的原因是因为玛格丽特已经四十有余，早已不是小姑娘了，然而她拥有这样的美貌与这样的身材，手指上也没有婚戒，这冒犯了她们的公平与规矩。这种姘居关系在维尔森饭店里招摇过市，合适吗？

头发灰白的店主同他的客人一样气宇轩昂，他步态轻盈地走上前去迎接乔治斯。他们穿过吧台上的石雕像投下的倒影，这是斯库拉和卡律布狄斯[①]的雕像，没有她们的保佑，谁都别想进烹饪学校。乔治斯·杜邦是这里的常客，他总是点最好的香槟，给起小费来也相当的大方，但他最近没有那么频繁光顾了。很明显店主不想被拜亚尔咖啡或是昂格利咖啡抢走这位阔绰的老主顾。

“很荣幸再次迎接您的光临。我们猜测您或许去海外就任了。”

乔治斯看上去很尴尬。“真古板！”玛格丽特想道，尽管她并不会因此讨厌他。比起她交往过的其他男人，乔治斯更有风度，更慷慨，要求反而更简单。

“都是我的错，”她扬起黑色的睫毛，“我总是让他陪着我。”

玛格丽特用她棕色的眼睛大胆地注视着乔治斯，这不禁让店主笑了起来，打了个响指。衣帽间侍者接过了玛格丽特的披肩和乔治斯的手杖。男人们寒暄着，

① 希腊神话中的女妖和魔怪。（译者注）

讨论起天气和阿尔及利亚局势，流言说会有一场反普鲁士的集会。玛格丽特的思绪开始飘散，她很擅长装作倾听，而实际是在想别的。

她看了一眼那张著名的高级水果展示桌。当然，草莓的时令早就过了，而且乔治斯总是喜欢早点休息，所以他不太可能留下来吃甜点。

男人们结束谈话时，玛格丽特娴熟地忍住了叹息。尽管他们身边的所有桌子都坐满了人，周围的气氛却依然安定祥和。她的儿子会认为这里沉闷又老套，不值一提，但对她来说，她曾多少次在这样的场所外张望，现在只觉得这里赏心悦目，同时也发现了和杜邦在一起给她带来的高度安全感。

谈话结束了，店主抬起了手。领班走上前来，领着他们穿过烛光照耀的房间，来到墙边一张VIP桌子旁，这个位置既不会被其他顾客看到又远离厨房的摆门。玛格丽特发觉领班在流汗，他的上嘴唇在短胡须下闪着光。她不由得想知道到底乔治斯在大使馆是干什么活儿的，以至于他的美言如此重要。

“先生，女士，喝点开胃酒吗？”领班问道。

乔治斯看着玛格丽特：“香槟？”

“那就太好了。”

“一瓶水晶香槟，”说完他往后靠在椅子上，就好像不愿让玛格丽特听到他刚点了店里最好的香槟这样的庸俗信息一样。

领班刚离开，玛格丽特就在桌下用自己的脚去挑逗杜邦的脚，饶有兴味地看着他坐立不安地调整着坐姿。

“玛格丽特，行了。”他说道，但他的抗议一点说服力都没有。

她从便鞋里把脚抽出来轻轻地放在他腿上，隔着丝薄的袜子感受着他礼裤的裤缝。

“这里有全巴黎最好的葡萄酒窖，”他的声音很粗，似乎需要清清嗓子，“勃艮第、波尔多……都按照合适的顺序排列着，先是知名酒庄的好酒，其他的依次排列，直到那些不值一提的资产阶级烈酒。旁边还陈列着尚在饮用期内的各个年份的陈年佳酿。”

玛格丽特并不喜欢红酒，喝完只会让她剧烈地头疼。她只喜欢喝香槟。但她心甘情愿，不管乔治斯点了什么都喝。

“你真是太了不起了，乔治斯，”她停了下来，看了看四周，“在周三这么繁忙的夜晚，你竟然还能找到张桌子。”

“我只是知道该跟谁套近乎而已。”他说道。但她能看出来他很享受这个恭维。“你以前没来过这里用餐？”

玛格丽特摇了摇头。乔治斯组织着语言，准备详尽、明细、一丝不苟地卖弄一下自己的知识。她当然和所有巴黎人一样了解维尔森饭店的历史，但她准备装作一无所知。在巴黎公社运动那痛苦的几个月里，这家店曾目睹过几次公社社员和政府势力间暴力的争斗。这会儿，出租马车、双轮马车等着把顾客送到巴黎另一边的地方，二十年前这里曾遍布着各种各样的路障、铁床架、翻倒的木头马车、草垫子还有弹药箱。她和她的丈夫——她了不起的英雄里欧——曾站在这些路障上，在那个短暂又光荣的时刻，并肩对抗着统治阶级。

“路易斯·拿破仑在色当耻辱地战败后，”乔治斯喘息着说道，“普鲁士人向着巴黎进军。”

“是的。”她呢喃着，再次好奇乔治斯到底觉得她有多年轻，竟然会向她讲述她曾亲身经历过的历史。

“随着围攻和炮击的加剧，很快就出现了食品短缺。只有这样才能给那些公社分子一点教训，但同时也意味着很多饭店无法正常营业了。食品不够了嘛。麻雀、猫、狗，任何出现在巴黎街头的生物都可能是被捕猎的对象，就连动物园里的动物都被杀了吃肉。”

玛格丽特装着很有兴趣，微笑着鼓励他：“接着说，乔治斯。”

“那么你觉得那天晚上维尔森的菜单上有什么呢？”

“我猜不出来，”她说道，睁大的眼睛里显露出恰到好处的无知，“实际上我也不敢猜。是蛇吗？”

“不是，”他答道，发出一阵满意的笑声，“再猜。”

“哎呀，我真猜不出，乔治斯，鳄鱼？”

“大象，”他得意地说，“用象鼻做的一道菜。猜不到吧。还真的挺好吃的。真是彰显了不可思议的勇气，你觉得呢？”

“嗯，是的。”玛格丽特笑着赞同道，但关于1891年夏天的回忆，她的印象有些不同。由于害怕被卷入普鲁士的炮火，战败的法国政府孤注一掷地镇压革命公社运动。她试着抗争，支持她那理想主义、热情狂野的丈夫，同时还得给她深爱的只有八岁的阿纳托尔弄到足够的食物——粗黑面包，还有晚上从杜乐丽花园的果树上偷来的栗子和浆果。

公社运动失败时里欧被逮捕了，勉强躲过了死刑。一个多星期的时间里，玛格丽特奔走于巴黎各个警察局和法院，最终才得知他早已被审理宣判了。他的名字出现在一处市政建筑物墙上的名单里：流放至法国大洋洲殖民地新喀里多尼亚。

公社社员的大赦来得太迟了，他已死在了大洋上的平底船里，还不知道他有了个女儿。

“玛格丽特？”杜邦试探地问道。

意识到她沉默太久了，玛格丽特调整了表情。

“我只是在想那该多特别啊，”她立即说道，“它充分地展现了维尔森大厨的技艺和创造力，不是吗？能坐在这里真是太好了，乔治斯，坐在创造历史的地方。”她顿了一下，然后补充道，“还和你在一起。”

乔治斯满足地笑着。“人格的力量终将显露，”他说道，“总会有化困难为优势的办法的，如今这代人对此可是知之甚少。”

“请原谅我打扰你们用餐。”

杜邦站起身来，尽管眼神恼怒但立刻彬彬有礼。玛格丽特转头看到一位身材高大、贵族气质的绅士，头发乌黑浓密，额头饱满。他俯视着她，惊人的蓝眼睛里针尖大的瞳孔十分尖锐。她本能地用手遮挡住了胸口，尽管她的衣着一点也不暴露。

“先生？”乔治斯说道，无法压抑声音中的恼怒。

这人的外表勾起了玛格丽特的回忆，尽管她很确定，她并不认识他。年纪和她差不多，他穿着常见的黑色晚礼服，但完美地显现出了衣服下强壮而令人印象深刻的体格。肩膀宽阔是习惯随心所欲的标志。玛格丽特瞥了一眼他左手佩戴的图章戒指，寻找他身份的线索。他手里握着顶丝绸礼帽，加上他的白色手套和白色山羊绒围巾，种种迹象表明他不是刚到此地，就是马上要离开。

他的目光似乎要剥光她一样，玛格丽特开始脸红，皮肤开始发烫，她的胸口和束身衣紧密的蕾丝下开始有汗珠渗出。

“请原谅，”她说着向杜邦投去焦虑的眼色，“但我……”

“先生，”他向杜邦歉意地点点头，“我能否？”他的声音低沉地回响着。

杜邦缓和了下来，轻轻点了点头。

“我是您儿子的熟人，维尔涅夫人，”他说道，从马甲里的钱夹中摸出一张名片，“维克多·康斯坦特·托马林伯爵。”

玛格丽特犹豫了一下，接过了名片。

“我知道打扰二位十分无礼，但我有要务急于联系到维尔涅。我住在乡下，今夜才到达城中，本以为您儿子在家，但是……”他耸了耸肩。

玛格丽特认识很多男人，只消片刻她就知道该如何举止，如何谈吐，如何奉承，如何取悦。

但这个人？她看不透。

她低头看着手里的名片。阿纳托尔很少和她谈论公事，但玛格丽特很确定她从未听他提起过如此高贵的名字，不论是作为朋友还是客户。

“您是否知道在哪儿能找到他，维尔涅夫人？”

玛格丽特感到一阵吸引，然后是恐惧。两者都令人愉悦，两者都令她警觉。他轻轻点着头，眯起了眼睛，就像能看穿她的想法。

“恐怕我不知道，先生。”她答道，努力让声音保持镇定，“或许你可以把名片留在他的办公室——”

康斯坦特低着头：“不错，我会的。那办公室的地址是在——”

“在蒙特吉尔街，我记不住门牌号了。”

康斯坦特继续盯着她。“好极了。”他最后说道，“再次为我的打扰而致歉。维尔涅夫人，如果您愿意告诉您儿子我在找他的话，我将感激不尽。”

毫无预兆地，他俯下身来，握住她放在膝头的手，把她放到了嘴边。隔着手套，玛格丽特都感到了他的呼吸和胡茬的触感。她觉得受到了羞辱，她的身体不自觉地雀跃，而这有悖于她的意愿。

“再见了，维尔涅夫人，将军。”

他鞠了一躬，离开了。侍者过来续满了酒杯。杜邦爆发了。

“粗鲁无礼的无赖，”他怒吼着，靠在他的椅子上，“太可耻了。这恶棍觉得自己是谁？居然如此侮辱你。”

“侮辱我？他有吗，乔治斯？”她低声说道。

“那家伙的眼神就没离开过你。”

“真的吗，乔治斯，我都没注意。我对他没兴趣。”她说道，不想吵闹，“别为我担心。”

“你认识那家伙吗？”杜邦突然疑心起来，马上问道。

“我说了我不认识。”她平静地回答。

“那家伙认识我。”他固执地说。

“或许他是从报纸上认识你的，乔治斯，”她说道，“你低估了有多少普通人认识你。你低估了自己是多么知名的人物。”

他在玛格丽特这精心的奉承之下放松了戒备。为了了结这件事，她捏着康斯坦特昂贵名片的一角，放在桌子中央的蜡烛火焰上，过了一会儿才点着，接着明亮、猛烈地燃烧起来。

“你这是在干什么？”

她扬起长长的睫毛，目光注视着火苗，直到它忽明忽暗地熄灭了。

“就这样，”她说道，把手套上沾着的灰色尘埃拂进了烟灰缸，“忘了它。即便我的儿子想和伯爵做生意，这样的事情也应该在十点到五点之间，在他的办公室里谈。”

乔治斯赞许地点点头。看到他严重的疑虑消失了，她才感到安心。

“你确实不知道你儿子今晚在哪儿吗？”

“我当然知道，”她笑着看着他，仿佛让他听到了什么笑话，“谨慎总是有回报的，我讨厌多嘴的女人。”

他再次点头。他不是第一个城里有情妇乡下有妻子的官员，但炫耀姘居关系总是会惹人反感的。让乔治斯觉得她审慎可靠，对玛格丽特来说是很合适的。

“说得对，说得对。”

“实际上，阿纳托尔带着莱奥妮去剧院了。瓦格纳最新作品的首演。”

“该死的普鲁士宣传，”乔治斯抱怨着，“不应该允许的。”

“我觉得散场后他会带她去吃饭，”玛格丽特用柔和的声音继续说道，“但是他们不太可能在这样奢华的场所吃饭。”

“我都能猜到他更喜欢那些糟糕的波西米亚馆子，比如布兰奇广场那家挤满了艺术家的咖啡馆和其他诸如此类的。”他用手指在桌上像敲军鼓一样敲着，“罗什舒阿尔大道上那家店叫什么来着？他们就应该查封那里。”

“黑猫。”玛格丽特柔和地说道。

“二流子，他们全都是。”乔治斯郑重地说道，对这个新话题更加起劲儿，“在帆布上乱涂几个点就叫艺术，这是什么样的职业？那个在你的楼里住着的彻头彻尾无礼的小子？像那样的家伙就该被马鞭打，他们全都是。”

“阿希尔是个作曲家，亲爱的。”她温柔地指责他。

“对我来说都一样。寄生虫，他们全都是。老是愁眉苦脸的，没日没夜地敲着那台钢琴。我就奇怪他父亲怎么不拿棍子抽他，没准还能让他有点理智。”

玛格丽特忍住了笑。阿希尔是阿纳托尔的同辈，她觉得这样的惩戒措施有点晚了。总之，孩子们还小的时候德彪西夫人乐得清闲，现在看起来真是一点好处都没有。

“这香槟真是好喝，乔治斯。”她说道，将对话继续下去。她并不打算去改变自己情人的世界观。

“这是最好的香槟。”他咕哝着说。

她伸过手抓住了他的手指，把他的手翻了过来，把指甲刺在他柔软的手掌上。

“你真是体贴，”她说道，看着他眼中那一丝痛苦变成了愉悦，“那么乔治斯，替我点菜吧，我们在这儿坐了这么久我还真有点饿了。”

第五章

莱奥妮和阿纳托尔坐在罗曼酒吧二层的包间里，俯瞰着街道。

莱奥妮把晚礼服还给了阿纳托尔，然后去旁边的小房间里洗洗手脸，理理头发。她的礼服，虽然需要女仆来缝补，但在她把裙摆别起来之后看上去还不错。

她盯着镜子里的自己，再把镜子朝自己扭了扭。她的皮肤因为在巴黎街头的逃亡而发红，翠绿的眼睛在烛光下闪闪发光。危险已过去，莱奥妮的脑海里给这次经历涂上了明亮醒目的色彩，就像个故事。她已经忘记了那些人脸上的仇恨，忘记了她有多么害怕。

阿纳托尔点了两杯马德拉白葡萄酒，然后是红酒来配简单的晚餐：羊排和白奶油土豆。

“要是不够吃，还有雪梨蛋奶酥。”他说着让侍者离开。

在吃饭的时候，莱奥妮讲述了在阿纳托尔找到她之前发生的事情。

“那些‘预约者’，他们真是一群多管闲事的人。”阿纳托尔说道，“法国的土地只能上演法国的音乐，就这么回事！在1860年他们就搅乱过《唐豪瑟》[①]，”他耸了耸肩，“众所周知他们一丝一毫也不在意音乐。”

“那为了什么呢？”

“沙文主义，就这么简单。”

阿纳托尔把椅子从桌旁推开，舒展开他修长的双腿，从马甲口袋里掏出了他的烟盒：“我觉得巴黎暂时不会欢迎瓦格纳了。”

莱奥妮想了一会儿：“为什么阿希尔会送你歌剧票？他又不是瓦格纳先生的忠实崇拜者。”

“曾是。”他说着在银盖子上敲着一支烟卷使烟草更密实，“但是现在不再是了。”他屈身从外套口袋里掏出一盒防水火柴划着了一根。“‘被错认为日出的美丽日落。’这是阿希尔对瓦格纳的最终评价。”他半嘲弄地笑着，拍

① 瓦格纳的一部歌剧。（译者注）

了拍自己的脑袋，“原谅我，阿希尔-克劳德，我们应该这样称呼他。”

德彪西是个天资聪颖，但有点喜怒无常的钢琴家和作曲家。他和父母、兄弟姐妹一起，和维尔涅家一样，住在柏林路的一栋公寓楼里。他既是音乐学院的淘气鬼，同时也是他们最大的希望。但在他们的朋友圈里，德彪西的音乐成就远没有他复杂的爱情生活那么出名。

最近受宠的是二十四岁的盖布丽埃尔·杜邦。

“这次是认真的。”阿纳托尔吐露了秘密，“盖比能理解他永远把音乐放在首位，对他来说理所应当的更有吸引力，也能容忍他每周二都消失不见，参加马拉美大师的沙龙。德彪西是为数不多受邀的作曲家。这能让他在面对学院喋喋不休的抱怨时提起精神来。学院里的人都太老也太愚蠢了。”

莱奥妮扬了扬眉毛：“我认为阿希尔的不幸大部分都是自找的。他太容易和本来可能支持他的人争吵了，说话太尖锐，总是惹人不快。实际上，他简直是故意表现出粗俗无礼、难以相处的样子。”

阿纳托尔抽了口烟，并没有反对。

“友情先放一边。”她接着说道，往咖啡里搅进了第三勺糖，“我承认我对批评他的那些意见有同感。对我来说，他的曲子有点模糊，有点松散，还……有点令人不安和曲折。我经常觉得是在等待曲调自己显露出来，仿佛在水下听着似的。”

阿纳托尔笑了：“啊，你正说到了点子上。德彪西说过人们必须沉浸在音调的感受中。他正在探索，以他的音乐来照亮物质世界与精神世界的联系，可见的与不可见的，这样的事情无法用传统方式来表达。”

莱奥妮做了个鬼脸：“听上去就像某个聪明人所说的毫无意义的漂亮话！”

阿纳托尔忽视了打扰：“他相信再现，迹象和神韵比起陈述和描绘更有力，更真实，更有启发性。模糊记忆的价值与力量远胜清醒明确的思考。”

莱奥妮露齿而笑。她欣赏哥哥对朋友的忠诚，但同时也意识到他不过是一字不差地复述了之前他从阿希尔嘴里听到的论调罢了。尽管阿纳托尔热情地支持他朋友的创作，但她知道他更喜欢奥芬巴赫和富丽秀的演出，而不是德彪西、杜卡斯或是他们音乐学院朋友的作品。

“既然我们在说私房话，”他补充道，“我承认我上周的确又回安廷大道买了一本阿希尔的《诗集五首》。”

莱奥妮生气地眨着眼睛：“阿纳托尔，你答应过妈妈的。”

他耸耸肩：“我知道，但我忍不住。价格太合理了，肯定会是笔好投资的。

贝利只印了一百五十份。”

“我们花钱必须谨慎一些。妈妈还指望你能精打细算。我们可负担不起更多的债务了。”她顿了一下，接着说道，“说起来，我们到底欠人多少钱？”

他们的眼神交汇了。

“你今晚太坦率了！”

“几百法郎？几千法郎？”

“行了，莱奥妮，我们家的家计开销状况不应该由你来操心。”

“但是——”

“没什么但是。”他坚定地说道。

她绷着脸背过身去：“你拿我当小孩！”

他笑了：“等你结婚了，你可以问你丈夫家计预算问到他发疯，但直到那时之前——我向你保证，从现在开始，没有你的批准我一个苏都不花了。”

“现在又来取笑我，你真是太讨厌了。”

“说真的，一生丁都不花。”他逗弄着她。

她瞪了他一会儿，然后屈服了：“我会让你那样的，记好了。”她叹了口气。争吵是不会有收获的。

阿纳托尔用手指在胸前画了个十字：“以我的名誉起誓。”

他们相互笑了一段时间，然后他脸上逗弄的表情不见了。他越过桌子用他的手盖住了她的小手。

“现在严肃地说，小家伙。”他说道，“由于我的不守时让你独自经历了今晚的苦难，我真是难以原谅自己。你能原谅我吗？”

莱奥妮笑了：“我已经忘了。”

“你的宽容远远超过我应得的。今晚你表现得很勇敢。大多数姑娘都会不知所措。”他捏了捏她的手指，然后收回了他的手。“我以你为豪。”他后倚到椅子上又点起一支烟，“但你很可能会发现今晚的事情如影随形。惊恐总是事后才来。”

“我可没胆小到会被影子吓到。”她坚定地说道。她感觉自己充满了活力，更高了，更勇敢了，更像她自己了，不因任何事情而烦恼。

壁炉台上的时钟敲响了时间。

“但话说回来，阿纳托尔，你以前可从未错过开幕。”

阿纳托尔喝了一口酒：“总会有第一次。”

莱奥妮眯起了眼：“什么耽搁了你？你为什么来迟了？”

他慢慢把大肚杯子放回桌上，然后拽着自己打过蜡的胡子。

这个姿势表示他在说谎。

莱奥妮眯起了眼睛："阿纳托尔？"

"我约好要和城外来的一位客户见面，他约在六点，但他来得非常晚，待的时间也比我预期的长。"

"那你是带着礼服，还是你去加尼叶宫之前先回了趟家？"

"我采取了预防措施，把礼服带到了办公室以防万一。"

阿纳托尔突然站起身来，穿过房间拉响了铃，强行中断了对话。莱奥妮还没来得及继续问他，侍者就来清理桌面了，进一步的对话完全不可能了。

"该送你回家了。"他说着把手放在了她的手肘上扶她站了起来，"送你上马车之后我就结账。"

片刻之后他们站在了外面的人行道上。

"你不和我一起回家？"

阿纳托尔把她扶上了车并系紧了扣环："我想去弗拉斯卡蒂俱乐部待会儿，没准玩几手牌。"

莱奥妮突然感到一阵恐慌。

"我该怎么跟妈妈说？"

"她应该已经睡了。"

"但她要是没睡怎么办？"她诉苦道，拖延着分别的时刻。

他亲了亲她的手："如果那样的话，告诉她别等了。"

阿纳托尔起身往车夫的手里放了一张钞票："柏林路。"他说着退回身敲了敲车厢的侧板："睡个好觉，小家伙。早餐时再见。"

鞭声响起，马儿跑了起来。马具碰撞着，蹄铁清脆地敲打着鹅卵石地面，灯笼摇晃着碰撞车厢。莱奥妮摇下玻璃探出窗去。阿纳托尔站在午夜煤气灯昏黄的灯光下，手里的烟卷飘出一道扭曲的白色烟雾。

他为什么不告诉我迟到的原因？

她一直看着，不愿让他离开自己的视线，出租马车沿着科马丹路奔驰，经过圣彼得堡酒店，经过阿纳托尔的母校丰塔斯公立高中与圣拉扎尔路交会的路口。

在马车经过路口前，莱奥妮最后看到的是阿纳托尔把烟头弹到了阴沟里。然后他转过身去，走进了罗曼酒吧。

第六章

柏林路上的楼里静悄悄。

莱奥妮用大门钥匙开门进了公寓。一盏煤气灯还在亮着，是留下来给她照亮的。莱奥妮把钥匙丢进了银托盘旁边的瓷碗里，托盘里没有信件或名片。她把她母亲的披肩从靠背上拿开，坐在了一把大堂椅里。她脱掉了弄脏的便鞋和丝绸袜子，按摩着酸痛的脚趾，琢磨着阿纳托尔的含糊其辞。要是没有难言之隐，他为什么不告诉她迟到的原因？

莱奥妮向走廊看去，看到她母亲的房间门是关着的。这次她感到失望。通常她都觉得玛格丽特的陪伴令人沮丧，母亲的话题又少又好猜。但今晚能有人在午夜陪伴她的话，她会万分感激的。

她拿起灯走进了客厅，大而豪华的客厅占据了整个房子的前半部分，她俯视着柏林路。三扇窗户都关上了，但黄色印花的棉布落地窗帘还没拉起来。

她把灯放在桌上，俯瞰着空空的街道。她觉得寒冷刺骨，想着阿纳托尔在城里的什么地方，希望他安全。

最后，本来可能发生的事情的思绪渗透了她的脑海，支持她度过这漫长一夜的高昂情绪耗尽了，使她充满了不安和恐惧，在过了这么久之后充分彻底地侵袭了她。她觉得所有肢体，所有肌肉，所有感官都被她目击到的记忆占据了。

鲜血，断骨与仇恨。

莱奥妮闭上了眼睛，但每件独立的事情都涌入了脑海，如此清晰就像相机拍摄的一样。土制炸弹爆炸散发出的粪便和腐烂食物的臭气；刀刃插进胸膛时，那人呆滞的眼睛；那生与死之间令人瘫痪的一刻。

躺椅后边挂着一条绿色的羊毛披肩，她用披肩包住了肩膀，调暗了煤气灯，盘腿蜷缩在她最喜欢的扶手椅里。

楼下突然传来了音乐声，这声音似乎是透过地板传进来的。莱奥妮笑了。阿纳托尔的朋友，他们的邻居，又开始弹琴了。她看了看壁炉架上的时钟。

已过午夜。

莱奥妮很高兴知道自己不是柏林路上唯一醒着的人。阿希尔的存在让人觉得安慰，她在椅子里缩得更紧了。她辨认着这首曲子，是《被选中的少女》，阿纳托尔经常声称德彪西是想着莱奥妮创作的这首曲子。她知道这个说法是假的。阿希尔曾告诉过她唱词是编排自罗塞蒂的一首诗，而这首诗又是受了爱伦·坡先生《渡鸦》的启发写成的。

不管真假，她都很喜爱这首作品，它那缥缈的和弦正适合她午夜的心境。

另一段回忆毫无征兆地侵袭了她——葬礼那天的早晨。接着阿希尔不断地敲击着钢琴，透过楼板传来黑白琴键的声音让莱奥妮觉得他再弹下去自己就快要发疯了。玻璃碗里漂浮的一片棕榈树叶，宗教仪式上令人反胃的香气，死亡渗透了公寓的每一个角落，香烛的味道遮盖着棺材里尸体的甜腻气味。

你混淆了过去与现在。

那时，大多数早晨未等晨光勾勒出万物，他就已经离开了公寓。大多数晚上他都在家人入睡之后喝酒回来。他曾经失踪一周也没做任何解释。当莱奥妮最终鼓起勇气问他到哪儿去了的时候，他只叫她不要操心。她觉得他是在红与黑牌桌前度过了那些夜晚。她也从仆役们的流言中得知，他遭受着报纸专栏强烈的匿名谴责。

他身体的变化十分明显。脸颊开始凹陷，皮肤变得透明。他棕色的眼睛失去了神采，布满了血丝，嘴唇失水干裂。莱奥妮不惜一切也要阻止他再次颓废。

在马勒赛尔布大街上的树木开始发芽的时候，在蒙索公园里的道路上再次被粉色白色紫色的花朵覆盖的时候，对他名誉的攻击才终于停止，突然销声匿迹。从那时起，他的健康恢复，精神好转。她熟悉、热爱的哥哥又回到了她身边。从那时起，不再有失踪、掩饰和含糊不清的回答。

直到今晚。

莱奥妮发现她的脸颊湿润了。她用冰冷的手指拭去了眼泪，把围着的披肩裹得更紧了。

现在是九月了，而不是三月。

但莱奥妮心中依然难过，她知道他骗了她。于是她在窗前守夜，任由阿希尔的音乐将她带入半睡的状态，与此同时聆听着阿纳托尔开门的声音。

第七章

9月17日，星期四

阿纳托尔悄悄走出了小出租屋。他的情人还在睡觉。他只穿了袜子走下狭窄落满灰尘的楼梯，小心地避免打扰到寄居公寓里的其他房客。一盏煤气灯照着他一步一步走到通向街道的走廊。

天光还没有大亮,但巴黎正在苏醒。阿纳托尔能够听到远方送货马车的声音。木制的轻便双轮马车跑在鹅卵石路上，把牛奶和刚出炉的面包送到蒙马特郊区的咖啡馆和酒吧里。

他停下来穿上了鞋。费度街上空无一人，耳边只有他自己走在人行道上的声音。阿纳托尔沉思着，走得很快。他走到了圣马可街的交汇处，然后打算穿过全景廊街的拱廊。他没看见任何人，也没听见任何人声。

他的思绪飞速地旋转着。他们的计划会成功吗？他能不引起疑心，不被人注意地离开巴黎吗？在过去几个小时的争吵中，阿纳托尔有了疑虑。他知道在接下来的这几天里他的指挥将决定他们的成败。莱奥妮已经起疑心了，她的支持是至关重要的。他咒骂发生的一连串事情，耽误了他到达歌剧院，绝顶的霉运竟然还让那些“预约者”选择在那天晚上进行了至今为止最血腥暴力的抗议。

他深吸了一口气，干冷的九月清晨渗入他的肺里，夹杂着这座城市的雾气、烟雾和灰尘。辜负莱奥妮的负罪感在他抱着爱人的幸福时刻被抛到脑后。现在它又回来了，他的胸口尖锐地疼痛。

他下定决心要补偿她。

时间之手在他背后推着他回家。他走得更快了，思绪纷繁。昨夜使他愉悦，爱人的记忆铭刻在他的心头和身体上，他的指尖上留有皮肤的芬芳和头发的触感。他因无止境的保密和困惑而感到心力交瘁。当他们离开巴黎的时候，就再也没有必要搞鬼了，再也不必捏造根本不存在的去红与黑牌桌、鸦片窟或是那些声名狼藉的地方的行程来掩盖他真实的行踪。

他曾被报纸中伤，而且为了保护他们的秘密，他还不能捍卫自己的声誉，这件事让他坐立不安。他怀疑康斯坦特与此事有关。抹黑他的名誉还会影响到他的母亲和妹妹。他只能希望在真相大白之后还有时间来维护自己的声望。

他刚转过拐角，身后就吹来一阵秋风。他拉紧了外套，后悔没有带围巾。

他穿过圣马可街，依然思绪纷繁，想着将来的日子而不是现在。

起初他并没有听到背后的脚步声。两个人，四只脚，走得很快，走得更接近了。他警觉起来。他看了看身上的晚礼服，意识到自己是个容易得手的目标。没有武器，没有同伴，口袋里还很有可能带着昨夜赌赢的奖金。

阿纳托尔加快了速度，背后的脚步也跟着加快了。

现在很明显了，他被人盯上了。他冲进了全景回廊，考虑着如果能抄近路走到蒙马特大街，那里的咖啡馆也许会开门，也很有可能有早晨的车流，送牛奶的，送货的，那样他就安全了。

他经过一排狭窄的店面，玻璃橱窗里摆着邮票、祭祀饰品，家具商展示的古董储藏柜的镀金脱落了，各种各样的文物商店和艺术品商店，仅剩的几盏煤气路灯发着蓝幽幽的光。

那些人还在跟着。

阿纳托尔感到一阵恐惧。他伸手到口袋里，想找个什么用来防身，但没有找到任何能当作武器的东西。

他快步走着，强忍着跑起来的冲动。一定要抬着头，装作安然无事的样子，相信自己能够走到对面。在那里，在他们有机会动手之前就会被人看到了。

但是从他身后传来了跑步的声音。在斯特恩雕刻店的玻璃上，一道运动的闪光，光线的折射，阿纳托尔及时地转过身去，避开了迎面打来的一拳。他左眼上方挨了一记，但偏斜了最厉害的部分，还设法回击了一拳。领头的人戴了一顶扁软帽，一条黑手绢挡住了大半张脸。他哼哼着，同时阿纳托尔的手臂被别到了背后，暴露无助。第一下打在阿纳托尔的肚子上，他一下喘不过气来。接着拳头打在他脸上，左一下，右一下，像拳台上的拳击手一样。一阵拳头把他的头打得摆来摆去，疼痛传遍了全身。

阿纳托尔感到眼皮有血流过，但他依然设法轻轻地扭头来保护自己不受全力打击。架着他的那人脸上也围着围巾，但他是个光头，裸露的头皮上满是鲜红的疹子。阿纳托尔抬起了膝盖，向后踢了那人的胫骨。握着他的力量减弱了片刻，阿纳托尔趁机抓住了那人敞开的衣领，握紧，把他踉跄着撞上了门口边缘锋利的柱子上。

阿纳托尔向前冲去，想利用自己的体重冲过去，但领头的人在他的侧脑打了一拳，他膝盖一软，踉跄着用力抓住了那人的肋部，但没有造成什么伤害。

阿纳托尔感到那人双手抱拳朝自己的后脑打了下来。这一击的力量让他跌跌撞撞地向前，接着绊倒了，摔在地面上。铁头皮靴恶毒地踢在他的腿上，疼得他在地上爬着。他用手抱在脑袋上，弯曲身子，膝盖靠近脸颊，徒劳地想要保护自己，免受大面积的伤害。拳头雨点般落在他的身上——他的肋骨、后腰、胳膊都爆发着疼痛——他第一次意识到他们或许不会停手了。

“嘿！”

在小巷的尽头，一片昏暗之中，阿纳托尔觉得自己看见了一道光。

“嘿！你们！怎么回事？”

时间停滞了片刻。阿纳托尔耳边感觉到了其中一个袭击者湿热的呼吸。

“这仅仅是一个教训。”

接着他感到手在他破碎的身体上摸着，伸进了他的马甲里，猛地一拽，把他父亲的怀表从夹子上拽了下来。

阿纳托尔终于发出了声音：“在这儿！这儿！”

他们最后踢了一脚他的肋骨，阿纳托尔痛苦地弯成了折叠刀状。两个袭击者朝着守夜人飘忽不定灯光的反方向跑开了。

“在这儿。”阿纳托尔又试了一次，但他已经有气无力了。

“先生，您没事吧？”

阿纳托尔让老人扶他坐了起来。

“我没事。”他说道，努力平稳着呼吸。他把手放在眼睛上，拿下来一看满手是血。

“您被人一顿好打。”

“这没什么，”他坚持说道，“一点割伤而已。”

“先生，您被打劫了？”

阿纳托尔并没有立刻回答。他深吸了一口气，然后伸出手让守夜人扶他站起来。疼痛立刻经过后背传到腿上。他过了一会儿才维持住平衡，直起身来。他检视着双手，指节都破了，在流血，手掌上沾满了眼睛上流的血。他感到脚踝上破了个口子，翻开的皮肤摩擦着裤子。

阿纳托尔花了些时间让自己镇静下来，然后理了理衣服。

“他们抢走的多吗，先生？”

他拍了拍全身，惊讶地发现他的钱夹和银烟盒都还在。

“他们好像只拿走了我的怀表。”他的话语似乎来自很遥远的地方，突然一个念头在他脑海里扎下了根。这不是一次随机的抢劫，根本就不是抢劫，就像那人说的一样，这是个教训。

试着忘记这个念头，他抽出一张钞票塞进老人被烟熏黄的手里：“感谢您的帮助，我的朋友。”

守夜人低头看了看，笑着说：“您真慷慨，先生。”

“但是没有必要告诉别人，里边有个好小伙子。现在，您能替我叫辆车吗？”

老人拍了拍自己的帽子：“当然，先生。”

第八章

莱奥妮震了一下醒过来，昏昏沉沉的。

她好一会儿也没想起来自己为什么裹着条毛毯蜷缩在客厅的椅子里。然后她低头看到自己破碎的晚礼服，想起了一切：加尼叶宫的暴乱，和阿纳托尔一起吃的迟来的晚餐，阿希尔弹了一晚的催眠曲。她瞥了一眼壁炉架上的瓷钟。

五点过一刻。

莱奥妮冻得要死，还有点反胃，她溜进了门厅，沿着走廊走着，注意到阿纳托尔的房门现在也是关上的。观察结果令人满意。

她的卧室在走廊的尽头，既舒适又通风，是所有房间里最小的，布置成粉色和蓝色。一张床，一个衣柜，一个五斗橱，盥洗台上放着蓝瓷的水盆和水罐，一张猫脚凳上放着织花垫子。

莱奥妮脱下了皱巴巴的礼服，让它落在地面上，解开了衬裙。蕾丝的裙摆已经变成了肮脏不堪的灰色，有好几处破开了口子。女仆要补好它的任务可不轻。她笨手笨脚地解开束胸的带子，摘掉挂钩，然后扭动着脱掉它，扔到了椅子那边。她往脸上拍了点昨夜剩下的凉水，穿上睡衣爬上了床。

几个小时后她被仆役的声音弄醒了。

莱奥妮发觉自己饿了，她快速起床，拉开窗帘，打开了窗板，日光让平凡的世界重获生机。在昨夜的刺激之后，她惊叹于窗外的巴黎看起来一点都没有改变。在她梳头的时候，她在镜子里检查昨夜是否在她脸上留下了什么痕迹。令人失望的是什么都没有。

莱奥妮准备去吃早餐，在白色棉睡衣外穿上了沉重的织花锦缎晨衣，她用腰带在腰间系了一个宽松的双结，然后走进了走廊。

她走进客厅就闻到了刚煮好的咖啡的香味。她在那儿待了一会儿。很不寻常，她的母亲和哥哥都已经坐在了桌边。通常来说她都是一个人吃早餐的。

即使是在这么早的时候，母亲的装扮也是一丝不苟的。玛格丽特的黑发优美地盘成了她习惯的发髻，还在脸上脖子上扑了点粉。她的座位背对着窗户，但在不饶人的晨光里，她嘴角和眼角的皱纹还是清晰可见。莱奥妮注意到她穿着一件新晨衣——粉色丝绸带着一个黄色的结——叹了一口气，大概又是自命不凡的杜邦送的礼物。

他越是慷慨，我们要忍受他的时间就越长。

莱奥妮因为这个刻薄的念头而感到一丝愧疚，她走到桌边，比平时更热情地吻了吻母亲的脸颊。

“早安，妈妈。”她说完，转身去和哥哥打招呼。

一看到他，她的眼睛就睁大了。他的左眼肿得睁不开了，一只手缠着白色的绷带，下巴周围青一块紫一块的。

“阿纳托尔，这到底——”

“我已经告诉妈妈我们昨晚是如何卷入加尼叶宫的抗议中的了。”他突然说道，紧紧地盯着莱奥妮，“我不幸地挨了几拳。”

莱奥妮震惊地看着他。

“这事都上了《费加罗报》的头版了。”玛格丽特说道，用光洁的指甲拍了拍报纸，“当我想象可能发生的事情时！你可能会死的，阿纳托尔。谢天谢地有他照顾你，莱奥妮。报上说死了好几个人。”

“别大惊小怪妈妈。我已经让医生检查过了。”他说道，“没有看上去那么严重的。”

莱奥妮刚想张嘴说话，就看到阿纳托尔投来警告的目光，于是安静了下来。

“逮捕了一百多人，”玛格丽特接着说道，“死了好几个人！还发生了爆炸！在加尼叶宫，我的天哪！巴黎已经让人无法忍受了，这座城市已经无法无天了。我真的忍受不了了。”

“您没什么可忍受的，妈妈。”莱奥妮不耐烦地说道，“您又不在那儿，我很好，阿纳托尔也——”她停了下来，直直地盯着他，“阿纳托尔也告诉您他很好了，你这是在自寻烦恼。”

玛格丽特勉强挤出了笑容：“你根本不了解当母亲要承受什么。”

“我也不想知道。”莱奥妮小声嘟哝着，拿过一片酵母面包，在上边厚厚地抹着黄油和杏酱。

早餐在一片沉默中进行了一会儿。莱奥妮时不时向阿纳托尔投去质询的目光，他却装作没看见。

女仆端着托盘进来，盘上放着一封信。

“有我的信吗？”阿纳托尔用手里的黄油刀示意着。

“没有，亲爱的。”

玛格丽特拿起一个厚厚的淡黄色信封，满脸疑惑地检查着邮戳。

莱奥妮看到母亲脸上的血色消失了。

“我失陪了。”她说着起身离开了桌子，在她的孩子们还来不及反对之前走出了房间。

她刚离开，莱奥妮就转向了哥哥。

“到底发生了什么事？”她带着愤怒的嘶嘶声问着，“趁着妈妈没回来赶快告诉我。”

阿纳托尔放下了咖啡杯：“我很遗憾地说我和弗拉斯卡蒂俱乐部的荷官起了点冲突。他想要骗我被我发现了，我错误地把这事捅到了经理那里。”

“之后呢？”

“之后，”他叹了口气，“长话短说吧，我被赶出去了。我还没走出五百码就被两个暴徒袭击了。”

“俱乐部派来的？”

“我猜是的。”

她盯着他，突然怀疑阿纳托尔另有隐情：“你欠他们钱吗？”

“一点点，但是，”他耸了耸肩，脸上掠过一丝痛苦，“再加上今年已经输的那些，让我觉得出去躲个一两周是个挺明智的主意。”他接着说道，“直到这些破事都过去。”

“离开巴黎？”莱奥妮吃了一惊，“你要是走了我可受不了。再说，你要去哪里？”

阿纳托尔把手肘放到桌上，压低了声音说：“我有个主意，小家伙，但我需要你的协助。”

莱奥妮想到阿纳托尔要离开，即便只是几天，她也受不了。孤身一人和她的母亲，还有烦人的杜邦待在这公寓里。她给自己倒了第二杯咖啡，加了满满三勺糖。

阿纳托尔碰了碰她的胳膊：“你会帮我吧？”

“当然了，任何事，我——”

这时，他们的母亲出现在门口。阿纳托尔坐直身子，把食指竖放在嘴唇上。玛格丽特手里拿着信封和信纸，她粉红色的指甲在淡黄色纸张的衬托下显得格外鲜艳。

莱奥妮脸红了。

“亲爱的，别这样脸红。”玛格丽特说着回到桌子旁，“实在太失礼了。这就像个售货员似的。”

“对不起妈妈，”莱奥妮说道，“但阿纳托尔和我都在担心您……是不是收到了坏消息。”

玛格丽特一言不发，专注地看着那封信。

“信是谁写的？”莱奥妮最后问道，她的母亲始终没有要回答的迹象。事实上，她的表现就像忘记了他们的存在一样。

“妈妈？”阿纳托尔说道，“您需要什么吗？您觉得不舒服吗？”

她抬起了棕色的大眼睛：“谢谢你，亲爱的，但不用了。我只是……有点吃惊罢了。”

莱奥妮叹了口气：“信——是——谁——写——的？”她故意逐字逐句地说着，就像在对特别笨的小孩说话似的。

玛格丽特终于打起了精神。“信是从凯德庄园寄来的。”她安静地说道，“你们的舅母伊索尔德写的，我同父异母的哥哥朱尔斯的遗孀。”

“什么！”莱奥妮惊叫着，“那个一月份死掉的朱尔斯舅舅？”

“去世、离世、死掉，这些词太粗俗了。”她纠正道，“但没错，实际上都是一样的意思。”莱奥妮能听出来她根本没心思纠正。

“事情都过去这么久了，她为什么现在写信来？”

“哦，她之前也写过两次信。”玛格丽特说道，“一次是他们结婚的时候，再就是通知我朱尔斯的死讯和他葬礼的细节。”她顿了一下，“我非常遗憾因为身体原因在一年当中的那个时候无法出远门。”

莱奥妮非常清楚她的母亲是绝对不会回到雷恩莱班郊外那栋房子，那栋她自己长大的房子里的，无论季节或是健康状况如何。玛格丽特和她的哥哥早已疏远了。

莱奥妮从阿纳托尔那里听过个大概。玛格丽特的父亲，盖伊·莱斯康布，很小的时候就结婚了，他第一任妻子生下朱尔斯六个多月之后就死了。莱斯康布立刻就把孩子交给家庭教师来照顾，自己回到了巴黎。他支付了他儿子的教育费和家族产业的维护费，等到朱尔斯成年后又给他设立了一笔可观的年金，但是除此以外就没有关注过他。

莱斯康布外公在晚年才再次结婚，但是他婚后还是过着一样放荡的生活。他把小女儿派到凯德庄园和朱尔斯一起生活，只在自己有心情的时候才去看看他们。从玛格丽特偶尔想起童年时脸上痛苦的表情来判断，莱奥妮明白母亲过得一点也不快乐。

莱斯康布外公和他的妻子死于某个夜晚的马车翻倒事故。宣读遗嘱时才揭示了盖伊把所有的产业都留给了朱尔斯，一苏都没留给他的女儿。玛格丽特立刻就北上巴黎，在 1865 年 1 月遇见并嫁给了里欧 · 维尔涅，一个激进的理想主义共和制度拥护者。因为朱尔斯是旧制度的拥护者，从那时起兄妹就再也没有联系过。

莱奥妮叹了口气，接着问道："那么她为什么又写信来了？"

玛格丽特低头看着信，似乎不相信其中的内容。

"是邀请你去访问的请柬，莱奥妮，差不多四周时间。"

"什么！"莱奥妮尖叫着，从母亲手里抢过了信纸，"什么时候？"

"亲爱的，冷静。"

莱奥妮没有注意："伊索尔德舅妈有没有解释为什么提出这个邀请？"

"我同意，这让人吃惊。"玛格丽特说道。

阿纳托尔点起一支烟："或许她是想弥补一下她已故丈夫没有尽到的家族责任。"

"可能是，"玛格丽特说道，依然很迷惑，"但是信里并没有提到这邀请背后的动机。"

阿纳托尔笑着说道："这本来也不是能在信里写明的事情。"

莱奥妮交叉着双臂。"让我去和这么长时间以来都没见过的舅妈暂住在一起，这个主意简直太荒谬了。"她挑衅地补充道，"实际上我根本想不到比待在乡下听一个上了年纪的寡妇谈论过去更糟糕的事情了。"

"哦不，伊索尔德还很年轻。"玛格丽特说道，"她比朱尔斯小很多，现在也就三十出头，我觉得。"

早餐桌上沉默了一会儿。

"嗯，我应该回绝这个邀请。"莱奥妮最后说道。

玛格丽特看着坐在对面的儿子："阿纳托尔，你的意见呢？"

"我不想去。"莱奥妮愈发坚定地说道。

阿纳托尔笑着说道："得了，莱奥妮，去山区旅行听起来挺不错的。就在上周你还跟我说过你有多么厌倦城市生活，你多么想要放松放松。"

莱奥妮震惊地看着他："我是说过，可是——"

"换换风景或许能振奋你的精神。另外，巴黎的天气也令人无法忍受。今天刮风又下雨的，明天就干燥得不输给阿尔及利亚的沙漠。”

“我承认这都是真的，可是——”

“你还跟我说过你多么渴望冒险，现在机会来了你又胆小得不敢把握。”

“但是伊索尔德舅妈没准是个难相处的人。另外我在乡下要怎么打发时间？我什么事都干不了。”莱奥妮挑战地看了一眼母亲，“妈妈，你除了讨厌之外就没说过其他凯德庄园的事情。”

“那都是很久以前的事了。”玛格丽特平静地说道，“也许现在都变了。”

莱奥妮试着另一个办法：“但这旅程要花好多天，没人陪着我可去不了。”

玛格丽特注视着女儿：“不，不……当然不会。但是碰巧杜邦将军昨晚提议我和他一起去马恩河谷待几周。如果我接受他的邀请，或许我们可以安排让公寓关闭两周左右的时间。”她转向儿子：“我能让你陪着你妹妹去南方吗，阿纳托尔？”

“我确定我可以抽出几天的时间。”

“但是妈妈。”莱奥妮抗议着，她哥哥说服了她。

“实际上，我只是在说我自己对出去几天的看法。这样的话，两件事合起来就会让大家都满意。”他补充道，带着鬼鬼祟祟的笑容看着他妹妹，“另外，要是你因为离家太远，独自一人待在陌生的环境而焦虑的话，小家伙，我很确定伊索尔德舅妈会同意邀请我也一起去的。”

莱奥妮终于明白了阿纳托尔的道理：“哦。”

“你能抽出一到两周的时间吗，阿纳托尔？”玛格丽特问道。

“为了我的宝贝妹妹，当然能。”他笑着对莱奥妮说道，“如果你希望接受这邀请，那我就听候你的吩咐了。”

她第一次感到兴奋，能够在乡下自由地散步，呼吸未被污染的空气，想读什么就读什么，想什么时候读就什么时候读，不用担心被批评指责。

还能让阿纳托尔陪着我。

她考虑了一会儿，不想暴露出她和阿纳托尔其实是一伙的。她母亲不在乎凯德庄园不代表她也不在乎。她看着阿纳托尔英俊憔悴的侧脸。她曾以为整件事都已过去了，但昨晚发生的事让她明白了其实没有。

“那好吧。”她说道，感到一股热血涌上了头顶，“要是阿纳托尔陪我一起去，然后还能待到我舒适地安顿下来为止，那我就去吧。”她转向玛格丽特：“妈妈，请您给伊索尔德舅妈写封回信，说我——我们——很高兴接受她慷慨的邀请。”

“我会如此回信的，跟她确认日期。”

阿纳托尔咧嘴笑了笑，举起了咖啡杯：“敬未来。”

莱奥妮笑着回应：“敬未来。敬凯德庄园。”

第二部

Paris 巴 黎

2007 年 10 月

第九章 巴黎

“欧洲之星”列车正呼啸着向终点站巴黎驶去，此刻，梅瑞迪丝·马丁正注视着自己在车窗中憔悴的脸：黑色的头发，白色的面庞，脸上没有一丝血色。她看起来状态糟透了。

她低头瞥了一眼手表，心想：已经八点三刻了，感谢上帝，终于快到了。

昏暗的光线下，越来越多的灰墙房子和小镇从眼前一闪而过。车厢里空荡荡的，仅有寥寥数人：两个身着白色紧身衬衫和灰色制服裤子的法国女白领，两个躺在背包上睡觉的学生。耳边时不时传来电脑键盘的轻轻敲击声，压低的手机通话声，还有新出版的报纸——法国的，英国的，美国的——沙沙的翻页声。过道对面，坐着四位要回家过周末的律师。他们身着条纹衬衫，斜纹棉布的裤线如刀锋般锐利。他们大声地讨论着一桩诈骗案，身前的桌面上放满了盛有啤酒、红酒、波旁威士忌的玻璃瓶和塑料杯。

梅瑞迪丝的目光又一次漂移到塑料小桌上光滑透亮的铜版纸酒店宣传册上，尽管她早已读过许多遍了。

凯德庄园酒店

雷恩莱班

邮编：11190

凯德庄园酒店坐落于风景如画的雷恩莱班小镇，隶属于美丽的朗格多克大区。它四周林地环绕，令人赏心悦目。凯德庄园是19世纪壮丽与典雅的缩影，但同时又配有备受有品位的21世纪旅客所期待的休闲娱乐设施。原土地主人的居所在1897年的一场火灾中部分毁坏，酒店于原址上修建而成。自20世纪50年代起，凯德开始作为酒店运营。2004年，在新的管理层领导下，凯德进行了一次全面装潢，重新开业。现在凯德庄园酒店被誉为法国西南部的最佳酒店之一。

查看各类房间价目表及详细设施说明请翻看反面。

同样的信息用法语复述了一遍。

听上去不错，周一她就到那儿了。这是在连日的经济航班和便宜旅馆之后她对自己的犒赏。她把宣传册塞进装有住宿预定收据的透明塑料文件夹里，然后把所有的东西放回她的包里。她舒展了一下自己又长又细的手臂，然后转了转脖子，她想不起来上一次这么累是什么时候的事了。

真是漫长的一天。

梅瑞迪丝又犯了老毛病——在短时间内办太多的事情。中午在伦敦退的房，在维格库尔音乐厅附近的咖啡厅里吃的午饭，下午听了场音乐会——十分无聊——在滑铁卢车站上车前吃了个三明治，又热又累。

在那之后，火车发车晚了。出发之后，起初梅瑞迪丝只是茫然地看着车窗外经过的英国的绿色田野，而没有往电脑里输入笔记。然后列车就被海峡下的混凝土隧道吞噬了。空气虽然变得压迫，但好在没有了玩手机和闲聊的声音。三十分钟后，他们出现在海峡另一边，迎接他们的是黄昏时分的法国北部，平坦的棕色。

别墅风格的农舍，一闪而过的小镇，又长又直一眼望不到头的农场小路。一两座稍大点的城镇，长满野草的矿渣堆。然后是戴高乐机场和郊区，巴黎郊区，乏味压抑的租金管制高层楼房静默地矗立在法国首都的市郊。

梅瑞迪丝倚在靠背上，任由思绪纷飞。她是为了写一本关于19世纪法国作曲家阿希尔-克劳德·德彪西和他生命中那些女人们的传记而来到英法两国的，现在四周的调研行程已经过去了十天。在几年毫无进展的调查和计划之后，她交到了好运。六个月之前，一家刚起步的学术出版社有意签下这本书。预付款虽然不多，但考虑到她在音乐批评领域本就没什么名气，实际上还是很不错的。足够让她实现欧洲之旅的梦想。她决心写出一本好书，一本好传记，而不是另一本德彪西记事录。

她的第二件好事就是在罗勒达勒姆的一家私立大学找到了一个兼职的教师职位，从春季学期开始。这份工作的优点在于，既离她养父母家很近——可以省下很多洗衣、电话和食品的开销——又离她的母校，北卡罗来纳大学不远。

十年的大学念下来，梅瑞迪丝欠下了许多债务，手头很紧。但算上她教钢琴挣的钱，加上出版社的预付款还有预期的固定收入，她终于鼓起勇气订了去欧洲的机票。

约定的交稿日期是在四月末。现在她的写作正在轨道上，实际上还提前了一些。她在英国待了十天，现在她可以在法国待上好几周，主要在巴黎，但她也预定要去西南的一个小镇雷恩莱班一趟，还要在凯德庄园待几天。

表面上这次旅行的理由是要在回巴黎之前调查一个关于德彪西第一任妻子莉莉的线索。如果只是为了调查第一任德彪西夫人的话，根本不必如此大费周章。这确实会是一次有趣的调查，但她的线索十分细微，甚至对整本书来说都可有可无。但她还有另一个要去雷恩莱班的理由，一个私人的理由。

梅瑞迪丝从包的内层摸出了一个A5大小的马尼拉纸信封，上面用红色的字印着“不要折叠”。她倒出几张红褐色的旧照片，边缘弯曲，参差不齐。还有一张钢琴曲乐谱。她看着那些似曾相识的面孔，她过去已经看过许多次了，然后注意力转到了乐谱上。黄色的稿纸上手写的乐谱，是一首四四拍、旋律简单的曲子，A小调，标题和日期用老式的斜体字写在顶上：

墓地，1891。

她十分熟悉这首曲子——每个小节线，每个十六分音符，每个和弦。这份乐谱和那三张照片是她从亲生母亲那里继承的唯一物品。一个遗物，一个护符。

她十分清楚这段旅程很有可能无功而返。那是很久很久以前的事了，真相早已无人知晓。但从另一个方面来看，梅瑞迪丝认识到情况也不可能比现在更糟了。她对她的家族事实上一无所知，她急切地需要知道点什么。从机票的价钱来看，一切都是值得的。

梅瑞迪丝感到列车正在减速，铁轨增多了，巴黎北站的灯光映入眼帘。车厢中的气氛再次发生了变化，又一次回到了现实世界，乘客们分享了一段旅途后，又各自奔向了自己的目的地。人们系上了领带，穿上了外套。

她整理好照片和乐谱，和其他的文件一起放回包里。她从手腕上取下了绿色的发圈，把头发扎成了马尾辫，用手指理了理刘海，接着走进了过道里。

看她高高的颧骨、清澈的棕色眼睛和娇小的身形，她更像个高中学生而不是二十八岁的学者。在家的时候，如果她想去酒吧喝一杯还得带上身份证才行。她起身去行李架上拿她的外套和手提包，露出了绿色上衣和牛仔裤之间一片晒黑的平坦小腹，同时感受到了过道对面那四个人的目光。

梅瑞迪丝穿上了外套。

“旅途愉快，伙计们。”她笑了笑，向门口走去。

她刚走到站台上就感觉一道音墙迎面而来。人们喊着，跑着，挥着手，到处都是人。人人都急匆匆的。

扬声器里传来了通知，先是一段小号和钟琴的声音，紧随而来的是下一班发车的信息。从寂静的车厢里出来之后这一切显得十分失控。梅瑞迪丝叹了口气，感受着巴黎的景色、味道和特质。她觉得自己已经是另一个人了。

她肩上扛着包，跟着标志穿过了车站大厅，排队等出租车。排在她前面的人大声地打着电话，挥着手，指缝间夹着根吉坦香烟。蓝白的香草味的烟雾旋转着飘进夜空，映衬出街对面 19 世纪建筑物栏杆和百叶窗的轮廓。

她把地址给了司机，酒店位于第四行政区，在马雷区圣殿路上，她是因为这家酒店位于市中心才选的。如果她有时间的话，游览还是很方便的——蓬皮杜中心和毕加索博物馆都在附近——但她主要是去音乐专科学校和各个音乐大厅，去搜集她写作所需的档案和地址。

司机把她的手提包放进了后备厢，关上了她的车门，钻进了驾驶室。出租车发动起来，加速进入了巴黎疯狂的车流中。梅瑞迪丝被加速甩到了座位上，用胳膊紧紧地把包抱在胸前，看着咖啡馆、街道、摩托车和街灯飞速地远去。

梅瑞迪丝觉得自己了解德彪西的缪斯、情妇、爱人、妻子——玛丽·瓦斯涅尔、盖比·杜邦、特蕾莎·罗杰，他第一任妻子莉莉·泰克希尔，第二任妻子艾玛·巴达克，他深爱的女儿周周。她们的面容、她们的故事、她们的性格在她的脑海里栩栩如生——日期、参考书、音乐。她已写好了初稿并对行文很满意。她现在需要让她们跃然纸上，色彩更丰富，更有 19 世纪的氛围。

她时不时地会担心德彪西的生活对她来说比自己日复一日的生活都更真实。大多数时候她都会驱散这个念头。专注于目标总是好的，如果她想在限期前完稿，那最好还是继续专注下去。

出租车尖叫着停了下来。

“阿克希尔波布尔酒店到了。”

梅瑞迪丝结了车费走进酒店。

酒店十分现代化，更像是纽约的精品酒店而不是她所期待在巴黎见到的那种。

几乎没有法国风情了。

到处都是直线条和玻璃，时髦且简约。大厅里满是又大又结实的椅子，包着黑白交错方格布，柠檬绿或棕色白色的细条纹布，围着烟色玻璃的桌子排列着。墙上的包绒铬书架里摆放着艺术杂志、时尚杂志和《巴黎竞赛画报》。从屋顶上垂下了巨大的灯罩。

太过头了。

在大厅的远端是酒吧，正坐着一排魅力十足的男女在喝酒，健硕的肉体和剪裁得体的衣物。石板柜台上放着光亮的鸡尾酒雪克杯，蓝色霓虹灯下镜子里照出了酒瓶的倒影，冰块的碰撞声和酒杯的叮当声环绕在耳边。

梅瑞迪丝从钱包里抽出一张信用卡，不是在英国用的那张，以免达到限额，然后走向了柜台。柜员穿着时髦的灰色裤装，既友善又搞笑。梅瑞迪丝很高兴有人能听懂她生疏的法语。她好久没说过这种语言了。

这肯定是个好兆头。

她谢绝了帮她拿行李的要求，然后记下了无线网络的密码，搭乘狭窄的电梯到了三楼，走过一条很暗的走廊，终于找到了她寻找的房间号。

房间很小，但整洁又时尚，房间内的色调是棕色、奶黄色和白色。客房服务人员已经点亮了床头灯。梅瑞迪丝抚摸着床单，质量上乘的亚麻摸起来很舒服。衣柜空间很大，尽管她用不到。她把手提包扔到床上，把笔记本电脑从包里拿出来放在盖着玻璃的桌子上开始充电。

接着她走到窗户旁拉开了窗帘，拉开了百叶窗。车流的噪声涌入房里。在下面的街道上，一群迷人的年轻人正在享受这令人惊讶的暖和的十月夜晚。梅瑞迪丝探出身去，她能看到四面八方：对面街角的百货商店，百叶窗关着；咖啡厅和酒吧，法式糕点店和熟食店都在营业；音乐流淌在人行道上，橙色的街灯、霓虹灯，一切都被泛光照亮或者是黑白的剪影，完全是一片夜晚的格调。

梅瑞迪丝双肘支在铸铁的栏杆上，静静地看着，希望自己有足够的精力下楼加入他们。然后她摸了摸自己的胳膊，意识到皮肤上布满了鸡皮疙瘩。

她退回房内，打开了行李，把为数不多的衣服放进衣柜里，然后走进了浴室。浴室位于房间一角奇特的伸缩门后，依然是简约地装饰着白色瓷砖。她很快洗了个澡，裹着毛巾浴袍，脚上穿着厚厚的羊毛袜子，从小冰箱里给自己倒了一杯红酒，坐下来查收邮件。

网速还不错，但事情不多：几封朋友发来的邮件问她进展如何，她的养母玛丽问她是否安好，一封音乐会的广告邮件。梅瑞迪丝叹了口气，没有出版社的消息。预付款的第一部分本应在九月末就打进她的账户里，但在她离开美国的时候还没到。现在已经是 10 月 26 日了，她开始有点神经兮兮的。她发了好几封邮件，然后被告知一切都在掌握之中。她的经济状况不算太糟，至少目前还过得去。她手里有信用卡，而且一旦必须的话她还可以让玛丽接济她一点，但她要是知道钱已汇出的话会安心很多。

梅瑞迪丝下线了。她喝完了最后一点红酒，刷了牙，带了一本书爬上了床。

大约五分钟她就睡着了。

巴黎的声音渐渐消失了。梅瑞迪丝睡着了，灯还亮着，她看旧了的埃德加·爱伦·坡的小说放在她的枕头边。

第十章

10月27日，星期六

梅瑞迪丝醒来时，阳光从窗外照进来。

她跳下床，梳了梳自己的黑发，把它系成了马尾辫，然后穿上了牛仔裤、绿色的毛衫，套上了外套。她检查了一下包里的必需品——钱包、地图、笔记本、太阳镜、照相机——然后，怀着对今天的美好预期，她走出了房门，一步两阶地走下楼梯来到大厅。

这是个完美的秋日。阳光明媚，空气新鲜。梅瑞迪丝走向街对面的小饭馆吃早餐。人行道上放着一排排的圆桌子，仿大理石的桌面很漂亮，迎接着早晨的太阳。室内都是喷了清漆的樱木，一张镀锌的柜台横贯全屋。两个穿着黑白色调衣服的侍者以惊人的技巧在拥挤的饭馆里穿梭着。

梅瑞迪丝坐了外面最后一张空桌，旁边坐着四个穿着马甲和紧身皮裤的人。他们都抽着烟，喝着浓缩咖啡和水。在她右边，两位身材苗条、穿着得体的女士用小小的白杯子啜饮着榛子咖啡。她点了一份早点套餐——果汁、法式长棍面包配黄油和果酱、酥皮糕点和欧蕾咖啡——然后拿出她的笔记本，海明威著名的鼹鼠皮笔记本的复制品。这是在巴诺书店打折的时候为了这次旅行购入的，一包六本她已经用到了第三本。她什么都记，不论多细致或是多不起眼。之后，她会把她认为重要的笔记输入到笔记本电脑里。

她计划今天要去参观那些对德彪西来说很重要的私人场所，而不是那些大型的公共场合和音乐厅。她会拍点照片，看看进展如何。如果结果表明这是浪费时间，她就会重新考虑方式，但看起来是个合理的组织时间的方法。

德彪西出生于1862年8月22日，圣日耳曼昂莱，现在这里是上班族聚居的地方。他是个彻头彻尾的巴黎人，差不多五十五年的人生都是在首都度过的，从童年时的柏林路到布格涅大道八十号。1916年3月25日，德军远程炮击巴黎的四天后，他死在这里。她旅行计划的最后一站，或许在她度周末回来之后，应该是第十六行政区德彪西下葬的帕西墓园。这里到邻近街区的克劳德·德彪西路并不远。

梅瑞迪丝深吸了一口气。在巴黎，在德彪西的城市，她感觉像回到了自己的家。导致她出发的事情都是那么疯狂，她不敢相信自己真的来到了巴黎。她静静地坐了一会儿，正处在建筑物的中心，欣赏着风景。接着她拿出了地图在桌面上铺开，地图的角折皱了，边缘碎裂，像一张五颜六色的布匹。

她把几绺松脱的头发掖到耳后，仔细地看着地图。她清单上的第一个地址就是柏林路，德彪西和父母兄弟姐妹在那里从19世纪60年代初一直住到了他二十九岁。转过街角就是象征主义诗人斯蒂芳·马拉美的公寓，德彪西经常去那儿参加著名的星期二下午沙龙。在第一次世界大战之后，和很多其他德国名字的法国街道一样，它也被改名了，现在叫作列日路。

梅瑞迪丝用手指沿线找到了伦敦路。1892年1月，德彪西和他的情人盖比·杜邦搬进了这里的一处公寓，接着是第十七行政区古斯塔夫黄金路的一间公寓，然后就在卡迪内街的斜对角，他们一直住到1899年元旦盖比离开他那天。德彪西和第一任妻子莉莉依然住在这里，直到五年后这段感情也破裂了。

在距离和规划这方面来说，巴黎是很好管理的。受益于德彪西一生居住在一个相对较小的范围里，她要去的地方都在步行距离内。在第八、第九行政区边界上，围绕着欧洲广场，数条街道形成一个星形范围，遥望着圣拉扎尔火车站。

梅瑞迪丝用黑色记号笔在地图上圈出了所有地点。看了一会儿这个图案，然后决定要从最远的点开始然后一路走下来返回酒店。

她收拾着东西，花了会儿时间折叠地图。她喝完了咖啡，把糕点油乎乎的残渣从毛衫上拂去，一根一根地舔净了手指，抗拒着再点点什么东西来吃的诱惑。尽管她的体形苗条优美，但她热爱食物，比如酥皮点心、面包、小饼干，这些不应该多吃的甜品。她留下一张十欧元的钞票结账，外加一把零钱作为小费，然后起身出发了。

只过了不到十五分钟她就走到了协和广场，然后转向北方，途径玛德莲教堂——一座罗马神殿式的非凡教堂——接着沿着马勒赛尔布大道走了不到五分钟，她左转进入纳拉斯奎兹大街向着蒙索公园走去。与主干道车流的咆哮声相比，这条壮丽大街的安静显得十分怪异。树干斑驳的法国梧桐树，像老人手臂般长满斑点，排列在人行道两旁。许多树干被喷上了涂鸦。梅瑞迪丝看了一眼使馆的白色建筑，冷漠又有点神情倨傲，然后她俯瞰了一下整个花园。她停下来拍了几张照片，以防忘记轮廓。

蒙索公园大门处一块标志板告知了冬夏的开闭园时间，梅瑞迪丝穿过黑色的铸铁大门进入了一片宽阔的绿色空间，立刻就发现很容易想象到莉莉或者盖比甚至德彪西本人牵着他的女儿在宽阔的人行道上散步的景象。长长的白色夏服在风中旋转，或是女士们戴着宽边帽坐在草坪边上的某张绿色金属长凳上。穿着军装的退役将军，还有外交官的黑眼睛孩子们在家庭教师戒备的注视之下玩着滚木圈。她从树木的间隙中看见了一座类似希腊神庙的圆柱建筑物。更远一点的地方有一座石顶金字塔形的冰室，还有缪斯女神的大理石像用围栏隔开。在公园里，一列黄褐色的小马载着兴奋的孩子们在石子路上来回地走着。

梅瑞迪丝照了许多照片。除了人们的穿着和手中的手机以外，蒙索公园和她照片上见过的一百多年前的样子并没有什么变化。一切都如此的鲜明，如此的清晰。

在公园里心满意足地闲逛了半个小时之后，她终于从北门出去了。她看到了地铁站，入口上写着蒙索站二号口。精细的新艺术主义设计看上去仿佛和德彪西是同时代的。她又照了几张照片，然后穿过繁忙的路口走进了第十七行政区。在看过“世纪末”[①]风情的公园之后，她觉得这一带的社区显得有些单调，商店看上去没有格调，建筑物平淡无奇。

她轻松地找到了卡迪内街，认出了一百多年前莉莉和德彪西住过的地方。她感到一阵失望的刺痛。从外面看上去，它同样的普通，同样的不显眼，同样的沉闷，一点特点都没有。在信件中，德彪西充满深情地谈论着这间质朴的公寓，描述着墙上的水彩和油画。

突然她想要按响门铃看看是否能够说服谁让她进去看看。毕竟就是在这里，德彪西创作出了改变他人生的作品，他唯一一部歌剧《佩利亚斯与梅丽桑德》。就是在这里，莉莉得知德彪西要永远离开她，和他一个钢琴课学生的母亲——艾玛·巴达克组建家庭。在他们结婚五周年纪念日即将到来之际，她开枪自杀了。莉莉虽然活了下来，但几次手术也没能取出她体内的弹头。梅瑞迪丝觉得她带着这个德彪西的纪念品度过余生的事实，某种程度上是整个故事里最辛酸——当然也是最可怕的部分。

梅瑞迪丝向着那个银色的对讲器伸出手，然后克制住了自己。她相信建筑物有灵魂。她相信在某种情况下，也许会留下过去的回声。但在这座城市里，

① 法语，指19世纪末，特指19世纪末的艺术风格。（译者注）

已过去太久了。即使砖块和灰浆依然没变，一百年忙乱的人类生活也会给这里留下太多的魂灵，太多的脚印和太多的影子。

她转身背对着卡迪内街，拿出地图，折成了一个趁手的小块，继续寻找德彪西广场。当她找到的时候，怎么说呢，迎来的却是更大的失望。丑陋的六层高野兽派建筑物，角落里有家二手商店。店里一个人都没有，整个地方散发着废弃的气息。想到蒙索公园里那些赞颂作家、画家、建筑家的高雅雕像，梅瑞迪丝对巴黎竟然如此寒酸地纪念它最出色的儿子感到十分生气。

这件事我一定要在书里写出来。

她直起身来开始大笑。真是可怕极了！一位美国传记作家在书里和巴黎市政规划过不去，她开什么玩笑？

梅瑞迪丝回到了繁忙的巴蒂尼奥勒大街。在她读过的所有描写 19 世纪 80 年代巴黎——德彪西的巴黎的文学作品里，它听上去是个很危险的地方，远离主要的干道。这是一个要避开的街区——堕落的街区。

她接着来到伦敦路，1892 年 1 月盖比和德彪西第一次租下公寓的地方，想要感受到点什么，一些怀旧感，一些对这个地方的感觉，但什么也没感受到。她查看着号码，在德彪西故居的地方停了下来。梅瑞迪丝退了几步，拿出了笔记本确认她并没有搞错门牌号，接着叹了一口气。

今天运气不好。

在过去的百年间，那栋房子似乎被圣拉扎尔火车站吞噬了。车站不断地扩建，蚕食着周围的街道。已经没有什么和过去有联系的了，甚至已经没有什么值得照相的了，剩下的只有一片空无！

梅瑞迪丝环顾四周，看到街对面有家小饭馆，夏布利小店。她需要吃点东西，更重要的是，她需要喝杯红酒。

她穿过街道。人行道上放着个架子，架着一块黑板，上面用粉笔写着菜单。大大的玻璃窗被蕾丝窗帘半盖着，她看不清内部。她压下老式的门把手，一阵铃声叮叮当当地响起。她走了进去，一位腰间系着挺括的白色亚麻围裙，上了年纪的侍者立刻过来迎接。

“您是要吃饭吗？”

梅瑞迪丝点点头，被领到角落里的单人桌旁。桌上铺着纸桌布，放着笨重的银刀叉和一瓶水。她点了一份今日特色和一杯菲图葡萄酒。肉菜——一块牛腰肉——非常好吃，中心还是粉色的，配上风味强烈的黑胡椒酱汁，再搭配口感醇厚的卡门培尔奶酪。

她一边用餐一边看着墙上挂着的黑白照片，阿姆斯特丹路上老电车的照片，圣拉扎尔火车站前广场上钟楼的照片，此外还有这个街区旧日的图像照。照片中饭馆的工作人员自豪地站在门外，侍者们留着黑胡子，白衣领十分挺括；饭馆主人和他中年的妻子穿着浆洗过的周日盛装站在正中央。

其中最好的一张照片恰巧是她认识的那张。梅瑞迪丝笑了，棕色的眼睛明亮起来，显得她更年轻了。在通往厨房的门上方，有一张一个女人和一个年轻男人还有一个头发乱蓬蓬的姑娘的照片，旁边贴着一张德彪西最著名照片的复制品，拍摄于 1885 年，罗马梅迪奇别墅。那时德彪西只有二十三岁，他用他特有的皱着眉的阴暗表情向画面外瞪着。他黑色的卷发没有盖住额头，嘴唇上刚刚开始有胡子。整体形象一眼就能辨认出来。梅瑞迪丝本就打算把这张照片用在她的书里作为封底的插图之一。

在她输入银行识别码的时候，她对侍者说："他就住在这条街上。"她指着那张照片："克劳德 · 德彪西，就住在这里。"

侍者耸了耸肩，不感兴趣，但在看到小费的数额之后，他露出了笑容。

第十一章

下午剩下的时间都在按计划进行。

梅瑞迪丝按着清单上的地址依序探访，她回到酒店的时候已经是六点了。她访问了德彪西在巴黎生活过的所有住所。她洗了个澡，换了一条白色牛仔裤和一件蓝色毛衫。她把数码相机里的照片传到了笔记本电脑里，查收了邮件——钱还是没到——去街对面的小饭馆随便吃了点晚餐，然后去酒店酒吧点了一杯绿色的鸡尾酒——看起来很恶心喝起来还意外的不错——这一天就这样结束了。

回到房间里，她渴望听到熟悉的声音，于是往家里打了个电话。

"玛丽，是我。"

"梅瑞迪丝！"

听到母亲的声音让她热泪盈眶，突然间觉得自己背井离乡，一切都要自力更生。

"家里都好吗？"她问道。

她们聊了一会儿。梅瑞迪丝告诉玛丽上次通话之后发生的一切，从她到巴黎开始去过的各个地方。尽管她痛苦地注意着，在她们聊天的每分每秒，美元话费也不断累积着。

离了这么远的距离她听到了交谈的停顿："另外的计划进行得如何了？"

"我现在还没开始考虑那个。"她答道，"在巴黎要做的事情太多了，周末之后等我到达雷恩莱班再着手那件事。"

"没什么好担心的。"玛丽说得很快，暴露出其实她一直在想这件事。她一直都很支持梅瑞迪丝寻找自己的亲生父母。与此同时，梅瑞迪丝也知道玛丽担心着会发生的事情。她也感同身受。要是结果表明笼罩了她生母一生的疾病与苦痛一直伴随着她的家族怎么办？遗传病？要是她也开始出现相同的症状怎么办？

"我不担心。"她有点没好气地说道，立刻感到内疚，"我很好。兴奋得没有其他念头。我会告诉你进度如何，我保证。"

她们又聊了几分钟，然后道了再见。

"爱你。"

"我也爱你。"从几千英里外传来了回答。

星期天的早晨，梅瑞迪丝去了加尼叶宫巴黎歌剧院。

从1989年起，巴黎在巴士底修建了一座混凝土的新歌剧院，因此加尼叶宫现在主要用于芭蕾演出。但在德彪西的时代，这座华丽的、一流的巴洛克建筑正是出风头见世面的地方，1875年开幕，是1891年臭名昭著的反瓦格纳暴动的现场，也是加斯顿·勒鲁的小说《歌剧魅影》的故事背景。

对梅瑞迪丝来说，加尼叶宫的命运正说明了德彪西时期的旧时代音乐卫道士与新音乐的对抗——古典音乐守旧派老人死气沉沉的手对抗崭露头角的年轻一代实验性作曲家。

德彪西、萨蒂、杜卡斯，"男孩帮"——这是她对他们的称呼。

梅瑞迪丝在一群寻找卢浮宫的游客中迂回前进着，沿着歌剧院大街，要花十五分钟才能走进剧场。建筑物本身是纯粹的19世纪风格，但周边的交通绝对是21世纪的。这简直要疯了！轿车、摩托车、卡车、公共汽车和自行车，四面八方向着她开过来。无疑她是在拿生命冒险，她躲避着车流，终于来到加尼叶宫所在的孤岛。她大开眼界——壮丽的门面、大栏杆、玫瑰大理石立柱和镀金的雕像。十月的阳光下，华丽的、金白相间的屋顶和绿铜的穹顶闪烁着。梅瑞迪丝试着想象那片修建剧院的沼泽荒地，试着想象马车，拖着长裙的女人和戴着礼帽的男人，而不是现在这些按着喇叭的轿车和卡车。

她失败了，太嘈杂太刺耳了，根本无法听到过去的回音。她欣慰地发现，因为接下来有场慈善音乐会，剧院是开着的。

她一踏入大门，历史悠久的楼梯和寂静的露台就拥抱了她。大堂跟她想象中的一样，一片宽阔的大理石在她面前伸展着，仿佛纪念大教堂的中堂一般。在她面前，抛光的铜穹顶下楼梯屹立着。

梅瑞迪丝向前走着，四处看着。她可以进来吗？她的运动鞋吱吱地踩在大理石地面上。观众厅的大门是敞开的，于是她溜了进去。她想要亲眼看看六吨重的吊灯和夏加尔的天顶画。

在前方的乐池里，正有一队四重奏演员在练习。梅瑞迪丝悄悄在最后一排坐了下来。突然间她觉得前世的自己——也许曾经是个乐手——溜了进来坐在她的身边。

这种感觉是如此强烈，她差点转过头去看。

从乐池中传来重复的旋律，梅瑞迪丝想起了自己之前也无数次地做过类似的事情：在舞台侧翼，手里拿着琴弓和小提琴，等待着，在登场前心里那种期待的感觉，一半是肾上腺素，一半是恐惧；调音，微小地调整琴弦和琴弓；洒在她黑色涤纶乐团裙上的松香粉。

玛丽在她八岁时给她买了第一把小提琴，那时她不得不永远和他们一起生活，不再在周末回到“真正的”妈妈身边。琴盒就放在留给她的卧室的床上，是一份给被命运之手迷惑的小姑娘的欢迎礼物。她是一个经历过多的孩子。

她双手抓住了机会。音乐就是她的避风港。她有天赋，学得既快又刻苦。十岁时，她在沃克斯庞特镇，在密尔沃基芭蕾工作室乐队内，为一所中学的舞会伴奏。很快她又开始了钢琴的学习，没过多久音乐就支配了她的生活。

她成为职业音乐家的梦想从小学开始，经过青春期，一直持续到她高中的最后一年。她的家庭教师们都鼓励她报考一所音乐专科学校，告诉她她有很大的可能被录取。玛丽也是这样想的。

但在最后一刻，梅瑞迪丝搞砸了。她让自己相信她还不够优秀，没有成功所需的天分。她报考了北卡罗来纳大学的英语专业，然后被录取了。她把小提琴包进了红丝绸的琴衣，放进了蓝丝绒衬里的琴盒里。松开了珍贵的琴弓，把它静静地挂在了盒盖里。金黄色松香块放进了专用的格子里。琴盒就放在她衣柜的背后，直到她离开密尔沃基去大学那天，琴盒还在那里。

在北卡罗来纳大学，她刻苦地学习，以优异的成绩毕业。她依然在闲暇时弹钢琴，给比尔和玛丽的朋友的孩子上上钢琴课，但仅此而已。琴盒还是放在衣柜背后。

在那时，她从未觉得她做错了选择。

但在过去的几年间，随着她发现自己跟生身家庭的千丝万缕的联系，她开始质疑自己的选择。此刻，二十八岁的她坐在加尼叶宫的观众席上，对过去的悔恨像拳头一样敲打着她的心。

音乐停了。

在乐池中有人笑了，里面没有她。

现在涌回脑海，梅瑞迪丝站起身来，叹了一口气，理了理脸上的头发，安静地转身走了出去。她本来是来歌剧院寻找德彪西的影子，但成功地唤醒了自己的回忆。

剧场外，太阳出来了。

试着摆脱自己抑郁的心情，梅瑞迪丝沿着剧院的侧面原路折回，朝着斯克里布街走去，打算走到奥斯曼大街，再从那里去第八行政区的巴黎音乐学院。

人行道上人来人往，似乎全巴黎的人都出来享受这金色的秋日了。梅瑞迪丝不得不在人群中左躲右闪才能通过。街上有一种狂欢节的气氛：街角有个街头艺人在唱歌；学生们正在散发餐饮服装打折促销的传单；一个杂耍艺人在用两个棍子中间绷着的弦抖空竹，抛到不可思议的高度然后又行云流水般接住；一个街头小贩从手提箱里拿出手表和念珠在卖。

她的手机响了。梅瑞迪丝突然停了下来在包里翻找着，她身后的女人推着的婴儿车撞到了她的手肘。

“请原谅，女士。”

梅瑞迪丝抱歉地抬起了手：“不，不，是我的错，对不起。”

她找到手机的时候铃声已经停了，她站到路旁查看着未接来电。是个法国号码，她似乎有印象。她正准备按下回拨按钮时有人往她手里塞了一张传单。

“这不是您吗？”

梅瑞迪丝惊讶地抬起头：“你说什么？”

一个漂亮的女孩盯着她。她穿着无袖背心和军裤，草莓金色的头发编成了玉米辫，一条斑点围巾衬托着脸蛋，她看上去像是充斥着巴黎街头的新纪元旅行者和嬉皮士中的一员。

女孩笑了笑：“我说，她和您长得很像。”这次是用英语说的。她拍了拍梅瑞迪丝手里的传单：“正面的画像。”

梅瑞迪丝低头看了看手里的广告。塔罗占卜，手相，通灵术；正面被一位戴着皇冠的女士的画像占据了，右手持剑，左手持着一架天平，在她的长裙裙摆上印着一串乐符。

“实际上，”女孩补充道，“她有可能就是您。”

梅瑞迪丝在模糊的图片顶部勉强辨认出了罗马数字十一，在底部印着“正义”。她离近了一点，凝视着。是真的，那女士的确有点像她。

“我看不清楚。”她说道，接着就因为说谎脸红了。

“这些符号。”女孩说道，依然笑着，但如此的专注以至于梅瑞迪丝先移开了目光。

“我明天就走了，”她说，“所以……”

“无论如何留着吧。”女孩坚持道，“我们一周七天都营业，而且就在转角，走路五分钟就到。”

“谢谢，但我对这些事不感兴趣。”梅瑞迪丝说道。

“我母亲很出色的。”

“母亲？”

“她会塔罗占卜。”女孩笑着说，“解读卡牌，您应该来。”

梅瑞迪丝张了张嘴，又合上了。没有必要争论了，还不如先拿着等会扔掉更简单。她不自然地笑着，把传单放进了斜纹粗棉布外套的内袋里。

“要知道，世上是没有巧合的。”女孩补充道，“万事都有原因。”

梅瑞迪丝不想继续这种单方面的对话了，只是点点头，然后走开了，手里依然握着手机。她在转角停了下来，女孩依然站在原地，看着她。

“您真的很像她。”她喊着，“五分钟就到，真的，您应该来。”

第十二章

梅瑞迪丝完全忘记了外套口袋里传单的事情。她回拨了那通未接来电——原来只是法国旅行社来确认她的酒店预约——然后她给航空公司打了个电话确认了她明天航班起飞的时间。

梅瑞迪丝在六点回到了酒店，一整个下午走下来，人累脚又酸痛。她把照片传到了笔记本电脑的硬盘里，接着开始把这三天的笔记输入到电脑里。九点半的时候她去街对面的小饭店买了个三明治，然后回到房间里边工作边吃饭。

十一点的时候她结束了工作，彻底赶上了进度。

她爬上床打开了电视，不停地换着频道，想要听到 CNN 熟悉的声音，但只看到 FR3 频道播放着一部模糊不清的法国警察电影；TF1 频道放着《神探科伦坡》；Antenne2 播放着伪装成艺术片的色情片。她放弃了，决定在熄灯睡觉前看一会儿书。

她舒适地躺在光线微弱的房间，手放在头上，脚趾都裹在白床单里，注视着天花板，回想着玛丽分享她所知不多的关于自己生身家庭的那个周末。

2000 年 12 月，密尔沃基，菲斯特酒店。他们在每个家庭庆典的时候都会去菲斯特酒店——生日、婚礼、特殊日子——通常只吃顿晚餐。这次玛丽订了一整个周末，迟来的梅瑞迪丝二十一岁生日与感恩节的庆祝，另外再提前做圣诞节的采购。

高雅含蓄的 19 世纪氛围：色彩，世纪末的风格，金色的飞檐；立柱，铸铁栏杆，玻璃门上洁白的网孔门帘。梅瑞迪丝独自走进酒店的咖啡厅等她的养父母，她坐在角落的沙发里，点了人生第一杯合法的酒：索诺玛卡特雷出产的夏多丽白葡萄酒——7.5 美元一杯，但值得。口感醇厚，黄色的酒中带着木桶的香味。

想起这些事真是太疯狂了。

外面正下着雪，白色的天空，持续飘着雪花，安静地笼罩了世界。在吧台旁，一位老妇人穿着红外套，羊毛帽子压得很低，对酒保喊着：“说话呀！你为什么不跟我说话？”跟艾略特《荒原》里写的那女人一样。她的客人在酒吧喝着米勒精制纯生，两个年轻人在喝着瓶装的斯普雷彻胡波和瑞文维斯特啤酒。和梅瑞迪丝一样，他们都装作没注意到这疯子。

梅瑞迪丝刚和男友分手，因此很高兴能离开校园度周末。他是在休假期间来北卡罗来纳大学访问的数学教授。两人陷入了暧昧关系。在酒吧里，拨开她脸上的一绺头发；在她弹琴时坐在琴凳边上；深夜时，黑暗的图书馆书架中，若无其事地放到她肩上的手。这段感情注定不会有结果——他们想获得的不一样——梅瑞迪丝也并不伤心。但性爱很美好，这段感情在持续的时候也很快乐。

即便如此，还是回家好。

那个寒冷、冰雪覆盖的周末，她们一直在谈话。梅瑞迪丝问着玛丽关于她生母的问题：她的人生、她的早逝，那些她早就想知道却又害怕知道的事情。收养她的情形、她生母的自杀，这些痛苦的记忆伴随着她，就像皮肤下的玻璃碎片。

梅瑞迪丝知道了大致情况。她的生母，珍妮特，高中时在一场停车场聚会中怀了孕，自己没意识到直到一切都不可挽回了。最初的几年里，珍妮特的母亲路易莎一直都支持着她，但很快癌症夺走了路易莎的生命，情况就急转直下。在事情变得十分糟糕的时候，玛丽——珍妮特的远房表亲——帮了忙，直到事情最终变得不再适合梅瑞迪丝回家，为了她的安全。两年后珍妮特离世了，于是很有必要建立更为正式的关系。玛丽和她的丈夫比尔收养了梅瑞迪丝。尽管她保留了自己的姓，而且和过去一样一直称呼玛丽的教名，梅瑞迪丝终于可以自由地把玛丽当作自己的母亲。

玛丽就是在菲斯特酒店里把照片和钢琴谱交给了梅瑞迪丝。第一张上是个穿着军装的年轻人，站在村子的广场上，黑色卷发，灰眼睛，目光坦率。照片上面没有名字，只在照片的背面写着日期——1914 年，摄影师的名字和拍摄地点——雷恩莱班。第二张是个穿着旧式服装的小女孩，没有名字，没有时间，没有地点。第三张是梅瑞迪丝的外婆，路易莎 · 马丁，在十几年之后——30 年代末 40 年代初，从她的衣着来判断——坐在一架大钢琴前。玛丽解释说路易莎曾是位小有名气的钢琴演奏家，信封里的那首钢琴曲就是她的代表作，她每次返场的时候都会弹奏这首曲子。

第一次看着这些照片的时候，梅瑞迪丝想着，要是她早点知道路易莎的事情，她会不会坚持下去不放弃她的音乐事业。她不知道。她想不起来她的生母，珍妮特，曾弹过钢琴或是唱歌。只有喊叫，只有哭泣和随之而来的事情。

音乐在梅瑞迪丝八岁时走进了她的生活，是玛丽的礼物。表面上是这个样子，但在表面之下，一直以来另有隐情，改变了整个故事。2000 年那个下雪的周末，梅瑞迪丝的世界变了。这些照片、这首乐曲成为一支锚，把她和一段往事联系在一起，她知道终有一天她要去寻找。

她看了一眼手机，十二点三十三分。

不是明天，是今天，10 月 29 日，星期一。

梅瑞迪丝早晨醒来的时候，她昨夜的焦虑已蒸发殆尽。她期待着离开巴黎，不管她能得到什么，好也罢坏也罢，她正需要在山区休闲放松几天。

她去图卢兹的航班要过了中午才起飞。她在巴黎要做的调查研究也都完成了，她不想在出发前开始新的工作。于是她在床上看了一会儿书，然后在出发去几个常见的景点前，去她常去的小饭馆，在阳光下吃了一顿早午餐。

她在里沃利街常见的行道树荫下走着，躲避着一群群背着背包的学生和按《达 · 芬奇密码》路线行进的游客。她本想去卢浮宫金字塔参观的，但入口处的长队打消了她的念头。

她在杜伊勒里花园找到了一张绿色金属长凳，想着要是穿了一件比她身上的斜纹粗棉布外套更薄的衣服就好了。天气又热又潮湿，在十月末来说简直是反常。她热爱这城市，但今天的空气似乎污染严重，车辆尾气混着咖啡店排房里排出的烟草烟雾。她想要到塞纳河上乘坐一次梦奇游览船。她还想去看看巴黎左岸的传奇书店，莎士比亚公司，几乎是美国人到巴黎必去的圣地。但她提不起劲儿来。事实上，她想要去一般游客去的景点，却又不想挤在游客堆里。

很多她可能想去的地方已经关闭了，所以还是回到德彪西身上吧。梅瑞迪丝决定再次回到他童年时的居所列日路，1890 年叫作柏林路。这次不需要地图在街网中指路了。她把外套系在腰间，出发了。她走得很快，很高效，这次换了一条不同的路线。大约五分钟之后她停了下来，把手遮在眼睛上方，仔细地看着搪瓷路牌。

她扬了扬眉毛。不知不觉中，她来到了安廷大街。她张望着，在德彪西的时代，臭名昭著的品脱餐馆就在这条街的街头，圣三广场附近。稍远一点就是著名的 17 世纪的主宫医院。在街尾，差不多她现在站着的地方，实际曾是爱德蒙·贝利声名狼藉的神秘学书店。在那里，在那世纪之交的光辉日子里，诗人、神秘主义者和作曲家，聚在一起谈论着新的想法，关于神秘主义和符号的力量，关于印象而不是定义，关于对另一个世界的想法。在贝利的书店，年轻易怒的德彪西应该永远不必解释自己。

梅瑞迪丝查看着门牌号。

她的热情立刻消失了，她就站在她的目的地——只不过没什么可看的。和她整个周末遇见的问题一样，新建筑取代了旧的，新街道扩张着，旧时的地址被无情的时间吞噬殆尽。

安廷大街二号现在是一栋毫无特色的现代混凝土建筑。没有书店，没有精美的世纪末门面，墙上甚至连块纪念板都没有。

然后梅瑞迪丝注意到在建筑的背后有一扇窄门，在街上几乎看不到，在门上挂着一个多彩的手写招牌：“魔法店。塔罗占卜。”

下面写着一行小字：“法语和英语。”

她的手伸进了斜纹粗棉布外套的口袋里，摸到了折叠起来的方形纸张，那张昨天那个女孩给她的传单，就在她放进去的地方。她早就忘得一干二净了。她拿出了传单看着上面的图。图上有斑点，印制质量也很差，但是无法否认这种相似。

她长得像我。

梅瑞迪丝又看了一眼招牌，现在门是开着的，仿佛有谁在她不注意的时候拉开把手溜了出来。梅瑞迪丝走近了一步向里面窥视着。里面是一个小前厅，墙壁是紫色的，画着银色的星星月亮和占星术符号。天花板下挂着她不确定是水晶还是玻璃制的风铃，旋转着，闪烁着。

梅瑞迪丝直起身来。占星术、水晶、占卜，她什么都不信。她甚至都没读过报纸上的星座运程，尽管玛丽每天早晨起床后都会特别虔诚地边喝咖啡边看着，就像一个仪式。

梅瑞迪丝不理解。未来再有安排，一切都是注定，这种思想简直就是疯了。这也太宿命论了，就像是放弃了对自己人生负责一样。

她从门里退了回来，生自己的气。为什么还站在这儿？她应该离开，忘了那传单的事。

愚蠢，迷信。

但与此同时，有什么在阻止她离开。她很感兴趣，学术上而不是情感上的兴趣。她在人行道上徘徊着。图片上的巧合？地址上的偶然？她想要进去。

她磨磨蹭蹭地往里走着。前厅的前方是一段狭窄的楼梯，踏板交替涂着红色和绿色。在楼梯顶端，她看见了天蓝色的第二扇门，挂着黄色的木头珠帘。

如此多的色彩。

她曾在什么地方读到过有些人听音乐时脑海里会出现颜色。联感？联觉？叫什么来着？

室内很凉爽。从门上的一台老式电扇吹来了气流，灰尘在十月慵懒的空气里跃动着。要是她真的想寻求世纪末的气氛，还有什么比这里提供的可能和一百年前一模一样的体验更棒的呢？

这其实是一次研究。

一瞬间，所有事都悬而未决。似乎建筑本身屏住了呼吸，等待着，注视着。手里握着那张传单，仿佛握着个护符，梅瑞迪丝走了进去，接着踩上了楼梯向上走去。

几百英里外的南方，雷恩莱班北边的山毛榉林里，突然一阵风吹起了古老枝干上红棕色的树叶。沉寂多时的一声叹息，就像手指轻轻拂过键盘。

终于。

另一个楼梯拐角处，光影在变幻。

第十三章 凯德庄园

“好的，神父，谢谢您的好意。再见。”

朱利安·劳伦斯把电话在手里拿了一会儿，然后放下了听筒。尽管头发灰白，但他晒黑的肤色和健美的体形让他看起来比实际年龄——五十岁——要年轻。他从口袋里掏出一盒烟，打开芝宝打火机，点燃了一根高卢牌香烟。香草味的烟雾在空气中飘荡着。

今晚的仪式已经安排妥当。考虑到他侄子哈尔最近的得体表现，一切都会令人满意地进行下去。朱利安同情这孩子，但他在镇里四处打听他父亲的事故就太不应该了。无事生非。他甚至去了验尸官的办公室质疑死亡证明上的私隐。因为库伊扎警察局主管此案的警官是朱利安的朋友——唯一的目击证人，还是当地的酗酒者——这事就这么轻描淡写地过去了。哈尔的疑问被认为是悲伤的儿子正常的反应，而不是对事实的质疑。

不过都无所谓了，这孩子离开后朱利安会很高兴的。本来就没什么好发掘的，但哈尔这么刨根问底的，在雷恩莱班这样的小地方迟早会产生流言的。无火不生烟。朱利安现在指望着在葬礼结束之后，哈尔就会离开凯德庄园回到英国去。

朱利安和他的哥哥西摩，哈尔的父亲，四年前合伙买下了这个地方。西摩比他大十岁，厌倦了城里的退休生活——整天就盯着利润预期和电子表格，想着怎么扩大生意。朱利安冥思苦想的是另一件事。

从1997年他第一次来到这个地区开始，朱利安就被有关雷恩莱班，特别是凯德庄园的传闻所吸引。实际上整个地区都弥漫着神话和传说：埋藏着的宝藏、阴谋论、秘密社团的荒唐故事，从圣殿骑士团、净化派到西哥特人、罗马人和凯尔特人，应有尽有。但吸引朱利安想象力的是个更现代的故事。一份上世纪末的手写报告，讲述了一处深埋地底的教堂改建而成的建筑，一套据说画有某种藏宝图的塔罗牌，还有一场烧毁了原住宅一部分的大火。

公元5世纪时，库伊扎和雷恩堡周边地区是西哥特帝国的中心。这是常识。历史学家和考古学家一直认为西哥特人从罗马劫掠来的传奇财宝被带到了法国西南部。然后，证据就不足了。但朱利安了解得越多，他就越确信西哥特人的财宝还有很大一部分正等待着被发掘。那些卡牌——原版的，而不是印刷的复制品——就是钥匙。

朱利安变得鬼迷心窍了。他申请了考古发掘许可证，把他所有的财富和资源都投入寻宝之中。他取得的成果很有限，只不过是一些西哥特人的陪葬品——剑、扣环、水杯，没什么特别的。在发掘许可证过期之后，他还是继续非法开掘着。他像赌徒一样被拴住了，心里确信这只是时间问题。

五年前当酒店对外出售时，朱利安说服西摩提出了报价。讽刺的是，尽管他俩有着巨大的分歧，但这件事最终证明是一步好棋。直到近几个月来，合作一直很顺利，西摩越来越积极地参与到酒店的日常经营当中，然后他要求看账本。

草坪上的阳光很强烈，透过高高的窗户照进了凯德庄园的旧书房里。朱利安抬头看了看他桌子上方墙上挂着的画。画上是一个古老的塔罗符号，像一个躺倒的数字“8”。无限的符号。忽然传来了一阵声音。

“你准备好了吗？”

朱利安转身看到了他的侄子，穿着黑色套装，打着领带，站在门口。他蓬乱的棕色头发从额头向后梳着。接近三十岁的年纪，肩宽肤净，哈尔看起来还是他大学时的运动员形象——橄榄球蓝色荣誉队员，网球蓝色荣誉替补队员。

朱利安倾身把烟头按灭在窗台的烟灰缸里，然后喝完了他的威士忌。他等不及快点让葬礼结束，一切重返正规。他已经受够了哈尔在身边转悠了。

“我马上就到，”他说道，“两分钟。”

第十四章
巴 黎

梅瑞迪丝走到楼梯最上边，分开珠帘，打开了面前蓝色的门。

里边的屋子很小，窄到她不用伸长胳膊就能摸到两边的墙。她左边是一张明亮的黄道十二宫星座图，由色彩、图案和符号组成的圈，其中的大部分她都不认识。她右边的墙上挂着一面老式镜子，边框镀金，十分华丽。她检查了一下自己的样子，然后转身拍着面前的第二道门。

“您好？有人吗？”

没有回答。

梅瑞迪丝等了一会儿，再次敲门，声音稍微大了一些。

依然没动静。她试了试把手，门开了。

“您好？”她说着走了进去，“有人吗？您好？”

屋子很小，但充满生机。墙上刷着更明亮的颜色，像个幼儿园——黄、红、绿，墙上用紫色、蓝色、银色画着线条、条纹、三角形和“之”字形的图案。正对着门就是一扇窗，挂着透明的淡紫色薄纱窗帘。透过窗户梅瑞迪丝能看到后边19世纪建筑的灰白石墙和黑色的铸铁栏杆，永久关闭的大门周围摆放着一盆盆天竺葵和随风飘动的紫色橙色相间的三色堇。

屋里唯一的家具就是正中央的一张小木方桌，桌脚在黑白相间的亚麻桌布下清楚可见。桌布上画着圆圈和更多的占星术符号，桌子两边各放着一张木椅，椅子上放着机织坐垫，和凡·高画里的一样。

梅瑞迪丝听到楼里传来一声关门声，然后是一阵脚步声。她的心都要跳出来了。她感到血往脸上涌，不请自来地站在这儿让她觉得很尴尬。她正准备要离开，这时一个女人从房间对面的竹帘后走了出来。

她大约四十岁，非常迷人，穿着贴身的衬衫和卡其布短裤，精心修剪的棕色齐肩发上有着灰色的斑点。她向着梅瑞迪丝轻松地笑着。她并不是梅瑞迪丝想象中塔罗占卜师的样子，没有大耳环，没有头巾。

“我敲门了，”梅瑞迪丝窘迫地说道，“没人答应，所以我就直接进来了，希望这样没事。”

那女人笑了：“没什么。”

“您是英国人？”

她笑着说：“说得没错。我希望您没有等太久？”

梅瑞迪丝摇了摇头：“几分钟而已。”

女人伸出了手：“我叫劳拉。”

她们握了手。

“梅瑞迪丝。”

劳拉拽出张椅子示意着：“请坐。”

梅瑞迪丝犹豫了。

“紧张是很正常的。”劳拉说道，“大多数人第一次都这样。因为许多顾客——当然，不是所有的——都是在危难时才来的。所以他们会顾虑也是很合理的。”

梅瑞迪丝从口袋里掏出那张广告，把它放在桌子上。

“不是那样的，这是——一个女孩几天前在街上给我的传单，因为我正好路过……”她再次吞吞吐吐地说道，“这是一个研究，我不想浪费您的时间。”

劳拉拿起了传单，然后脸上露出认出她来的表情：“我女儿提起过您。”

梅瑞迪丝眼睛一亮：“她提过？”

“相似性。”劳拉说着，低头看了看正义牌上的人物，“她说您和这画一模一样。”

她停顿了，似乎在等待梅瑞迪丝说些什么，但她没有说。劳拉在桌旁坐了下来。“您住在巴黎吗？”她问着，指着对面的椅子。

“只是来旅游。”

虽然不太情愿，梅瑞迪丝还是坐了下来。

劳拉笑了：“我猜您是第一次来占卜是吗？”

“是的。”梅瑞迪丝答道，坐在凳子的边缘上。

很清楚——我并不想待太久。

“好的。”劳拉说道，“如果您看过传单的话，您应该知道半小时收费三十欧元，整小时要五十欧元。”

“半个小时就够了。”梅瑞迪丝说道。

她突然觉得嘴发干。劳拉注视着她，直直地注视着她，仿佛要读出她脸上每一道线条，每一个细微差异，每一个阴影的含义。

“好的，但在您之后我并没有预约。所以如果您改变了主意我们还可以继续。有什么特殊的事情您想要探究的吗？或仅仅是兴趣？”

“像我所说的，这是研究。我正在写一本传记，19世纪晚期，20世纪早期。这条街上，准确地说就在这里，曾是一家我多次读到过的书店。这个巧合，我觉得可以这么说，吸引了我。”她笑了笑，试着让自己放松下来，“尽管您的——您的女儿是吧？说世上没有巧合。”

劳拉点点头，笑了：“我懂了。您是要寻找某种过去的回声。”

“没错。”梅瑞迪丝说着，松了一口气。

劳拉点了点头：“好的。有些顾客想要特定的占卜。他们有特殊的事情想要探究——可能是工作、感情、一个重大的决定，实际上五花八门的，其他人追求的是更抽象的事情。”

“抽象的就行。”

劳拉笑了笑：“那好，接下来要选择您想用的牌。”

梅瑞迪丝做了一个抱歉的表情：“对不起，我真的对此一无所知。不然您替我选一套吧？”

劳拉指着沿着桌子边缘正面向下排列的一排卡牌：“我理解一开始这很令人迷惑，但您亲自选会更好。要是我告诉您一点这些卡牌的特质，或许会对您有所帮助。就是看看您对它们的感觉，好吗？”

梅瑞迪丝耸了耸肩：“好吧。”

劳拉拿起离她最近的一叠牌，在桌子上展成扇形，它们有着宝蓝色的卡牌背，上面画着长尾巴的金色星星。

“它们很漂亮。”梅瑞迪丝说道。

“这是通用韦特塔罗牌，非常流行的一套牌。”

下一套牌，卡牌背上只是简单的红白交替图案。“这一套，从很多方面来说，是经典套牌。”劳拉说道，“叫作马赛塔罗，从16世纪至今，这是我偶尔会用的一套牌。尽管实际上在现代来看它有点朴素。大多数求问者更喜欢现代牌。”

梅瑞迪丝扬起了眉毛：“不好意思，求问者？”

“抱歉。”劳拉咧嘴笑着，“求问者就是来占卜的人，问问题的人。”

“好的。”

梅瑞迪丝看着一列牌组，然后指着一套比其他牌小了一圈的牌。卡牌背面是漂亮的深绿色，画着精细的金银色线条。

“这套是什么？”

劳拉笑了：“那是布斯凯塔罗。”

“布斯凯？”梅瑞迪丝重复道，一段记忆出现在她无意识的思想中，她确信在什么地方见过这个名字，“这是画家的名字吗？”

劳拉摇了摇头：“是这套牌最初的出版商的名字。没有人知道画家是谁，也不知道当初是谁托他作画的。我们所知道的也就是它来自法国西南部，差不多是在19世纪90年代末。”

梅瑞迪丝感到脖子后边一阵刺痛。

“具体在西南部的什么地方？”

“我记不太清了，好像是卡卡颂地区的哪里。”

“我就知道。”梅瑞迪丝说道，脑中浮现出地图，雷恩莱班就在正中央。

她突然发现劳拉饶有兴趣地看着她。

“有什么……”

“没，没什么。”梅瑞迪丝很快地说道，“我只是觉得这地名很熟悉，仅此而已。”她笑了笑，“对不起我打断您了。”

“我正准备说这套牌的原版——或者至少是其中的一些——要更加古老。

我们无法确定这些图画有多真实，因为大阿尔卡纳有些特征表明它们是后加入的——或者至少是修改过的。牌面设计和某些卡牌上人物的服饰是世纪末风格的，然而小阿尔卡纳却更加古典。”

梅瑞迪丝扬起了眉毛。“大阿尔卡纳？小阿尔卡纳？”她笑了，“很抱歉我什么也不懂。在继续之前我能问几个问题吗？这样好吗？”

劳拉大笑着：“什么都可以问。”

“好的，从基础开始。一共有多少张牌？”

“除了小部分现代牌以外，标准塔罗牌组里一共有七十八张牌，分为大阿尔卡纳和小阿尔卡纳——阿尔卡纳是拉丁语的‘秘密’。大阿尔卡纳一共二十二张，标着一到二十一的数字——愚者没有标数——在塔罗牌组里是唯一的，每张上面都有寓言的画面和有清楚叙述的含义。”

梅瑞迪丝瞥了一眼传单上的正义画像。

“比如，这张就是。”

“完全正确。剩下的五十六张牌，小阿尔卡纳——有时被称为点牌——分成四组花色，和普通的扑克牌很像，只不过多了一张宫廷牌。于是在一套标准塔罗牌里有国王、王后、骑士，然后是额外的宫廷牌——侍从——在十前边。不同的牌组有不同的花色叫法——星币或币、圣杯、权杖或棒和宝剑。通常来说，它们对应着标准扑克牌里的方块、红桃、草花和黑桃。”

“知道了。”

“大多数专家认为最早的塔罗牌，和我们今天的牌很类似，起源于15世纪中期的意大利北部。然而现代塔罗的复兴，发生在上世纪初，1909年，1910年。当时一位英国神秘主义者，亚瑟·爱德华·韦特，生产了一套新牌。他主要的动机就是要首次为所有的七十八张牌赋予独特和象征性的图像。在那之前，点牌上只有数字。”

“布斯凯套牌呢？”

“四套花色中的宫廷牌都画上了图。它们都有寓意而且画风表明是16世纪晚期的。当然是在韦特之前的时期，但大阿尔卡纳则不同。人物的服饰无疑是19世纪90年代欧洲的风格。”

“怎么会这样？”

“一致的观点就是出版商——布斯凯——并没有一整套牌来印，于是要么找人画大阿尔卡纳，要么就照着现成卡牌的人物和风格来抄。”

“抄的什么牌呢？”

劳拉耸了耸肩："残缺不全的套牌，或是书上的原版套牌插画。我说过，我不是专家。"

梅瑞迪丝低头看着绿色牌背上的金银色线条："有人画出了好作品。"

劳拉点点头："我同意，它们很漂亮。"

她在桌上把星币花色的小阿尔卡纳排成了扇形，面对着梅瑞迪丝，从最开始的一点排列到最后的国王。接着她从大阿尔卡纳里抽出了几张牌放在桌上。

"看出两种画风的不同了吗？"

梅瑞迪丝点点头："当然，尽管它们很相似，尤其是色调。"

劳拉拍了拍其中一张牌："这是布斯凯塔罗另一处独特的变动。除了宫廷牌的名字被改动了之外——主人和女主人，而不是国王和王后——大阿尔卡纳牌里还有一些个人风格。比如这张，Ⅱ号牌，一般叫作高阶女祭司。这里她的头衔叫作女祭司。这个人物又出现在了Ⅵ号牌恋人当中，是恋人中的一员。而且，如果你观察XV号牌恶魔，又是这个女人被锁链捆在恶魔的脚下。"

"这是反常的？"

"很多牌组联系了XI号与XV号，但很少联系Ⅱ号。"

"于是有人，"梅瑞迪丝思考着，慢慢地说道，"或是主动或是被动地，费了很大心力来把这些牌个人化了。"

劳拉点点头："实际上，我常常会想这套牌里的大阿尔卡纳是不是照着真人画的，有些画当中人物的表情是那么生动。"

梅瑞迪丝背上传来一阵寒意，她低头看着传单广告正面的正义图像。

她和我长得一样。

她看着桌对面的劳拉，突然有一种冲动想要说出自己来法国的个人目的，告诉她几个小时内自己就要动身去雷恩莱班了。但劳拉开口说话了，时机就这样错过去了。

"布斯凯塔罗也沿袭了跟传统的联系。举例来说，宝剑与风相对，代表智慧与四维；权杖与火相对，代表能量与冲突；圣杯与水和情感相匹配；然后，星币"她拍了拍坐在被金币环绕的王座上的国王牌，"是土，代表客观物质和财富。"

梅瑞迪丝注视着这些图，集中注意力想把它们记到脑子里，然后向劳拉点点头让她知道看完了。

劳拉清理了桌子，只留下了大阿尔卡纳，把它们正对着梅瑞迪丝排成了三行，从一到二十一。零号卡牌，没有标数的愚者，单独放在最上边。

“我喜欢把大阿尔卡纳看成一段旅行。”劳拉说道，“它们是无法估量的，是生命中那些无法改变也无法对抗的事情。像这样排列的话，就清楚地显现出这三行分别代表了三种不同程度的事态——有意识、无意识和高等意识。”

梅瑞迪丝感到她怀疑论的性格开始插话，她眯起了眼睛。

从这儿开始就不是事实了。

“每一行都以一张强力的牌面开始，魔术师在第一行的起点，力量在第二行的起点，最终在第三行的起点是XV号牌，恶魔。”

在梅瑞迪丝看着恶魔这张牌的时候，感到头脑深处被激发了什么。她看着在恶魔脚下被锁链捆着的男人和女人，忽然有一种似曾相识的感觉转瞬即逝。

“把大阿尔卡纳像这样铺开的优点不只是能看到愚者从无知到启蒙的过程，同时也表明了卡牌之间的垂直联系，”劳拉接着说道，“于是可以看出力量是魔术师的八度音，恶魔是力量的八度音。同样还可以看出其他的规律，魔术师和力量都在顶部画着无限符号，而恶魔举起手臂的姿势使人联想起魔术师。”

“就像一个人的两面。”

“很可能。”劳拉点点头，“塔罗就是关于规律，关于卡牌之间的联系。”

梅瑞迪丝没怎么注意听，劳拉刚才说了一个词，让她很在意的词，她想了一会儿才想起来。

八度音。

“您经常用音乐术语解释塔罗规律吗？”

“偶尔，”劳拉回答道，“取决于求问者。有很多种办法可以解释塔罗的运作方式，音乐只是其中之一。为什么这么问？”

梅瑞迪丝耸了耸肩。“因为这是我工作的领域。我猜我可能是在想您是怎么发现的。”她迟疑着，“我不记得提起过什么，仅此而已。”

劳拉轻轻一笑：“这个念头使您困扰吗？”

“什么，您怎么发现的，没有。”她说谎了。梅瑞迪丝不喜欢这种感性与理性自相矛盾的心情。她的心在说或许可以从中了解到什么，了解到自己真正是谁，因此她想让劳拉了解。与此同时，她的理智又在告诉她这一切都是荒谬的。

梅瑞迪丝指着正义这张牌：“她裙子的裙摆上有音乐符号，挺奇怪的吧？”

劳拉笑了：“就像我女儿说的，世上没有巧合。”

梅瑞迪丝笑了，尽管她并不认为好笑。

“所有的占卜方式，都像音乐一样，有着自己的模式。”劳拉用同样的声调接着说道，“如果您感兴趣的话，有个美国的塔罗占卜师，保罗·菲斯特·凯斯，提出了一整套把大阿尔卡纳与音乐音阶一一对应的理论。”

“我或许会去看一下。”梅瑞迪丝说道。

劳拉收起了卡牌，整理了桌面。她目光敏锐地注视了梅瑞迪丝一会儿，梅瑞迪丝觉得她正在直视自己的灵魂，看到了所有的焦虑、怀疑——还有希望——反映在她的眼睛里。

“可以开始了吗？”

尽管她早就预见到了这一刻，她的心还是颤抖了一下。

“当然了，”她说道，“为什么不呢？”

第十五章

“我们接着用布斯凯塔罗吗？”劳拉问道，“您很明显对它有所感应。”

梅瑞迪丝低头看着那套牌，绿色的卡牌背让她想起了玛丽家周围的那片树林。夏日与秋日的色彩混合了起来，与她长大的密尔沃基的市郊十分不同。

她点点头：“好的。”

劳拉拿走了桌上的其他三套牌和那张广告。

“如之前所说，我接下来要做一次抽象占卜。”她说道，“这是我基于凯尔特十字自创的牌阵，用到整套牌里的十张来占卜，大小阿尔卡纳都用。它们会带来关于你现况、过去和将来的总览。”

我们又回到了疯狂的领域。

但是梅瑞迪丝发现自己急于知道。

“在19世纪末布斯凯塔罗面世的时候，塔罗占卜还是很神秘的，被秘密教团和上层人士把持着。”劳拉笑着说道，“现在不一样了。现代的占卜师寻求授予人们力量的方法，给他们工具，或者说勇气来改变他们自己和他们的生活。如果求问者能够正视他们隐藏的动机或无意识的行为模式，一场塔罗占卜的确会更有帮助。”

梅瑞迪丝点点头，让劳拉知道她在听。

“这样的不利之处在于解读卡牌的方式几乎是无穷无尽的。比如说，有人会告诉你，一场占卜中大阿尔卡纳占多数的话，预示着力量超出了你的掌握；而小阿尔卡纳占多数则表明你的命运处于自己掌握之中。在我们开始之前我所能建议的就是，我把占卜看作是对未来可能发生，而不是将要发生的事情的指引。”

“好的。”

劳拉把牌组朝下放在她们中间的桌面上：“仔细洗牌，梅瑞迪丝。不要急。然后在您洗牌的时候，想着您最想探求的事情，今天来这儿的原因。有些人觉得闭上眼睛会有帮助。”

从开着的窗户吹进一阵清风，缓解了之前的湿度，梅瑞迪丝感到风吹在脸上。她伸出手拿起了牌，开始洗牌。当她迷失在这重复的动作中时，现实慢慢地从她的意识中退去。

她的脑海中出现了红褐色与灰色的记忆碎片，画面与脸孔，接着就消失了。她美丽脆弱被伤害的母亲，路易莎坐在钢琴前，红褐色调穿着军装、表情严肃的年轻人。

所有那些她不了解的家人。

片刻间，梅瑞迪丝觉得自己飘了起来，轻若无物。她从另一个不同的角度看见了这张桌子、两把椅子、色彩和她自己。

“当您准备好了就睁开眼。”劳拉的声音现在十分遥远，似有似无，就像在音符结束后音乐的声音。

梅瑞迪丝眨着眼，整个房间涌回到她的视野里，起初有点模糊，然后不知为何比起之前明亮了。

“现在把牌组放到桌子上，用左手把它分成三份。”

梅瑞迪丝照做了。

“接着把牌重新放到一起。先是中间的牌堆，然后是上边的，最后是下边的。”

她感觉劳拉在等她做完。

“好的，您要抽取的第一张牌我们叫作象征牌。在这次占卜中，这张牌会代表您，求问者，代表您现在这个人。牌面的人物性别并不重要，因为每张牌都有典型的男性或女性品质和特征。”

梅瑞迪丝从牌组中间抽出一张牌，牌面朝上放在自己面前。

“宝剑之女，”劳拉说道，“宝剑与风对应，还记得吗？智慧的象征。在布斯凯塔罗里，宝剑之女是个强有力的人物。一个思想家，坚强的人。与此同时，她也是一个和其他人没什么联系的人。这也许是因为她的青少年时期——这张牌通常象征年轻人——又或许是因为她做出的决定。有时它也可以象征刚刚踏上旅途的人。”

梅瑞迪丝低头看着牌上的画，一个苗条娇小的女人，穿着齐膝红色连衣裙，留着又黑又直的齐肩发，看起来很像个舞者。她双手握着剑，既不是在威胁别人，又不像她自己受到了威胁，却像是在保护着什么。在她身后，一座嶙峋的山峰映衬在蓝天下，天空上点缀着朵朵白云。

“这是一张积极的牌，”劳拉说道，“一张活跃的牌，是宝剑牌当中为数不多的几张意义明确的积极的牌。”

梅瑞迪丝点点头，她看出来了。

“再抽一张。”劳拉说道，“把这张牌放到宝剑之女的下边，您的左边。第二张牌代表了您现在的处境，您现在工作或生活的环境，对您有影响的事物。”

梅瑞迪丝把牌放到了位置上。

“圣杯之十。”劳拉说道，“圣杯对应着水、情感。这也是张积极的牌。十是结束的数字。它标志着一个轮回的结束和另一个轮回的开始。它表明你正站在门槛上，准备继续前进，准备从现在的位置做出改变，现在已经很圆满，很成功了。这是预示着改变的时刻到来了。”

“什么样的门槛？”

“也许是工作，也许是个人生活，也许二者皆是。占卜进行得越深入您就会看得越清楚。继续抽牌。”

梅瑞迪丝从牌组里抽出了第三张牌。

“把这张牌放在象征牌的下边，您的右边。”劳拉指示着，“这张牌象征了可能阻挡您的障碍，那些会阻止您做出改变或继续前进或达成目标的事情、环境，甚至是人。”

梅瑞迪丝翻开这张牌放在桌子上。

“帕加德，”劳拉说：“Ⅰ号牌，魔术师。帕加德是个出现在布斯凯塔罗里的古代词，很少出现在其他套牌里。”

梅瑞迪丝专注地看着画像：“这代表一个人？”

“通常来说，是的。”

“一个可信赖的人？”

“不一定。就和名字一样，魔术师有可能帮你，但也有可能不会。通常他都是促成转变的催化剂，尽管这张牌总是有着诡计的暗示，但要用直觉来平衡判断。魔术师控制着所有的元素——土、水、火、风——和对应的四个符号——星币、圣杯、权杖、宝剑。这张牌预示着有个人可以运用他的技巧，语言或是知识，来帮助您。相对的，这人也可以用同样的天赋以某种方式阻碍您。”

梅瑞迪丝看着牌上画着的脸，目光尖锐的蓝眼睛。

“您的生活中有人让您感觉像这个角色吗？”

她摇了摇头：“我想不到。”

“也可能是过去的某个人，尽管不在您的日常生活中，依然对您如何看待自己产生着某种影响。或是某个您还没见到的人。或者相对的，某个您见过的人，但现在他在您生活中的角色还不是那么重要的人。”

梅瑞迪丝再次低头看着这张牌，被画面以及其中包含着的矛盾吸引，希望它有意义。她没想起任何人，任何事。

她又抽了一张牌。这次她的反应截然不同。她感到一种温暖的情绪。画面上是一个年轻的姑娘站在一头狮子旁边。她的头上画着无限符号，像个王冠。她穿着一件老式的正式礼服，羊腿袖，青绿色。她红棕色的头发卷曲着，沿着她的背部绵延到腰间。梅瑞迪丝意识到，这正是她听到德彪西《被选中的少女》时想象中的人物，半是罗塞蒂半是摩罗的风格。

想到劳拉说过的话，梅瑞迪丝毫不怀疑这张画是按照真人来画的。她看着牌上的名字：力量，Ⅷ号牌。眼睛是如此的绿，如此的生动。

她看的时间越长，她就越确定她曾见过这张画——或是一张相似的——在照片里或是画或是书里。很疯狂，但这当然是不可能的。只是这个想法依然占据了她的思绪。

梅瑞迪丝看着桌对面的劳拉。

“给我讲讲这一张。”她说道。

第十六章

“Ⅷ号牌，力量，和狮子座相关联。”劳拉说道，“占卜中抽的第四张牌象征着一个重要的事情——求问者经常没有意识到，没有承认的——导致了做出占卜的决定，一个强烈的动机，引领求问者的事情。”

梅瑞迪丝立刻反对道：“但这不是——”

劳拉抬起了手。“是的，我知道您告诉我说是偶然——我的女儿往您手里塞了一张传单，您今天正好在这附近，又有时间来看看——但与此同时，梅瑞迪丝，这其中也许另有玄机。事实就是您坐在这里。”她顿了一下，“您本可以走开的，选择不进来。”

“我想，我不清楚。”她考虑着，“也许吧。”

“有什么特别的事或人您会与这张牌相联系的吗？”

“我想不太出来，但是……”

“请说？”

“这个女孩，她的长相，有一种熟悉的感觉，虽然我说不准。”

梅瑞迪丝觉得她几乎能看到劳拉的思考。

“怎么了？”

劳拉看了一眼桌面上的四张牌：“凯尔特十字牌阵的占卜通常都有一个简单易懂的顺序模式。”梅瑞迪丝听出了她声音中的犹豫。“尽管现在还是占卜的早期，通常在这个时候我已经能分辨出哪些事情分别属于过去、现在和未来了。”她停了一下，“但是这次，由于某种原因，时间线混乱了。顺序似乎前后在乱跳，就像有什么遮挡住了事实。有什么游移在过去与现在之间。”

梅瑞迪丝向前倾着身体：“您说什么？您无法解读我抽出的牌？”

“不是，”她立刻回答道，“不是那样。”她再次犹豫，“坦白地说，梅瑞迪丝，我不是十分确定我在说什么。”她耸了耸肩，“如果我们继续下去事情就会水落石出的。”

梅瑞迪丝不知该做何反应。她想让劳拉说得再清楚一些，但想不出怎么提问才能得到她需要的答案，于是什么都没说。

最终，劳拉打破了沉默。

“继续抽牌，”她说道，“第五张，象征近期的情况。”

梅瑞迪丝抽出了反转的星币之八，劳拉解释说这张牌可能预示着努力和技巧也许并不会得到应有的回报。梅瑞迪丝做了个鬼脸。

第六张牌，与即将到来的未来有关，反转的权杖之八。梅瑞迪丝觉得自己后脖颈上的汗毛都竖了起来。梅瑞迪丝瞥了一眼劳拉，但她并没有做出什么表明她对这个浮现出的模式特别关注的行为。

“这是张行动的牌，迅速的行动。”劳拉说道，“它预示着努力和计划将要有结果了，事业将要腾飞。某种意义上这是最乐观的Ⅷ号牌。”她突然停了下来看着梅瑞迪丝，“我猜这些和工作有关的事情对您有特殊意义？”

梅瑞迪丝点点头。“我正在写一本书。”她说道，“所以是的，这不无道理。”她顿了一下，“如果卡牌是上下颠倒的，那意义会如何变化，比如这一张？”

“这张牌的反转预示了延迟。”劳拉说道，“计划被推迟，能量被中断。”

比如离开巴黎去雷恩莱班，比如把个人事物而不是公事放在重要位置，梅瑞迪丝自嘲地想着。

“不幸的是，”她苦笑着说道，“这也很有意义。您会把这看作是不要分心，不要卷入其他事情的警告么？”

“很可能。”劳拉赞同道，“但延迟也不一定就是坏事。那可能是您在这个时刻该做的事情。”

梅瑞迪丝觉察到劳拉在等待，在观察，直到她解读完这张牌，她才会让梅瑞迪丝继续下去。

“这代表了现在或未来的事情将要发生——或者已经在发生的环境。把这张放在第六张上方。”

梅瑞迪丝抽出了第七张牌放在桌面上。

她毫无预警地战栗了。画面上是阴沉天空下的一座灰色高塔，一道闪电把整个画面一分为二。她立刻对这张牌产生了反感，尽管她一直试着告诉自己这一切都是荒谬无意义的，她还是希望自己没有抽到这张牌。

“塔，”她读道，“不是张好牌？”

“牌是不分好坏的。”劳拉不假思索地回答道，但是她的表情给出了另一个答案，“取决于在占卜中出现的位置以及与周围卡牌之间的关系。”她停顿了，“虽然这么说，但它传统意义上被解读为预示着戏剧性的变化。它可能预示着毁灭与混乱。”她瞥了一眼梅瑞迪丝，然后继续讲解，“积极地说，这是一张解放的牌——当我们幻想、限制、界限的大厦崩塌时，我们就可以重新开始。换句话说，一道鼓舞的闪电，并不总是消极的。”

“当然，我明白了。”梅瑞迪丝说道，“但这次呢？就是现在，那不是您的解读，对吧？”

劳拉注视着她的眼睛。“冲突，”她说道，“这就是我的看法。”

“什么之间的冲突？”梅瑞迪丝接着问道。

“那就只有您才会知道了。也许是您之前提到的——私事与公事之间的冲突。相应的，也有可能是人们对您的期待与您给他们的回应之间的差异导致的某种误解。”

梅瑞迪丝没有说话，努力压制着她埋藏在内心深处的念头。

要是我发现了什么关于我过去的事情改变了一切怎么办？

“有什么特殊的事情您认为可能是这张牌所指的事情么？”劳拉轻声问道。

“我……”梅瑞迪丝张口说话，接着再次停顿。“没有。”她答道，比她想象的更坚定，“如您所说，这可能是许多事情。”

她犹豫了，因接下来的卡牌而紧张，然后再次抽牌。

这张牌，代表了自我，圣杯之八。

“简直荒谬。”她低声嘟囔着，迅速地又抽了一张。宝剑之八。

她听到劳拉吸了一口气。

又一个八度音。

“所有的Ⅷ号牌，这是什么概率？”

劳拉并没有马上回答。“这明显很不寻常。”她最终说道。

梅瑞迪丝研究着牌阵。不仅仅是因为大阿尔卡纳牌遵循着八度音，Ⅷ号牌的重复出现，还因为正义牌上的音乐符号，力量牌上女孩的绿色眼睛。

“抽到任何一张卡牌的概率当然都是相同的。”劳拉说道，“四张相同序号的牌在一次占卜里出现的概率并不比其他种类的卡牌组合概率高或是低。”但是梅瑞迪丝看得出来她是在说她觉得该说的话，而不是她的真正想法。

“但您之前见过这种情况吗？”梅瑞迪丝说道，不想让她就此脱身，“真的吗？同样的序号像这样出现？”她看了一眼桌子，“还有塔，XVI号牌。这是两个八。”

劳拉不情愿地摇着头：“我想不起来见过这样的情况。”

梅瑞迪丝用手指点着那张牌：“宝剑之八象征着什么？”

“干预。某件事情的象征——或某人——阻碍您的预兆。”

“和帕加德一样？”

“或许吧，但是……”劳拉停顿了，明显在斟酌词句，“有两种平行的解读。一方面，有明确的迹象表明有一项重大的计划正迎来高峰，工作或是生活，或者可能两者都是。”她抬头看着梅瑞迪丝，“明白吗？”

梅瑞迪丝皱了皱眉：“继续。”

“与其并列的，有着旅行或是改变环境的提示。”

“好吧，就算这些都符合，但是——”

劳拉插话说：“我感觉到了别的什么，现在还不是很清晰，但我感觉到了别的什么。最后的这张牌……您将会发现什么，或者揭示什么。”

梅瑞迪丝眯起了眼睛，过去这一个小时以来，她不停地告诫自己这不过是一点无伤大雅的乐趣，这是多么的没有实际意义。那么为什么她的心在怦怦跳？

“记住，梅瑞迪丝，”劳拉急切地说道，“占卜的艺术在于抽牌和解读牌，并不是说这些将要发生或是不会发生，而是在于探索可能性，发现无意识的动机和渴望，也许会，也许不会，导致任何特定的行为模式。”

“我知道。”

只是无伤大雅的乐趣。

但劳拉的紧张，她脸上极度专注的表情，让这件事变得更为严肃。

“塔罗占卜应该是促进自由意志，而不是压制它。”劳拉说道，“简单的理由，一场占卜会让我们更了解自己和我们面对的事情。您可以自由地去做决定，更明智的决定，选择要走的道路。”

梅瑞迪丝点点头：“我明白了。”

突然间，她只想了结此事，抽最后一张牌，听听劳拉怎么说，然后离开这里。

“只要您记得这一点就好。”

梅瑞迪丝听出了劳拉声音里的严正警告，现在她克制着想要立刻站起身来的冲动。

“这最后一张牌，第十张，将会完成占卜。放在最上边，您的右边。”

梅瑞迪丝的手在牌组上悬了一会儿。她几乎都能看见连接着她的手和绿底金银线卡牌背之间那无形的线条了。时间静止了。

然后她抽出了卡牌，翻了过来。

她倒抽了一口冷气，在桌子对面，她注意到劳拉的手握成了拳头。

“正义。”她用平稳的声音说道。“您女儿说我长得很像她。”她补充道，尽管她之前说过了。

劳拉并没有看着她。“与正义相配的宝石是蛋白石。”她说道。她听上去很震惊，因为她就像是在读着书上的内容一样。“与这张牌相关的彩色宝石是蓝宝石和黄晶玉，与其相配的星座是天秤座。”

梅瑞迪丝干笑了几声。

“我是天秤座。”她说道，“我的生日是十月八号。”

劳拉依然没有抬头，仿佛她没有被这个信息惊讶到。

“正义在布斯凯塔罗里是一张强力的牌，”她接着说道，“如果您接受大阿尔卡纳就是愚者从快乐的无知到启蒙的旅程这种观点，那么正义位于这段旅程的正中央。”

“它意味着？”

“通常当它在占卜中出现时，它是一个要保持平衡观点的指示。求问者要确保不要误入歧途，而要公平适当地审时度势。”

“您觉得这张牌代表了我？”

“我觉得是这样。”她最终说道，“不仅是因为它出现在占卜的最后，”她犹豫着，“也不仅是因为您和她有着明显的相似性。”她再次停顿。

“劳拉？”

“好吧，我认为它代表了您，但与此同时，我不认为它预示着您要遭受什么不公。我倾向于认为它更像是您会发现自己被号召去纠正一些错误。您就是一名正义的使者。”她抬起头，“或许这就是我之前感觉到的事情，有其他的什么——额外的什么——躲在牌阵已经揭示出来的明确事情背后。”

梅瑞迪丝注视着桌面上的十张牌。劳拉的话语在她的脑海里旋转着，越来越强。

这是在于探索可能性，发现无意识的动机与渴望。

魔术师和恶魔都长着水蓝色的眼睛，前后互为八度音。

所有的Ⅷ号牌，认可的数字，成就的数字。

梅瑞迪丝伸手拿起了牌阵中的第四张和最后一张牌，力量和正义。

不知为何，它们看起来很相配。

“有那么一会儿，”她静静地说，既是在对劳拉也是在对自己说，“我觉得我明白了，仿佛，在表面之下的什么地方，一切都有意义。”

“现在呢？”

梅瑞迪丝抬起头，这两个女人彼此凝视着。

“现在就只是图画，只是图案与画像。”

久久没有人说话。接着，毫无预兆地，劳拉飞快地伸出手收拾起卡牌，仿佛她不愿再多让这牌阵保持完整。

“您应该带走它们。”她说道，“为了您自己，解开卡牌的谜团。”

梅瑞迪丝愣了一会儿，她肯定是听错了：“请原谅？”

但劳拉递过了那些牌：“这套牌属于您。”

意识到她并没有误解，梅瑞迪丝开始争辩：“我不可能……”

但现在劳拉在桌下翻找着，她拿出了一大张黑丝绸，用它包起了卡牌。“拿着。”她说着把它们推过了桌子，“另一个塔罗传统。很多人认为永远都不要为自己买牌。您应该一直等待着合适的那套牌作为礼物送给您。”

梅瑞迪丝摇着头：“劳拉，不能接受它们。另外，我也不知道拿它们怎么办。”

她站起身，穿上了外套。

劳拉也站了起来：“我相信您需要它们。”

她们的目光再次相遇。

“我不想要它们。”

如果我接受了它们，就无法回头了。

“这套牌属于您。”劳拉顿了一下，“而且我觉得，内心深处您知道这点。”

梅瑞迪丝感到整个房间向她压迫过来。五颜六色的墙，桌上的花纹桌布，那些星星、弯月和太阳，跃动着，忽大忽小，变幻着形状。此外还有别的，一个节奏回响在她的脑海里，几乎就像音乐，或是树林中的风声。

终于。

梅瑞迪丝清楚地听到了这个词，就好像是从自己嘴里说出来的一样。如此尖锐，如此清晰，以至于她转身四顾，觉得有人站在了她背后。什么人都没有。

过去与现在之间游移的东西。

她不想与这套牌扯上关系，但看到劳拉脸上的决心，她觉得自己要是不接受这套牌恐怕就无法离开这个房间了。

她接过了卡牌。然后，一言不发地，转身跑下了楼梯。

第十七章

梅瑞迪丝在巴黎的街头徘徊着，忘记了时间，手里握着那套牌，感觉它们随时都会爆炸，把她一起带走。她并不想要它们，但她也明白她不会有足够的勇气扔掉它们。

当她听到圣热尔维教堂的钟声时才想起自己就快错过去图卢兹的航班了。

梅瑞迪丝振作了起来。她招了一辆出租车，然后对司机喊着如果能快速到达的话会给他一大笔小费，车尖叫着冲进了车流里。

十分钟就到了圣殿路，梅瑞迪丝冲出了出租车，让计价器开着。她跑进了大厅，跑上了楼梯，进了自己的房间。她把需要的东西塞进了手提包里，抓起笔记本电脑和充电器，跑下楼去。她和服务台核对着自己没有带走的东西，确认了她几天之后的周末就会回到巴黎，然后跳进出租车向着城外的奥利机场出发。

她到达的时候只剩十五分钟了。

整个过程中梅瑞迪丝都是自发行动的。她高效有序地自我掌管了一切，但只是身体的行动，她的脑子里想的是其他的事情：半忘没忘的词句，听到的想法，遗漏的细微之处，劳拉说过的全部。

我怎么会有这样的感受？

在通过了机场安检之后她才意识到她急于离开那间小屋，都忘了付劳拉费用。一阵羞愧笼罩了她，计算出她在那儿待了一个多小时——差不多两个小时——她在心里暗暗记下她一到雷恩莱班就要立刻把这笔钱和额外的小费寄给劳拉。

占卜术。从卡牌中预知未来的艺术。

在飞机起飞后，梅瑞迪丝从包里拿出笔记本开始匆匆记下她所能想起的一切：一段旅程，魔术师和恶魔都长着蓝眼睛，都不能彻底信任；她自己是正义的使者；所有的Ⅷ号牌。

波音737客机掠过法国北部的蓝天，飞过法国中部高原，追逐着太阳向南飞去。梅瑞迪丝用耳机听着德彪西的《贝加莫组曲》，写了一页又一页，写到自己的胳膊开始酸痛，写满了细密的笔记和草图。劳拉的话语在她脑海中一遍一遍地重复着，就像在循环一样，与音乐斗争着。

过去与现在之间游移的东西。

在这段时间里，在她头顶的行李舱里，卡牌的影子像不速之客一样潜伏在她的包里。

恶魔的图画书。

第三部

Rennes-les-Bains 雷恩莱班

1891 年 9 月

第十八章 巴黎

9月17日，星期四

既然决定接受伊索尔德·莱斯康布的邀请，阿纳托尔立刻着手为出发做准备。

刚吃完早餐，他就动身去买第二天的火车票，让玛格丽特带着莱奥妮去购买在乡下的一个月里可能用到的东西。她们先去米松·李欧提店里买了一件昂贵的内衣。内衣改变了莱奥妮的身形，让她觉得自己是个大人了。在萨玛利丹百货公司，玛格丽特买了一套新的茶会礼服和一套适合乡间秋日的散步服。母亲温暖而慈爱，但她们有点疏远，莱奥妮意识到自己有心事。她猜测玛格丽特买东西用的是杜邦的钱，无奈地接受了当十一月他们回到巴黎时可能会有位新父亲的事实。

莱奥妮很激动，但又很奇怪地心情不佳，她把这种状态归咎于昨晚发生的那些事情。她没有机会和阿纳托尔说话，更不用说和他讨论这请柬到来的时机是多么的凑巧。

午饭过后，享受着这风和日丽的下午，她们在蒙索公园雅致的小路中散步。这里是附近使馆里大使的孩子们常来玩耍的场所。一群小男孩在兴高采烈地玩一二三大灰狼，叫着喊着互相鼓励着。一群叽叽喳喳的小女孩，穿着白色衬裙系着蝴蝶结，在保姆和肤色黝黑的保镖注视下，玩着跳房子。跳房子是莱奥妮童年最喜欢的游戏之一，她和玛格丽特停了下来注视着女孩们把石子扔进格子里然后跳着。从她母亲脸上的表情来看，莱奥妮知道她也在充满温情地回忆着过去。

“你在凯德庄园为什么过得不开心？”

“那不是一个我待着舒服的环境，亲爱的，就这样。”

“但为什么呢？是没有同伴吗？是庄园本身的原因吗？”

玛格丽特耸了耸肩。一如往常，不愿吐露实情。

“肯定有原因的。”莱奥妮逼问着。

玛格丽特叹了口气。“我的异母哥哥是个奇怪、孤僻的人，”她终于说了，“他不希望有个小得多的妹妹缠着他，更不用说发现自己还得照顾他父亲的第二任妻子了。我们总觉得自己是不被欢迎的客人。”

莱奥妮想了一下，问道：“你觉得我在那里会开心吗？”

“当然，我确定，”玛格丽特迅速答道，“庄园很漂亮，尽管我想过了三十年应该会有些……变化。”

“房子本身呢？”

玛格丽特没有回答。

“妈妈？”

“那是很久以前的事了，”她坚定地说道，“一切都会变的。”

9月18日，星期五，他们出发的早晨，既潮湿又刮风。

莱奥妮醒得很早，心里有点烦躁不安。今天她就要出发了，却忽然对要离开的这个世界怀念起来。城市的声音、对面屋顶上落着的一排排麻雀、邻居和商人们熟悉的面孔，都变得伤感又令人留恋。一切都让她热泪盈眶。

同样的事情似乎也影响了阿纳托尔，因为他看上去坐立不安。他的目光警觉，嘴唇抿得紧紧的，警惕地站在客厅窗前，紧张地打量着下面的道路。

女仆通报马车已经到了。

“告诉车夫我们马上就下楼。”他说道。

“你要穿这身衣服出门？”莱奥妮逗着他，看着他身上的灰色晨礼服和双排扣大衣，“你看起来像是要到办公室去。”

“这就是我的本意，”他冷酷地说，穿过客厅走向她，“当我们离开巴黎后，我就会换一身不那么正式的衣服。”

莱奥妮脸红了，因为自己没有想到而觉得愚蠢：“当然了。”

他拿起自己的礼帽：“快点，小家伙，我们可不想赶不上火车。”

在楼下的街道上，他们的行李被装进出租马车里。“圣拉扎尔。”阿纳托尔喊着，让他的声音盖过呼啸的风声，“圣拉扎尔火车站。”

莱奥妮拥抱了他们的母亲，答应她会写信。玛格丽特的眼圈红了，让她很吃惊地哭了出来。结果就是他们在柏林路的最后几分钟比莱奥妮预想中的还要伤感。

马车开动了。在它即将转入阿姆斯特丹路的那一刻，莱奥妮拉下了窗户，向着独身一人站在人行道上的玛格丽特喊着。

“再见，妈妈。”

然后她坐了下来，用手绢擦拭着自己湿润的眼睛。阿纳托尔握住了她的手。

“我确信我们离开后她也会过得很好的。”他安慰着她。

莱奥妮抽泣着。

“杜邦会照顾她的。”

“快车不是从蒙帕纳斯车站发车吗？”想哭的劲头刚过去，莱奥妮就问道。

“如果有人来找的话，”他鬼鬼祟祟地耳语着，“我希望他们相信我们朝西边的市郊去了。懂了吗？”

她点点头：“我懂了，制造假象。”

阿纳托尔咧嘴笑了笑，用食指碰了碰鼻翼。①

到达圣拉扎尔火车站后，他把行李挪到了第二辆马车上。他演了一出和车夫聊天的好戏，但莱奥妮注意到他在出汗。尽管天气又湿又冷，但他的脸颊通红，太阳穴上渗出了汗珠。

“你不舒服吗？”她关心地问。

“不，”他立刻说，接着补充道，“但这个……花招，让我神经紧张。我们离开巴黎之后我就会好的。”

“要是这请柬不是这时送来的。”她好奇地问道，“那你会怎么办？”

阿纳托尔耸了耸肩：“做其他打算。”

莱奥妮等着他多说一点，但他保持了沉默。

“妈妈知不知道你在弗拉斯卡蒂的……事情？”她最后问道。

阿纳托尔回避了问题。“要是有人问起的话，我已经和她说过，会说我们去了圣日耳曼昂莱，德彪西的家人是那里出生的，于是……”他双手放在她肩上，把她转过来面对着他，“那么，小家伙，你满意了吗？”

莱奥妮抬起了下巴：“满意了。”

“不再问问题了？”他逗着她。

“我……”她抱歉地龇牙笑着，“我会试试的。”

他们到达蒙帕纳斯车站时，阿纳托尔把车费丢给车夫，然后就冲进了火车站，仿佛在被一群猎犬追赶一般。莱奥妮读懂了他的肢体语言，在圣拉扎尔他想被人看到，但在这里他不想引起注意。

在车站里，他寻找着写着发车时间的牌子，接着不假思索地把手伸到了马甲口袋里。

① 西方习俗，意味这是个秘密，不要告诉别人。（译者注）

"你忘了把表放在哪了吗？"

"它在那次袭击中被拿走了。"他说。

他们从站台上走向车厢。莱奥妮读着车厢上的标志，看着列车会停靠的站点：拉罗齐、托内尔、第戎、马孔，今晚六点钟到达里昂佩拉什车站，然后是瓦朗斯、阿维尼翁，最后到马赛。

明天他们就会乘坐马赛到卡卡颂海岸的火车。之后在星期天早上，他们会从卡卡颂出发前往库伊扎的蒙塔泽尔车站，离雷恩莱班最近的火车站。根据他们舅妈的说明，从那儿到科比埃山脚下的凯德庄园坐马车很快就到了。

阿纳托尔买了一份报纸，埋头读了起来。莱奥妮看着人来人往。穿着晨礼服戴着礼帽的男士，穿着宽大的拖地长裙的女士。一个乞丐，脸孔瘦削，手指污浊，扒着他们一等车厢的窗户乞求着施舍，然后就被警卫赶走了。

汽笛发出了最后一声尖锐的鸣叫，接着引擎喷出了一股白色的蒸气，开始轰鸣。火花四溅，传来金属摩擦金属的声音。黑色的烟囱里又喷出一股烟，慢慢地，车轮开始转动。

终于。

火车缓缓地驶出站台，逐渐开始加速。莱奥妮在座位上注视着巴黎消失在阵阵白烟之中。

第十九章

9月20日，星期天

为期三天的穿越法国之旅十分愉快。

快车刚刚驶离巴黎阴沉的市郊，阿纳托尔就恢复了精神，给她讲故事逗她笑，陪她打牌，讨论着要在山区如何游玩。

周五晚上六点多钟，他俩在马赛下了车。第二天早晨，他们继续沿着海岸前往卡卡颂，在一家服务员无礼还没有热水的旅店里度过了不愉快的一夜。莱奥妮起床时头疼难受，星期天早晨又不好找出租马车，他俩差点就没赶上联运火车。

但是火车刚驶出镇子外围，莱奥妮的心情就好了起来。她把旅行指南扔在了座位上，旁边是一卷短篇故事集，生机勃勃的南部风光开始展示出它的魅力。

在奥德河银色的河谷中，铁轨朝着比利牛斯山沿着蜿蜒的河流南下。起初，铁轨沿路铺设，土地平坦空闲，接着她看到了左右两侧一排排的葡萄藤。然后是少见的向日葵田，花朵依然开放着，明亮的黄色，花盘朝向东方。

她隐约看见了一个小村落——只有几间房屋——坐落在远处一座秀美的山峰上。接着又一个村庄，红瓦的房屋环绕着鹤立鸡群的尖顶教堂。铁路沿线的小镇郊外，盛开着粉色的木槿，勒杜鹃，忧郁的紫丁香，一丛丛的薰衣草和野罂粟。外壳绿色多刺的栗子挂在果实累累的枝头。只有在远方，金色和亮铜色的剪影，才提示了秋天近在眼前的线索。

一路上沿线的田地里都有农民在劳作着。他们浆洗过的罩衫又挺又亮就像刷过清漆一样，在领口和袖口上装饰着绣花的图案。女人们戴着宽边的草帽抵挡恶毒的阳光。男人们皮革般的脸上带着逆来顺受的表情，背对着无情的大风，在收获季忙碌到很晚。

火车在一个稍大一些的镇子，利穆，停留了一刻钟。之后，随着平原变成高科比埃地区的石灰质荒地，野外环境变得更陡峭，更嶙峋，更无情。火车危险地在河流上方的轨道上轰鸣着，在转过一道弯之后，蓝白色的比利牛斯山突然间屹立在远方，在一片热霾中闪着微光。

莱奥妮屏住了呼吸，山峰矗立在大地上，有如一道威严的高墙，连接了地面与天空。宏伟壮丽，亘古不变。在这样的自然美景面前，巴黎的人工建筑根本不值一提。埃菲尔先生著名的铁塔、奥斯曼男爵修建的宽阔大道，甚至加尼叶先生的歌剧院，与之相比都黯然失色。这是一处以完全不同的比例建造的风景——土、水、火、风，四大元素在这里依次排开，犹如钢琴的琴键一般。

火车轰鸣着，呼哧着，大幅度地减慢了速度，在参差不齐的爆发中向前冲刺着。莱奥妮拉下了车窗，感受着南部的空气吹拂在她的脸上。郁郁葱葱的山峰，绿色、棕色、红棕色，在花岗岩悬崖的影子里陡峭地耸立着。莱奥妮被火车摇摆的运动和车轮在铁轨上的歌声弄得昏昏欲睡，眼睛忽闪着，闭上了。

她被刹车的尖叫声惊醒了。

她立刻睁开眼睛，一瞬间忘了自己是在哪儿。接着她瞥到了膝盖上的旅行指南，看了看对面的阿纳托尔，然后才想起来了。这不是巴黎，而是在一辆开往南部轰鸣的火车车厢里。

火车慢了下来。

莱奥妮困倦地从灰尘密布的窗户向外张望着。很难看清站台上的油漆木牌上写的是什么字，然后她听到了站长用浓重的南部口音宣布着：“库伊扎 - 蒙塔泽尔车站，停车十分钟。”

她惊慌地坐起身来，拍打着哥哥的膝盖。

“阿纳托尔，我们到了，快起来。”

她已经听见了车门打开的声音，沉重地撞到了火车漆成绿色的侧面上，像是拉穆勒音乐会上断断续续的一轮掌声。

“阿纳托尔，”她确定他肯定是在装睡，继续说道，“到时间了。我们到库伊扎了。”

她探出身去。

尽管是收获季的末期，又是星期天，还是有一排脚夫倚在高背木推车上，他们中大多数都把便帽倒着戴在头上，马甲敞开着，袖口挽到了手肘。

她举起手，喊着：“脚夫，请到这儿来。”

一个脚夫跳向前来，显然想让口袋里多上几个苏。莱奥妮撤回身来开始收拾自己的东西。

毫无预兆地，门被拉开了：“让我来吧，小姐。”

一个男人站在站台上朝车厢里看着。

“不用了，真的，我们可以……”她开始说。但那人打量了一下车室，注意到阿纳托尔的睡姿，行李还放在行李架上，不请自来地踏上梯子，走进了车厢。

“还是我来吧。”

莱奥妮立刻就讨厌他了。他浆洗过的高衣领，双排扣的马甲和礼帽标明了他的绅士身份，但他身上就是有什么地方不对劲儿。他的眼神，太无礼，太粗鲁了。

“谢谢您，但没有这个必要。”她傲慢地说道，她闻到了他呼吸间带着的洋李白兰地的气味，“我有能力……”

但不等允许，他就已经从木架上拿下了他们的一件旅行箱包。莱奥妮注意到他在把阿纳托尔的旅行衣箱放到肮脏的地板上时，瞥了一眼皮革上刻着的姓名缩写。

哥哥的一动不动让她感到非常沮丧，她粗暴地摇着他的胳膊。

“阿纳托尔，库伊扎到了，快起来！”

他终于动弹了，让她感到很欣慰。他眨巴着眼睛，懒懒地环顾四周，仿佛很惊讶自己在火车车厢里，然后他看到她皱着眉头，笑了一下。

“肯定睡着了。”他说道，用修长洁白的手指整理着自己的上过油的黑发，“抱歉。”

那人把阿纳托尔的私人箱子砰的一声丢在站台上，莱奥妮皱起了眉头，他又回来拿她的涂漆针线盒。

“小心点，”她严苛地说道，“这个很贵重。”

那人看了看她，又看了看盒顶的金色缩写“L.V.”。

“当然，不要担心。”

阿纳托尔站了起来，瞬间整个车室似乎变小了很多。他看了看行李架下镜子里的自己，整了整衬衫的领口，正了正马甲，拉出衬衣的袖口。接着他弯下腰，以一个轻松的动作拿起了他的帽子、手套和手杖。

“我们走吧？”他若无其事地说道，向着莱奥妮伸出了手。

在这时他似乎才注意到他们的物品已经被拿出了车厢。他看着他们的同伴。

“十分感谢，先生。我们感谢您的帮助。”

“别客气。这是我的荣幸……”

“维尔涅。阿纳托尔·维尔涅。这是我的妹妹，莱奥妮。”

“雷蒙德·德纳尔诺，为您效劳。”他脱帽致意，“你们要在库伊扎住吗，要是那样的话，我很乐意来……”

尖锐的哨声再次响起。

“上车啦！去基扬和埃斯佩拉扎的旅客，上车啦！”

“我们应该让开。”莱奥妮说道。

“不在库伊扎这里，”阿纳托尔回答着那个人，几乎是喊着来压过烟囱的咆哮，“但离这儿很近，雷恩莱班。”

德纳尔诺笑着说：“我的故乡。”

“太好了，我们要去凯德庄园，您知道那吗？”

莱奥妮震惊地看着阿纳托尔。阿纳托尔强迫莱奥妮谨慎行事，他自己却刚离开巴黎两天就不假思索地把他们的行程暴露给了一个彻头彻尾的陌生人。

“凯德庄园。”德纳尔诺谨慎地回答道，“是的，我知道。”

引擎排出一股蒸气，咯哒响着。莱奥妮紧张地退后，德纳尔诺上了车。

“我必须再次感谢您的帮助。”阿纳托尔再次说道。

德纳尔诺探出身来，两人交换了名片，握了握手，此时蒸气弥漫在了站台上。

阿纳托尔从站台边退回来：“看上去是个不错的小伙子。”

莱奥妮的眼中闪烁着怒火。“你坚持说我们的行程要保密，”她抗议着，“而你自己——”

阿纳托尔打断了她：“只是表现得友好一点。”

车站塔楼的钟开始报时。

“似乎我们还是在法国。”阿纳托尔说道。他瞥了她一眼：“怎么了？是我错过了什么事？还是有什么事情没做？”

莱奥妮叹了口气：“我生气了，我也热了。没人说话很让人沉闷。你还差点让我任那个讨厌的人摆布。”

“得了吧，德纳尔诺没有那么糟。”他逗着她，握紧了她的手，“无论如何还得请你宽恕我竟然令人发指地睡着了。”

莱奥妮做了个鬼脸。

“来吧，吃饱喝足之后你就会觉得舒服很多的。”

第二十章

他们刚从车站的影子里走出来就感受到了太阳的威力。到处都刮着风，卷起了沙粒和尘土，棕色烟雾吹到了他们脸上。莱奥妮笨手笨脚地摆弄着她的新阳伞，这是阿纳托尔送的礼物。

在阿纳托尔跟脚夫商谈搬运行李价钱的时候，她观察着周围，之前她从未到过这么南的地方。实际上，她离开巴黎市郊的旅行最远也就是沙特尔或是小时候在马恩河岸上的野餐。这里是不同的法国。莱奥妮认出了几个路牌，开胃酒、蜡光剂和止咳糖浆的广告，但这里不是她熟悉的世界。

车站大厅直接通向一条狭窄而繁忙的街道，两旁种着欧椴树。肤色黝黑的妇女，宽阔的脸庞饱经风霜；车夫和铁路工人，无人照管的孩子们光着腿，脚丫脏脏的；一个穿着工匠短外套没穿马甲的男人，胳膊下夹着一条面包；另一个人，穿着黑套装，留着学校教师式的短发。一辆轻便马车辘辘地跑过，车上的木炭和引火柴堆得高高的。她觉得自己走进了奥芬巴赫的《霍夫曼的故事》，古老的生活方式占据了主导地位，时间停滞不前。

“据说在利穆大道上有家还说得过去的饭馆。”阿纳托尔胳膊下夹着一份当地报纸《图卢兹快报》回到她身边，“这里有邮局、电话和邮件待领处。似乎雷恩莱班也有，于是我们还没有彻底和文明隔绝。”他从口袋里掏出一盒防水火柴，从烟盒里拿出一支烟在盖子上敲着让烟丝更密实。“但恐怕这里没有四轮马车这种奢侈品。”他划了根火柴，“或者起码在这个季节的星期天没有。”

吉杨咖啡馆在桥的对面。与饭馆等宽的大遮阳篷下，摆着几张大理石桌面铸铁桌腿的圆桌子和柳条做的木制直背靠椅，赤陶花盆里种着天竺葵。一排排铁圈箍着的大木花盆里种着树，花盆有啤酒桶大小。这一切让食客可以更加清静不受打扰地用餐。

“完全比不上拜亚尔咖啡馆，”莱奥妮说道，“但也凑合了。”

阿纳托尔温和地笑着：“我怀疑这里是否有包间，但排座看起来也不错，你说呢？”

他们被领到了一张位置很舒适的桌子旁。阿纳托尔为他们两人点菜，和店主轻松地聊着天。莱奥妮分散了自己的注意力，成排的梧桐树、拿破仑的行军树，用它们斑驳的枝干遮蔽着街道。她惊讶地发现不只是利穆大道，附近别的街道也铺了路面而没有自然地露出地表，她猜测这是因为附近的温泉浴场广受欢迎，公共交通十分繁忙，以及这个最适合泡温泉的季节里私家马车来来往往。

阿纳托尔抖开了餐巾，铺在自己的膝盖上。

侍者及时地端来了一盘饮品——一罐清水、一大杯给阿纳托尔的凉啤酒和一小瓶当地的葡萄酒。不一会儿，菜就送上了桌。有面包、煮得过熟的鸡蛋、腌肉卷、咸猪肉、几生丁价钱的当地奶酪和一块切开带肉冻的鸡肉馅饼。普普通通的一顿午餐，但很令人满意。

“一点也不糟。”阿纳托尔说道，“实际上出乎意料的好吃。”

莱奥妮在上菜的间隙离开了一会儿，过了大约十分钟她回来时发现阿纳托尔和旁边桌子的食客攀谈了起来。一位上了年纪的绅士，穿着银行家或律师的正式着装：高顶黑礼貌，黑套装，浆洗过的衣领，不顾天热还戴着领结。在他对面，坐着一位年纪稍轻的人，长着稻草色的头发、浓密的胡须和明亮的棕色眼睛。

“加比诺医生，弗米拉尤律师。”阿纳托尔说道，“让我介绍我的妹妹，莱奥妮。”

二人起身脱帽致意。

“加比诺在给我讲他在雷恩莱班的工作。”阿纳托尔解释道，莱奥妮回到了座位。“你刚才说你在科恩特医生那里实习了三年？”

加比诺点点头：“是的，三年。我们的温泉不仅是雷恩莱班地区最早的，同时也很幸运地拥有好几种不同的水质。因此比起其他规模相当的温泉疗养机构，我们可以治疗更多种症状和病情。温泉种类包括浴用热泉，水温五十二度，还有——”

“他们不需要全部的细节，加比诺。”弗米拉尤吼道。

医生脸红了。“是的，没错。我有幸被邀请访问了其他地方类似的机构，”他继续说道，“我很荣幸被普利瓦医生指导过几星期，在拉马卢莱班。”

“我不熟悉拉马卢莱班。”

“您令我吃惊，维尔涅小姐。那是个迷人的温泉镇，也是起源于罗马，就在贝济耶的北边。”他压低了声音，“但那里其实是个挺阴沉的地方，在医学圈里它最知名的是治疗运动失调。”

弗米拉尤律师砰的一声拍着桌子，咖啡杯和莱奥妮都跳了起来：“加比诺，你得意忘形了！”

年轻的医生满脸通红：“请原谅，维尔涅小姐，我无意冒犯。”

莱奥妮很困惑，冷冷地盯着弗米拉尤律师：“请放心，加比诺医生，我并不介意。”

她瞥了一眼阿纳托尔，他正努力不要笑出来。

“无论如何，加比诺，这或许不是个适合在外人面前说的话题。”

“当然，当然。”医生匆匆地说，“作为一名医学人士我常常会忘了这样的事情并不——”

“你们要去雷恩莱班旅游？”弗米拉尤带着笨拙的客气问道。

阿纳托尔摇摇头：“我们要和舅妈一起住在镇外的产业里，凯德庄园。”

莱奥妮看到医生的眼中闪过一丝惊讶，或担心？

“你们的舅妈？”加比诺说道。莱奥妮仔细地观察着他。

“准确地说，是我们过世的舅舅的妻子。”阿纳托尔回答道，明显也注意到了加比诺态度里的迟疑，“朱尔斯·莱斯康布是我们母亲同父异母的哥哥，我们还没有见过我们的舅妈。”

“有什么事吗，加比诺医生？”

“没没，一点也没。请原谅，我……我只是不知道莱斯康布还有幸有这么亲近的亲戚。他过着安静的生活，没有提到过……坦率地说，维尔涅小姐，当他决定要结婚的时候我们都大吃一惊，还是在晚年的时候。莱斯康布看起来是个坚定的单身汉。另外，把妻子娶到那样一栋名声糟糕的房子里，怎么……”

莱奥妮集中了注意力：“名声糟糕？”

但阿纳托尔已经提出了另一个问题：“加比诺，你认识莱斯康布？”

“不是很熟，但我们认识。他们来这里避暑，我记得，在他们婚姻的初期。莱斯康布夫人，更喜欢城镇生活，经常离开庄园，一次就是几个月时间。”

“你不是莱斯康布的私人医生？”

加比诺摇摇头：“不是，我没有那个荣幸。他在图卢兹有自己的医生。他多年来健康状况一直不是很好，但他的逝世还是比预期早了一些，因为那年初的天气冷得可怕。当他不会恢复健康的事实变得明显的时候，你们的舅妈在一月初回到了凯德庄园。莱斯康布几天之后就去世了。当然，有流言说他死于——”

“加比诺！”弗米拉尤打断了他，“住口！”

年轻的医生再次脸红了。

弗米拉尤脸上表现出持续的不悦。他随即唤来了侍者，坚持要侍者准确地重复他们都吃了什么来确认账单。这使得两张桌子间继续对话变得不可能。

阿纳托尔留了笔慷慨的小费。弗米拉尤往桌子上扔了一张钞票，然后站起身来。“维尔涅小姐，维尔涅。”他生硬地说道，举起了他的帽子，“加比诺，我们还有别的事情要处理。”

让莱奥妮惊讶的是，医生居然一言不发地跟着他。

“为什么不能说起拉马卢？”他们刚走出听力所及的范围，莱奥妮就询问着，“为什么加比诺医生容许弗米拉尤律师这样地欺压他？”

阿纳托尔咧嘴笑了。“拉马卢臭名昭著是因为这个地区引领着治疗梅毒——运动失调方面近期的最新医学进步。”他回答道，“关于他的态度，我觉得是因为加比诺需要律师的赞助。在这样的小镇里，这就是成功的实践和失败的实践之间的区别。”他短暂地笑了一声，“但是拉马卢莱班，我的天！”

莱奥妮思考着：“但是为什么我告诉他我们要在凯德庄园暂住的时候加比诺医生那么惊讶？而且他说那房子名声糟糕是什么意思？”

“加比诺说得太多了，弗米拉尤不赞成讲闲话，仅此而已。”

莱奥妮摇着头。“不，不只是这样。”她反对道，“弗米拉尤律师下定了决心不准他说话。”

阿纳托尔耸耸肩：“弗米拉尤长着一张易怒的面容，一看就知道他经常生气。他只是不喜欢加比诺像个女人一样喋喋不休。”

莱奥妮因为这句冒犯的话伸了下舌头：“讨厌鬼！”

阿纳托尔擦了擦胡须，把餐巾扔在桌子上，然后推开椅子站起身来。

“那么，我们走吧。我们有点空闲时间。让我们熟悉一下库伊扎的风光。”

第二十一章
巴 黎

几百英里外的北方，巴黎很宁静。在上午嘈杂忙碌的贸易结束之后，下午的空气中充斥着灰尘和腐烂水果与蔬菜的味道。第八行政区的马夫和商人都离开了，送牛奶的马车、手推车和乞丐也都离开了，最后只留下了这一天的碎渣和残渍。

柏林路上维尔涅一家的公寓寂静地笼罩在下午渐暗的蓝色光芒里。家具都盖着白色的防尘布。客厅里俯视街道的长窗已经关上了，粉色印花棉布的窗帘拉上了。花卉图案的壁纸，曾经品质上乘，在太阳每天照射的地方也已经褪去了颜色。灰尘漂浮在最后几件没盖住的家具上空。

在桌上，玻璃碗里被遗忘的玫瑰垂下了头，几乎没有香气了。屋里有另一种气味几乎难以察觉，一种不属于这里的酸味，一丝阿拉伯市场的味道，土耳其烟草的味道，还有一股在这内陆地区很少见的海洋的气味。两扇窗户中间的壁炉前安静地站着一个人，挡住了壁炉架上瓷钟的盘面，那些气味就是来自他穿着的灰色衣服。

他的体格强而有力，肩膀宽阔，额头很高，这是个冒险家而不是审美家的体格。黑色的眉毛修剪得很整齐，蓝色的眼睛里瞳孔像煤炭一样黑。

玛格丽特笔直地坐在一张桃花心木餐椅里。她玫瑰色的晨衣，用一个黄丝绸的结系在脖子上，随意地披在完美、洁白的肩膀上。布料精美地盖在黄色的坐垫和织物覆盖的扶手上，仿佛是为了让画家来画一幅肖像画一样。只不过她眼中的警惕道出了另一个故事。事实上她的双手被别扭地拉到了背后，被挂画用的金属线紧紧地绑着。

还有一个人，剃光的头皮上布满了红色发炎的皮疹和水疱，警惕地站在椅子后，等待着主人的指示。

“他在哪儿？”他冷冷地问道。

玛格丽特看着他。她记得第一次见到他时，有一阵被吸引的感觉，并因此而讨厌他。在她认识的所有男人里，只有另一个人，她的丈夫里欧·维尔涅，有这种力量能以这样的方式立刻激发她的感情。

“你当时在那个饭店，”她说道，“维尔森饭店。”

他没有理会她："维尔涅在哪儿？"

"我不知道，"玛格丽特再次说道，"我告诉过你了。他有自己的作息习惯，经常不跟我说一声就一走好几天。"

"你的儿子是这样。但你的女儿可不会没人陪伴，随心所欲地来来去去。她的行动很规律，但她也不在家里。"

"她和朋友在一起。"

"维尔涅和她在一起吗？"

"我……"

他冰冷的眼神打量着防尘布和空空的橱柜。

"这间公寓打算空置多久？"他说道。

"大概四个星期。实际上我在等待杜邦将军。"她说道，努力保持着自己的声音平静，"他随时都有可能到这儿来接我，另外……"

她的话被尖叫声打断了，因为男仆抓着她的头发猛地把她的头往后拉。

"不！"

冰冷的刀尖顶在她的皮肤上。

"如果你现在离开，"她挣扎着保持声音的平稳，"我什么也不会说的，我答应你。放开我，走吧。"

那人用戴着手套的手打在她的脸上。

"玛格丽特，没人会来的。楼下的钢琴是安静的，楼上的邻居在乡下，周末才会回来。至于你的女仆和厨师，我是看着他们离开的。他们也认为你已经和杜邦出发去乡下了。"

在她意识到他的消息如此灵通的时候，眼中闪过了一丝恐惧。

维克多·康斯坦特拉回了一张椅子，近得玛格丽特都能感到他的呼吸吹在脸上。她看得见在整齐的胡须下，他苍白的脸上血红饱满的嘴唇。那是一张掠食者的脸，狼的脸。也看到了他身上的缺点，在他左耳后边，有一个小肿块。

"我的朋友……"

"尊敬的将军已经收到了一张便条，把你们姘居的时间推迟到了今晚的八点半。"他看了一眼壁炉架上的时钟，"大概五个多小时以后。所以你看，我们没有必要着急。而且他来的时候会发现什么完全取决于你。是死是活对我而言都无所谓。"

"不！"

他的刀尖现在顶在她眼睛下方。

“恐怕，亲爱的玛格丽特，没有了相貌你在这个世界上过得就不会那么顺利了。”

她浓密的睫毛上挂着泪珠。

“你想要什么？钱吗？阿纳托尔欠你钱吗？我能结清他的债务。”

他笑了：“要是那么简单就好了。另外，你的经济状况，我们应该说是岌岌可危的经济状况。虽然我很确定你的情人很慷慨，但我不认为杜邦将军会掏钱让你的儿子远离破产法庭。”

他轻轻地把刀尖对着她苍白的皮肤按进了一点点。他微微摇着头，仿佛在懊悔他不得不这么做：“无论如何，这不是钱的问题。维尔涅拿走了一些属于我的东西。”

玛格丽特听出了他声音的变化。她开始挣扎，试图把手臂拉出来，结果让她的束缚变得更紧了。金属线锋利地切开了她手腕上裸露的皮肤。鲜血开始滴下，一滴又一滴，落在蓝色的地毯上。

“我求你了，”她哭着，试着让声音保持平稳，“让我和他谈谈。我会说服他把他拿走的东西还给你。我向你保证。”

“啊，但是已经太晚了。”他轻柔地说着，手指在她的脸上滑过，“我想知道你有没有把我的名片交给你的儿子，亲爱的玛格丽特？”他黑色的手搭在了她洁白的喉咙上，力度逐渐加大。在他的紧握之下，她挥动着四肢挣扎着，开始窒息，绝望地想把脖子从他强有力的抓握中挣脱出来。他眼中的神色，愉悦中带着征服感，和他令人窒息的紧握一样令她感到恐惧。

毫无预兆地，他突然松开了她。

她被摔回到椅子上，哽咽地呼吸着空气，痉挛着。她的眼睛通红，喉咙上带着丑陋的暗红色伤痕。

“从维尔涅的房间开始，”他指示着手下，“寻找他的日记。”他用手比着样子，“大约这么大。”

他的仆人退下了。

“那么，”他说道，仿佛在一次非常正常的对话之中，“你的儿子在哪里？”

玛格丽特盯着他的眼睛，害怕他可能会施加在她身上的折磨，她的心怦怦地跳着。但她曾经在别人手下遭受过恶劣的对待，而且活了下来。这一次她也可以承受。

“我不知道。”她说。

这次，他用拳头猛烈地毒打她，打得她的头向后撞。她的脸颊破裂了，她吸了一口冷气。她的嘴里流出了鲜血。她低下头把血吐在了膝盖上。她感到脖子被丝绸拉拽着，他的皮手套解开黄色的绳结发出刺耳的摩擦声。她畏缩着，她的呼吸开始变得急促。他们贴得太近，以至于她都能够感到他的体温。

她感到他的另一只手正把她层层叠叠的长裙推上她的膝盖，她的大腿，越推越高。

“求你了，住手。”她轻声说。

“有第三个人就太羞耻了，”他说着，以一种嘲弄的温柔把一绺卷发掖到她的耳后，“有的是时间让我来说服你。想想莱奥妮，玛格丽特。如此漂亮的姑娘，对我来说有点太活泼了，但我确定我可以学着破例一次。”

他撕开了她肩上的丝质衣服。

玛格丽特冷静了下来，躲进自己的世界里，她过去曾多次被逼着这样做。她整理了思绪，把他的形象从脑海中清扫出去。即使在现在，她最强的情绪还是羞愧，羞愧起初自己在开门让他进公寓时心里的那种悸动。

性与暴力的组合从古至今，她曾无数次地目睹过。在巴黎公社的路障上，在偏僻的街道里，在她最近去过的在尊贵伪装下虚伪的社交沙龙，那么多的男人被仇恨而不是欲望驱动着。玛格丽特曾经充分利用过这一点。她曾经利用过自己的美貌，为了她的女儿永远不会被迫过着她这样的生活。

“维尔涅在哪儿？”

他解开了她，把她从椅子上拖到了地板上。

“维尔涅在哪儿？”

“我不知——”

他把她抓在身下，再次殴打她，接着又一次。

“你的儿子在哪里？”他追问着。

玛格丽特失去知觉前，唯一的念头就是要如何保护她的孩子们，如何不把他们出卖给这个人。她必须告诉他点什么。

“鲁昂。”她用沾满鲜血的双唇说了谎，“他们去了鲁昂。”

第二十二章
雷恩莱班

在四点过一刻时，欣赏完库伊扎的风光，莱奥妮和阿纳托尔站在火车站前的广场上，等待着车夫把行李装进公共马车里。

莱奥妮在卡卡颂见过的马车是敞篷的，座椅是黑色皮革的，和布洛涅大街上跑着的车顶可折叠的朗道马车差不多。但这里的公共马车是一种更具乡土气息的交通工具。实际上，它很像一辆农庄平板马车，左右两边装着漆成红色的木头长凳，彼此正面相对。没有坐垫，两侧也没有挡板，一个纤细的金属框架支撑起深色的帆布遮挡阳光。

两匹马都是灰色的，在眼睛和耳朵上挂着白色的饰穗以驱赶昆虫。

其他的乘客里有位从图卢兹来的年长的农夫和他年轻得多的妻子。一堆年老的姐妹，在帽子下像鸟一样叽叽喳喳地交头接耳。

莱奥妮高兴地看到了吉杨咖啡馆午餐时的伙伴，加比诺医生，也要乘坐同一辆马车。令人扫兴的是，弗米拉尤律师就坐在加比诺身边，每隔几分钟他就拽着表链拿出怀表来看时间，在放回去之前还要拍拍表面似乎怀疑它停住了。

“明显是有紧迫的事情要处理。”阿纳托尔悄悄说道，“要是我们不留意的话他很快就要自己去赶车啦！”

等所有人都坐好,车夫爬到了自己的座位上。他坐在各种各样旅行箱包顶上，叉开了腿，抬头看着火车站楼前挂着的时钟。在时钟走到四点半的时候，他甩了下鞭子，马车出发了。

片刻间，他们就驶上了宽阔大道，向西离开库伊扎。

道路沿着河谷穿行在山间。多年来折磨着法国大部分地区的刺骨寒冬和潮湿春天在这里创造出了一片伊甸园。植被茂密的土地，青翠又肥沃，而不是被烈日炙烤过的土地；山坡上长满了冷杉、圣栎、榛树、地中海栗子树和山毛榉。在他们左边的山坡上，莱奥妮看见了一处废弃城堡的轮廓，路边的一块旧木牌上写着库斯托萨村。

加比诺坐在阿纳托尔旁边，一路指着地标。在车轮声和马具的咯哒声中，莱奥妮只听到了他们对话的只言片语。

“那个是？”阿纳托尔说道。

莱奥妮看着哥哥手指的方向，在右边山上的岩层上，离道路还很远的地方，她勉强能分辨出一座很小的山顶村庄，在下午的烈日下闪着微光，不过是险峻山坡上点缀的一片居所而已。

“雷恩堡。”加比诺答道，“你现在看着也许不会相信，”他继续说道，“但它曾经是这片地区西哥特王朝的首都，雷德。”

“什么导致了它的衰败？”

“查理曼大帝，对阿比尔派教徒的讨伐，西班牙来的土匪、瘟疫，残酷无情的历史进程。现在它只不过是另一个待在雷恩莱班的阴影里被遗忘的山村而已。”他顿了一下，“话虽如此，神父为了自己教区工作得很努力，他是一个有趣的人。”

阿纳托尔靠近了一点，想听得清楚：“为什么这么说？”

“他性格坚定，博学又有雄心。当地有很多猜测，他为什么会选择离家这么近的地方，把自己埋没在这样一个贫穷的教区里。”

“或许是他认为在这里他可以大展身手？”

“村民当然很热爱他。他做了很多好事。”

“是物质方面的还是精神层面的？”

“都有。举例来说，他刚来的时候，圣抹大拉的玛丽亚教堂只是一片废墟，大雨过后，到处可见老鼠与山猫。但在1886年的夏天，市政厅给他拨款两千五百法郎开始重建工作，主要用于更换旧的圣坛。”

阿纳托尔扬起了眉毛：“不小的数目！”

加比诺点点头：“我只知道我间接听到的事。神父是个极有教养的人。据说发掘出了很多具有考古学价值的物品，你舅舅对此极为感兴趣。”

“比如？”

“一件古老的祭坛饰物，我记得。还有一对西哥特的柱子和一块古代的墓碑——骑士墓碑——据传言说要么起源于法兰克什王朝，要么可能同样是西哥特时期的。莱斯康布对那段历史十分入迷，他参与了雷恩堡大部分的早期重建工作。这事导致了雷恩莱班那件有趣的事情。”

“你看起来也挺像个历史学家的。”莱奥妮大胆地说道。

加比诺高兴得脸都红了：“只不过是个爱好者罢了，维尔涅小姐。”

阿纳托尔拿出了烟盒，医生接过了一支烟。阿纳托尔划了根火柴，拱起手掌护着火苗为彼此点着了烟。“这位模范神父叫什么？”烟雾和问题一起从他口中吐出。

"索尼埃。贝朗热·索尼埃。"

他们来到一段笔直的道路，马匹加快了速度。噪音越来越大，最后对话无法继续进行下去了。莱奥妮并不是十分在意阻碍对话的噪音。她的思绪在飞驰，在加比诺乱糟糟的话语中，她感觉自己在某处听到了什么意义重大的事情。

但，是什么呢？

片刻之后，马车慢了下来，伴随着马具的叮当声和熄灭的灯敲在车厢上的咔嗒声，马车离开了主干道，驶入了塞尔茨河的河谷。

莱奥妮壮着胆探出身去，享受着美景。一连串非凡壮丽的天空、岩石和树木。两座废弃的前哨站像巨大的哨兵一样俯瞰着上古，但在检视之后才发现那不是旧日城堡的影子而是天然的岩石。古老的树林几乎蔓延到了路边。莱奥妮感觉他们正在踏入一片秘境，就像瑞德·哈格德先生小说里的探险家踏入非洲王国一样。

此时道路转向一个优美的弧度，像蛇一样沿着河流的走向变换着方向。风景很美，简直是世外桃源。一切都那么富饶、繁茂和青翠——橄榄绿，海洋绿，纯净的苦艾酒的颜色。叶片的银色下侧被微风吹起，在暗色的冷杉和栎树中微微反射着阳光。在树林之上，山峰的剪影令人惊奇，古代巨石碑和墓石牌坊以及天然的雕像若隐若现。这个地区的珍贵历史如同书中的一页，正等着人来发现。

莱奥妮听得到塞尔茨河在他们身边流淌着，一位忠实的旅伴，有时能看到水面反射着阳光，有时看不到，就像捉迷藏一样。河水的歌声暗示了自己的存在，冲刷着岩石，在低垂的河边柳的枝条里奔流着，恰似一位指引他们一步步靠近目的地的向导。

第二十三章

马匹咔嗒地走过一座矮桥，开始慢慢地小步跑。

在前方道路转弯的地方，莱奥妮第一次瞥见了雷恩莱班。她能看见一座三层高的白色建筑，有块标志牌上写着"王后酒店"。在它旁边是一组未加装饰、有点令人生畏的建筑，她猜测就是温泉疗养机构。

驶入主干道后，马车降到了缓步走的速度。主街的右边，被灰色的山峰包围着。左边是一片房屋、寄宿公寓和旅店，墙上装着沉重的金属框架煤气灯。

她对小镇的第一印象和她期待中的不同。这个小镇有一种优雅的气质，同时又带有现代的风格和繁华。富饶、磨光的石头路，毗邻大道的门槛，所有这些虽然都是大自然留下的景致，但看上去仍然保护得不错，也相当整洁。道路沿着海岸线伸展开去，两旁一排排月桂树簇拥而立。她看见三个小圆椅上分别坐着一位穿着双排扣礼服的身材矮胖的绅士，两位打着伞的女士和三位护士，还有一群穿着白色褶皱裙的女孩子在监护人的陪伴下散着步。

车夫驶离了主干道，停下了马匹。

"秘鲁广场到了，终点站，请下车。"

小广场三面都是建筑，种着欧椴树。金色的阳光穿过树冠，在地面上照出了一个黑白相间棋盘格的图案。广场上有供马匹饮水的水槽，体面的三层高建筑装饰着窗栏花箱，种着夏天最后的花卉。一家小咖啡馆，装着条纹遮阳篷，坐着一群衣着入时、手套考究的女士以及她们的陪同者，正在享受着茶点。广场的角落通往一座简朴的教堂。

"一切都是这么生动别致。"阿纳托尔呢喃道。

车夫从座位上跳了下去，开始卸车上的行李。

"女士们先生们，请下车，终点站秘鲁广场到了。"

旅客们一个接一个地下了车，尴尬地道别着，对于旅程中没有共同点的人来说这太常见了。弗米拉尤律师抬了下帽子就走开了。加比诺握着阿纳托尔的手，递过了自己的名片，说他十分希望能够在他们旅居期间再次见面，也许玩玩牌，也许去利穆或者基扬一起观看音乐晚会，然后向莱奥妮脱帽致意。他急匆匆地穿过了广场。

阿纳托尔搂住了莱奥妮的肩膀。

"这里看起来没有我担心的那么糟糕。"他说。

"很迷人，太迷人了。"

广场左边的远角，一位穿着灰白色客厅女仆制服的少女，上气不接下气地出现了。她长得很漂亮，深黑的眼睛，挑逗的嘴，身材胖乎乎的。白色罩帽下跑出了几绺浓密的黑发。

"啊，我们的接待委员会。"阿纳托尔说道。

在她身后，出现了一个气喘吁吁的年轻人，他有着一张宽阔且讨人喜欢的脸，穿着一件开领衬衫，系着红色的围巾。

"就是她，"阿纳托尔补充道，"除非我极大地误解了，不然这就解释了这个女孩没有守时的原因。"

女仆整理了一下头发，然后向他们跑来，向他们行了个屈膝礼。

“维尔涅先生？小姐？夫人派我来接你们去凯德庄园。她让我转达她的歉意，马车出了点问题，正在修理。但夫人建议说走路也许会快一点……”女仆怀疑地瞥了一眼莱奥妮的小牛皮靴子，“如果您不介意的话……”

阿纳托尔上下打量着她：“你是？”

“玛莉塔，先生。”

“好极了，那么我们要等多久马车才会修好呢，玛莉塔？”

“我不知道，有个车轮坏了。”

“好吧，到凯德庄园有多远？”

“不远。”

阿纳托尔越过她的肩膀仔细看着气喘吁吁的少年：“行李会晚点带过去？”

“是的，先生。”她说道，“帕斯卡会带过去的。”

阿纳托尔转向莱奥妮：“在这种情况下，没有其他的选择，我提议照舅妈的意见做，走过去！”

“什么？”莱奥妮情不自禁，愤愤不平地从嘴里迸发出这个词。“但你讨厌走路！”她用手指着自己的肋骨，提醒他身上还有伤势，“而且你受得了吗？”

“都好了，”他笑了笑，然后耸了耸肩，“我承认这是个麻烦事，那又有什么办法呢？我宁愿奋力前行也总好过空等。”

玛莉塔快速地屈膝行了一礼，把阿纳托尔的话当作是赞同，接着转身出发了。莱奥妮在她身后目瞪口呆地看着她。

“我就没……”她惊叫着。

阿纳托尔仰天大笑起来。“欢迎来到雷恩莱班！”他说着握住了莱奥妮的手，“走吧，小家伙，不然我们就要落下了！”

玛莉塔领着他们穿过房屋之间的昏暗小路。在一座老旧的石拱桥上他们才重见阳光，在远远的桥下流水冲刷着平坦的扁石。莱奥妮屏住了呼吸，被光明、空旷和高度的感觉弄得有点晕眩。

“莱奥妮，快点。”阿纳托尔喊着。

女仆过河之后向右急转，走上了一条陡峭的通往山坡树林的小径。莱奥妮和阿纳托尔一前一后地跟在后面，沉默着为爬山节省着体力。

沿着石子落叶斑驳的小径，他们走得越来越高，路也越来越陡峭，越来越深入茂密的森林之中。不久后，小径拓宽成了一条乡间小路。莱奥妮看得出地上的车辙，因为少雨而苍白开裂，标记着无数次的车轮和马蹄的来来回回。这里的树木离道路很远，太阳在灌木与树丛间照出了长长的影子。

莱奥妮转过身看着他们来时的方向。现在她能够看到，在险峻的山下，依然不远的雷恩莱班红色灰色的斜屋顶。她甚至都能辨认出饭店和他们下车的广场。河水闪着微光，像一条银色绿色还反射了秋叶红色的缎带，丝绸般顺滑地流淌着。

走过一小段斜坡后，他们来到了一处平台上。

前方屹立着乡间庄园的立柱和大门。铸铁的栏杆一眼望不到头，周围种着冷杉和紫杉。庄园看上去冷峻森严。莱奥妮打了个冷颤。转瞬间，她的冒险精神弃她而去。莱奥妮回想起她母亲不愿谈论这庄园和她在其中度过的童年。加比诺医生的话语在她的耳边回荡着。

如此糟糕的名声。

“凯德？”阿纳托尔询问着。

“这是当地对杜松树的叫法，先生。”女仆回答道。

莱奥妮瞥了一眼哥哥，接着坚决地走上前去，双手放在栏杆上，像个监狱里的囚徒。她把发红的脸颊贴在冰冷的铁杆上，观察着里面的花园。

一切都笼罩在一片暗淡的绿色之中，反射着从古老树冠中照进来的几缕阳光。接骨木树，灌木丛，几何形的树篱和曾经典雅的花坛都凌乱不堪，失去了色彩。庄园整体的气氛看起来依然漂亮优美，只是疏于打理，虽然还没有完全破败，但也不再期待来客了。

一条铺着燧石的宽敞道路从大门一直通向庭院，路中央有一个大号石头戏水盆，里面空空荡荡，早已干涸。在莱奥妮的左边，有一个圆形的石头花园水池，上边撑着的金属架锈迹斑斑，水池也是干涸的。在右边是一排无人修剪而疯长的杜松树丛。后方稍远一点是一个养桔温室的残余部分，玻璃不见了，框架扭曲着。

如果偶然走到了这里，莱奥妮会以为这里被废弃了，因为破败的气息是如此的明显。她往右瞥了一眼，看见了一块灰色的石板标志挂在围栏上，上面的字迹有一部分被深深的划痕遮挡住了，很像爪印。

凯德庄园。

这座住宅看起来不像欢迎访客的样子。

第二十四章

“我猜还有一条通往房子的路？”阿纳托尔问道。

“是的，先生。”玛莉塔回答道，“主入口在庄园的北侧。过世的主人从苏格莱尼路往上修了一条新路。但那条路要走一个小时，得绕着雷恩莱班走整整一圈才到山坡，比旧的这条森林小路长多了。”

“那是女主人让你带我们走这条路的吗，玛莉塔？”

女孩脸红了，为自己辩解着：“她没有说不能带你们从树林里走。”

他们耐心地站着，玛莉塔从围裙里翻找出了一把巨大的黄铜钥匙。门锁打开时发出了沉重的哐啷声，然后女仆推开了右边的门扇。他们刚进门，她就在身后把门关上了。大门震动着发出吱喳的声音，接着咯哒一声回到原位。

莱奥妮心里十分忐忑，既紧张又有冒险的兴奋。她跟着阿纳托尔走进了明显少人经过的绿色狭窄小路，觉得自己像是故事里的女主角。不久，眼前出现了一个高大的方形树篱，中间修剪出了一道拱门。玛莉塔没有走进拱门里，而是接着直走，然后来到了一条宽阔的车道上。这条路上铺着碎石，保养得很好，没有一点青苔或野草，两侧种着栗子树，枝头挂着多刺的果实。

终于，莱奥妮第一次看见了房屋本身。

“哦！”她赞叹道。

宅邸美轮美奂，雄伟壮丽而又匀称协调，完美地坐落在俯瞰整个山谷的位置，既能充分地采光又能欣赏西南两边的美景。房屋共有三层，屋顶坡度很缓，典雅的白色墙壁上开着一排排装着百叶窗的窗户，二楼所有朝着石制阳台的窗户都装着弯曲的铁栏杆。整栋建筑都覆盖着火红绿色相间的常春藤，叶子像被刷过漆一样闪着光。

他们走得近了一些，莱奥妮看到在房屋的顶层窗台外整齐地围了一圈灰色的石头栏杆，后边可以看见八扇圆形的阁楼窗。

也许妈妈就曾经从这些窗户的其中之一向下看过？

一个宽阔的延伸着的半圆形石头楼梯，通向坚固的双扇大门。大门是黑色的，装着黄铜的门环和饰边。大门布置在一个拱形的门廊里，左右两边结实的花盆里种着观赏用的樱桃树。

莱奥妮走上台阶，跟着女仆和阿纳托尔走进了一个典雅的大门厅。地面上用红黑两色的地砖铺成了棋盘格形，墙上贴着精美的奶黄色壁纸，画着黄色绿色的花朵，给人以明亮感和空间感。在大厅中央放着一张桃花心木的桌子，桌上放着一个大玻璃碗，里面是白玫瑰，抛过光的木头带来了一种温暖亲密的气氛。

墙上挂着肖像画：穿军装留胡须的男人和穿着有箍裙子的女人。当然，也有精选的朦胧景观画和古典的田园风光画。

莱奥妮注意到了一架大楼梯，在楼梯的左边是一架小型三角钢琴，有一点灰尘落在了关闭的琴盖上。

“下午夫人会在露台迎接你们。”玛莉塔说道。

她领着他们穿过一扇琉璃玻璃门，向着一个面朝南被葡萄和忍冬遮蔽着的露台走去。露台和房屋同宽，能够俯瞰整齐的草坪和花坛。远处的一排七叶树和常青冷杉标记出了庭院的边界，一座白色的玻璃和木头建造的凉亭在阳光下闪耀着，远处是一个景观湖平静的水面。

“这边请，小姐，先生。”

玛莉塔把他们引到了露台的远角，坐在一块宽阔的黄白相间遮阳篷阴影下。桌子是布置给三人的。白色的亚麻桌布、白色的瓷器、银餐勺；桌子中央装饰着草甸鲜花、帕尔马紫罗兰、粉色白色的天竺葵、黄色的比利牛斯百合。

“我会告诉夫人你们到了。”她说完就退回到屋子的阴影里。

莱奥妮向后倚着石头栏杆，脸颊粉扑扑的。她在腰间解开了手套的纽扣，脱下了帽子拿来当扇子。

“她领着我们绕了一整圈。”她说道。

“抱歉，你说什么？”

莱奥妮指着草坪最远处的方形树篱：“要是我们从树篱的拱门里进来，就能穿过庭院到达了。但那个女孩领着我们绕着庭院走了一圈，好从正面进来。”

阿纳托尔摘下了草帽和手套，放在了栏杆上。

“嗯，这个建筑真壮丽，风景美极了。”

“还没有马车，也没有管家来迎接我们。”莱奥妮继续说道，“这也太奇怪了。”

“这些花园都很优雅。”

“这里，是的。但在远处，整个庄园看上去十分破败，像被废弃了。那养桔温室，那疯长的花坛，那——”

他笑了：“破败，莱奥妮你太夸张了！我承认这里看起来有点疏于打理，但也不像你所描述的……”

她的眼睛闪烁着。“就是在疯长，”她争辩道，“怪不得本地人都疑惑地看待这庄园。”

“你到底在说什么？”

“火车站那个无礼的德纳尔诺先生，当你说我们要去哪儿的时候，你看见他脸上的表情了吗？还有可怜的加比诺医生。讨厌的弗米拉尤指责他，禁止他继续说下去。这一切也太神秘了。”

“不是这样的。”阿纳托尔佯装恼怒地说，“你是不是想象我们闯入了你喜爱的爱伦·坡先生的一个恐怖故事里了？”他做了个古怪可笑的鬼脸，“咱们把她活活地放进了棺材！”他用颤抖的声音引述着，“‘我跟你说了，门不见了，她就站在那儿！’[①]你要是想当玛德琳，我可以给你的玛德琳当罗德里克·厄舍。”

“大门上的锁都生锈了。”她坚定地说，“有段时间没人从那边走了。我跟你说，阿纳托尔，这太奇怪了。”

从他们身后传来了一个女人的声音，柔和清晰又平静。

“听到你这么觉得我很遗憾，但还是一样欢迎你的到来。”

莱奥妮听到阿纳托尔屏住了呼吸。

她转过身去，被人无意听到了自己说的话羞得满脸通红。站在门口的女人和她的声音十分相称。她个高苗条，优雅而自信；面容充满了智慧，五官匀称，面色光彩照人；浓密的金色长发挽在头顶，每一缕头发整整齐齐。最引人瞩目的是她的眼睛，浅灰色的，月长石的颜色。

莱奥妮飞快地用手摸了摸自己不服管教的卷发，相比之下就太任性了。

“舅妈，我……”

她低头看着她满是尘土的旅行服装，然而他们舅妈的穿着毫无瑕疵。她穿着一件时尚的奶黄色高领罩衫，袖子是现代剪裁的羊腿袖，配着一条裙子，前面镶着饰条，腰间收得很紧，背后是碎褶。

伊索尔德走向前来。“你一定是莱奥妮，”她说着，伸出了细长的手指，“还有阿纳托尔？”

阿纳托尔鞠了个半躬，握住伊索尔德的手抬到了嘴边。

“舅妈，”他微笑着说，透过黑色的睫毛抬头看着她，“很荣幸见到您。”

① 引自爱伦·坡短篇小说《厄舍古厦的倒塌》。（译者注）

"这也是我的荣幸，另外，请叫我伊索尔德。舅妈太正式了，都把我叫老了。"

"您的女仆领我们从后门进来的。"阿纳托尔说，"再加上炎热的天气，让我的妹妹有点烦躁。"他挥了下手臂，欣赏了房子和周围的庭院，"但如果这就是我们的奖品的话，那我们旅途的辛苦已经是遥远的记忆了。"

听到这里伊索尔德点了点头，转向了莱奥妮。

"我确实让玛莉塔解释马车的不幸状况了，但她太容易慌张了。"她轻声说道，"我很抱歉你对这里的第一印象不是很好，但没关系，你来了就好。"

莱奥妮终于开口了："伊索尔德舅妈，请原谅我的无礼，实在是不可原谅。"

伊索尔德笑了："没什么大不了的，现在坐下吧。先喝茶——英国茶——然后玛莉塔会领你们去各自的房间。"

他们刚坐下，立刻就有仆人送上了一把银茶壶和一罐新制的柠檬水放在桌上，接着是一盘盘有咸有甜的点心。

伊索尔德倾身倒茶，是一种精致的淡色液体，闻起来有檀香和东方的味道。

"多么美妙的香气，"阿纳托尔闻着香味说，"这是什么茶？"

"这是我自己用中国正山小种红茶和马鞭草混合而成的。我觉得比现在特别流行的浓重的英国茶和德国茶更清爽。"

伊索尔德递给莱奥妮一个白色瓷盘，上面装着大块的明黄色柠檬："莱奥妮，你母亲替你接受邀请的回信真是写得太好了。我十分希望也有机会见她一面，或许她明年春天会来这里？"

莱奥妮想到她母亲对庄园的厌恶和她从来没有称这里为家，但她随即又想起了母亲的风度，漂亮地打了圆场："妈妈会很高兴的。她在今年年初疾病缠身，还有恶劣的天气，否则她肯定会来见朱尔斯舅舅最后一面的。"

伊索尔德点点头，转向阿纳托尔："我在报纸上看到巴黎的温度都零下好几度，这是真的吗？"

阿纳托尔的眼睛明亮地闪烁着："看起来整个世界都结冰了。塞纳河都结冻了。有很多人晚上死在街头，政府不得不在体育馆、射击场、学校和公共浴场里开设了避难所；甚至还在埃菲尔先生壮观的铁塔下，战神广场的人类艺术博物馆[①]里设置了一个宿舍。"

"击剑馆也是吗？"

① 1889年巴黎世博会场馆之一。（译者注）

阿纳托尔看上去很困惑：“击剑馆？”

“请原谅，”伊索尔德说，“你眼睛上方的伤。我觉得你或许是个击剑手。”

莱奥妮插嘴说道：“四天前阿纳托尔被袭击了，在加尼叶宫暴乱的那天晚上。”

“莱奥妮，别说了。”他抗议着。

“你受伤了吗？”伊索尔德立刻问道。

“一点擦伤和割伤，没什么。”他说着，狠狠地盯着莱奥妮。

“暴乱的消息没有传到这里来？”莱奥妮问道，“巴黎的报纸只报道了逮捕‘预约者’的新闻。”

伊索尔德一直注视着阿纳托尔。

“你被抢劫了？”她问道。

“我的表——我父亲的怀表——被抢走了，在他们企图拿走我其他东西之前，过路人打断了他们。”

“那就是街头抢劫了？”伊索尔德重复着，仿佛要说服自己相信一样。

“就是那样，没什么，就是走背运。”

一阵尴尬的沉默笼罩了桌子。

然后，伊索尔德想起了自己的职责，转向了莱奥妮：“你的母亲童年时在凯德庄园这里待过一段时间，是吧？”

“她独自一人在这里长大一定很寂寞，”伊索尔德推测着，“没有其他的孩子陪伴她。”

莱奥妮欣慰地笑了，因为不必替她母亲装出喜爱凯德庄园的样子了，接着她不假思索地发问：“您是想长住在这里还是回到图卢兹去？”

伊索尔德灰色的眼睛蒙上了一层困惑：“图卢兹？恐怕我并不……”

“莱奥妮。”阿纳托尔严厉地说道。

她脸红了，但迎着哥哥的目光：“我印象里妈妈说过伊索尔德舅妈是图卢兹人。”

“阿纳托尔，我真的一点都没觉得被冒犯了。”伊索尔德说，“但实际上，我是在巴黎长大的。”

莱奥妮倾身靠近一些，故意不理睬哥哥。她十分好奇她的舅舅和舅妈是如何初次相识的。据她对朱尔斯舅舅的一点点了解，这看起来是段不可能的婚姻。

“我在想——”她开始问了，但阿纳托尔插话进来，失去了机会。

“您和雷恩莱班的人来往密切吗？”

伊索尔德摇摇头："我过世的丈夫不喜欢娱乐，从他逝世后，很遗憾我疏忽了作为女主人的职责。"

"我确信大家一定很同情您的境遇。"阿纳托尔说道。

"在我丈夫生命中的最后几星期里，大多数邻居都非常的亲切。在那之前，他的健康状况已经恶化一段时间了。在他去世后，在凯德庄园之外有那么多的事情要去打理，而我待在这里，没有做到我应该做到的事情。但是……"她顿了一下，用另一个平静稳定的微笑让莱奥妮参与到对话中，"如果你愿意的话，我打算以欢迎你们来访的名义举办一场晚餐宴会。在这个星期六的晚上，邀请一个或两个本地客人，你觉得怎么样？不是什么大规模的，但这是个把你介绍给他们，让他们结识你的机会。"

"那就太令人高兴了。"莱奥妮说道，立刻就忘记了其他所有的事情，开始问她舅妈问题。

下午的时光愉快地继续着。伊索尔德是个完美的女主人，认真尽责又迷人，莱奥妮过得十分愉快。切成片的厚皮白面包，上面铺着山羊奶酪，撒着蒜蓉。一指厚的烤面包片上配着鳀鱼酱和黑胡椒。一碟腌制的山火腿配着半月形的成熟紫色无花果。一盘大黄果馅小圆饼，金黄色酥皮里加了糖，放在一个蓝瓷碗旁边。碗里满满地装着桑葚和黑樱桃做成的糖渍水果，旁边放着一罐奶油和一把长柄银勺子。

"这些是什么？"莱奥妮问道，指着一盘挂着白色糖霜的紫色糖果，"它们看上去很好吃。"

"比利牛斯珍珠，香茅液滴裹在糖霜里。我觉得，阿纳托尔，你喜欢这个。还有这些……"伊索尔德指了指另一个盘子，"是自制的奶油巧克力，朱尔斯的厨师真的非常出色，她已经在这个家里服务了快四十年了。"

她的语气中有一丝惆怅让莱奥妮想知道，她是否曾和母亲一样，感觉自己是个不被欢迎的客人，而不是凯德庄园名正言顺的女主人。

"你在报社工作？"伊索尔德问着阿纳托尔。

阿纳托尔摇着头："不干有段时间了。记者的生活不适合我：国内争端、阿尔及利亚冲突、美术学院近期的选举危机。我发现被迫考虑着我根本不感兴趣的事情，令我心灰意懒，因此我放弃了。现在，尽管我给《布兰奇杂志》和《当代杂志》写一些奇怪的评论文章，但大多数时候我把文学方面的努力投入到一个不那么商业的舞台里了。"

"阿纳托尔是一本收藏杂志的编辑部成员，古董和藏书版。"莱奥妮说道。

伊索尔德笑着，把注意力重新放到莱奥妮身上："我必须再次说明当你接受邀请时我有多么高兴。我担心你在习惯巴黎的繁华后，来乡下待一个月或许太沉闷了。"

"在巴黎待着也是很容易无聊的。"莱奥妮可爱地回答道，"我经常被逼着花费时间在乏味的聚会上，听寡妇和老姑娘们抱怨着在帝国统治的时期一切有多美好。我宁可去读书！"

"莱奥妮是个书虫，"阿纳托尔笑着说，"总是在埋头看书。尽管她的读物通常都很……我怎么说呢，很耸人听闻！一点也不符合我的口味。鬼故事和哥特恐怖……"

"我们有幸在这里有一座壮丽的图书馆。我过世的丈夫是个着迷于历史的人，感兴趣于一些小众喜欢的……"她停顿了，似乎在寻找合适的词，"精挑细选的研究领域，容我这么说。"她再次犹豫了。莱奥妮好奇地看着她，但伊索尔德没有再多说那些领域具体是什么。"他藏有很多初版和孤本书。"她接着说道，"我确信你会感兴趣的，阿纳托尔。也有精选的小说和平装的《小日报》，或许也会吸引你的兴趣，莱奥妮。请别客气，像自己家藏书一样随意翻看吧。"

此刻的时间快到七点了。在高大的栗子树的影子下，太阳已经照不到露台了，影子从草坪的远端延伸过来。伊索尔德摇了摇放在她旁边桌子上的银色小铃铛。

玛莉塔立刻出现了。

"帕斯卡把行李带回来了吗？"

"带回来有一会儿了，夫人。"

"很好，莱奥妮，我把你安排在黄色房间。阿纳托尔，你住安茹套间吧，虽然面朝北面，但也是间舒适的房间。"

"我确信它一定十分舒适。"他说道。

"既然我们在喝茶时吃得很饱了，另外我觉得你们在从巴黎到这里的艰苦旅程之后一定想要早点休息，所以我今晚没有安排正式的晚餐。如果有什么需要请随意摇铃。九点钟在会客厅喝点睡前饮料已经成了我的习惯，要是你们愿意来的话，我会很高兴的。"

"谢谢您。"

"是的，谢谢您。"莱奥妮补充道。

三人都站起身来。

"我想或许在黄昏前我可以在花园里散散步，或是抽支烟？"阿纳托尔说。

莱奥妮在伊索尔德平静的灰色眼睛里看到一些情绪闪过。

“如果这不是太过分的话，我能不能建议你把庄园的探索推迟到明天上午。外面很快就要黑了，我不想你们在到来的第一天晚上，我就派出搜救队去找你们。”

莱奥妮听到阿纳托尔屏住了呼吸。一时间，谁也没说话。然后，让她震惊的是，阿纳托尔并没有反对这一对他自由的限制。他笑着，仿佛这是个只有他才懂的笑话，然后握住了伊索尔德的手送到了唇边。完全正确，十分完美的礼节。

然而。

“当然了，舅妈，如您所愿。”阿纳托尔说，“为您效劳。”

第二十五章

离开哥哥和舅妈之后，莱奥妮跟着玛莉塔走上楼梯，沿着二楼和房屋等长的走廊走着。女仆停了下来，给她指出盥洗室的位置，以及旁边很宽敞的一间浴室，正中放着一个巨大的铜浴缸，然后继续领她前往卧室。

“黄色房间，小姐。”玛莉塔说道，站到一边让莱奥妮进去，“盥洗台上有热水，您还有什么吩咐吗？”

“一切都很令人满意。”

女仆屈膝行礼，然后退下了。

莱奥妮满意地环视着在接下来的四个星期里将作为她家的这个房间。这是个陈设考究的房间，既美观又舒适，俯瞰着庄园南部的草坪。窗户开着，她听得到下边传来的仆人收拾桌子时发出的陶器和瓷器的叮当声。

墙上贴着精致的壁纸，画着紫色粉色的花朵，和窗帘与日用织品的颜色很搭配，带来了一种明亮的感觉，尽管桃花心木家具的色调很深。床——几乎是莱奥妮见过最大的——像艘埃及驳船一样坐落在房间中央，床头板和踏足板擦得闪闪发亮。床边放着一个猫脚衣橱，上边放着插着蜡烛的黄铜烛台、一面镜子、一个玻璃杯和一罐水。罐子上放着一块白色绣花手绢来阻挡苍蝇。她的针线盒也被放在了这里，跟她的一册图画纸和绘画用具放在一起。她的旅行画架倚着衣橱立在地板上。

莱奥妮穿过房间来到一个高大的衣橱前，它的边缘雕刻风格也是相同的复制埃及风格，门上镶了两面长镜子，反射着她身后的房间。所有行李都被打开整理过了。她打开了右边的门，把衣架在轨道上拨弄得咯咯响，看到她的衬裙、小礼服、晚礼服和外套井井有条地挂在衣橱里。

在衣橱旁边的大五斗橱里她找到了自己的内衣和小件的衣物，贴身背心、束胸、衬衫、袜子整齐地叠放在散发着薰衣草味道的又深又重的抽屉里。

壁炉在门对面的墙上，上面挂着一面桃花心木框的镜子。在大理石壁炉台中央放着一个镀金的瓷钟，和家里客厅壁炉架上的那个很像。

莱奥妮脱掉了衣服、莱尔棉袜子、连身内衣和束胸，随手把衣服扔到地毯和扶手椅上。她穿着睡裙和内衣，把热气腾腾的水从罐子倒进脸盆里。她洗了洗脸和手，然后擦了擦腋下和胸前双乳间的凹陷。洗漱结束之后，她从门后沉重的黄铜钩子上摘下了她的蓝色山羊绒晨衣，然后坐在三扇竖铰链窗中间的梳妆台前。

她一个个摘下了头发金属发夹，解开了自己难梳理的红棕色卷发，披散到自己苗条纤细的腰间，然后把镜子向自己倾斜过来，开始梳着头发直到它像一块丝绸一样柔顺地披散在背后。

她眼角的余光看到楼下花园里有什么东西在挪动，这吸引了她的注意力。

“阿纳托尔。”她嘟囔着，觉得哥哥终究还是决定忽视伊索尔德让他待在屋里的要求。

希望他这么做了。

莱奥妮从脑海里打消了无谓的怜悯之情，她把梳子放在梳妆台上，转身站在中央窗台前。最后一点白天的痕迹也告别了天空，随着眼睛适应了黄昏的光线，她注意到了另一个移动物，这次是在草坪的远端，高大的方形树篱处，远过景观湖的地方。

现在她清楚地看见了一个身形，他没有戴帽子，鬼鬼祟祟地走着，每走几步就转身看看，好像觉得自己被跟踪了。

光线造成的幻觉？

身影消失在阴影里。莱奥妮觉得自己听到了教堂的钟声回荡在下方的山谷里，一个模糊哀伤的单音符，但当她聚精会神去听的时候，她能分辨出的声音就只有黄昏时乡间的声音了：风吹过树林的低语和暮色中多种多样的鸟鸣大合唱，接着是一只猫头鹰尖锐地嚎叫着，准备着夜晚的狩猎。

意识到自己胳膊上露出的皮肤都起鸡皮疙瘩了，莱奥妮最终关上了竖铰链窗，返回屋里。她犹豫了一会儿，拉上了窗帘。那个身影几乎可以肯定是一个喝醉了的园丁，或是个壮着胆子、非法闯入草坪抄近路的男孩。但这个情景里有什么地方令人不快，很有威胁。实际上，她看到之后觉得不舒服，觉得自己被所见的场景污染了。

突然，一阵尖锐的敲门声打破了屋里的宁静。

“是谁啊？”她喊道。

“是我，”阿纳托尔回喊道，“你穿着得体吗？我可以进去吗？”

“等等，我来了。”

莱奥妮系紧了腰带，从脸上理了理头发，惊讶地发现自己的双手在颤抖。

“出什么事了？”当她打开门的时候他说道，“你听起来很警惕。”

“我没事。”她高声说道。

“你确定吗，小家伙？你脸白得和纸一样。”

“你没去外面的草坪？”她突然问道，“十分钟之前？”

阿纳托尔摇摇头：“你离开后我确实在露台上待了一会儿，但也没超过一支烟的时间，怎么了？”

“我……”莱奥妮刚开口就改变了主意，“那看起来是个相当高的男人，至少……别管了，没什么。”

他把她的衣服扔到地上，自己坐在扶手椅上。

“可能是一个马童吧。”他推测着，从口袋里摸出烟盒和防水火柴，放在桌面上。

“别在这儿抽，”莱奥妮恳求着，“你的烟草是有毒的东西。”

他耸耸肩，手伸到另一个口袋里，掏出了一本蓝色的小册子。

“我给你带来了打发时间的东西。”

他走过去，把书籍递给她，接着坐回到椅子里。

“瞧，”他说，“《山间的恶魔、邪灵、恶鬼与幻象》。”

莱奥妮没有听见，她的眼睛再次向窗户的方向瞥去，想知道她看见的东西是不是还在外面。

“你确定没事吗？你脸色真的非常苍白。”

阿纳托尔的声音把她的思绪拉了回来。莱奥妮低头看着手里的书，仿佛在思考这是怎么出现在自己手里的。

“我没事，”她匆匆说道，很窘迫，“这是本什么样的书？”

“不清楚，看起来很恐怖，但似乎是你喜欢的那类玩意儿。在图书馆里发现它在积着灰。作者是伊索尔德想邀请来参加周六晚宴的人，奥迪克·拜亚德先生。有好几篇是关于凯德庄园的。这里似乎流传着各种各样的关于恶魔、邪灵和鬼魂的故事，都是关于这个地区，特别是这个庄园的，可以追溯到 17 世纪时的宗教战争。”他冲她笑着。

莱奥妮怀疑地眯起眼睛：“那是什么刺激了你做出这样慷慨大方的事情呢？”

“一个当哥哥的,能不能偶尔用发自心底的善意为他的妹妹做点好事呢？”

“事实上，某些当哥哥的是可以的。”

他举起双手投降了：“那好吧，我坦白，我觉得这书能让你不淘气。”

阿纳托尔低头躲开了莱奥妮朝他扔过来的枕头。

“没打中，”他大笑着，“准头真差。”他一把抓起桌上的烟盒和火柴，跳起身来，几步就走到了门口，“让我知道你和拜亚德先生相处得怎么样。我认为我们应该接受伊索尔德的邀请，晚点去会客厅一趟喝点饮品。你说呢？”

“你不觉得今晚没有晚餐挺奇怪的吗？”

他扬起眉毛：“你有食欲吗？”

“好吧，没有，但就算——”

阿纳托尔把食指竖在嘴唇上：“那就，嘘。”他打开门：“阅读愉快，小家伙。晚点我想看到一篇完整的读后感。”

然后他就走了。

在他沿着走廊回到自己房间时，莱奥妮听见他的口哨声、靴子坚实的脚步声越来越弱。

然后是另一扇门关上的声音。寂静再次笼罩了这栋宅邸。

莱奥妮从掉落的地方捡起枕头，爬上了床。她缩起膝盖，身子蜷成个球形，打开了书。

壁炉台上的钟敲响了半点的报时。

第二十六章

巴 黎

时尚的大街和马路笼罩在浓密的棕色暮光里，堕落街区也一样。破旧失修的居民区，小巷、公寓和贫民窟组成的迷宫般的网络，在污染的黄昏中困难地呼吸着。

温度计里的水银降低了，空气变得寒冷。

建筑和人，电车和马车，在阴影里像幻影般时隐时现。阿姆斯特丹路上咖啡馆的遮阳篷在狂风中抖动着，像想要挣脱束缚的马一样。在林荫大道上，树木的枝干摇动着。

在第九行政区的人行道上，在蒙索公园里，树叶飞舞着，没人玩跳房子，没人玩一二三大灰狼，孩子们都躲在使馆温暖舒适的建筑里。邮局新设的电报线抖动着，啸叫着，电车的轨道呼啸着。

在七点三十分，大雾被雨冲散了。一开始是缓慢的像铁屑一样灰色冰冷的雨点，随后下得又快又大，仆人们关上了公寓和房屋的窗户。在第八行政区，皇家路上韦伯咖啡馆里，售货小姐和勤杂工躲避着即将到来的暴风雨，他们点了啤酒和苦艾酒，争夺着最后几张桌子。无家可归的乞丐和拾荒者在桥下躲避着风雨。

在柏林路上，玛格丽特躺在公寓的长椅上。一只白皙的手臂弯曲着压在头下，另一只手靠在椅子边上，手指柔若无骨地轻拽着地毯，像个夏日游船上恍惚的女孩。只有她嘴唇上淡淡的青色、下巴周围一圈领口一样的紫红色瘀痕、被虐待的手腕上鲜血凝结成的手镯，种种这些暴露了她并不是睡着的事实。

和托斯卡、爱玛·包法利、普罗斯佩·梅里美笔下被诅咒的女主角——卡门一样，玛格丽特死后也很美丽。那匕首，刀锋被人为得染红，躺在她的手边仿佛是从她垂死的手中掉下来似的。

维克多·康斯坦特无视她的存在。对他来说，在他把最后一点信息从她身上切下时，她就不复存在的意义了。这已经花费了比他预期更长的时间。

除了壁炉架上时钟的嘀嗒声，一切寂静无声。

除了一根蜡烛投下的一小块光线，一切都被黑暗笼罩。

康斯坦特系上裤扣，点了一支土耳其卷烟，坐在餐桌旁翻看着他的仆人从维尔涅的床头柜里找到的日记。

“拿瓶白兰地给我。”

康斯坦特拿出自己黄色柄的农特龙刀，割断绳子，解开棕色的蜡纸，拿起了一本宝蓝色的袖珍笔记本。日记上记录着阿纳托尔·维尔涅一年来的每日私人事物：他经常光顾的沙龙；一系列的债务清单，它们被整齐地记成了两列，当债务还清时用笔划掉；以及在今天初冬的头几个月，他以图书买家而非助手的身份和一位神秘学者的往来简介；还包括一些购买记录，例如雨伞、一本从安廷公路上的爱德曼·贝利书店里购买的限量版《诗集五首》。

康斯坦特对这些单调乏味的日常细节不感兴趣，他快速地翻阅着，寻找着也许会对他有用的事情的日期或引语。

他在寻找维尔涅和他唯一爱过的女人之间暧昧关系的细节。他依然无法想到她的名字，更何况是说出口了。在去年的10月31日，她告诉他，他们的关系必须结束。的确，在此之前，他们的关系是值得称颂的。他把她的不情愿当作是端庄，没有逼迫她。他的震惊立刻变成了无法抑制的狂怒，差点杀了她。事实上，要不是邻居听到了她的哭喊，他很有可能已经这么做了。

他不得不让她走。他毕竟无意伤害她。他爱她，尊敬她，爱慕她。但她的背叛太难以接受了，是她逼他这么做的。

那天晚上之后，她从巴黎消失了。十一月到十二月，康斯坦特不停地想着她。事情很简单，他爱她，她却背叛了他。他的身体和意识会无情又不间断地提醒着他们在一起的时光——她的香气，她苗条的体形，她优雅的风度，她静静地陪伴在他身边，她多么感激他的爱。她是多么端庄，多么顺从，多么完美。然后，她抛弃他的羞辱就会涌现脑海，带来更猛烈更残暴的愤怒。

为了忘却关于她的记忆，康斯坦特用消遣来逃避。流连在那些为爱好文雅、腰包很鼓的绅士开设的场所——赌场、夜总会，服用鸦片酊来缓解日益恶化的健康状况他不断增大的水银剂量。接二连三的无知少女，有那么一点像她的妓女，用她们柔软的肉体为她的不忠付出代价。他非常英俊，出手也阔绰。他知道如何诱惑和哄劝，姑娘们也很乐意，直到她们发现他的欲望是多么的邪恶。

没有什么能让他得以缓解，没有什么能减轻她的背叛带给他的极度痛苦。

康斯坦特失去她之后苟活了三个月。然而在一月末，一切都变了。在塞纳河上的冰块开始融化的时候，一条流言传到了他的耳朵里。她不仅独身回到了巴黎，还有了情人。她把拒绝给他的爱给了别人。

他的痛苦无以复加，他的怒火不可抑制。向她——向他们——报复的渴求彻底占据了他。他想象着她在自己手中流着血，承受着她让他承受过的痛苦。让这个婊子为她的不忠遭到惩罚成为他生活的唯一目的。他被妒忌吞噬了。

查出他情敌的名字是件简单的事情。每天早上太阳升起时，他想到的第一件事就是维尔涅和她是情人。这也是晚上月亮出来时他想到的事情。

一月至二月间，康斯坦特展开了一系列有计划的迫害和报复行动。他从维尔涅开始，想要摧毁他的好名声。他的手段很简单：流言一点一滴地渗到不那么有名的报纸专栏作家耳朵里，伪造的信件在油腻的手掌间传递，在巴黎尊贵的面纱下，那些谣言——腐烂的花边新闻、暮色中的闲言碎语以及令人恼怒的诽谤出版物——蜂拥般涌入错综复杂的神秘集团中。这些集团里的门徒、信徒和催眠师，每一个都极端多疑又害怕背叛。

都是谎言，但都是貌似真实的谎言。

但是，就连他对维尔涅的征讨，尽管执行得很好，也没能给他带来片刻的缓解。他依然做噩梦，甚至在白天都充斥着爱人纠缠在别人怀里的影像。他的疾病无情地发展着，夺去了他的睡眠。当康斯坦特闭上眼睛，噩梦般的影像就会来侵袭他，他梦到自己被钉在十字架上，恶疾缠身。他遭受着幻觉的折磨，他自己躺在地上，一个现代的西西弗斯，被自己的石头砸死了；又或是像普罗米修斯一样被钉住了，而她蹲在他胸口上，扯出了他的肝脏。

在三月时事情勉强得到了解决。她死了。死讯传来时，对他来说是个差强人意的解脱。康斯坦特在边上注视着她的棺材放进蒙马特墓地潮湿的土地里，感觉仿佛卸下了肩上的重担。在那之后，他非常满意地看着维尔涅的生活在悲痛之下支离破碎。

春天让位给了炎热的七月和八月。有那么一段时间，康斯坦特心情很平静。九月来临了。接着他无意间听到了消息，有人在奥斯曼大道上匆匆看到了蓝帽子下的金发倩影，谣传说六个月前在蒙马特区下葬的一个棺材是空的。在加尼叶宫暴乱的那天晚上，康斯坦特派出两个人去质问维尔涅，但他们在问出有价值的信息之前就被路人赶跑。

他再次翻阅着，找到了刚过去的日期 9 月 16 日。页面是空白的，什么也没有。维尔涅没有记下歌剧院的暴乱，没有提到在全景廊街遭到的袭击。日记里最后一条记录是两天之前的。康斯坦特翻页再次阅读。大号，自信的字体——孤单的一个字。

完。

他感到怒气在全身涌动着。这个字似乎在他眼前的页面上跳动着，嘲弄着他。在他承受了所有痛苦之后，却发现他是一场恶作剧的受害者，它用资深的轨迹拉动着他的苦痛，就像一只动物在他肚子里撕咬着他。

他曾经疯狂地认为只要污蔑维尔涅就足以给自己内心带来平静。现在，康斯坦特知道该怎么做了。他会追捕他们，然后杀了他们。

仆人在他的肘边放了一杯白兰地：“杜邦将军很快就要回来了……”他嘟囔着，退回窗前。

此时，意识到时间在流逝，康斯坦特捡起了那张包着日记的棕色纸张。日记在这公寓里的存在让他感到困惑。要是维尔涅不打算回来的话，那他为什么会把日记留下来？因为他走得很匆忙？或许是因为他没计划离开巴黎太久。

康斯坦特把白兰地一饮而尽，把杯子用力扔到了壁炉里。杯子破碎成上千个闪烁、尖锐的碎片。仆人畏缩了，但依然守着岗位。空气似乎在这暴力的举动中震动着。

在仆人不安的注视中，康斯坦特站起身来，准确地把餐椅放回桌子下的原位。他走到壁炉架前，打开了瓷钟的玻璃钟面，把时针向前拨到了八点钟。接着他把时钟沉重的钟背砸在壁炉的大理石包边上，直到机械装置停止了工作。他蹲下来把时钟面朝下放在了白兰地杯子闪亮的碎片里。

“把香槟打开，拿两个杯子来。”

仆人照吩咐做了。康斯坦特走向长沙发。他在手里抓了一把头发，把玛格丽特的头拽到了怀里。她身上散发着一股屠宰场的甜腻金属气味。她周围的浅色垫子被染成了暗红色，一摊血迹玷污了她的前胸，像一朵开得过盛的温室花朵。

康斯坦特试着往玛格丽特青肿的嘴唇里倒了一点香槟，他将一只杯子按在她张开的嘴唇上，直到一点点唇膏的痕迹出现，接着倒入半杯香槟，然后把杯子放在她旁边的桌子上。他也往另一只杯子里倒了一点，然后把瓶子放倒在地面上。液体慢慢地流出来，一条泡沫的缎带流到了地毯上。

“我们在新闻界的卑鄙伙伴知道今晚将会有事要他们干吧？”

“是的先生。”一瞬间，仆人的伪装消失了，“那女士……她死了吗？”

康斯坦特没有回答。

仆人画了个十字。康斯坦特走到餐具柜旁，拿起了一个相框。玛格丽特坐在相片的中央，她的孩子们站在她身后，他们的手放在她优美的肩膀上。他看着照相馆的名字和拍摄日期“1890 年 10 月”。相片上女儿的头发还是松散的，还是个孩子。

仆人咳嗽了一声：“我们要去鲁昂吗，先生？”

“鲁昂？”

仆人紧张地捻着手指，辨认着主人眼里的神色。

“请原谅，先生，但维尔涅夫人不是说她的儿子和女儿去了鲁昂吗？”

“啊，是的。她比我预期的更有勇气……更……主动。但我怀疑鲁昂并不是他们的目的地。或许她真的不知道。”

他把照片丢给他的手下。

“出去找这个女孩。有人会说的，总有人会说的。人们会记住她的。”他冷酷地笑着，“她将会带领我们找到维尔涅和他的婊子。”

第二十七章
凯德庄园

莱奥妮尖叫着，直挺挺地坐了起来，心怦怦地跳着。蜡烛自己熄灭了，整个房间笼罩在黑暗之中。

一瞬间她以为自己还在柏林路的客厅里，然后她低头看见枕头边拜亚德先生的专著，才想明白。

原来是一场噩梦。

莱奥妮梦见了恶魔和鬼魂，梦见了长有利爪的生物，梦见了蜘蛛结网的古代遗迹，梦见了鬼魂空洞的眼睛。

莱奥妮向后倚着木质床头板，等待自己狂奔的脉搏慢慢平静下来。她看到了灰色天空下的一处石制墓地，枯萎的花环摆放在一块破损的纹章盾上。这是一个家族的盾徽，已经开始腐烂，没有了神采。

多么黑暗的梦。

她等待着脉搏停止奔腾，但她脑子里的敲击声反而变得更大了。

“莱奥妮小姐？夫人让我来问您是否需要什么？”

平静下来后，莱奥妮认出了玛莉塔的声音。

“小姐？”

莱奥妮坐了起来，镇定了心绪，然后喊道：“请进。”

门口传来一阵咔嗒声，接着：“请原谅，小姐，但门是锁上的。”

莱奥妮不记得自己转过钥匙，她立刻把冰凉的双脚伸进丝绸拖鞋里，跑去开门。

玛莉塔快速地屈膝行礼：“莱斯康布夫人和维尔涅先生让我来问您是否要加入他们。”

“现在几点了？”

“快九点半了。”

这么晚了。

莱奥妮把噩梦从眼睛里揉了出去：“当然去。我可以自己收拾。你能不能告诉他们我马上下去？”

她穿好内衣，套上一件朴素的晚礼服，没什么精细的装饰。她用梳子和发夹整理了头发，在耳后和腰间喷了一点科隆香水，随后下楼去会客厅。

在她进屋时阿纳托尔和伊索尔德都站了起来。伊索尔德简单地穿着天青色的高领半袖上衣，佩戴着法国黑玻璃珠，看上去十分优雅。

“我很抱歉让你们一直等着。”莱奥妮道了歉，先吻了舅妈然后是哥哥。

“我们都快放弃你了，”阿纳托尔说，“你喜欢喝什么？我们在喝香槟——不，我很抱歉，伊索尔德，不是香槟。你想喝一样的吗？还是喝点别的？”

“不是香槟？”

伊索尔德笑了：“他在逗你呢。这是利穆气泡白葡萄酒，不是香槟，而是本地一种和香槟很相像的酒。这酒更甜，更淡，更解渴。我现在很喜欢这酒。”

“谢谢您。”莱奥妮说着接过了酒杯，“我开始读拜亚德先生的小册子，接下来我记得的就是玛莉塔在敲门，时间已经过了九点了。”

阿纳托尔大笑：“那书这么沉闷都让你看睡着了？”

莱奥妮摇摇头：“正好相反，这书十分吸引人。似乎凯德庄园——或者说，是这房子和花园现在占据着的土地——长久以来一直是许多迷信和本地传说的中心。鬼魂、恶魔、幽灵在夜间行动。最普遍的是关于一只凶猛狂野的黑色生物，半恶魔半野兽，当时势动荡的时候就出没在乡间，抢夺孩子和家畜。”

阿纳托尔和伊索尔德对视了一眼。

“根据拜亚德先生的说法，”莱奥妮继续说道，“这就是为什么这么多的本地地标都有着暗示这段超自然过去的名字。他讲述了塔布勒山上一个湖泊的传说，魔鬼的池塘。据说这个湖可以与地狱沟通。如果往湖里扔块石头，水里就会明显地飘出硫黄的烟雾，刮起猛烈的风暴。另一个故事回溯至1840年的夏天，那年夏天特别干旱。蒙特赛居村里的一个磨坊主，绝望地想要求雨，爬上了塔布勒山，把一只活猫投到了湖里。那动物像恶魔一样剧烈地挣扎着，因此激怒了魔鬼，在接下来的两个月里山间一直在下雨。”

阿纳托尔往后倚着，双臂舒展地放在长沙发的靠背上。壁炉里的火势很旺，噼啪作响。

“多么迷信的胡说！”他亲切地说道，“我都后悔给你这本书了。”

莱奥妮做了个鬼脸：“你可以嘲弄我，但这样的故事某种程度上总是有根据的。”

“说得好，莱奥妮。”伊索尔德说道，“我过世的丈夫对凯德庄园相关的传说非常入迷。他最感兴趣的是西哥特时期的历史，但他也会和拜亚德先生经常谈论各种话题直到深夜。邻村雷恩堡的神父有时也会加入他们。”

莱奥妮的脑海中突然出现了三个人围着书本的景象，她不由得想知道经常被独自留下，伊索尔德是否会感到愤恨。

“索尼埃神父，”阿纳托尔点点头，“今天下午从库伊扎到这里的路上加比诺提起过他。”

“说到这里，可以说朱尔斯在拜亚德先生面前一直很谨慎。”

“谨慎？为什么？”

伊索尔德摆了摆白皙纤细的手：“哦，或许不该用谨慎这个词，应该是，恭敬。我不是很确定我的意思。他对拜亚德先生的年龄和知识很尊敬，但是也颇为敬畏他的学识。”

阿纳托尔添满了三人的杯子，按铃又要了一瓶酒。

“您说拜亚德是本地人？”

伊索尔德点点头：“他在雷恩莱班有间家具齐全的寄宿公寓，但他主要的居所在其他地方。我记得是萨巴塞的什么地方。他是个了不起的人，但非常孤僻。他很少谈论自己过去的经历，兴趣很广泛。除了本地的民间传说和风俗之外，他还是阿尔比派异端的专家。”她轻声笑着：“实际上，朱尔斯曾经评论说他的描述是如此生动，几乎都可以想象到拜亚德先生曾经亲身目击过几次中世纪的战争了。”

他们都笑了。

“现在不是最合适的季节，但或许你愿意去看看几个前哨城堡的遗迹，”伊索尔德对莱奥妮说道，“如果天气允许的话。”

“我非常愿意去。”

“周六晚宴的时候我该把你安排在拜亚德先生旁边，这样你就可以随心所欲地问他关于恶魔、迷信和山间的传说了。”

莱奥妮想起了拜亚德先生写的那些故事，不寒而栗。阿纳托尔也同样陷入了沉默。在轻松的对话过程中，一种不同的气氛在没人注意的时候潜入了房间。有那么一会儿，唯一的声音就是高大座钟的金色指针的嘀嗒声，还有壁炉里火焰的噼啪声。

莱奥妮的眼神被窗户吸引过去。它们在夜晚关上了，但莱奥妮强烈警惕着外面的黑暗。那黑暗似乎是有生命的，有呼吸者的存在。风吹过房屋角落的呼啸声，她听起来却像是夜晚在地狱召唤的上古幽灵。

她看了伊索尔德一眼，在柔和的光线下如此美丽，如此平静。

她也能感觉到吗？

伊索尔德神色平静，不动声色，莱奥妮无法猜测她在想什么。她的眼睛并没有因丈夫离世的悲伤而闪烁，也没有暗示出庄园石墙外有什么存在的焦虑和紧张。

莱奥妮低头看着杯子里的发泡白葡萄酒，一饮而尽。

时钟敲响了半点，气氛被打破了。

伊索尔德说要去写周六晚宴的请柬，离开去了书房。阿纳托尔从托盘上拿走了扁粗的绿色甜露酒瓶，说他要多待一会儿，抽支烟。

莱奥妮吻了哥哥道过晚安，走出了会客厅。她走过大厅，脚步有些不稳，想起了白天的事情，想起了那些让她开心的事情，也想起了让她好奇的事情。伊索尔德舅妈多么聪明，猜出了阿纳托尔最喜欢的糖果是比利牛斯珍珠。他们三人的彼此陪伴，在大部分时间里，是多么的令人愉快。她想着那些她将要进行的冒险，她会如何探索这房子，以及如果天气允许的话，这庭院。

她的手已经放在了楼梯扶手上，这时她发现钢琴的琴盖诱惑地打开着。黑白的琴键在闪烁的烛光中看起来很明亮，仿佛最近刚被抛光过。华丽的桃花心木包边看起来在发光。

莱奥妮不是个熟练的钢琴家，但她无法抗拒无人触动的琴键的邀请。她弹了一个音阶、一个琶音，然后弹了一个和弦。钢琴音色甜美，轻柔又准确，似乎一直被调音和照料着。她的手指自由地弹奏着，奏出一段古老而悲伤的小调曲子，A,E,C 和 D。一段悦耳的旋律短暂地回荡在大厅的寂静之中，唤起了哀伤的回忆，然后渐渐消失了。

莱奥妮最后用指背从左向右扫过键盘，然后走上楼梯去睡觉。

时间流逝，她睡着了。

整个房屋，一间一间地陷入寂静。蜡烛一根一根地熄灭了。灰墙外，庭院、草坪、景观湖、山毛榉树林在白色的月光下安静地存在着，一切都十分平静。

然而。

第四部

Rennes-les-Bains 雷恩莱班

2007 年 10 月

第二十八章
雷恩莱班

10 月 29 日，星期一

梅瑞迪丝的飞机降落在图卢兹的布拉尼亚克机场，比预定时间提前了十分钟。四点三十分她就拿到了租来的车，顺利开出了停车场。穿着运动鞋和蓝牛仔裤，再加上她那大号的背包，她看起来就像个学生。

晚高峰时间的环城公路简直是疯了，就像侠盗猎车手一样，只不过没有那些武器。梅瑞迪丝紧紧地抓着方向盘，因四面而来的车流而感到紧张。她打开了空调，眼睛紧盯着挡风玻璃。

她开到高速公路之后就冷静了下来。她开始觉得开车很舒服，还有余力打开收音机。她在预置频道里找到了一个电台，古典乐，然后调高了音量。电台里播放的都是常见的音乐，巴赫、莫扎特、普契尼，甚至有几首德彪西。

道路几乎是笔直的。她向卡卡颂开去，大约三十分钟后转向进入了乡间，途径米尔普瓦和利穆。在库伊扎她向左转弯，在连续的弯路上向着阿尔克开了十分钟后，向右转弯。在六点时，带着期待和兴奋的心情，她驶入了想念了这么久的这座城镇。

雷恩莱班的第一印象很鼓舞人心。它比她想象中要小得多，主干道——“主干”这个词有点难为它了——很窄，刚刚够两辆车并排通行，但小镇有些迷人的地方，即使已经彻底没人居住的事实也没让她烦恼。

她开车经过一座丑陋的石头建筑，然后是一个沿路修建的漂亮花园，入口挂着的金属标牌上写着“保罗 · 科恩特花园”，墙上的标志牌写着“铁桥”。她突然踩下了刹车，车滑行着停了下来，正好及时地避免了撞上前方路上停着的一辆蓝色标致车。

那是一列车里的最后一辆。梅瑞迪丝关掉了收音机，按开了车窗，探身出去以获得更好的视野。前方是一小队工人站在一块黄色的路标旁边，“此路不通”。

标致车司机下车走向了工人，喊叫着。梅瑞迪丝等待着，直到又有几个司机也下了车，她也这么做了。此时标致车司机已经转身向着他的车大步走来了。五十多快到六十，太阳穴附近有点灰白，有点微胖，但身材保持得还很好，长得很不错，有那种一意孤行的人的姿态和举止。吸引梅瑞迪丝眼神的是他的穿着，十分正式，黑外套，黑裤子，系着领带，锃亮的皮鞋。

她瞥了一眼他的牌照，是 11 结尾的，本地牌照。

“发生了什么事？”当他走到身边时她问道。

“树倒了。”他粗鲁地回答道，没有注意她。

梅瑞迪丝因为他用英语回答而生气。她的法语口音没有那么糟。

“那么，他们有没有说要花多长时间？”她愤愤地说。

“至少半个小时，”他答道，钻进了他的车，“在南部这表示得花三个小时，甚至到明天。”

他很明显不耐烦地想要离开。梅瑞迪丝向前一步，一手放在车门上：“有其他的路吗？”

这次，至少他看着她了，灰蓝色的眼睛，目光非常直接。

“回到库伊扎，翻山经过雷恩堡。”他说道，“在这个季节的晚上要花费您四十分钟。我宁可等着。黑暗中容易迷路。”他瞥了一眼她的手，“那么，如果您不介意的话？”

梅瑞迪丝脸红了。“谢谢您的帮助。”她说，退回一步。她看着他把车倒到路边人行道上，下车，大步地走过主干道。“不值得和他争吵。”她自言自语着，不确定自己为什么这么生他的气。

其他司机在狭窄的街道上蹩脚地三点式调头，向着来的方向开去。梅瑞迪丝迟疑着。不管那人多粗鲁，她觉得他的建议很可能是对的，没必要在山里迷路。

她决定步行探索这个小镇。她把租来的车倒到路边人行道上，停在他的蓝色标致后边。她不是百分之百地确定她的祖先是否来自雷恩莱班，或许 1914 年那士兵在这里而不是其他地方招降只是个时间安排上的巧合，但这是她为数不多的线索之一。

她隔着座位拿起她的包——笔记本电脑被偷了这种事她连想都不敢想——接着检查了放着她旅行袋的行李箱是否锁上了。确认完毕之后，她走了几步来到了温泉疗养所的大门口。

大门上贴着手写的冬季歇业通知：“10 月 1 日至 2008 年 4 月 30 日歇业。”梅瑞迪丝盯着通知，她以为这里是全年开放的，根本没考虑提前打个电话。

她的手放在口袋里，站了一会儿。窗户是黑的，整个建筑明显是空的。尽管她承认寻找莉莉·德彪西的行踪在某种程度上是个让她来这儿的借口，她确实曾对这个温泉抱有很大的期待。那些旧记录和照片可以追溯到上个世纪初，雷恩莱班还是这个地区最受欢迎的疗养地之一。

此时，看着温泉中心禁闭的大门，即使这里有1900年夏天莉莉被送来疗养的证据——或是有关那个穿军装的年轻人的信息——她都不可能会知道了。

她有可能说服镇公所里的某人让她进去，但她没抱有希望。她为自己没计划周全而生着气，转身离开回到道路上。

疗养中心右边有一条小路，王后沐浴小路。她沿着小路走到河边，拉紧外套裹在身上抵御吹起的强风，路过一个排空水的游泳池。年久失修的气息围绕着废弃的排屋。碎裂的蓝色瓷砖，表层剥落的粉色平台，坏掉的白色塑料躺椅。难以想象这泳池曾投入使用过。

她继续前进。河岸也给人一种无人生活的气息，和高中的停车场聚会一样，一夜喧嚣过后，地面上既泥泞又满是轮胎印。河边放着扭曲了的金属长椅，外观让人气馁，在一个摇摇欲坠的锈蚀皇冠型凉棚下放着一张木质的长椅，看起来似乎多年未被使用了。梅瑞迪丝抬头看见了几个金属钩子，她猜是用来固定遮阳凉棚用的。

出于习惯，她从包里拿出了照相机。在照相之前她试着对着黯淡的琥珀色光线来调整焦距，但她不是很确定成像质量如何。她试着想象莉莉坐在其中一张长椅上，穿着白衬衫和黑裤子，脸被挡在宽边帽下，梦想着德彪西和巴黎。她试着想象古铜色肤色的士兵在河边散步，或许还挽着姑娘。但想象不出，这里感觉不对，一切都被弃置了，世界已经继续前进了。

梅瑞迪丝慢慢沿着河岸走着，怀念着一段想象出来的她永远不会了解的过去，不知为何觉得伤感。她沿着曲折的河流来到一座跨河建立的平坦混凝土大桥前。在过桥前她犹豫了。对岸更荒凉，明显更少有人迹。独自一人在陌生的城市里闲逛真是太蠢了，特别是她的包里还有贵重的笔记本电脑和照相机。

而且天开始黑了。

但梅瑞迪丝感到有什么在牵扯着她。她猜测是，出于探索的精神，或者是冒险精神，她想要深入了解表面下的这个镇子。这里存在着上百年的历史，而不只是主干道上的现代咖啡馆和汽车。而且如果表明她的确和这镇子有某种私人联系的话，她肯定不会觉得自己在这里的短暂时间是一种浪费。梅瑞迪丝把包的背带扣固定在肩膀和胸前，走过了桥。

河对岸的气氛全然不同。梅瑞迪丝立刻感到了更古老的风景，鲜有人为的破坏和时尚的影响。粗糙凸出的山坡仿佛是在她面前拔地而起的。斑驳的绿色棕色和红褐色的灌木丛和树木，呈现出了黄昏的丰富色调。这本该是处吸引人的风景，但有什么地方不对劲儿。不知为何有两个次元的感觉，仿佛这个地方的真实特征被隐藏在了一个画出来的外表之下。

在十月逐渐暗淡的黄昏里，在杏黄色的天空下，梅瑞迪丝在蔓生的荆棘、倒伏的杂草和风吹来的垃圾里小心翼翼地走着。一辆车从上方的公路桥上开过，前灯在山峰与小镇交界的地方，灰色的岩石壁上短暂地照出了一道光柱。

接着引擎的声音就渐渐消失了，周围再次寂静下来。

梅瑞迪丝沿路走着，直到无法再前进的位置。在小路的尽头她发现自己站在一个黑暗隧道的入口处，隧道在路面下通向山腹。

某种暴雨排水沟？

梅瑞迪丝把手放在边缘冰冷的砖墙上，倾身向前往里面窥视着，感觉到石拱下的潮湿空气吹拂着她的皮肤。这里的水流得更快，流到狭窄的河床里。河水流过参差的岩石时，白色的斑点飞溅到了砖墙上。

有个狭窄的台子，宽度刚够她站在上边。

进去可不是个明智的主意。

但她发现自己探头进去了，右手放在隧道里阴湿的燧石上保持平衡，梅瑞迪丝往地下的阴暗通道中走了一步。她立刻就闻到了潮湿空气、水花、苔藓和地衣的气味。台子上很滑，她小心翼翼地一点一点往里走着，直到紫红色的暮光只剩下一点微光，再也看不到河岸了。

梅瑞迪丝低着头以免碰到隧道弧形的墙壁，然后她停了下来看着下方的水，黑色的小鱼游动着，绿色水草的卷须被水流的力量冲倒了。水波与水下岩石碰撞而产生了白色网状的浪花。

水流的声音令梅瑞迪丝平静下来，她蹲了下去，她的眼睛失去了焦点。桥下隐秘着一个平静的地方。在这里，她更容易回想起过去。她低头看着河水，想象着男孩们穿着及膝的马裤，女孩们的卷发用缎带扎在脑后，在这座古老的桥下玩捉迷藏，想象着河对岸大人们呼唤孩子的回声。

这究竟是什么？

一刹那间，梅瑞迪丝觉得自己看见了一张注视着她的面孔。她的眼睛眯缝着。她意识到寂静似乎加深了。空气空虚而寒冷，仿佛所有的生命力都被吸干了。她感觉心里一紧，感官敏锐起来，身体里每一根神经都紧绷着。

只是我自己的倒影。

梅瑞迪丝告诉自己不要这么大惊小怪，再次向水面起伏的镜子里看去。

这次确凿无疑。在河面下有张脸在注视着她。那不是倒影，尽管梅瑞迪丝可以感觉到自己的面孔隐藏在这景象里，但的确有一个披着长发的女孩在水流中摇摆着，漂浮着，现代的奥菲丽娅[1]。接着水下的眼睛似乎慢慢地睁开了，清澈直接地迎视着梅瑞迪丝的目光。瞳孔像绿玻璃一样，包含着水中所有变幻的颜色。

梅瑞迪丝尖叫着，震惊中她向后跳起，几乎失去了平衡，直到摸到身后的墙，这才安心了下来。她逼着自己再看一眼。

什么都没有。

那里什么都没有。没有倒影，没有水里的幽灵脸孔。只有变形的石头和水流冲起的浮木，只有冲刷过石头的水流。河里的水草被冲得跳动着，扭曲着，摆动着。

梅瑞迪丝现在不顾一切地想要走出这隧道。她滑着蹭着，一寸一寸地沿着台子走着，终于走到了户外。她的腿颤抖着。她从肩上摘下了包，砰地趴在一块干草地上，膝盖蜷缩到脸旁。在她头顶上的公路上，另一辆出镇的车照出了两道光柱。

开始了吗？

梅瑞迪丝最大的恐惧就是折磨过她生母的那种疾病，也许有一天也会出现在她自己身上。这就如同纠缠不息的魂灵和声音一直围绕着她。

她深呼吸着，吸气呼气，吸气呼气。

我和她不一样。

梅瑞迪丝让自己休息了几分钟，然后站起身来。她从上往下整理着自己，从运动鞋底上清理下泥浆和水草，拿起沉重的背包，从低矮的步桥折返回那条小路上。

她依然在发抖，但她更因为受到了这么大的惊吓而生着自己的气。

她用很久以前学的技巧，用快乐的回忆来驱逐掉不好的回忆。现在，为了驱散珍妮特哭泣的痛苦回忆，她脑中响起了玛丽的声音和她常做的事情。那些时候她满身泥巴回家，裤子的膝盖处破了，身上满是抓伤和咬伤。如果玛丽现在在这里，她就会一如往常地因为梅瑞迪丝一个人闲逛且去窥探与她无关的地方而数落她。

老样子，老样子。

新的思乡之情侵袭着她。从两周前飞到欧洲开始，她第一次真诚地希望自己安全舒适地蜷缩在家里她最喜欢的老扶手椅上看着书，裹着那条五年级休学

---

① 《哈姆雷特》里的女主人公，落水而死。（译者注）

一学期时玛丽为她织的毯子，而不是独自游荡着，在法国一个被遗忘的角落里，进行着有可能徒劳无功的探索。

梅瑞迪丝又冷又难受，她看了看时间。她的手机没有信号，但还可以看时间。从她离开车起只过了十五分钟。她垂下了肩膀。公路不可能开放的。

她没有沿着王后沐浴小路回去，而是待在了沿河而建的房屋背后的步道上。从这里她看得到游泳池的混凝土底部，似乎是用柱子支撑在小路上空的。从这个角度看，原来房屋的轮廓更加清晰。在阴影中，她看到一只猫的明亮眼睛，它正在立柱间进进出出玩耍。被风吹来的垃圾、碎纸、汽水瓶挂在砖墙和电线上。

河流弯向了右方。在对岸，梅瑞迪丝看到了墙里有一道拱门，从高处的街道通向河谷，通到水边的小路上。路灯亮了，她勉强可以看见一位老妇人，穿着印花游泳衣，戴着泳帽，脸朝上躺在水里，身边围着一圈石头，她的毛巾整齐地叠放在人行道上。梅瑞迪丝同情地打着冷战，然后才发现水面上冒着热气。在老妇人旁边有一个老男人，瘦削的棕色躯体上遍布着皱纹，正在河岸上擦干自己。

梅瑞迪丝钦佩他们的精神，但这不是她会选择来度过凉爽十月夜晚的方式。她试着想象“世纪末”的光辉岁月，那时雷恩莱班还是个繁荣的度假胜地。那时的洗浴小屋都带有轮子，女士们和绅士们穿着老式的泳装走进令人放松的温泉水里，他们的仆人和护士就站在河岸上待命。

她失败了，就像演出落幕后，经理关掉了灯光的剧院一样，雷恩莱班太荒凉了，无法进行这样的想象。

一座狭窄而没有扶手的楼梯通向一座连接两岸的漆成蓝色的金属人行天桥。她想起了早先看见的标志“铁桥”，就在她停车的地方。

梅瑞迪丝爬了上去，重返文明社会。

第二十九章

正如梅瑞迪丝猜测的那样，公路还是关闭的。她租来的车就在她停的地方，蓝色标致的后面。还有其他几辆车也停在了人行道上。

她走过保罗·科恩特花园，沿着主干道向路灯走去，接着转向右边一条非常陡峭的路走上去，似乎直通到山坡上。这条路通往一个停车场，虽然这个镇看起来没多少人，但这里的车惊人的多。她看着旅游信息牌，粗糙的木牌上写着当地经典的游览路线，荷莫、卡班纳斯、玛德琳泉和一条出乡的路线，通往邻近的村落雷恩堡。

今天并没有下雨，但空气变得阴湿了，一切都很柔和与沉闷。梅瑞迪丝继续走，窥探着不知走向的小路，瞥了一眼照射在房屋窗户上的亮光，然后原路返回了主干道。镇公所就在正前方，蓝白红的三色旗在夜风中飘扬着。她转向左边，发现自己置身于都雷恩广场。

梅瑞迪丝站了一会儿，感受着周围的气氛。右边有一家迷人的比萨店，外边摆着木桌子。只有几张桌子有人，都是英国人。一张桌上的男人们谈论着足球和史蒂夫·莱奥，女人们——一个留着时尚的黑短发，另一个留着金色的齐肩发，第三个是红褐色的卷发——在分享一瓶红酒，讨论着伊恩·兰金的新作。第二张桌子坐着一群学生，吃着比萨饼，喝着啤酒。其中一个少年穿着一件蓝色的镶钉皮夹克，另一个，留着金色卷发的，在和黑头发的朋友谈论着古巴，脚边有一瓶没开瓶的灰比诺葡萄酒。有个年纪稍小一点的少年在读书。还有一位漂亮的姑娘，头发有几绺挑染成粉色，用手比出一个方形，似乎在把风景装进相框。梅瑞迪丝路过的时候不禁笑了起来，想起了她自己的学生。女孩注意到了，也还以微笑。

梅瑞迪丝在广场的另一端发现了一堵吊钟山墙，一口钟挂在建筑的屋顶上方。她决定或许也会去看看教堂。

她沿着一条鹅卵石小路走进了圣纳扎略和圣采尔苏斯教堂。谦逊的门廊里点着一盏吊灯，南北方向是开放的。这里也有两张桌子，外表不协调而且没人坐。

门旁的教区布告栏写着教堂从上午十点开放至黄昏，斋日和婚礼葬礼除外。但当她试着转动把手时，她发现门是锁上的，尽管里面的灯是亮着的。

她看了看手表，六点半，或许她刚刚错过。

梅瑞迪丝转过身去。对面的墙上是一张名单，记载着雷恩莱班在第一次世界大战中献身的人的名字。

记载着他们光荣的死亡。

死亡何时曾荣耀过？梅瑞迪丝思索着，想起她照片里的古铜色肤色的士兵。想着她的生母走进了密歇根湖，口袋里装满了石头。那牺牲值得吗？

她走上前，读着按字母顺序排列的名单。读到了最后，心里很清楚期待马丁出现在里面是毫无意义的。真是疯了。从玛丽传达的那点信息里，梅瑞迪丝知道马丁是路易莎母亲的姓，而不是父亲的。事实上，路易莎的出生证明上写着生父不明。但梅瑞迪丝的确知道她的祖先是在第一次世界大战结束后从法国移民到美国的。她十分确定那照片里的士兵就是路易莎的父亲。

她只是需要知道名字。

有东西吸引了她的眼睛，布斯凯出现在纪念碑上。还有两个人的名字后边刻着“失踪”。想到他们的母亲、妻子和朋友都不知道他们发生了什么，梅瑞迪丝的心缩紧了。在饰板的最底部，是一个不常见的名字：“桑洛普。”

在名单旁是一个黑色的金属十字架，一块纪念亨利·布代的石头饰板，纪念着本地区 1872 年至 1915 年的教区神甫。梅瑞迪丝思索着，假如她的无名士兵来自这里，亨利·布代也许认识他。毕竟这是个小镇子，日期也大致对得上。

她全部记了下来：调查守则第一条——第二和第三条——记下一切。不到时候你永远不会知道什么会是相关的。

十字架下铭刻着君士坦丁大帝的名言：“以此为记，必将得胜。”梅瑞迪丝之前见过这句话许多次了，但这一次它在她脑海引起了一些其他的想法。“以此为记，必将得胜。”她呢喃着，试图想出是什么在让她烦心，但什么都没想到。

她穿过门廊，走过教堂的大门，走到了外面的墓地里。正前方是另一座战争纪念碑，同样的名字，有一两个增添和几处拼写差异，就好像只纪念他们一次太少了。

几代男人，父亲、兄弟、儿子，所有这些生命在此安息。

在昏暗的暮色里，梅瑞迪丝沿着教堂旁的碎石路慢慢走着。坟墓、石雕天使和十字架在她身边隐现。她时不时停下来读读碑文。有些姓氏一再地出现，一代一代的当地家族，用花岗岩和大理石铭记着。弗米拉尤、索尼埃、德纳尔诺和加比诺。

在墓地的最远处，俯瞰着河谷，梅瑞迪丝发现自己站在一处华丽的陵墓前，金属护栏上方刻着“莱斯康布 - 布斯凯家族”。

她蹲了下去，借着最后一丝日光读着把莱斯康布家族和布斯凯家族生死都联系在一起的那些婚姻和诞生。盖伊·莱斯康布和他的妻子 1864 年 10 月遇害，莱斯康布最后的血脉是朱尔斯，死于 1891 年 1 月。家族里布斯凯分支的最后存活的成员，玛德琳·布斯凯，于 1955 年去世。

梅瑞迪丝直起身来，感到脖子后面传来了熟悉的刺痛感觉。不只是劳拉强给她的塔罗牌和布斯凯姓氏的巧合，而是其他的什么，和日期有关的，她看到过却没有足够注意的什么。

她意识到 1891 不停地出现，超出了它应有的比例。她特别注意这个时间是因为它有着个人的重要意义。那是曲谱上写着的日期。她能在脑海中清楚地看见它的标题和日期，就像握在她手里一样清楚。

但还有什么事。她在脑中回顾着从进入墓地开始发生的一切，终于想到了。不仅是这个年份而已，实际上有个相同的日期也一再地重复着。

随着一股爆发的肾上腺素，她跑回坟墓之间，进进出出地迂回着，查看着碑文，发现了她是对的。她的记忆并没有戏弄她。她抽出笔记本开始匆匆记录着，记下了不同人的相同死亡日期，三次，四次才记完。

都死于 1891 年 10 月 31 日。

在她身后，吊钟山墙上的小挂钟敲响了。

梅瑞迪丝转身看着教堂里的灯光，接着抬头看到了天空中已经点缀着星星。她听见低声的呢喃，教堂门打开了，传出了一阵更大的话语声，接着咔嗒一声关上了。

她折返回门廊中。木头的支架桌子已经摆放好了。第一张放满了礼物——玻璃纸包着的鲜花、花束、赤陶花盆装着的室内植物。第二张上放着一张厚实的红色缩绒织物，上面放着一大本吊唁簿。

梅瑞迪丝忍不住看了一眼。在今天的日期下是一个名字和生卒日期：西摩·弗雷德里克·劳伦斯，1938 年 9 月 15 日——2007 年 9 月 24 日。

她意识到葬礼马上就要开始了，尽管天色已晚。她不想被撞见，快走回都雷恩广场。广场现在很忙碌，各个年龄段的人们安静地聚集在这里。男人穿着正装上衣，女人穿着熨平的淡色衣服，孩子们穿着套装和得体的衣服。她的养母会称之为周日盛装。

梅瑞迪丝站在比萨店的影子里，不想看上去是在东张希望，她注视着吊唁的人走进教堂旁边的内殿待了几分钟，然后出来到门廊里在吊唁簿上签名，似乎全镇的人都来了。

“您知道发生了什么吗？”她问女侍者。

“葬礼，女士，一个值得尊敬的人。”

一个瘦削的黑短发女人倚在墙上。她一动不动地站着，但她的眼睛快速地四处看着，她抬起手点烟时，衬衫袖子滑了下来。梅瑞迪丝注意到她双腕上都是密集的红色伤疤。

仿佛感觉到了有人在看她，那女人转过了头，注视着梅瑞迪丝。

“bien-aimé？”梅瑞迪丝说道，觉得应该要说点什么。

“受人称赞的，受人尊敬的人。”那女人用英语回答道。

当然，显而易见。

“谢谢，”梅瑞迪丝尴尬地笑着，“我没想到。”

那女人盯了一会儿，然后转开了头。钟声持续地响着，一种轻柔尖锐的声音，人群退后了，四个人抬着一个闭合的棺材从内殿走了出来。在他们身后，有一个穿着黑衣服的年轻人，大概三十岁不到，长着乱蓬蓬的棕色头发。他的脸色苍白，下巴很僵硬，仿佛努力控制自己的情绪。

在他旁边是个年纪大得多的人，也穿着黑衣服。梅瑞迪丝睁大了眼睛。那是蓝色标致的司机，他看起来泰然自若。她对自己之前的反应感到一阵内疚。

怪不得他如此鲁莽。

梅瑞迪丝看着棺材从内殿送到教堂的短暂旅途。吊唁队伍路过时，对面咖啡馆的游客都站起身来。学生们停止了谈话，双手十指交叉在胸前站立着，直到缓慢前进的人们消失在走廊里。

教堂的门咔嗒一声关上了，钟声停止了，夜空中回荡着回声。广场上的一切很快恢复正常。伴随着椅子腿的摩擦声，人们拿起了酒杯、餐巾，点燃了香烟。

梅瑞迪丝注意到一辆车开过了主干道，向南开去，接着又是几辆。公路重新开放了，她很欣慰，她想到酒店去。

她走出了建筑前的草坪。然后终于看到了全景而不只是一个细节。那张年轻士兵的照片，她的祖先的照片，就是在这里拍摄的。就在这里，就在她面前，就在通往旧桥的建筑物围绕之中，在一排法国梧桐和房屋之间空隙里的茂密山坡之间。

梅瑞迪丝伸手到包里，拿出了信封，把照片举了起来。

完全一致。

广场东边的咖啡店和住宿加早餐旅店是新的，但除此之外一切都是一样的。1914年就在这里，一位年轻的士兵在出发参战之前站在这里微笑着面对镜头。她很确信他是她的曾曾外祖父。

带着对自己任务全新的热情，梅瑞迪丝走回自己的车，她在这里待了不到一个小时就已经发现了一些东西，一些确凿的东西。

第三十章

梅瑞迪丝发动了引擎，开车经过都雷恩广场，看了一眼照片的拍摄地点，就像她能看见她早已去世的祖先的轮廓在树木间对她微笑一样。

她很快就驶出了小镇的边界，开到了没有照明的公路上。树木呈现出怪异变幻的外形。偶尔出现的建筑或是动物的棚子，在暮色中时隐时现。她用手肘锁死了车门，听到机械结构令人安心的咔嗒一声，车门紧紧关闭。

她沿着宣传册地图上指示的路线慢慢地开着。她打开了收音机寻求陪伴。乡间的寂静显得有点荒凉，在她旁边是一大片森林，头顶广阔的天空上只有点点星光，没有生命的迹象，连一只狐狸或是猫都没有。

梅瑞迪丝看到去往苏格赖尼的道路在宣传册上被标记了出来，于是转向左边。她揉了揉眼睛，觉察到自己已经精疲力尽不适合开车了。路边的灌木丛和电线杆看起来在摇摆，在抖动。有好几次她觉得车前灯照到了在路边走路的人，但当她开到旁边看的时候才发现只是路边的圣祠。

她试着保持注意力，但能感到自己疲累的思绪已经恍惚了。在一天的疯狂之后——塔罗占卜、出租车穿越巴黎、到这里的车程、情绪的过山车——她的精力已经耗尽了。她彻底累了。她现在只想洗个久久的热水澡，然后喝杯红酒吃顿晚饭，接着好好睡一觉。

天哪！

梅瑞迪丝猛踩刹车，有人站在道路的正中央。一个穿着红斗篷的女人，戴着一顶风帽。梅瑞迪丝尖叫着，看见了自己惊慌失措苍白的脸在挡风玻璃上的影子。她猛地打着方向盘，知道无法避免碰撞了。仿佛是慢动作一样，她感到轮胎失去了抓地力。她举起双手在冲击中支撑自己。她最后看到的是一双睁大的绿色眼睛直接注视着她。

不！不可能！

汽车打滑了。后轮转了九十度，然后转了回来，滑过了道路，震动着停在一条水沟前只有几英寸的地方。有阵隆隆的声音，像鼓声一样，不知来自何处，捶打着，敲击着她的感官。过了一会儿她才意识到那只是她耳朵里血液流动的声音。

她睁开了眼睛。

她紧紧抓着方向盘坐了好几秒，仿佛害怕松开手。然后，伴随着一股冰冷的恐惧，她意识到她必须强迫自己出去。她也许撞到了人，撞死了人。

她哆哆嗦嗦地打开了锁，双腿颤抖着走出了车厢。她对将要见到的事情感到恐惧，小心地绕到了车前，打起精神面对纠缠在车轮下的尸体。

什么都没有。梅瑞迪丝不知所措，难以置信地看着四周，从左到右，看着后边她驶来的方向，看着前方车灯的灯光消失进黑暗的方向。

什么都没有。森林一片寂静，没有生命的迹象。

“有人吗？”她喊道，“有人在吗？你还好吗？有人吗？”

除了她自己的回声之外别无他物。

她困惑不解地弯下腰检查着车前部。一点痕迹都没有。她绕着车走了一圈，用手摸了一遍车身，是干干净净的。

梅瑞迪丝坐回到车里。她确定她看见了什么人，从黑暗之中直接注视着她。她没有臆想出来，是吧？她盯着镜子，但只看到了她自己鬼魂般的影子看着她。接着，从阴影中出现了她生母绝望的脸。

我不会发疯的。

她揉着眼睛，让自己休息了几分钟，然后发动了车子。她惊吓于发生的事情——没发生的事情——平稳地开着车，开着车窗让自己的头脑冷静下来。她稍稍清醒了一些。

看到酒店的路标时梅瑞迪丝安下了心。她开下了苏格赖尼路，开上了一条陡峭山坡上迂回的单行线。几分钟之后，她开到两个石头柱子和两扇华丽的铸铁大门前。在墙上是一块灰色的石板标志：凯德庄园酒店。

主动传感器触发了大门，缓缓地打开了让她通过。这寂静有点瘆人，砾石路上传来机械结构的咔嗒声，梅瑞迪丝颤抖着。树林似乎是有生命的，呼吸着，注视着，不知为何有些恶毒的感觉。她很乐意到室内去。

她慢慢地开过一条两旁种着栗树的道路，甜栗树像执勤的哨兵一样。轮胎吱吱嘎嘎地响着，草坪在路两边延展进黑暗之中。最后她转过一个小弯，终于看见了酒店。

即使在今晚发生了这些事情之后，意料之外的美景还是让她印象深刻。酒店是一座优雅的三层建筑，白色的墙面上覆盖着火红色和绿色的常青藤，叶片在泛光灯下仿佛擦亮了一般闪着光。二楼装有栏杆，顶楼有一排圆形的窗户，老式的仆人居住区，一座比例完美的房子。考虑到原主人的房子在火灾中毁坏了一部分，真是令人惊奇，它看起来完全和原来一样。

梅瑞迪丝在酒店前找到了一个停车位，拿着包走上弧形的台阶。她很庆幸自己毫发无损地来到了这里，但她也无法彻底摆脱因为差点开出道路而产生的反胃感。

“只是累了。”她对自己说道。

她刚踏入宽阔优雅的大厅就觉得好起来了。地上铺着红黑相间的棋盘格地砖，墙上贴着画有黄色绿色花朵的精美奶黄色壁纸。在大门的左边，高大的推拉窗前，壁炉的左右两边是一对高背沙发，带着鼓起来的垫子。一盆巨大的花卉陈设放在壁炉前。各处的镜子和玻璃反射着吊灯、镀金框架和玻璃壁灯的光芒。

正前方是一座弧形的中央楼梯，高度抛光过的扶手在玻璃吊灯散布的光线中闪闪发光，楼梯的右边是前台，是一张巨大的抛光过的木质猫脚桌子，而不是柜台。墙上挂着黑白的、红褐色的老照片：穿着军装的男人们，一眼看去是拿破仑时期的而不是第一次世界大战时期的；穿着泡泡袖和大裙子的女士们；家族肖像和过去日子里雷恩莱班的风景。梅瑞迪丝笑了。接下来的几天有足够多的东西可以调查了。

她走向前台。

“欢迎光临，女士。”

“您好。”

“欢迎来到凯德庄园，您有预约吗？”

“是的，马丁。M-A-R-T-I-N.”

“这是您第一次入住吗？”

“是的。”

梅瑞迪丝填写了表格和信用卡信息。这是她今天用的第三张了。她拿到了一张酒店和庭院的地图，另一张是周边地区的地图，一把老式的黄铜钥匙，上面系着根红色的穗和一个圆牌，写着房间的名字：黄色房间。

她突然觉得脖子后面有点刺痛，仿佛有人来到她身后而且还站得近了点。她感觉到了什么人呼吸的起伏，她回头瞥了一眼。什么人都没有。

“黄色房间在二楼，马丁女士。”

“请原谅？”梅瑞迪丝转向职员。

“我是说您的房间在二楼。电梯在门房的对面。”女职员接着说道，指着一个不显眼的标致，“或者，如果您愿意的话，走楼梯上去向右转。晚餐供应到九点三十分。您希望我替您预订一张桌子吗？”

梅瑞迪丝看了眼手边，八点差一刻：“那就太好了，八点三十分！”

“好的女士。露台酒吧——入口穿过图书馆——营业到午夜。”

“好极了，谢谢您。”

“您需要帮忙拿行李吗？”

“不用了，我自己来就好，谢谢。”

梅瑞迪丝向后看了一眼空旷的大厅，走上楼梯来到了令人印象深刻的二楼平台。她在顶上向下看了一眼，注意到楼梯间的阴影里隐藏着一架三角钢琴。

看上去是不错的乐器，但放钢琴的地方似乎有点奇怪。琴盖是关闭的。

她走过走廊，因为所有的房间都有名字而不是编号，她因此露齿而笑。安茹套间、蓝色房间、纯白卡斯蒂尔、亨利四世。

酒店在强调它的历史凭证。

她的房间差不多在尽头。她带着新到一家酒店习惯性的期待，笨拙地用沉重的钥匙打开锁，用运动鞋的鞋尖打开了门，接着打开了开关。

她满面笑容。

房间中央有一张巨大的桃花心木床。梳妆台、壁橱和两个床头柜都配着同样的深红色木料。她打开了壁橱的门，发现小冰箱、电视和遥控器都隐藏在里面。在写字台上放着服装杂志、酒店手册、客房服务送餐单和介绍当地历史的宣传册。写字台上的小型木头夹书架里放着精选过的书籍。梅瑞迪丝浏览了一下书籍——常见的惊悚小说和经典名著，一个埃斯佩拉扎的某个帽子博物馆的介绍，几本介绍当地历史的书。

她穿过房间来到窗前打开了百叶窗，呼吸着令人激动的潮湿土壤的气味和夜晚的空气。黑暗中草坪似乎延展出了几英里。她勉强能辨认出一个景观湖、一个分隔开花园整齐部分和前方树林的高大树篱。她很高兴自己住在酒店的后方，远离了停车场和关车门的砰砰声，尽管下方有个露台，放着木质的桌椅和取暖器。

梅瑞迪丝开始仔细地收拾行李，而不像在巴黎时那样所有东西都留在包里。牛仔裤、T恤衫和毛线衫放在抽屉里，更正式的衣服挂在衣柜里。她把牙刷和化妆品放在浴室里的架子上，然后在浴缸里试用了一下摩顿·布朗精致的香皂和洗发水。

三十分钟后，她感觉舒服多了，裹上了一件巨大的白色浴袍，把手机插上充电器，坐在笔记本电脑前。她发现自己无法上网，伸手拿起听筒拨打了接待处的电话。

“您好，我是黄色房间的马丁女士。我需要查收邮件，但是我无法联上网。不知您能不能给我密码或是从您那边操作一下？”她在肩膀和耳朵之间夹着听筒，潦草地记下了信息，“好的，太好了。谢谢，知道了。”

她挂上电话，输入密码的时候惊叹于它的巧合——CONSTANTINE（君士坦丁），很快联上了网。梅瑞迪丝给玛丽发了一封每日邮件，告知她自己已经安全到达，而且找到了其中一张照片的拍摄地点，因为答应玛丽有事就会和她报告。接着她查看了活期账户，宽慰地看到出版社的钱终于到账了。

终于。

邮箱里有几封私人信件，一封是两个大学朋友在洛杉矶婚礼的请柬，她婉拒了；另一封是旧时专科学校朋友在密尔沃基指挥的音乐会请柬，她接受了。

她准备下线的时候想到查查关于1897年10月凯德庄园火灾的信息，但没比她已经从酒店宣传册上了解到的多多少。

接着她在搜索引擎里输入了“莱斯康布”。关于朱尔斯·莱斯康布的新信息倒是有一些。他似乎是个业余历史学家，是个西哥特时期历史、当地民间传说和迷信方面的专家。他甚至还写过几本书和小册子，私人出版于当地一家叫布斯凯的印刷公司。

梅瑞迪丝眯起了眼睛。她点开一个链接，信息出现在屏幕上。一个知名的本地家族，除了拥有雷恩莱班最大的百货商店和一项殷实的印刷生意之外，他们也是朱尔斯·莱斯康布的第一代表亲，在他死后继承了凯德庄园。

梅瑞迪丝向下滚动着页面，直到发现自己寻找的信息。她点击之后开始阅读：

布斯凯塔罗是一套罕见的套牌，法国以外的地区很少使用。最早的样品是由位于法国西南部雷恩莱班周边的布斯凯印刷公司于19世纪90年代末印制的。

套牌据说是基于一套更古老的牌，可以追溯到17世纪，这套牌的独特之处在于用主人、女主人、儿子、女儿的肖像画代替了宫廷牌原有的四个花色，并且牌中的四位人物都身穿有时代感的服装。大阿尔卡纳的画家，与第一版印刷套牌是同时期的，姓名不详。

在她旁边的桌子上，电话响了起来，梅瑞迪丝吓了一跳。铃声在安静的屋子里格外刺耳。梅瑞迪丝眼睛没有离开屏幕，急忙伸出手抓起了听筒。

“您好？我就是。”

是餐厅问她是否还需要桌位。梅瑞迪丝瞥了一眼电脑上的时钟，惊讶地发现已经八点四十了。

“实际上，我想我还是要送餐吧。”她说道，但立刻就被告知客房送餐服务六点就停止了。

梅瑞迪丝犹豫不决。她不想停下，特别是现在她正有了进展——但这事有没有关联或者它有什么意义是另外一回事。但是她饥肠辘辘了，她已经略过了午饭，而且她饿着肚子就毫无作为了。

河边和路上的疯狂幻觉就足以证明这一切。

她保存了页面和链接，然后下线了。

第三十一章

“你到底怎么了？”朱利安·劳伦斯质问道。

“我到底怎么了？”哈尔喊道，“我怎么了？除了刚刚埋葬了我的父亲，除此以外，你是什么意思？”

他摔上了标致的车门，太用力了，接着朝着台阶走去，一边走一边把领带猛拉下来，塞到了外套口袋里。

“你声音小点。”他叔叔不满地嘶声道，“我们不需要再吵一次。今天晚上的事情已经够多的了。”他锁上了车跟着他侄子穿过停车场向着酒店前门走去：“你在搞什么鬼？还是在全镇人面前。”

从远处看来，他们就像一起参加某个正式晚宴的父子，着装正式，穿着黑外套和正装，锃亮的皮鞋。只是他们脸上的表情和哈尔紧握的拳头反映出了这两人彼此之间的恨意。

“这就是了，对吧？”哈尔喊道，“你只在乎名誉和别人的想法。”他拍了拍自己的脑袋，“你的哥哥——我的父亲——躺在那棺材里的事实进入过你的意识吗？我真怀疑！”

劳伦斯伸出手臂放在他侄子的肩膀上。

“听着，哈尔。”他用更轻柔的声音说道，“我理解你的悲伤，所有人都理解。这是人之常情。但是胡乱指控毫无帮助，更可能的是让事态变得更遭。人们已经开始觉得这些指控是有根据的了。”

哈尔试着甩开，他叔叔握得更紧了。

“整个镇——警察局、镇公所——所有人都同情你的损失，而且你的父亲广受爱戴。但如果你继续——”

哈尔向着他走了一步。“你在威胁我？”他猛地甩动肩膀，甩开了他叔叔的手，“是吗？”

朱利安·劳伦斯眨了眨眼睛。同情和关心的神色消失了，取而代之的是激怒和其他别的什么。

蔑视。

“别胡说了，”他冷冷地说道，“看在上帝的份上，振作起来吧。你已经二十八岁了，不是什么被宠坏的小学生了！”

他走进酒店。

“喝一杯，借酒劲儿睡一觉。”他转过头说道，“早晨我们再谈谈。”

哈尔大步超过了他。“没什么可谈的。”他说，“你知道我怎么想的。你说什么做什么都无法让我改变主意。”

他转过身朝着酒吧走去。他的叔叔等了一会儿，注视着他，直到玻璃门在他身后旋转着关上。然后朱利安走向了前台。

“晚上好，艾罗伊。一切都好吗？”

“今晚十分安静。”她同情地向他微笑着，“葬礼总是这么艰难，是吧？”

他转动着眼睛。“你根本想不到。”他说道，把手放在他们之间的桌子上，“有信吗？”

“只有一封，”她说道，递给他一个白色的信封，“但教堂里一切顺利，是吧？”

他冷酷地点点头：“和那种情况下能想得到的一样顺利。”

他瞥了一眼信封上的笔记，脸上慢慢露出了微笑。这是他等待的在基扬发现的一处西哥特墓葬的信息，朱利安希望会和他在凯德庄园的发掘有所关联。基扬的现场被封锁了，还没有详单发布出来。

“这信什么时候来的，艾罗伊？”

“八点钟，劳伦斯先生，由专人亲手交付的。”

他用手指在柜台上敲着：“好极了，谢谢你，艾罗伊。祝你晚安。如果有人找我的话，我会在办公室里。”

“好的。”她笑着，但他已经转身离开了。

第三十二章

九点四十分，梅瑞迪丝吃完东西了。

她走回铺着地砖的大厅里，尽管她已经精疲力竭了，但觉得还是没必要现在就睡觉。她不想睡觉，脑子里的事也太多了。

她透过前门看到远处的黑暗。

不然散个步？人行道照得很明亮，但是空寂无人。她裹紧了苗条身形上的

阿比克隆比 & 费奇的红色开襟羊毛衫，打消了散步的念头。另外，她过去几天除了走路什么都没干。

如果现在还早，倒可以散个步。

梅瑞迪丝驱散了这个念头。来自露台酒吧的低沉噪音从走廊里传来。她不是一个爱泡酒吧的人，但既然不想直接上楼回房间被诱惑到床上，这看起来是最佳选择。

她走过放着瓷器的展示柜，推开玻璃门走了进去。这房间看起来更像图书馆而不像酒吧。整面墙从地面到天花板都是装满书的玻璃面板书柜。在角落里有一架高度抛光过的木质滑动梯子，用于够到高处的书架。

矮圆桌周围放置着皮面扶手椅，像绅士的乡村俱乐部一样。气氛既舒适又放松。只有两对情侣、一个家庭和几个独自一人的男人。

没有空桌子，于是梅瑞迪丝在吧台边的圆凳上坐了下来。她放下了钥匙和宣传册，拿起了酒单。

酒保微笑着："这一面是鸡尾酒，另一面是葡萄酒。"

梅瑞迪丝把酒单翻了过来，看着背面按杯计价的葡萄酒，然后放下了酒单。

"有本地出产的吗？"她问道，"您有什么推荐吗？"

"白葡萄酒，红酒，玫瑰红酒？"

"白葡萄酒。"

"试试贝古德酒庄的霞多丽。"另一个声音说道。

梅瑞迪丝吃惊于英国口音和有人在和她说话的事实，转过头看见一个男人坐在吧台旁几张凳子外的地方。一件剪裁出色的正装外套披在他们之间的两张凳子上。他挺括的白衬衫领口是解开的，黑裤子与皮鞋和他垂头丧气的神色看起来不是很搭配，蓬乱的棕色头发披散在脸上。

"本地的葡萄园，塞皮耶，就在利穆的北边。好酒。"

他转过头看着她，仿佛在检查她是否在听他说话，接着重新盯着他那杯红酒的杯底。

如此湛蓝的眼睛。

梅瑞迪丝吃惊地发现自己认出了他，他就是之前在都雷恩广场见到的葬礼队伍里跟着棺材的人。不知为何，她觉得有些尴尬，知道关于他的事情，就像窥探闲事一样，虽然她并非有意如此。

她注视着他。"好的。"然后转向酒保，"请给我这个。"

"好的，女士，您的房间是？"

梅瑞迪丝给他看了钥匙上挂着的门牌，然后看了一眼吧台旁的那个人：“谢谢推荐。”

“不用谢。”他说。

梅瑞迪丝在吧凳上挪动着，觉得有点尴尬，不确定他们是否会继续进行对话。他替她做了决定，突然转过身来，隔着木头和黑色的皮革伸过了手。

“顺便一提，我叫哈尔。”他说道。

他们握了手。“梅瑞迪丝。梅瑞迪丝·马丁。”

酒保在她面前放了一张纸垫，然后放下一杯鲜艳的淡黄色葡萄酒。他也谨慎地把账单和一支笔推到她面前。

梅瑞迪丝敏锐地察觉到哈尔在看着她。她喝了一小口，清淡，柠檬香，爽口，让她回想起她的养母在重要场合或者在她周末回家时会拿出来的酒。

“很好喝，好推荐。”

酒保看了一眼哈尔：“再来一杯吗，先生？”

他点点头：“谢谢，乔治斯。”他转过身来，这样他就半对着她：“那么，梅瑞迪丝·马丁。你是美国人。”

他刚说完这句话，就把手肘放在了吧台上用双手抚摸着他蓬乱的头发。梅瑞迪丝想知道他是不是有点喝醉了。

“抱歉，多么可笑的一句话。”

“没什么，”她笑了，“是的，我是美国人。”

“刚到这里？”

“几个小时前才到，”她又喝了一口酒，感觉着酒精进到肚子里，“你呢？”

“我的父亲……”他顿了一下，绝望的表情出现在脸上，“我的叔叔是这里的主人。”他说完了。梅瑞迪丝猜到她看见的是哈尔父亲的葬礼，更加为他难过了。她等待着，直到她感到他再次看着她。

“抱歉，”他说，“今天过得不好。”他喝光了杯中酒，然后伸手拿到了酒保放在他面前的续杯，“你到这儿来是办事还是游玩？”

梅瑞迪丝觉得自己被困在了超现实戏剧之中。她知道他为何心烦意乱，但不能说破。而哈尔，试着和一位完全陌生的人闲聊，却错过了所有话头。他回应之间的停顿都太长了，他思维的列车已经脱节了。

“都有，”她答道，“我是个作家。”

“一个记者？”他立刻说道。

“不是，我在写一本书。一本作曲家德彪西的传记。”

梅瑞迪丝看到他眼中的火花消失了，回复到原来那种无精打采的神色，不是她期待中的反应。

“这个地方很漂亮，”她很快说道，看着眼中的酒吧，“你叔叔在这儿待的时间长吗？”

哈尔叹了口气。梅瑞迪丝能看到白色棉衬衣下他紧绷的肩膀。

“他和我父亲在 2003 年一起买下了这里，花了一大笔钱经营起来。”

梅瑞迪丝想不到接下来该说什么。他的话一点也不好接。

“爸爸从五月才开始专职在这里工作。他想要更多地参与到日常的……他……”他停了下来。梅瑞迪丝听出了他声音中的哽咽。“他四周前死于一场车祸。”他艰难地咽了口口水，“今天是他的葬礼。”

不需要再装作不知情就可安心许多，梅瑞迪丝还没意识到就伸手握住了哈尔的手：“我很遗憾。”

梅瑞迪丝看到他的肩膀不那么紧绷了。他们静静地拉着手坐了一会儿，然后她温柔地抽出了手指假装去拿杯子。

“四周？那可是挺长的一段时间才……”

他看着她：“并不是那么简单的。尸检花了很长时间，遗体上周才拿回来。”

梅瑞迪丝点点头，猜测着争论的分歧是什么。哈尔沉默地坐着。

“你住在这里吗？”她问道，试着让对话继续下去。

哈尔摇摇头。“伦敦。投资银行工作，但我刚刚提交了辞呈。”他迟疑了，“无论如何，我已经干够了。甚至是在这事之前。我一天工作十四个小时，一个星期七天。挣得很多，但没时间花。”

“你在这里有其他家人吗？我是说，在法国这个地区有亲戚吗？”

“不，一个都没有。我是彻头彻尾的英国人。”

梅瑞迪丝停顿了一会儿：“你现在有什么计划？”

他耸了耸肩。

“你会待在伦敦吗？”

“不知道，”他说，“我觉得不会。”

梅瑞迪丝又喝了满满一口酒。

“德彪西，”哈尔突然说道，仿佛刚注意到她所说的话，“我很惭愧地承认我对他一无所知。”

梅瑞迪丝笑了，欣慰于至少他努力试过了。

“你没理由一定得知道。”她说道。

“他和法国这里有什么联系？”

梅瑞迪丝微笑了。“微不足道，”她说道，“在1900年8月德彪西给一位朋友写信说他要把妻子莉莉送到山区来进行术后疗养，从字里行间看得出是一次堕胎手术。目前为止没人能证明这个故事是真还是假——而如果莉莉确实去了，很确定时间也不长，因为她十月就回到巴黎了。”

哈尔做了个鬼脸：“有可能。现在很难想象，但我相信雷恩莱班在那时是个非常热门的疗养胜地。”

“它曾是，”梅瑞迪丝赞同道，“特别是在巴黎人中很受欢迎。而且，也有一部分是因为它并没有专攻某一种疾病的治疗——有些地方因为对风湿病的治疗而出名，其他的，比如拉马卢，主治梅毒。”

哈尔扬起了眉毛，但没有接下话头。“嗯，听起来要费很多事。”他最后说道，“长途跋涉地寄希望于莉莉·德彪西曾到过这里。在整体计划之中这事很重要吗？”

“实话实说，不，并不是。”她回答道，很惊讶自己这么戒备，就好像她来雷恩莱班的真正动机突然间痛苦地显而易见了，“但这将会是很了不起的一次调查，没人曾做过的事情。那将会是让这本书从其他书之中脱颖而出之处。”她顿了一下，“而且这也是德彪西生命中一段有趣的时期。莉莉·泰克希尔遇见他的时候只有二十四岁，是个时装模特。一年之后的1899年他们结婚了。他在很多作品里向朋友、情人、同事致敬，不可否认的是莉莉的名字并没有在那么多的曲谱、歌曲或钢琴曲中被提及。”

梅瑞迪丝知道自己说话很急促，但她现在沉湎在自己的故事中无法停下来。她倾身靠近了一些：“在我看来，在导向德彪西唯一一部歌剧《佩利亚斯与梅丽桑德》1903年首演前的那关键的几年里，莉莉一直都在他身边，就是他的运气、他的名望、他的状态变得更好的那几年。他成功的时候莉莉在他身边。我觉得那肯定有它的意义。”

她停下喘口气，然后看到从他们开始交谈到现在，哈尔第一次笑了。

“抱歉，”她做了个鬼脸，说道，“我不是故意要这么入迷，这么投入的。这是个坏习惯，假定所有人都和我一样感兴趣。”

“我觉得你有这么热爱的事情很了不起。”他安静地说道。梅瑞迪丝被他声音中变幻的语调所吸引，看着他，发现他蓝色的眼睛专注地注视着她。她很窘迫地发现自己脸红了。

“比起实际写作我更喜欢调查研究的过程。”她立刻说道，“那些心理的发觉，那些对曲谱、旧文章和信件的着迷，试着重现过去的一个瞬间，一个片段，全都在于重现，在于内容，在于揭开不同的时间和地点的秘密，但有着后见之明的优势。”

“侦探工作。”

梅瑞迪丝飞快地瞥了他一眼，猜测他走神了，但他跟上了对话。

“你想在什么时候完成？”

“我应该在明年四月完成。我现有的材料已经太多了。所有发表在《德彪西手册》上的学术文章以及《德彪西全集》，所有已出版的传记上的注释。除此之外，德彪西本人还写过很多书信。他给一家日报《吉尔布拉斯》写稿，也给《布兰奇》杂志写过一些评论文章。能想到的，我都读过。”

她意识到了自己还在这么做，在他这么艰难的时候自顾自说话，感到一阵内疚。她瞥了他一眼，想要为自己忽视了他的感受而道歉，但别的什么吸引了她。他脸上的表情，孩子气的表情，突然间他让她想起了什么人。她冥思苦想，但没能想出到底是谁。

一阵疲劳向她袭来。她看着哈尔，他迷失在自己忧伤的思绪中。她没有精力让对话继续了。今晚到此为止了。

她从吧凳上起身，拿好了自己的东西。

哈尔突然抬起头：“你要走了？”

梅瑞迪丝抱歉地笑笑：“漫长的一天。”

“当然，”他也从凳子上下来了，“嗯，”他说，“我知道这可能听起来有点离谱，我不清楚，但也许——如果你明天在附近的话，或许我们可以一起出去，或是一起喝一杯？”

梅瑞迪丝欣喜地眨着眼睛，然后举棋不定。

一方面来说，她喜欢哈尔，他英俊迷人，而且明显需要人陪伴。另一方面，她需要专注地尽她所能调查她出身家族的信息——而且要私下地找。她不想让其他人一路紧跟着她。她还听到玛丽在她脑海里警告说她对这个人一无所知。

“当然，如果你忙……”他开口说道。

他声音中潜藏的失望让她下定了决心。再说，除了占卜时和劳拉在一起的时间——那也几乎不能算，她好几个星期都没有和任何人进行过多于两三句话的对话了。

“当然了，有何不可呢？”她听到自己这样说道。

哈尔笑了，这次笑得很合适，改变了他的脸色：“太好了。”

“但我打算尽早就出发，做些调查。”

“我可以一路陪着你，”他提议道，“或许能帮上一点忙。我不了解这个地区的历史，但我过去五年来时不时地来这里。”

“或许会很无聊的。”

哈尔耸耸肩：“我能耐得住。你有想去的地点的清单吗？”

“我想我要随机应变了。”她顿了一下，“我原本希望从雷恩莱班的旧疗养中心里找到点什么，但它们都关门过冬了。我想也许我到镇公所可以找到愿意帮忙的人。”

哈尔的脸色阴沉下来。“他们毫无用处，”他粗野地说道，“白费力气。”

“对不起，”她立刻说道，“我不是故意要让你想起……”

哈尔猛地摇了摇头。“不，抱歉。这是我的错。”他叹了口气，接着再次向她微笑着，“我有个建议，考虑到你感兴趣的有关莉莉·德彪西的时代，你也许会在雷恩堡的博物馆里找到一些有用的东西。我只去过那里一次，但我记得那里有很详细的关于在那个时期这里的生活是什么样子的记载。”

梅瑞迪丝感到一阵兴奋：“听起来好极了。”

“那我们十点接待处见？”他建议道。

梅瑞迪丝犹豫了，然后觉得她之前实在太谨慎了。

“好的，”她说道，“就十点。”

他站了起来，俯身过来在她脸颊上快速地吻了一下：“晚安。”

梅瑞迪丝点点头：“明天见。”

第三十三章

梅瑞迪丝回到了房间，太兴奋了以至于睡不着。她在脑海里回顾着他们之间的对话，她说过什么，他说过什么，试着体会言外之意。

她刷牙时注视着镜子里的自己，感到十分悲伤——看上去那么脆弱。她把牙膏吐到脸盆里。他也许对她一点兴趣也没有。他也许只是需要人陪伴而已。

她爬上了床，关掉了灯，让房间陷入柔和如墨的黑暗之中。她躺着看了一会儿天花板，直到四肢开始沉重，开始渐渐入睡。

顿时，在路上诡异的经历里见过的那张面孔冲击着她的思绪，更糟的是，她生母饱受折磨的美丽面容，哭喊着祈求的话语声……

梅瑞迪丝猛地睁开了眼睛。

不，不会的，我不会让过去影响到我。

她是来弄清自己是谁，弄清她的整个家族，躲开她生母特殊的阴影的。梅瑞迪丝驱除了童年的记忆，用她想了一整天的塔罗图像取代了它。愚者和正义，蓝色眼睛的恶魔，恋人无助地被锁在它的脚下。

脑海中回响着劳拉的话，让她的思绪游荡在牌与牌之间，慢慢地进入梦乡。她的眼睛变得沉重。此时，梅瑞迪丝在想着莉莉·德彪西，脸色苍白，胸中永远嵌着一颗子弹，德彪西在钢琴前皱着眉抽着烟弹奏着。想着玛丽坐在查珀尔希尔的门廊里，她的椅子在她读书时前后摇动着，古铜色肤色的士兵被都雷恩广场上的法国梧桐围绕着。

梅瑞迪丝听到了酒店前一辆车砰的一声关上了车门以及碎石路上嘎吱嘎吱的脚步声，一只猫头鹰出发去狩猎的鸣叫声，热水管偶尔发出的震颤和响声。

酒店陷入一片寂静。夜晚用它黑色的双臂缠绕着房屋。凯德庄园的庭院在苍白的月色下沉睡着。

时间流逝，午夜，两点，四点。

突然间，梅瑞迪丝惊醒了，眼睛在黑暗中大睁着。她的心在胸口剧烈地跳动着，身体里每一根神经都颤动着，警觉着。每一块肌肉，每一根肌腱，都像小提琴弦一样紧绷着。

有什么人在唱歌？

不，不是唱歌，是在弹钢琴，而且非常近。

她坐了起来。房间里很冷，和她在桥下时一样彻骨的寒冷。黑暗也不同了，不那么浓密了，更破碎。梅瑞迪丝几乎觉得她好像都能看到光线，黑暗和阴影的微粒在她面前分解了。不知从哪里吹来了一阵微风，尽管她可以确信所有窗户都关上了。一阵轻风吹拂着她的肩膀和脖子，掠过而没有碰触到，低语着。

有人在房间里？

她告诉自己这是不可能的，她应该会听到什么的。但她不容置疑地确定有人站在床脚，注视着，双眼在黑暗中燃烧着。冷汗流过她的肩胛骨和乳沟。

肾上腺素开始生效。

现在，动手吧！

她数到了三，然后，伴随着勇气的爆发，翻身打开了灯。

黑暗被驱散了。所有日常的物件都涌现出来欢迎她。每一件都在适当的位置。衣橱、桌子、窗户、壁炉台、写字台，全都在它们应有的位置上。穿衣镜矗立在浴室的门旁，反射着光线。

没人。

梅瑞迪丝坐下倚着桃花心木的床头板，感到松了一口气。在床头柜上，时钟闪动着红色的时间，四点四十五。没有眼睛，只有收音机闹钟上闪动着的LED反射在镜子里。

只是常见的噩梦。

在今天发生的那些事情之后她本应预料到的。

梅瑞迪丝踢开了被子让自己冷静下来，躺了一会儿，双手交叠着放在胸前，像坟墓上的人像一样，然后下了床。她需要动一动，做点运动。不能只是躺着。她从小冰箱里拿了一瓶矿泉水，接着走到窗户边看着下方在月光中沉睡的安静的花园。天气发生了变化，下方的露台在雨中闪着光。在树木上方平稳的空气中飘浮着一层白雾的轻纱。

梅瑞迪丝把温热的手掌放在冰冷的玻璃上，仿佛是要推开不好的念头。对她自身处境的疑虑溜进脑海。要是什么也找不到怎么办？一直以来，到雷恩莱班的念头，只有几张旧照片和一张钢琴谱支撑着她继续下去。

但现在她到这里了，能够看到这里是多么无足轻重的小地方，她觉得不那么确定了。到这里追寻她的生身家庭，甚至连要找的名字都不知道，这个主意看起来很疯狂，一个属于一部乐观向上电影里的愚蠢梦想。

不属于现实生活。

梅瑞迪丝不知道自己站了多久，只是思索着，在床边考虑着事情。她意识到自己的脚趾已经冷得麻木了，才回头看了一眼时钟。她欣慰地叹了一口气，已经五点多了。她消磨了足够的时间。赶走了夜晚，鬼魂与恶魔，水里的面孔，路上的身影和卡牌上令人惊恐的图像。

她这次躺下睡觉的时候，房间很平静。没有眼睛在注视她，没有黑暗中闪烁的存在，只有闹钟上闪动的数字。她闭上了眼睛。

她的士兵逐渐融入了德彪西，变成了哈尔。

第五部

Domaine de la Cade 凯德庄园

1891 年 9 月

第三十四章

9月21日，星期一

莱奥妮打着哈欠，睁开了眼睛。她把苍白纤细的手臂舒展到头上，依靠在厚实的白色大枕头上。尽管昨晚喝了过量的利穆白葡萄酒——有可能也是喝酒的结果——她睡得很好。

晨光中的黄色房间很美。她在床上躺了一会儿，倾听着打破乡间深邃寂静的罕见声音——鸟儿的晨歌，树间的微风，比起在家醒来时面对的灰色巴黎清晨和圣拉扎尔火车站传来的金属摩擦声要好太多了。

八点钟时，玛莉塔送来了一托盘早餐。她把托盘放在床边的桌子上，然后拉开了窗帘，让房间里充满了第一缕折射的阳光。透过旧竖铰链窗不太透明的玻璃，莱奥妮能够看到天空既明亮又蔚蓝，点缀着一缕紫色白色相间的云彩。

"谢谢，玛莉塔。"她说，"我自己来。"

"好的，小姐。"

莱奥妮掀开了被子，把脚荡到了地毯上，寻找着她的拖鞋。她从门后摘下了蓝色山羊绒晨衣，往脸上泼了一点昨晚的水，接着坐在窗前的桌子旁，觉得在自己的卧室里独自吃早餐很优雅。在家时她唯一一次这样做是在杜邦来访的时候。

她打开了装着热气腾腾咖啡的壶盖子，一股新鲜烘焙咖啡豆的美妙香气释放出来，就像神灯里的精灵一样。在银咖啡壶旁边放着一罐温热的起泡牛奶，一碗白方糖和一把银夹子。她揭起压得平整的亚麻餐巾，发现了一盘白面包，金黄色的酥皮触手温热，还有一碟搅拌过的细腻黄油。三种不同的果酱分别装在瓷碟里，还有一碗榅桲和苹果做的糖渍水果。

在她吃饭时，她注视这花园。一阵白雾悬浮在山谷中，掠过树梢。在低垂的秋日下草坪宁静祥和，没有昨夜肆虐的那阵风的迹象。

莱奥妮穿上一件朴素的羊毛裙子和高领衬衫，然后拿起昨晚阿纳托尔带给她的书。她想要自己去看看图书馆，探索积尘的书架和擦亮的书籍。要是她被人问起——尽管她找不到她被人问的理由，考虑到伊索尔德邀请他们像在自己家里一样——她可以借口说她是来归还拜亚德先生的小册子的。

她打开门踏入了走廊。其他人似乎都在睡觉。一切都寂静无声。没有咖啡杯的咣当声，也没有从阿纳托尔的卧室传来他早晨梳洗时的口哨声，没有一点生活的迹象。楼下，大厅同样空无一人，但在通往仆人住处的侧门后她能听到说话声和远处厨房传来的碗盘的咯哒声。

图书馆占了宅邸的西南角，会客厅和书房门之间挤进了一条小走廊通往这里。事实上，莱奥妮很惊讶阿纳托尔竟然能碰巧发现这里。昨天下午没什么机会来探索。

话虽如此，走廊明亮通风，宽度足够在墙上安装几个玻璃柜子。第一个柜子里展示着马赛和鲁昂的瓷器；第二个柜子里放着一件小型的古代胸甲、两把马刀、一把阿纳托尔最爱的穿刺兵器的钝头剑和一支滑膛枪。第三个柜子比其他的要小一些，装着精选过的军功章和缎带，陈放在蓝色天鹅绒布上。没有任何标志标出它们因为何事被授予何人。莱奥妮猜测它们属于他们已故的舅舅。

她抬起图书馆的门把手，悄悄溜了进去。她立刻就感受到了这个房间的安谧平和——蜂蜡、蜂蜜和墨水的气味，还有积尘天鹅绒与吸墨纸的气味。房间的面积比她预想中的要大很多。西向和南向两面有窗户。窗帘由厚重的金色蓝色浮花锦缎制成，折叠着从天花板垂到地面。

她平跟拖鞋的声音被屋子中间铺着的椭圆形小地毯吸收了，地毯上放着一张柱脚桌，尺寸足够放下大件物品。桌上放着一个皮面书写簿和一张全新的吸墨纸，旁边是墨水池和笔。

莱奥妮决定从离门最远的角落开始她的探索。她依次浏览着每一个书架，看着书脊上的名字，让自己的手指掠过皮革的封面，时不时地在某一本书吸引她的注意力时停顿一下。

她发现了一本漂亮的弥撒书，带着华丽的双搭扣，在图尔印刷，衬页是鲜艳的绿色金色，精致纤薄的纸张保护着版画。在扉页上她看到了过世舅舅的名字——朱尔斯·莱斯康布——签在他坚信礼日期的旁边。

在下一个书架上她发现了一本初版的德梅斯特的《在自己房间里的旅行》，已经磨损卷角了，和家里阿纳托尔那本崭新的不一样。在另一个凹室里她找到了一系列宗教以及激烈反宗教的文献，放在了一起就好像要彼此抵消一样。

在当代法国文学部分，放着一整套左拉的《卢贡-马卡尔家族》系列小说，此外还有福楼拜、莫泊桑和于斯曼的作品——实际上，很多都是阿纳托尔曾经徒劳地想要强加给她的增进知识的书籍，甚至还有一本初版的司汤达的《红与黑》。还有一些翻译作品，但除了波德莱尔翻译的爱伦·坡先生的作品之外没有什么完全符合她口味的。没有一本拉德克利夫夫人或是拉·芬努先生的作品。

枯燥的藏书。

在图书馆的最远角，莱奥妮置身于一个专放本地历史的凹室里。她推测阿纳托尔就是在这里找到拜亚德先生的专著的。从主区域的温暖宽敞走到幽闭阴暗的书架中时，莱奥妮感到自己的情绪在复苏。凹室内藏匿着的闷热潮湿让她有点喘不过气来，喉咙有点不舒服。

她浏览着一排排密集的书脊和封面，直到找到 B 字母位置。并没有明显的空位。她迷惑了，把薄册子塞进了她认为应该放的地方。任务完成，她转身走向门口。

在这时她才注意到在门右边的墙上高高挂着三四个玻璃展示柜，大概是收藏着一些更珍贵的书籍。一架木梯子装在黄铜滑轨上。莱奥妮双手握住了这个装置，尽她所能地用力拉着。梯子吱嘎地抱怨着，但很快屈服了。她把它沿着轨道滑到了终点，接着牢固地安放了梯脚，展开了梯子开始攀爬。她的塔夫绸衬裙窸窣作响，卡在了她的腿间。

她在顶部第二阶停了下来，蹲下身来，向陈列柜里窥视着。里面很黑，但她把手窝在玻璃上遮挡眼睛，挡住了从两扇高大窗户照进来的光线，她勉强能够看清书脊上的书名。

第一本是伊莱 · 里维的《高级魔法的教条与仪式》，它的旁边是一本《神秘学的系统专论》。在顶上的架子上，是几本巴布斯、考特 · 德 · 吉布纳、艾特拉和麦格雷戈 · 马瑟斯的著作。她从未接触过这些作者，但知道他们都是神秘学学者而且被认为是有煽动性的。他们的名字经常出现在报纸期刊的专栏里。

就在莱奥妮准备下去的时候，她的注意力被一本黑皮革包裹的朴素大书吸引了，不像其他书那么花哨卖弄，正面向外陈列着。她舅舅的名字以金色浮凸的字体写在封面标题的下方。

《塔罗》。

第三十五章
巴黎

在雾气缭绕的清晨，位于巴黎里斯本路上的第八行政区警察局，此时气氛已经很紧张了。

9 月 22 日星期天晚上八点后不久，玛格丽特 · 维尔涅夫人的尸体被发现。

消息是一位《小杂志》的记者在柏林路与阿姆斯特丹路交界处的其中一个新电话厅里通知的。

整个周末，一点进展都没有。此时，把拉布格局长从乡间住所召唤回来掌管大局看起来十分明智。

局长怒气冲冲地大步走过外间办公室，把一叠刚出版的报纸扔在西伦巡官的桌子上。

卡门谋杀案！战争英雄被拘留！情人争吵导致中刀死亡！

“这是什么意思？”拉布格怒吼着。

西伦站起身来毕恭毕敬地打了招呼，接着移走了这拥挤、闷热的房间里唯一一把空椅子上的其他文件，感觉到拉布格怒气待发的眼睛一直盯着他。局长摘下了丝绸礼帽坐了下来，双手拄在手杖上。椅子的木头椅背在他令人印象深刻的体重下吱嘎作响，但并没有垮掉。

“那么，西伦？”巡官刚回到自己的座位上，局长就质问道，“他们是怎么得到这么多内部细节的？你的手下里有个大嘴巴？”

清晨，西伦巡官还没睡醒，就已经在厌烦地查看疑犯的踪迹。他的眼下有着半月形的黑色眼圈。他的髭须低垂着，脸颊上长出了胡茬。

“我不这么认为，长官。”他说道，“在案发当晚我们到那儿的时候记者已经在那儿了。”

拉布格从浓密的白眉毛下盯着他：“有人通风报信？”

“看起来是这样。”

“由谁？”

“没人愿意说。我的一个警官无意中听到两个贪心人之间的对话，表明至少有两家报馆在星期二晚上八点左右收到了消息，暗示说十分适合往柏林路派一名记者。”

“准确的地址？公寓房间号？”

“同样，他们不愿透露信息，长官，但我猜测是这样的。”

拉布格局长青筋暴露的苍老双手握紧了手杖的象牙杖头：“杜邦将军？他否认和玛格丽特·维尔涅是情人关系吗？”

“他没有，但他要求我们保证在这件事上要审慎。”

“你答应了吗？”

“是的，长官。将军坚决否认杀害了她。和对记者们的解释一样，他声称在离开一场午餐音乐会时收到了一张便条，把他们当天下午的约会时间从五点推迟到了晚上。他们预定在第二天早晨去马恩河谷的乡间待几天。在此期间仆人都被打发走了。公寓无疑做好了出行的准备。”

“那张便条还在吗？”

西伦叹了口气：“出于对女士名声的尊敬，他是这么说的，他声称自己把便条撕了，在音乐厅外扔掉了。”西伦手肘支在桌子上用疲累的手指捋着头发：“我立刻就派人去了，但那个行政区的清洁工令人惊讶的勤勉。”

“有她死前发生过亲密行为的证据吗？”

西伦点点头。

“那家伙对此怎么说？”

“他声称自己十分震惊，但保持了镇静。当他到达的时候发现她已经死了，有一群记者在外面的街道上乱转。”

“他到达的时候有人见到吗？”

“八点时，是的。问题在于当晚稍早时候他是否在那里。我们只有他自己的说辞说他不在。”

拉布格摇摇头。“杜邦将军。”他低语着，“交际广泛……总是棘手。”他打量着西伦，“他是怎么进去的？”

“他有一把弹簧锁钥匙。”

“其他家庭成员呢？”

西伦埋头在一摞摇摇欲坠的文件里翻找着，差点打翻墨水池。他找到了想要的马尼拉纸文件夹，从中抽出了一张纸。

“除了仆人之外，她的儿子住在那里，阿纳托尔·维尔涅，未婚，二十六岁，前记者，文人，现在是关于珍稀书籍期刊的编辑部成员，一些漂亮的书本，诸如此类的。”他低头瞥了一眼自己的便笺，“还有一个女儿，莱奥妮，十七岁，一样未婚住在家里。”

“通知他们母亲的谋杀案了吗？”

西伦叹了口气：“不幸的是，并没有，我们依然没能找出他们在哪儿。”

“都过了三天了！”

“据信他们去了乡下。我的人询问了邻居，但他们所知很少。相当奇怪。”

拉布格局长皱起了眉头，白色的眉毛在他额头上拧到了一起：“维尔涅？为什么这个姓氏如此耳熟？”

“长官，原因之一也许和他们的父亲，里欧·维尔涅有关。他曾是个公社成员，后来被捕、送审，被判决了流放，死在了大平底船上。”

拉布格摇摇头：“比那更近。”

“在这一年里，维尔涅家的儿子在报纸上出现了不止一次。赌博、鸦片馆、嫖娼的指控，但都是在法律允许范围内进行的，而且是在私人俱乐部里。换句话说，道德败坏的暗示，却不是证据。”

“某种诽谤中伤活动？”

“极有可能，是的，先生。”

“匿名的，我猜？”

西伦点点头：“《十字架报》似乎尤其关注维尔涅。比如说，他们出版过一期报纸指控他卷入一场战神广场的决斗，无可否认他只是个副手而不是主角，但即便如此……报纸上印出了时间、日期、姓名。维尔涅成功证明了自己不在场。他声称并不知道诽谤背后的人可能是谁。”

拉布格听出了他的言外之意：“你不相信他？”

巡官看起来很怀疑：“匿名攻击对涉及的人来说很少是这样的。接着在 2 月 12 日，他卷入了阿斯纳图书馆一份珍贵手稿的失窃丑闻中。”

拉布格拍了下膝盖：“就是这个，这就是为什么这姓氏很耳熟。”

“由于他的业务活动，维尔涅是个受信任的常客。在二月，在一次匿名通风报信之后，发现一卷珍贵的神秘学文稿不见了。”西伦再次低头看了一眼他的便笺，“鲁伯特·弗勒德的著作。”

“从来没听说过他。”

“没有什么指向维尔涅。这件事暴露出了图书馆的安保措施相当不合格，于是整件事就秘而不宣了。”

“维尔涅自己是个神秘主义者吗？”

“似乎不是，除了工作时作为一个收藏家的时候。”

“他被询问了吗？”

“是的。只是他又一次轻易地证明了他不可能涉及其中。同样，当他被问及有没有谁会怀着恶意地歪曲事实针对他的时候，他说没有。我们别无选择只能就此罢休了。”

拉布格听着信息时沉默了一阵。

“维尔涅的收入来源呢？”

“无规律。”西伦答道，“但是绝对不是无足轻重的。他每年从多种来源大约收入一万两千法郎。”他往下瞥了一眼，“他在期刊的顾问委员会职位有一笔大约六千法郎的预约金，办公室在蒙道格尔街。他还替其他专业杂志写稿挣额外收入，无疑还有红与黑桌上和玩牌赢来的钱。”

“有其他预期收入吗？”

西伦摇摇头：“作为被定罪的公社成员，他父亲的资产都被充公了。维尔涅父亲是独子，父母去世很久了。”

“玛格丽特·维尔涅呢？”

“我们正在调查。邻居不知道她是否有往来亲密的亲戚，但我们会找到的。”

“杜邦资助过柏林路的家庭开销吗？”

西伦耸耸肩：“他声称没有，但我怀疑他在这件事上是否完全诚实。无论维尔涅是否了解这些安排，我并不愿猜测。”

拉布格调整了位置，椅子吱嘎地抱怨着。在他的上司思考时西伦耐心地等待着。

“你说过维尔涅未婚。”他最后说道，“他有个情人？”

“他曾和一个女人有关系。她在三月去世埋葬在蒙马特墓园里。医学病历表明在之前两个星期左右她在杜波依斯大厦的一家诊所里接受过一次手术。”

拉布格做了个厌恶的表情：“堕胎手术？”

“可能，长官。病历已经遗失了。工作人员声称失窃了。但是诊所确认了花费是维尔涅支付的。”

“你说是三月，”拉布格说道，“所以不可能和玛格丽特的谋杀有关？”

“不，长官。”巡官答道，然后补充道，“如果维尔涅实际上是某种谣言活动的受害者的话，我觉得这两件事更有可能是有关联的。”

拉布格哼了一声：“得了，西伦。诽谤他人的确不是正人君子的举动，但是从诽谤到谋杀？”

“如您所说，局长先生，而且通常情况下我会赞同的。但还有另一件事让我想弄明白是否有逐步增加的恶意。”

拉布格叹了口气，意识到他的巡官没有说完。他从口袋里拿出一个黑色海泡石烟斗，在桌角敲了敲弄松了烟丝，然后划了一根火柴抽了几口直到火苗被吸入。一股湿热发酸的气味充斥了拥挤的办公室。

“很明显无法确定这事和手上的案子有什么关系，但维尔涅本人在9月17日的凌晨在全景廊街遭到了袭击。”

“加尼叶宫暴乱那天晚上？”

“你知道那地方吗，长官？”

“那里有漂亮的拱廊、商店和饭馆。雕刻师斯特恩也在那里有房子。”

“就是那里，长官。维尔涅左眼上方有一道严重的伤口，还承受着一堆瘀伤。这又是匿名通知给我们第二行政区的同事的。他们知道我们对这位绅士的关注，转而通知了我们这一事件。当被询问时，廊街的守夜人承认他知道这次袭击——实际上是目击到了——但坦白说维尔涅慷慨地给了他一笔钱让他不要说出去。”

“你们追查这件事了吗？”

“我们没有，长官。既然受害者维尔涅选择了不上报这事件，我们能做的事情很少。我只是提起这件事来支持或许这是个警告的猜想。”

“什么的警告？”

“敌意恶化的警告。”西伦耐心地回答道。

“但那样的话，西伦，为什么是玛格丽特·维尔涅死在了地板上而不是维尔涅本人？这毫无意义。”

拉布格局长坐回到椅子上抽着烟斗。西伦注视着他，安静地等待着。

“你认为杜邦犯了谋杀罪吗，巡官，是还是不是？”

“在我们收集到更多信息之前，长官，我会不抱任何成见。”

“是，是。”拉布格不耐烦地挥着手，“但你的直觉呢？”

“说实话，我认为杜邦不是我们要找的犯人。当然这似乎是最可能的解释。杜邦在那里，我们只有他自己的话声称他到达时发现玛格丽特死亡了。有两个香槟杯，但也有一个威士忌杯摔碎在壁炉里。然而，有太多的事情看起来似乎并不对劲儿。”西伦深吸了一口气，犹豫地拼凑着合适的词，“通风报信是其一。如果实际上这真的是情人间失控的争吵，那是谁联系的报社？杜邦本人？我不这么认为。仆人都被打发走了。只能是第三者了。”

拉布格点点头：“接着说。”

“而且时机太凑巧了，儿子女儿都出城了，在此期间公寓是关闭的。”他叹了口气，“我不清楚，长官，但整件事似乎都是提前安排好的。”

“你觉得杜邦是被陷害承担罪名的？”

“我认为这是我们应该考虑的事情，长官。如果真是他，那他为什么只是推迟了约会？无疑他可以故意不出现在附近的。”

拉布格点点头。“不可否认，无须把一位军事英雄送上法庭让我如释重负，尤其是像杜邦这样功勋卓著受人尊敬的人。”他盯着西伦的眼睛，“当然这应该不影响你的推断，巡官，如果你确信他有罪……”

“当然了，长官，要公诉一位祖国英雄我也会很悲痛的。”

拉布格低头瞥了一眼报纸上的尖刻大标题：“另一方面。西伦，我们绝对不能忘记，一位女士身亡了。”

“不会的，长官。”

“我们的首要任务是必须找到维尔涅并通知他母亲的死讯。如果之前他不愿向警方谈论这一年他牵涉其中的那些事件，或许这一悲剧会让他松口。”他变换了位置，椅子在他的体重下吱嘎作响，“但你说依然没有他的踪迹？”

西伦摇摇头：“我们知道他四天前在妹妹的陪同下离开了巴黎。经常出没在阿姆斯特丹路上的一名车夫报告说他在柏林路搭载了乘客，一男人一少女，符合维尔涅兄妹的描述。在上周五早晨九点多把他们送到了圣拉扎尔火车站。”

“他们进了圣拉扎尔火车站之后有人看见吗？”

“没有，长官。圣拉扎尔的车次开往西郊——凡尔赛、圣日耳曼昂莱，当然还有开往卡昂的水陆联运列车。一无所获。但他们可能在任何一站下车转乘了支线。我的部下正在调查。”

拉布格盯着他的烟斗，似乎开始失去兴趣了。

“我猜，你已经和铁路部门取得联系了？”

“干线和支线的车站。通知贴满了整个大巴黎区。我们正在查看渡海峡旅客名单，以防他们打算旅行得更远。”

警察局长猛地站起身来，感到一阵晕眩。他把烟斗放进外衣口袋里，拿起了礼帽和手套，然后像满帆的船一样向门口走去。

西伦也站了起来。

“再去见一下杜邦，”拉布格说道，“他是这起不幸事件中最明显的嫌疑人，但我倾向于认为你对情况的解读是正确的。”

拉布格慢慢地走过房间，手杖敲打在地板上，来到了门边。

“另外，巡官。”

“局长？”

“随时告知我。这个案件的任何进展，我都想从你这里听到事实，而不是从小杂志页面上看到。我对流言蜚语不感兴趣，西伦。这样的事情还是留给记者和小说作家吧。我说清楚了吗？”

“非常清楚，长官。”

第三十六章 凯德庄园

柜子上的锁头里有一把小小的黄铜钥匙，十分僵硬，不愿屈服，但莱奥妮扭着它直到最后它咯嗒作响地转动了。她打开了门取出了那吸引人的书卷。

坐在光滑的梯子顶，莱奥妮打开了《塔罗》，翻开精装封面，散发着灰尘、古旧纸张和古老的气味。其中有一本薄薄的小册子，根本不能算是书，不超过八页，边缘参差不齐，就像被刀切过一样。深黄色的纸张诉说着古老的年龄——并不是古董，但也不是近期出版的，其中的文字是用清晰的斜体字手写的。

扉页重复了她舅舅的名字“朱尔斯·莱斯康布”，以及标题“塔罗”，这次在下方多了一个副标题“幕障之后与卡牌中的音乐艺术”。下边是一幅插图，很像数字“8”侧躺了下来，又像一束丝线。页面底部写着日期，可以推测为她舅舅写完这本专著的时间：1870 年。

在我母亲逃离凯德庄园之后，在伊索尔德到来之前。

卷首插图被一页浸蜡棉纸保护着。莱奥妮掀开蜡纸，然后不由自主地吸了一口气。一幅黑白的版画，画中的恶魔用猥亵无耻的目光注视着画面外，他的躯体弓着，肩膀粗俗地扭曲着，手臂很长，在应该是手的位置长着爪子。他的头过于大了，变形了，暗示了某种对人类形态拙劣的模仿。

莱奥妮离近一些才看见在这生物的额头上长着角，小得几乎看不清楚，还令人讨厌地暗示出长着毛皮而不是皮肤。最令人不快的是两个清晰的人类形象，一男一女，被锁在恶魔脚下坟墓的底座上。

在版画的底部是罗马数字XV。

莱奥妮看了看页脚，没有画家署名、没有任何这幅画来源或出处的信息。只有一个单词、一个名字，仔细地用大写字母写在了下面：阿斯蒙蒂斯。

莱奥妮不愿再逗留更久了，翻到了下一页。她面对着紧密排列的一行又一行关于全书主旨的导论式解释。她浏览着，某些字词吸引着她的注意力，“恶魔的承诺”“塔罗牌”“音乐”，让她的脉搏在令人愉悦的恐怖震颤下高速跳动着。她决定让自己更舒服一点，从木梯上下来，跳下最后几级梯子，然后带着书走到图书馆中央的桌子旁，略过了导言的最后几段，深深被故事的核心所吸引。

在坟墓的内部刷洗过的石地板上就是那块石板，当天早些时候由我亲手刷成了黑色，此时似乎散发着微弱的光芒，塔罗牌就在其中。

在石板的四个角落里，音符像罗经方位点一样与之对应着。C在北，A在西，D在南，E在东。石板之中放置着卡牌，吸入生命，通过它们的力量我可以踏入另一次元。

我点燃了墙上的一盏灯，放出苍白的光芒。

瞬息间，看上去坟墓似乎充满了迷雾，从大气中隔绝开了有益健康的空气。音符在石室中低声呢喃，仿佛遥远的钢琴声，我只能归因于风在宣示着它的存在。

在暮光的空气中，卡牌，或者至少在我看来如此，活了过来。身影挣脱了它们色彩与颜料的牢笼，幻化成形，再次行走在地面上。

空气流动着，我感到并不是孤身一人在此。现在我确信坟墓中充满了存在。魂灵，我不能说它们是人类。所有的自然法则都已失效，独立存在遍布四周。我自己和另一个我，过去的与将来的，都相同地存在着。它们轻触着我的肩膀，掠过我的额头，围绕着我但并不碰触，却一再地靠得更紧。在我看来它们在空中飞动着游弋着，因此我就总是会意识到它们短暂的存在。但它们似乎有重量和质量，尤其是在我头顶上无休无止运动着的空气中，伴随着嘈杂的耳语、叹息和啜泣，使我的脖子仿佛在重压之下低了下来。

我清晰地感到它们希望阻止我进入，但我不知为何。我只知道我必须重返石板不然就会有性命之忧。我向着石板迈出了一步，从空寂的空气中，袭击随之而来，一阵强风，把我推回，尖叫着，呼啸着，令人恐惧的旋律，若我可以这么称呼的话，似乎同时在我头脑里和体外回荡着。那震颤使我害怕建筑的墙壁和屋顶会崩塌下来。

我聚集起力气向着房间的中央走去，就像要溺死的人绝望地想要上岸一样。顷刻之间，一只生物，明显是只恶魔，和它的地狱同伴一样隐形，扑到了我身上。我感觉到超自然的爪子在我的脖子上、背上，它鱼一样的呼吸吹在我的皮肤上，但没有在我身上留下一丝痕迹。

我把胳膊举到头上来保护自己。汗水从我的额头上流下。我的心脏开始乱了节奏，我开始意识到一种逐渐增长的无力感。呼吸困难，颤抖着，每根肌肉都紧绷到了极限，我聚集起最后残存的力气，强迫我自己再次前行。在这时，抵抗如此之强，我感觉都快飘起来了。我把指甲深深地插进地面上石板的缝隙之中，然后奇迹般地成功把自己拉入了标识出的石板之中。

转瞬之间，在一声巨大的尖啸之后，一阵可怖的寂静压制了房间。如此暴力，带来了地狱的恶臭与海洋的深邃。在它的重压下我觉得头要裂开了。我疯狂地唠叨着，背诵着卡牌上的名字：愚者、塔、力量、正义、审判。我是在呼唤卡牌中的魂灵显现出来帮助我，还是它们试图阻止我进入石板？我的声音似乎已经不是我自己的了，而是来自我体外的某处，起初很低沉，但最终逐渐增加着音量与强度，增大着力量，充满了坟墓。

此时，当我认为已经不能再忍受的时候，有什么从我体内撤离了，从我的存在之中，从我的皮肤之下，伴随着刮擦声从中撤出，像野兽的爪子刮擦着我骨头的声音。空气急速流动着，瞬间我衰退心脏上的压力消退了。

我筋疲力尽地摔倒在地面上，几乎失去了知觉，但我依然能意识到音符——那四个音符——正在消退，那些魂灵的地狱和叹息也逐渐衰弱直到最后我什么都听不见了。

我睁开了眼睛。卡牌再次回到了它们的沉睡状态。在半圆壁龛的墙壁上，画面现在精致了。接着有一种空寂平和的感觉笼罩了墓地。我知道一切都结束了。黑暗淹没了我。我不知道我不省人事了多久。

我尽我所能地记录下了那首音乐。

我手掌上的印记、圣痕，并未消失。

莱奥妮低声吹了一下口哨，她翻过一页，没有更多了。

有好一阵子她只是注视着小册子的最后几行，这是个不寻常的故事。音乐与场所的神秘交互作用使得卡牌上的画像获得生命，而且如果她理解无误的话，召唤了那些逝去的另一个世界的人。幕障之后，正如扉页上的标题所描述的。

而且是我舅舅写的。

此时，让莱奥妮震惊的是在她家族里居然有文笔如此出众的作家，而且一直没人提起过。

然而……

莱奥妮迟疑了。在序言里她舅舅宣称这是真实的证言。她坐回到椅子上。他写下那力量能“踏入另一次元”是什么意思？他说“另一个我，过去的与将来的”是什么意思？那些魂灵，在召唤之后，撤回到它们来的地方了吗？

她脖子后边的头发竖立了起来。莱奥妮转过身去，左右转头看着，觉得好像有人站在她身后。她瞥了一眼壁炉两边凹室里的阴影，桌子和窗帘后边积尘的角落。庄园里还有魂灵吗？她想到了前一天晚上她看到的穿过草地的身影。

一个预兆？或是别的什么？

莱奥妮摇摇头，有点被自己想象力控制自己的事逗乐了，她把注意力重新转回到书上。如果她相信舅舅的话，认为整个故事并不是虚构的，那墓地是否在凯德庄园内部？她倾向于认为是，尤其是因为召唤魂灵需要的音符——C,A,D,E——对应着庄园名字里的字母：Cade。

它依然存在吗？

莱奥妮用手支着下巴。她陷入了沉思。查清地下是否有她舅舅描述的某种结构应该是很简单的事情。对这种规模的乡村庄园来说，在庭院里有自己的小教堂或是墓地是很正常的事情。她母亲从未说起过这样的事情，但她也很少谈论庄园。伊索尔德舅妈也一样未曾提起过，但在昨夜的对话过程中也没人提到过这件事情，而且她自己也承认过，她对过世丈夫家族庄园的历史知之甚少。

如果它在这里，我会找到的。

外面走廊里的一阵噪音引起了莱奥妮的注意。

她立刻把书滑到了膝盖上，不想被人发现她在读这样的书。并不是因为尴尬，而是因为这是她私人的冒险，她不想和任何人分享。阿纳托尔会嘲弄她的。

脚步声变得微弱了，接着莱奥妮听到了大厅远处关门的声音。她站起身，自忖她能否带走这本书。考虑到她曾邀请他们像在自己家里一样，她不认为舅妈会反对出借。此外，尽管书本被锁在柜子里，莱奥妮很确定那只是为了保护其不受阳光灰尘和时间的毁坏，而不是禁止阅读。不然的话钥匙怎么会那么方便地留在锁眼里？

莱奥妮带走了窃来的书籍，离开了图书馆。

第三十七章
巴 黎

维克多·康斯坦特叠起了报纸，放在了旁边的座位上。

卡门谋杀——警方寻找儿子！

他蔑视地眯起眼睛。“卡门谋杀”触怒了他，在他给了他们那么多帮助之后，媒体的先生们还是这么缺乏想象力。不会有两个比玛格丽特·维尔涅和比才的鲁莽有瑕疵的女主角更不相像的女人了，无论是性格还是气质方面，但这歌剧已经令悲伤渗透进了法国人的意识里。做出这样的比较只需要一位士兵和一把刀，然后故事就写成了。

在几天之内，在报纸的专栏里头号嫌疑犯就变成了无辜的受害人。最开始，局长没有以谋杀罪嫌疑逮捕人的事实引起了他们的兴趣，让他们广泛地展开了文学之网。现在——相当一部分由于康斯坦特自己的努力——记者们把阿纳托尔·维尔涅纳入了视线。他现在还不算是嫌疑人，但他仍然下落不明的事实却被认为很可疑。据称警方无法找到维尔涅或是他妹妹来通知他们这一悲剧。一个无辜的人会这么难找到吗？

实际上，西伦巡官越是否认维尔涅是嫌疑人，谣言就变得越恶意。维尔涅在巴黎持续的消失，实际上，已经变成了他案发当晚在公寓里的证据。

康斯坦特很满意记者的懒惰。给他们一个故事，像包裹一样精心包装一下，他们就会稍加修改呈现给他们的读者。他们不会独立核实给予的信息或是验证事情的真实情况。

尽管他憎恨维尔涅，但康斯坦特被迫承认这蠢货很聪明。即便是康斯坦特，财力雄厚，有着间谍和线人的网络，起初也无法找到维尔涅和他妹妹的下落。

马赛快车轰鸣着南下穿过巴黎市郊，他不感兴趣地瞥了一眼窗外，康斯坦特很少尝试离开市郊。他厌恶景色，太阳不加选择的光线或是沉闷灰白的天空，用它们粗俗丑陋的凝视漂白一切。他厌恶野外自然。他喜欢在人工照明的街道暮光里，在用老式的牛油和蜡照明的隐蔽房间里经营他的业务。他鄙视新鲜空气和开阔的空间。他的世界就是充满戴羽毛拿扇子的女孩的剧院走廊和私人俱乐部的包间。

最终，解开维尔涅在他们的出行周围建立的混乱迷局只花了不到四十八小时。邻居们，在一两苏的鼓励下，声称他们并不知道什么确切的信息，但曾经无意听到、想起或掌握了足够的信息碎片。当然已经足够让康斯坦特拼起维尔涅兄妹逃离巴黎当天的拼图了。柏林路上离维尔涅公寓很近的饭店，夏布利小店的顾客承认碰巧听到了关于中世纪城市卡卡颂的讨论。

口袋里装满了钱币，康斯坦特的男仆很轻松地追踪到了周五早晨运送他们到圣拉扎尔火车站的车夫，然后是从那里送他们到蒙帕纳斯火车站的第二辆出租马车，他知道第八行政区的警察们到目前都没发现这件事。

情报虽然不多，但这足够说服康斯坦特掏钱南下一次了。如果维尔涅兄妹待在卡卡颂，那就简单多了。那个婊子，有没有和他在一起。他不知道她现在用什么名字生活，他所知道的她的名字已经刻在了蒙马特墓地的墓碑上。

康斯坦特今天稍晚就会到达马赛。他打算在那里度过周末。在星期一早晨，他会搭乘从马赛到卡卡颂的海岸火车，然后自己安顿下来，像网中央的蜘蛛一样，等待着他的猎物进入射程。

或早或晚，人们都会议论纷纷的。他们总是如此擅于飞短流长。维尔涅家的女儿美貌动人，在南部黑头发、黑眼睛、深色皮肤的人群中，这样白皙的肤色、美丽的脸庞、红棕色的卷发，是很容易被人记住的。

也许会花点时间，但他会找到他们的。

康斯坦特从口袋里掏出维尔涅的怀表放在戴着手套的手里。黄金外壳上有着白金的字母交织图案，这是块高贵特殊的表。想到这块表是从维尔涅那里夺来的，他就感到心情愉快。

以牙还牙。

他想象着她对着维尔涅微笑，就像曾经对着他那样微笑，他的表情僵硬了。突然间她在他情敌的注视下宽衣解带的影像闪现进他饱受折磨的思绪，他不能忍受。

康斯坦特为了分心，伸手去皮制小旅行包里找点什么来打发旅途。他的手碰到了那把刀，隐蔽在厚实的皮刀鞘里，就是它夺去了玛格丽特·维尔涅的生命。他抽出了尼古拉斯·克林姆的《从地下航行》和斯维登·伯格的《天堂到地狱》，但发现两本都不合他的口味。

他又选了一次。这次他拿出了鲁伯特·弗勒德的《手相术》。

另一个纪念品。它太适合他此刻的心情。

第三十八章
雷恩莱班

莱奥妮刚离开图书馆就在大厅里被女仆玛莉塔碰见了。她把书塞到了背后。

“小姐，您哥哥派我来通知您，他今天上午计划去雷恩莱班。如果您能陪他一起去的话他会很高兴的。”

莱奥妮犹豫了，但只过了一小会儿。虽然她很兴奋于自己探索庄园寻找墓地的计划，但这样的探险可以等待，而和阿纳托尔一起进城的旅程不能等。

“请向我哥哥转达我的问候，告诉他我很乐意去。”

“很好，小姐。马车定在十点三十分。”

莱奥妮一步两阶地跑回她的房间，四处打量着寻找一个秘密的地方来藏《塔罗》，不想让这本书一眼就能被看到，引起仆人们的好奇心。她的眼睛落到了针线盒上。她快速打开了珍珠母的盖子，把书深深地藏在一轴轴棉线，杂乱的布料碎块、顶针、大头针和插针垫下面。

莱奥妮下楼的时候，大厅里没有阿纳托尔的身影。

她漫步到房子后边的门廊，手扶着栏杆站着，看着草坪。一条条宽阔的阳光从云彩的遮蔽中照射下来，在破碎的光影对比中很难看得清楚。莱奥妮深吸了一口气，那是新鲜、干净、未污染的空气，和巴黎的太不一样了。巴黎的空气不仅充满了煤烟、灼热钢铁的臭味，还覆盖着从不间断的烟雾。

园丁和他的儿子在下方的苗圃里工作着，把小灌木和树扎成树桩。一辆木制两轮推车装着红葡萄酒颜色的秋日落叶。年纪大的男人穿戴着棕色短外套和一顶帽子，脖子上系着一条红手帕。那男孩，不过十一二岁，光着头，穿着一件无领衬衫。

莱奥妮走下了台阶。当她走近时，园丁从头上摘下了帽子，棕色让人想到秋天的土地，然后把它抓在肮脏的手指里。

“早上好。”

“您好，小姐。”他咕哝着。

“美好的一天。”

“暴风雨要来了。”

莱奥妮怀疑地看着完美的蓝天，漂浮着一朵朵云彩的岛屿：“看起来是这么平静、稳定。”

“它在等待时机。”

他向她弓过了身子，露出一口发黑歪扭的牙齿，像一排古旧的墓碑。

“恶魔的作品，风暴。所有古老的征兆。昨天晚上湖上传来了音乐。”

他的呼吸酸臭带有泥炭的味道，莱奥妮本能地向后缩回来，但她有一点点，不由自主地，被老人的真诚打动了。

“您是什么意思？”她尖锐地说道。

园丁画了个十字：“恶魔在这附近行走，每次他走出深渊湖，都带出穿越乡间互相追逐的暴风雨。过世的主人派人去填平那个湖，但恶魔出来了，清楚明白地告诉他们如果继续工作下去，雷恩莱班就会被淹没。”

“这些只是愚昧的迷信，我不能……”

“一项协议达成了，不该由我来说是非，但这件事的事实就是工人们撤回了。湖还是那样，但现在，自然规则再次被推翻了。所有的征兆都出现了。恶魔回来收取他的债务。”

“自然规则？”她听到自己呢喃着，“这是什么意思？”

“二十一年前，”他咕哝着，“过世的主人唤起了恶魔。鬼魂走出那坟墓时传来了音乐声。不该由我来说是非，但神父来了。”

她皱起眉头：“神父？哪位神父？”

“莱奥妮！”

她内心混合着内疚和解脱，转身面向她哥哥声音的方向。阿纳托尔站在门廊里朝着她挥手。

“阿纳托尔！”

“马车到了！”他喊着。

“看紧你的灵魂，小姐。”园丁在他的呼吸下说道，“当风暴来临时，灵魂会被释放出来走动。”

她在脑海中计算出了时间。他说是二十一年前，也就是1870年。她打了个冷战。在她的脑海中她看见了同样的年份，《塔罗》印在扉页上的出版日期。

灵魂会被释放出来走动。

莱奥妮仔细在脑海里考虑着园丁的话，和她今天早晨读到的东西是如此的吻合。她开口想问另一个问题，但老人已经戴上了帽子回去挖地了。她又犹豫了一会儿，然后拉起了裙子轻快地越过台阶跑向哥哥站着等她的地方。这确实很吸引人，也令人不安。但她不会允许任何事情破坏她和阿纳托尔在一起的时间。

“早上好，”他说着，倾身向前在她发红的脸上吻了一下，然后上下打量着她，“或许需要更端庄些？”

莱奥妮低头看着她的袜子，清楚可见还沾着路上的泥点。她咧嘴笑着，用手理顺了她的裙子。

“好了，”她说，“很得体了！”

阿纳托尔摇着头，半是沮丧，半是好笑。

他们一起走过房间，爬进了车厢。

“你已经开始缝补了？”他问道，注意到了一根红色棉线粘在了她的袖子上，“多么勤劳啊！”

莱奥妮摘下了那根线，扔到了地上。“我只不过是在针线盒里找点东西而已。”她回答道，甚至都没有因为这未经准备的谎话而脸红。

车夫甩响了鞭子，马车猛地向前冲去，向山下驶去，开始了旅程。

“伊索尔德舅妈不想陪我们？”她问道，提高了嗓音以便在马具和蹄子的咔嗒声中被听到。

“她有庄园里的事情需要去打理。”

“但晚宴不是安排在星期六晚上啊？”

阿纳托尔拍了拍外套口袋：“确实。而我也答应了我们来当信使，送请柬。”

夜风从山毛榉光滑的树干上吹松了细枝和树叶，但从凯德庄园下山的路上没有多少残渣，他们很快驶过了这段路程。马匹都戴着眼罩，操控得很稳。即便如此，车灯在下山途中还是在架子上蹦跳着，敲打着车厢的侧面。

“你昨晚听到打雷了吗？”莱奥妮说道，“太奇怪了。干燥的隆隆声，接着突然地爆发，风一直在呼啸。”

“很明显不下雨的雷暴是很常见的。特别是在夏天,会有一连串这样的风暴，一个接一个。”

“听起来好像雷电被困在了山谷里，好像它发怒了一样。”

阿纳托尔笑了：“那也许是白葡萄酒在你体内起的作用。”

莱奥妮伸了下舌头。“我没任何不良的反应。”她俏皮地说道，“园丁告诉我据说这些风暴是在鬼魂出动之后才会发生的。”她皱起眉头，“或者是反过来的？我不确定。”

阿纳托尔扬起了眉毛：“是吗？”

莱奥妮扭头对着长凳上的车夫说话。

“你知道一个叫作深渊湖的地方吗？”她说道，提高了声音以便在车轮的摩擦声中被听到。

“是的，小姐。”

“离这儿远吗？”

“不远。对旅客来说是个该去的地方，但我不会冒险去那里。”

他用马鞭指着一片茂密的林地以及一块有三四块巨石的空地，那地貌就像被什么巨大的手丢下来那样矗立在地面上。“在上面是恶魔的扶手椅。另外，无需一个上午就能到达魔鬼的池塘和犄角山。”

莱奥妮心里明白，她是在谈论她害怕的事情继而来掌控它。即便如此，她还是带着胜利的表情转过头，看着阿纳托尔。

“你瞧。”她说，“到处都是有恶魔和幽灵的证据。”

阿纳托尔笑了：“迷信，小家伙，明显的，几乎不能算证据。”

马车把他们送到了秘鲁广场。

阿纳托尔找到一个男孩愿意收一苏派送伊索尔德的请柬给客人们，接着他们出发了。他们开始沿着格朗路朝温泉疗养所的方向散步。他们在人行道边的咖啡店停了一会儿，莱奥妮喝了一杯浓厚芬芳的高山咖啡，阿纳托尔喝了一杯芬芳的苦艾酒。一眼望去，街边行人如织：穿着双排扣大礼服和散步服的先生女士们，推着幼儿车的护士，头发上装饰着红色蓝色丝绸缎带的女孩儿们，还有一个玩着滚铁圈、穿着及膝裤子的男孩。

他们去了镇上最大的商店，布斯凯商店，里面出售各种各样的商品，从棉线到缎带，从铜锅铜壶到套索渔网和猎枪，应有尽有。阿纳托尔递给莱奥妮伊索尔德的采购清单，上面写着应该在星期六送到凯德庄园的食品，让她来下订单。

她十分开心。

他们欣赏了镇里的建筑。许多左岸的建筑都比在街对面看起来更为坚固，实际上很多都高出了好几层且深入河谷。有些维护得很好，其他的就有点状况不堪了，涂料剥落，墙壁歪斜，似乎时光重压着它们。

在河流转弯处，那里视野很好，莱奥妮能够看到温泉浴场的排屋和王后酒店的后阳台。比起在街上看到的，这里的建筑更为壮丽，时尚。狭窄的石头台阶直接从排屋通到下方的水边，那里排列着一行各自独立的洗浴小屋。那是科学和进步的证明，是需要健康援助的现代朝圣者的圣地。

一位护士，白色帽子像巨大的海鸟一样栖息在头顶，推着一位坐在轮椅里的病人。在水边，王后小道的尽头，一个皇冠形的铸铁凉棚提供了受欢迎的遮阳处。一间小型流动售货亭，狭窄的折叠门朝向街道，一个戴着暗色头巾、手臂宽阔晒黑了的女人以一苏的价钱出售着苹果汁。在这个有轮子的很像篷车的小咖啡店旁边，一个木制的挤压苹果的装置上边的金属牙缓慢地碾着苹果。一个小男孩，穿着一件宽松得对他来说大了好几号的衬衫，用伤痕累累的双手往机器里塞着赤褐色和红色的苹果。

阿纳托尔排队买了两杯。对他的口味来说太甜了，但莱奥妮宣称很好喝，她先喝了自己的，又喝了他的，把几个核吐到了手帕上。

右岸——对面的河岸——有不同的特征。建筑要少一些，都是家庭住所，小而朴素，贴在山边，散布在几乎靠近水边的树林里。这里居住着工匠、仆人、小店主，他们的生计取决于图卢兹、佩皮尼昂和波尔多地区的城镇中产阶级的症状和疑心病。莱奥妮能看到病人坐在热气腾腾的大浴池里，温泉水富含铁元素，有一条私人的隐蔽小路通往这里，一列护士和仆人耐心地在河岸上等待着，毛巾搭在他们的手臂上，以备病人有不时之需。

在他们探索完整个镇之后，莱奥妮满意了，她宣布她精疲力尽了，抱怨她的靴子挤脚。他们回到秘鲁广场，去了邮件待领处和电报局。

没有从巴黎来的信件或是消息。

阿纳托尔提议去广场南边的一家漂亮的小餐馆。

“这里行吗？”他问道，用手杖指着室外唯一一张空桌，“又或者你喜欢在里面吃？”

风温柔地在建筑之间玩着捉迷藏，在街巷间低语着，抖动着遮阳篷。莱奥妮看着四周金色、棕红色、深红色的叶子在风中旋转着，看着爬满常青藤的建筑上阳光优美的痕迹。

“外面吧，”她说，“很迷人，很完美。”

阿纳托尔笑了：“我想知道这风是不是他们称作赛尔斯凡[①]的风。”他沉思着，坐在她对面。“我认为这是西北风，据伊索尔德说是从山里来的，和从地中海来的湿海风方向相反，”他抖出了他的手帕，“或者这是密史托拉风[②]？”

莱奥妮耸耸肩。

阿纳托尔点了招牌馅饼、一盘西红柿和一条当地的山羊奶酪，它们装饰着杏仁和蜂蜜，被放在他们之间分享的，还有一瓶山玫瑰红葡萄酒。

莱奥妮掰下一块面包，塞进嘴里。

“我今早去了图书馆，”她说道，“我觉得藏书的选择很有趣。实际上，我很惊讶我们昨晚居然有幸有你陪伴。”

他深色的眼睛目光锐利起来：“这是什么意思？”

“只不过是那里的书太多了，足够占用你一段时间。另外事实上我很惊讶你居然能在那么多的书里设法找到了拜亚德先生的书。”她眯起眼睛，“怎么啦？你觉得我是什么意思？”

“没什么。”阿纳托尔答道，捻着胡子的末梢。

莱奥妮觉察到了某种逃避，放下了叉子：“既然你现在提起来了，我确实要承认我很惊讶你昨天晚饭前到我房间的时候没有评论那些藏书。”

“评论？”

“哎，首先来说，那些藏书很漂亮。”她注视着他的脸来观察他的反应，“还

① 法国西南部强劲的西风或西南风。（译者注）
② 法国东南部干寒强烈的西北风。（译者注）

有那些神秘学书籍，其中一些看起来是罕见的版本。”

阿纳托尔没有立即回答。“嗯，你不止一次地指责过我，在古籍方面有点让人厌倦。”他最后说道，“我不想厌烦你。”

莱奥妮笑了：“哦天哪，阿纳托尔，你这是怎么了？我知道你以前告诉过我，这些书有很多被认为是声名不佳，即使在巴黎也是。我并不期待会在这样的地方找到什么特别的书。而且你只字未提这件事，嗯，有点……”

阿纳托尔坐着掏出了香烟。

“那么？”她追问着。

“那么什么？”

“那么，首先来说，你为什么决心表现得毫无兴趣？”她吸了口气，“另外为什么我们的舅舅会收藏这么多门类广泛的书籍？”

“你似乎决心要为难伊索尔德，”他尖锐地说道，愤怒地盯着她，“明显你不喜欢她。”

“如果这就是你得到的印象那么你弄错了。我觉得伊索尔德舅妈十分迷人。”她轻微提高了嗓门以阻止他打断她，“不是舅妈而是这个地方的特点让人感到不安，特别是考虑到图书馆里出现这样的神秘学书籍。你没想起昨天谈论到她亡夫的兴趣时伊索尔德突然的沉默吗？你无法否认。”

阿纳托尔叹了口气：“我没有注意。你是在无中生有。最明显的解释，用你的话来说，朱尔斯舅舅有着广泛的——或者，不如说，开放的品位。又或许，他继承房屋的时候一起继承了很多书。”

“有一些是近期的。”她固执地说。

她明白自己是在激怒他，希望能够收回这句话，但不知为何她无法克制自己。

“你又成了这种出版物的专家了。”他怀疑地说。他冰冷的语气让她脸红了。

“我不是，但这正是我想要说的。你是！因此我很惊讶你一点也没提到过那些藏书！”

“好吧，那么，我不能解释。我也不能解释你为什么这么坚决地想要从这里——事实上，从这里的一切上面——找出点秘密来。我真的不能理解。”

莱奥妮倾身向前：“我跟你说，阿纳托尔，不管你承不承认，庄园有点不对劲儿。实际上，我甚至在想你到底进过图书馆没有。”

“够了，”他说道，声音中满是警告，“我不知道你今天中了什么邪了。”

“你指责我想要给宅邸强加点秘密，我承认也许是这样。但是，以此类推，你好像决心要做相反的事情。”

阿纳托尔愤怒地转了下眼睛。“你自己听听！”他脱口而出，“伊索尔德已经十分欢迎我们两个了，大大超出了家庭或友谊的纽带。她的处境十分难受。如果有什么尴尬之处的话，那也肯定是因为她自己在这里也是个陌生人，住在服务多年的仆人之中，他们很有可能讨厌一个外来人成为这个家的女主人。据我所知，莱斯康布经常离开，我猜仆人们就可以随意使用房子了。这样的评论不能由你说。”

莱奥妮像被他打了一样向后退着：“我只是想——”

阿纳托尔用边角擦了擦嘴，然后把餐巾扔到了桌子上。“我想做的只是给你找点有趣的书来陪你度过昨夜。”他说道，“不想让你在不熟悉的房子里想家。伊索尔德友好待你，而你似乎决心在所有事情上挑毛病。”

莱奥妮惹起争吵的渴望忽然烟消云散。她都想不起来一开始为什么要如此坚决地争执了。

“如果我的话惹你不高兴了那我很抱歉，但……”她说道，但已经太迟了。

“似乎不管我说什么都无法停止你孩子气的恶作剧了，”他怒气冲冲地说，“那就没什么继续对话的价值了。”他拿起了帽子和手杖，“走吧，马车等着呢。”

“别，阿纳托尔，求你了。”她恳求着，但他已经大步走过了广场。莱奥妮，在后悔和愤恨中左右摇摆着，别无选择地跟着。她超乎一切地希望她刚才能够保持沉默。

但当他们驶出雷恩莱班时，她开始觉得自己受到了不公平的对待而愤愤不平。错不在她。好吧，或许一开始是的，但她没有恶意。尽管如此，阿纳托尔还是觉得受到了侮辱，而且紧跟着这些借口的，是另一个更隐秘的想法。

他替伊索尔德辩护而不是我。

在如此短暂的陪伴后，无论是不是女主人，这都太奇怪了。更糟的是，这个念头让莱奥妮嫉妒得要死。

第三十九章

返回凯德庄园的旅程让人很不舒服。

莱奥妮生着闷气，阿纳托尔根本不理她。他们刚到他就从马车上跳了下去，消失在宅邸里，都没有回头看一眼，留着她自己独自思忖着即将面临的沉闷孤独的下午。

她气呼呼地上楼回房间，什么人都不想见，脸朝下猛地往床上一扑。她踢掉了鞋，让它们掉到地板上发出令人舒畅的砰咚声。她的脚在床边悬着，就像浮在河面上的筏子上一样。

“我受够了。”

壁炉架上的钟敲响了两点。

莱奥妮扯着刺绣床单上散出来的线，抽出了纤细发光的金线，最终她弄到了配得上鲁姆佩尔施蒂尔茨欣[①]的一团线，放在身边的床上。她绝望地瞥了一眼时钟。

两点过两分，时间几乎没动。

她滑下床走到了床边，拉起了窗帘的一角。草地上阳光明媚，饱满的金色。昨夜的雨使整个世界罩上了发光的色彩，明亮的绿色、红色、棕色的树叶。

莱奥妮能看到到处都是树枝，恶意的风造成的损失的证据。但与此同时，花园看起来很宁静。或许她可以去散散步，探索一下庭院。

她的眼睛闪闪发亮地看着针线盒，在布料和饰片里翻找着，找到了那本黑色的书。

当然了。

这是寻找墓地的理想机会，或许她甚至会找到那些塔罗牌。这一次，莱奥妮将逐字逐句地解读。

一个小时之后，莱奥妮穿着她的精纺毛料新外套、结实的步行靴，戴着帽子，悄悄地走到外面的台阶上。

---

①出自格林童话《侏儒怪》。（译者注）

花园里没有人。尽管如此，莱奥妮还是走得很快，不想跟人解释。她几乎是跑着经过杜鹃花丛和杜松丛的，直到她离开房子的视野前一直保持这节奏。她穿过高大方形树篱的开口之后才慢下脚步喘口气。她已经开始流汗了。她停了下来摘掉了扎人的帽子，享受着下午的空气吹拂头顶的感觉，还把手套深深地塞到了口袋里。她兴奋于孤身一人而且没被人发现，成为她自己的主人。

她在树林的边缘停了下来，第一次感到了警惕的刺痛。树林里有着明显的安静感，欧洲蕨和落叶的气味。她扭过头向后看去，朝着她来的方向，然后看着树林背后昏暗的光线。宅邸完全离开了视野。

要是我找不到回来的路怎么办？

阳光在树木上照出了圆形的斑点。莱奥妮抬头看着天空。考虑到她走得并不太远以及天气的晴好，她可以简单地朝着西边回家，朝着落日的方向。另外，这里是有人照料的私家树林，坐落在庄园里，可不像是去未知的地方探险。

没什么好害怕的。

在说服了自己继续之后，莱奥妮觉得自己更像小小冒险中的女主角了，踏上了一条杂草丛生的小路。很快她就发现自己站在了两条小路的交接处。左边的那条有一种明显被忽视的平静气氛。黄杨树和月桂树上似乎充满了凝结的液滴，绒毛橡树和海岸松尖锐的针叶在时光不受欢迎的重压下枯萎疲累地低下了头。右边的路相比较之下就明显平淡多了。

如果真的有个长久被遗忘的小教堂在庭院里，那当然会是在树林深处，远离房子所能看见的范围。

莱奥妮走了左边的路，走入了阴影中。

路上有一种人迹罕至的气氛，没有园丁两轮推车的新车辙，没有树叶曾被耙过的迹象，没有一点最近有人走过这条路的感觉。

莱奥妮意识到她在上山。小路变得高低不平，不那么清晰了。石头，不平整的土地还有从路两旁长势过旺的灌木上落下的枝条。她感到被包围了，仿佛景色在向她靠过来，收缩着。在一边，路的上方，有一道陡峭的路堤，覆盖着茂密的灌木丛。冬天开花的山楂树的枝条和一团紧密的紫杉树交织在一起，就像是暗光中的铁黑色花边。莱奥妮感到胸口一阵紧张地颤动。每根树枝、每个树根都讲述着忽视和废弃。甚至似乎连动物都遗忘了这片未开化的树林。没有鸟叫，没有兔子或狐狸或老鼠在灌木丛里跑回它们的洞里。

很快小路旁的地面在右边锋锐地倾斜起来。好几次，莱奥妮的脚踢开了一块石头，听到它翻滚着落到下方的黑暗之中。她的担忧增长了。不需要多少想象力就能联想起园丁说过的以及拜亚德先生在他的书里提到的，出没在这些林中空地上的鬼魂、幽灵和幻影。

接着，她登上了一个半山坡的平台。平台一边是开放的以便显现远处山峰的全景。一座小石桥跨过一个涵洞，一道棕色的土地在下方与小路垂直交叉，那是一条春天融水猛烈冲刷出的河床，现在是干涸的。

透过平台的开口，在远方，闪烁在稍小的树木上方，整个世界像一幅画一样突然在她眼前展开。云彩在看似无垠的天空上掠过，晚夏下午的热霾或是雾气漂浮在山峰的曲线和谷地上。

她深吸了一口气。她感觉远离了所有的文明，远离了河流和下方雷恩莱班灰色红色的屋顶，远离了小牧区教堂吊钟山墙的轮廓和王后酒店的剪影。在树木繁茂的寂静之中，莱奥妮能够想象到咖啡馆和酒吧里的喧闹，厨房里的咣当声，格朗路上马具和双轮马车的咯哒声，秘鲁广场上公共马车占位时车夫的叫喊声。然后风带来了教堂的微弱钟声，吹到她站着的地方。

已经三点了。

莱奥妮聆听着，直到模糊的回声逐渐消失。她的冒险精神和声音一起消失了。就算是墓地，它的位置离房子也太远了。园丁的话回响在她耳边。

看紧你的灵魂。

她希望自己之前曾问过他——问过什么人——方位。她总是想靠自己的力量做点什么，讨厌寻求帮助。

而且我现在走得太远不能回头了。

莱奥妮仰起头坚定地走着，压制着潜藏的她彻底走错了方向的疑虑。起初是本能让她走了这条路。她没有地图，没有指引的话语。她后悔因为缺乏远见而把书留在了自己房间里，尽管其中并没有地图。到目前为止，莱奥妮也没有看到任何路径的文字指示。她下决心下次有机会要好好读一下序言，不管它到底会有多么沉闷。

她突然想到没有人知道她去了哪里。要是她坠崖或者迷路了，没人会知道去哪里找她。她还突然想到了她应该留下点什么踪迹，碎纸片，或是像韩塞尔与葛雷特在树林里做的一样，用白色卵石来标记回家的路。

你没有理由会迷路的。

莱奥妮向林地中走得更远，更深入。现在她发现自己置身于林中的空地，周围环绕着一圈野生杜松木丛，满是晚熟的浆果，仿佛鸟儿从来没有深入到树林这里。

阴影、扭曲的树荫，在她的视野中进进出出。在树林的绿幕中，光线变得暗淡起来，带走了令人安心和熟悉的世界，用某些不可知的、更古老的东西替换了它。石楠和灌木丛分布在树林中，十月的雾气来临了，没有一点警告或通知就悄无声息地到来了。潮湿的空气压制住了所有的声音，绝对的，无法打破的寂静。莱奥妮感到他冰冷的手指像围巾一样包围着她的脖子，像只猫一样缠绕在她裙下的腿上。

接着，毫无预兆的，她突然在前方看到，在树木之间，一个质地不是木头或泥土或树皮的东西的轮廓。一座小石头教堂，大小也就能容纳六到八个信徒，它的屋顶陡峭地倾斜着，一个石制的小十字架立在了拱形的入口上。

莱奥妮屏住了呼吸。

我找到了。

墓地被一大片盘根错节的紫杉树环绕着，树根扭曲变形像是老人的双手，遮蔽着小路。泥土中没有痕迹。荆棘和石楠都长得过于茂密了。

莱奥妮感觉既骄傲又期待，向前迈开步。在她脚下，树叶沙沙响，枝条噼啪响着。又一步，更近了，然后她站在了门前。她仰起头向上看，在木拱之上，是两行用古老的黑色字体写下的诗句，既简短对称又很完美。

Aïci lo tems s'en
Va res l'Eternitat.

莱奥妮朗读了两遍，在口中翻滚着奇怪的发音。她从口袋里掏出全天候铅笔在一小块纸上潦草地记了下来。

在她背后有一阵噪声。沙沙声？野生动物，山猫，甚至是熊？接着是一个不同的声音，就好像在船的甲板上拖动绳索的声音。蛇？她的自信蒸发了。森林的黑暗眼睛似乎在向她逼近。她害怕地回想起了书中的所有词句。恶兆、魂灵、世间的幕障被拉开的地方。

莱奥妮突然觉得不愿进入墓地了。但她另外的选择是独自一人没保护地待在空地里，看起来更糟。血液在头脑中砰砰响着，她伸手向前抓住了门上沉重的金属环，推了一下。

一开始，什么也没发生。她又推了一下。这次传来了金属摩擦着离开原位的声音，接着是卡钩屈服的尖锐的咔嗒声。她用窄小的肩膀顶在木头上，运用全身的重量，猛地一推。

大门震颤着慢慢打开。

第四十章

莱奥妮走入了墓地中。寒冷的空气迎接了她，带着清楚无疑的灰尘和古代的气味以及几世纪之久的焚香的记忆。也有其他的。她皱着鼻子。一股绵延的鱼、海洋、破碎渔船船体的咸味。

她在体侧握紧了双手以停止它们的颤抖。

就是这里。

大门右边，在西边墙那里就是告解室，大约六英尺高八英尺宽，深不超过两英尺，是用深色木料建成的，非常朴素，完全不像精心装饰雕刻的华丽的巴黎的教堂和总教堂。格栅是关着的，一块单调的紫色帘子挂在其中一把椅子前。在隔间的另一边，帘子不见了。

大门的左边是圣水盆，放圣水的门廊。莱奥妮震惊地畏缩了。水盆是红白相间的大理石，但它是由一个咧着嘴的恶魔般的雕像支撑着的。长着水疱的红色皮肤，长着爪子的手脚，蓝色、锐利又恶毒的眼睛。

我认识你。

这雕像和《塔罗》卷首插图上的版面一模一样。

尽管他背负重压，神情依然是蔑视的。莱奥妮小心地接近，好像害怕他会活过来一样。在下面，在一小块年久发黄的白色牌子上印着证据：

Asmodée，maçon au temple de salomon, démon du courroux.

“阿斯蒙蒂斯，所罗门圣殿的建造者，愤怒恶魔。”她读着。莱奥妮踮起冰冷的脚尖，往里窥视着。圣水盆里是干的。但大理石上刻着字。她用手指勾画着它们的轮廓。

“Par ce signe tu le vaincras，”她咕哝着，“以此为记，汝将胜其。”

她皱着眉头。“其”指的是谁？恶魔阿斯蒙蒂斯他自己？她好奇地想要知道哪个是更早的：书里的插图还是圣水盆？哪个是复制品？哪个是最初的？

她只知道书里的日期是 1870 年。

她弯下了腰去查看雕像的底座上是否有日期或是印记，她精纺的裙子在石板地面上的灰尘上画出了旋转的图样。没有任何能指示出它的年代或起源的东西。

莱奥妮暗暗在心里记下了这件有待进一步调查的事情——也许伊索尔德知道——她站了起来，转身面对正厅。在墓室的南侧有三排朴素的木长椅，对着正面放着，像小学的教室一样，但每个长凳最宽只能容纳两名信徒，没有装饰，在排头没有雕刻，也没有下跪的坐垫，只有一个等宽的薄木踏脚板。

墓室的墙壁刷成了白色，已经开始剥落了。没有彩色玻璃的简单拱窗透进了光线，但剥夺了这里的温暖。十字架的地方摆放着一些木框装饰的小插画，更像纪念章。这些在莱奥妮眼中都很普通。

莱奥妮开始慢慢朝正厅里走，像个不情愿的新娘，进门越远她就越焦虑，她一度觉得有人在她身后。她转过了身去。

没人。

在她左边，狭窄的正厅被石膏的圣人像护卫着，都是一半大小，像恶毒的小孩。他们的眼睛仿佛在她经过时跟着她。她时不时地停下来看着每个雕像下面木牌上黑色的名字：圣安东尼，埃及隐士；圣女热尔曼，她的围裙里装满了比利牛斯山的鲜花；瘸腿的圣洛克和他的手杖。她猜测都是本地的重要圣人。

最后一个雕像离圣坛最近，是位苗条娇小的女性，穿着及膝的红色连衣裙，黑色的长直发垂到她肩头。她双手握着一把剑，既不是在威胁也不像是她受到了攻击，而更像她自己就是一位保卫者。

雕像下面是一张卡片，印着“La Fille des Épées”。

莱奥妮皱起了眉头。*宝剑之女*。或许这是圣女贞德的代表？

又一阵噪声。她向上瞥了一眼窗户。只不过是甜栗子树像指甲一样的枝条拍着玻璃，只不过是鸟儿忧郁的叫声。

莱奥妮在正厅的尽头停了下来，蹲下身检查着地板，寻找作者描述过的黑色石板的证据，寻找四个字母——C,A,D,E——她相信她舅舅早已标记在了地面上。她什么也没找到。一点最轻微的痕迹都没有，但她的确发现了一处在石板上刻着的铭文。

“Fujhi, poudes; Escapa, non.”她读着，同样记了下来。

莱奥妮直起身来走向圣坛。它和她记忆中《塔罗》书里描写的完全一样。一张空桌子，没有一件宗教用品——没有蜡烛，没有银十字架，没有弥撒书，没有唱诗集。圣坛坐落在一个八角形的后殿里，天花板是天蓝色的，和加尼叶宫豪华的屋顶一样。后殿的八面镶板每一张上都整齐地排列着绘有图案的壁纸，饰有厚重的褪了色的水平粉色条纹，用红白色的杜松花和重复着的蓝色圆盘或是钱币的细节饰带分隔开。在壁纸之间交汇的部分是石膏纹样，棍棒或是权杖，涂成了金色。

镶板中是一幅画像。

莱奥妮抽了一口冷气，突然认出了自己正在看着的是什么。塔罗牌中的八个不同的人物造型，仿佛每个人物走出了自己的卡牌走到了墙上。每张画下方都有标题：愚者、魔术师、女祭司、恋人、力量、正义、恶魔、塔。黑色的古代墨水写在黄色的卡片上。

这是书里提到的那手牌。

莱奥妮点点头。她舅舅的证词是根据真实事件的，还能有什么更好的证据？她走近了一些。问题在于，在她舅舅书中详细描写的二十八张牌中，为什么特别是这八张？兴奋在她胸中颤动，莱奥妮记下了这些名字。她很快用光了在口袋里找到的小纸片上面的空间，在墓室里四处打量着找别的东西来写。

她注意到了一页纸的一角从圣坛的石头脚下探出来。她把它拉了出来。是一张钢琴谱，手写在深黄色的羊皮纸上。高音低音谱号，四分之四拍，没有降半音或是高半音。朱尔斯·莱斯康布书页上副标题的记忆涌入她的脑海。

塔罗占卜的音乐艺术。

她展开了乐谱试图视唱出开头的音符，尽管很简单却不能跟上旋律。谱子只有很少的音符，第一眼看到的时候她想起了在她童年钢琴课上被逼着克服的单调烦人的四指练习。

然后她嘴边慢慢浮现出微笑。现在她看到了规律：C,A,D,E。同样的音符顺次重复着。美妙。正如书里写的，召唤魂灵的音乐。

此时另一个念头立刻接踵而至。

如果乐谱还留在墓室里，为什么卡牌不在？

莱奥妮犹豫着，然后把日期和墓地这个词写在了顶上，作为她在那里找到这张乐谱的证据，接着把它塞到了口袋里，开始有板有眼地搜寻整个石头教堂。她用手指探着积灰的角落和缝隙，寻找着隐藏起来的空间，但是一无所获。没有一件家具陈设的后边足以藏下一套牌。

但要是不在这儿，那在哪儿？

她在圣坛后边转着。现在她的眼睛适应了阴暗的环境，她想要在后殿的八张镶板中辨认出隐藏的小门的轮廓。她伸出手，寻找表面上不平坦的部分，然后找到了一个微小的凹陷，也许是以前曾被使用过的古老开口的痕迹。她用力地推着，但是什么也没有发生。它非常牢固，就算这里曾经有扇门，也不再使用了。

莱奥妮站了起来，双手叉着腰。她不愿接受卡牌不在这里，但她已经找遍了所有可能的隐藏处。她想不到其他的办法只能回去再看次书，在其中寻找答案。既然已经见到了地点，她当然能够解读文字中隐藏的含义。

如果真有的话。

莱奥妮再次看了眼窗户。光线开始黯淡。树木间漏下的光线已经偏开，玻璃暗了下去。此时，和之前一样，她觉得石膏雕像的眼睛正在转向她。而随着她开始意识到它们的存在，坟墓中的气氛似乎开始翻转，改变。

空气急速流动着。她辨认出了音乐在脑中演奏着，来自她体内的某处，似有似无。随即，她感到在她身后，有什么物体环绕着她，掠过了她又没有碰触她，但不断地逼近，无休地运动着，伴随着嘈杂而寂静的低语，叹息和啜泣。

她的脉搏开始加快。

只不过是我的想象。

她听到了不同的声音。她的心怦怦直跳。她试着忽视它，就像她忽视了所有其他或内或外的声音一样。但它再次出现了，刮擦声，拖蹭声，指甲或是爪子撞击石板的声音，从圣坛后边传来。

此刻莱奥妮觉得自己似乎是个闯入者。她打扰了墓地和它灰尘密布的走廊里栖息着的听众和观众的宁静。她曾观看了墙上的画像，注视了石膏圣像不眠的眼睛。然而她并不受欢迎。

她转过身，阿斯蒙蒂斯恶毒的蓝色眼睛注视着她。书中对恶魔的描述在她脑海中一一涌现。她想起了舅舅的恐惧，他记下了黑色的翅膀，那些存在，是如何击垮了他，猛攻着他：

我手掌上的印记、圣痕，并未消失。

莱奥妮低头看到，或者说想象她看到了，红色的印记穿过她冰冷的手掌。侧倒的数字“8”形状的伤痕出现在她苍白的皮肤上。

她的勇气最终背弃了她。

她拉起裙子迅速向门跑去。恶魔阿斯蒙蒂斯恶毒的凝视仿佛在她经过时嘲笑她，他的目光跟着她走过短小的正厅。她恐惧地把全身的重量撞在门上，却成功地把它关得更紧了。绝望中，她想起来它是朝里开的。她抓着把手用力拉。

现在莱奥妮确定了身后有脚步声。爪子、指甲，在石板上划动，跟着她，猎捕着她。这里的恶魔都被释放了出来保护墓地的圣堂。她跌跌撞撞地跑了出来，跑进黑暗的树林中，爆发出一阵吓坏了的抽泣声。

大门重重地在她身后关上了，古老的脚链吱嘎响着。她不再害怕昏暗的树林中也许会有栖息着等待着的生物了，和坟墓中超自然的恐怖相比，这里简直不值一提。

莱奥妮拉起裙子跑着，她觉得恶毒的眼睛依然在注视着她。只是在最后，她才意识到了古老的魂灵和恶魔的注视是怎样护卫着它们的领地远离入侵者的。在冰冷的黄昏中，她下山往回跑，帽子掉了，跟跄着几乎摔倒，沿着小路上自己的足迹返回，经过了干涸的小河，穿过了黄昏笼罩的树林，回到了花园与草地的安全地带。

Fujhi, poudes; Escapa, non.

一瞬间，她觉得自己明白了这句话的意思。

第四十一章

莱奥妮冷入骨髓地回到了宅邸，发现阿纳托尔在大厅里踱步。

她的失踪不仅被发现了，还引起了极大的恐慌。伊索尔德双手抱着她，然后很快收了回去，好像对她的爱意流露感到尴尬。阿纳托尔抱了抱她，接着摇晃着她，没有提到一开始使她独自进入庭院的那次争吵。

“你到哪儿去了？”他质问着，“你怎么能这么欠考虑？”

“在花园里散步。”

“散步！天都快黑了！”

“我忘记了时间。”

阿纳托尔继续一个接一个地向她质问着。她见到谁了吗？她迷路到庄园边界外了吗？她见到听到什么不寻常的事了吗？在这样持续的口头审讯下，在墓地中控制住她的恐惧松开了抓握。莱奥妮振作了起来，开始为自己辩护，他小题大做的决心鼓励着她做相反的事情。

“我不是小孩，”她回击着他，彻底被他对待自己的方式激怒了，“我完全可以照顾我自己了。”

“不，你不能！”他喊着，“你不过才十七岁。”

莱奥妮甩着红棕色的卷发：“你说得好像你害怕我被人绑架了！”

“别傻了，”他厉声说道，但莱奥妮截获了他和伊索尔德交换了眼色。

她眯起了眼睛。“怎么了？”她慢慢说道，“到底发生了什么让你这么反应过度？你没告诉我的是什么事情？”

阿纳托尔张张嘴，然后又闭上了，让伊索尔德继续解释。

“要是我们的关心在你看来过度了那我很抱歉。你当然可以自由地去你想去的地方散步。只是有一些黄昏时野生动物下到山谷里的报告。离雷恩莱班不远的地方看到了山猫，也许是狼。”

莱奥妮正要反驳这个解释时，墓穴中爪子在石板上发出声音的记忆突然涌入了她的脑海。她战栗着。她无法确切地说出到底是什么把冒险彻底变成了其他的事情，而且如此意外，只有在她开始奔跑的时候她才意识到自己处于生命危险之中。在被什么威胁着，她并不知道。

“瞧，你把自己弄得病得不轻。”阿纳托尔大发脾气。

“阿纳托尔，够了。”伊索尔德平静地说，轻轻地碰着他的手臂。

让莱奥妮震惊的是，他沉默了下来。

他嫌恶地吐了口气，转身离开了她，双手叉着腰。

“有警报说从山里来了坏天气。”伊索尔德说道，“我们害怕你被困在了暴风雨里。”

她的话语被一阵不祥的雷声打断了，三人同时看了下窗户。沉闷的云彩掠过山头。一道白雾，像营火的烟一样，悬浮在远处的山间。又一阵雷声，近在耳边，震颤着窗格里的玻璃。

“来，”伊索尔德说道，拉着莱奥妮的手臂，“我会让女仆给你放一盆热水洗澡，然后我们会在会客厅里围着壁炉吃晚餐。然后，或许，玩玩牌？伯齐克、二十一点，你想玩什么都行。”

莱奥妮想起来了。她低头看着自己的手掌，冻得发白，什么也没有，皮肤上没有铭刻着红色的痕迹。

她任由自己被带回到房间里去。

在一段时间之后，在晚餐铃声响起的时候，莱奥妮才看到镜子里的自己。

她悄悄走到梳妆台前的凳子上，用坚定的双眼注视着镜子。她的眼睛，尽管明亮，却是焦虑的。她可以清楚地看到恐怖的记忆铭刻在她的皮肤上，想着对伊索尔德或阿纳托尔来说是不是也一样清楚。

莱奥妮迟疑着，不想再去刺激自己混乱的神经，但还是站起身来从盒子里取出了《塔罗》。她谨慎地用手指翻动着书页，直到翻到了她想要的那一页。

空气流动着，我感到并不是孤身一人在此。现在我确信坟墓中充满了存在。魂灵，我不能说它们是人类。所有的自然法则都已失效，独立存在，遍布四周。我自己和另一个我，过去的与将来的……在我看来它们在空中飞动着游弋着，因此我就总是会意识到它们短暂的存在……尤其是在我头顶上无休无止运动着的空气中，伴随着嘈杂的耳语、叹息和啜泣。

莱奥妮合上了书。

这是如此精确地符合她的经历。问题在于，是这些深藏在她潜意识中的话指引着她的情感和反应呢，还是她独立地经历了她舅舅曾经见过的一些事？另一个念头进入她的脑海。

而且伊索尔德真的对此一无所知？

莱奥妮毫不怀疑她母亲和伊索尔德都觉得这个地方有什么令人不安的东西。她们以不同的方式暗示了某种气氛，她们提示了一种不安的感觉。尽管不可否认的是她们谁都没说清楚。莱奥妮双手按在一起，努力地思考着。她也一样，在她和阿纳托尔到达凯德庄园的第一天下午就觉察到了。

思绪依然纠缠在事情上，她把书放回了隐藏处，把那张钢琴谱放进了封面里，接着急忙下楼去加入其他人。现在她的恐惧消退了，她被吸引住了，决心进一步探索。她希望问伊索尔德问题，尤其是她对她丈夫婚前的活动知道些什么。甚至，也许她还能给妈妈写信询问在她童年时是否发生过什么引起了她的警惕。虽然她不知道自己确信什么，但莱奥妮确定就是在这里，树林中、湖里、古老的树木中潜藏着恐怖。

当她在身后关上卧室门的时候，莱奥妮意识到了她不能提到她的探险，不然会被禁止回到墓地去。至少在目前，她的冒险必须保密。

夜色慢慢笼罩了凯德庄园，随之而来的还有一种期待感、一种等待和观察的感觉。

晚餐惬意地度过了，时不时传来远处阴郁的隆隆雷声。莱奥妮在庭院冒险的事情未被提及，而是谈论着雷恩莱班和毗邻的城镇，谈论着晚宴的客人和准备，谈论着有多少事要做以及做这些事情时他们会有多愉快。

宜人，平常，家常聊天。

在吃完饭后，他们回到了会客厅，心情也改变了。墙外的黑暗看上去几乎活了过来。最后，在风暴来临时几乎是个解脱。天空开始低吼和震颤。参差耀眼的闪电在乌云中撕出了银色的痕迹。雷声炸响着，咆哮着，弹开了石头和树枝，在山谷中回荡着。

接着风暂时地静止了，仿佛在集聚它的力量，突然全力击打着房子，随之而来的是威胁了一整晚的第一场雨。一阵冰雹鞭挞着窗户，房子里的人畏缩着看着窗外，雨水不断地倾注在建筑的表面，就像海浪拍打着海岸一样。

莱奥妮时不时地觉得自己能听到音乐声。那张藏在卧室里的乐谱上的音符，占据了风，在其中回响着。她战栗着回想了起来，确实正如老园丁警告过的那样。

大部分时间里，阿纳托尔、伊索尔德和莱奥妮都试着不去注意墙外的风暴。旺盛的火焰在壁炉里噼啪作响。所有的灯都点亮了，而且仆人们拿来了额外的蜡烛。他们被安顿得尽可能的舒适，但莱奥妮依然害怕墙壁正在袭击下弯曲、变形和崩落。

大厅里，一扇门被风吹开了，很快就被加固了。莱奥妮能听得到仆人们在房子里四处行动着，确保所有的窗户都是关上的，因为最老的窗户里的薄玻璃有破碎的危险。所有的窗帘都被拉上了。他们听到楼上的走廊里传来脚步声，水桶和提桶被间隔放开接水的叮当声。伊索尔德告诉他们渗漏是从屋顶上松动的瓦片里进来的。

三人被困在会客厅里，坐着，闲逛着，踱步，聊天。他们喝了一点红葡萄酒。他们试着专注于普通的晚间消遣。阿纳托尔拨旺了炉火，又重新斟满了他们的酒杯。伊索尔德在膝头扭着她修长苍白的手指。莱奥妮一度将窗帘拉开注视着外面的黑暗。在百叶窗不合适的板条间她能看见的很少，除了在闪电划过时被照亮的外面绿地上树木的轮廓，颠簸着摇荡着像一行野马。对她来说似乎整片树林正在寻求帮助，古老的树木吱嘎响着，噼啪响着，抵抗着。

十点钟时，莱奥妮提议玩一局伯齐克。她和伊索尔德在牌桌旁坐下。阿纳托尔站着，手臂放在壁炉架上，抽着烟握着一杯白兰地。

他们很少说话。每个人，尽管装作不在意风暴，但都聆听着风雨当中最糟的部分已经过去的微妙变化。莱奥妮注意到了伊索尔德变得多么苍白，仿佛有什么更大的威胁，有什么警告包含在风暴之中。随着时间的缓慢前进，在莱奥妮看来伊索尔德似乎在挣扎着保持镇静。她的手经常放在肚子上仿佛她在害着某种疾病，又或者用手指拨弄着她裙子的布料，扑克牌的边角和绿色的台面。

一声惊雷直接在头顶方向炸开。伊索尔德灰色的眼睛睁大了。立刻，阿纳托尔就到了她身边。莱奥妮感到一阵嫉妒。她觉得自己被排除在外，好像他们已经忘了她在这里。

“我们很安全。”他悄声说道。

“据拜亚德先生说，”莱奥妮插话道，“在本地传说中，风暴是恶魔在世界失去平衡时，当事物的自然秩序被扰动时释放出来的。今天上午园丁说的也差不多。他说昨晚从湖上传来了音乐声，也——”

“莱奥妮，够了！”阿纳托尔严厉地说道，“所有这些的传闻，恶魔和魔鬼的时间，那些诅咒和厄运，它们只不过是吓唬小孩的故事。”

伊索尔德又瞥了一眼窗户：“这还要持续多久？我觉得我忍受不了了。”

阿纳托尔迅速地把手放在她肩上，然后撤了回来，但是没有快到让莱奥妮看不见这个举动。

他想要照顾她，保护她。

她赶开了这个嫉妒的念头。

“风暴很快就会过去的，”阿纳托尔再次说道，“只不过是风而已。”

“不是风。我感到了什么……有什么可怕的事情要发生了。”伊索尔德低语道，“我觉得好像他要来了，接近我们了。”

“伊索尔德，亲爱的。”阿纳托尔说道，降低了声音。

莱奥妮眯起了眼睛。“他？”她重复道，“谁？谁要来了？”

他俩谁都没有注意她。

又一阵风震动着百叶窗咯哒作响。天空破裂了。“我很确定这座高贵的老房子经历过更糟的场面，”阿纳托尔说道，试着往他的声音里加入一点轻松的语调，“实际上，我打赌在我们死了下葬的很多年之后它还会矗立着。没什么可怕的。”

伊索尔德灰色的双眼焦虑地闪动着。莱奥妮能看到他的话在她身上起了反作用。她并没有平静下来，反而更加紧张。

死亡和下葬。

一瞬间，莱奥妮觉得她在炉火跃动的火苗中看到了阿斯蒙蒂斯扭曲的面孔在注视着她。她感到自己突然后退。

她马上就要向阿纳托尔坦白她是如何度过下午时光的，坦白她所见到的，所听到的。但当她转向他的时候，她看见了他正用一种那么温柔、那么关切的眼神凝视着伊索尔德，以至于她几乎觉得羞于见到这场面。

她再次闭上嘴，什么也没说。

风没有停歇。她不安的想象也没有给她任何休息。

第四十二章

9月26日，星期六

第二天早晨莱奥妮醒来时，惊讶地发现自己在凯德庄园会客厅的躺椅上，而不是在她的卧室里。

一缕缕金色的晨光从百叶窗下的裂隙里照进来。壁炉里的火熄灭了。扑克牌和酒杯被离弃在桌子上。

莱奥妮坐了一会儿，聆听着寂静。在风雨的重击声敲打声之后，现在一切都很安静。老房子不再吱嘎作响地呻吟。风暴已经过去了。

她笑了。昨夜的恐惧——关于鬼魂和恶魔的想法——在宜人的晨光中显得十分荒谬。很快，饥饿驱使着她离开了沙发庇护所。她蹑手蹑脚地走到门边，进入了大厅。空气很凉，到处都弥漫着潮湿的气味，但空气中有着前一天所缺少的清新。她穿过隔开房子前部和仆人住处的侧门，冰冷的感觉从薄薄的拖鞋底下传来，她发现自己站在一条长长的石板走廊里。在走廊尽头第二道门后面，她听到了说话声和厨具的叮当声，还有人吹着口哨的声音。

莱奥妮走进了厨房。一间舒适的方形房间，比她想象中的要小，墙壁打过蜡，黑色的横梁上悬挂着各种各样的铜底锅和烹调用具，烟囱大到足以在两边各放下一张石头长凳，熏黑的炉子顶部放着一只咕嘟冒泡的锅。

厨师转过身面对这位不速之客，手里握着一只长柄木铲子。其他仆人在厨房中间一张有疤痕的桌子旁吃着早饭，他们站起来的时候发出了一阵凳子腿摩擦石板的声音。

“请不要起身，”莱奥妮立刻说道，对自己的闯入感到尴尬，“我想知道我是否能要点咖啡，或许再来点面包。”

厨师点点头：“我会准备一个托盘的，小姐。在起居室里？”

“是的，谢谢。其他人下来过吗？”她问道。

“没有，小姐。您是第一个。”

语气是恭敬的，但让她走的意思却很清楚。

莱奥妮依然耽搁着：“风暴造成了什么损失吗？”

“没什么不能修好的。”厨师说道。

“没有洪水？”她问道，担心着星期六的晚宴，尽管还在几天之后，如果从村镇上来的道路被毁坏了的话，晚宴或许会被推迟。

“雷恩莱班没有报告什么严重的事情。其中一个姑娘听说阿莱特莱班发生了一起滑坡，邮车被困在了利穆。”厨师用围裙擦着手，“那么，要是没有别的事情了，小姐，请原谅我，有很多要为今晚准备的。”

莱奥妮别无选择只能回去了：“当然。”

在她离开厨房的时候，大厅里的钟敲响了七点。她向窗外看去，看到了白云后边粉色的天空。在庭院里，园丁已经开始了清扫落叶和从树上吹下的木头和枝条的工作。

接下来的几天很快地过去了。

莱奥妮可以自由地出入房子和庭院。她在房间里吃早餐，可以随心所欲地度过上午时光。她经常在午餐时间才看到她哥哥和伊索尔德。在下午，天气允许的话，她和伊索尔德在庭院里散步，或是探索房子。她的舅妈一直都周到又温柔，不乏敏锐风趣。她们在钢琴上弹奏着鲁宾斯基的二重奏，十分笨拙，乐趣比技术高得多，在晚上玩室内游戏。莱奥妮读书，还在俯瞰湖面的小岬角上画了一幅宅邸的风景画。

她舅舅的书和她从墓地带回来的乐谱一直萦绕在她心头，但她没有回去看它们。而且，她在庄园里闲逛时，故意不让双脚引领她走向树林之中通往废弃教堂的杂草丛生的小路的方向。

晚宴当天的清晨明亮而晴朗。

莱奥妮吃完早餐时，从雷恩莱班来的第一辆送货木头马车咯咯响着驶上了凯德庄园的车道。男孩跳下了车，卸下了两大块冰。不久之后，另一辆车载着肉类、奶酪、鲜奶和奶油来了。

在宅邸的每个房间里，或者在莱奥妮看来如此，仆人们擦洗着，准备着，叠着日用织品，在老管家的注视下布置着烟灰缸和杯子。

九点时，伊索尔德从房间里出来了，带着莱奥妮一起去了花园。她们带着一把修枝剪和厚实的橡胶套鞋作为对抗潮湿小路的保护措施，趁着晨露还挂在上面，剪下鲜花放到桌上展示。

十点钟她们返回的时候，四个长方形的浅底篮子里装满了花朵。她们发现冒着热气的咖啡在起居室里等着她们，而阿纳托尔，情绪高涨地在报纸后面朝着她们微笑。

十一点时，莱奥妮完成了最后一张座位登记卡片，名字是按照伊索尔德的要求和设计写下的。她迫使舅妈承诺，在桌子布置好以后，她可以自己放置这些卡片。

到了中午，已经没有什么事情要做了。在简单的午餐后，伊索尔德宣布了她要回房间休息几个小时的意图。阿纳托尔回去处理一些信件。莱奥妮别无选择也只能回房待着。

在房间里，她看了一眼针线盒，红色棉布和蓝色丝线之下《塔罗》在沉睡，尽管她的墓地探险已经过去了五天，她依然不愿意打扰自己内心的安宁，让自己再次被困在书中的谜团里。另外，莱奥妮非常清楚阅读不会占用她的下午。她的思绪易受惊扰，正如她的期待一样。

她的眼睛倒是瞥了一眼地板上放着的颜料、笔刷、画架和整本图画纸。她站起身，感到一阵对母亲的爱恋。这个下午应该会是个理想的机会，好好利用她的时间来画点什么当个纪念品，一个在十月末他们回去的时候可以呈现给她的礼物。

为了抵消她童年时代在凯德庄园的不愉快记忆?

莱奥妮按铃叫来了女仆，指示她去拿一碗水来涮笔，一张厚棉布盖在桌子上。然后她拿出了调色板和一管管颜料，开始挤出一点点的深红、赭石棕、电气石蓝、黄色以及苔藓绿，还有一点乌木黑来修边。她从图画纸册里抽出了一张厚实的淡黄色纸。

她坐了一会儿，等待着灵感的出现。她毫无创作的方向，开始用纤细的黑色的笔触描绘着一个人物的轮廓。她的笔触在纸上滑动着，思绪完全集中在即将到来的晚上那些令人兴奋的事物上。图画自然而然地在画纸上成形，她想着自己会如何看待雷恩莱班的社交界。所有受邀的人都接受了伊索尔德的邀请。莱奥妮看见自己受人赞赏受人恭维，想象自己先穿着蓝色礼服，然后是红色的，最后是她那件萨玛利丹百货公司买的绿色礼服。她想象着自己纤细的手臂戴着各种各样的晚会手套，喜欢这一双的特殊装饰又喜欢另一双的长度。她想象着自己红棕色的头发被珍珠母的发插固定着，或是最能衬托她发色的银发夹。她想象着自己把玩着一系列的项链、耳环和手镯比较着外观。

随着影子在下方的草地上延长，随着她在愉快的思绪中消磨着时间，颜色一笔一笔地在画纸上加深，画面开始有了生机。

在玛莉塔回来收拾餐具离开房间的时候，莱奥妮才观察了一下她画的图像，她所见到的使她震惊。她一点也没有这么做的意图，却画下了墓地墙上的塔罗绘画之一：力量。唯一的区别就是她给了画中的少女长长的红棕色头发和一身晨礼服，看起来和她在柏林路自己衣橱里挂着的一套十分相像。

她把自己画到了画里。

既为她的手艺感到骄傲又奇怪于自己创作立题的选择，莱奥妮对着光举起了自画像。像规律一样，她笔下所有的人物都长得很像而且和她尝试的主题关系很小。但是这一次，这可不仅仅是无心的相似。

力量？

她是这么看待自己的吗？莱奥妮不曾这样说过。她又检查了一会儿这幅画，但意识到下午已经接近尾声了，她强迫自己把肖像画搁在了壁炉架上的时钟后面，把它赶出了自己的思绪。

七点钟时玛莉塔敲了敲她的房门。

“小姐？”她说道，头在半开的门里窥视着，“伊索尔德夫人派我来帮您穿戴。您决定好要穿什么衣服了吗？”

莱奥妮点点头，因为这从来就不是需要考虑的问题：“那套方形领口的绿色礼服和那条有布罗德里刺绣装饰的衬裙。”

“好的，小姐。”

玛莉塔拿来了衣服，架在伸展开的手臂上，小心地把它们放在床上。然后，她用灵巧的手指帮助莱奥妮把紧身胸衣穿在内衣和衬衣外面，系紧了后面，扣住了前面的搭扣和扣眼。莱奥妮先往左转，再往右转，看着镜子里的自己，然后笑了。

女仆爬到了椅子上，先把衬裙套到莱奥妮头上，然后是礼服。绿色的丝绸闪烁交叠着滑下，像是阳光照耀下的水面，皮肤触感很凉。

玛莉塔跳下来处理扣件，然后蹲了下去整理裙摆，同时莱奥妮调整着袖口。

“您想让我怎样装饰头发，小姐？”

莱奥妮回到梳妆台前，向一侧倾斜着脑袋，她把垂落的卷发在手上厚厚地缠了一圈，然后扭转着放到了头顶上：“像这样。”

她放开了头发，接着拉过一个棕色皮革首饰盒：“我有玳瑁镶鲍贝珍珠的发插放在首饰盒里，和我想戴的耳环和吊坠相称。”

玛莉塔干得很快，但很细致。她把珍珠和白金树叶的项链扣环系在莱奥妮的脖子上，然后退后一步来欣赏自己的作品。

莱奥妮长久专注地看着穿衣镜，倾斜着镜子来获得全面的视野。她笑了，很满意自己看到的。礼服垂得很好，对一场私人晚宴来说既不会太朴素也不会太奢侈，很衬托她的肤色和身材。她的眼睛明亮又清澈，脸色好极了，既不太苍白又不太鲜艳。

从楼下传来了刺耳的门铃喧闹声，接着是第一批客人到来时大门打开的声音。

两位少女彼此对视了一眼。

“您喜欢哪双手套，绿的还是白的？”

“翻口有串珠装饰的那双绿色的，”莱奥妮说道，“在衣柜顶上一个帽箱里有一把颜色很接近的扇子。”

当她准备好之后，莱奥妮从五斗橱上拿起了她的链条包，接着把穿着袜子的脚塞到了绿色的丝绸拖鞋里。

“您像画一样，小姐。”玛莉塔惊叹道，“美极了！”

她从房间里出来时一阵噪声迎面而来，让她停下了脚步。莱奥妮从露台窥视着下方的大厅。仆人们穿着为今晚租来的制服，看上去十分整洁。这增加了隆重感。她在脸上露出了明艳动人的微笑，确认了自己的衣着非常完美，忐忑不安地走下去加入了聚会。

在会客厅的入口，帕斯卡用清晰洪亮的声音宣布她的到来。然后在她经过的时候鼓励地朝她眨了眨眼，有点破坏了效果。

伊索尔德站在壁炉前和一位气色不佳的年轻女人交谈着，她用眼神邀请莱奥妮过去加入她们。

“德纳尔诺小姐，请允许我介绍我的外甥女，莱奥妮·维尔涅，我过世丈夫妹妹的女儿。”

“很高兴见到您，小姐。”莱奥妮优美地说道。

在短暂的交谈过程中，她获悉德纳尔诺小姐是他们到达那天在库伊扎帮他们拿行李的绅士的未婚姐姐。在他看到莱奥妮隔着房间看着他时，德纳尔诺举起了手挥舞着。她得知，德纳尔诺一家是他们非常远的表亲，为雷恩堡的神父做管家。另一个大家族，莱奥妮在打招呼的时候思索着，想起了伊索尔德在两天前晚餐时提到过索尼埃神父是十一位兄弟姐妹之一。

她尝试着和她对话，迎来的是冰冷的凝视。尽管德纳尔诺并不比伊索尔德大，但她穿着一件中年妇女般的沉重锦缎礼服和一件难看的老式裙撑，这款式在巴黎多年未见了，更适合翻她两倍年纪的女人。这和女主人之间的对比十分强烈。伊索尔德的头发是长卷发，黄色的发卷高高地盘在头顶，用小巧的珍珠发插固定着。她金色塔夫绸和象牙白丝绸的礼服，用水晶和金属线交织在一起，在莱奥妮眼中美得像是来自查尔斯·沃斯的最新时装展。她在脖子上戴了一条同样面料的高箍带，中间放着一个珍珠胸针。在她说话移动的时候，她的衣服反射着光线，像星座一样闪烁着。

莱奥妮宽慰地看到阿纳托尔站在窗户旁，抽着烟和加比诺医生聊着天。她借故离开，溜过房间加入他们之中。在她走近时，迎面扑来檀香皂、发油和新熨过的黑色晚礼服的气味。阿纳托尔在看到她的时候脸上一亮。

“莱奥妮！”他一只手臂绕着她的腰紧紧地抱了抱她，“我得说，你看起来十分迷人。绿色很衬你。”他退了一步让医生加入对话之中，“加比诺，你记得我妹妹吧？”

“我当然记得，”医生利落地鞠了一躬，“维尔涅小姐，另外请允许我在你哥哥的赞美之上再加上我的。”

莱奥妮可爱地脸红了。“这聚会真热闹。”她说道。

阿纳托尔为她辨认着其他客人：“你记得弗米拉尤律师吧？还有德纳尔诺和他姐姐，是他的管家。”

莱奥妮点点头：“伊索尔德舅妈替我引见了。”

“那是贝朗热·索尼埃，雷恩堡牧区的神父，我们过世舅舅的朋友。”

他指着一个又高又壮的男人，额头很高，强有力的特征和他的黑长袍不相称。

“似乎是个迷人的家伙，”阿纳托尔接着说道，“但他不是个把时间花费在琐事上的人。”他对医生点点头，“他对加比诺的医学研究更感兴趣而不是我能提供的世俗寒暄。”

加比诺笑了，承认了这话的真实性：“索尼埃是个极为见多识广的人，在所有的方面。他有求知欲，总是在问问题。”

莱奥妮看了神父一会儿，接着移开了她的眼睛。

“和他一起的女士呢？”

“布斯凯夫人，我们过世舅舅的远亲。”阿纳托尔压低了声音，“要是莱斯康布没有承担起婚姻重任的话，她就会继承凯德庄园。”

“而她接受了邀请？”

他点点头：“布斯凯夫人与伊索尔德之间的纽带说不上是姐妹般的，但它是礼貌的。她们彼此接受。事实上，伊索尔德很赞赏她。”

此时莱奥妮才注意到一位高个非常瘦的男人站在他们这一小群人身后。她半转过身去观察他。他穿着非常不寻常的朴素衣服，而不是习惯上的黑色晚礼服，引人注目地在外衣的前胸口袋里装了一条黄手帕。他的马甲也是黄色的。

他的脸上布满了皱纹，皮肤几乎因老龄变得透明，但在莱奥妮看来他并没有年老的沧桑感。但，她感到了一种深层的哀伤。仿佛他承受过很多，目睹了很多。

阿纳托尔转过身看看是谁这么吸引她的注意。他倾身靠近在她耳边悄悄说："啊，那是雷恩莱班最有名的访客，奥迪克·拜亚德，那本如此吸引你的奇怪小册子的作者。"他笑了："似乎十分古怪。加比诺告诉我说他总是那种奇特的穿着方式，不分场合。总是那件褪色的衣服，总是戴着黄领巾。"

莱奥妮转向医生。"为什么？"她悄声问道。

加比诺笑着耸耸肩："我认为是纪念曾经逝去的朋友，维尔涅小姐，逝去的同志，我不是完全确定。"

"你可以自己在晚餐时问他，小家伙。"阿纳托尔说道。

对话继续热烈地进行着，直到锣声响起呼唤聚会人员入席。

伊索尔德由弗米拉尤陪同着，领着她的客人走出会客厅，走过大厅。阿纳托尔陪着布斯凯夫人。莱奥妮，被德纳尔诺先生喋喋不休地挽着，时刻保持拜亚德先生在自己的视野内。索尼埃神父和加比诺医生在后面，德纳尔诺小姐在他们之间。

帕斯卡穿着租来的金色红色制服十分出众，在人群接近的时候迅速拉开了大门。欣赏的低语声立刻传来。即便是莱奥妮，已经在上午准备过程中见过了多种阶段的餐厅，也对变化惊叹不已。壮观的玻璃吊灯富有活力地装着三层白色蜡烛。椭圆形的长桌装饰着几抱新鲜白百合，由三个银制枝形大烛台照明。银质的上菜盖碗摆放在餐具柜上，半球形的盖子像盔甲一样发光。蜡烛光线投射出的影子在墙上挂着的莱斯康布家族历代画像上跃动着。

四位女士六位绅士的比例让桌子有点不均衡。伊索尔德坐在桌首，拜亚德先生坐在桌尾。阿纳托尔在伊索尔德的左边，弗米拉尤律师在她右边。在弗米拉尤旁边是德纳尔诺小姐，她旁边是加比诺医生。莱奥妮是下一个，奥迪克·拜亚德坐在她右边。在仆人拉出她的椅子让她就座时，她腼腆地笑了一下。

在桌子的对面，阿纳托尔有幸坐在布斯凯夫人旁边，然后是查尔斯·德纳尔诺和索尼埃神父。

仆人们往和咖啡杯一样宽扁的盆状杯里慷慨地倒着利穆白葡萄酒。弗米拉尤的注意力都集中在了女主人身上，完全忽视了德纳尔诺的姐姐，莱奥妮觉得这很无礼但她也不能完全责怪他。在她们短暂的交谈中，她已经觉得德纳尔诺小姐是个很沉闷的女人。

在和布斯凯夫人正式地交谈了几句之后，莱奥妮听到了阿纳托尔已经积极投入到和弗米拉尤律师关于文学方面的热烈谈话之中。弗米拉尤是个固执己见的人，认为左拉最新的小说《金钱》，枯燥又道德败坏。他还责难了其他左拉以往的写作同好，比如居伊·德·莫泊桑——据谣传试图结束自己的生命，现在被关在布兰奇医生巴黎的精神病院里。阿纳托尔徒劳地建议要将一个人的生活和他的作品区分开对待。

“生活中的不道德贬低了艺术。”弗米拉尤固执地回应道。

很快桌上的大多数人都加入了辩论。

“你很安静，莱奥妮小姐，”她耳边传来了话语声，“你对文学不感兴趣？”

她转向奥迪克·拜亚德。“我热爱阅读，”她说道，“但在这样的聚会中，让人听到你的想法是很难的。”

他笑了：“啊，是的。”

“而且我承认，”她接着说道，微微有点脸红，“我觉得那种现代文学十分令人厌烦。一页又一页的观点，精美的词汇转折和聪明的主意，但是什么事情都没有发生！”

他的眼中闪过一丝笑意：“那是故事抓住了你的想象力？”

莱奥妮笑了：“我哥哥，阿纳托尔，总是说我的品位低下，我猜他说得对。我读过最扣人心弦的小说是《奥特兰托城堡》，但我也是阿米莉亚·布兰福德·爱德华兹的鬼故事和爱伦·坡先生任何作品的书迷。”

“他很有天赋。一个苦恼的人，但如此擅长抓住人性的阴暗面，你不这么觉得吗？”

莱奥妮感到一阵欣喜。她在巴黎忍受过太多单调乏味的聚会了，被大部分的客人忽视，他们似乎认为她不会有值得一听的想法。拜亚德先生看起来不太一样。

“当然了，”她赞同道，“尽管我承认每次阅读都让我做噩梦。我最喜欢的爱伦·坡先生的故事是《泄密的心》。一个凶手，被他藏在地板下的受害人跳动的心脏的声音逼疯了。太精彩了！”

“负罪感是很强烈的情感。”他平静地说。

莱奥妮仔细地看着他，等待着他详加解释，但他只是笑了笑。

“我可以无礼地问您个问题吗，拜亚德先生？”

“当然了。”

“您穿得，嗯……”她突然停顿了，不想引起反感。

拜亚德笑了：“不看场合？没穿普通的制服？”

“制服？”

“现代的绅士在晚餐时穿的。”他说道，眼睛闪亮着。

莱奥妮安心地叹了口气：“嗯，是的。但其实也没什么，我哥哥说过大家都知道您总是穿黄的衣服。纪念逝去的同志，他说。”

奥迪克·拜亚德的脸色似乎阴沉了下来。

“正是那样。”他平静地说道。

“你在色当战斗过？”她问道，然后迟疑了，“或者……我的爸爸为公社战斗过，我从未见过他。他后来被放逐了……”

奥迪克·拜亚德的手握了一会儿她的手。她隔着手套的面料，感觉到了他纸一样薄的皮肤和他轻柔的触碰。莱奥妮不知道那时是什么压倒了她，只是她从未意识到自己有感觉的一股痛苦突然被付诸言语。

“为你相信的事情去战斗总是对的吗，拜亚德先生？”她平静地说道，“我经常在想，即使你身边的人代价如此巨大？”

他捏了捏她的手指。“总是，”他安静地说，“铭记逝去的也一样。”

瞬间,房间里的噪声——所有的话语声、笑声、玻璃杯和银餐具的叮当声——都减弱了。莱奥妮直直地看着他，感觉她的注视、她的思想，都被他苍白高贵的眼中闪烁着的智慧与经验吸收了。

然后他微笑了。他的眼睛皱了起来，亲密被打破了。

“善良的基督徒，纯洁派教徒，被迫在衣服上别一个黄十字架把他们标记出来。”他的手指轻轻拍了拍他口袋里向日葵黄色的手帕，“我戴这个是为了缅怀。”

莱奥妮侧着头。“您对他们的感情很深沉，拜亚德先生。”她微笑着说道。

“那些先于我们而去的不是必然离去的，维尔涅小姐。”他轻轻拍了拍心口，“他们活在这里。”他笑了，“你说过，你没见过你父亲，但他活在你心里，是吧？”

让她震惊的是，莱奥妮感到泪水涌入了眼睛。她点点头，无法让自己开口。在某些方面，当加比诺问她一个问题的时候她感到了宽慰，很感激地回答了。

第四十三章

一道又一道菜被端上了桌。新鲜的鳟鱼，粉嫩的鱼肉如融化的黄油一样柔软丰腴，接着是美味的羊排配有一小碗芦笋。男人们杯里是烈性柯比耶酒，来自朱尔斯·莱斯康布的杰出酒窖的一种当地的猛烈红葡萄酒。给女士们的是来自塔拉斯孔的半甜白葡萄酒，口感丰富，颜色很深，烧焦的洋葱皮的颜色。

气氛热烈了起来，交谈和意见，信仰与争执的争论，南方北方的争论，在城里和乡下的争论。莱奥妮看了一眼哥哥。阿纳托尔谈笑风生。他棕色的眼睛闪烁着，黑色的头发闪耀着。她能看出他吸引了布斯凯夫人和伊索尔德。与此同时，她无法忽视在他的眼内潜藏着阴影。此外，在跃动的烛光下，穿过他额头的伤疤看起来格外清晰。

与拜亚德的对话在莱奥妮心中激起了一阵波澜,这是如此坦率又突如其来，让她觉得害羞与尴尬。她费了好一会儿时间才渐渐平息下来。也许这一切也都是她的好奇心所至。恢复了镇静之后，她急切地等待着重新对话的机会。但拜亚德先生深深地陷入了与神父贝朗热·索尼埃的辩论之中。在她另一边，加比诺医生似乎决心无时无刻地聊天。在甜点上来的时候机会才来到。

“伊索尔德舅妈说您是很多方面的专家，拜亚德先生。阿比尔派，西哥特历史，还有埃及象形文字。在我到这儿的第一天晚上，我读了您的专著《山间的恶魔、邪灵、恶鬼与幻象》。图书馆里有一本。”

他笑了，她感到他也很高兴重返对话。

“我自己送给朱尔斯·莱斯康布的礼物。”

“在一本书里搜集这么多的故事肯定花了很长时间。”她接着说道。

“没那么久，”他轻松地说，“只不过是聆听风景，倾听那些生活在这片土地上的人。这些故事经常被记作神话或传说。魂灵恶魔与生物，和岩石山脉和湖泊一样编织在这个地区的特色之中。”

“当然，”她说道，“但您不是也认为有些谜是无法解释的吗？”

“是的，小姐，我也是。我也这么认为。”

莱奥妮睁大了的眼睛：“您说奥克语？”

“这是我的母语。”

“您不是法国人？”

他迅速地一笑："不，实际上不是。"

"伊索尔德舅妈希望仆人们在房子里说法语，但他们如此频繁地换回奥克语以至于她放弃了训斥他们。"

"奥克语是这些土地的语言：奥德、阿里埃日、科比埃、拉泽斯——远至西班牙和皮埃蒙特。它是诗歌、故事和民间传说的语言。"

"那么您来自这个地区，拜亚德先生？"

"不远。"他答道，略微避开了她的询问。

莱奥妮意识到他或许乐意为她翻译在墓地门上看见的铭文，随之而来的是爪子在石板上摩擦的回忆，就像困在陷阱里动物的摩擦声。

她颤抖了。"但那些故事是真的吗，拜亚德先生？"她问道，"恶灵幻影和魔鬼，它们是真的吗？"

"真实？"他重复道，苍白的眼睛注视了她的眼睛一会儿，"由谁来说呢，小姐？有人相信分隔不同次元的幕障如此透明，如此明亮，以至于几乎看不见。其他人会说这是不可能的。"他顿了一下，"就我来说，我只能告诉你态度是随着时间变化的。这个世纪被奉为事实的，另一个世纪就会被看作是异端邪说。"

"拜亚德先生，"莱奥妮立刻说道，"在我读您的书的时候，我发现自己在思考传说是否是根据自然风光而来的。恶魔的扶手椅或者魔鬼的池塘是根据这些地区流传的故事名呢，又或者是这些故事的产生为这些地方增添特点了呢？"

他点点头，笑了："这是个有见地的问题，小姐。"

拜亚德平静地说，而莱奥妮又觉得其他的声音在他清晰、不受时间影响的声音中消失了。"我们称作文明的，不过是人试图把他的价值观强加给自然世界的一种方式。书籍、音乐、绘画，所有这些构想出的东西，今晚我们的客人忙碌的东西只不过是试图抓住我们周围所见灵魂的尝试，一种理解的方式，一种把我们人类的经历归纳为可管理可控制事物的方式。"

莱奥妮注视了他一会儿。"但鬼魂，拜亚德先生，还有恶魔。"她缓慢地说道，"您相信鬼吗？"

"也许，"他用柔软稳定的声音说道，"或许。"

他把头转向窗户，仿佛看着外面的某人，然后转回莱奥妮。

"我只能说这些。在这里出没的恶魔，之前被召唤过两次，他被击败了两次。"他向右瞥了一眼，"最近的一次，在我们这位朋友的帮助下。"他顿了一下，"我不会想再次经历这样的时光了，除非别无选择。"

莱奥妮跟着他的目光："索尼埃神父？"

他没有表现出听到了她说话的迹象。"这些山，这些谷，这些石头——以及赋予它们生命的魂灵——在人们到来并试图用语言抓住古代事物的精髓很久之前就存在了。我们的恐惧反映在你提到的那些名字里。"

莱奥妮考虑着他所说的话："但我不确定您是否回答了我的问题，拜亚德先生。"

他把手放在桌子上，莱奥妮能看到他白色皮肤上青色的血管和写在他手上的棕色岁月的痕迹。"所有事物中都寄宿着灵魂。现在我们坐在一个有几百年历史的房子里。它的建成，有人会这么说，以现代人类的观点来看有点古老，但它坐落在一个有成千上万年历史的地方。我们对宇宙的影响不过是一声低语。那些本质的特征，光与暗的特性，在人类试图在其风景上留下印记之前几千年就早已被设定了。以前逝去的人的灵魂以这样的模式环绕在我们周围，这世界上的音乐，也是同样的道理。"

莱奥妮突然觉得发烧了，她把手放在额头上。让她吃惊的是，它摸起来湿乎乎的，凉凉的。房间在旋转，摇摆，变幻。蜡烛、话语、来往仆人的虚影，一切的边缘都模糊不清。

她试着把思绪重回到目前的事情上，又喝了一小口酒来稳定情绪。

"音乐，"她说道，尽管她的声音听起来仿佛来自遥远的地方，"您能告诉我关于音乐的事情吗，拜亚德先生？"

她看见了他脸上的表情，瞬间觉得他某种程度上理解了她话的背后没说出口的问题。

为什么当我入眠时，当我走入树林时，会听到风中有音乐声？

"音乐是一种艺术形式，涉及有序的声音与寂静，莱奥妮小姐。现在我们把它当作娱乐、消遣，但它远不止这样。换种想法而言，用音高方面表达的知识，也就是，旋律与和弦；节奏方面，就是节拍与格律；而在音质方面，即音色、动态和神韵。简单来说，音乐是个人对震动的回应。"

她点点头："我读到过，它可以，在某些情况下，提供这个世界与邻近世界的链接。这样人可以从一个次元进入另一个。您觉得这样的说法有真实性吗，拜亚德先生？"

"没有一种人类思维能想出的模式不存在于自然界限之中。"他说道，"我们所做、所看、所写，以符号表示的一切，都是宇宙深处纹理的回声。音乐通过声音让无形的世界变得有形。"

莱奥妮感到心里一阵悸动。现在他们接近了问题的核心，她不得不鼓起勇气。一直以来，她知道，自己正迈向这个时刻，她会讲述自己如何发现隐藏在树林之中的墓地，被那本书里展现出的神秘、秘密的迹象引领至此。像奥迪克·拜亚德这样的人会理解的。他会告诉她她想要知道的。

莱奥妮深吸了一口气。

“您熟悉塔罗这种游戏吗，拜亚德先生？”

他脸上的表情没有变化，但他的目光尖锐了起来。

事实上，几乎就像他在期待着这样的问题一样。

“告诉我，小姐。”他最后说道，“你的问题是和我们之前谈论的事情有关呢还是无关呢？”

“都有，”莱奥妮觉得自己脸颊发烫，“但，我这么问是因为……因为我在图书馆里无意间发现了一本书。它是用最老式的风格写成的，字词都很晦涩，但其中有什么——”她顿了顿，“我不确定我揣摩出了真意。”

“说下去。”

“这篇文章，自称是真实的证词而且是……”她突然停顿了，不确定自己是否应该揭示文章的作者。拜亚德先生替她完成了这个念头。

“由你过世的舅舅写的，”他说道，微笑着看她无法隐藏的惊讶，“我知道那本书。”

“您看过？”

他点了点头。

莱奥妮安心地松了一口气。“作者——也就是，我舅舅——谈到了交织在无形世界构造中的音乐，某些音符可以，或者说他声称可以，召唤魂灵。那些卡牌与音乐和地点都相互关联，画像只在这……世界间的沟通过程中苏醒过来。”她停了一下，“提到了这庭院中的一处坟墓，而且声称这里曾经发生过一件事。”她抬起了头，“您听说过这种事情吗，拜亚德先生？”

他沉着地注视着她绿色的眼睛：“我听说过。”

在对话开始前，她曾打算向他隐瞒自己探险的事实，但在他睿智洞察的眼神下，她发觉自己无法掩饰。

“我……我找到了它，”她说，“它在高处，在东边的树林里。”

莱奥妮满脸通红地转向了开着的窗户。突然间，她渴望在户外，远离蜡烛、对话、过热的房间里污浊的空气。然后她战栗了，似乎一道阴影从她身后走过。

“我也知道。”他说道。他停了下来，等待着，然后补充道：“我认为你有个问题要问我。”

莱奥妮转过头来面对他：“在墓地的门拱上写着一句铭文。”

她尽可能地复述着，笨拙地说着不熟悉的语句。

“Aïci lo tems s'en, va res l'Eternitat.”

他笑了：“你的记忆力不错，小姐。”

“这是什么意思？”

“这是一个变体，但大体上它的意思是：‘这里，在此地，时间流向永恒。’”

刹那间，他们的眼神交汇。她的目光呆滞，在香槟作用下闪烁着，他的眼神沉着冷静又睿智。然后他笑了：“你让我想起来，莱奥妮小姐，一位我曾经认识的姑娘。”

“她怎么了？”莱奥妮问道，短暂地分心了。

他一言未发，但她看得出来他在回想。

“哦，那是另一个故事。”他轻柔地说道，“一个还没到时候说出来的故事。”

莱奥妮看到他退了回去，把记忆围绕在自己身上。他的皮肤，突然间，似乎透明了，脸上的纹路更深了，仿佛刻在石头里一样。

“你在说你是怎么找到那墓地的？”他说，“你进去了吗？”

莱奥妮让思绪回到了那个下午：“我进去了。”

“于是你看到了地板上的铭文‘Fujhi, poudes; Escapa, non’。而你现在发现这句话在纠缠着你？”

莱奥妮睁大了眼睛：“是的，但您怎么会知道的？我甚至都不知道它的意思，只是它不停地在我脑中重复着。”

他顿了一下，然后说道：“告诉我，小姐，你觉得你在那里发现了什么？在墓地里？”

“鬼魂行走的地方。”她听到自己说道，而且知道是真的。

拜亚德沉默了很久。“你之前曾问我是否相信有鬼魂，小姐。”他最后说道，“鬼魂有很多种。有些不得安息是因为他们犯了罪，必须寻求宽恕或赎罪。而也有些是罪行的受害者，被判在找到正义的使者说出他们的事由之前一直行走。”

他看着她：“你寻找卡牌了吗，莱奥妮小姐？”

她点了点头，接着就后悔了，因为这个举动让房间旋转了起来：“但我没有找到。”

她停了下来，突然觉得恶心。她的胃里翻滚着，颠簸着，就像她登上了风浪滔天的海上的船一样：“我只找到了一张钢琴曲的乐谱。”

她的声音听起来含糊不清又混乱，仿佛她正在水下说话。

“你拿走了？”

莱奥妮想着自己把乐谱和写在上面的字，塞到了她精纺外套的口袋深处，然后她跑过了墓地的正厅跑进了外面树林的暮光里，把它放在了《塔罗》的书页中。

“是的，”她说，几乎说错了这个词，“我确实拿走了。”

“莱奥妮，听我说。你既正直又勇敢。勇气与正直明智地运用时都是很好的品格。你知道如何去爱，而且很了解。”他瞥了一眼桌子对面坐着的阿纳托尔，然后目光在伊索尔德身上闪过，最后回到了莱奥妮身上，“恐怕你将来会遇到艰巨的考验。你的爱会被考验，你会被号召采取行动。活着的人会需要你的帮助，而不是死去的。不要重返那墓地除非——如果——事情变得非常需要你这样做。”

“但我——”

“我的建议，小姐，把《塔罗》放还回图书馆。忘记你在其中读到的一切。它是，在许多方面来说，一本迷惑人的书，诱惑人的书，目前，你应该把整件事忘到脑后。”

“拜亚德先生，我——”

“你说你恐怕误解了书中的词句，”他顿了一下，“你并没有，莱奥妮，你理解得非常好。”

她听到自己的名字吃了一惊，但依然继续说道：“那么是真的了？卡牌可以召唤亡者的灵魂？”

他并没有直接回答：“在正确的声音、图像和地点的排列下，这样的事情也许可以发生。”

她的脑袋在旋转，她想要问一个问题，但找不到词语。

“莱奥妮，”他说道，引回了她的注意力，“把你的力量用在生者身上。为你的哥哥，为他的妻子和孩子。他们才是需要你的人。”

妻子？孩子？

她对拜亚德先生的信任立刻犹疑了：“不，您弄错了。阿纳托尔没有——”

这时，伊索尔德的声音在桌子另一端响起。

“女士们，我们走吧？”

顷刻间，房间内充满了客人们站起身时椅子在打蜡的木地板上摩擦滑动的声音。

莱奥妮摇晃着站了起来。绿色裙子的叠层像水一样落到地上。

“我不明白，拜亚德先生。我以为我明白，但现在我发现我理解错误了。”她迟疑了，意识到了自己醉得多么彻底。她努力保持直立，突然间变得难以为继。她伸出一只手扶着拜亚德的椅背来保持平衡。

“那你会听我的建议吗？”

“我会尽力而为的。”她说道，不自然地笑了笑。她的思绪在盘旋。她无法想起哪些词她已经说出了口，哪些词只是在她脑海里一闪而过。

“嗯，那么，很好，我听了很欣慰。但是……”他再次停顿，好像他尚未决定是否要说下去，“如果你需要卡牌力量的时刻真的来到了，小姐，那么记得，你可以找我，我会帮助你。”

她点点头，再次让房间疯狂地旋转起来。

“拜亚德先生，”她说道，“您还没有告诉我第二句铭文是什么意思。地面上的那个。”

“Fujhi, poudes; Escapa, non？”

“是的，这句话。”

他的眼睛布上了阴云：“你可以逃跑，但无法逃脱。”

第六部

Domaine de la Cade 凯德庄园

2007 年 10 月

第四十四章

10月30日，星期二

梅瑞迪丝在破碎的睡眠后，第二天早晨起来时脑袋砰砰地响。酒、风在树林中的低语和她疯狂的梦，这个组合让她难以入睡。

她不愿回想那个夜晚。幽灵、幻象，它会是什么意思？

她必须保持专注。她到这里是有正事的，那才是她应该担心的。

梅瑞迪丝在淋浴器下一直站到水变凉了，她吃了几片泰诺，喝了一瓶水。她用毛巾擦干了头发，穿上了舒适的蓝牛仔裤和红运动衫，然后下楼吃早餐。超大的一盘炒蛋、培根和法式长棍面包，她用四杯浓烈甜美的法式咖啡冲了下去，才觉得自己活了过来。

她检查了包——手机、相机、笔记本、笔、太阳镜和这个地区的地图——接着下楼到大厅里去见哈尔。前台排了长长的队伍。一对西班牙夫妇抱怨着他们房间里的毛巾太少了，一位法国商人质疑着账单上额外的收费。此外，在门房那里，一堆小山一样的行李等待着被拿到一辆去往安道尔的英国旅行团的长途汽车上。

前台里的那个女人看起来已经神志恍惚了，而且没有哈尔的踪迹。

梅瑞迪丝做好了他或许不会出现的准备。在白天冰冷的光线中，没有了酒精激发的勇气，他也许后悔那股让他约了一位陌生人出行的冲动。与此同时，她也希望他会来。没什么大不了的，一切都很低调而且她也不会因为他爽约而伤心难过，但她的心里忐忑不安。

她把注意力集中到大厅周围墙上挂着的相片与画像上。就是些在每个乡间酒店里都能找到的标准油画：田园风光，雾蒙蒙的塔楼，牧羊人，山脉，没有什么引人注目的。相片更有意思，明显都是选出来强化“世纪末”氛围的。镶在框里的肖像是红褐色调的，棕色灰色；女人的表情严肃，腰束得很紧，大裙子，头发向上梳着；男人留着胡须，正式的姿势，背挺得很直，注视着镜头。

梅瑞迪丝扫视着墙面，注意大致的印象而不是每一张的细节，直到她看到了一张相片，正好固定在楼梯转弯处，就在她昨夜发现的钢琴上方。棕色和白色的一张正装合照，黑色的木框上缺了一块。

那是雷恩莱班的广场，她靠近了一步。在相片的中间，一张华丽的金属椅子上，坐着一个留着黑胡子的男人，他的黑发从额头梳到后脑，礼帽和手杖平衡地放在膝盖上。在他身后，左边是一位美丽优雅的女人，苗条雅致，穿着剪裁得体的深色外套、高领衬衣和长裙。她黑色的半面纱掀了起来，露出的浅色的头发巧妙地别成了发髻。她纤细的手指包在黑手套里，轻轻地放在他的肩膀上。另一边是一位年轻姑娘，她的卷发整理在一顶毡帽下，穿着铜纽扣天鹅绒镶边的短外套。

梅瑞迪丝眯起了眼睛。这个姑娘直接大胆的注视中有什么吸引了她，在她的脑中回荡着。有另一张照片很像这张？一幅画？或许是卡牌？她把沉重的钢琴凳拉到了一边，倾身靠得更近，努力回想着，但那段记忆固执地拒绝出现。这姑娘令人目眩的漂亮，披散着红棕色的头发，活泼的下巴，眼睛直视着相机的中心。

梅瑞迪丝重新看着中间的男人。明显存在家族相似性。或许是兄弟姐妹？他们有着相同的长睫毛，相同的坚定不移的目光，同样倾斜着脑袋。不知为何，另一个女人看起来没那么有把握。她的肤色，浅色的头发，她有点冷漠的神情，似有似无，仿佛她随时可能完全离开视野一样，就像德彪西的梅丽桑德一样。梅瑞迪丝想到，她有一种属于另一个时间和地点的感觉，既亲密又遥远。

梅瑞迪丝觉得心里一沉。她想起来了，这就是她小时候抬头看着她妈妈眼睛时相同的表情。有的时候母亲的脸是温柔的，伤感的；有的时候是愤怒的，扭曲的。但是，无论好的时候还是坏的时候，始终都是相同的分心的神情，变幻着的思绪萦绕在别处，全神贯注注视着没人能看见的人，听着没人能听见的话。

够了。

梅瑞迪丝决心不能被她糟糕的回忆拖累，伸手向前从墙上摘下了照片，寻找一些能确认是雷恩莱班的标记，一个日期，任何能辨认出的印记。

皱巴巴的棕色蜡纸从框上脱落了，但背面黑色的大写字母还很清晰：

雷恩莱班，1891年10月。然后是摄影师的名字：布斯凯摄制。好奇心代替了她不受欢迎的感情的位置。

在这之下是三个名字：

莱奥妮·维尔涅小姐、阿纳托尔·维尔涅先生和伊索尔德·莱斯康布夫人。

梅瑞迪丝感到自己脖子后边的头发都竖了起来，想起了雷恩莱班墓地里最远端的那个坟墓：莱斯康布—布斯凯家族。此刻，在墙上挂着的一张照片里，这两个姓氏再次相聚在了一起。

她确定那两个年轻人是维尔涅家的，哥哥和妹妹，当然不是丈夫和妻子，考虑到相貌上的相似。年长些的女人有一种见多识广的神情，经历过不那么呵护备至的生活。在她站着，迷失在过去黑白相间的影子之中的时候，她意识到她过去见过维尔涅一家。一个巴黎某一时刻的影像，在德彪西住过的那条街上的夏布利小店里填账单的时候。作曲家从相框里向下看着，讥讽而不满。在他旁边，是他的邻居们，就是这个男人和这个容貌动人的姑娘，但他们和另一个女人在一起。

梅瑞迪丝责怪自己当时没有多加注意。一瞬间她甚至想要打电话给小店询问他们是否有关于那张家庭照片的信息。然后想到要用法语进行这样的对话，还是在电话里，她就打消了这个念头。

梅瑞迪丝注视着照片。在她的脑海中，另一张照片似乎在它背后闪烁着，那姑娘和男人的影子，他们过去和现在的样子。一瞬间她知道了——觉得她知道了——她追寻的故事会如何。不知为何，它们已经相互联结在一起。

她把相框挂回到墙上，想着她可以过后再来借它，带到楼上去和塔罗牌比较一下。在她把沉重的钢琴凳推回原位的时候，注意到钢琴的盖子现在是打开的。象牙的琴键有点发黄，边缘像老旧牙齿一样缺了口。19世纪晚期的，她估算着，一架布鲁兹纳小三角钢琴。

她按下了中音C。音符清晰嘹亮地在这个私人空间里回荡着。她内疚地看着四周，大家都过于专注在他们自己的事情上了，没有人注意到她依然站着。好像坐下来就承担了什么责任一样，梅瑞迪丝弹出了A小调的音阶。只是几个左手边的低八度音，然后是用右手弹出了琶音。琴键在指尖留下的冰凉感觉不错。

梅瑞迪丝感觉像回到家了一样。

琴凳是深色桃花心木的，凳腿华丽雕花，一排黄铜饰钉把红色天鹅绒的坐垫钉在了盖子上。对梅瑞迪丝来说，窥探别人的乐谱收藏就和在朋友离开房间那段时间里用手指沿着书架划过一样有趣。黄铜的铰链在她打开琴凳盖子时吱嘎响着，散发出了与众不同的木头、旧乐谱和铅笔铅的气味。

琴凳内部是整洁的一摞书和散页乐谱。梅瑞迪丝翻看着书堆，在翻到了德彪西的《月光》和《沉没的教堂》乐谱时她笑了，它们包在独特的浅黄色杜朗封皮里。常见的贝多芬和莫扎特奏鸣曲的收藏，还有巴赫《十二平均律钢琴曲集》的卷一和卷二，欧洲经典、练习曲、一点散页乐谱、几首奥芬巴赫《快乐的巴黎人》和《金粉世界》的演出曲目。

“继续，”从她肩膀后面传来了一个声音，“我很乐意等。”

“哈尔！”

她让琴凳的盖子内疚地砰的一声关上，接着转身看到他在对着她微笑。今天早上，他看起来好多了，实际上是很不错。痛苦的线条从他眼角消失了，而且他脸色也没有那么苍白了。

“你听起来很吃惊，”他说道，“你觉得我会失约吗？”

“不，一点也不……”她顿了一下咧嘴笑了，“好吧，是的，或许吧。我这么想过。”

他张开了手臂：“如你所见，我来了，而且穿着得体准备好出发了。”

他们站着，有点尴尬，然后哈尔倾身隔着钢琴凳在她脸上吻了一下。“抱歉，我来迟了。”他指了指钢琴，“你确定你不想——”

“很确定，”梅瑞迪丝打断了他，“或许以后吧。我们走吧。”

他们一起走过大厅铺着地砖的地面，梅瑞迪丝十分在意他们之间的距离以及他的香皂和须后水的气味。

“你知道自己想从哪儿开始着手找她吗？”

“谁？”她立刻说道。

“莉莉·德彪西，”他说道，看起来很惊讶，“抱歉，这不是你自己说的今天上午想做的事情么？一点调查？”

她脸红了：“当然是的，完全正确。”

梅瑞迪丝感到一阵涌动的安心，接着是尴尬。她不想解释她来到雷恩莱班的另一个原因——真正的原因，她猜是——就是感觉上太私人了。但明显哈尔在来的时候并不知道她在想什么。他又不会读心术。

“追踪第一任德彪西夫人，”她迅速说道，“如果莉莉曾经到过这里，我将找出她来这儿的方式、原因以及时间。”

哈尔笑了：“我们开我的车去吗？我很乐意开车送你到任何你想去的地方。”

梅瑞迪丝思考着。这会让她更方便地记笔记，得体地四处看看，查看地图。

“当然了，为什么不呢？”

但在他们出门走下台阶时，梅瑞迪丝感到了照片中女孩的眼睛在注视着她的后背，此外，仅仅是可能，还有她房间里的塔罗牌上图画里同样的绿色眼睛。

力量。

第四十五章

车道和庭院在晨光下看起来完全不同了。

十月的阳光照耀着庭院，强烈的金色光芒照亮了一切。梅瑞迪丝从半开的车窗中闻到了潮湿的燃烧的火堆的气味和太阳照在潮湿树叶上的秋日香气。在稍远一点的地方，斑驳的阳光落在深绿色灌木和高大的方形树篱上。一切都好像是用金色和银色标记出了轮廓。

“我会走后边的路，越过雷恩堡，这比开到库伊扎再转出来快多了。”

这条路在茂密的山上回转折返。黄绿色的枝叶投下一片片荫翳，周边树影婆娑，栗子树、橡树、明黄的金雀花、银白的榛树和桦木迎面而来，留下深红、紫铜、金黄等色块的融合。在地面上，在松树下，巨大的松果像被留下来指路一样侧倒着。

接着转过最后一道弯，突然他们就离开了树林进入了广阔的牧场和草地。

眼前呈现的颜色令梅瑞迪丝感到心旷神怡。

“太美了，如此惊人的美！”

“我想起了一些我觉得会让你感兴趣的事情。”哈尔说道。她听出了他声音中的笑意。“当我告诉我叔叔我今天上午要出去的时候——以及原因——他提醒了我据说德彪西与雷恩堡有联系。事实上，他异乎寻常地肯帮忙。”

梅瑞迪丝转头看着他：“你说真的？”

“我猜你知道那个地方的基本故事？”

她摇摇头：“我不这么认为……”

“那里是激发了《圣血和圣杯》这些东西的村子。《达·芬奇密码》？《圣殿的遗产》？想起什么了吗？基督的血脉？”

梅瑞迪丝做了个鬼脸：“抱歉，我更……喜欢纪实文学——传记、历史、理论，基于事实，类似这样的书。”

哈尔笑了：“好吧，很明确。故事就是抹大拉的玛丽亚实际上和耶稣结了婚，还生了他的孩子。在受难日之后，她逃了，有人说逃到了法国。在马赛，很多地中海沿岸的地方，都声称是她上岸的地点。快近九百年，到1891年，据说在那年雷恩堡的神父，贝朗热·索尼埃，偶然发现了展示这一基督血脉的羊皮纸，可以从现代一直追溯到公园一世纪。”

梅瑞迪丝惊呆了："1891 年？"

哈尔点点头："那时索尼埃开始了一项浩大的整修工程，要持续很多年——从教堂开始，还有庭院，墓场，房屋，一切。"他停了下来，梅瑞迪丝感到他在注视她。

"出什么事了吗？"他问道，"你还好吗？"

她低头看到自己的手握成了拳头。

"没事，"她马上说道，"抱歉，继续。"

"血脉羊皮纸应该是很久以前藏在一根西哥特柱子里，大部分当地人认为整件事是一场彻头彻尾的骗局。与索尼埃同时期的记录里并没有提到任何与雷恩堡有关的大秘密，除了索尼埃的物质条件有了戏剧性的增长以外。"

"他突然暴富？"

哈尔点点头："教会上层指控他犯了买卖圣职罪——也就是，在弥撒中牟利。他的教区居民要宽厚得多。他们认为他是发现了什么西哥特的藏宝处而且并没有嫉妒他，因为他在教堂上和教民中花费了很多。"

"索尼埃什么时候死的？"她问道，回想着雷恩莱班墓地里亨利·布代纪念碑上的日期。

哈尔蓝色的眼睛转向她。"1917 年，"他说道，"把一切都留给了他的女管家，玛莉·德纳尔诺。直到 20 世纪 70 年代晚期，这些宗教阴谋论才再次浮现出来。"

她匆匆记下了这个信息。德纳尔诺这个姓氏在墓地里出现了好几次。

"你叔叔对这些故事是什么看法？"

哈尔的脸阴沉了下来。"对生意很有好处。"他说道，然后陷入沉默。

既然哈尔明显与他叔叔彼此毫无好感，梅瑞迪丝很疑惑葬礼已经结束了为什么哈尔还逗留在这里。看一眼他的脸就知道他不会欢迎这个问题，于是她放弃了。

"那么，德彪西？"她最后提示道。

哈尔似乎振作了精神："抱歉。据说有一个秘密社团组建起来作为血脉羊皮纸的卫士行动着，索尼埃在西哥特柱子里也许找到了那个东西。这个组织据称有一些非常著名的领袖，换句话是傀儡首脑。比如说牛顿，再比如说莱昂纳多·达·芬奇。还有德彪西。"

梅瑞迪丝目瞪口呆，她突然大笑起来。

"我明白，我明白。"哈尔说道，开始咧嘴笑，"但我只是转告你我叔叔讲的故事。"

“这彻底疯了。德彪西为他的音乐而活，而且他也不是个好交际的人。非常私密，非常忠于一小伙朋友。在某个秘密社团中，人们都认为他疯了！”她用袖子擦了擦眼角，“有什么证据来支持这个离奇的理论？”

哈尔耸耸肩：“在上个世纪之交索尼埃的确在雷恩堡款待过很多重要的巴黎人和客人——另一些助长阴谋论的事情——国家首脑、歌手。一个叫作埃玛·卡尔维的人？想起什么了吗？”

梅瑞迪丝思索着：“法国女高音，时间上是对的，但我十分确定她从未给德彪西唱过主角。”她拿出了笔记本写下了名字：“我会查个明白的。”

“那么能对上吗？”

“如果你足够努力，任何理论都可以变得协调，不会让它变得正确。”

“学者发话啦。”

梅瑞迪丝听出了他声音中温柔的取笑而且很喜欢。

“说这话的人可在图书馆里花了她的半辈子。现实生活从不会如此整齐，它是凌乱的。事情交叠着，事实彼此矛盾。你找到一个证据，觉得很接近了，你解决了问题，接下来你就会发现你偶然遇见了另外的事情推翻了所有。”

他们在友善的沉默中继续行驶着，都沉浸在他们各自的思绪中。

他们经过了一大片农场，越过了一道山脊。梅瑞迪丝注意到山这一边的风景是不同的。没有那么绿，灰色的岩石，像牙齿一样，看起来从锈色的土地中刺出，仿佛一系列的剧烈地震迫使隐藏的世界之心抬升了。一道道红色的土壤，像地上的伤痕一样。这是个不那么热情的环境，更令人生畏。

“这让你意识到，”她说，“风景的本质改变得有多么少。把汽车和建筑物从等式中取出，留给你的就是山峰、峡谷、河谷，这些存在了几万年的事物。”

她感到哈尔的注意力敏锐了起来。她在这狭窄的空间里紧张地关注着他呼吸温柔的起伏。

“昨晚我没能明白。一切看起来都太小了，太微不足道了，不会是任何事物的中心。但现在……”梅瑞迪丝突然停了下来，“在高处，事物的规模不一样了。索尼埃会发现什么有价值的东西也似乎是有可能的。”她顿了一下，“我不是在说他是否发现了什么，只是这给理论带来了根据。”

“6 世纪至 7 世纪初，雷德——雷恩堡的旧名字——位于南方西哥特王朝的中心。”他瞥了她一眼，然后又回去看路，“但从你的专业角度来看，”他说道，“难道这些东西隐藏的时间不是有点长——太长了吗？要是真能发现什么东西的话——西哥特甚至更早，罗马，我猜——难道不该在 1891 年之前就曝光了吗？”

“不一定，”她答道，“想想死海卷轴。让人惊奇的是，有些东西出现了，与此同时其他的隐藏了几千年。根据旅行指南上说，在法村附近有个西哥特瞭望塔的遗迹，在卡塞盖村墓地里有西哥特十字架，都是最近才被发现的。”

“十字架，”哈尔说道，“他们是基督徒？我不确定我知道。”

梅瑞迪丝点点头：“奇怪吧。有趣的是，西哥特的惯例是把他们的国王和贵族与他们的财宝一起埋在隐藏的坟墓里而不是埋葬在教堂附近的墓地里。剑、腰带扣、珠宝、扣针、水杯、十字架，你想得到的都有。当然，这带来和古埃及人一样的问题。”

“如何阻止盗墓贼。”

“十分正确。于是西哥特人发明了独特的在河床下修建墓穴的方式。技术就是在河上修水坝，暂时转移它的流向，同时挖掘现场准备墓穴。一旦国王或勇士和他们的财宝被安全放置之后，墓穴就会被封死，用泥、沙、碎石，任何东西掩盖起来，然后水坝会被拆除。水流回来，国王和他的财宝就永远地隐藏下去。”

梅瑞迪丝转头看着哈尔，但看到他再次走神了。她感到她的话触发了他关于其他事情的思绪。她弄不明白他。就算他心里承受着过去几周里经历的事情，尤其是昨天的，他似乎一瞬间就从一个开朗放松的人变成了背负着整个世界的人。

又或许是他希望此刻身在别处？

梅瑞迪丝继续直视着挡风玻璃。要是他想对她吐露心事，他会这么做的。紧逼也没有意义。

他们继续行驶，沿着光秃秃的山坡向上，直到哈尔转过了路上最后一个发夹弯。

“我们到了。”他说。

第四十六章
雷恩堡

在哈尔慢慢把车开上弯道的时候梅瑞迪丝从挡风玻璃往外窥视着。

在他们上方陡峭的山坡上矗立着一组房屋和其他建筑。有一块油漆过的路牌欢迎他们来到雷恩堡。

它的风景，它的秘密。

白色紫色的花朵从路旁的陡直树篱里微微露出，花朵很大，类似巨大的盛开的风信子。

“春天这里到处都是罂粟花，”哈尔说道，沿着她注视的方向看去，“让人印象深刻。”

几分钟之后，他们在一个满是尘土的停车场停车然后走了出来，这里能俯瞰整个高地山谷的南部。梅瑞迪丝浏览着山脉和下方谷地的全貌，然后转身看着村落本身。

在他们的正后方，一个圆形的石头水塔立在尘土飞扬的停车场中央。在朝南的弧面上画了一个日晷标记着夏至和冬至。

在顶部有一句铭文。她用手掌遮住阳光来看清楚。

Aïci lo tems s'en
Va res l'Eternitat

梅瑞迪丝拍了张照片。

在停车场的边缘，一块展板上装裱着地图。哈尔跳到了低墙上开始指示着地点：比加拉什山、苏拉哈克和贝聚的山，南边的基扬，埃斯佩拉扎在西南，阿尔克和雷恩莱班在东边。

梅瑞迪丝长叹了一口气。无垠的天空，后方山峰的轮廓，与众不同的冷杉的侧影,道路旁的山花,远处的塔楼,令人望而生畏,让她想起了宝剑之女的背景。那些卡牌很可能是脑海中想着这里的风景画下来的。

“据说，”哈尔说道，招呼她到他身边来，“在夏季晴朗的时候你能从这里看到二十二个村子。”

他微笑着跳了下来，然后指着一条离开停车场的碎石小路。

“如果我记得没错，教堂和博物馆是沿着这条路下去。”

“那是什么？”梅瑞迪丝问道，注视着一个短粗有雉堞[①]的俯瞰山谷的塔楼。

“抹大拉塔，”他回答道，顺着她目光的方向，“索尼埃修建了这个瞭望楼，石头步道沿着他庭院的南侧铺设，视野开阔，在返修过程的最后，1898 年和 1899 年，这塔用来安置他的图书馆。”

---

① 古代城墙上掩护守城人用的矮墙。（译者注）

“最初的藏书当然不在那里了吧？”

“我拿不准，”他说，“我怀疑他们和我爸爸在凯德庄园做的一样，把一些替代的书放进柜子里，营造气氛。在他设法在基扬的阁楼清出活动中买了一整批二手书之后，他特别志得意满地打来了电话这么安排的。”

梅瑞迪丝皱皱眉。

“二手销售活动。”他解释道。

“好吧，”她笑了，“那么，那就意味着你父亲很积极地参与那里的日常运营？他也在这里生活吗？”

哈尔的脸再次罩上阴云。“爸爸是出资人，不时从英国过来。那是我叔叔的项目。他发现了那个地方，说服了我父亲提供现金，监督了翻修，做了所有决定。”他顿了一下，“也就是，在今年之前的事。爸爸退休之后改变了许多。情况也好转了。他开始学会放松，享受生活。他在一月二月来了好几次，然后在五月永久搬了过来。”

“你叔叔对此有什么感觉？”

哈尔把手塞到口袋里，看着地面：“我不清楚。”

“他一直都打算退休来法国吗？”

“我真的不知道。”他说道。梅瑞迪丝听出了他声音中的迷惑与苦涩，感到一阵同情。

“你想要拼凑出你父亲生命中最后几个月的真相。”她温柔地说道，十分理解现状。

哈尔抬起了头。“正是如此。也不是说我们有多么亲近。我的母亲在我八岁时去世了，然后我就被打发到了寄宿学校。就算是我假期在家的时候，爸爸也总是在工作。我不能说我们确实互相了解。”他顿了一下，“但我们在过去的几年里已经开始更多地见面了，我感觉我欠他的。”

感觉到哈尔需要以他的节奏来，梅瑞迪丝并没有追问他那句话的意思，而是问了一个完全无关痛痒的问题。

“他从事什么样的行业，在他退休之前？”

“投资银行，和我一样。我显著缺乏想象力，在大学毕业之后跟随他进了同一家公司。”

“另一个你辞职的理由，”她问道，“你继承了你父亲在凯德庄园的股份？”

“一个借口，而不是理由。”他停了一下，“我叔叔想要买断我的股份。他没这么说过，但他确实想这么做。我一直认为或许我爸爸会想让我参与进来，接手他留下的事业。”

“你曾谈论过这些吗？”

“没有。过去觉得没什么可着急的。”他转向梅瑞迪丝，“你明白吧？”

她点点头。

他们聊天的时候走得很慢，现在站在一个紧靠路边、正面冲着狭窄街道的优雅公馆前。对面是一个漂亮又整齐的花园，里面有个大石头水池和一家咖啡馆，木头的百叶窗拉了下来。

“我第一次和爸爸来这里，”哈尔说道，“十六七年前。在他和我叔叔想要一起做生意之前很久了。”

梅瑞迪丝暗自笑了一下，现在明白了为什么哈尔如此了解雷恩堡而他对这一地区的其他地方几乎一无所知。这里对他来说很特殊，因为它给他带来了与父亲之间的羁绊。

“现在这儿都被彻底修好了，但那时这里可是挺破败的。教堂一天开放几个小时，由一个可怕的警卫看守着，全身穿成黑色，吓得我魂飞魄散。这里的贝萨尼亚公馆，”他指着他们旁边引人注目的宅邸，“索尼埃是为客人而不是他自己修建的。当我和爸爸来的时候，它是对公众开放的，但是以一种完全胡乱的方式。你可能会走进其中一个房间却发现一具索尼埃的蜡像坐在床上。”

梅瑞迪丝做了个鬼脸：“听上去真糟糕。”

“往下一层走，里面有个潮湿的房间，没有暖气装置，所有的纸张和文件都散放在里面没上锁的展示柜里。”

梅瑞迪丝咧嘴笑了。“档案管理员的噩梦。”她说道。

他示意穿过规则式庭院前分开小路的横木篱笆。

“现在，如你所见，这里是一个游览胜地。墓地本身，里面埋葬着索尼埃和他的女管家，在2004年对公众关闭了。那时《达·芬奇密码》一炮走红，到雷恩堡来的游客数量超乎想象。就在下边。”

他们安静地继续走到保护墓园的高大金属门前。

梅瑞迪丝仰起头读着锁着的大门上瓷挂牌上的铭文。

“Memento homo quia pulvis es et in pulverem reverteris.”[①]

（人啊，记住，因为你是由土来的，你既是灰土，你还要归于灰土。）

---

① 拉丁语，出自《圣经·创世纪》。（译者注）

“意思是？”哈尔问道。

“尘归尘，土归土。”她说道，一滴汗顺着她的脊柱流下。这个地方有什么让她觉得不安。空气中有种压抑的感觉，尽管街道空寂无人却让人有种警惕感。她掏出笔记本记下了这句拉丁文。

“你什么都要记下来吗？”

“当然了，职业病。”

她对着他微笑，收到了他还来的微笑。

梅瑞迪丝很高兴离开墓地。她跟着哈尔走过一座石雕耶稣受难像，然后沿着另一条小路折返到一道铸铁栏杆后面，来到一座献给卢尔德圣母的小雕像前。

“忏悔”“忏悔与使命”“1891”，刻在华丽石头柱子的底座上。

梅瑞迪丝注视着。根本无处可逃，同样的日期一再地出现。

“这明显就是那根从中找到羊皮纸的西哥特柱子。”哈尔说道。

“它是空心的？”

他耸耸肩：“不知道。”

“他们把它留在这里简直是愚蠢，”梅瑞迪丝说道，“如果这里如此地吸引阴谋论者和宝藏猎人，政府会担心谁会把它拿走。”

梅瑞迪丝专注地看着柱子顶端雕像慈祥的双眼和宁静的嘴唇。在她注视着石像时，她看到抓痕开始在温柔的脸上出现，起初难以察觉，然后越来越深，越来越明显，沟沟槽槽，好像有人用錾刀在表面上凿的一样。

这究竟是怎么回事?

这一切让她难以相信，梅瑞迪丝迈步向前，伸出手碰触着石头。

“梅瑞迪丝？”哈尔说道。

表面很光滑，她立刻缩回了手指仿佛她被烫伤了一样。她翻过手杖，仿佛期待看到什么痕迹。一切看起来都很正常。

“出什么事了吗？”他问道。

只是我产生了幻觉。

“我没事，”她坚定地说，“只是……”她向上瞥了一眼，“阳光真强烈。”哈尔看起来很担心，梅瑞迪丝意识到自己有点喜欢他担心的样子。

“总之，在索尼埃找到它们之后羊皮纸怎么样了？”

“他应该是把它们带到巴黎去检验了。”

她皱起了眉头：“这没道理。为什么他会去巴黎？天主教神父该做的符合逻辑的事情是直接到梵蒂冈去。”

他笑了：“我能看出来你没读过多少小说！”

“但暂时故意诡辩的话，”她接着说道，自言自语着，“相反的解释就是，大概，他并不相信教会会保护这些文件。”

哈尔点点头：“这是最常见的说法。爸爸同时指出如果一位法国偏远角落里的教区神父真的偶然发现了什么惊人的秘密——比如一份婚姻文件或是追溯到公元一世纪的后裔的证据——那对于教会来说把他除掉比起收买他要简单多了。”

“有道理。”

哈尔顿了一下：“他有一套完全不同的说法。”

梅瑞迪丝听出了他声音中的隐情转身面对他：“那是？”

“整个雷恩堡的事件只是个掩饰，一个把注意力从在雷恩莱班发生的事件上引开的蓄意尝试。”

梅瑞迪丝感到心里一紧：“你说真的？”

“众所周知，索尼埃是拥有凯德庄园的家族的朋友。在这个地区有一系列原因不明的死亡——某种狼，很有可能是山猫，但谣言宣扬说有某种恶魔在乡间四处劫掠。”

爪痕。

“尽管 1897 年那场摧毁了原来房子大部分的火灾的起因并未被证实，但有强有力的证据表明那是蓄意纵火。为了除掉这个地区的恶魔，他们认为他栖息在凯德庄园的庭院里，还有什么塔罗牌与庄园有关。索尼埃据信也涉及其中。”

“布斯凯塔罗。”

“我所知道的就是我叔叔和父亲为此争吵过。”哈尔说道。

梅瑞迪丝强迫自己稳住声音：“争吵？”

“在四月末，就在我爸爸做出永久到这里的决定之前。我和他一起待在他伦敦的公寓里，进房间的时候听到了谈话的尾声。实际上是争吵。我没有听到太多，关于索尼埃教堂的内部是一个更早的坟墓的复制品的什么事情。”

“你问过你爸爸他是什么意思吗？”

“他不想谈论。他只愿说他知道在凯德庄园的庭院里有个家族墓地，在房子起火的时候一起被毁了。留下来的只有旧石头和废墟。”

有那么一瞬间，梅瑞迪丝忍不住想要向哈尔吐露心事。告诉他一切，关于巴黎的塔罗占卜，关于她昨夜的噩梦，关于此时正在她衣柜底部的卡牌，关于她到雷恩莱班的真正原因。但有什么让她迟疑了。哈尔现在有他自己的烦心事。

她皱皱眉，突然间想起了在事故与葬礼之间四个星期的延迟。

“你父亲到底发生了什么,哈尔？”她问道,接着停下了,觉得自己走得太远、太快了，“抱歉，我太冒昧了。”

哈尔用脚在地上画了个图案。“不，这没什么。他的车开出了道路，在雷恩莱班入口的弯道那里，翻进了河里。”他用单调的声音说道，仿佛刻意不让自己的声音里带上任何感情，“警察都不明白。那晚很晴朗，没有下雨或是怎样，最糟的是……”

他突然停了下来。

“要是难以出口，你就不必说了。”她轻柔地说道，把手放在他的腰上。

“那是在清晨很早的几个小时里发生的,因此过了好几个小时车才被发现。他曾试着脱困，但是门是半开的，所以野兽先找到了他。他的身体和脸都被抓烂了。”

“我很难过。”她说道。

“没人能确认是什么动物，”他说道，一想到这个他的脸就皱了起来，“据说是某种山猪，但……”

梅瑞迪丝瞥了一眼后边小路上的雕像，努力不在脑海中把2007年的一场悲剧事故和似乎在这个地区出没的古老迷信联系在一起。但是这之间的关联难以忽视。

所有的占卜方式都和音乐一样，有着自己的模式。

“事情就是，如果是场事故的话我可以接受这个情况。但他们说他喝了酒，梅瑞迪丝，而这件事我知道他永远不会做的。”他放低了声音，“永远不会。如果我确实知道到底发生了什么，不管怎样，我都会接受的。不会一下子接受，但我可以试着去面对。但问题在于不知道。他到底为什么会在那儿？在那条路上？在那个时间？我就是想知道这些。”

梅瑞迪丝想到了她的生母满是泪痕的面容和她指甲下的血迹。她想到了她总是随身带着的红褐色的照片和那张乐谱，以及驱使她来到法国这个角落里的内心的空虚。

“我不能接受不知道。”他重复着，“你明白吗？”

她用手臂环绕着他，把他拉近了一些。他回应着，用手臂抱着她，把她抱进怀里。梅瑞迪丝在他宽阔的肩膀下待得很舒适。她能闻到他的香皂和须后水的气味，他的外套上柔软的羊毛让她鼻子发痒，她能够感觉到他的体温、他的愤怒、他的怒火以及他背后的绝望。

“是的，”她轻轻地说道，“我明白。”

第四十七章
凯德庄园

朱利安·劳伦斯一直等到女服务员打扫完二楼才从他的书房里出来。来回雷恩堡至少要花两个小时。他有的是时间。

当哈尔跟他说要和姑娘一起出去的时候，朱利安的第一反应是安心。他们甚至还聊了几分钟，而且哈尔并没有气愤地离开。或许这意味着他的侄子要接受发生过的事情继续自己的生活了，这使他放弃了对他的怀疑。

就目前来看，还未了结。朱利安曾经暗示过他愿意买断他继承来的凯德庄园的股份，但没有紧逼。他曾期望等到葬礼结束，但他能感到自己开始不耐烦了。

然后哈尔透露了所谈论的那位姑娘是个作家，朱利安开始感到疑惑。考虑到哈尔过去三个星期内的举动，他不会觉得这孩子找来个对他父亲事故的故事感兴趣的记者这事有什么奇怪的，这根本就是胡闹。

朱利安查看了登记，发现她是个美国人。梅瑞迪丝·马丁，登记入住到星期五。他不清楚她是否认识哈尔又或是他侄子只是抓住了机会找到了一个愿意听他哭诉悲惨故事的人。无论如何，他不能冒险让哈尔惹出麻烦。他不打算让生意受到流言和暗讽的影响。

朱利安走上后边的楼梯，走过了走廊。他用管理钥匙打开了门，进入了梅瑞迪丝·马丁的房间。他用拍立得相机照了几张照片，来确保他能把房间恢复到他进来时的一模一样的状态，然后开始了搜索。从床头柜开始，他飞快地在抽屉里翻找着，但除了两张机票之外什么有趣的东西也没找到。一张是周五下午从图卢兹到巴黎奥利机场，另一张是11月5日她回美国的返程票。

他来到写字台旁，她的笔记本电脑插着电源。他打开了电脑，她的操作系统里没有密码保护，她用的是酒店的无线网络系统。

十分钟之后朱利安就看完了她的电子邮件——乏味的家务事，没什么相关的。通过她最近访问的站点追踪了她在网上的活动，还看了看一些储存的文件，没有什么能表明她是个出来找故事的记者。有一些关于在英国调查的笔记，然后是关于巴黎的四天调查的非常基础的东西——地址、日期、时间。

然后，朱利安看了她的图片文件，按日期的顺序浏览。第一批是在伦敦照的。

有个文件夹是在巴黎照的——街景、地标，甚至有一张写着蒙索公园开放时间牌子的照片。

最后的文件夹标记着雷恩莱班。他打开了它，开始细看图片，他对马丁女士的疑心每点一下鼠标都在增加。有一些照片是城镇北边入口的河岸，特别还有几张路桥和隧道的照片，就是在他哥哥西摩的车冲出道路的地方拍的。

还有几张照片是教堂后边的坟场。有一张是从有顶的门廊里回看着都雷恩广场，使他能够准确地辨认出它们拍摄的时间。他把手指在脑后交叉在一起。他刚好能够分辨出，在图片的右下角里放置吊唁簿的桌布的一部分。

他的眉头紧皱。梅瑞迪丝·马丁昨晚在雷恩莱班拍摄了葬礼和城镇的照片。

为什么？

在朱利安把图片文件夹复制进他的记忆棒里时，他试着想出有什么无害的解释，但一片空白。

他退出了程序关闭了电脑，把一切都弄回原样，然后走向衣柜。他又用拍立得照了几张，然后有条不紊地翻找着每一个口袋，一堆堆T恤衫和鞋。在衣柜的底部，在一双靴子和一双L.K.班奈特尖跟鞋底下，有一个柔软的黑色旅行包。

朱利安蹲了下来，拉开拉链看着里面的主格。一双袜子和一串手链绊在坚硬的衬里上，除此以外是空的。他用手指摸索着每个角落，但一无所获。接着他检查了外部的格子。两端各有一个大点的格子，都是空的。然后两侧各有三个稍小的格子。他拿起了包，把它倒过来抖动着。它似乎太重了。他又把包倒了回来。随着一声尼龙搭扣的撕裂声，衬里拉了上来，露出了另一个格子。他伸手从里面拿出了一个方形的黑丝绸包裹。他用拇指和食指解开了四角。

朱利安差点把卡牌丢到地上，正义的脸孔正面注视着他。

一瞬间他觉得自己产生了幻觉，然后他意识到这只不过是另一套复制品。他把牌展成扇形来确认，把整套牌洗了两次。

印刷的，压膜的，不是原版布斯凯塔罗。他居然愚蠢地认为它有可能是。

他站起身，手掌里握着套牌，翻阅着卡牌，越来越快，以防这套牌有什么独特不同的地方。没有。它和他楼下保险箱里的那套一模一样。没有额外的字，没有图案上的变化。

朱利安逼着自己思考。这个发现推翻了一切，特别是紧跟着基扬的西哥特墓葬现场传来的消息之后。在殉葬品之中发现了一块石板，确认了其他墓葬存在于凯德庄园附近。今天早晨他还没有联系上他的熟人。

但眼下的问题是为什么梅瑞迪丝·马丁带了一套布斯凯塔罗的复制品？而

且还藏在包的最下面，这不会是巧合。据推测她至少知道原版套牌以及它们与凯德庄园之间的联系。还有什么？或许西摩告诉哈尔的比朱利安之前预想的要多？而如果是哈尔把她带到了这里，或许不是来调查车祸的情况而是与卡牌有关？

他需要喝一杯。他在流汗，在领子周围，在胳膊底下，因为他震惊地觉得，即便只有那么一瞬间，他的手中正握着原版的卡牌。这个想象维持得太久了。

朱利安把假卡牌用黑丝绸包了起来，把包裹放回包里，把包放到了衣柜最下面。他最后环视了一下房间，一切都正如原样。如果有什么错位了，马丁女士会把它归咎于客房清扫人员。

他走进了走廊，迅速地从旁门楼梯走了回去。整个行动，从头至尾，花费了不到二十五分钟。

第四十八章
雷恩堡

哈尔放开了梅瑞迪丝。他的蓝眼睛因期待，或许也有惊讶，而明亮。他的脸有点红。

梅瑞迪丝也退了一步。彼此间原始吸引的力量和瞬间的心动都退去后，他们都觉得有点尴尬。

“总之……”他说道，把手塞进了口袋里。

梅瑞迪丝咧嘴笑了：“总之……”

哈尔转向与道路垂直的木门推了一下。他皱起眉头，又试了一次。梅瑞迪丝能够听到内部的螺栓咯哒作响。

“关门了，”他说道，“难以置信，但博物馆关门了。抱歉，我应该提前打电话的。”

他们面面相觑，接着他俩都突然大笑起来。

“雷恩莱班的温泉也关了，”她说道，“直到 4 月 30 日。”

同一绺难管束的头发又落了下来。梅瑞迪丝的手指渴望把它从脸上挪开，但她把手放在了身侧。

“至少教堂是开着的。”他说道。

梅瑞迪丝跟上了他，现在清楚地感受到了他的存在。他看起来充满了整条路。

他指着门上方三角形的门廊。

“那句铭文——TERRIBILIS EST LOCUS ISTE——是另一个围绕着雷恩堡的阴谋论生根的理由，”他说着，清了清喉咙，“这句话实际翻译是‘这里令人敬畏’。‘TERRIBLIS’用的是《旧约》里的意义而不是‘可怕的’这个现代意义，不过你能想象到它是怎么被解读的了。”

梅瑞迪丝看了一下,但她专注地看着的是顶点上的另一条依稀可辨的铭文。“IN HOC SIGNO VINCES.”（以此为记，必将得胜。）又是君士坦丁，拜占庭的基督徒君主。同样的铭文出现在雷恩莱班亨利·布代的纪念碑上，她想象着劳拉在桌子上展开卡牌,国王是大阿尔卡纳中的一张,在魔术师和女祭司之后,在牌组的前列，还有为了上网收邮件输入的密码……

“谁提出的酒店网络的密码？”她问道。

哈尔似乎很惊讶这个不搭前言的问话，但还是回答了。

“我叔叔，”他毫不犹豫地答道，“爸爸不喜欢电脑。”他伸出手握着她的手，“走吧？”

他们走进教堂时梅瑞迪丝的第一印象就是它有多么的小，好像它是用四分之三的比例建造的，透视似乎都错了。

在右边的墙上是手写的通知。有些是法语的，有些是蹩脚的英语。管风琴演奏的唱诗班音乐，某种平庸的单声部圣歌，通过角落里挂着的薄薄的银色喇叭渗透出来。

“他们净化了这个地方，”哈尔低声说道，“为了反击所有神秘宝藏和秘密社团的流言，他们试着往所有东西里都加入天主教信息。举例来说，就比如这个。”他轻轻拍了拍一个标志牌，“看，在这个教堂里，您才是宝藏。”

但梅瑞迪丝正注视着刚进门左边的圣水盆。圣水盆横放在一座三英尺高的恶魔雕像的肩上。恶魔有着凶狠的红色脸孔，扭曲的身体，令人胆怯的锐利蓝色眼睛。她之前见过这个恶魔，至少是他的一张图片，在占卜开始时劳拉在桌上展开大阿尔卡纳时躺在桌上。

恶魔，布斯凯塔罗的号牌XV。

“阿斯蒙蒂斯，”哈尔说道，“传说中的宝藏卫士，秘密守护者，还是所罗门圣殿的建造者。”

梅瑞迪丝抚摸着面目扭曲的恶魔，感觉冰凉又粗糙。她看了看他的手，扭曲着长着爪子。她又情不自禁地穿过开着的大门，看看柱子上一动不动的卢尔德圣母像。

爪痕。

她轻轻摇了摇头，抬起眼睛看着上方的饰带。一个由四个天使构成的造型，每个天使都是十字架标志的一部分，又一次出现了君士坦丁的名言，虽然这次是法语的，颜色都消退剥落了，仿佛天使们在打一场要落败的战斗。

在底座上，两条蛇怪围绕着一个包含“BS”这两个字母的红色嵌图。

“这个缩写可能是贝朗热·索尼埃，”哈尔说道，“也可能是布代和索尼埃，又或是布朗克与塞尔茨，两条当地的河流交汇在一个附近的叫作圣水盆的池塘。”

“两个神父彼此很熟悉？”她问道。

“据大家所说，是的。布代是年轻的索尼埃的良师。在布代任职的早期几个月里，在他附近的德班教区，他也和第三个神父成了朋友，安托万·杰利斯，他后来接管了库斯托萨教区。”

“我昨天开车路过了那里。”梅瑞迪丝说道，“看起来荒废了。”

“城堡是的，村子还有人住，尽管它很小。也就几座房子。现在我想起来了，杰利斯死得有点奇怪。1897 年万圣节当天被杀死了。”

“他们一直没找到嫌疑人？”

“我不这么认为，没有。”哈尔停在另一个石膏雕像前，“圣安东尼，隐士，”他说道，“三四世纪著名的埃及圣徒。”

这个信息把梅瑞迪丝脑中任何关于杰利斯的想法都打消了。

隐士。又一张大阿尔卡纳牌。

证明布斯凯塔罗是在这个地区画出来的证据简直无处不在。这个圣抹大拉的玛丽亚教堂就是证明。梅瑞迪丝唯一没弄清楚的就是凯德庄园是如何涉及其中的。

而且，如果有的话，这些是如何与我的家族联系上的？

梅瑞迪丝强迫自己关注眼下的事情，把所有的事混在一起毫无意义。要是哈尔父亲的假设是对的怎么办？在雷恩堡发生的一切都是精心策划的行动，来把注意力从它山谷里的姐妹城镇上引开。这其中一定有逻辑，但梅瑞迪丝在草率地下任何结论之前需要了解更多。

“你都看完了吗？”哈尔问道，“还是你想再待一会儿？”

梅瑞迪丝依然在思考，摇摇头：“我看完了。”

他们走回车的路上没怎么说话。路上的碎石在他们脚下吱嘎响着，像压紧了的雪一样。比他们进去时更凉了，空气里满是潮湿篝火的气味。

哈尔打开了车，然后回头看着。

“20世纪50年代在贝萨尼亚公馆的庭院里发现了三具尸体，”他说道，“都是男性，年龄在三十岁至四十岁之间，他们都是中枪而死，但至少有一具尸体曾经被野生动物非常严重地撕裂过。官方裁定他们是在战争中死去的——纳粹占领了法国这个地区的一部分，而且抵抗组织在这里很活跃。但当地人认为这些尸体更古老，他们与凯德庄园的火灾有关，而且很有可能也与库斯托萨杰利斯神父的谋杀有关。”

梅瑞迪丝隔着车顶看着哈尔：“这是故意纵火？”

哈尔耸耸肩：“关于这一点，当地的历史记录很粗略，但普遍的共识认为是这样的。”

“但如果这三个人都参与了——不管是火灾还是谋杀——谁杀了他们？”

哈尔的手机响了，在新鲜的秋季空气中很刺耳。他翻开了盖子瞥了一眼号码。他的目光锐利起来。

“我需要先接个电话，”他说道，遮上了话筒，“抱歉。”

梅瑞迪丝在心里沮丧地叹息着，但她也无能为力。“当然，请便。”她说，“我没事。”

她钻进了车里，看着哈尔漫步到抹大拉塔附近一棵伸展的冷杉下说话。

世上并没有巧合，万事都有原因。

她向后倚着头枕，回想着发生的所有事情，事情的顺序从她踏出巴黎北站火车的那一刻起。不，在那之后。从她踏上通往劳拉房间五颜六色的楼梯并向上走开始。

梅瑞迪丝从包里拿出她的笔记本，扫视着笔记寻找着答案。真正的问题是，哪个才是她来这里追寻的故事，哪个才是回声？她是来雷恩莱班寻找她自己的家族历史的。卡牌在任何方面涉及其中了吗？又或者它是一个完全不同、毫无关系的故事？有其学术上的价值，但和她毫无关系。

劳拉说过什么？梅瑞迪丝向前翻着笔记直到找到了那一页。

“时间线很混乱。顺序似乎在前后乱跳，仿佛有什么遮挡了事实。事情游移在过去与现在之间。”

她隔着车窗看着哈尔，他现在正向着车走来，一只手里握着电话，但他不再说话了，另一只手深深地插在口袋里。

在这些事里他又在哪个位置？

梅瑞迪丝微笑着。“嗨？”她在他打开车门时说道，“一切都好吗？”

他进了车：“抱歉，梅瑞迪丝。我本打算提议我们一起吃午餐的，但发生了一件我需要先处理的事情。”

“是好事，看起来？”她说道。

“库伊扎处理这件案子的警察局终于同意让我看我父亲事故的文件了。我已经碰壁好几个星期了，所以这是前进了一步。”

“那很好，哈尔。”希望事情是这样而且他不会空欢喜一场。

“所以我要么把你送回酒店，”他接着说道，“要么你可以和我一起去，然后我们找个地方吃饭。唯一的问题是我不确定要费多长时间。这里的办事效率并不总是很高。”

片刻间梅瑞迪丝动心想要跟着他，作为精神支持。但她理智的一面能看到这是他需要自己去做的事情。另外，她需要一段时间专心于自己的事情，而不是让自己陷入哈尔的问题。

“听起来你要花点时间，”她说道，“如果你不介意顺路把我送回酒店，那就再好不过了。”

她很高兴看到哈尔的表情迟疑了，仅有片刻。

“无论如何可能还是我自己去比较好，既然他们是在帮我的忙。”

“我也是这么想的。”她说道，轻轻碰着他的手。

哈尔发动了引擎，倒出了车。

“那么之后呢？”在穿过雷恩堡狭窄的道路时他说道，“我们可以见面喝一杯。甚至，晚餐？要是你没有其他计划。”

“当然了，”她微笑着，保持着冷静，“晚餐就很好。”

第四十九章
凯德庄园

朱利安·劳伦斯站在书房窗前看着他侄子的车转过来沿着长车道行驶着，他把注意力转到了刚下车的女人身上，现在她正在挥手告别。那是个美国人，他推测着。

他赞许地点了点头。身材不错，健壮但又娇小，黑色的披肩直发。在她的陪伴下度过一段时间，并不是一件折磨人的事。

然后她转了过来，他好好看了她一眼。

朱利安眯起了眼睛。他认识她，尽管没能认出来。他思索着，然后想了起来。昨晚雷恩莱班交通阻碍的时候那个固执己见的泼妇，有美国口音的那个。

另一阵疑虑击中了他。如果马丁女士和哈尔一起工作，而且提到了她曾经看见他开车进镇里，他侄子会合理地质疑他去哪儿了，或许会意识到朱利安给出的迟到的借口不合情理。

他喝光了杯中酒，然后做了个仓促的决定。他三步走过书房，从门后拿下了他的外套，出去在大厅里拦截她。

在从雷恩堡回来的路上，梅瑞迪丝感到她的期待在增长。之前，劳拉的礼物曾让她觉得是个负担。现在，卡牌似乎充满了迷人的可能性。

她一直等到哈尔的车从视野里消失，然后转身走向酒店正门的台阶。她感到紧张，但也很兴奋。她所体验过的相同的极大矛盾感觉是在和劳拉坐在一起的时候。希望对怀疑主义，调查的强烈兴奋对害怕，她可能做出了错误的推断。

"马丁女士？"

梅瑞迪丝措手不及地转向声音的方向却意外地看到哈尔的叔叔大步流星穿过大厅向她走来。她紧张了起来，希望他不会认出她来。但今天，他在微笑着。

"马丁女士？"他说道，伸出了手，"朱利安·劳伦斯。我只是想欢迎你来到凯德庄园。"他用一种愉快温暖的声音说道。

"谢谢。"

他们握了手。

"而且，"他顿了一下，轻轻耸了耸肩，"而且要是昨天我很无礼的话我想道歉。如果我知道你是我侄子的朋友，那时我一定会介绍一下的。"

"我没想到你会记得我，劳伦斯先生。恐怕我自己也很粗鲁。"

"一点也没有。我确信哈尔告诉你了，昨天对我们来说是非常艰难的一天。我知道那不是借口，但……"

他将道歉悬在那里。梅瑞迪丝发现他和哈尔有同样的习惯，用一种遮挡住其他所有的坚定眼神直直地注视着别人。而且，尽管大约老了三十岁，他也有同样的魅力，充满了空间。她好奇哈尔的父亲是否也是如此。

"当然了，"她说道，"我为您感到难过，劳伦斯先生。"

"请叫我朱利安。谢谢你。那件事令人震惊。"他顿了一下，"说到我侄子，马丁女士，我想你不会知道他去了哪里？我原以为你们今天上午要去雷恩堡，但那样的话他下午就会在这里了。我想要和他说句话。”

“我们确实去了，但刚才警察局来了个电话，所以他送我回来然后去处理事情。库伊扎，我认为他这么说过。”

她感到了兴趣的锐化，即便朱利安的表情并没有变化。梅瑞迪丝立刻后悔泄露了消息。

“什么样的事情？”他说道。

“我不是很确定。”她急匆匆地说。

“遗憾。我还想说句话来着。”他耸耸肩，“但也不是什么不能等的事情。”他又笑了，但这一次笑意没有传到眼中，“我相信你在这儿过得很开心。你的需求都得到满足了吗？”

“一切都很好。”她瞥了一眼楼梯。

“请原谅，”他说道，“我耽误你时间了。”

“我有点事情需要去……”

朱利安点点头：“啊，是的。哈尔提起过你是个作家。你来这里从事什么写作任务吗？”

梅瑞迪丝觉得被困在了这里，有点被催眠了，有点落入陷阱了。

“不完全是，”她答道，“至少，是一点调查。”

“是这样吗？”他伸过了手，“那样的话，我就不耽搁你了。”

不想失礼，梅瑞迪丝握住了他的手。这一次，他皮肤的触感让她不舒服，某种意义上，太私人了。

“要是你先碰到我侄子，”他说道，有点过紧地握着她的手指，“一定让他知道我在找他，你会吧？”

梅瑞迪丝点点头：“当然了。”

然后他让她走了。他转身走过大厅没有回头看一眼。

很明显，他很自信，确信自己控制了局面。

梅瑞迪丝从唇间长长地吐了一口气，疑惑着刚才发生的事情。她站着注视着朱利安刚才站着的空白空间，接着，生气自己再次让他烦扰到了。

她振作了起来，四处看了一下。前台职员背对着她，在处理一个询问。从餐厅中的噪声来判断，梅瑞迪丝猜想大部分客人在里面吃午餐。这也正是她想要做的事情。

她快步地走过红黑相间的地砖，在钢琴后边迅速地弯下腰，伸出手把阿纳托尔·维尔涅、莱奥妮·维尔涅和伊索尔德·莱斯康布的照片从墙上摘了下来。

她把它塞到了外衣下面，接着原路退回，一步两阶地跑上了楼梯。

在她回到房间，身后的门安全地关上的时候，她的呼吸才平稳了下来。她停了下来，眯起眼睛打量着房间。

空气中有什么东西不一样了。一个外来的气味，非常不易被察觉，但依然存在。她抱着自己，想起了她的噩梦。然后她使劲儿摇了摇头：女服务员进来打扫房间了。另外，她想着，她在房间里走得更深入之后，和她昨晚感到的一点都不一样。

梦到的，她纠正了自己。

只是个梦。

接着，有明确的感觉有人和她一起在房间里。一个存在，空气中的一阵冰冷。现在，那只是……

梅瑞迪丝耸耸肩，抛光或是清洁产品，仅此而已。气味并不是很强烈，一点也不。但她情不自禁地皱着鼻子，像是海水冲刷着海岸上污浊的气味。

第五十章

梅瑞迪丝直奔衣柜取出了塔罗牌，解开了黑丝绸的四角，仿佛里边的卡牌是玻璃做的。

塔令人不安的图像在最顶上，背景里是压抑的灰色和绿色，那些树木在这里乌云密布的下午比在巴黎的时候看起来更生动。她停了一会儿，确定当劳拉把卡牌强迫给她的时候正义在牌堆最上面，然后耸了耸肩。

她在写字台上清出了一块空间把牌放了下去，接着从包里拿出她的笔记本，希望她昨晚曾有时间把她潦草的占卜笔记转录到电脑里。

梅瑞迪丝思考了一会儿，试着想出是否值得把昨天出现的十张牌铺开，以防在平静安详的思绪中，她能够看出更多。她决定不这样做。她对占卜本身没有什么兴趣。她更感兴趣的是搜集的关于布斯凯塔罗的历史资料，是卡牌如何融入凯德庄园以及维尔涅和莱斯康布家族的故事里的。

梅瑞迪丝在牌组里寻找着，找出了全部二十二张大阿尔卡纳牌。她把剩下的牌放在一边，接着把它们排成了并列的三排，单独把愚者放到了最上边，就像劳拉做的那样。卡牌摸起来的感觉不一样了。昨天它们让她紧张，即便拿在手里也像要把自己交给了什么一样。今天它们看起来——她知道这听起来很傻——像朋友一样。

她把照片从外套下抽了出来，立在她面前的写字台上，研究着黑白的、冻结在时光里的人物。然后她低头看着卡牌上多彩的图画。

片刻，她的注意力集中在魔术师上，他蓝蓝的眼睛和厚实的黑发，塔罗上集中了他所有的记号。一张迷人的图画，但是个值得信任的人？

然后她脖子上的刺痛感又开始了，在她想到一个新念头时沿着脊柱一路向下。她把魔术师放到一旁，拿起了零号牌，愚者，把它放到了相框旁边。现在她让它们并排放着，她毫不怀疑那人就是栩栩如生的“维尔涅先生”。同样愉快自信的表情，瘦削的身形，黑色的胡子。

下一张，Ⅱ号牌，女祭司。优雅、苍白、冷漠的“莱斯康布夫人”的形象，但穿着件晚礼服，领子开得很低，而不是照片里正式的晨服。梅瑞迪丝低头看了一眼两人画在一起的恋人牌和锁在一起的恶魔牌。

最后，Ⅷ号牌，力量：“莱奥妮·维尔涅小姐”。

梅瑞迪丝发现自己笑了。她感觉自己和这张牌最有关联，几乎就像她认识这姑娘一样。她猜测，这是因为莱奥妮在某些方面很像她的莉莉·德彪西。莱奥妮年纪小一些，但有着同样的天真无邪，同样的浓密红棕色头发，尽管在卡牌里松散地披散在肩上，而没有系起来弄成一个正式的发型。更重要的是，同样的坦率直视镜头的方式。她脑海里泛起涟漪，她似乎理解了，但在她能够抓住之前就消失了。

她把注意力转到在那天占卜过程中出现过的其他大阿尔卡纳牌上：恶魔、塔、隐士、国王。她依次研究着每一张牌，但有一种感觉，它们把她带离了想去的地方，而不是更近。

梅瑞迪丝后倚着椅子。古老的椅子吱嘎响着。她把手放到脑后，闭上了眼睛。

我没能看到的是什么？

她让思绪飘到了占卜的时候。让劳拉的话语流过她，没有特定的顺序，让模式浮现。

八度音。所有的Ⅷ号。

八是完成的数字、成功结果的数字。还有一个明确的干预信息，障碍与冲突、力量与正义，在过去的牌组里，都是Ⅷ号牌。正义和魔术师都有着极限符号，像一个侧倒的“8”。

音乐把一切连接在一起。她的家族背景、布斯凯塔罗、维尔涅一家、巴黎的占卜、她继承的钢琴乐谱。她伸手拿过笔记本，翻阅着页面，终于找到了寻找的名字，那个把塔罗与音乐相联系的美国占卜师。她打开了笔记本电脑，在它寻找链接的时候不耐烦地轻拍着手指。终于，搜索栏出现在屏幕上。梅瑞迪丝输入了保罗·福斯特·凯斯，过了一会儿，一个网站列表出现了。

她直接打开了维基百科的词条，全面又直接。20世纪初，一个在汽船上弹奏钢琴和给歌舞杂耍弹奏风琴的美国人，保罗·福斯特·凯斯，对卡牌产生了兴趣。三十年之后在洛杉矶，他建立了一个组织来推广他自己的塔罗体系，密室建造者，被称为BOTA。BOTA与众不同的特点之一就是凯斯公开了他的哲学，与当时那些依赖绝对保密和精英观念的大多数神秘学体系形成了鲜明的对比。它也是交互式的，不像其他套牌。BOTA的套牌是黑白的，理念就是让每个人都能给卡牌画上他们自己的标记。这，和其他方面一起，帮助了塔罗进入美国的主流社会。

凯斯的另一项革新就是把音符与某一张大阿尔卡纳牌联合了起来。所有的，除了XX号牌太阳和IX号牌隐士——似乎这两张牌脱离在普通事物循环之外——都和一个特定的音符相联系。

梅瑞迪丝看着钢琴键盘的插图，用箭头标明了哪张牌与哪个键相连。

塔、审判和国王都归属于音符C；恶魔，是音符A；D与恋人和力量相连；魔术师和无数字的愚者是E。

C-A-D-E。凯德（Cade）庄园。

她注视着屏幕，仿佛它在以某种方式戏弄她似的。

C-A-D-E，所有的白键，全部都和已经出现的特定大阿尔卡纳牌有关。

而且除此之外，梅瑞迪丝还发现了另一个一直在她眼前的联系。她拿来了她的护身符，继承来的钢琴曲谱《墓地1891》。这个曲谱她倒背如流——四十五个小节，中间部分的变奏——风格和特征表达了19世纪的庭院和穿着白衣服的姑娘们，耳边传来了德彪西、萨蒂和杜卡斯的回声。

而且是用C,A,D和E音符谱写的。

片刻，梅瑞迪丝忘记了自己在做什么，想象着她的手指在琴键上飞舞。除了音乐之外什么都不存在。C,A,D和E，最后的分解琶音，最后的和弦渐弱而出。

她后倚在椅子里。现在，终于将所有的线索都对上了。

但它究竟，如果有的话，有什么意义？

转瞬之间，梅瑞迪丝回到了密尔沃基，高中时布瑞芝老师的高级音乐课程，同样的颂歌不断地重复着。她的唇边浮现出一丝微笑。“八度音由十二加一个半音阶组成。”她的脑中只有她老师的声音，“半音和全音是组成全音阶的机制。

全音阶有八个音符，五声音阶中有五个。全音阶中的第一、三、五个音是和弦的基石，完美和美的基准。”

梅瑞迪丝让她的记忆引领着她的思绪。音乐和数学,寻找着联系而不是巧合。她在搜索栏里输入了斐波那契。看着新文章出现在她面前。在 1202 年，比萨的列昂纳多 · 斐波那契，发明出了一套数字有序的数学理论。在开始的两个数值之后，每个数字都是前两个数字之和。

0，1，1，2，3，5，8，13，21，34，55，89，144，233，377。

每对数字之间的关系据说是接近黄金分割率的，黄金比例。

在音乐里，斐波那契数列有时被用来检验曲调。斐波那契数列也出现在了自然环境里，比如说树上的枝条，波浪的曲线，松塔的排列。比如，在向日葵中，总是有 89 颗种子[①]。梅瑞迪丝笑了。

我想起来了。

德彪西在他伟大的交响诗作品《大海》中运用过斐波那契数列。那是德彪西最美妙最矛盾的孩子之一，尽管他被认为是主要关注情绪与颜色的作曲家。他最流行的作品中，有一些实际上是围绕着数学模型建立的，更确切地说，是能被分成反映黄金分割率的部分，经常运用到标准斐波那契数列中的数字。于是在《大海》中第一乐章五十五小节——一个斐波那契数字——然后它分成五段，分别是二十一、八、八、五和十三小节，也都是斐波那契数字。

梅瑞迪丝强迫自己慢下来，整理她的思绪。

她回到了保罗 · 福斯特 · 凯斯的网站。与凯德庄园有关的四个音符中有三个——C,A 和 E——是斐波那契数字：愚者是 0，魔术师是 1，力量是 8。

只有 D，Ⅵ号牌，恋人，不是斐波那契数字。

梅瑞迪丝用手指理着自己的黑发。这意味着她弄错了吗？又或是这是规律中的例外？

在思考的同时她用手指敲击着桌面。恋人在分开而不是在一起的时候确实是符合数列的：愚者是零号，女祭司是Ⅱ号牌。而零和Ⅱ都是斐波那契数字，尽管 6 并不是。

但即便如此。

即使这些联系都成立，布斯凯塔罗、凯德庄园和保罗 · 福斯特 · 凯斯之间

---

① 一说为花盘周围的叶片有89片，疑为原文有误。（译者注）

的联系又是如何形成的？时间根本对不上。

凯斯在20世纪30年代建立的BOTA，而且是在美国不是欧洲，布斯凯塔罗可以追溯至19世纪90年代，小阿尔卡纳牌很可能更早，它不可能是基于凯斯的体系。

是不是一开始我就弄错了？

要是凯斯曾听说过塔罗与音乐的联系之后加以改善用在了他自己的体系里怎么办？要是他曾听说过布斯凯塔罗又怎么办？又或许他听说过凯德庄园？这些观点会不会不是从美国传到法国的，而是相反的方向？

梅瑞迪丝从包里拿出了破旧的A4信封，取出了穿着军装年轻人的照片。她之前怎么如此睁眼瞎？她看出来了愚者中的人物是阿纳托尔·维尔涅，但没有重视维尔涅与她的士兵之间的明显相似，还有与莱奥妮之间的家族相似：黑色的长睫毛、高额头、同样的直视相机镜头的习惯。

她看了一眼照片。时代是正确的。穿着军装的少年可能是个年纪小的弟弟，表弟，甚至是儿子。

然后通过他，代代向下，到她。

梅瑞迪丝感觉仿佛一副重担从她胸口卸下。不知道的重负，就像哈尔之前说过的，在她逐渐接近真相的时候破碎了，坍缩了。她脑中谨慎的声音立刻开始发话，警告她不要只看到了自己想看到的而忽视了原本的事实。

验证它。事实就在那里。检验它。

她急切地想要找出一切，任何事，手指在键盘上飞舞着，梅瑞迪丝在搜索栏里敲下了维尔涅。

她一无所获。梅瑞迪丝难以置信地注视着屏幕。

总得有点什么吧？

她又尝试了一次，加上了布斯凯和雷恩莱班。这次她得到了几个出售塔罗牌的网站和几篇解释布斯凯塔罗的文章，但没有超出她已知的信息。

梅瑞迪丝后倚在椅子里。接下来最好的办法就是注册一个法国这个地区的家族搜索网站，然后她可能以这种方式谨慎地探寻自己的过去，但可能要花点时间。但她在缓慢地前进，或许玛丽可以从另一端帮助她。

梅瑞迪丝迫不及待兼手指忙乱地给玛丽写了一封邮件，让她查看密尔沃基当地历史网站和选举名册寻找维尔涅这个姓氏。很清楚，要是那士兵是莱奥妮的儿子而不是阿纳托尔的，她依然可能没有找到正确的姓名。在再次考虑之后，她也加入了莱斯康布这个姓，然后用一长串的吻来结束了邮件。

床边的电话响了起来。

片刻，她只是盯着它，完全无法辨认她听到的是什么。吵闹的现实赶跑了过去。

又响了。她抓起了听筒：“你好？”

“梅瑞迪丝？是哈尔。”

她立刻听出事情不顺利：“你还好吗？”

“我只是告诉你我回来了。”

“事情怎么样？”

他顿了一下，然后：“见面再说吧。我会在酒吧里等你，我不想中断你的工作。”

梅瑞迪丝看了一眼时间惊讶地发现已经是六点一刻了。她看着混乱的一堆卡牌、加了标记的网站、写字台上放着的照片，她一下午工作的证据。她的头感觉像是要爆炸一样。她找到了很多，但依然觉得自己在黑暗之中。

她不想停下，但她认识到自己的脑子已经到了接近崩溃的极限。那些高中的夜晚里玛丽会走进她的房间，亲吻她的额头告诉她是时候休息了，告诉她在好好睡一觉之后，一切都会更清晰。

梅瑞迪丝笑了。玛丽经常——一直——是对的。

她今晚是不会取得更多成果了。另外，哈尔听起来需要人陪伴。玛丽也会赞同的，重视生者而不是死者。

“实际上，现在正合适告一段落。”

“真的？”

这两个字里的欣慰让梅瑞迪丝笑了出来。

“真的。”她说道。

“你确定我没有打断任何事？”

“我确定，”她说，“我会结束手头的事情，十分钟之内下去。”

梅瑞迪丝换了一件新的白衬衫和她最喜欢的黑裙子，没什么太花哨的，然后去了浴室。她往脸颊上扑了一点粉，刷了几下睫毛膏，涂了一点唇膏，接着梳了梳头发把它挽成了一个结。

她正穿着靴子准备下楼的时候笔记本电脑发出了哔哔声提醒她收到了邮件。

梅瑞迪丝点开了玛丽发来的邮件。只有两行，信息包括一个名字、日期、地址，以及一旦她找到更多就会再发邮件的承诺。

她的脸上露出了微笑。

搞定。

梅瑞迪丝拿起了照片，不再是无名士兵了。仍然还有很多要去证实的，但她已经快到了。她把照片塞到了相框里，它所属的地方。家族重聚了。她的家族。

她依旧站着，倾身点击了回复。

“你太了不起了，”她输入着，“十分感激地接受进一步的信息！爱你。”

梅瑞迪丝按下了发送，然后，依然微笑着，下楼去找哈尔了。

第七部

Carcassonne 卡卡颂

1891 年 9 月至 10 月

第五十一章

1891 年 9 月 27 日，星期天

晚宴第二天早晨，莱奥妮、阿纳托尔和伊索尔德起床晚了。

晚宴十分成功，每个人都同意这一点。凯德庄园宽敞的房间和走廊，沉寂了这么久，再次焕发出了生命力。仆人们在侧边廊里吹着口哨。帕斯卡在处理他的业务的时候露齿而笑。玛莉塔脸上带着微笑快速走过了大厅。

只有莱奥妮身体不适。她感到剧烈的头疼和寒冷，这都是因为她饮用了超过平时正常分量的酒，再加上拜亚德先生知心话的副作用。

她上午的大部分时间都躺在躺椅上，一个冰袋放在她的头上。当她终于感觉好得差不多可以吃点烤面包和牛肉清汤午餐的时候，她发现自己正遭受着那种在一件大事过去之后不可避免的不适。晚宴在她的脑海里萦绕了那么久，她感觉已经没有任何期待的事情了。

与此同时，她看到伊索尔德一个房间一个房间地走动，习惯的平静和从容不迫的举止，但似乎从她的肩上卸下了一副重担。她脸上的表情表明现在，或许，是第一次，她觉得仿佛自己是庄园的女主人。她拥有这宅邸而不是宅邸拥有她。阿纳托尔，也一样，在他从大厅走到图书馆的时候，从会客厅走到台阶的时候，吹着口哨，看起来志得意满。

当天下午稍晚的时候，莱奥妮接受了伊索尔德在花园里散步的邀请。她需要清醒一下头脑，而且感觉稍微好了一些，很高兴有机会能伸展一下双腿。空气平静而温暖，下午的太阳温柔地照着她的脸颊。很快，她觉得精神恢复了。

伊索尔德和莱奥妮走下湖边的时候她们愉快地聊着平常的话题 音乐、书籍、最新的时尚。

“那么，现在，”伊索尔德说道，“我们该如何利用你在这里的时间？阿纳托尔告诉我，你对当地的历史和考古学很感兴趣？有几个极好的旅途，比如说，去库斯托萨废弃的城堡？”

“我会喜 欢的。”

“当然，还有阅读。阿纳托尔总是说你对书籍的渴求就像其他女人对珠宝和衣服一样。”

莱奥妮脸红了：“他觉得我读得太多了，但只是因为他没有高效地阅读！

把书当作物体他什么都知道，但是不知道页面之间的故事。”

伊索尔德笑了：“这，当然，可能就是他为什么不得不补考他的学士学位的原因！”

莱奥妮迅速瞥了一眼伊索尔德。“他告诉你的？”她说道。

“当然不是了，不。”她立刻说道，“什么样的男人会夸耀他的失败？”

“那么——”

“尽管我过世的丈夫和你们母亲不够亲密，但朱尔斯喜欢被告知他侄子的教育和成长中发生的事情。”

莱奥妮饶有兴致地瞥了一眼她的舅妈。她母亲明确表示她和她异母哥哥之间的关联越低越好。她正要进一步逼问伊索尔德，但因舅妈再次说话失去了时机。

“我是否提到过我最近给卡卡颂的七弦琴音乐协会赞助了一笔捐款，尽管目前为止我没能参加任何音乐会。我知道你在这里可能会觉得十分沉闷，被困在乡下，远离了任何娱乐活动。”

“我十分满足。”莱奥妮说道。

伊索尔德赞赏地笑了：“接下来的几周里我不得不到卡卡颂去一趟，因此我想我们或许可以把它当成是一次远足，在城市里待几天。你觉得怎么样？”

莱奥妮的眼睛兴奋地睁大了：“那就太好了，舅妈。什么时候？”

“我在等待我过世丈夫律师的信件，一个询问。一收到回信，我们就会做旅行的安排。”

“阿纳托尔也去吗？”

“当然了，”伊索尔德微笑着答道，“他告诉我你会喜欢看到修复的中世纪老城。他们说现在它看起来依然很像13世纪时候的样子。他们的成就真的很了不起。在大概五十多年前，它还是一片废墟。感谢维奥莱·勒·杜克先生的工作，还有那些继续进行他工作的人们，贫民窟几乎都被清理出来了。现在，游客去旅行十分安全。”

她们走到了小路的尽头，朝着湖的方向走去，然后走上了那个有阴凉的提供了美丽水面视野的小岬角。

“那么既然我们更加熟识了，你介意我问你一个相当私人的问题吗？”伊索尔德问道。

“嗯，不，”莱奥妮谨慎地说道，“尽管我想那会取决于问题的本质。”

伊索尔德笑了：“我只是很好奇，你有没有爱慕者？”

莱奥妮脸红了：“我……”

“原谅我，我是不是把我们的友谊假定得太亲密了？”

“没有，”莱奥妮立刻说道，不想表现得不善交际或是幼稚，但实际上她对浪漫爱情的所有概念都是从书中得来的，“一点也没有。只不过是你……你让我措手不及。”

伊索尔德转向她：“那么，然后呢？有这样的人吗？”

让她惊讶的是，莱奥妮体验着一阵短暂的并没有这样的人的懊悔。她曾梦想过，但是她在书页中遇见的角色或是在舞台上唱着爱和荣誉的主人公。她未说出口的幻想从未和一个活着的呼吸着的人相联系。

“我对这样的事情没有兴趣，”她坚定地说道，“实际上，在我看来，婚姻是一种奴役的形式。”

伊索尔德藏起微笑：“曾经，或许是，但在现在的时代？你还年轻。所有姑娘都梦想着爱情。”

“我不是。我见过妈妈——”

她突然停顿了，想起了那些事情，那些眼泪，那些没有钱把桌子摆上食物的日子，那些来来去去的男人的队伍。

伊索尔德安详的表情突然变得阴沉：“玛格丽特的情况十分艰难。她尽她所能地让你和阿纳托尔感到舒适。你应该试着不要苛责她。”

莱奥妮感到她的怒气在爆发。“我并没有批判，”她激烈地说道，被这个指责刺痛了，“我……我只是不想自己过这样的生活。”

“爱——真爱——是宝贵的东西，莱奥妮，”伊索尔德接着说道，“它是痛苦的，不舒服的，让我们都变成了傻子，但它就是呼吸的意义以及我们生命的颜色和目的。”她顿了一下，“爱就是把我们的普通经历升华至卓越的东西。”

莱奥妮看了她一眼，然后又看回自己的脚。

“并不只是妈妈让我不相信爱情的，”她安静地说道，“我目睹了阿纳托尔承受的苦痛……我猜想这影响了我看事物的方式。”

伊索尔德转过头来。莱奥妮感到了她灰色的双眼注视着自己，令她无法直视。“有一个他深爱的姑娘，”她继续用安静的声音说道，“她死了。在三月份。我不知道她是如何死去的，只知道情形很凄惨。”她用力咽了口口水，看了一眼她舅妈，然后移开了目光，“之后的几个月我们都在担心他。他的精神崩溃了，他的神经支离破碎，情形如此严重以至于他在所有那些不好的……不好的活动中避难。他会好几夜去——”

伊索尔德紧握着莱奥妮的手臂拉向她：“绅士的体格能够应付在我们看来有害的那些娱乐形式。你不应该把这些事看作是深层不安的象征。”

“你没有看到他，”她激烈地哭喊着，“他是个迷失了自我的男人。”

因为我。

“你对哥哥的喜爱是值得骄傲的，莱奥妮，”伊索尔德说道，“但或许已经到了不用那么担心他的时候了。无论情况如何，他现在看起来精神不错。你不这么认为吗？”

她勉强点点头：“我承认他比春天的时候好多了。”

“那就是了。那么这就是多考虑考虑你自己的需求少考虑他的时候了。你接受了我的请柬，因为你，你自己，需要休息。不是这样的吗？”

莱奥妮点点头。

“那么既然你在这里了，你应该考虑你自己。阿纳托尔有可靠的人在照顾。”

莱奥妮回想着他们急匆匆地离开巴黎，她承诺会帮助阿纳托尔，出现又消失的那种威胁的感觉，他眉毛上的伤疤提醒着他面对过的危险，顷刻间觉得重担从她肩上卸下了。

“他有可靠的人在照顾，”伊索尔德坚定地重复道，“你也一样。”

她们现在在湖的另一端。这里平静、绿色，与世隔绝而又能看到整个宅邸。唯一听到的是脚下树枝折断的声音，身后的灌木丛里时不时跑过一只兔子的声音，从树木生长线之上的高处、远处传来的乌鸦鸣叫声。

伊索尔德领着莱奥妮来到地面高处的一张弧形石凳旁，新月的形状，它的边缘被时光柔化了。她坐了下来，轻拍着座位邀请莱奥妮加入她。

“在我丈夫刚去世的那些日子里，”她说道，“我经常来这个地方。我觉得这是一个很悠闲的空间。”

她解开了白色的宽边帽把它放在了旁边的座位上。莱奥妮也这么做了，还脱下了手套。她看着她的舅妈。她金色的头发闪闪发光，即便在昏暗的树林里也是如此。她的坐姿，一如既往的，完美的笔直，她的双手温柔地放在膝上，她的靴子恰到好处地从浅蓝色的棉裙下探出头来。

“在这里难道……难道不是很孤独的吗？孤身一人在这里？”莱奥妮说道。

伊索尔德点点头：“我们结婚只有几年。朱尔斯是个有固定爱好和习惯的人，而且，嗯，那段日子的大部分时间里，我们都不住在这里。至少，我不住在这里。”

“但你现在在这里很快乐？”

“我逐渐习惯了。”她平静地说。

莱奥妮之前对她舅妈的好奇，那些在准备晚宴的兴奋中有点隐退的好奇，现在又重新涌了回来。一千个问题跃入了她的脑海。尤其是，要是伊索尔德在凯德庄园觉得不太舒适，那她为什么选择留在这里。

“你这么怀念朱尔斯舅舅吗？”

在她们头上，叶子在风中旋转着，低语着，呢喃着，偷听着。伊索尔德叹了一口气。

“他是个体贴的人，”她谨慎地回答着，“还是个友善慷慨的丈夫。”

莱奥妮眯起了眼睛：“但你说过的关于爱的话——”

“并不是人人都能嫁给她爱的人，”她插话道，“条件、机遇、需求，所有这些事情都起着作用。”

莱奥妮进一步问道：“我很好奇你们是怎么相互认识的？在我的印象里舅舅很少离开凯德庄园，那么——”

“朱尔斯确实不喜欢离家太远。在这里有他想要的一切。他自己忙于读书而且非常严肃地履行他对产业的责任。然而，每年去一次巴黎是他的习惯，就像他父亲还在世的时候那样。”

“那就是在这些访问中的其中一次你们认识了？”

“是的。”她说道。

莱奥妮的注意力被吸引了，不是被伊索尔德的话而是被她的行动。她舅妈的手悄悄放到了脖子上，今天它被精致的蕾丝高领盖住了，尽管天气很温和。莱奥妮意识到了这是一个多么习以为常的动作，而且伊索尔德变得十分苍白，仿佛想起了什么她宁愿忘掉的令人不快的事情。

“那么你不是很想念他？”莱奥妮追问着。

伊索尔德露出了她那种从容的、谜一般的微笑。

这一次，莱奥妮的脑海里没有疑虑。伊索尔德这么憧憬，这么温柔地谈论着的男人，并不是她的丈夫。

莱奥妮偷偷瞥了一眼，试着鼓起勇气来进一步进行对话。她迫切地想要知道得更多，但与此同时她也不想表现得无礼。看起来伊索尔德似乎分享了她的全部情史，实际上她对恋爱和婚姻的历史解释得很少。而在对话过程中好几次，莱奥妮有一种怀疑，觉得伊索尔德马上就要提起另一个话题，她们之间没谈过的话题，但是这话题能是什么，她并不知道。

“我们回屋子去吧？”伊索尔德的话打断了她的深思，“阿纳托尔会疑惑我们去哪儿了。”

她站起身来。莱奥妮拿着她的帽子和手套也站了起来。“那么你觉得你会继续住在这里吗，伊索尔德舅妈？”在她们从岬角走下去朝着小路的方向返回的时候她问道。

伊索尔德在回答之前等了一会儿。“我们会知道的。”她说道，“尽管它的美丽不容置疑，这里是一个令人不安的地方。”

第五十二章
卡卡颂

9月28日，星期一

搬运工打开了头等车厢的门，维克多·康斯坦特走到了卡卡颂火车站站台上。

一，二，三，大灰狼。就像是儿童游戏一样。我来抓你了，准备好了吗？

风十分猛烈。据搬运工说，这个地区预报要遭受许多年来最严重的秋季风暴。此外，据预测比先前的几个风暴更有破坏力，会给卡卡颂致命的一击。

康斯坦特四处看着。在铁路的岔道之上，树木像野马一样在颠簸中冲刺。天空是钢铁般的灰色。危险的乌云掠过建筑的屋顶。

“那么，这就是前奏曲。”他说道，然后因自己的笑话而笑了。

他沿着站台看向他的男仆带着行李下车的地方。他们沉默地走出大厅，康斯坦特等待着他的仆人设法招来一辆出租马车。他不感兴趣地看着南运河上的船员把他们的驳船系在停泊地，或者系在了沿着河岸排列的酸橙树根上。水拍打着砖块的岸堤。在售报亭里，当地报纸《图卢兹快报》的头条预测一场风暴即将在当夜来袭，更糟的还在后边。

康斯坦特在19世纪圣路易斯堡狭窄的小巷里获得了舒适的住宿。然后，他的仆人开始了漫长乏味的工作。他让他们拿着从柏林路公寓里盗取的玛格丽特、阿纳托尔和莱奥妮·维尔涅的照片，去探访每间寄宿公寓，每家酒店，每个有私人房间的旅店。他立刻出发步行去老城，在奥德河对岸的中世纪城堡。

尽管憎恨维尔涅，但康斯坦特不得不钦佩他多么成功地掩盖了行踪。与此同时，他希望维尔涅在消失上的显著成功会让他变得自大、愚蠢。康斯坦特慷慨地给了柏林路的门房一大笔钱来拦截任何从卡卡颂发到那间公寓的信件，寄希望于维尔涅需要保持隐藏的事实也意味着他还不知道他母亲的死讯。

但即便维尔涅还一无所知，想到巴黎的网是如何收紧的，康斯坦特也感到了极大的乐趣。

康斯坦特从老桥走到河对岸。在桥下，黑色的奥德河在河岸边打着旋，加速流过扁石和纠缠的水草。水位很高。他调整着手套，试着减轻他左手第二与第三手指之间柔软的水疱带来的不适。

从上一次康斯坦特踏足老城到现在，卡卡颂改变了很多。尽管天气恶劣，艺人和穿着三明治广告板散发旅游手册的人，似乎遍布每一个街角。他浏览着俗气的手册，他苛刻的眼睛掠过了马赛香皂以及米什莱恩，当地一种烈酒，自行车和寄宿公寓的广告。文字本身混合了自我吹嘘和改写的历史。康斯坦特在戴着手套的手里把廉价的纸张揉成一团丢到了地上。

康斯坦特厌恶卡卡颂而且有充足的理由这么做。三十年前，他的叔叔带他来到了老城的贫民窟。他在废墟里走着，见到了污秽的市民住在它倒塌的城墙里。那天稍晚的时候，在足够的李子白兰地酒和鸦片的作用下，在军事广场一家酒吧楼上的一间缎子遮盖的房间里，他初次体验了妓女，这些都是他叔叔的慷慨好义。

这位叔叔现在正被扣押在拉马卢莱班，被某个婊子传染了梅毒而且疯了，他自认为他的大脑从鼻孔里流出去了。康斯坦特没有去看他。他不想看见随着时间的流逝，这个疾病在他身上起作用。

她就是康斯坦特杀的第一个人。那是无意的，这件事让他震惊。不是因为他夺去了一条生命，而是因为这样做如此简单。他的手掐住那个妓女的喉咙，她前所未有地意识到性交中的暴力是一种更为彻底的占有，眼中顿时露出了恐惧的神态，康斯坦特却因此变得激动起来。

要不是他叔叔财大气粗以及和市政厅的关系，康斯坦特就只能期待着去船上做苦工或是被送上断头台了。事情就是，他们迅速随便地离开了。

这次经历教会了他很多，尤其是金钱能够改良历史，改写任何故事的结局。当金子涉及其中的时候就没有“事实”这种东西。康斯坦特学得很好。他的一生之中，通过责任、债务，以及，当那些失效的时候，用恐惧的组合强迫朋友和敌人服从他。几年之后他才明白了所有的课程都是有代价的。那姑娘终究还是报了仇。她给了他那种缓慢、痛苦地吸干他叔叔生命的疾病。她已去世多年，却以她的方式惩罚了他。

在他下桥的时候，他再次想起了看着玛格丽特·维尔涅死亡的愉悦。一股热流穿过了他。她曾，至少那么一瞬间，除去了他在她儿子手下遭受的羞辱的记忆：背叛。事实就是即使有这么多人在他邪恶的双手下死去了，当女人很漂亮的时候那体验会更加的愉悦，这种游戏也更有价值了。

突然间，在柏林路上和玛格丽特一起的那几个小时的记忆比他预想的更大地刺激了他，康斯坦特松开了领口。他都能闻到令人陶醉的血和恐惧混合的气味，这是一种独一无二的气息。他握紧了拳头，想起了她反抗的美味感觉，她不情愿的皮肤的拉扯和延伸。

康斯坦特呼吸急促地走到了特维艾勒路粗糙的卵石路面上，等了一会儿直到再次掌控了自己。他目空一切地看着面前的景色。花费在修复13世纪城堡上的几百成千的法郎似乎并没有影响到特维艾勒区人们的生活。它和三十年前一样的贫穷破败。光头、光脚的孩子们坐在污秽的门口。砖块石头的墙壁向外弯曲着，仿佛在被时间的手掌推着。一个乞丐，包裹在肮脏的毯子里，他的眼睛坏死失明了，在他经过时伸出了满是污垢的手。他毫不留情地走过了。

他穿过奥维赖特勒杜克先生丑陋的新教堂前的圣吉莫广场。一群狗和孩子们跟在他的身后，叫喊着要硬币，提供着他们的向导或是信使的服务。他毫不留意他们，直到一个男孩冒险靠近了。康斯坦特用他手杖的金属头打了他一下，撕裂了他的脸颊，然后这群孩子后退了。

他走到了左边一条狭窄的死胡同，比小巷宽一点，通向老城城墙的地基。他小心地走上了污秽滑溜的街道。街道上覆盖了一层姜饼颜色的泥，残渣、生活悲惨的流浪者，遍布街道上，包装纸、动物排泄物、腐烂的蔬菜腐败到连癞皮狗都不会吃。他注意到了在板条窗后面，在黑暗中有一双眼睛在看着他。

他在城墙下的一座小房子前停了下来，用手杖敲着门。要找到维尔涅和他的婊子，康斯坦特需要当地人的信息。他很有耐心，他愿意一直等到他能满意地告诉自己维尔涅一家就在这个地区为止。

一个木头窗子打开了。

两只充血的眼睛一开始震惊然后恐惧地睁大了。木窗砰地关上了。然后，在门闩的滑动和钥匙在锁头里痛苦地转动之后，门开了。

康斯坦特走了进去。

第五十三章
凯德庄园

多风善变的九月让位给了平和温柔的十月。

从莱奥妮离开巴黎才过了大约两个星期，但她已经很难想起在家里的生活模式了。让她惊讶的是，她意识到自己一点也不怀念她之前的生活，不怀念景色，不怀念街道，不怀念她母亲或是她邻居的陪伴。

伊索尔德和阿纳托尔似乎也在晚宴以后经历了某些变化。伊索尔德的灰色眼睛不再蒙上焦虑。此外，尽管她很容易就累了而且经常在上午待在自己的房间里，但她的气色不错，容光焕发。聚会的成功、感谢信里真挚的温暖，这表明了雷恩莱班已经准备好接纳朱尔斯·莱斯康布的遗孀进入他们的社会了。

在这平静的两星期里，莱奥妮把自己的时间尽可能地用于户外活动，探索着这庄园的每一英寸。太阳和秋雨的组合给这个世界涂上了明亮的色彩：生动的红色、深邃的常青绿、树枝枝条下侧的金色、红棕色山毛榉树的深红色以及晚开的金雀花的蛋黄颜色。鸟鸣、从山谷下传来孤独的狗叫声、在兔子寻求掩护的时候灌木丛的沙沙声、她靴子的鞋跟踩在鹅卵石和枝条上的声音、树上振动的蝉逐渐增大的合唱声，凯德庄园美轮美奂。随着时间在她第一夜感到的阴影和墓地的寒冷之间拉开了距离，莱奥妮在庄园里毫无疑问地感觉自己是在家里。她的母亲，小的时候，曾对这庭院和房子感到的不安，她现在无法理解。或者莱奥妮是这么告诉自己的：这是一个安宁平静的地方。

她的日子陷入了一个简单的规律。

大多数早晨，她画一点画。她本打算着手描绘一系列的风景画，很简单的传统画，描绘出秋日乡间变幻的特征。但在她晚宴当天下午自画像的意外成功之后，她果断决定要着手进行一系列的复制品——从她减退的回忆中，描绘墓地里的其他七张画作。她现在的想法是要把这些画给阿纳托尔作为他们旅居的纪念品，而不是给她母亲的礼物。在巴黎的家里，在画廊和博物馆里，在大街上和精心照料的花园里，静物的魅力至今为止让她无动于衷。但在这里，现在，莱奥妮发现她和树木以及从她窗口看到的景色有一种亲密的关系。她发现自己把凯德庄园的风景画到了每一张画里。

有一些画作对她而言，比起别的画作，在脑海里更简单，在笔下更轻松。愚者的画像呈现了阿纳托尔的特征：他脸上的表情、他的身形、他的脸色。女祭司拥有莱奥妮和伊索尔德联系到一起的一种高雅和魅力。

她没有尝试恶魔。

在午饭后，大多数日子里莱奥妮会在她房间里读书或是和伊索尔德在花园里散步。她的舅妈对她的婚姻境况很小心谨慎，但莱奥妮还是设法获取了足够的信息碎片来拼凑出一段令人满意的完整历史。

伊索尔德在一位年老姨妈的照料下在巴黎的郊区长大，姨妈是位冷酷愤恨的女人，对她来说伊索尔德也就是个不用付钱的陪伴人。在她姨妈死后，伊索尔德得到了解放，但她并没有多少维持生计的手段。伊索尔德很幸运地在二十一岁时找到了办法进入了城里，受雇于一位金融家和他的妻子，这是姨妈的一位熟人，那女士数年前失去了视力需要全天的协助。伊索尔德的职责很轻松。她听写信件和其他通信，朗读报纸和新出版的小说，陪她的雇主去音乐会和歌剧院。从伊索尔德讲述那些年的柔和语调中，莱奥妮明白了她喜欢金融家和他妻子。从他们身上她也获得了很多工作上的关于文化、社会和时装的知识。伊索尔德没有透露她被解雇的原因，但根据莱奥妮的推断，金融家儿子的不雅举动是主要原因。

在她婚姻的事情上，伊索尔德更加警惕了。但是，很明显在她接受朱尔斯·莱斯康布的求婚时需求和机会起了和爱情一样重要的作用。这是一个生意而不是浪漫。

莱奥妮得知，在19世纪70年代，在这个地区发生了一系列的事件扰动了雷恩莱班。而且，没有她能理解的明确理由，但和凯德庄园扯上了关系。伊索尔德没有告知明确细节，但是有一系列的野生动物袭击家畜的事件以及儿童遭袭的谣言，还有指控声称在庄园树林里改作俗用的教堂里举行了堕落不当的仪式。

在这一点上，莱奥妮发现自己很难隐藏最深处的感情。她的脸失去了血色，然后在她想起拜亚德先生的评论说索尼埃神父被请来试图安抚这里的魂灵时，血色又涌了回来。莱奥妮想要知道更多，但这是一个由伊索尔德间接转述的故事，而且是在事情发生之后才得知的，所以她不能或者不愿告诉莱奥妮。

在另一次对话中，伊索尔德告诉外甥女朱尔斯·莱斯康布是如何被镇里人当作是某种隐士的。他在继母去世、异母妹妹离去之后一直独身一人，他很满意自己的孤独。伊索尔德解释道：“他不希望任何的陪伴，尤其是妻子。”然而，雷恩莱班日益不信任他的单身状态，莱斯康布发现他自己是怀疑的焦点。镇子激昂地质问着，为什么他的妹妹几年之前逃离了庄园？事实上，他的妹妹是否已经离开仍悬而未决。

伊索尔德解释道：“谣言和讽刺越来越强烈，终于莱斯康布不得不做出行动了。”在1885年的夏天，新任雷恩堡教区神父贝朗热·索尼埃，对莱斯康布建议说一位女人在凯德庄园的存在或许会让周边地区放心。

一位共同的朋友在巴黎把伊索尔德介绍给了莱斯康布。莱斯康布表明只要她能在他需要的时候出现在雷恩莱班，他年轻的妻子可以由他来支付开销并且一年中大部分时间都待在城里。这件事对他来说是可以接受的——实际上，是令人愉快的。这个问题掠过莱奥妮的脑海——但她没有莽撞到问出口——在这婚姻之中圆房了吗？

这是个毫不浪漫的实用主义故事，而且尽管回答了莱奥妮关于她舅妈和舅舅婚姻本质上的大部分问题，但它并没有解释在她们第一次一起散步的时候伊索尔德温柔地说起的那个人是谁。在那时，她暗示出的愉快激情，简直是直接从小说书页里出来的。她短暂地透露出了莱奥妮只能梦想的撩人体验。

在十月平静的前两个星期里，风暴的预告没能实现。太阳明亮地照耀着，但并不过于强烈。适度而温和的微风，没有什么能够打扰他们日子的安宁。这是段愉悦的时光，没有什么能打扰到他们在凯德庄园为自己营造的自给自足的居家生活。

眼前唯一的阴影就是没有他们母亲的消息。玛格丽特是个懒于写信的人，但没有收到任何通信仍令人吃惊。阿纳托尔试着安抚莱奥妮说最有可能的解释是信件在风暴当夜邮车翻倒的时候遗失了。邮政局长告诉他说一整批信件包裹和电报都丢失了，被事故卷进了萨尔兹河里在洪水中漂到了下游。

在莱奥妮注视着阿纳托尔封上信封，把信交到男孩手里带到雷恩莱班邮局的时候，一种害怕的感觉突然让她不知所措。她没有伸出手阻止他，而是检查了自己。她在犯傻。她不禁觉得阿纳托尔的债主还在追捕他。

寄一封信能有什么害处？

在十月第二个星期的结尾，当空气中充满了秋日篝火的味道和落叶的气息，莱奥妮对伊索尔德建议或许他们可以拜访一下拜亚德先生。或者，实际上，邀请他到凯德庄园来。然而令她失望的是，伊索尔德告诉莱奥妮拜亚德先生意外地离开了他在雷恩莱班的住处，在诸圣瞻礼节、万圣之夜前不会回来了。

“他去哪里了？”

伊索尔德摇摇头：“没人知道。据信是进山里了，但是没人确切地知道。”

莱奥妮还是想到雷恩莱班去。尽管伊索尔德和阿纳托尔很不情愿，但他们最后还是屈服了，访问被安排在10月16日星期五。

他们在镇里度过了愉快的上午。他们偶然碰见了查尔斯·德纳尔诺，在王后酒店的门廊里和他一起喝了咖啡。尽管他友善又热情，莱奥妮还是无法下决心喜欢他。而从伊索尔德的举止和寡言来看，她意识到她舅妈也是这么觉得的。

“我不信任他，”莱奥妮悄悄说道，“他的举止里有什么虚伪的东西。”

伊索尔德并没有说话来回应，而是扬起了眉毛以这样的举动来确认她分享着莱奥妮的疑虑。在阿纳托尔站起来道别的时候莱奥妮感到安心。

“那么你会加入我上午的狩猎了，维尔涅？”德纳尔诺说道，和阿纳托尔握了手，“在这个季节有很多野猪。山鹬和鸽子也很多。”

阿纳托尔的棕色眼睛在展望的时候明亮地闪烁着：“我会很高兴的，德纳尔诺，但我要提醒你我的热情比技术高。而且，我很窘迫地告诉你，我准备得很不充分。我没有枪。”

德纳尔诺拍着他的后背：“我会提供武器和弹药，只要你请我吃早餐就行。”

阿纳托尔微笑着。“说定了。”他说道。尽管莱奥妮反感那个人，但她很高兴看到出行的承诺在哥哥脸上带来的愉快的表情。

“女士们，”德纳尔诺说道，扬起了帽子，“维尔涅，下星期一我会把你需要的东西提前送到宅邸去，如果您同意的话，莱斯康布夫人。”

伊索尔德点点头：“当然了。”

在他们散步的时候，莱奥妮情不自禁地注意到伊索尔德引起了当地人一定的兴趣。观察中并没有敌意或是怀疑，而是一种注意。伊索尔德穿着暗淡的衣服，在街上戴着她的半面纱。让莱奥妮惊讶的是，在事情过去九个月之后，她依然被镇上的人看作是朱尔斯·莱斯康布的遗孀。在巴黎服丧期很短，而这里，明显需要更长的时间。

然而，对莱奥妮来说这次访问最精彩的部分，是一个旅行摄影师出现在秘鲁广场上。他的脸隐藏在一块厚黑布之下，箱型装置在有金属脚的三脚架的纤细木腿的支撑下很平衡。他来自图卢兹的一家摄影室，承担着把高地山谷里城镇村庄的生活记录下来留给后世的任务。他已经去过了雷恩堡、库伊扎和库斯托萨。在雷恩莱班之后，他要去埃斯佩拉扎和基扬。

“我们照相吧？会是一个我们在这里的纪念品。”莱奥妮拉着阿纳托尔的袖子，“好吗？给妈妈的礼物。”

让她惊讶的是，泪水涌入了她的眼睛。从阿纳托尔把信送到邮局以来，莱奥妮第一次因想起了母亲的陪伴而伤感。

或许是察觉到了她高涨的情绪，阿纳托尔屈服了。他坐在一张旧金属椅子的中间，把手杖平放在膝盖上，帽子放在膝头。椅子的腿不是一般的长，在卵石地面上摇晃着。伊索尔德优雅地穿着深色的外套和裙子，站在阿纳托尔左边的身后，包在黑色丝绸里的手指放在他的肩上。莱奥妮，穿着她黄褐色带铜纽扣和天鹅绒饰边的散步外套，站在阿纳托尔的右边，她很漂亮，直接冲着相机微笑着。

“那么，”莱奥妮在结束之后说道，“这样我们就会永远记得这一天了。”

在他们离开雷恩莱班之前，阿纳托尔惯常地去拜谒邮件待领处。与此同时，莱奥妮去了奥迪克·拜亚德简朴的居所，希望证实他真的不在。从墓地里拿出来的乐谱还在她的口袋里，而她决心要展示给他看。她也希望，向他吐露她是如何开始在纸上记录下后殿墙上的画作的。

还要问他围绕着凯德庄园的那些谣言。

伊索尔德在莱奥妮敲着蓝色木门的时候耐心地等待着，好像她能用意念的力量把拜亚德先生拉出来一样。窗板都是关着的，外面窗台上花箱里的花都用毛毡包了起来，预期着即将到来的秋霜。一种冬眠的气息悬在这建筑四周，仿佛它一段时间内没有期待任何人会回来。

她再次敲门。

在她注视着百叶窗关闭的房子的时候，拜亚德先生对她提出的警告——不要回到墓地或是寻找卡牌——前所未有地强烈涌回她的脑海。尽管她只在他的陪伴下度过了一个晚上，她对他有完全的信赖。晚宴之后已经过去了两个星期了。现在，在她沉默地站在没有打开的门外等待的时候，她意识到了她有多么希望他知道她一直顺从着他的期望。

几乎是彻底的。

她没有追寻自己的脚步进入树林。她没有进一步了解更多。虽然还没有把舅舅的书还到图书馆里，但她也没有研究它。事实上，从第一次阅读之后，她几乎没有再打开过它。

现在，尽管拜亚德先生不在家让她感到很沮丧，但还是加强了她遵守他意见的决心。一个念头闪过她的脑海，不这么做的话可能会不安全。

莱奥妮转过身挽起了伊索尔德的胳膊。

在大约半个小时后，他们回到凯德庄园的时候，莱奥妮跑到了楼梯下的角落把乐谱放进了钢琴凳里，放在一份虫蛀了的巴赫《十二平均律钢琴曲集》下边。现在，在她看来，一直以来她从没有真正想要弹奏它是件很重要的事情。

那天晚上，在莱奥妮吹熄卧室里灯光的时候，她第一次后悔之前没有把《塔罗》还到图书馆里。她敏感地意识到她舅舅的书在她的房间里，虽然藏在了她的棉线轴、细线和缎带之下，但关于恶魔的念头溜进她的脑海：想到了从他们的床上被偷走的孩子，想到了地面和石头上的痕迹似乎告知了某些邪恶被释放了出来。在长夜之中，八张塔罗画作压在她身上的影像让她惊醒。她点着了一支蜡烛赶走了鬼魂。她不会让它们把她拉回去。

因为莱奥妮现在完全明白了奥迪克·拜亚德警告的本质。这个地方的魂灵已经开始接近，试图将她夺走。她不应该再次给它们这样的机会。

第五十四章

宜人的天气一直持续到10月20日星期二。

铁灰色的天空压在地平线上。潮湿模糊的雾气用冰冷的手指缠绕着庄园。树林只是一个剪影。湖面波浪起伏。杜松和杜鹃的灌木丛在强劲的西南风中摇动着畏缩着。

莱奥妮很高兴阿纳托尔在前一天，在下雨之前，和查尔斯·德纳尔诺一起去打猎了。出发的时候他肩上斜挂着棕色皮革的枪套，里面装着借来的枪支，扣环在阳光下闪着光。他下午很晚才回家，带着一对斑尾林鸽，风吹日晒的脸孔，他棕色的眼睛因打猎的兴奋发红。

在她向窗外看去的时候，她想到要是在今天的话，这次体验将会损失多少乐趣。

在早餐后，莱奥妮来到起居室，邮件从村里送来的时候，她正蜷缩在躺椅上看着奥利芬特夫人的小说选集。她倾听着前门被打开，一阵打招呼的低语声，然后是女仆咔嗒咔嗒走在大厅的地砖上走向书房的声音。

对伊索尔德来说，现在接近了庄园里每年特别忙碌的时间。圣玛丁节，11月11日，是一年一度的清算和会计的日子，而且，对某些庄园来说，是驱逐佃户的日子。伊索尔德对莱奥妮解释那是订下第二年佃户的租金的日子，而作为女主人，她决心要履行她的职责。那只不过是个倾听庄园经理然后照着他的意见行事的问题，而不是自己做决定，但这件事还是让她在过去的两个上午里都隐居在她的书房里。

莱奥妮把眼神收回到书本上接着阅读。

几分钟之后，她听到了提高的话语声，然后是书房铃铛不寻常的叮当声。莱奥妮迷惑地放下了书，然后用穿着袜子的脚跑过房间把门打开了一点。她恰好看见了阿纳托尔跳下楼梯消失在书房里。

“阿纳托尔？”她在他身后喊着，“有从巴黎来的消息吗？”

但是他明显没有听见她的话，因为他坚决地砰的一声关上了门。

多么反常。

莱奥妮等待了一会儿，好奇地在门框周围窥视着，希望看见她哥哥，但什么也没有发生，很快她就厌倦了观察，回到了她的长靠椅上。五分钟过去了，然后是十分钟。莱奥妮接着看书，虽然她的注意力在其他地方。又过去了一刻钟。

在十一点的时候，玛莉塔把一托盘咖啡送进了起居室放置在桌子上。一如往常的有三个杯子。

“我舅妈和哥哥会和我一起午餐吗？”

“应该是的，小姐。”

此时，阿纳托尔和伊索尔德一起出现在门口。

“早上好，小家伙。”他说道。他棕色的眼睛在闪亮。

“我听到了喧闹，”莱奥妮跳了起来，说道，“我想知道你是不是收到了巴黎来的消息。”

他的表情迟疑了一下：“我很抱歉，没有。没有妈妈的消息。”

“那么……到底发生了什么？”她问道，意识到伊索尔德也处于一种兴奋状态中。她容光焕发，灰色的眼睛闪烁着。

她走过了房间抓紧了莱奥妮的手：“今天上午我收到了我等待着的来自卡卡颂的信件。”

阿纳托尔在炉火前坐了下来，他的手放在背后：“我记得伊索尔德承诺过一场音乐会……”

“那么我们要去了！”莱奥妮跳了起来亲吻了她舅妈，“真是太好了！”

阿纳托尔笑了：“我们希望你能够满意。当然，对这样的旅程来说这不是最好的季节，但是我们要听从环境的摆布。”

“我们什么时候去？”莱奥妮问道，在一旁东看西看。

“我们会在星期二早晨出发。伊索尔德给律师发了电报说她会在两点钟到那儿。”他顿了一下，又和伊索尔德交换了眼色。莱奥妮看到了。

他还有什么事情想要告诉我。

她心里再次感到不安。

“事实上，还有一件事情我们打算告诉你。伊索尔德极为慷慨地建议我们可以延长在这里的停留，或许甚至一直到新年的时候。你觉得怎么样？”

莱奥妮诧异地注视着阿纳托尔。起初，她并不十分清楚自己对这样的建议是怎么想的。要是他们再待下去，乡间的乐趣会变得乏味吗？

“但……但是你的工作呢？杂志能宽限你这么久吗？难道你不需要就近监

督你的利益吗？”

“哦，我敢说杂志没有我还是能坚持一段时间的。”他轻松地说道。他从伊索尔德手里接过一杯咖啡。

“妈妈怎么办？”莱奥妮说道，突然被她独自一人坐在柏林路客厅里的美丽影像困扰着。

“如果杜邦允许的话，我们曾经想过，或许，邀请她到这里来和我们在一起。”

莱奥妮使劲儿盯着阿纳托尔。

他都不相信她会离开巴黎，更不用说会到这里来了。

“我不认为杜邦将军会希望这样。”她说道，“对于这样一个邀请，必然会得到拒绝。”

“又或许是你已经厌烦了我的陪伴所以不希望再在这里待下去了？”阿纳托尔说道，走过了房间搂着她的肩膀，“想到还要在这里困在你哥哥身边好几个星期就让你这么痛苦吗？”

这个瞬间延展着，紧张又令人期待，然后莱奥妮咯咯地笑着。

“你这个笨蛋，阿纳托尔！再多待一段时间我当然很高兴了。我想不到任何更喜欢的事情了，只是——”

“只是？”阿纳托尔立刻说道。

笑容从她的唇上溜走了：“听到妈妈的消息我会很高兴的。”

阿纳托尔放下了他的杯子点起一支烟。“我也会，”他平静地说道，“我很确定只不过是她过得太开心了以至于还没找到机会来写信。而且，当然了，还得给出时间来让我的信件送往马恩。”

她眯起了眼睛：“我认为你觉得他们肯定回到巴黎了？”

“我只是表明他们可能回到巴黎了。”他温和地说道，然后他的表情再次变得轻松，“但是去卡卡颂的想法让你很高兴？”

“事实上，是的。”

他点点头：“很好。我们会坐从库伊扎发车的早班车。公共马车五点钟从秘鲁广场出发。”

“我们会待多久？”

“两天，或许三天。”

莱奥妮失望地拉长了脸：“那根本就没多长时间嘛。”

“足够长了。”他微笑着。

这一次，莱奥妮不可能没注意到他和伊索尔德之间交换的亲密眼神。

第五十五章

10月21日，星期三

恋人躺在被单底下，他们的脸被一支蜡烛摇曳的光线照亮。

“你应该回你的房间了，”她说道，“时间不早了。”

阿纳托尔把手交叠放在脑袋下面，这个姿势明显表现出了他想再待一会儿的决心。

“很晚了。所有人都睡了。”

伊索尔德微笑着。“过去我不相信还能体验这样的幸福，”她平静地说道，“我们能一起在这里。”然后微笑从她脸上消失了。她的手，无意识地，摸向自己的喉窝：“我害怕这不会长久。”

阿纳托尔屈身吻着那有疤痕的皮肤。即使现在，他还能感到她渴望躲开他嘴唇的触碰。这个伤疤永远提醒着她和维克多·康斯坦特之间短暂而暴力的私情。

他们的恋情开始几个月并且在她丈夫去世以后，伊索尔德才允许阿纳托尔看到她的裸体，而且没有用她习惯的高领或围巾或箍带遮挡住她脖子上那个丑陋的红色伤疤。又过了好几个星期，阿纳托尔才成功地说服了伊索尔德告诉他如何留下这个伤疤的故事。

他曾经认为——错误地认为——讲述过去会帮助她掌控她的记忆。然而，这没有起到作用，而且还干扰了他平静的思绪，即便在现在，他们初次见面之后九个多月了，他已经熟悉了伊索尔德在康斯坦特手下遭受的身体责罚。阿纳托尔想起她面无表情平静地讲述康斯坦特是如何在嫉妒的作用下，用火钳夹着他的图章戒指放进煤炭中，然后把炽热的金属放到了她的喉咙上直到她因为疼痛昏厥过去，在想起这件事的时候她发现自己依然会畏缩。他给她烙上了印记。她的记忆如此鲜明清晰以至于阿纳托尔都觉得自己能够闻到她烧灼血肉令人作呕的甜香气味。

伊索尔德和康斯坦特的姘居只持续了几个星期。折断的手指治愈了、瘀痕消退了，只有一个伤疤留了下来，作为那三十天之中康斯坦特强加给她身体伤害的纪念品。但心理的伤害持续得更久。让阿纳托尔痛苦的是除了她的美丽、她的优雅、她的高贵之外，伊索尔德是如此胆怯，如此缺乏自我价值感，如此害怕。

“会长久的。”阿纳托尔坚定地说道。

他让他的手向下移动，抚摸着心爱又熟悉的骨骼和形体，最终他放在了她大腿柔软白皙的皮肤上。

“一切都就绪了。我们有证书。明天我们会在卡卡颂和莱斯康布的律师见面。一旦我们了解了你在这里的立场，就能够做出最后的安排了。”他打了个响指，“轻而易举。”

他向着床头桌伸出手，他裸露的皮肤下肌肉伸展着，清晰可见。他拿过他的烟盒和火柴，点着了两支烟，然后给了伊索尔德一支。

“会有人拒绝接受我们的，”她说道，“布斯凯夫人，弗米拉尤律师。”

“我相信，”他耸耸肩，“但你这么看重他们的美言吗？”

伊索尔德没有回答这个问题：“布斯凯夫人有理由感到愤愤不平。要是朱尔斯没有承担婚姻大任的话，她就会继承这个庄园了。她甚至会质疑遗嘱。”

阿纳托尔摇了摇头。“本能告诉我要是她有意如此的话，在莱斯康布去世、公布遗嘱的时候她就会这么做了。在用虚构的异议让自己烦心之前，我们还是先看看遗嘱附录是怎么说的吧。”他又吸了一口烟，“我确实承认弗米拉尤律师或许会谴责我们婚姻的轻率。他也许会反对，尽管我们之间并没有血缘关系，但他的业务是什么？”他耸耸肩，“假以时日他会接受的。当一切尘埃落定的时候，弗米拉尤是个实用主义者。他不会想和庄园断绝关系的。”

伊索尔德点点头，但是阿纳托尔怀疑那是因为她希望相信他而不是他说服了她。

“而你依然坚持我们应该住在这里？而不是匿名隐藏在巴黎？”

阿纳托尔想起了无论何时回到巴黎，伊索尔德都会变得那么忧虑，那么失魂落魄。每个味道、每个声音、每个景象似乎都让她痛苦，让她想起了她和康斯坦特短暂的姘居。他不能那样生活，他也怀疑她不能。

“是的，如果我们可以的话，我认为我们应该在这里安家。”他突然停顿，然后温柔地把手放在她略微鼓起的肚子上，“特别是如果你的怀疑正确的话。”他看着她，他的眼睛自豪地闪烁着，“我依然不能相信我要当父亲了。”

“目前还只是早期，”她温柔地说道，“很早。即便如此，我也不觉得我弄错了。”

她把手放在他手上，片刻，他们一言未发。

“你不害怕我们会因为三月时的恶作剧而受到惩罚吗？”她低声说道。

阿纳托尔皱着眉，没有理解她的意思。

“诊所。假装我是被逼着去……终止妊娠。”

“一点也不。”他坚决地说道。

她再次陷入沉默。“你能不能向我保证你不回首都的决定和维克多没有关系，”她最后说道，“巴黎是你的家，阿纳托尔。你希望永远离开它？”

阿纳托尔熄灭了他的烟卷，然后用手指理着他浓密的黑发。

“这件事我们已经讨论了太多次了，”他说道，“但要是我再说一次能够安抚你，我向你保证我深思熟虑过，认为凯德庄园对我们来说是最合适的住处。”他在裸露的胸前画了个十字，“和康斯坦特无关，和巴黎无关。在这里，我们可以简单平静地生活，建立我们自己的生活。”

“莱奥妮也在这儿？”

“我希望她和我们一起安身，是的。”

伊索尔德变得沉默。阿纳托尔感觉到她整个身体变得静止、紧张，准备逃避。

“你为什么依然允许他威胁你？”

她垂下了眼睛，他立即就后悔说出了他的想法。他知道伊索尔德很了解康斯坦特经常进入她的思绪让他很沮丧。在他们恋情的早期，他曾告诉过她，她对康斯坦特持续的恐惧让他觉得自己多么不称职，仿佛他的男子气概不够驱逐她过去的恐惧。他曾表达出了自己的恼怒。

结果，他知道她决定缄口不言，不是她忍受过的苦痛的记忆减轻了对她的烦扰，而是关于破碎的骨骼、撕裂的皮肤的记忆要花费比身体上的证据长得多的时间来治愈。但他努力去理解的事情是为什么她觉得如此羞愧。她不止一次地试着解释他的虐待让她觉得多么羞辱，她对自己被污染的感情感到多么耻辱，她被蒙骗了居然认为能够和这样的男人共浴爱河。

在他最黑暗的时刻，阿纳托尔害怕伊索尔德因为那一次短暂的判断错误就丧失了任何拥有未来幸福的权利。而让他悲伤的是，他的安慰和他们为了躲开康斯坦特的注意而采取的非同寻常的措施——蒙马特墓园里的那场哑剧——都没有让她感到安全。

“如果康斯坦特在找我们，”他激烈地说道，“我们现在就该知道了。在今年头几个月里他一点也没有隐藏他的恶毒意图，伊索尔德。他知道你的真名吗？”

“他不知道，不。我们是在一位共同的朋友家里介绍见面的，只提到教名就足够了。”

“他知道你已婚？”

她点点头：“他知道我在乡下有个丈夫。还知道在通常的名望束缚下，只要我小心谨慎，他就能够容忍我独立的需求。我们没有讨论过这些事。当我要告诉他我要离开的时候，我声称要去和我的丈夫待在一起。”

她战栗着，阿纳托尔知道她想起了那个他几乎杀死她的晚上。

“康斯坦特从未知晓莱斯康布，”他坚决地说道，“是这样的吧？”

“他不认识朱尔斯。”

“除了费度街上的公寓之外，他也不知道任何地址和任何联系方式？”

“他不知道，”她顿了一下，“至少，不是从我口中知道的。”

“那么，”阿纳托尔说道，仿佛他刚证明了他的观点，“从葬礼以来已经过了六个月了，是吧？而我们的宁静没有被任何事情打扰到。”

“除了你在全景廊街上遇袭以外。”

他的眉头皱了起来。“那件事和康斯坦特一点关系都没有。”他立刻说道。

“但他们只拿走了你父亲的怀表，”她反对道，“有什么贼会留下满是法郎的钱夹？”

“我是在错误的时间，出现在错误的地点，”他说道，“仅此而已。”

他倾身靠向她，用手背轻抚着她的脸颊：“从我们到凯德庄园开始，我一直都在打探消息，伊索尔德。我没听到，没看到任何意外的事情。没有什么能给我们带来一丝的不安。在村子里没有人问过问题。庄园周围没有报告见过陌生人。”

伊索尔德顿了一下：“没有玛格丽特的消息你不担心么？”

他的眉头皱得更紧了：“我承认，是的。在我们做了这么多事情努力隐藏行踪之后，我不愿写信。我只能推测那是因为她忙于应付杜邦和他的愿望。”

伊索尔德因他没隐藏好的厌恶而微笑。“他唯一的罪过就是爱上了你的母亲。”她温柔地指责着他。

“那么他为什么不娶她？”他说道，比他的本意更严厉。

“他不是自由的，”她温柔地说道，“而且，即便他是……她是公社成员的遗孀。他不是那种能无视传统的人。”

阿纳托尔点点头，然后叹了口气：“简单的事实就是他占用了她的时间。感谢上帝，尽管我反感这个人，但知道他在马恩陪伴着她比起她独自在巴黎让我少担心很多。”

伊索尔德从床边的椅子上拿起睡衣披在肩上。

关心在他眼中闪过："你冷吗？"

"有一点。"

"我能给你拿点什么吗？"

伊索尔德握住他的手臂："我很好。"

"但以你的情况，你应该——"

"我没有生病，阿纳托尔，"她逗弄着他，"我的情况，以你的话说，是完全自然的。请你不要这么担心。"微笑从她唇上溜走，"但是，提到家庭的问题，我依然认为我们应该向莱奥妮吐露我们到卡卡颂去的真正原因。告诉她我们的意图。"

阿纳托尔用手指理着头发："她最好在事情结束之后再知道。"

他又点了一支烟。白色的烟雾漂浮到房间上方，仿佛在空气中写字一样。

"你真的相信，阿纳托尔，在蒙蔽了她之后，莱奥妮会原谅你？"伊索尔德顿了一下，"原谅我们。"

"你喜欢她，是吧？"他说道，"我很高兴。"

"这就是为什么我不想继续欺骗她。"

阿纳托尔用力吸着烟："她会理解我们认为预先让她涉及我们的计划对她来说是个过大的负担的。"

"我持反对意见。我认为莱奥妮会为了你做任何事情，接受任何你向她倾诉的事情。然而……"她轻轻耸了耸肩，"要是她感觉有点，要是她——实际上，正当地——感觉我们不信任她，那我恐怕她的愤怒会让她以她——还有我们——非常后悔的方式行动。"

"你是什么意思？"

她握住他的手："她不是个孩子了，阿纳托尔，不再是了。"

"她只有十七岁。"他反对道。

"她已经嫉妒你对我的注意了。"她平静地说道。

"胡说。"

"你觉得她发现我们——你——欺骗了她，她会怎么想？"

"那不是欺骗的问题，"他说道，"那是个慎重的问题。知道我们打算做什么的人越少越好。"

他把手放在伊索尔德的肚子上，清楚地表明他认为这个话题结束了。

"很快，亲爱的，一切都会结束。"

他用另一只手托着她的头把她拥过来，吻着她的双唇。然后，他慢慢地把睡衣从她肩上滑下，露出了她丰满的胸部。伊索尔德闭上了眼睛。

“很快，”他对着她牛奶般的皮肤呢喃着，“一切都会公开。我们能开始生活的新篇章。”

第五十六章
卡卡颂

10月22日，星期二

在四点半的时候，马车沿着凯德庄园的长车道驶下山去，阿纳托尔、莱奥妮和伊索尔德坐在车里。玛莉塔坐在车前，帕斯卡在驾车，一条毯子盖在他们的膝盖上。

车厢是封闭的，有裂缝的皮革车篷无法抵挡寒冷的清晨。莱奥妮紧紧地裹在她的黑色长斗篷里，罩帽拉到了头上，温暖地挤在她哥哥和舅妈之间。这个秋季第一次穿的毛皮衣服把他们从头到脚包得严严实实的，她能够闻到衣服散发出的麝香和樟脑球的气味。

对莱奥妮来说，清晨的蓝色光线和寒冷只是增加了冒险的气氛：在日出之前出发的浪漫，预期中在卡卡颂的两天探索以及音乐会还有在饭店里吃饭。

他们驶入苏格赖尼路时车灯咯哒响着敲打着车厢，黑暗中的两盏灯。伊索尔德承认她睡得不是很好因此觉得有点恶心。她说话很少。阿纳托尔也是一样沉默。

莱奥妮十分清醒。她鼻子里闻到了清晨浓重的土壤气味以及混合了仙客来、黄杨、桑树丛和甜栗子树的芬芳香气。对百灵鸟或鸽子来说，现在还没到鸣叫的时候，但她听到了夜晚狩猎归来的猫头鹰的叫声。

尽管他们起得很早，但恶劣的天气条件还是导致火车晚了一个多小时才到卡卡颂。

阿纳托尔在招呼出租马车，莱奥妮和伊索尔德在一旁等待着。很快他们就飞快地驶过了马伦戈桥去向圣路易斯堡北区的一家由加比诺医生推荐的酒店。

酒店位于港口街，在一条靠近圣文森特教堂的安静边道拐角处。它很简朴，但很舒适。一个半圆形的三级石头台阶从人行道通向入口，一扇黑色的门装在轮廓分明的石头门框里。人行道比卵石街道要高，沿着外墙排列的赤陶花盆里种植着景观树，像一排执勤的哨兵一样。窗台上的花箱在新刷过的百叶窗上留下了绿色白色的影子。在侧壁上，用高大的大写字母写着酒店和餐厅名。

阿纳托尔办完了手续，监督着包裹送到房间里。他选了二楼的套房给伊索尔德、莱奥妮和女仆，自己住在走廊对面的房间。

他们在酒店的小餐厅里吃了一顿简便的午餐，然后大概在五点半左右，他们在酒店集合以便在音乐会前提早吃晚餐。伊索尔德和她过世丈夫律师的会面是在两点钟，在一条叫卡里埃麦琪的路上。阿纳托尔要去陪伴她。在他们离开的时候，他要求莱奥妮承诺没有玛莉塔的陪同哪儿也不去。而且，还要求她不在没有大人陪同的情况下冒险走出新城的界限到河对岸去。

又下雨了。莱奥妮专心地和另一位客人聊天，一位老寡妇——桑切斯夫人，她许多年来经常到卡卡颂。她解释了下方的城镇（她称之为下城区）是怎样以网格系统建造起来的，和现代的美国城市很相像。借用了莱奥妮的全天候铅笔，桑切斯夫人在店主提供的城区平面图上圈出了酒店和中央广场。她也警告说很多街道的名字都过时了。

“圣人屈从于将军，”她说着，摇了摇头，“于是我们现在在甘贝塔广场上听乐队演奏而不是在圣塞西尔广场上了。我跟你讲，音乐听起来是一模一样的！”

莱奥妮注意到雨变小了，急不可待地想要开始她的探险。她告辞了，安慰桑切斯夫人说她会安排好一切的，然后匆忙地做着出发的准备。

玛莉塔努力跟着她，莱奥妮朝向主要广场，艾赫布广场，出发了。跟着沿街小贩和市场商人的叫卖声，跟着狭窄街道里车轮和马具的咔嗒声。在她走近之后，她看到很多摊位正在收摊。空气中弥漫着一种烤栗子和新出炉面包的美味香气，用糖和肉桂调味的潘趣酒正从悬挂在木制手推车后边冒着热气的金属容器里用长柄勺舀出来。

艾赫布广场是个低调而错落有致的广场，四边都排列着六层高的建筑，每个角落都有小路和街巷通到这里。广场中心被一个18世纪献给尼普顿的华丽喷泉占据了。莱奥妮低垂着帽檐，出于责任感读着标牌，但作品太庸俗，她没有逗留。

法国梧桐伸展的枝条，树皮斑驳的酸橙树——正在落叶，留下来的部分涂上了一层红棕色、淡绿色和金色的色调。到处都是雨伞和颜色轻快的阳伞，遮蔽着侵袭的风雨，柳条筐里装着新鲜蔬菜、水果、园林植物和秋季的花朵。穿着黑衣服，面容饱经风霜的女人用柳条篓卖着面包和山羊奶酪。

让莱奥妮惊讶又惊喜的是，广场的一边几乎都被百货公司的门面占据了。

用醒目的字体组成的名字被系在了铸铁的窗台栏杆上——巴黎卡卡颂。尽管刚过两点三十分，减价货物的托盘——“特价商品，亏本销售”已经放在了房前的桌子上。遮阳篷上的金属展示钩上挂着猎枪，成衣时装，篮子，各种各样的家居用品，长柄煎锅，甚至还有炉子和烤箱。

我可以给阿纳托尔买几件打猎器材。

这个念头在她的脑海里一闪而过。她只有一点点钱并且又不可能赊购，另外，她不知道从哪儿开始。于是她沿着市场散步。在这里，又或是在她看来，卖货物的女人们和一小部分男人有着微笑开朗的面孔。她拿起了蔬菜，在指间捻着草药，以一种她在巴黎绝对做不到的方式闻着高茎花朵的味道。

在她满足了自己的好奇心，看过了艾赫布广场之后，她决定走进周边的街道去冒险。她向西走去，发现自己走到了卡里埃麦琪街，伊索尔德的律师所处的街道。在街的尽头布满了办公室和裁缝店。她在提苏·卡塔拉的裁缝店门外等了一会儿。透过玻璃门她能看到里边展示着各种颜色的布料，还有各种各样的缝纫材料。在入口两侧的木百叶窗上，男女时装式样的图画用大头针钉在了上面，从绅士的晨礼服到女士的茶会礼服和披肩，应有尽有。

莱奥妮忙着查看缝纫式样，时不时看着街上的律师办公室，觉得或许会看到伊索尔德和阿纳托尔出现。但随着时间的流逝他们并没有出现，远处街上商店的吸引力引开了她。

她向东走向河流的方向，玛莉塔跟在她身后。她停下来看着几个交易古董的商店的玻璃橱窗。有一家书店，它的橱窗里摆满了深色的木头书橱，里面装着红色绿色蓝色的皮革书籍。七十五号是家熟食店，有一股迷人的浓郁苦涩的磨碎烘焙咖啡的气味。她在人行道上站了一会儿，透过三扇高窗往里看。在里边，木头和玻璃的架子上展示着豆子、全套厨具和灶火用的锅。

门上的字母写着“以利亚·于克”。在店里的一边，钩子上挂着一串串干香肠。在另一边，摆放着一捆捆的野生百里香、鼠尾草、迷迭香，还有一张桌子上放满了碟子和罐子，里面装着腌制的浆果和甜李子冻。

莱奥妮决定要给伊索尔德买点东西，一份感谢她安排这次卡卡颂之旅的礼物。她走进了这个阿拉丁的山洞，把玛莉塔留在人行道上焦虑地扭着双手。大约十分钟之后她回来了，她拿着一个白色的纸口袋，里边装着最好的阿拉伯咖啡豆和一大玻璃罐的蜜饯水果。

她开始厌烦玛莉塔月亮一样的脸孔和忠犬一样的存在。

我敢吗？

一个恶作剧的念头自发地溜进她的脑海，莱奥妮感到一阵兴奋。阿纳托尔会严厉地斥责她。不过要是她动作迅速而玛莉塔守口如瓶的话，他就不需要知道了。莱奥妮看着街道的一端，然后看着另一端，有一些没人陪伴的和她一个阶层的女性在外面散步。不可否认，这不寻常，但确实有一些，而且看起来没人注意。阿纳托尔太大惊小怪了。

在这样的环境里，我可不需要警卫犬。

“我不想拿着这些东西，”她说道，把口袋塞给了玛莉塔，然后装模作样地看着天空，“恐怕又要下雨，”她说道，“最佳选择就是你把口袋送回酒店去然后同时拿一把雨伞回来。我会在这里等你的。”

忧虑在玛莉塔眼中闪过：“但维尔涅先生说要待在你身边。”

“这个任务不会超过十分钟，”莱奥妮坚定地说道，“他永远不会知道你去了又回来。”她拍着白色的口袋，“咖啡是给舅妈的礼物，我不想让它变质。回来的时候带把雨伞来，我们就不会淋雨了，我们会需要它的。”她讲清楚了她最后的观点，“要是我感冒了我哥哥可不会感谢你。”

玛莉塔迟疑了，低头看着口袋。

“快点，”莱奥妮不耐烦地说道，“我会在这儿等你的。”

姑娘疑虑地回头看了一眼，急匆匆地沿着卡里埃麦琪街走着，再三地回头看着，确保她年轻的女主人没有消失。

莱奥妮微笑着，因自己无害的花招感到欣喜。她并不打算对抗阿纳托尔的指示离开新城。相反的，她确实感觉自己可以问心无愧地沿着河流走下去，然后看一眼奥德河右岸的中世纪城堡。她对那个伊索尔德谈论过而且深受拜亚德先生喜爱的老城十分好奇。她从衣服口袋里拿出了地图研究着。

不会这么远的。

要是运气不佳，玛莉塔真的在她回来之前就回来了，莱奥妮可以简单地解释她自己大胆采取行动去寻找律师的办公室了，这样就可以跟伊索尔德和阿纳托尔一起走回来，因此和女仆走散了。

莱奥妮很满意自己的计划，她高高仰着头，走过了普里塞街。她觉得自己十分独立，勇于冒险，很现代，而且喜欢这种感觉。她走过飘扬着崭新三色旗的市政厅的大理石立柱，走向她从地图上辨认出的是古代贫穷修女会修道院遗迹的地方。在唯一存留的塔楼顶部，一个装饰性的穹顶包裹着一口钟。

莱奥妮离开了繁忙街道的紧密网格，进入了绿树成荫的甘贝塔广场。一个牌匾纪念着卡卡颂建筑师利奥波特·坡提的工作，他设计并监督修建了这些花园。在广场中央有一个湖，一道水流从水面下喷射到天空，在周围产生了一片白雾。一个日式风格的露天音乐台周围环绕着白色的椅子。杂乱的座椅、冰淇淋饼干的残渣、蜡纸和潮湿的雪茄烟蒂都表明音乐会结束有一段时间了。地面上散落着音乐会的传单，白色的纸张上留有泥泞的脚印。莱奥妮弯腰捡起了一张。

她从甘贝塔绿色宜人的空间转向右边，走上一条沿着医院侧面修建的相当沉闷的卵石街道，据称通向老桥脚下的一处全景观察点。

一个黄铜雕像放置在三条路交汇处的喷泉顶端。莱奥妮擦了擦饰板，读着上面的文字。她可以去往萨玛利丹路或是弗劳路，甚至是波莫纳路。

一直照看着古典女主角的是一位基督教圣人，圣文森特·保罗，他在通向桥梁的道路上观察着玛拉德医院的全景。他温柔的石头般的注视和张开的手臂似乎要把旁边的教堂纳入怀中。教堂的石头门廊高大有拱，上面有圆花窗。

雕像和教堂讲述着慈善、金钱和富足。

莱奥妮转过身来，第一次模糊地看到了老城，中世纪的城堡矗立在河对岸的一座山上。她屏住了呼吸。它在规模上比她想象中的更宏伟，更人性。她见过流行的老城的明信片上写着古斯塔夫·纳道的名言：“*不应该在看见卡卡颂之前死去。*”过去觉得只不过是一句广告标语，现在她在这里，觉得那似乎是一句真实的表达。

莱奥妮能够看到水位很高。事实上，在一些地方它和河堤重叠了冲上了草地，冲刷着圣文森特·保罗教堂和医院建筑的石头地基。她并不想进一步违反阿纳托尔，然而她发现自己走上了桥的斜坡，它以一系列的石拱贯穿了河流。

再走几步我就回来。

河对岸大部分被树木覆盖着。莱奥妮透过树冠和枝条能够看到水磨、酿酒厂的平屋顶、纺织车间以及它们的纺织机械，令人惊奇地充满了乡土气息。她想着：这是另一个更古老的世界的遗留物。

她抬头看到一个破旧的石雕耶稣挂在桥中间桥墩尖端的十字架上，矮墙上有一个凹洞，在那里行人可以歇歇脚或是躲开四轮马车或乳牛场主的运货马车。

她又走了一步，又一步，没有实际决定要这么做，但她从安全的新城走到了老城的浪漫之中。

第五十七章

阿纳托尔和伊索尔德站在圣坛前。

一个小时过去了，所有的文件都签署了。朱尔斯·莱斯康布遗嘱的条款，延误了一个夏天之后，终于被查清了。

莱斯康布把他的庄园留给他的遗孀终身使用。在命运意料之外的扭转中，他在遗嘱里说明一旦她改嫁的话，产业应归他异母妹妹——玛格丽特·维尔涅，旧姓莱斯康布——的儿子。

在律师用他干涩、沙哑的嗓音读出这些条款的时候，过了一段时间，阿纳托尔才意识到文件里提到的是他。他所能做的就是不要笑出声来。凯德庄园，无论怎样，都会属于他们。

此外，半个小时之后，他们站在耶稣会的小教堂里，神父说着使他们成为夫妻的简短仪式的结束语，阿纳托尔伸手握住了伊索尔德的手。

“维尔涅夫人，终于，”他悄声说道，“亲爱的。”

在街上随机找来的见证人，微笑着看着他们公开表达恋情的手势，尽管他们觉得这段感情这么平淡无奇太遗憾了。

阿纳托尔和伊索尔德在洪亮的钟声中走到了街上。他们听到了雷声。他们希望独自度过他们新婚生活的第一个小时——而且安心地认为莱奥妮和玛莉塔舒适地在酒店里等待着他们归来——他们跑过了湿透的街道，钻进了遇见的第一家合适的店铺里。

阿纳托尔点了一瓶水晶香槟，菜单上最昂贵的香槟。他们交换了礼物。阿纳托尔给了伊索尔德一个银制的盒式吊坠，一边是她的微型肖像画，另一边是他自己的。她给了他一块精美的镀金怀表，在顶部刻着他姓名的缩写，以此来替代他在全景廊街的袭击中被夺走的那块。

接下来的一小时里，他们饮酒聊天，在彼此深情的陪伴中十分快乐，同时，雨点开始打在宽阔的玻璃窗上，一场大雨袭来。

第五十八章

莱奥妮在下桥的时候感到一阵不安。她不能再假装自己并没有违反阿纳托尔的指示了。她从脑海里赶走了这个念头，回头看着黑色暴雨云聚集在新城上空。

在这个时候，她对自己说，待在远离糟糕天气的河对岸是更明智的。实际上，现在回到下城区是不可取的。另外，一位女冒险家，一位女探索家，不会仅仅因为她哥哥这么说就放弃了追寻。

特维艾勒区比她想象中的更令人紧张不安，更加贫穷。到处可以看到光着脚的孩子。在路边，一位失明的乞丐长着奶白色、坏死的眼睛，坐在那里，身上裹着一块和潮湿的人行道一个颜色的布。污垢和贫穷在他的手上留下了黑色的条纹，她经过的时候，他伸出了一只肮脏的杯子。她往里放下一枚硬币，小心地走在鹅卵石路上，路边排列着简朴的三层高建筑。百叶窗处于一种失修的状态，表面已经开始剥落。莱奥妮皱了皱鼻子。这条街人口过于密集，空气中充斥着异味，这里已经被人忽视了。

老城里会好一些的。

道路稍微有点向上倾斜。她发现自己走出了建筑群进入了露天——去往老城的绿色通道的起始处。在她左边，在一处破碎的石头台阶顶端，她看见了一扇沉重的木门深深地装在古老的灰色墙壁里，上面的标志，破旧磨损，据说这里就是嘉布遣教会女修道院。

曾经是。

莱奥妮和阿纳托尔都不是在教会压抑的影子下被抚养长大的。她母亲的灵魂过于自由，而她父亲对共和制的支持意味着就像阿纳托尔曾经对她解释过的，里欧·维尔涅认为神职人员和贵族残党一样都是建立真正共和国的敌人。政治和进步限制了所有的美，使其必须遵从某种原则，这对于拥有浪漫想象力的莱奥妮来说是一种遗憾。她觉得自己能与建筑交谈，即使修道院并没有真的传来回应。

在深思中，莱奥妮接着走过了一座保存相当完好的16世纪地标建筑——蒙莫朗西宅邸，它的外部是木梁和直棂窗，钻石型玻璃窗格的棱镜反射着蓝色粉色和黄色的光线，尽管天空很阴沉。

在特维艾勒路的尽头，她转向右边。在正前方她看到了纳波纳斯门高大狭窄的塔楼，这是老城的主入口，是沙子般颜色的。她的心兴奋地悸动，莱奥妮看着双环城墙，一些是红瓦的屋顶，一些是灰色的石板瓦，中间夹杂着塔楼，在阴暗的天空下呈现出美妙的轮廓。

莱奥妮恢复了精力继续向前进，她一只手提着裙子让攀爬轻松一些。她在一处墓园的高墙后看见了灰色墓碑上翱翔的天使以及纪念的十字架。

远处，都是牧场和草地。

莱奥妮停了一会儿来歇口气。进入城堡的道路是杂草丛生的护城河上的一座鹅卵石路面的桥，又平又宽。在桥头有一个长方形的小收费站。一个戴着破旧礼帽、留着老式胡须的男人站在里边，手插在口袋里，看着外面，向运货马车的车夫，向老城里运送一桶桶麦芽酒的商人和推销商收取着费用。

一个男人坐在桥的宽矮墙上，两名士兵陪伴着他。他穿着一件旧式拿破仑式的斗篷，抽着一支和他的牙齿一样黑的长杆烟斗。三个人都在笑。在他看见她的时候，莱奥妮感觉到他的眼睛睁大了一点。他注视了她一会儿，他的目光有一点无礼，然后看向别处。莱奥妮并没有因他的注意而烦扰，快速地走了过去。

在她走到桥上的时候，西北风的力量直接击中了她。她不得不用一只手去把帽子维持在原位，用另一只手不让她旋转着的裙子缠在腿上。她艰难地前进着，紧紧眯着眼睛抵御着吹到脸上的灰尘和细沙。

在她走下桥进入老城区时，风立刻就被遮蔽了。她停了一会儿来调整自己的着装，然后，小心地不被鹅卵石路中央排水沟里流淌的水流弄湿她的靴子，她走进了内外壁垒间的空地。两个男孩驱动着水泵的金属臂，上上下下把水压到金属桶里。在左右两边她看到了最近才被拆除的简陋小屋的残留物。在上层的高度，一块被煤烟熏黑的炉底石悬在半空中，在住处被拆除之后就被留在了这里。

莱奥妮希望自己有先见之明，在离开酒店前把导游手册藏在口袋里，而不是只带了新区的地图。她向人问路，得知城堡就在正前方，在壁垒的西城墙里。她往里走，感到了一阵疑虑。穿过远处宏伟的外墙，来到内墙和外墙中间的空间，这是一片被高栅栏围着的空地，已经被大风席卷过。内墙内比她预想的更漆黑，更阴暗，而且很肮脏。姜饼色的泥覆盖着滑溜的卵石路，各种各样的残渣碎屑被紧密相连的建筑之间呼啸的风吹到了排水沟里。

莱奥妮小心地走在狭窄的街中，跟着一个注有“伯爵城堡”的手写木头路牌的指示——要塞那里。这里，也同样令人失望。它曾经是几百年前老城的领主，特兰卡维尔家族王朝的大本营。莱奥妮曾想象过一个童话般的城堡，就像在罗讷河或卢瓦尔河岸边矗立的那些一样。她曾想象过庭院和宽阔的大厅，里面充满了穿着绵延裙子的女士以及策马作战的骑士。

伯爵城堡现在看起来就是一个普通的军事建筑，高效、平凡、单调。在城墙的阴影里，有一座名为“瓦德塔”的火药库。一名哨兵在那儿一边站岗，一边剔着牙。这里笼罩着冷落的气息，它虽然存在着，但并不为人们所珍惜。

莱奥妮从她的宽帽檐下看了一会儿，试着从简单的桥梁和通往城堡内部功能性的窄门里看出点浪漫来，但一无所获。在她转身离去的时候，她的脑海里涌进了一个念头，把老城翻修成一个旅游景点的尝试多半是要失败了。她不能想象在这样的街道里挤满了游客。它太沉闷了，无法迎合现代的品位和时尚。新翻修的城墙，机器切割的石头和瓦片只不过是强调了这里的环境被损毁得多么厉害。她只能假设希望在工程结束的时候，气氛会发生改变。新的饭馆、商店，甚至一家酒店，会再次给这些蜿蜒的街道带来生命。莱奥妮在通道里来来回回地走着。一些同路的旅客向她道着下午好，女士们的双手戴着温暖的毛皮手筒，绅士们戴着礼帽，拄着手杖。

风在这里更强了，莱奥妮不得不从口袋里拿出手帕捂在嘴巴鼻子上来抵挡潮湿糟糕的空气。她在一条复杂曲折的道路里小心地走着，发现自己站在一个俯瞰着阶梯形的商品菜园的石头十字架旁边。菜园里有一块块蔬菜田，有葡萄藤、鸡笼和兔舍。在下方，是一片小而狭窄的房屋。

在这个有利的位置，她能清楚地看到河水有多么的高了。一股不安的旋转着的黑色水流，快速地流过水磨，桨片也旋转着。远处，新城在她眼前展开。她能够认出圣米歇尔大教堂的尖塔以及紧挨着他们酒店的圣文森特教堂又高又细的钟楼。她感到一阵焦虑。她抬头瞥了一眼险恶的天空，然后意识到回到新城是很明智的。她突然想到她会被困在河的远侧，被不断上涨的水面困住。下城区突然看起来很遥远。她在脑海里捏造的准备告诉阿纳托尔的故事，她在新城狭窄的街道里迷路的故事，比起她可能会被洪水困住，已经变得无关紧要了。

她头上突然有东西一动，她不禁抬头看去。一群秋日的黑色乌鸦，映衬着灰色的天空，飞过塔楼和城垛，对抗着风。莱奥妮开始加快脚步。第一滴雨点落在她的脸颊上。一滴，又一滴，更快，更大，更冷。接着是一阵雨声以及一声意外的炸雷。突然间四周全都是水。

风暴，威胁了这么久的风暴，终于来临了。

第五十九章

莱奥妮急切地四处找着遮蔽物，但什么也没有。她被困在了连接城堡和下方外堡营地的陡峭鹅卵石路中间，没有树木，没有建筑，没有住所。她劳累的双腿抗议着爬回上方老城里的想法。

别无选择只能接着往下走了。

莱奥妮跌跌撞撞地沿着碎石路走着，她把裙子提到了脚踝上边以免被倾泻在鹅卵石上的水流浸湿。风击打着她的耳朵，把雨水吹到她的帽檐下边，让她的外衣抖动着缠在了她的腿上。

莱奥妮没有看到斜坡顶端石头十字架旁边有两个人注视着她。一个穿着讲究，仪表堂堂，风度翩翩，一定是有财富和地位的人。另一位既矮小皮肤又黑，包裹在一件厚实的拿破仑式斗篷里。他们说了几句话。硬币闪烁着从一只戴着手套的手里交到老兵肮脏的手掌里，然后那两人分开了。士兵消失在老城之中。

那绅士跟着莱奥妮向下走。

在莱奥妮走到圣吉莫广场的时候，她已经湿透了。

没有任何公共饭馆或是咖啡馆，她唯一的选择就是在教堂里躲雨。她匆匆地走上了毫无魅力的现代台阶，穿过了黑色栏杆里半开的金属大门。

莱奥妮推开了门走了进去。尽管圣坛和礼拜堂里点着蜡烛，她还是打着冷颤。室内比外面还要冷。她跺着脚抖掉身上的雨水，吸入了潮湿石头和焚香的气味。她迟疑着，然后，意识到了她可能会在圣吉莫教堂里逗留一段时间。考虑到不得感冒比她的外貌重要得多，她摘掉了手套和湿透了的帽子。

在她的眼睛习惯了这昏暗之后，莱奥妮安心地意识到别人也被吸引到教堂里躲避暴风雨了。这是群很奇怪的会众。在正厅和礼拜堂里，人们安静地聚集在一起。一位戴着礼帽穿着厚大衣的绅士挽着一位女士，直挺挺地坐在长木椅上，仿佛他们闻到了什么令人不快的气味一样。这里的当地居民，很多都光着脚，穿着不足以应付这个季节的衣服，蹲坐在石板上。甚至还有一头驴，以及一位紧抓着两只鸡的女人，每只胳膊下各夹着一只。

“奇特的景象，”一个声音在她耳边说道，“但人们必须记得圣所欢迎所有寻找它的人。”

莱奥妮因为有人对她说话而吓了一跳，她转过身看到一位绅士站在她肘边。他灰色的礼帽和大礼服标志着他的身份，他的银头手杖和小山羊皮手套也一样。他衣着的传统高雅使得他的蓝眼睛更加闪亮。一瞬间，莱奥妮觉得她以前好像见过他。然后她意识到了，尽管他体格更宽更结实，在面色和体形上和她哥哥有些相似。

还有别的什么？他直接的注视和狐狸般的面貌中还有什么在莱奥妮心里引起了十分意外的混乱？她的心开始跳得更快，而且她感到自己的皮肤在湿透的衣服下突然开始发热。

“我……”她可爱地脸红了，看着下方。

“请原谅，我不是故意要冒犯您的，”他说道，“在通常条件下，我当然不会未经介绍就向女士直接发话，即便是在这样一个地方。”他微笑着，“但这些有点算是一些不同寻常的条件，是吧？”

他的谦恭消除了她的疑虑。

莱奥妮抬起了眼睛。“是的，”她赞同道，“他们确实是。”

“我们都是在这里寻找着暴风雨遮蔽处的同路人。我感觉通常的礼仪、举止和规矩可以暂停了。”他倾斜着礼帽，露出了高额头和有光泽的棕色头发，发尾精准地剪到了和他的高领一齐的地方，“那么，我们能在这期间做朋友吗？我这个提议没有冒犯到您吧？”

莱奥妮摇摇头。“一点也没有，”她明确地说道，“而且，我们毕竟还要在这里待很长时间。”

她懊悔着，在她耳中自己的声音听起来很紧张，太高太细了不讨人喜欢。但这个陌生人依然微笑，似乎并没有注意到。

“是的，”他环顾四周，“但考虑到礼仪，或许我还是应该冒昧地向您介绍我自己，这样我们就不再是互不相识了。而您的监护人就不用担心了。”

“哦，我是……”莱奥妮停顿了，披露自己独自一人或许不够谨慎，“我很高兴接受您的介绍。”

他半鞠一躬，从口袋里拿出一张名片：“维克多·康斯坦特，小姐。”

莱奥妮兴奋地颤抖着接过了高雅的浮雕名片，她试图用研究名片上的名字来掩饰自己的心情。她试着想说一些有趣的话。她也希望，之前没有脱下她的手套。在他天蓝色的目光下，她感觉相当裸露。

“我可以如此无礼地询问您的名字吗？”

从她唇间发出一阵笑声。“当然了。我真是愚蠢。抱歉我没有……我忘记带名片出来了。”她说谎了，都没有质疑为什么，“我是莱奥妮·维尔涅。”

康斯坦特拿起了她裸露的手送到了唇边：“幸会。”

在他的嘴唇轻触到她皮肤的时候，莱奥妮感到一阵颤抖。她听到自己倒吸一口气，然后感到红色涌上她的脸颊，如此明显的害羞反应拉走了她的手指。

他很有礼貌地装作没有发觉。莱奥妮很感谢他这么做。

“您为什么假设我在监护人的照料下？”在她相信自己能说话了的时候，她说道，“我或许是由我的丈夫陪伴的。”

“您确实可能是，”他说道，“但首先，我不能相信有任何丈夫会这么缺乏骑士风度把如此美丽的年轻妻子独自留下。”他环视了教堂，“而且在这样的环境下。”

他俩都看了一下这群衣冠不整的人。

莱奥妮因为这赞美感到一阵喜悦，但藏住了笑容。

“我的丈夫可能只是去找人帮忙了。”

“没有男人会当这样的傻瓜的。”他说道，在他说话的方式中有一些激情，几乎可以算野蛮的东西让莱奥妮的心翻腾着。

他往下瞥了一眼她裸露的手，没有婚姻的标记。

“好吧，我承认您十分有洞察力，康斯坦特先生，”她答道，“您猜测我没有丈夫实际上是正确的。”

“什么样的丈夫会希望和这样的妻子分开，就算只有一会儿。”

她歪着头。“对您来说，当然，您不会这样对待您的妻子了。”她说道，在她还没来得及检查之前这些莽撞的话语就脱口而出了。

“啊呀，我还没有结婚，”他微笑着说道，“我的意思只不过是要是我足够幸运能有如此珍贵的宝藏的话，我会更精心地照顾。”

他们的眼睛碰上了，绿色的和蓝色的。为了掩盖她体验着的汹涌感情，莱奥妮笑了，使得好几个圣吉莫的临时居民转过来注视着。

康斯坦特把手指放到了他的嘴唇上。“嘘，”他说道，靠近了一些，“很明显，我们的轻浮不被赏识。”

他进一步压低了声音，于是她不得不靠得更近。实际上，他们离得这么近几乎都要碰上了。莱奥妮都能感到他在身边的温度，就像她整个右边身体靠近着明火一样。她想起了当她们坐在俯瞰湖面的岬角上时伊索尔德说过的关于爱情的话，而且，她第一次对这种感觉是什么样子有了初步的认识。

“我能告诉您个秘密吗？”他问道。

“当然可以。”

“我相信我知道是什么吸引您来到这里的，维尔涅小姐。”

莱奥妮扬起了眉毛：“真的？”

“您的神态就是一个独自冒险的年轻女士。您孤身走进了教堂，被倾盆大雨浇透了，这就表明您没带仆人，他们肯定会带着雨伞的。而且您的眼睛，非常像翡翠，此刻正兴奋地闪亮着。”

附近的一个西班牙家庭爆发出一阵大声愤怒的话语声，吸引了康斯坦特的注意。莱奥妮觉得这很不像自己，她意识到了危险。那就是，在这么激动的时候，她也许会说出一些之后希望自己没有说出口的事情。

“在这个区里有很多西班牙工人，”康斯坦特说道，好像感觉到了她的不安，“在 1847 年中世纪城堡开始翻修之前，老城是当地纺织业的中心。”

她在脑海中仔细考虑着他的恭维。

您的眼睛像翡翠一样闪亮。

“您真是知识渊博，康斯坦特先生，”她说道，试着保持全神贯注，“您参与了翻修吗？或许，您是个建筑师？”

她想象着他蓝色的眼睛闪动着愉悦。

“您在恭维我，维尔涅小姐。但不是，没什么出众的，我只不过是有业余爱好。”

“我懂了。”

莱奥妮发现她想不到要说什么有趣的事了。她急切地想要让对话进行下去，四处寻找着能够吸引他的话题。莱奥妮希望他认为她诙谐、聪明、迷人。幸运的是，康斯坦特没用她帮忙就继续了。

“离这里很近的地方有一座建于 11 世纪末的献给圣吉莫的教堂。从发现原来那座教堂严重失修到建一座新教堂比尝试翻修更明智之后，这座教堂是在 1859 年祝圣的。”

“我懂了。”她说道，然后皱起眉。

我听起来多么沉闷，多么愚蠢。

“这座教堂是在维奥莱·勒·杜克先生的支持下开工的，”康斯坦特接着说道，“但是建筑工程很快移交给了一位当地建筑师，凯尔先生，来完成他的设计。”

他把手放到了她肩上把她转了过来，这样她就面对着正厅。莱奥妮屏住了呼吸，一股热流在她体内涌动。

“圣坛、布道坛、祈祷室和屏风都是维奥莱·勒·杜克的作品，”他说道，“十分典型。一种混合了南方与北方的风格。他们从原来的建筑里转移过来很多的东西。而尽管它对我的口味来说十分现代，但这里依然是一个很有特点的地方。您同意吗，维尔涅小姐？”

莱奥妮感到他的手从她肩上滑下，掠过她的后腰。她只能点头，紧张得无法言语。

一个女人坐在侧廊地板上，墙上的圣骨匣在她身上投下金色的影子，她唱着一首催眠曲来安抚她怀里难以入睡的宝宝。

莱奥妮转过身去看着，很感谢她分散了注意力。

Aquèla Trivala
Ah qu'un polit quartier
Es plen de gitanòs.①

歌声飘过教堂来到莱奥妮和维克多站着的正厅。

“简单的事物中有很大的魅力。”他说道。

“那是奥克语，”她说道，想要给他留下深刻印象，“家里的女仆，当她们确信没人在听的时候会说这种语言。”

“家里？”他说道，“请原谅，从您的衣着和仪态来看，我猜测您只是来这个地区旅游的。我以为您是个真正的巴黎人。”

莱奥妮微笑着接受了赞美：“康斯坦特先生，您的洞察力再一次为您赢得了尊敬。我的哥哥和我事实上只是朗格多克地区的客人。我们住在巴黎第八行政区，离圣拉扎尔火车站不远。您知道那个区吗？”

“很遗憾，我只在莫奈先生的画里见过。”

“从我们的客厅窗户能看到欧洲广场，”她说道，“如果您知道那个地区的话，您就能准确地定位我们的住所。”

他遗憾地耸耸肩：“那么，如果这个问题不是太无礼的话，维尔涅小姐，是什么让您来到朗格多克的？这个季节旅游已经晚了。”

① 歌词大意为：特维艾勒，那个美丽的街区，里面满是茨冈人（英国叫作吉普赛人）。（译者注）

“我们和一个亲戚，我们的舅妈，一起住了一个月。”

他做了个鬼脸。“我很同情您。”他说道。

“哦，”她笑道，“伊索尔德完全不是那种满是樟脑球和科隆香水味的舅妈。她既年轻又漂亮，最初也是来自巴黎。”

她看见有什么在他眼中闪过——满足，甚至是愉悦。她开心地脸红了，很高兴他明显和她一样享受着他们的调情。

这完全无害。

康斯坦特把手放在胸口鞠了半躬。

“我承认我错了。”他说道。

“我原谅您了。”她可爱地回答道。

“那您的舅妈，”他说道，“这位美丽迷人的伊索尔德，之前住在巴黎，她现在是卡卡颂的居民？”

莱奥妮摇摇头：“不是。我们是来城里待几天。我的舅妈有一些事情要处理，这和她过世丈夫的庄园有关。我们今晚要去参加音乐会。”

他点点头。“卡卡颂是个迷人的城市，过去十年间改善了很多。现在有很多优秀的饭店和商店，还有酒店。”他顿了一下，“那您找到住所了吗？”

莱奥妮笑了：“我们只在这里待几天，康斯坦特先生。圣文森特酒店完全能满足我们的需求！”

教堂的门打开了，更多的旅客跑进来躲雨，一阵冷风也随之进来。莱奥妮打着冷颤，她的湿裙子裹在她冰凉的腿上。

“风暴让您苦恼？”他立刻问道。

“不，一点也不，”她说道，但很高兴他的关心，“我舅妈的庄园在山顶上。在过去两周里我们经历过比这个更恶劣得多的打雷和闪电。”

“那么您是离卡卡颂有一段距离了？”

“我们在利穆的南边，在高地山谷里，离温泉镇雷恩莱班不远。”她对他微笑着，“您知道那儿吗？”

“很遗憾我不知道，”他说道，“但是，我承认，这个地区突然相当吸引我的注意。或许在不久的将来我会去那里访问一次。”

莱奥妮因这个机智的赞美而脸红：“那里挺偏僻的，但是乡间美极了。”

“雷恩莱班的社交活动多吗？”

她笑了：“不多，但我们很满意平静的生活。我的哥哥在城里的生活很忙碌。我们是来这里休息的。”

“那么，我相信南部会有幸多招待你们一段时间了。”他轻柔地说道。

莱奥妮感觉自己的心被抓住了。

那个西班牙家庭，依然在争吵，突然站了起来。莱奥妮转身看到现在大门是打开的。

“雨似乎停了，维尔涅小姐，”康斯坦特说道，“遗憾。”

最后一个词说得如此平静以至于莱奥妮斜着瞥了他一眼，对这么公开的好感宣言感到奇怪。但他的脸十分无辜，她就思索着自己是不是误解了他的意思。她回头看着门口，看到太阳已经出来了，用明亮耀眼的光芒照射着潮湿的台阶。

戴着礼帽的绅士帮助他的同伴站起身来。他们小心地走出长条凳走进正厅，出去了。一个接一个，其他人也开始跟随他们的行动。莱奥妮惊讶地意识到会众已经变得这么多。她几乎没有注意到他们。

康斯坦特先生伸出他的手臂：“我们走吧？”

他的声音让她沿着脊柱战栗着。莱奥妮只迟疑了一会儿。然后，仿佛是用慢动作一样，她看见自己伸出了没戴手套的手放在了他灰色的袖子上。

“您真是善良。”她说道。

莱奥妮·维尔涅和维克多·康斯坦特一起离开了教堂，走进了圣吉莫广场。

第六十章

尽管她仪容蓬乱，莱奥妮还是觉得自己是圣吉莫广场里最幸运的人。她经常想象这样的时刻。然而，感觉如此自然地和一个男人一起携手散步真是不可思议。

而且不是在梦里。

维克多·康斯坦特依然是完美的绅士，很殷勤但并没有不得体。他请求她许可吸烟，而且当她允许了之后，他递过了他的土耳其烟卷，给了她一起吸一支的荣幸。烟卷是棕色的，很厚实，和阿纳托尔喜欢的那种不一样。莱奥妮婉拒了，但她很满意被当作成人来对待。

他们之间的对话沿着可预测的路线进行着——天气、卡卡颂的乐趣、比利牛斯山的壮丽——直到他们来到了老桥的另一端。

“这里，我遗憾地说，就是我必须离开您的地方了。”他说道。

失望在她胸中跃动，但莱奥妮成功地保持了她完美的平静表情。

“您十分善良，康斯坦特先生，十分关心我。”她迟疑着，然后补充道，“我也——必须回去了。我哥哥会担心我发生什么事了。”

片刻，他们尴尬地站在一起。在暴风雨的环境里以如此非正统的方式认识彼此是一回事，让这种关系更进一步却是另一回事。

尽管莱奥妮喜欢认为自己是不被规矩约束的人，她还是等着他先开口。她开口提议进一步的见面会是非常不合适的。但她对他微笑着，希望能清楚地表明要是他提出某种邀请的话，她是不会非难他的。

“维尔涅小姐。”他说道。莱奥妮听出了他声音中的颤抖并因此更喜欢他了。

“是的，康斯坦特先生？”

“要是这看起来是个过于莽撞的意见，我希望您会原谅我，但我在想您是否有幸游览过甘贝塔广场，”他说道，指向右边，“从这里走过去不超过两三分钟。”

“我今天上午去过那里了。”她说道。

“既然您碰巧喜欢音乐，这里每周五十一点都有一场卓越的音乐会。”他蓝色的眼睛全力注视着她，“当然，我明天会去参加。”

莱奥妮藏住了微笑，很钦佩他的技巧。他邀请了她和他见面而又没有超出社交礼仪的界限。

“我舅妈打算让我们在卡卡颂的时候欣赏一系列的音乐。”她说道，把头侧向一边。

“那样的话，或许我就会幸运地发现我们的道路明天再次交叉了，小姐。”他说道，扬起了礼帽，“还能有幸见到您的舅妈和哥哥。”他用蓝眼睛注视着她，一瞬间，莱奥妮感觉他们结合在一起，仿佛她在被不可阻挡地拉向他，像被收线钓起的上钩的鱼一样。她屏住了呼吸，在此刻别无所求，只想康斯坦特先生能够用他的手搂住她的腰然后吻她。

“下次再见。”他说道。

他的话打破了魔咒，灰色的现实涌了回来。莱奥妮脸红了，好像他能够读到她最深处的想法一样。

“是的，没错，”她结结巴巴地说道，“下次再见。”

然后她转过身沿着老桥路轻快地走着，接着因为流露了自己的内心感情而感到害羞。

康斯坦特看着她离开。从她的姿势、漂亮的步伐和昂着头的方式来看，她非常清楚他的眼睛在注视着她离去的背影。

有其母，必有其女。

说实话，这简直太简单了。女学生气的脸红、她睁大的眼睛、她张开嘴唇露出粉色舌头尖端的方式，只要他想的话，此时此地他就可以把她诱惑走。那并不符合他的意图。玩弄她的感情更加令人满足。毁了她，当然了，但是要让她爱上他。那样的话，比起强行夺走她更能折磨维尔涅。

而且她会爱上他的。她年轻易受影响，已经成熟可以采摘了。

可怜。

他打了个响指。跟在他身后一段距离，穿着拿破仑式斗篷的男人，立刻就出现在他身边。

“先生。”

康斯坦特写了一张短笺，指示道：“把它送到圣文森特酒店。”想到维尔涅读到这封信的表情，康斯坦特内心的喜悦简直难以抗拒。他要让维尔涅受折磨。他们两个，维尔涅和他的婊子。他要让他们在接下来的几天里回头看，等待着，焦虑着，总是在想着这一击什么时候会落下。

他把一包钱塞到那人油腻的手里。

“跟着他们，”他说道，“待在他们身边，用老办法送消息来让我准确地知道他们都去了哪里。我说清楚了吗？你觉得你能在那女孩回酒店之前把便条送到吗？”

那人看起来受到了冒犯。“这是我的城镇。”他咕哝着，然后转过身消失在玛拉德医院背后的一条狭窄小路里。

康斯坦特不再想女孩的事情，考虑着他的下一步动作。在教堂里乏味的调情过程中，她不仅泄露了他们在卡卡颂入住酒店的名字，而且，更重要的是，告诉了他维尔涅和他的婊子潜藏在哪里。

他很熟悉雷恩莱班和它的温泉疗法。那个地方很适合他的目标。他不会在卡卡颂对抗他们。这个城市人口太多了，在这里起冲突会吸引太多注意力。但在乡间的一个偏远庄园里？他在那个镇子里有一些关系，特别是一个人，一个顾虑很少性情残忍的人，他曾经帮助过的人。康斯坦特没有预见说服他还债的时候到了会有任何困难。

康斯坦特搭了一辆出租马车回到了新城的中心，然后曲折穿行在邦贝斯大街咖啡贸易商店背后的街道网络里。在那里能够找到最高级的私人俱乐部，香槟，或许一个姑娘。在这遥远的南方很可能只有深色肉体了，而不是他喜欢的苍白皮肤和金色头发。但今天他准备要破例了，他兴致勃勃要庆祝一番。

第六十一章

莱奥妮急匆匆地穿过甘贝塔广场，它的小路和花坛上都是一摊一摊的雨水，反射着太阳苍白的光芒，然后经过了一个丑陋的市政建筑进入了新城的中心。

她几乎忽视了周围匆忙的世界。人行道上都是人，街道上旋转着黑水和被风暴的力量从城镇顶上带来的垃圾。

她现在唯一想着的事情就是下午的探险会有怎样的后果。她在湿透的街道上半走半跑地谨慎穿过，脑海里充斥着阿纳托尔会怎么训斥她，她的神经都要崩溃了。

但是我并不后悔。

她毫不怀疑自己会因为不听从管教而受罚，但是她不会说她希望自己没有去。

她抬头看着路牌，发现自己在寇特吉尔路，而不是她想去的卡里埃麦琪街。实际上，她迷路得很厉害。城区地图完全湿透了，在她手里破裂开来。墨水都褪色了，街道的名字现在难以辨认。莱奥妮先转向右边，然后转向左边，寻找着一个她或许认识的地标，但所有的商店都上了板抵抗恶劣的天气，新城的狭窄街道看起来都是一个样子的。

她走错了好几次路，于是一个小时就这么过去了，然后她设法找到了圣文森特教堂，从那里，找到了港口街以及他们的酒店。在她冲上大门口台阶的时候，她听到大教堂的钟敲响了六点。

她匆匆进入大厅，依然跑着，希望至少能够回到自己私密的房间里，在面对她哥哥之前换一身干衣服。她在半途猝然停了下来。阿纳托尔站在接待厅里，来回地踱步，一支烟深深夹在他的指间。在他看到她的时候，他气冲冲地走过地板，抓住了她的肩膀用力摇着她。

“你究竟去哪儿了？”他喊着，“我都要疯了。”

莱奥妮站在原地，在他的愤怒之下哑口无言。

“那么？”他质问道。

“我——我很抱歉。我被暴风雨困住了。”

“别耍我，莱奥妮，”他叫喊着，“我明确地禁止你独自出去。你以某种荒谬的借口打发走了玛莉塔，然后就失踪了。你到底去哪儿了？告诉我，该死的！”

莱奥妮睁大了眼睛。他之前从未咒骂过她，一次也没有，从来没有。

“什么事都可能发生！一个年轻女孩独自在一个不熟悉的地方。任何事！”

莱奥妮瞥了一眼店主，他正饶有兴致地听着。

“阿纳托尔，求你了，”她悄声说道，“我能解释，只要我们去一个更私密的地方。在我们的房间里，我——”

“你是不是违背了我，走出新城了？”他再次摇着她，“嗯？是不是？”

“不是，”她说谎了，太害怕了不敢说出真相，“我欣赏了甘贝塔广场和新城美妙的建筑风格。我承认我确实让玛莉塔回来拿雨伞了——而且我知道，我不该这么做——但雨下起来的时候，我觉得你会宁愿我有个遮蔽而不是待在露天里。她没告诉你我们去卡里埃麦琪街找你们了？”

阿纳托尔的表情更加阴沉了。

“她没告诉我那件事，没有，”他简短地说道，“你看见我们了吗？”

“没有，我——”

阿纳托尔重新开始了攻击：“即便如此，雨在一个多小时之前就停了。我们约好了要在五点半汇合的。或者是你忘到脑后了？”

“我记得，但是——”

“在这个城市里谁都不可能不知道时间的。谁都不可能走到听不见钟声的地方。别对我说谎，莱奥妮。不要装作你不知道有多晚了，我是不会相信的。”

“我没想要说这样的借口。”她小声地说道。

“你在哪里躲雨的？”他质问道。

“在一座教堂里。”她立刻答道。

“哪个教堂？在哪儿？”

“我不知道，”她说道，“在河边。”

阿纳托尔抓住了她的手臂。“你说的是实话吗，莱奥妮？你是不是过河去老城了？”

“教堂不在老城里，”她真诚地哭着，苦恼的泪水涌进了眼睛，“求你了，阿纳托尔，你弄疼我了。”

“没人接近你？没人试图伤害你？”

“你看得出来他们并没有。”她说道，试着把手臂挣脱出来。

他盯着她，他棕色的眼睛里燃烧着她之前很少激起的怒火。然后，毫无预兆地，他放开了她，几乎是从他身边推开的。

莱奥妮冰冷的手指悄悄溜进了放着康斯坦特先生名片的口袋。

要是他现在发现了这个……

他从她身边走开了一步。“我对你很失望。”他说道。他声音的冷酷和缺乏感情让莱奥妮感觉冰冷刺骨。“我总是对你充满期待，而你做出这样的事来。”

她的脾气爆发了，马上就要大喊着她只不过是没人陪着就出去散了散步，但她保持了沉默，继续激怒他毫无意义。

莱奥妮低下了头。“原谅我。”她说道。

他转过身去：“回你的房间收拾行李。”

不，不能那样。

她猛地抬起头。她好斗的性格立刻涌了回来。

“收拾？为什么我必须要收拾？”

“别质问我，莱奥妮，照我说的去做。”

要是他们今晚就离开，她明天就不能和维克多·康斯坦特在甘贝塔广场见面了。莱奥妮还没有决定要走，她也不想被夺去这个决定。

要是我没去参加音乐会他会怎么想？

莱奥妮冲向阿纳托尔抓住了他的手臂.“求你了,我求你了,我说了我很抱歉。想惩罚我就罚吧，但不要用这样的方式。我不想离开卡卡颂。”

他甩开了她。“有警报说还会有风暴和洪水。这事和你无关，”他粗野地说道，“由于你不听话，我不得不先让伊索尔德和玛莉塔去火车站了。”

“但是音乐会，”莱奥妮哭喊着，“我想要待在这儿！求你了！你答应过我的。”

“去——收——拾！”他喊道。

即便在此时，莱奥妮还是无法让自己接受这个情况。

“发生了什么让你希望要这么突然地离开？”她质问道，她的声音提高到了和他的相匹配，“是和伊索尔德与律师的见面有关吗？”

阿纳托尔退后了一步就像她打了他一样：“什么也没有发生。”

毫无预兆地，他突然停止了喊叫。他的表情软化了。“还会有其他音乐会的。”他说道，他的声音更温柔了。他试着去抱住她，但是她把他推开了。

“我恨你！”她哭喊着。

眼泪刺痛着眼睛，也一点都不在乎谁看见她了，莱奥妮跑上了楼梯，沿着走廊跑进自己的房间，然后大哭着面朝下扑倒在床上。

我不会走的。我不走。

但她知道自己无能为力。她自己没有钱。无论他们突然离开的真正理由是什么——她不相信天气恶化的借口——她都别无选择。他决心要惩罚她的不听话而且选择了最有把握的方式。

她的哭泣停止了，莱奥妮去衣橱里找一些干衣服来穿，然后震惊地发现除了她的旅行斗篷里边什么都没有了。她跑出门进了套房的公用部分发现它是空的，然后意识到玛莉塔几乎把所有东西都带走了。

十分悲惨，她沉重的潮湿衣服既蓬乱又不舒服，她收拾起女仆留在梳妆台上的几件私人物品，然后抓起了斗篷气冲冲地走到走廊里。在那里，她碰到了阿纳托尔。

“玛莉塔没给我留下任何衣服，”她抗议着，她的眼睛闪烁着愤怒，“我的衣服都湿了，我很冷。”

“很好。”他说道，走进了对面他的房间里，砰地关上了门。

莱奥妮转过身去怒气冲冲地回到自己的房间里。

我恨他。

她会向他证明的。她一直都很谨慎，举止端庄得体，但是阿纳托尔在逼她采取更极端的措施。她要给康斯坦特先生送信解释为什么她不能兑现他们的承诺。至少这样他不会轻视她。或许他甚至会写一封回信来表达他们的友谊被打断的悲伤。

她的脸色因为挑战，因为决心而变红，莱奥妮急匆匆地到写字台前拿出了一张信纸。很快，在她开始慌张之前，匆匆写下了几行遗憾的话，表明要是他收到这封便笺之后想要让她安心的话可以回信到雷恩莱班的邮件待领处。她并不觉得自己目前可以忘形到给出凯德庄园的地址。

阿纳托尔会大发雷霆的。

莱奥妮毫不在意。就该这么对待他。要是他坚持当她是个小孩来对待，那她就要像个小孩一样行动。要是他不让她自己做决定，那她今后就不考虑他的想法。

她封上了信封写好了地址。停了一会儿，她从包里拿出了她玻璃瓶装的香水在信上洒了几滴，像她最喜欢的小说里的女主人公一样。然后她把它放到了唇边，仿佛她能够在白纸上留下一点自己的痕迹。

好了。完成了。

现在她所要做的就是想办法在不让阿纳托尔知道的情况下把它交给酒店店主，让他在明天上午约定好的时间送交到甘贝塔广场康斯坦特先生手里。

然后，她只能等待着结果了。

在对面房间里，阿纳托尔坐着，用手抱着头。他的手里紧握着一封信，是在莱奥妮再次出现之前半个小时左右由专人送到酒店来的。

几乎算不上是一封信。只有五个字敲打着他的灵魂。

“这事还没完。”

没有签名，没有回信地址，但阿纳托尔非常理解其中的含义。这是对他留在巴黎的日记本里最后一页上写着的单字的回应。

“完。”

他绝望地抬起头，棕色的眼睛炽热地燃烧着。他的脸颊在震惊下苍白而空洞。

不知为何，康斯坦特知道了。他既知道蒙马特墓园里的葬礼是个骗局，也知道伊索尔德还在世，知道她在这儿，和他一起，在南部。阿纳托尔用手指抓着头发。

怎么会？康斯坦特怎么会知道他们在卡卡颂的？除了他，莱奥妮、伊索尔德和家里的仆人以外甚至没有人知道他们在城里，更不用说知道是在这间酒店里了。

律师知道。神父也知道。

但并不知道他们入住了这间酒店。

阿纳托尔逼着自己集中精神。他现在不能让自己想着他们是怎么被发现的。这不是让自己烦心康斯坦特怎么找到他们的时候——会有足够的时间来做这些病态的分析的——而是要决定他们现在怎么办。

在伊索尔德破碎表情的记忆回到他脑海中的时候，他的肩膀一跌。他愿意付出一切来让她远离这件事，但在他收到信之后不久她就来到了他身边，他无法对她掩盖事实。

下午的喜悦在他们手中化为飞灰。一起开始新生活的承诺，既不用躲藏也不用害怕，逃出了他们的掌握。

他本打算在今晚告诉莱奥妮他们的喜讯。他皱着眉。在今天下午她无法容忍的表现之后，他决定不这么做了。事实证明了他不让她参加婚礼的决定是正确的。她证明了不能相信她会举止端正。

阿纳托尔大步走到窗前，分开了窗帘的木板条向外看去。街上空无一人，除了一个喝醉的家伙，裹着一件老兵的斗篷，膝盖弯曲着跌坐在对面的墙下。

他啪地关上了窗帘。

他没办法知道康斯坦特是不是在卡卡颂。或者，如果不在，眼下他离得有多近。他的直觉是他们最大的希望在于立刻回到凯德庄园去。

他不得不抓住这微小的希望，那就是如果康斯坦特知道了凯德庄园的话，他会把信送到那里去的。

第六十二章

莱奥妮在大厅里沉默地站着等待阿纳托尔，她的手紧握在身前。她的眼睛是蔑视的，但她的神经紧绷着害怕店主会出卖她。

要是他背叛我怎么办?

阿纳托尔走下了楼梯没有和她说话。他走到前台，和店主简单地说了几句，然后大步走过了她，走到了外面的街上。出租马车已经准备好把他们送到火车站了。

莱奥妮安心地叹了一口气。“谢谢您，先生。”她平静地说道。

“不用谢，维尔涅小姐，”他说道，对她眨眨眼睛。他拍了拍胸袋：“我会如您所愿送达这封信的。”

莱奥妮点头道别，然后急忙走下台阶赶上阿纳托尔。

“上车。”在她爬上车厢的时候他用冰冷的语气命令道，就像在和一个懒惰的仆人说话一样。她脸红了。

他倾身向前往车夫的手里塞了一枚银币：“越快越好。”

在去往火车站的短途中他没有再对她说过一个字。实际上，他甚至都没有看她。

城里的交通在湿透的街上缓慢地移动。他们赶上了火车，只留有一点富裕的时间，沿着滑溜的站台跑向前边的一等车厢。

警卫替他们打开车门把他们送上了车。车门砰的一声关上了。伊索尔德和玛莉塔稳坐在角落里。

“伊索尔德舅妈。”莱奥妮哭喊着，一看到伊索尔德她就忘记了自己恶劣的心情。她的脸颊上一点血色都没有，她灰色的眼睛边缘发红。莱奥妮很确定她哭过。

玛莉塔站了起来。“我觉得我最好和夫人待在一起。”她悄声对阿纳托尔说道，“而不是回到我的车厢去。”

“非常正确，”他说道，目光没有离开伊索尔德，“我会和警卫解决这件事的。”

他坐在伊索尔德旁边的软垫长椅上，握住了她苍白的手。

莱奥妮也靠近了一些：“到底发生了什么？”

“恐怕我得了感冒，”她说道，“旅途，天气也让我精疲力尽。”她用灰色的双眼看着莱奥妮，“我非常抱歉，因为我的原因，你竟然错过了音乐会。我知道你有多么期待它。”

“莱奥妮明白你的健康是第一位的，”阿纳托尔明确地说道，没给她机会来自己回答，“而且我们不能冒险被困在离家这么远的地方，尽管她今天下午不替人着想地去散步了。”

他不公平的责难刺痛了她，但莱奥妮设法保持了沉默。不管他们急忙离开卡卡颂的原因是什么，伊索尔德明显生病了。毫无疑问她需要待在自己舒适的家里。

实际上，要是阿纳托尔这么说的话，我是不会抱怨的。

他的责备刺痛了她。她不会原谅他的。她说服自己是阿纳托尔挑起了争吵，而事实上，她自己真的没做过什么错事。

于是她叹了口气，生着闷气故意看着窗外。

但在她盯着阿纳托尔看他是否观察到了她的不快的时候，她对伊索尔德逐渐增长的关心盖过了她和哥哥争吵的记忆。

哨声响起，蒸汽的巨浪释放到了潮湿的空气中。火车震颤着向前开动了。

几分钟之后，在对面的站台上，西伦巡官和两名巴黎的警察走下了从马赛发来的火车。他们迟到了大约两个小时。一场暴雨后贝济耶郊外的铁轨附近发生了滑坡，他们因此耽搁了。

卡卡颂宪兵队的布舒巡官迎接了西伦。两人握了手。然后，裹紧了他们摆动的外衣，紧紧按着头上的帽子，他们在猛烈的迎头风中艰难地走向大厅。

连接车站两边的地下通道被水淹了，于是站长在一扇朝向街道的小侧门旁边等待着，紧紧地抓着链子担心它会被风暴刮开弄坏铰链。

“你能来见我真是太好了，布舒。”西伦说道，他在漫长而不舒适的旅途后又劳累又易怒。

布舒是个肥胖、红脸的人，快到退休的年纪了，肤色很深，体格健壮。西伦认为这和住在南部有很大关联。他看起来是个和蔼可亲的家伙，而西伦关于北方人——更糟的是，巴黎人——他和他的手下会被猜疑的担心似乎毫无依据。

“很高兴能帮上忙，”布舒喊着让他能在风中被听到，“尽管我承认我很疑惑为什么你这个地位的人还要亲自参与这样的旅程。只不过是要找到维尔涅来通知他他母亲的谋杀案，是吧？”他用精明的眼神看着西伦，“还是不只如此？”

巡官叹了口气：“我们走出这阵风我再告诉你。”

十分钟之后，他们走进了紧挨着佩西加尔法院的一家小咖啡馆，在那里他们可以不用担心谈话被偷听。大部分顾客要么就是宪兵队的同事要么就是监狱的员工。

布舒点了两杯当地的烈酒，米什莱恩，然后拉出椅子倾听着。西伦觉得这酒对他的口味来说有点太甜了，但依然在他解释案情梗概的时候感激地喝下去了。

玛格丽特·维尔涅，一位公社成员的遗孀，最近是一位享有盛誉的著名战争英雄的情妇，9 月 20 日星期天晚间在家庭公寓中被发现谋害身亡。从那时起，一个月过去了而他们仍然没能找到近亲，她的儿子或女儿，来告知他们这一噩耗。

事实上，尽管没有理由把维尔涅考虑为嫌疑犯，但与此同时许多有趣的事情显露了出来，虽然这些事情并无规律。尤其是逐步发现的证据表明他和他的妹妹故意采取了措施来隐藏他们的行踪。这也意味着西伦手下花了一些时间才发现维尔涅先生和小姐是从蒙帕纳斯火车站向南出发的，而不是之前认为的从圣拉扎尔火车站去了西方或北方。

“实际上，”西伦承认，“要不是我的一个手下十分机警，我们可能就会毫无进展。”

“继续说。”布舒说道，他的眼睛感兴趣地敏锐起来。

“在四个星期之后，你懂的，”西伦解释道，“我再也不能证实全天监视公寓的必要性了。”

布舒耸耸肩：“当然了。”

“然而，在这些事情的过程中，一名我的警官——机灵的小伙子，加斯东·勒布朗——和德彪西家的一名女仆成了朋友，住在柏林路上维尔涅家楼下的家庭。她告诉勒布朗她看见门房从一个人手里收了钱，然后反过来给了那人某种信封样的东西。”

布舒把手肘放到了桌上：“门房承认了？”

西伦点点头：“一开始他否认。这些人一直如此。但在逮捕他的威胁下，最终他承认了收了钱——而且很多——来转交任何送到维尔涅公寓的通信。”

“由谁？”

西伦耸耸肩：“他声称不知情，交易总是和一名仆人进行的。”

“你相信他？”

“是的，”他说道，喝干了他的杯子，“全面考虑之后，我相信了。总而言之就是门房声称，尽管他不能确定，但字迹类似阿纳托尔·维尔涅，而邮戳是奥德河的。”

“于是，你就到这儿来了。”

西伦做了个鬼脸：“虽然不多，我知道，但这是我们唯一的线索。”

布舒抬起了手又点了一轮酒：“这个案子之所以敏感是因为维尔涅夫人的浪漫姘居。”

西伦点点头：“杜邦将军是个很有声望和影响力的人。他并没有犯罪嫌疑，但是——”

“而你确信这一点？”布舒插话道，“而不仅仅是你的局长不想让他卷入某种丑闻之中？”

第一次，西伦允许了一个微笑挂在他的唇边。它改变了他的面孔，让他看起来比他四十岁的年纪要年轻。

“我不否认要是出了件对杜邦不利的案子的话，我的上司会变得十分……忧虑，姑且这么说吧。”他谨慎地回答着，“但是，对所有关心的人来说幸运的是，有太多事实表明这案子与将军无关了。然而，他焦虑地不想让这片阴影悬在他的头上。可以理解，他认为直到凶手被绳之以法接受审判之前，还是会有谣言，会有沾污他人格的可能性。”

布舒沉默着专心听西伦讲述他相信杜邦无辜的推理——匿名的密报，事实上验尸官推测的死亡时间比发现的时间早好几个小时，在那时杜邦正在公众场合参加一场音乐会。现在问题的关键是，是谁贿赂了门房？

“一位情敌？”他建议道。

“我想过这件事情，是的，”西伦承认道，“有两个香槟杯，但壁炉里也有一个摔碎的威士忌杯。而且，尽管有一些证据表明维尔涅的房间被搜索过了，但仆人们坚决地说唯一被拿走的东西是一张放在餐具柜上的镶了框的家庭照片。”

西伦从他口袋里拿出一张相似的照片，来自巴黎摄影室的同一次拍摄。布舒不做评论地看着它。

“依我所见，”西伦接着说道，“即便维尔涅一家来过奥德河流域，他们现在不一定还在。这是片广袤的区域，而且如果他们在卡卡颂，或是在乡间的私人房屋里，那想知道他们的下落几乎是不可能的。”

“你有照片的副本吗？”

西伦点点头。

“首先我会在卡卡颂的酒店和寄宿公寓里张贴布告，然后或许在南边主要的旅游镇里。他们在城镇环境里不会像在乡下那么突出。”他低头看着照片，“这女孩很漂亮，不是吗？这样的面色很少见。”他把照片装到了马甲口袋里，“这事交给我吧，西伦。我会看看我们能做什么。”

巡官深深叹了一口气：“我感激不尽，布舒。这案子……”

“不必谢我，西伦。现在，我认为，吃点晚饭？”

他们每人吃了一盘羊排，然后是蒸熟的李子布丁，配了一壶醇厚的产自密内瓦的红葡萄酒。风雨持续击打着建筑。其他的顾客来来去去，跺着靴子摇动着帽子驱赶潮湿。消息称市政厅发布了洪水警报，奥德河就快要冲破河堤了。

布舒嗤之以鼻：“每年秋天他们都这么说，但从未发生过！”

西伦扬起了眉毛：“从未？”

“好吧，很多年没有发生了，”布舒咧嘴笑着承认道，“我觉得，今晚，防御手段已经足够的。”

风暴在晚上八点多侵袭了高处的山谷，此时莱奥妮、阿纳托尔和伊索尔德正乘坐着南向火车接近着利穆火车站。

一道锯齿状的闪电撕开了紫色的天空。伊索尔德喊叫了出来。阿纳托尔立刻就到了她身边。

“我在这儿。”他安抚着。

一阵雷声撕裂了空气，让莱奥妮在座位上颤抖着。接着是另一道闪电，风暴更近了，席卷过平原。海岸松、法国梧桐、山毛榉树在逐渐增强的狂风里摇摆着，猛扑着，甚至那些整齐排列的葡萄藤，都在凶猛的暴风雨中摇动着。

窗外暴雨肆虐，莱奥妮擦着满是水汽的玻璃观察着，半是害怕，半是兴奋。火车继续艰难地前进着。好几次他们不得不停下来清理铁轨上掉落的枝干，甚至还有从峡谷陡峭的山坡上被接连不断的雨水冲下来的小树。

在每个车站，似乎有越来越多的人登上了火车，上车人数是下车人数的两倍。人们压低帽子，立起领子来抵挡着倾泻进车厢窗户薄玻璃的雨水。在每个车站耽误的时间变得越来越冗长不堪，车厢里挤满了越来越多的风暴避难者。

几个小时之后，他们到达了库伊扎。在山谷里风暴不是那么猛烈，但依然雇不到出租马车，而公共马车也早就离开了。阿纳托尔不得不敲门唤醒了一位店主，让他的男孩骑着骡子到山谷上去找帕斯卡把马车带来接他们。

等待的时候，他们在火车站周边一间糟糕的饭馆里躲避着。对晚餐来说太晚了，就算天气并不恶劣也是如此。但是看到伊索尔德幽灵般的面色和阿纳托尔不加掩饰的悲痛之后，店主的妻子同情这些湿漉漉的人，提供了冒着热气的牛尾汤和一大块干黑面包，还有一瓶浓烈的塔拉斯孔酒。

两个男人加入了他们，也是在风暴中寻找避难所的，他们带来了消息说奥德河快要在卡卡颂决堤了。在特维艾勒区和外堡区已经出现了被洪水淹没的地区了。

莱奥妮脸色苍白，回想起拍打着圣吉莫教堂台阶的黑水。她会多么容易地被困住。如果报告属实的话，她曾经走过的街道，已经被淹没了。然后另一个念头涌进她的脑海：维克多·康斯坦特安全吗？

在回凯德庄园的路上，他身处危险中的想象折磨着她的神经，让她忽视了路程的艰苦以及疲劳的马匹费力地沿着滑溜危险的道路回家。

在他们驶上铺着碎石的长车道的时候，车轮停在潮湿的石头和泥巴上，伊索尔德几乎失去了知觉。她挣扎着保持清醒，眼皮颤动着，皮肤触手冰凉。

阿纳托尔冲进了宅邸，叫喊着指示。玛莉塔被派去混合一剂药粉来帮她的女主人入眠，另一个女仆去拿暖床用具来赶走伊索尔德被单上的寒气，还有一个女仆去拨旺壁炉里已经点着的火焰。然后，看到伊索尔德虚弱得不能走路，他用双臂横抱着她走上了楼梯。她的几缕金发，从背后披散了下来，像浅色丝绸一样挂在他黑色外套袖子上。

莱奥妮大吃一惊地看着他们离开。在她恢复思绪的时候，所有人都不见了，留下她自己照顾自己。

寒彻骨髓又心情不佳，莱奥妮跟着阿纳托尔上到了二楼。她宽衣解带爬上了床。床单似乎有点潮湿。她的壁炉里没有点火。这个房间既不舒服又令人不快。

她试图睡觉，但她一直都能听到阿纳托尔在走廊里走来走去。然后，她听到了他的靴子走在楼下大厅里的声音，来回地走动像守夜的士兵一样，接着是前门打开的声音。

一片寂静。

最后，莱奥妮陷入了不安的半睡半醒之中，一直梦到维克多·康斯坦特。

第八部

Domaine de la Cade 凯德庄园

2007 年 10 月

第六十三章

10月30日，星期二

梅瑞迪丝在哈尔看见她之前先看到了他。看到他的时候，她的心跳加速了。他四肢摊开，慵懒地坐在一张小桌子周围，三把扶手椅当中的一把里。他穿着和之前差不多的衣服，蓝牛仔裤和白T恤衫，但把他的蓝色外套换成了一件深棕色的。在她看着的时候，他抬起了手把他难管束的头发从脸上拨开。

梅瑞迪丝因为这个已经熟悉的动作而微笑。她穿过房间走向他，门在身后摇摆着关上。

在她走近时，他站起身来。

“嗨，”她说道，把手放到他的肩膀上，“艰难的下午？”

“我经历过更糟的，”他说道，在她脸颊上吻了一下，然后转身叫侍者，“你想喝点什么？”

“昨晚你推荐的酒就很好。”

哈尔点单：“请拿一瓶贝古德酒庄的霞多丽，乔治斯，再拿三个玻璃杯。”

“三个杯子？”梅瑞迪丝询问道。

哈尔的脸阴沉下来：“我碰到了我叔叔。他似乎觉得你不会介意，说你们之前在聊天。当我说我们要见面喝一杯的时候，他就不请自来了。”

“不会吧！”她说道，急切地想要抵消哈尔得到的印象，“他问我是否知道你把我送回这儿之后去了哪里，我说我不确定。谈话就是这样而已。”

“好吧。”

“这根本算不上是对话。”她一语中的地说道。她倾身向前，双手放在膝盖上：“今天下午发生了什么？”

哈尔瞥了一眼门口，然后又看向她。

“我们何不预约一张桌子吃晚餐？我不想刚开始说，几分钟之后我叔叔来的时候又得中断。这样可以自然地结束又不会太过于明显，听起来怎么样？”

梅瑞迪丝露齿一笑。“晚餐听起来不错，”她说道，“我没吃午餐，我饿极了。”

哈尔看起来很满意，站了起来：“我马上回来。”

梅瑞迪丝看着他穿过房间走到了门口，她喜欢他宽阔的肩膀似乎充满整个空间的样子。她看到他犹豫了，然后转身，仿佛他能感到背上她的注视。他们的目光在半空中相遇，保持了一会儿，然后哈尔微微一笑，消失在走廊里。

这次轮到梅瑞迪丝把刘海从脸上移开。她感到喉咙发干，皮肤发热，手掌变湿，因为这种小女生的傻气而摇摇头。

乔治斯用托盘送来了酒和冰桶，给她倒满了一个郁金香形的大玻璃杯。梅瑞迪丝一下喝了好几口，像喝汽水一样，用桌上的鸡尾酒单扇着风。

她四处打量着酒吧和从地板直到天花板的书架，好奇地想哈尔是否知道哪些书——如果有的话——是最初从图书馆火灾中幸存下来的。她突然想到也许会有一些当地历史书会涉及莱斯康布家族和维尔涅一家，尤其是考虑到与布斯凯家族的印刷业有关。此外，它们可能都是来自阁楼出清大售卖。

她看着窗外的黑暗。在草地最远的边缘处她看到了树木的轮廓，摇摆着，活动着，像一支影子的军队。她感到有目光在看着她，飞逝着，好像有人刚刚经过了窗前往里看。梅瑞迪丝眯起了眼睛，但什么也没有看到。

突然间她感到背后有人走来，她能听到脚步声。一股期待滑下她的脊柱。她微笑着，转过身去，眼睛明亮。

她发现自己看到的并不是哈尔，而是他叔叔的面孔，朱利安·劳伦斯。他的呼吸中有淡淡的威士忌气味。她尴尬地调整了脸上的表情，站起身来。

“马丁女士，”他说道，轻轻地把手放到她的肩膀上，“请不必起身。”

朱利安随意地坐到了梅瑞迪丝右边的皮革扶手椅里，倾身向前，给自己倒了一杯酒，坐了回去。她都没来得及告诉他，他坐在了哈尔的椅子上。

“干杯，”他说着举起了酒杯，“我侄子又消失了？”

“他去给我们预约晚餐的座位了。”她回答道。

礼貌，切题，但别无其他。

朱利安只是笑了笑。他穿着浅色的亚麻衣服和蓝色衬衫，领口开着。和她每次看到他的时候一样，他看起来很安逸，胸有成竹，尽管他的脸有点发红。梅瑞迪丝发现自己的目光被他放在椅子扶手上的左手吸引了。这暴露了他的年龄，快六十了而不是她假设的四十多岁，但他皮肤黑，他的手握在红色皮革上看起来很有力。他没有戴戒指。

梅瑞迪丝感到了身上压着的沉默，抬头看回他的脸。他依然用同样直接的方式注视着她。

像哈尔的眼睛。

她把这个比较赶出了脑海。

朱利安把杯子放到桌子上：“你对塔罗牌了解多少，马丁女士？”

他的问题让她措手不及。她惊呆了，哑口无言地看着他，想知道他到底怎么就突然提起了这个话题。她的思绪飞到了她从大厅墙上偷到的照片，塔罗牌组，她笔记本电脑上标记的网站和重叠着的音符上。他不会知道其中任何一个的，但她依然感到自己因为被揭露而尴尬地脸红起来。更糟的是，她看得出来他在享受她的窘迫。

“珍·西摩尔的电影《生死关头》，”她说道，试着一笑置之，“就这些。”

“啊，漂亮的索利泰尔。”他说道，扬了扬眉毛。

梅瑞迪丝迎着他的目光，一言未发。

“在我看来，”他接着说道，“我发现自己被塔罗的历史吸引了，但我一刻也没有认为占卜是什么计划人生的方式。”

梅瑞迪丝意识到了他的嗓音与哈尔的有多么相似。他们都有相同的抑扬顿挫的习惯，仿佛每个词都很特别。但关键的区别就是哈尔是个直率的人，所有的感情都赤裸裸的。朱利安，在另一方面，听起来总是有点隐约的嘲弄和讥讽。她瞥了一眼门口，但它还是坚定地关着。

“你知道解读塔罗牌背后的原理吗，马丁女士？”

“我知道的不多。”她说道，希望他会跳过这个话题。

“真的吗？我的侄子让我觉得这是你的兴趣。他说你们今天上午在雷恩堡散步的时候你提到了塔罗牌，”他耸耸肩，“或许我误解了。”

梅瑞迪丝冥思苦想着。虽然塔罗牌从未远离过她的思绪，但她不记得有和哈尔谈论过它。朱利安依然直接地盯着她，在他坚定的观察中有一丝挑战。

最后，梅瑞迪丝发觉自己在回答，只是为了盖过尴尬的沉默：“我觉得理念在于尽管卡牌看起来好像是随机放置的，但实际上洗牌的过程，只不过是一种让无形的联系能够被人看到的方式。”

他扬起了眉毛。“说得好。”他继续盯着，“你曾经用卡牌占卜过吗，马丁女士？”

她干笑一声：“你为什么这样问？”

他扬起了眉毛：“只是感兴趣。”

梅瑞迪丝瞪着他，生他的气是因为他让她如此不安，生自己的气是因为她让他这么做了。

就在那时，一只手落到了她肩上。她跳了起来，警觉地回头看，这次看到的是哈尔微笑着注视她。

“抱歉，”他说道，“我没想吓你。”

哈尔向他叔叔点点头，然后坐在梅瑞迪丝对面的空椅子上。他把酒瓶从冰桶里拿出来给自己倒了些酒。

“我们只是在谈论塔罗牌。”朱利安说道。

“是吗？”哈尔说道，迅速地看了两人一眼，“你们都说了什么？”

梅瑞迪丝看着他的眼睛，读着其中的信息，她心里一沉。她不想陷入塔罗的讨论之中，但她看得出来哈尔认为这是个避免他叔叔问他今天下午去警察局拜访情况的好办法。

“我只是在问马丁女士是否算过塔罗占卜，”朱利安说道，“她正要回答。”

她看了看他，然后看了看哈尔，接着意识到除非能在接下来的几秒钟里想出另一个话题来，不然她就得随机应变了。

“实际上，我确实做过占卜，”她最后说道，试着让它听起来尽可能的沉闷，“事实上，是几天以前在巴黎的时候。第一次——也是最后一次。”

“那是一次愉快的体验吗，马丁女士？”

“挺有意思的，当然。你呢，劳伦斯先生？你曾做过塔罗占卜吗？”

“叫我朱利安就行了。”他说道。梅瑞迪丝看到一丝笑意从他脸上一闪而过，笑意中还混杂着别的什么。兴趣的提深？

“但没有，”他说道，“我对这种事不感兴趣，但我承认我对与塔罗牌有关的某一些象征意义很有兴趣。”

梅瑞迪丝感到神经紧绷起来，确定了她的怀疑。这不是闲谈。他是在追寻什么特别的东西。她又喝了一口酒，脸上保持着空白的表情：“是这样吗？”

“数字的象征意义，比如说。”他接着说道。

朱利安把手伸进口袋里。梅瑞迪丝紧张了起来。他要是拿出一套塔罗牌就太可怕，太不怀好意了。他看了一会儿她的目光，好像完全知晓她的想法，然后从口袋里拿出了一包高卢香烟和一个芝宝打火机。

“抽烟吗，马丁女士？”他说道，递过了烟盒，“但恐怕得在外面抽。”

生气自己做了这么大的傻事——更糟的是，她还表现出来了——她摇摇头：“我不抽烟。”

“非常明智，”朱利安把烟盒放在他们中间的桌子上，打火机放在顶上，然后继续说道，“比如说，雷恩堡教堂里数字的象征意义，就很吸引人。”

梅瑞迪丝看了一眼哈尔，希望他说点什么，但他坚定地注视着不远处。

“我没有注意。”

“你没有？”他说道，“尤其是数字22，令人惊讶地频繁出现。”

尽管她很反感哈尔的疏忽，梅瑞迪丝还是发现自己被吸引了。她想要听听朱利安要说什么。她只是不想留下她有兴趣的印象。

“以什么形式？”话语脱口而出，有点唐突。朱利安笑了。

“入口处的洗礼池，恶魔阿斯蒙蒂斯的雕像。你肯定见到了吧？”

梅瑞迪丝点点头。

“阿斯蒙蒂斯本应是所罗门圣殿的守护者之一。圣殿在公元598年被毁。如果你把每一位数字相加——五加九加八——得数二十二。我猜，你知道，马丁女士，大阿尔卡纳有二十二张牌？”

“我知道。”

朱利安耸耸肩：“那好。”

“我推测这数字还出现了几次？”

“7月22日是圣抹大拉的玛丽亚的斋日，那座教堂就是为她而建的。在十字架旁的第十三幅与第十四幅之间有一尊她的雕像；在圣坛后边的三扇玻璃窗里有两扇上描绘着她。另一个联系是和雅克·德·莫莱，圣殿骑士团最后一任领袖——据说他在山谷另一端的贝聚——他是圣殿贫穷骑士团的第二十二任大团长，那是这个组织的全名。然后是基督在十字架上哭喊的法语翻译‘Elie, Elie, lamah sabactani’我的神，我的神，为什么离弃我——一共二十二个字母。这句话同时也是《圣经·诗篇》二十二篇的开场诗。”

这些都很有意思，在一种抽象的方式上，但梅瑞迪丝想不出来为什么他要告诉她。只是为了看看她的反应？为了获悉她到底对塔罗知道多少？

另外，更重要的一点是，为什么？

“最后，雷恩堡的神父，贝朗热·索尼埃，死于1917年1月22日，一个奇异的故事与他的死亡相连。据称，他的尸体被放在庄园里观景楼的宝座上，村民们排队经过，每个人都从他长袍的褶边上摘下一个流苏，实际上非常像韦特塔罗里的星币之王的画面。”他耸耸肩，“而且，要是你把二加上二，再加上他死亡的年份，会得到——”

梅瑞迪丝失去了耐心。“我会算术，”她低声抱怨着，然后转向哈尔，“我们的晚餐预约是几点？”她有针对性地说道。

“七点十五，还有十分钟。”

“当然，”朱利安说道，无视了她的打断，“故意唱反调的话，可以很轻松地用任何数字，找到整个一串事情表明的特殊的意义。”

他拿起了酒瓶，倾身要为梅瑞迪丝添酒。她用手挡上了酒杯。哈尔摇了摇头。

朱利安耸耸肩，然后把剩下的酒都倒进了自己的杯里。

“又不是好像我们之中有谁要开车。”他漫不经心地说道。

梅瑞迪丝看到哈尔握紧了拳头。

“我不知道我的侄子是否提到过，马丁女士，但有理论说雷恩堡教堂的设计实际上是根据一个曾经存在于我们这庭院里的建筑设计的。”

梅瑞迪丝强迫自己的注意力转回朱利安。

“是那样的吗？”

“教堂里塔罗意象的数量可观，”他接着说道，“国王、隐士、教皇——他是，我很确定你记得，塔罗图像研究里国教的象征。”

“我真的不知道——”

他继续说道：“有人会说魔术师暗示了，或许是基督的某种形态，当然还有十字架那儿有四张画中有塔楼，更不用说观景楼的抹大拉塔了。”

“但那一点也不像。”她说道，没来得及阻止自己。

朱利安突然在椅子里屈身向前：“像什么，马丁女士？”她听得出他声音中的兴奋，仿佛他认为自己抓住了她的短处。

“耶路撒冷。”她说道，脑海中出现的第一个东西。

他扬起了眉毛。“又或许是像你看过的塔罗牌。”他说道。

沉默笼罩了桌子。哈尔皱着眉头。梅瑞迪丝想不出来他是觉得尴尬还是感到了他叔叔和她之间的紧张和误解。

朱利安突然喝光了他的酒，把杯子放在桌上，推开了椅子站起身来。

“我会让你们两人在这里，”他说道，对他们微笑着，仿佛他们刚刚在彼此的陪伴下度过了最愉悦的半个小时，“马丁女士，我希望你喜欢接下来在我们这里度过的时光。”他把手放在他侄子肩上。梅瑞迪丝看出哈尔在努力不去挣脱。

“你和马丁女士的事情结束之后能来我的书房一趟吗？有些事情我需要和你讨论一下。”

“今晚？”

朱利安迎着哈尔的注视。“今晚。”他说道。

哈尔犹豫着，接着猛地点点头。

他们沉默地坐着直到朱利安离开。

“我不知道你怎么能……”梅瑞迪丝开口说道，然后停了下来。规则第一条：永远别批评其他人的家人。

“我怎么能忍受的？”哈尔激烈地说道，“答案，我不能。我一弄清楚事情就离开这里。”

“那么你离这个目标更近了吗？”

梅瑞迪丝看到，随着他的思绪从对他叔叔的憎恨转移到了对他父亲的悲痛，寻衅的态度也从他身上消失了。他站起身来，双手深深地插在口袋里，用阴沉的眼睛看着她：“我在晚餐时告诉你。”

第六十四章

朱利安新开了一瓶酒，倒了一大杯，然后沉重地坐在桌子旁，面前放着复制的牌组。

毫无意义的举动。

他已经研究复制的布斯凯塔罗许多年了，他一直在寻找着什么，一把隐藏的钥匙，或是他错过的代码。从他初次来到奥德河谷，听说了在山脉、岩石，甚至河流的下面有着未被发现的宝藏，自从这个流言爆出之后，对原版卡牌的寻找就占据了他。

购得凯德庄园之后，和之前的许多人一样，朱利安很快就得出了结论，所有围绕雷恩堡的故事都是骗局。而那个身处谣言中心边界的19世纪神父——索尼埃——是在探寻物质上而不是精神上的财富。

然后朱利安得知了一些故事，一套牌如何揭露了不止一个墓地，而据称是披露了西哥特帝国的整个国库，或许甚至还有所罗门圣殿的宝物，在公园1世纪被罗马掠夺了，然后转而在5世纪罗马陷落时被劫掠到了西哥特。

谣传卡牌隐藏在庄园之内。朱利安把每一个便士都投到了试图找到它们的系统寻找和挖掘之中，从西哥特墓地废墟周围的地区开始，然后从那里开始了工作。那是片困难的地形，工作是极端劳动力密集的——因此而昂贵。

一无所获。

在他花光了银行里的存款时，他就开始从酒店借钱。酒店是个现金行业——至少在部分上——很有帮助，但它同时也是一个很难从中赚钱的市场，经费开支很高。这酒店还在适应环境的时候银行就来催收贷款了。但他还是一样往外拿钱——孤注一掷，他相信很快就会找到他所寻找的，然后一切都会恢复正常。

朱利安一口喝光了杯中酒。

只是个时间问题。

那是他哥哥的错。西摩本可以耐心一点的，本应该相信他的，不该干预的。他知道他快成功了。

我原本已经可以还清债务了。

朱利安无意识地点点头，然后啪的一声把芝宝打火机盖子打开。他拿出一支烟，点燃了它，深深地吸了一口。

那姑娘很聪明，也很迷人。

哈尔刚离开，朱利安就和库伊扎警察局通话了，他们表示要是那孩子停止问问题就好了。朱利安答应会跟哈尔谈一谈，而且邀请了局长下周来喝一杯。

他伸手去拿酒瓶，又给自己倒了二指深。回想着刚刚在酒吧中的对话，他故意表现得很笨拙，而这恰是能从那美国人那里探出口风的最佳办法。那女孩很抗拒谈论塔罗牌。

“什么？她知道什么？”

他意识到他听到的声音是自己的手指在敲打着桌子，朱利安低头看着自己的手，仿佛它不属于他一样，然后强迫它保持安静。

在他一个锁着的桌子抽屉里，所有权移交的契约已经准备好被签字然后送还给埃斯佩拉扎的公证人了。那孩子又不傻。他不想待在凯德庄园。他和哈尔无法一起工作，正如之前他和西摩一样。朱利安在和哈尔深入谈论他的计划之前留下了一段相当可观的间隔。

“这不是我的错。”他说道，他的声音含糊不清。

他应该再和她谈谈，那个美国姑娘。她肯定知道一些关于原版布斯凯塔罗的事情，不然她为什么来这儿？她的出现与西摩的车祸或者他可悲的侄子或是酒店的经济都无关，他现在看得出来了。她来这里的理由和他一样。他做了那么多事可不是为了看到某个美国婊子来这里把他的卡牌拿走的。

他注视着窗外黑暗的树林。夜晚来临了。朱利安伸手打开了台灯，然后尖叫起来。

他哥哥西摩就站在他身后，苍白，无生气，和朱利安在停尸房见到的一样。他脸上的皮肤因车祸留了疤，皱纹密布，他的眼睛布满血丝。

他跳出了椅子，它在他身后猛冲向地面。威士忌酒杯飞过了抛光的木桌面。

朱利安转过了身。

“你不可能……”

房间是空的。

他注视着，无法理解。他的眼睛扫视着房间，聚集在地上阴影之中，又看回窗户，直到他意识到，那是他自己幽灵般的模样，在黑暗的玻璃里鲜明可见。那是他的眼睛，不是他哥哥的。

朱利安深吸了一口气。

他哥哥死了，他知道。他往他的饮料里偷偷掺了药——鲁法诺；把车开到了雷恩莱班外边的桥上，挣扎着把西摩放到了驾驶座上，放开了手刹。他看着车掉了下去。

"你逼我做的。"他呢喃着。

他抬眼看着窗户，眨眨眼，什么都没有。

他呼了一口气，一个长而疲劳的呼气，然后弯下腰扶起了椅子。他站了一会儿，手握着椅背，指节发白，头低垂着。他感觉到汗珠从肩胛骨之间的背上流下。

然后他振作了精神，伸手拿过烟卷，他需要尼古丁来镇定自己的神经，然后看着远处的黑色树林。

原版卡牌还在那里，他知道。

"下次。"他低语着。他如此接近了，他能感觉到。下一次，他会有好运的。他知道。

洒出来的威士忌流到了桌子边缘开始滴落，慢慢地，滴在地毯里。

第六十五章

"好了，说吧。"梅瑞迪丝说道，"告诉我发生了什么。"

哈尔把手肘放到了桌子上："他们找不出任何公开档案的理由。他们对裁断很满意。"

"那是？"她温柔地督促着他。

"意外身亡。爸爸喝醉了。"他直率地说，"他开车失控了，开过了桥掉进了萨尔兹河里。超过限量三倍，毒理学报告是这么说的。"

他们坐在一个有窗户的凹室里。现在时间尚早，饭厅很安静，因此他们的谈话不会被人听到。穿过白色的亚麻桌布，从烛光闪耀的桌子上，梅瑞迪丝伸出手握住了他的。

"据说有个证人，一个住在本地的英国女人，希拉·欧唐纳博士。"

"这是好事，不是吗？她看见车祸了吗？"

哈尔摇摇头：“这就是问题。根据卷宗所说，她听到了刹车声、轮胎声。”

“是她报警的吗？”

“不是直接的。根据警察局所说，很多人在进雷恩莱班的弯道上都开得很快。在第二天早上她看见救护车和警方从河里捞起车的时候她才根据事实做的推断。”他顿了一下，“我觉得我也许该和她谈谈。看看她是否想起了什么。”

“她不会早就已经告诉警方了吗？”

“我没有得到他们认为她是个可靠证人的印象。”

“哪方面？”

“他们没有说很多，但他们暗示她喝醉了。而且，路面上也没有轮胎印，所以她不可能听到任何声音。据警方所说，就是这样。”他顿了顿，“他们不愿给我她的地址，但我设法从卷宗里抄下了她的电话号码。实际上……”他迟疑着，“我邀请她明天到这里来。”

“这是个好主意吗？”梅瑞迪丝说道，“要是警方觉得你在干预，这不是降低了让他们帮忙的可能性吗？”

“他们已经被我惹恼了，”他狠狠地说道，“但跟你说实话吧，我感觉这是徒劳无功的。我已经不在乎了。几周来我一直在试着让警方严肃地对待我的事情，我坐在这里，耐心等待，但这样什么忙都没帮到我。”

他停了下来，脸颊红了：“抱歉，这对你来说肯定没有什么意思。”

“还好了，”她说道，想到哈尔和他叔叔在某些方面多么相像——都会迅速地爆发——然后她感到内疚，哈尔会多么讨厌这样的比较。

“我知道没有理由让你以表面价值来理解我的话，但我就是不相信官方版本的事件说法。我不是说我爸爸是完美的——诚实地说，我们共同点很少。他冷漠又安静，不是那种会惹麻烦的人——但他就是不可能会酒后驾车。就算是在法国，这也不可能。”

“那种事很容易误判，哈尔。”她温柔地说道，“我们都这样做过。”她补充道，尽管她从未做过，“喝得过量，然后怀有侥幸心理。”

“我告诉你，爸爸不是那种人，”他说道，“他喜欢喝酒，但他极其注意不在酒后驾车。一杯也不行。”他垂下了肩膀，“我的母亲就是被酒驾司机害死的。”他用安静点的声音说道：“在我们住的村子里，某天下午三点半，在她去学校接我的路上，一个开宝马的蠢货，在从酒吧出来的路上，喝了大量的香槟，开得太快了。”

现在梅瑞迪丝完全明白了为什么哈尔无法下决心接受裁断。但是他所期望的未必就是事实。她也经历过。如果希望是承诺的话，她的生母就会健康起来了，所有那些事情和争吵就永远不会发生了。

哈尔抬起眼睛注视着她：“爸爸要是喝了酒是不会开车的。”

梅瑞迪丝不置可否地微笑了一下。“但要是毒理检查的结果表明酒精是阳性……”她让这个问题悬在那儿，“你提出这一点的时候警方是怎么说的？”

哈尔耸耸肩：“很明显他们认为我被整件事搞得太混乱无法正常思考了。”

“好吧。让我们从其他方向想想。检测结果可能是错的吗？”

“警方说不可能。”

“他们寻找过其他东西吗？”

“比如什么？”

“药物？”

哈尔摇了摇头：“没觉得有什么必要。”

梅瑞迪丝想：有可能是他开得太快了吗？就在弯道上失去了控制？

“回到路上没有擦痕这个问题上，而且，不管怎样，那无法说明他血液中有酒精。”

梅瑞迪丝紧紧注视着他：“那又怎样，哈尔？你在说什么？”

“要么检测结果是假的，要么有人在他的饮料里下了药。”

她的表情出卖了她。

“你不相信我。”他说道。

“我没这么说，”她立刻说道，“但想想看，哈尔。就算假设成立，哈尔，谁会做这样的事？他们为什么会这样做？”

哈尔注视着她，知道梅瑞迪丝意识到了他在暗示什么。

“你叔叔？”

他点了点头：“应该是。”

“你不会是认真的吧？”她反驳道，“我是说，我知道你们看法不一致，但即便如此……要指控他——”

“我知道这听上去很荒谬，但想想看，梅瑞迪丝，还有谁？”

梅瑞迪丝摇着头：“你向警方这么指控了吗？”

“没说这么多，但我确实要求国家宪兵队[①]出现在卷宗里。”

① 相当于武警。（译者注）

“意思是？”

“国家宪兵队调查犯罪。在目前，车祸仅仅是被当成交通事故来处理。但要是我能找到什么证据与朱利安有关，那我就可以让他们重新考虑。”他看着她，“如果你能和欧唐纳博士说说话，我确定她会更有可能开口。”

梅瑞迪丝后倚在椅子里。整个设想就是疯了。她看得出哈尔自己已经百分之百地相信这个设想。她真的为他感到怜悯，但她确信他错了。他需要有人来承担责任，需要发泄他的怒火和失落感。而且她从自身的经历中知道，不管真相最终有多么糟糕，不知道真相更糟糕。那样是不可能放下过去继续生活的。

“梅瑞迪丝？”

她意识到哈尔在盯着她。“抱歉，”她说道，“只是在思考。”

“明天欧唐纳博士来的时候你能来吗？”

她迟疑着。

“我会非常感激的。”

“我想，”她最后说道，“当然了。”

哈尔欣慰地叹了口气：“谢谢你。”

侍者经过，气氛立刻就变了，变得不那么紧张，更像是普通的约会。他们都点了牛排，哈尔还点了一瓶当地的红酒配餐。片刻，他们遮遮掩掩地看着对方，捕捉着对方的眼神，笨拙地笑着，不确定该说什么。

哈尔打破了沉默。“那么，”他说道，“我的事说够了……现在你会告诉我你来这儿的真正理由了吗？”

梅瑞迪丝愣住了：“请再说一次？”

“明显不是为了那本书，对不对？或者，至少，不完全是。”

“你为什么这么说？”比她打算的更严厉。

他脸红了。“嗯，首先，今天你感兴趣的东西看起来和莉莉·德彪西没多大关系。你似乎对这里的历史、雷恩莱班以及这里的人，更感兴趣。”他咧嘴笑道，“而且，我发现钢琴上方挂着的照片不见了。有人借走了。”

“你认为我拿了？”

“早晨你在看着它，于是……”他说道，歉意地笑了笑，“另外，嗯，和我叔叔……我不清楚，可能是我的错觉，但我觉得你也许是来这儿调查他的……无疑你们看起来不喜欢对方。”

他结结巴巴地停顿了。

“你觉得我是来这儿调查你叔叔的？你在开玩笑，是吧？”

“嗯，可能，也许，”他耸耸肩，“我不知道，不。”

他喝了一口酒。

“我不是故意要冒犯——”

梅瑞迪丝举起了手，然后说道：“让我看看我是否弄清楚了。你并不相信你父亲的死亡是由于酒后驾车而引起的意外事故，而且，你怀疑有人在他的饮料里下了毒，导致他的车掉下路面——”

“是的，尽管——”

“最重要的是，你怀疑你叔叔涉及你父亲的死亡，对吗？”

“嗯，那么说的话，听上去——”

梅瑞迪丝继续说了下去，声音逐渐提高：“因为这些原因，因为某个疯狂的理由，当我出现时你就得出了我也不知怎么地涉及其中的结论？你是这么想的吗，哈尔？我是某种，嗯，南希·朱尔[①]一样的人？”

她靠坐在椅子上，注视着他。

他知趣地脸红了。“我并没想冒犯你，”他说道，“但，好吧，是爸爸在四月说过的话——在我之前跟你的对话之后——给我留下了印象，他不满意朱利安大肆挥霍的经营方式。”

“如果是这样的话,你父亲为什么没有直接和你说？如果这里有问题的话，那也会影响到你的。”

哈尔摇摇头：“爸爸不是那样的人。他厌恶流言、谣言。就算是对我，在没有完全确认事实之前，他是永远不会说什么的。直到证明有罪之前都是无辜的。”

梅瑞迪丝思考着：“好吧，我能理解这一点。但你依然感到他们之间有什么不对劲儿的地方？”

“也许是什么琐碎的事情，但我的感觉是事情很严肃，和凯德庄园以及它的历史有关，不仅仅是钱的问题。”他耸耸肩，“抱歉，梅瑞迪丝，我不清楚。”

“他没给你留点什么？一个文件？便笺？”

“相信我，我到处找过了。什么也没有。”

“那么当你把这些汇总到一起，你开始觉得他也许雇了个人来打探你叔叔的消息，看看是否能发现什么。”她停了下来，隔着桌子看着他，“你为什么

① 六十年代系列侦探小说主人公。（译者注）

不直接问我？”她抱着双臂，尽管她完全知道不该这样做。

“嗯，因为我在今天下午想着这件事的时候才开始觉得你也许是为了……因为我爸爸而来的。”

梅瑞迪丝交叉着手臂：“那么这不是你昨晚在酒吧里开始和我说话的原因了？”

“不，当然不是！”他说道，看上去真的震惊了。

“那是为什么？”她质问道。

哈尔脸红了：“天哪，梅瑞迪丝，你知道为什么的，足够明显了。”

这一次，轮到梅瑞迪丝脸红了。

第六十六章

哈尔坚持为晚餐埋单。梅瑞迪丝看着他，好奇他叔叔会不会让他结清账单，毕竟这里的产业他也拥有一半。她对他的担心立刻就涌了回来。

他们离开了餐厅走进了大厅。在楼梯下，梅瑞迪丝感到哈尔的手指和她缠在了一起。

他们安静地手拉着手走上了楼梯。梅瑞迪丝觉得十分平静，一点也没有紧张或犹豫不决。她根本不必思考这是不是她想要的。他们两人在一起感觉很好，他们甚至都不用讨论去哪里，两人都无意识地明白梅瑞迪丝的房间更好。在此时，这儿更适合他们。

他们没有碰到任何其他客人就走到了二楼走廊的尽头。梅瑞迪丝转动了钥匙，在寂静的走廊里声音很响，然后推开了门。他们进门的时候依然牵着手，神态很庄重。

窗户里透过了丰收之月的缕缕白光，照着地板上的图案。光线在镜子的反光面上折射着，闪烁着，照在了桌子上立着的相框玻璃上，阿纳托尔、莱奥妮·维尔涅和伊索尔德·莱斯康布的照片上。

梅瑞迪丝伸手去开灯。

“别。”哈尔轻轻地说道。

他用手托起她的头把她拉向他。梅瑞迪丝闻到了他的气味，就像在雷恩堡的教堂外一样，混合了羊毛和香皂的味道，她心跳开始加速。

他们接吻着，嘴唇还留有微量的红酒。起初很温柔，试探性的，友情的印记慢慢褪去，变得更为急切。梅瑞迪丝感到慰藉让位给了欲望，一股热量流遍她全身，从她的脚趾向上，两腿之间，胸口，手掌，一股血流冲向头顶。

哈尔弯下腰把她抱了起来，一气呵成地把她放倒在怀里，然后把她抱到了床上。钥匙从梅瑞迪丝手里掉了下去，伴着沉重的撞击声落在了厚实的地毯上。

“你真轻。”他低声说道，亲吻着她的脖颈。

他小心地放下了她，然后坐在她旁边，他的脚还稳固地放在地板上，像一位害怕审查的好莱坞魅力男星一样。

“你……”他开口说道，停了下来，然后再试了一次，“你确定你想——”

梅瑞迪丝把一根手指竖放在他的嘴唇上：“嘘。”

她开始慢慢地解开他外套的纽扣，接着把他的手拉向她。半是邀请，半是指引。她听到哈尔抽了一口气，然后在屋里斑驳的银光下听着他粗重的呼吸起伏。梅瑞迪丝盘腿坐在桃花心木的床边，倾身向前亲吻他，她的黑发散落在脸上，他们身高上的差别现在消除了。

哈尔挣扎着脱去外套，然后因为梅瑞迪丝把手伸到了他T恤的棉布下面，衣服纠缠在了一起。他们都笑了，有点害羞，然后站起身来脱衣服。

梅瑞迪丝一点也没有觉得难为情。这看起来完全自然，该做的事情。在这里的一切感觉就像是时间之外的时间，仿佛她走出了她的普通生活——她的为人，思前顾后，一成不变的生活——来到了一个适用不同规则的地方。

她脱下了最后一件衣服。

“哇喔。”哈尔说道。

梅瑞迪丝向他走了一步，他们裸露的皮肤触碰着，从头到脚，如此亲密，如此吃惊。她能感到他有多么想要她，但他乐于等待，让她来主导过程。

她握着他的手，领着他回到床上。她拉起被子，他们钻进了被子里。亚麻挺括凉爽又不带个人色彩，抵抗着他们身体产生的热量。片刻，他们并排躺着，手臂相挨着，像石头坟墓上的骑士和他的女士一样。接着哈尔用一只手肘支起了自己，开始用另一只手抚摸着她的头。

梅瑞迪丝深深地呼吸着，在他的触摸下放松着。

现在他的手摸得更低了，安抚着她的肩头，她的喉咙，掠过她的胸部，用他的手指缠绕着她的。他的嘴唇和舌头在她皮肤表面轻声作响。

梅瑞迪丝感到欲望在体内炽热地燃烧，仿佛她能够跟着它追踪自己的静脉、动脉、骨骼，每一个部分。她自己仰起身来向着他，她的亲吻现在充满渴望，想要更多。就在她的等待变得无法忍受的时候，哈尔变换了位置把自己放低进入了她裸露双腿之间的空间。梅瑞迪丝抬头看着他冰蓝色的眼睛，一瞬间看到了双眼中反射出的所有可能性，他们两人最好与最坏的可能性。

“你确定吗？”

梅瑞迪丝微笑着，伸手到下面指引他。哈尔小心翼翼地让自己进入她。

“没关系的。”她呢喃着。

片刻，他们安静地躺着，庆祝着彼此怀抱中的平静。然后哈尔开始动了，起初很慢，接着更加急迫。梅瑞迪丝把手牢牢地放在他背后，她身体里充满了血液流淌的撞击声。她能感到他的力量，他手臂和双手的力气。她的舌头在他的唇间路过，湿润而一言不发。

哈尔呼吸得更加沉重，动得更加用力，欲望和狂喜驱动着他。梅瑞迪丝抱着他，更紧，起身迎合他，占有着他，被此刻俘虏了。他喊出了她的名字，颤抖着，然后他们都平静了下来。

她脑中的激流消退了。她重新感到了他的全部体重，但她并没有动。她抚摸着他浓密的黑发，把他抱在怀里。过了一会儿她才意识到他的脸是湿的，意识到他在无声地哭泣。

“喔，哈尔。”她怜悯地悄声说道。

“告诉我一些关于你的事情，”他立刻说道，“你知道这么多关于我的事情，我在这里干什么——也许太多了——但我几乎对你一无所知，马丁女士。”

梅瑞迪丝笑了。“真够正式的，劳伦斯先生。”她说道，手在他胸前和更低的地方抚摸着。

哈尔抓住了她的手指：“我是认真的！我甚至不知道你住在哪儿，你从哪儿来，你的父母是做什么的。快点，告诉我。”

梅瑞迪丝用手指缠绕着他的：“好吧。马上就来一份简历。我在密尔沃基长大，在那儿一直住到了十八岁，然后我去了北卡罗来纳大学。我在那里做了硕士研究项目，在几个研究生院有过几份教职——一个在圣路易斯，一个在西雅图——一直以来都试着找到赞助完成我的德彪西传记。近几年，我的养父母迁居到别处，离开密尔沃基到了查珀尔希尔，离我的旧大学很近。今年早些时候我得到了一份离北卡大学不远的一家私立大学的工作，还有，终于，一份出版合同。”

“养父母？”哈尔说道。

梅瑞迪丝叹了口气：“我的生母，珍妮特，她没有能力照顾我。玛丽是个远房表亲，隔了好几代的姨妈。在珍妮特生病的时候，我时不时地会和他们在一起。当事情最后变得无法挽回的时候，我搬过去和他们永远住在一起。几年之后，当我的生母……去世时，他们正式收养了我。”

直白，仔细选择的词句并没有公正地反映那些年的深夜电话，突然造访，街头大叫，孩子时的梅瑞迪丝曾对她破碎、反复无常的母亲感到的责任的负担。她平静的陈述也没有暗示出，在这么多年之后，她依然承担着的罪恶感。在她听到她母亲的死讯时，第一反应不是悲痛而是解脱。

她因此无法原谅自己。

“听起来很艰难。”哈尔说道。

梅瑞迪丝以微笑对待他这种英国式的轻描淡写，移动着向他身边靠去，靠近他温暖的身体。

“我很幸运，”她说道，“玛丽是个令人惊奇的女士。是她让我学习小提琴，然后是钢琴。我的一切都归功于她和比尔。”

他咧嘴一笑：“所以你真的是在写一本德彪西的传记？”他逗弄着她。

梅瑞迪丝戏谑地打着他的胳膊：“当然了！”

片刻，他们在友善的沉默中坐着。平静又动人。

“但除那以外你还有其他来这里的理由，”哈尔最后说道，他在枕头上转着头朝向房间对面的相框，“我没有说错，是吧？”

梅瑞迪丝坐了起来，拉上了被单盖住自己，于是只有肩膀露在外面。

“对，你没有说错。”

哈尔感到了她没有准备好开口。哈尔也坐了起来，双腿荡到了地板上：“我能为你弄点什么？一杯酒？或别的什么？”

“一杯水就很好。”她说道。

她看着他消失在浴室里，几秒钟之后他拿着两个漱口杯出现了，然后从小冰箱里拿出了两个瓶子，爬回了床上。

“给你。”

“谢谢，”梅瑞迪丝说道，从瓶里喝了一口，“直到现在，我只知道我生母的家族或许是从法国来的，法国的这个部分，在——或者在刚结束时——第一次世界大战的时候，定居到美国。我有一张我曾曾外祖父的照片，他穿着法国军装，1914 年在雷恩莱班的广场上拍摄的。故事就是他最终到了密尔沃基。但因为我不知道曾曾外祖父姓名，所以无法进一步调查。从 19 世纪早期城市里就有大量的欧洲移民。第一个永久欧洲居民是一个法国商人，雅克·欧，在悬崖上建立了一个商栈，那里是三条河流的交汇处，密尔沃基河、梅诺米尼河和肯尼克河。貌似就是如此。”

“直到现在？”他询问道。

在接下来的几分钟里，她大致给哈尔讲了一下从她到达凯德庄园开始都发现了什么，只是很直截了当地叙述了那些有根据的事实。她告诉他，她在大厅里看到的照片以及她从外祖母，路易莎·马丁那里继承来的乐谱，但没有提到卡牌。之前在酒吧里已经有够多不愉快的讨论了，而且梅瑞迪丝确信不想现在让哈尔想起他叔叔。

“所以你认为你的无名士兵是维尔涅家的人。”哈尔在梅瑞迪丝说完之后说道。

她点点头：“面貌上的相似无法忽视，比如肤色、特征，我猜他可能是个小弟弟或是表弟。但考虑到年代和他的年龄，我在想他可能是个直系后代。”她停了下来，一个微笑在她脸上浮现：“然后就在我下楼吃晚餐之前，我收到了玛丽发来的邮件，说在密尔沃基米切尔庞特风坟场里有一个叫维尔涅的记录。”

哈尔笑了：“于是你认为阿纳托尔·维尔涅是他父亲？”

“我不知道，那是下一步，”她叹了口气，“或许是莱奥妮的儿子。”

“那样他就不会姓维尔涅了，是吧？”

“要是她没有结婚他就会的。”

哈尔点点头：“有道理。”

“那么，你看这样行不行。明天，在我们见过欧唐纳博士之后，你帮我做一点关于维尔涅一家的调查。”

“好的。”他轻松地说道，但梅瑞迪丝感到他又紧张了起来。

“我知道你觉得我在小题大做，但我真的感激有你在这里。她明天十点钟来。”

“好的，”她轻声呢喃着，觉得自己越来越困了，“如你所说，有另一个女人在场她更有可能开口。”

她挣扎着保持眼睛睁开，她感到自己慢慢地飘离了哈尔。银月在黑色的南部天空中穿行。在下方的山谷里，钟声敲响了时间的流逝。

第六十七章

在她的梦中，梅瑞迪丝坐在楼梯下的钢琴旁。琴键冰冷的触感和旋律都很熟悉。她在演奏路易莎的成名曲，比她之前曾弹过的都要好，温柔但萦绕耳际。

然后钢琴消失了，她走在一条狭窄空旷的走廊里。在尽头有一片光和一处石头太极，中间部分在脚步和时光的作用下磨损了。她转身要走，但发现自己一直站在同一个地方。她知道这是在凯德庄园内的某处，但她认不出具体在哪儿。

光线，完美的方形，来自墙上的煤气灯，在她经过的时候嘶嘶地响着。在台阶上方面对着她的是一幅古老积尘的关于打猎的挂毯。她注视了一会儿那些人脸上的残忍表情和他们长矛上的红色血迹。但是，在她梦里的眼中，她意识到他们在捕猎的不是野兽，不是熊，不是野猪，不是狼，而是一只黑色的生物——用双腿站立着，脚是分蹄的，一个狂怒的表情挂在它几乎似人的面貌上。一个恶魔，他的爪子尖端是红的。

阿斯蒙蒂斯。

在背景中有火焰。树林在燃烧。

在床上，梅瑞迪丝呻吟着变换着位置，她梦中的双手，既沉重又没有重量，推着一扇古老的木门。地面上有一层银色的灰尘，闪烁在月光或是煤气灯的光晕中。

空气是静止的。与此同时，房间并不像弃置的空间一样潮湿或阴冷。时间跳向前，现在，梅瑞迪丝又能听到钢琴声了，只是这一次失真了，像是露天马戏场或是旋转木马的声音，既凶险又刺耳。

她的呼吸加快了。她梦到自己伸出手握住冰冷的金属门闩时，不禁在梦中紧握着被单。

她推开了门，走上了石头台阶。

没有鸟飞起来，在门后没有隐藏着低声的话语。此时她站在某个小教堂里。高天花板、石板地面、圣坛以及玻璃花窗，图画覆盖在墙面上，立刻像卡牌上的角色一样容易辨别，是一个墓地。

全然的寂静。只有她脚步的回声打扰了这寂静。但是，一点点地，空气开始了低语。她能听到黑暗中的话语声与嘈杂声，至少在寂静背后有话语声和歌声。

她向前走去，感到空气分开了，仿佛看不见的迷失在光线中的灵魂让开了路让她通过。整个空间本身似乎屏住了呼吸，她的心怦怦地跳动着。

梅瑞迪丝继续走到了圣坛前，位于距离八边形墙壁上四扇窗户都等距的点上。她现在位于一个广场里，石头地板涂成了黑色。在圣坛周围，地面上铭刻着字母。

“帮帮我。”

有人在那儿。在黑暗与寂静之中，有什么在动。梅瑞迪丝感到她周围的空间在收缩，崩塌了。她什么都看不见，但她知道自己在那儿。一个活着，呼吸着的存在，在空气的结构中。而且梅瑞迪丝知道自己曾经见过她——在桥下，在路上，在她的床边。风、水、火，现在是土。塔罗的四个花色，在它们之中承载着所有的可能性。

“倾听我。听我说。”

梅瑞迪丝感到自己在坠落，落入了一个宁静祥和的地方。她并不害怕。她不再是她自己，而是站在外边，注视着。而且，在黑暗中她清晰地听到自己睡眠中的声音平静地说出声来：“莱奥妮？”

梅瑞迪丝现在看到黑暗中有一个不同的形态，一个隐藏的身形围绕在空气中，一阵空气的流动，几乎像是一阵风。在床脚，那身形轻轻动了动她的头部。她披着红棕色的长卷发，就如同面纱一般，她皮肤半透明，绿色的眼睛，也是透明的，但没有实体存在感。斗篷下是一件黑色长裙，看不到形体，只有一个形状。

“我是莱奥妮。”

梅瑞迪丝在脑海中听到了这些词。一个年轻少女的声音，一个来自过去时间的声音。房间中的空气再次变幻，仿佛这个房间本身发出了欣慰的叹息。

“我无法入睡。直到我被找到之前，我永远不能入眠。聆听真相。”

“真相？关于什么的？”梅瑞迪丝低语道。光线变化着，松散着。

“故事在卡牌里。”

一阵空气的流动，光线的变幻，什么东西——什么人——撤离的闪烁。现在空气再次不同了。黑暗中有一个威胁，逼使莱奥妮陷入了绝境。但幽灵温柔的存在已经消失了，被什么毁灭性的东西取代了。一个恶意。此刻的空气压迫着冰冷，推挤着梅瑞迪丝，像清晨海边的雾气，刺鼻的盐和鱼还有烟雾的气味。她感觉需要逃离，但她并不知道要逃离什么。她感到自己朝着门慢慢走去。

有什么在她背后。一个黑色的形体或是某种生物。梅瑞迪丝几乎可以感到它的呼吸吹在她后脖颈上，一缕缕白色的雾气在寒冷的空气中。但通向墓地的走廊正在逐渐远离，木门变得越来越小，越来越遥远。

“一，二，三，大灰狼！我来抓你了，准备好了吗？”

有什么东西啪嗒啪嗒地紧跟着她，速度在阴影中越来越快，准备好跳跃。梅瑞迪丝开始奔跑，恐惧给了她颤抖的双腿力量。她的运动鞋在石板地面上打滑，滑动。呼吸声一直在她身后。

快到了。

她向着木门猛冲过去，感到她的肩膀撞进了门框里，疼痛传回到她的手臂。那生物就在身后，毛发竖立着，铁与血的臭气，融入了她的皮肤、头皮和脚趾。她笨拙地摇着门闩，摇动着，猛拽着，拉向自己，但门就是打不开。

她开始猛撞着门，试着不要回头看，试着不要被它蓝色、恶毒的眼睛盯上。她感觉得到寂静在她周围加深，它恶意的手臂绕上了她的脖子，潮湿、冰冷又粗糙，海洋的气味，把她拖拽进了它致命的深渊。

第六十八章

“梅瑞迪丝！梅瑞迪丝，没事了。你安全了，没事了。”

她叫喊着，剧烈颤抖着醒来，大口喘息着。她身体里每一块肌肉都警觉了起来，每一根神经都尖叫着。床单凌乱地纠缠着。她的手指僵硬地握着。一瞬间，她被一个吞噬一切的怒气吞没了，仿佛那生物的愤怒从她的皮肤中冲破了一条路。

“梅瑞迪丝，没事了！我在这儿。”

她试着夺回自由，神志不清，最终她意识到了她感到的是温暖的皮肤，紧紧抱着她来救她，而不是伤害她。

“哈尔。”

紧张从她的肩膀上落下。

“你做噩梦了。”他说道，“就这样，没事了。”

“她在这儿，她在这儿……然后，它来了又……”

“嘘，没事了。”他再次说道。

梅瑞迪丝注视着他，她伸出手用手指摸索着他面孔的轮廓。

“她来了……然后，在她身后，是来……”

“这里除了我们没别人。只是个噩梦，现在都过去了。”

梅瑞迪丝环顾着房间，好像期待着会有人随时从黑暗角落里走出来。与此同时，她知道梦已经过去了。慢慢地，她让哈尔抱着她。她感到他的温暖和力量，他把她抱得更紧了，安全地抱着她，紧紧地抱在他怀里。她能感到自己胸膛的骨骼在一起一伏，一起一伏。她的心怦怦地跳着。

“我看见她了。”她呢喃着，但她现在是跟自己说话，而不是哈尔。

“谁？”他耳语道。

她没有回答。

“没事了，”他温柔地重复道，“回去睡觉吧。”

他开始抚摸她的脑袋，把她的刘海往额头后面理顺，就像梅瑞迪丝刚搬过去和她一起生活时玛丽做的那样，安抚走噩梦。

“她在这儿。”梅瑞迪丝再次说道。

终于，在哈尔温柔的重复动作下，恐惧消退了。在温暖与知觉回来之后，她的眼皮变得沉重，她的手臂、腿和身体也一样。

凌晨四点钟。

云彩盖住了月亮，一片漆黑。彼此逐渐了解的恋人，在怀抱中再次入眠，他们被白天到来前凌晨的深蓝色笼罩着。

第九部

The Glade 林中空地

1891 年 10 月至 11 月

第六十九章

10月23日，星期五

第二天早晨莱奥妮醒来的时候,脑海里第一个想到的就是维克多·康斯坦特，这也是她入睡前最后想到的。

她快速地穿上衣服走到户外，希望感受一些清晨的新鲜空气。昨天风暴的证据到处都是：折断的树枝，风中飞转的树叶。现在一切都很平静，粉色的天空很清澈。但是在远处，越过比利牛斯山，一堆灰色的风暴云，预示着更糟的天气即将到来。

莱奥妮在湖边转身，在小岬角上停了一会儿，俯瞰波浪起伏的水面，然后缓慢地穿过草地走回宅邸。她裙子的褶边上闪烁着露水。她走过潮湿的草地，几乎没有留下痕迹。

她走回到前门，她之前溜出门的时候没有上闩，然后走进了大厅。她在门前的粗毛垫子上跺着靴子。然后她把兜帽从脸上推下，解开了扣环，把她的斗篷挂回到金属钩上。

在她走过红黑相间的地砖走向餐厅的时候，她意识到她希望阿纳托尔还没有下楼来吃早餐。尽管她担心伊索尔德的健康，但莱奥妮依然在为昨夜他们提早匆忙离开卡卡颂而生闷气，她不想被迫对她哥哥有礼貌。

她打开门发现房间里除了女仆之外空无一人，她正在把红蓝图案的珐琅咖啡壶放到桌子中央的金属三脚架上。

玛莉塔行了屈膝礼：“小姐。”

“早上好。”

莱奥妮走过去坐在椭圆桌子远端她习惯的座位上，于是她就面对着门。

一个念头折磨着她的思绪。如果恶劣的天气继续在卡卡颂无休地肆虐，那么酒店的店主或许就无法把她的信送到甘贝塔广场维克多·康斯坦特手里了。或者实际上，由于倾盆大雨，音乐会被取消了。意识到她没办法确认康斯坦特先生是否收到她的信，她感到无助而且十分沮丧。

除非他选择写信告诉我。

她叹了口气，抖开了餐巾：“我的哥哥下来了吗，玛莉塔？”

“没有，小姐。您是第一个。”

“我舅妈呢？昨晚之后她恢复了吗？”

玛莉塔顿了一下，然后压低了声音，好像在吐露一个巨大的秘密：“您不知道吗，小姐？昨天晚上夫人的情况十分糟糕，阿纳托尔先生不得不去镇里找医生了。”

“什么？”莱奥妮倒抽一口冷气，从座位上站起身来，“我不知道。我应该去看她。”

“最好别去，”玛莉塔立刻说道，“夫人刚刚像孩子一样睡着不到三十分钟。”

莱奥妮再次坐下。“好吧，医生怎么说？”她询问道，“加比诺医生，是吧？”

玛莉塔点点头：“他说夫人受寒了，情况可能会更糟。他给她一服药粉来退烧。他待在她身边，您哥哥也一样，一整夜。”

“现在的诊断是什么？”

“您得去问阿纳托尔先生了，小姐。医生和他私下说的。”

莱奥妮感觉很糟糕，对于她之前的刻薄想法以及她不知怎么睡了一整晚而不知道房子里其他地方发生的危机感到很内疚。她心烦意乱，就像一团扭曲纠缠变形的线一样。她怀疑她是否能够吃下哪怕一小口的东西。

然而，当玛莉塔在她面前放下一盘山腊肉、新鲜小母鸡蛋以及温暖的白面包和搅拌过的黄油的时候，她觉得她或许可以试一试。

她沉默地吃着，她的思绪像一条被扔到河岸上的鱼一样不停地上下翻转着，先是担心舅妈的健康，然后是关于康斯坦特先生的快乐念头，然后又回到伊索尔德。

她听到了穿过大厅的脚步声。她把餐巾扔到桌上，跳了起来跑向门口，在大厅里面对面碰到了阿纳托尔。

他脸色苍白，在眼睛下边有几个空心圆，像黑色的指印一样，暴露出他没有睡觉的事实。

“原谅我，阿纳托尔，我刚刚才听说。玛莉塔建议最好让伊索尔德舅妈睡觉而不要去打扰她。医生今天上午会再来？还是——”

尽管他的外表显得很悲惨，阿纳托尔还是微笑了。他抬起了手，仿佛要挡开这些齐射的问题一样。

“冷静点，小家伙。”他说道，搂住了她的肩膀，“最糟的已经结束了。”

“但是——”

“伊索尔德会好起来的。加比诺很了不起，给了她一些东西来帮助睡眠。她很虚弱，但烧已经退了。卧床休息几天就会好的。”

莱奥妮震惊地发现自己哭了出来。她之前没有意识到自己有多么喜爱她安静温柔的舅妈。

“好了，小家伙，”他深情地说道，“不要哭了。一切都会好起来的。没什么需要难过的。”

“我们永远别再吵了，”莱奥妮哀诉着，“我不能忍受我们不是朋友的时候。”

“我也不能。”他说道，从口袋里掏出了手帕递给了她。莱奥妮擦了擦她泪痕斑斑的脸，然后擤了擤鼻子。

“多么不淑女！”他大笑着，“妈妈会非常生气的。”他咧嘴笑着低头看着她，“现在，你吃过早餐了吗？”

莱奥妮点点头。

“好吧，我还没有。你可以陪我吗？”

在这一天余下的时间里，莱奥妮紧跟着她哥哥，所有关于维克多·康斯坦特的念头在这段时间里都被推到了一边。目前，凯德庄园以及住在其中的这些人的爱和感情是她的内心和思绪的唯一焦点。

一整个周末，伊索尔德都待在床上。她很虚弱，很容易疲劳，但莱奥妮在下午的时候给她读书，而且，一点一点的血色回到了她的脸颊上。阿纳托尔忙于代表她处理庄园相关的事物，在晚上甚至在她房间里坐着陪她。就算仆人们觉得这样的亲密有点令人惊讶，他们也没有让莱奥妮听到任何评论。

有好几次，莱奥妮发现阿纳托尔在看着她，好像他马上要吐露什么事似的。但无论何时她问他，他只是微笑着说没什么，然后垂下眼睛继续做他自己的事情。

在星期天晚上，伊索尔德的食欲恢复了很多，一托盘晚餐被送到了她的房间。莱奥妮很高兴看到空洞憔悴的表情不见了，而且她看起来不再那么瘦了。事实上，在某些方面，她的健康状况看起来比之前还要好。她的皮肤有光泽，眼睛很明亮。莱奥妮知道阿纳托尔也注意到了。他在房子里边走边吹口哨，看起来仿佛一副重担从他的肩上卸下去了。

仆人们的主要话题是卡卡颂严重的洪水。从星期五上午到星期天晚上，城镇和乡村都被一系列的风暴折磨着。通讯受到了干扰，在某些地区完全中断了。雷恩莱班和基扬周围的情况当然很糟，但是没有超过预期的程度。

但是在星期一晚上，卡卡颂被袭击的消息传到了凯德庄园。在连续三天的大雨之后，平原上的情况比山上高处的村子要更糟糕。在星期天早晨的前几个小时里，奥德河终于冲破了河堤，淹没了新城和低洼的河岸区域。较早的报告说特维阿勒区和外堡区的大部分都彻底被淹没了。连接着中世纪老城和新城的老桥都被淹没了，但是依然可以通行。玛拉德医院的花园里是及膝的深黑色洪水。左岸的好几个建筑物被卷入了洪流。

在湍流河水的下游，在拜依谢鲁河堤的方向，整根树木都被拔起了，扭曲着绝望地紧贴在泥上。

莱奥妮听着新闻，焦虑逐渐增长。她担心着康斯坦特先生的安危。没有理由去相信任何不好的事情发生在他身上，但她的担心无情地折磨着她自己。因为不能向阿纳托尔承认她知道那些被淹没的区域或是她在这件事上有一些特殊的兴趣而使得她的痛苦更加严重了。

莱奥妮斥责着自己。她知道对一个只陪了她一个小时多一点的人感觉如此强烈是非常荒谬的事情。但是康斯坦特先生已经住进了她浪漫的思绪而且她无法从脑海里摆脱他。

正如她在十月的前几个星期里坐在窗边等待一封来自她在巴黎的母亲的信件一样，现在，在这个月的末尾，她想着是不是有一封来自卡卡颂的信件在雷恩莱班邮件待领处的盒子里无人认领。

问题就是她怎么才能亲自到镇里去。她几乎不能把这么微妙的事情委托给一个仆人，就算是温和的帕斯卡或者亲切的玛莉塔也不行。而且还有另一个忧虑：要是酒店店主没有把她的便笺在约定好的时间送到甘贝塔广场，如果音乐会并没有被延期，那么康斯坦特先生——他明显是个有原则的人——在道义上就该放开这件事了。

想到他不知道去哪里找她——或者，同样的，他或许会因为她无礼地没有遵守他们的谨慎约定而轻视她——让她沮丧而且无休止地刺激着她的思绪。

第七十章

三天后她的机会来了。

在星期三晚上，伊索尔德恢复得足以在餐厅里加入阿纳托尔和莱奥妮一起吃晚餐了。她吃得很少。或者，不如说，她品尝了许多菜肴，但似乎没有一盘合她意的，就连用莱奥妮在卡卡颂为她买的咖啡豆刚煮出来的咖啡，也不合她的口味。

阿纳托尔在她身边忙乱着，不停地建议着或许会吸引她的不同小吃，但最后只成功地说服了她吃下一点白面包和搅拌过的黄油，还有一点山羊奶酪和蜂蜜。

“还有什么吗？不管是什么，我都会尽力去为你弄来的。”

伊索尔德微笑着：“所有东西尝起来都挺奇怪的。”

“你必须吃东西，”他坚定地说道，“你需要恢复你的力气和……”

他突然停顿了。莱奥妮注意到他们交换了眼色，想知道他刚才准备说什么。

“我明天可以下山到雷恩莱班，去买任何你想吃的东西。”他接着说道。

莱奥妮突然有了主意。“我能去，”她说道，试着保持声音的轻松，“比起迫使你去，阿纳托尔，我很乐意下山去镇里。”她转向伊索尔德，“我很熟悉你的口味，舅妈。要是上午能用马车的话，帕斯卡可以载我去。”她顿了一下，“我会从布斯凯商店买一罐蜜饯姜回来。”

让她高兴而兴奋的是，莱奥妮看见伊索尔德苍白的灰色眼睛里闪过了一丝兴趣。

“我承认，那是我能设法吃点的东西。”

“而且，或许也能，”莱奥妮补充道，快速地在脑海里回顾着伊索尔德爱吃的东西，“我去一趟糕点店买一盒蛋白糖霜脆酥？”

莱奥妮不喜欢那种厚实过甜的奶油蛋糕，但是知道伊索尔德会时不时地娇惯一下自己。

“现在它们对我来说可能有点太油腻了，”伊索尔德微笑着，“但买一些那种黑胡椒饼干或许就很好。”

阿纳托尔向她微笑着点点头。

“很好，”他说道，“那就这么定了。”他用手握住了莱奥妮的小手，“如果你需要的话，小家伙，我很乐意陪你一起去。”

“完全不必。那会是场冒险。我很确定这里有很多事情够你忙的。”

他看了一眼伊索尔德。“没错，”他同意道，“好吧，要是你确定的话，莱奥妮。”

“十分确定，”她轻快地说道，“我会在十点钟出发，这样就可以准时在午餐的时候回来。我会列一个单子。”

“这真是麻烦你了。”伊索尔德说道。

“这是我的荣幸。”莱奥妮真诚地回答道。

她成功了。既然她能够在上午的某个时候不被帕斯卡知道溜到邮件待领处去，她就可以不再考虑康斯坦特先生对她的想法了，不管是好是坏。

在晚上莱奥妮入睡的时候，她梦想着在手里握着他的信会是什么感觉。这样的一封情书会说什么？其中会表达哪些感情？

事实上，在她终于睡着的时候，她已经构思了一百遍给康斯坦特先生——设想中——表达文雅的感情与致意的一封辞藻优美的回信。

10月29日星期四的早晨阳光灿烂。

在零星点缀着大块云彩的无垠蓝天下，凯德庄园沐浴在轻柔的红色光芒之中。天气很温和。风暴的日子已经过去了，带来了夏天微风气味的记忆。一个印第安之夏①。

在十点过一刻的时候，莱奥妮在秘鲁广场走下了马车，为了这个时刻，她穿着她最喜欢的深红色晨服以及相配的外套和帽子。她手里拿着购物清单，沿着格朗路漫步着，依次进入每一家商店。帕斯卡陪着她，拿着她从布斯凯商店、马塞尔兄弟巧克力糕点店、手工面包店买的东西，还有她从缝纫用品店里买的一些线。她停下来在靠近加维尔宅邸的一家咖啡店里买了一杯石榴汁，她和阿纳托尔第一次来的时候在这里喝过咖啡，感觉像回家了一样。

实际上，莱奥妮觉得自己好像属于这个镇，而这个镇也属于她。尽管有一两个她曾经见过一面的熟人对她有些冷淡，或者看起来如此——在她经过时妻子们看向一边而丈夫们勉强抬起了他们的帽子——但莱奥妮打消了她可能是冒犯到他们的念头。她意识到尽管她曾认为自己是个彻头彻尾的巴黎人，但实际上她在奥德河流域山峰、湖泊、树木的景观之中比起在城市里要更有活力，更生机勃勃。

现在，想到巴黎第八行政区的肮脏街道和煤烟，更不用说那些对她自由的限制了，她感到厌恶。无疑，要是阿纳托尔能说服他们的母亲来和他们一起过圣诞节的话，那么莱奥妮会十分乐意地留在凯德庄园过新年，就这么一直待下去。

她的任务很快就完成了。现在十一点钟，剩下的时间足够莱奥妮从帕斯卡身边溜走去一趟邮件代领处了。她让他把包裹送到马车里，它在广场南边的饮水槽那里，由他许多侄子中的一个照看着。接着她宣布她打算去拜访一下拜亚德先生。

帕斯卡的眼睛眯了起来："我不知道他回到了雷恩莱班，莱奥妮小姐。"

---

① 指不合时令的温暖干燥的秋天。（译者注）

他们的目光交汇了。“我不确定他是不是回来了，”她承认道，“但是走到那里再回来也没什么麻烦的。我会马上在秘鲁广场和你会合。”

在她说话的同时，莱奥妮突然意识到了她能如何安排一个私下看信的机会：“你可以回去了。我觉得我可以自己走回凯德庄园去。你不用等我了。”

帕斯卡的脸涨红了。“我很确定阿纳托尔先生不会希望我把你留在这儿自己走回去的。”他说道。他的表情清楚地表明他知道她哥哥是如何斥责玛莉塔在卡卡颂让莱奥妮溜出她的掌控的。

“我哥哥没有给你指示说我不应该无人陪伴吧？”她立刻说道，“他说了吗？”

帕斯卡被迫承认他并没有。

“那么，就这样了。我很熟悉森林里的那条路。”她坚定地说道，“你知道的，玛莉塔带着我们从凯德庄园的后门进去的，所以它对我来说是很熟悉的。今天天气这么好，很有可能是今年最后的阳光了，我不能相信我哥哥会不希望我好好利用这新鲜的空气。”

帕斯卡没有动。

“就这样。”莱奥妮说道，比她预期的更加严厉。

他又注视了她一会儿，他宽阔的脸庞面无表情，然后他突然咧嘴一笑。“如您所愿，莱奥妮小姐，”他用平静稳定的声音说道，“但是得由您和阿纳托尔先生汇报一下，不是我。”

“我会告诉他是我坚持要你离开的，好的。”

“但是，在您离开后，我会让玛莉塔打开门去半路上接您的。以防您走错路。”

莱奥妮感到惭愧，既是因为帕斯卡面对她恶劣的脾气时表露的善良本性，也是因为他担心她的安危。因为事实上尽管她态度很坚决，但想到要独自穿过森林走回去，她还是有点焦虑的。

“谢谢你，帕斯卡，”她轻柔地说道，“我承诺我很快就会回去的。我的舅妈和哥哥甚至都不会注意到。”

他点点头，然后，手臂里捧着那些包裹，转过身走开了。莱奥妮注视着他离开。

在她转过街角的时候，其他的东西吸引了她的目光。她看到了一个穿着蓝色斗篷的人，冲进了通向教堂的小路，好像他不想被人看到一样。莱奥妮皱皱眉，但在她走向河边的时候不再想这件事了。以防帕斯卡大胆跟着，她决定从拜亚德先生居所所在的道路走到邮件代领处去。

她对着几个伊索尔德的熟人微笑着，但并没有停下来和任何人消磨时间。几分钟之内，她就到了目的地。让她十分惊讶的是，那座小房子的蓝色百叶窗被支起来了。

莱奥妮停了下来。伊索尔德很确定拜亚德先生在可预见的未来不会回到雷恩莱班，至少在圣马丁的斋日之前不会回来，她是这么被告知的。这栋房子被临时借给了别人吗？又或是他提前回来了？

莱奥妮沿着埃尔米特路看去，在河边路的尽头，邮件待领处就在路边。她极度兴奋地想着收到信的可能性。她几天来几乎没想别的。但享受了一段极度的期待之后，她突然担心她的希望或许就要破灭了。那里可能并没有康斯坦特先生的来信。

而且现在她对拜亚德先生的离开已经遗憾了好几个星期了。要是她现在直接走开而过后却发现她错过了一次与他重新熟识的机会，她永远都不会原谅自己的。

要是有信的话，十分钟之后它还是会在那儿的。

莱奥妮向前走了一步敲着门。

什么也没有发生。她把耳朵靠近刷过漆的门板，勉强能够分辨出脚走在铺着地砖的地面上的声音。

“谁？”传来一个孩子的声音。

在门打开的时候她退后了一步，突然很害羞，她就这么大胆地不请自来了。一个黑头发的小孩，眼睛颜色和黑莓一样，站着抬头看着她。

“拜亚德先生在家吗？”她说道，“我是莱奥妮·维尔涅，莱斯康布夫人的外甥女，从凯德庄园来。”

“他是在等你吗？”

“不是。我只是路过所以冒昧地即兴来访。要是不方便的话……”

“什么事？”

男孩转过身去。莱奥妮听到拜亚德先生的声音欣喜地微笑着。她鼓起勇气喊道：“是莱奥妮·维尔涅，拜亚德先生。”

片刻，那个独特的身形穿着那件从晚宴那晚之后她就记忆深刻的白色衣服出现在走廊的尽头。即使在门口昏暗的光线里，莱奥妮也看得到他在微笑。

“莱奥妮小姐，”他说道，“真是意外的惊喜呀。”

“我在替我舅妈做一些事情——她身体不太好——而帕斯卡先走了。我以为你现在已经离开了雷恩莱班，但是我看到百叶窗开着的时候，我就……”

她意识到自己说得含糊不清，于是停了下来。

“我很高兴你这么做了，”拜亚德说道，“请进。”

莱奥妮迟疑了。尽管他是一个有声望的人，伊索尔德舅妈的熟人，和凯德庄园关系很好，但她知道一个年轻姑娘进入一位单身绅士的房子可能会被认为不太适当。

但是又有谁看见了？

“谢谢，”她说道，“我很高兴。”

她跨过了门槛。

第七十一章

莱奥妮跟着拜亚德先生走过走廊，来到小房子后边一个舒适的房间。一扇大窗户占据了一整面墙。

“喔，”她惊叹道，“这视野像画一样完美。”

“是的，”他微笑道，“我很幸运。”

他坐在一张放在宽大石头壁炉旁边的扶手椅里，按响了旁边矮茶几上放着的一个银色小铃铛。刚刚那个男孩又一次出现了。莱奥妮谨慎地观察着房间。这是个朴实简单的房间，放着一些不相配的椅子，沙发后边放着一张桌子。壁炉对面的墙被书架占满了，每一英寸都放着书。

“那么，现在，”他说道，“请坐。告诉我你的消息，莱奥妮小姐。我相信凯德庄园一切都很好。你说你舅妈病了。我希望，不严重吧？”

莱奥妮摘下帽子和手套，然后坐在他对面。

“她好多了。上个星期我们被困在恶劣的天气中，我的舅妈得了感冒。医生来了，但是最糟的已经过去了，每一天她都更健康。”

“她的身体状况悬而未决，”他说道，“但好在是早期，一切都会好起来的。”

莱奥妮看着他，很迷惑这个前言不搭后语的回答，但在这时那男孩回来了，举着一个黄铜托盘，上边放着两只华丽的高脚玻璃杯和一个银罐子，很像是咖啡壶，但是上面有旋转的钻石图案。于是时机过去了。

“这个来自圣地，”他的主人告诉她，“一个老朋友的礼物，很多年前了。”

仆人递给她一个杯子，里边装满了浓厚的红色液体。

“这是什么，拜亚德先生？”

“一种当地的樱桃酒，吉诺雷。我承认，我十分偏爱这种酒。配上这种黑胡椒饼干尤其能够衬托它。”他点点头，然后那男孩把盘子递向莱奥妮。“这是一种当地的特产，到处都能买到，但我认为马塞尔兄弟店里烘焙的这种是我尝过最好吃的。”

莱奥妮喝了一口吉诺雷，然后立刻咳嗽起来。它很甜，尝起来很有野樱桃的味道，但实际上非常烈。

拜亚德先生从他杯子里喝了一小口，然后把它放在他肘边的桌子上。

“你比我们预想的回来得要早，”她说道，“我舅妈使我相信你至少会一直到十一月才回来，或许会到圣诞节。”

“我的事情比我预想中结束得要快,所以我就回来了。镇里传来了一些故事。我感觉在这里我更有用。”

有用？莱奥妮觉得这是个奇怪的词，但是什么也没说。

“你去哪儿了，拜亚德先生？”

“去看一些老朋友，”他平静地说道，“我在山里另一处还有房子。在一个叫作罗斯索尔斯的小村子里，离蒙特赛居的古老要塞城堡不远。我想要去看看它的状况，看看在可预见的未来是不是需要修理。”

莱奥妮皱着眉：“是这样的吗，先生？在我的印象里你住在这镇子是为了躲避山里严酷的冬天。”

他的眼睛闪亮着。“我经历过许多山里的冬天，小姐，”他轻柔地说道，“一些很艰难，另一些就不那么艰难。”他沉默了一会儿似乎陷入了思考。“但是，告诉我，”他最后说道，再次打起精神，“过去几星期里你怎么样？从我们上次见面以来，你又去进一步冒险了吗，莱奥妮小姐？”

她面对着他的注视。“我并没有回到墓地去，拜亚德先生，”她说道，“如果你说的是这个的话。”

他微笑着：“我说的就是这个。”

“但是，我必须承认，塔罗这个话题一直吸引了我的一些兴趣。”她仔细查看着他的表情，但是他沧桑的脸没有透露出任何事情。“我也开始了一系列的绘画，”她迟疑着，“墙上的那些画作。”

“是这样的吗？”

“这是一种研究，我觉得。不，实际上，它们只不过是临摹。”

他在椅子里倾身向前：“那你全都画下来了吗？”

“嗯，没有，”她回答道，尽管觉得这是个奇怪的问题，“只是开头的几张，它们在大阿尔卡纳里的样子。尽管如此，也不是所有的角色。我发现我不愿意尝试某些画作，比如，恶魔。”

“还有塔？”

她绿色的眼睛眯了起来：“没错。还有塔。你是怎么——”

“你什么时候开始画这些画的，小姐？”

“晚宴那天的下午。我只想打发时间，消磨等待的时光。一点都没有刻意地设计，我发现我把我自己画进了画里，拜亚德先生，所以我深受鼓舞继续下去。”

“我能问是哪一张吗？”

“力量。”她顿了一下，然后在想起当时掠过她的那些错乱的情绪时打了个冷颤，“脸孔是我的脸孔。你觉得为什么会那样？”

“最明显的解释就是你在自己身上看到了力量的特质。”

莱奥妮等待着，期待着更多，然后才再一次地明白，拜亚德先生已经说完了在这件事上他想说的话。

“我承认我发现自己越来越被我舅舅和他的专著《塔罗》里面的经历所吸引，”莱奥妮继续说道，“我不想逼着你说违心的话，拜亚德先生，但我一直想知道在书里所说的事情发生的时候，你认识我舅舅吗？”她看着他的脸，在发问的同时寻找着鼓励或者是不悦的迹象，但是他的表情依然难以捉摸。“我意识到了那件……事情正好在我母亲离开凯德庄园之后，而又在我舅妈和舅舅结婚之前。”她迟疑着，“我猜想，并不想在任何方面失礼，他本质上确实是个孤僻的人，不太喜欢其他人的陪伴？”

她再次停下了，给拜亚德先生做出回应的机会。他再次保持了完全的平静，他青筋暴露的手放在膝盖上，看起来似乎乐于倾听。

“从伊索尔德舅妈的评论来看，”莱奥妮接着说道，“我得到的印象是在索尼埃神父被分派到雷恩堡教区的时候，你在促成我舅舅和他的认识上起到了一定作用。她也暗示了一些不愉快的事情：流言、追踪回墓地的时间、需要一位神父的干预。”

“啊！”奥迪克·拜亚德把他的指尖按到了一起。

她深吸了一口气：“我……索尼埃神父代表我舅舅进行了一场驱魔仪式，是这样的吗？这样的……事情发生在墓地里了吗？”

这一次，问完问题之后，莱奥妮并没有着急。她让沉默去完成说服的工作。在漫长的时间里，或者看起来如此，唯一的声音就是壁炉架上时钟的嘀嗒声。

在走廊远处的房间里，她刚刚能够分辨出餐具的叮当声以及扫帚在木板上独特的粗糙刮擦声。

“为了驱除那里的邪恶，”她最终说道，“是这样的吗？我觉得一次或是两次。但我现在意识到我的母亲或许感觉到了它的存在，先生，在她年幼的时候，她一有能力就离开了庄园。”

第七十二章

“在某些塔罗牌组里，”拜亚德最终说道，“代表恶魔的卡牌是以巴风特的头为模版的，所罗门圣殿的贫穷骑士被指控——错误的——的崇拜。”

莱奥妮点点头，尽管她现在还不清楚这句偏题的话有何相关性。

“据说在离这里不远的地方，贝聚，有个圣殿骑士团的长老会”他接着说道，“当然，没有这种东西的存在。在历史记录方面，集体记忆有混乱的地方，弄混了阿比尔派教徒和贫穷骑士团。他们确实同时存在在大地上，但彼此之间关系很小。只是一个时间上的巧合，而不是重叠。”

“但是这和凯德庄园有什么关系，拜亚德先生？”

他微笑着：“在你的旅程中，你观察到了墓地里的阿斯蒙蒂斯雕像了吧？背负着圣水盆的重负？”

“是的。”

“阿斯蒙蒂斯，也被称作阿斯玛迪亚或阿斯摩太，很有可能起源于一个波斯的词语，aeshma-daeva，意思是愤怒的恶魔。阿斯蒙蒂斯出现在第二正典书籍《多俾亚传》以及，再次地，所罗门的遗嘱里，《旧约》的伪经。也就是，一部据称是由所罗门所写并关于他的作品，但在历史真相里不太可能如此。”

莱奥妮点点头，虽然她对《旧约》的知识有限。她和阿纳托尔都没有去过主日学校或是学习过教义问答。宗教迷信，他们的母亲声称，对现代识别力有害。玛格丽特是个强烈反对教会的人。莱奥妮突然间很好奇，第一次：她母亲这种强烈的感情是否能追溯到她童年的凯德庄园的氛围？她暗自记下了，一有机会就要问问她。

拜亚德先生平静的声音把她从思考中叫了回来。

“故事讲述了所罗门王是如何呼唤阿斯蒙蒂斯帮助建造了圣殿——伟大的圣殿。阿斯蒙蒂斯，一个主要和色欲相关联的恶魔，确实出现了，但他的存在引起了恐慌。他预言所罗门的王国有一天将会被分割。”

拜亚德站起身，走过房间从书架上拿出了一本棕色皮面精装的小书。他用他精细的手指翻动着纤薄的书页，直到他找到了他想找的篇章。

“如下，‘我的同伴像一只躺在自己巢穴里的动物，’恶魔说道，‘所以不要要求我这么多事情，所罗门，因为最终你的王国将被割裂。你的荣耀是暂时的。你能折磨我们一小会儿，然后我们将再次散步在人类之中，最终我们将被当作神一样崇拜，因为人并不知道统治着我们的天使的名字。’”他合起了书，然后抬起了头，“所罗门的遗嘱，第五章，第四、第五节。”

莱奥妮不知道她对此该如何反应，于是保持着沉默。

“阿斯蒙蒂斯，像我之前所说的，是个和肉体欲望相关的恶魔。”拜亚德先生继续说道，“他尤其是新婚夫妇的敌人。在真伪不明的《多俾亚传》里，他折磨着一个叫作撒拉的女人，她的七任丈夫都在圆房之前被杀害了。在第八次的时候，天使拉斐尔指导撒拉最新的求婚者把鱼的心和肝放在烧红的炉渣里。浓烟、恶臭的蒸汽驱赶了阿斯蒙蒂斯，让他逃到了埃及，在那里拉斐尔把他困住，他的力量破碎了。”

莱奥妮战栗着，不是因为他的话，而是她突然想起了墓地中曾经袭击过她感官的微弱但恶心的臭气，一股无法解释的潮湿、烟雾和海洋的气味。

“这些寓言看起来挺过时的，是吧？”莱奥妮呆滞地说道，“它们试图传达一些大道理，但是经常只是晦涩难懂。”他用他又长又细的手指拍了拍皮革书：“在所罗门之书里，也提到了阿斯蒙蒂斯憎恶靠近水。”

莱奥妮坐直了一些：“或许因此把圣水盆放在他肩上？会是那样的吗，拜亚德先生？”

“可能，”他赞同道，“阿斯蒙蒂斯出现在其他宗教注释著作里。比如说，在《塔木德》中，他对应着阿斯摩太，一个没有《多俾亚传》中的阿斯蒙蒂斯那么恶毒的角色，但是他的欲望是向着所罗门的妻子们以及所罗门王的。许多年后，在15世纪中期，阿斯摩太作为色欲的恶魔出现在《女巫之锤》的书中，在我看来只是一本非常简单的，关于恶魔和他们的恶行的小册子。作为收藏家，或许你哥哥会知道这本书？”

莱奥妮耸耸肩：“他或许会，是的。”

“还有一些人认为不同的恶魔在一年不同的时间里有特殊的能力。”

“那阿斯蒙蒂斯被认为在什么时候最强有力？”

“在十一月里。”

“十一月。”她附和道。她思考了一会儿:“但它是什么意思，拜亚德先生？这个迷信和猜想的婚姻——卡牌、墓地，这样一个害怕水憎恨婚姻的恶魔？”

他把书放回到书架上，然后走向窗户把手放在了窗台上，背对着她。

“拜亚德先生？”她督促着。

他转了过来。片刻，从宽大窗户里照进来的红色阳光似乎在他身边照出了一个光晕。莱奥妮感觉她正在看着一位《旧约》中的隐士，就像在古老油画中看到的一样。

接着他走回房间的中央，这个错觉消失了。

“它的意思是，小姐，当村子里的迷信说有个恶魔行走在这些山谷里和树木茂密的山上的时候，当时间混乱的时候，我们不应该只把它当作是故事。有某些地方——凯德庄园是其一——在那里古老的力量在起作用。”他顿了一下，“另外，还有一些人选择召唤这样的生物，和这样的魂灵交流，没有理解邪恶是不能被掌控的。”

她不相信，但与此同时她的心跳开始加速。

“而且是我的舅舅做了这件事，拜亚德先生？你是在让我接受，我的舅舅，通过卡牌的力量和这个地方的魂灵，召唤了恶魔阿斯蒙蒂斯？然后发现他自己无法掌控他？所有那些关于野兽的故事，实际上，是真的？我舅舅，至少在道义上，要为那些山谷里的杀戮负责？而且他知道这事？”

奥迪克·拜亚德迎着她的目光：“他知道。”

“那这就是为什么他被迫寻求索尼埃神父的帮助，”她接着说道，“来驱逐他释放出来的怪物？”她顿了一下，“伊索尔德舅妈知道这事吗？”

“那是在她到这儿之前的时间。她不知道。”

莱奥妮站起身走向窗户。“我不相信，”她粗鲁地说道，“这样的故事，恶魔、魔鬼，在现代世界里这样的故事不能相信。”然后她的声音降低了，想着可怜的事情。“那些孩子。”她悄声说道。

她重新开始踱步，使得地板抗议地吱嘎呻吟着。“我不相信。”她重复着，但她的声音不那么确定了。

“血债血偿，”拜亚德平静地说道，“他们的某些东西引来了邪恶。一个地点、一个物体，或许一个人，通过他们恶念的力量，引来了恶劣的环境、坏事和罪孽。”

莱奥妮停了下来，她的思绪走上了其他的方向。她看着她温柔的主人，然后猛地坐到了椅子里。

“即便我能接受这样的事情，那套卡牌是怎么回事，拜亚德先生？除非我误解了你的意思，你在表明它们为善或是为恶的力量，取决于运用它们的情况。”

“正是如此。想想一把剑，它要么是为善要么是为恶的武器。是挥舞着它的手使它如此的，而不是钢铁。”

莱奥妮点点头：“那些卡牌的起源是什么？谁最先画下了它们？什么时候？为了什么目的？当我第一次读到我舅舅的话的时候，我理解他所说的墓地上的那些画作或许以某种方式走了下来把自己留在了卡牌上。”

奥迪克·拜亚德微笑着：“要是那样的话，莱奥妮小姐，就会只有八张牌了，然而这里有一整套。”

她心里一沉：“是的，我觉得也是。我没考虑到这一点。”

“然而，”他接着说道，“这并不意味着你所说的话里没有一些真实性。”

“那样的话，拜亚德先生，告诉我，为什么特别是这八张牌？”她绿色的眼睛在想到一个新想法时闪烁着，“那八张留在墙上的画会不会就是我舅舅感兴趣的那些？也就是在另一种情况下，在跟另一次元世界的沟通中，会是其他的画面？是来自其他卡牌的图像显现在墙上？”她顿了一下，“或许是来自画作中？”

奥迪克·拜亚德唇边露出了一丝微弱的笑容：“卡牌中较小的那些，可以这么说，只是扑克牌，可以追溯到那段悲惨的时期，那时，人们曾经被信仰驱动着去杀害去压迫去灭绝异端，使世界陷入血泊之中。”

“阿尔比派？”莱奥妮说道，想起了阿纳托尔和伊索尔德之间关于朗格多克 13 世纪悲剧历史的谈话。

他无可奈何地摇了摇头：“唉，要是教训学得这么快就好了，小姐。但恐怕并没有。”

在莱奥妮看来，在他声音的庄严之中，他的话语背后，有着持续了几个世纪的智慧。而她，从来没有对过去的事情产生一丁点的兴趣，却发现自己希望理解一个结果导致了另一个。

“我说的不是阿比尔派，莱奥妮小姐，而是之后的宗教战争，16 世纪天主教的吉斯家族与加尔文教派的波旁家族之间，为了我们所说的宗教纯净而发生的冲突。”他抬起了手，然后放了下去，“一如既往，或许会一直这样下去，信仰的要求很快变得跟领土和支配密不可分。”

“而卡牌起源于这个时期？”她催促道。

“原始的五十六张牌，本意只是用来度过漫漫冬夜，大部分遵循了意大利游戏‘塔洛奇’的传统。在我提到的那个时间的一百年前，意大利宫廷和贵族引领了这种娱乐方式的流行。在共和国诞生的时候，宫廷牌被替换成了主人和女主人、儿子和女儿，如你所见。”

“宝剑之女。”她说道，想起了墓地墙上的画作。

“正是如此。事实上，几乎是在大革命前夕的同一时期，在法国无害的塔罗游戏被改变成了其他的东西。一个占卜的系统，一种把可见的和已知的与不可见的和未知的相连的方式。”

“所以那套牌早已存在于凯德庄园？”

“那五十六张牌是庄园的财产，换句话说，而不是属于住在其中的人。这个地方古老的魂灵在牌组上起了作用，传说和流言给卡牌带来了更深层的意义和目的。如你所见，卡牌在等待一个会完成序列的人。”

“我的舅舅。”她说道，一个陈述，而不是疑问。

拜亚德点点头：“莱斯康布读了那些巴黎的纸牌占卜师出版的书——安托万·考特·德·吉布纳的古老著作，伊莱·里维和罗曼·默林的现代著作——而且被它们诱惑了。他往他继承来的牌组里加入了二十二张大阿尔卡纳牌——那些牌讲述着生命的基础轮回以及之外的事情——然后把那些他希望召唤到他身边的固定在了墓地的墙上。”

“我过世的舅舅画了二十二张额外的牌？”

“他画了。”他顿了一下，“那么，莱奥妮小姐，你完全相信，通过塔罗牌的力量——在特定的地点以及让这样的事情变得可能的环境里——恶魔、鬼魂会被召唤出来？”

“并不是确信，拜亚德先生，但我发现我确实相信，”她顿了一下然后思考了一会儿，“然而，我不明白的是，卡牌是如何控制魂灵的。”

“啊，不会，”拜亚德迅速说道，“这就是你舅舅犯的错误。卡牌能召唤魂灵，是的，但永远无法控制它们。画面中包含着所有的可能性——所有人物，所有人类的欲望，好的和坏的，我们所有长而重叠的故事——一旦它们被释放出来，它们就呈现出自我的生命。”

莱奥妮皱着眉：“我不明白。”

“墙上的画作出自我和你提到过的那里的最后一个夏天。但要是有人想要通过笔刷的笔触改变一张或其他卡牌上的特征，它们就会呈现出另一些特性。卡牌可以讲述不同的故事。”他说道。

“这些卡牌在任何地方都会如此吗？”她问道，“或是只能在凯德庄园里，在那个墓地里？”

“那是个独一无二的组合，小姐，画面和声音以及那里的魂灵，那个被毁的地方。”他回答道，“与此同时，那个地方在卡牌上起着作用。所以，举例来说，就是那张力量，它特别和你联系在了一起，通过你的艺术技巧。”

莱奥妮看着他：“但我没有看到卡牌本身。实际上，我没有画出卡牌来，只是在普通纸张上临摹着我在墙上所看到的。”

他缓慢地微笑着：“事物并不总是固定的，小姐。另外，你不仅仅把你自己画到了卡牌里，是吧？你也把你哥哥和舅妈画到了画里。”

她脸红了。“我只是打算把这些画作为礼物而已。”她说道，“作为一个我们在这里度过的时间的纪念品。”

“也许，”他把脑袋倾向一边，“通过这样的画作你的故事会持续得比你能亲口讲述的时间更长久。”

“你吓到我了，先生。”她明确地说道。

“那不是我的本意。”

在她刚知道那套塔罗牌之后，这个问题就一直在她嘴边犹豫不决，莱奥妮顿了一下：“那套卡牌依然存在吗？”

他用睿智的眼睛注视着她。“那套牌幸存了下来。”他最后说道。

“在宅邸里？”她立刻问道。

“索尼埃神父乞求你舅舅毁掉那套牌，烧了它们，这样就不会再有人被引诱着使用它们。墓地也一样。”拜亚德摇着头，“但朱尔斯·莱斯康布是个学者。他不会毁掉有古老起源的东西，就像神父自己不会抨击他的上帝一样。”

“那么，卡牌就是藏在庭院里了？我很确定它们不在墓地里。”

“它们很安全，”他说道，“隐藏在河流干涸的地方，在曾经埋葬了古代国王的地方。”

“但要是那样的话，那么——”

奥迪克·拜亚德把手指举到了嘴唇上：“我告诉你这一切是为了限制住你过于好奇的本性，莱奥妮小姐，不是激发你的好奇心。我理解你被这个故事吸引住了。你多么想更明确地了解你的家庭以及那些影响了他们生活的事件。但我重复我的警告：试着找到那些卡牌的话不会有好事发生的，特别是在这样的时候，在事情这么微妙地平衡悬着的时候。”

“这样的时候？你是什么意思，拜亚德先生？因为十一月快到了？”

但是从他脸上的表情来看，很明显他准备好什么也不说了。莱奥妮轻轻跺着脚。她有那么多想要问的问题。她吸了一口气，但他在她说话之前先开口了。

“问题已经足够多了。”他说道。

从打开的窗户里传来了圣纳扎略和圣采尔苏斯小教堂报响正午的钟声。一个单薄憔悴的单音符标记着上午的流逝。

这个声音把莱奥妮猛地推回到现实之中。她几乎忘记了她的任务。她跳了起来。

“请原谅,拜亚德先生,我占用了你许多时间。”她费力地往手指上拽着手套,“这么做的同时也几乎忘记了我自己今天上午的责任。邮局……要是我动作快的话，或许还能……”

莱奥妮抓着帽子，向着门口跑过了房间。奥迪克·拜亚德站起身来，一个高雅而永恒的身形。

“如果可以的话，先生，我会再来。再见。”

“当然可以了，小姐。我很荣幸。”

莱奥妮挥着手，然后离开了房间，跑过走廊穿出大门进入街道，留下奥迪克·拜亚德一个人在安静的房间里深思着。仆人从阴影里悄声走出来关上了她身后的门。

拜亚德再次坐到他的椅子里。

“Si es atal es atal.（该发生的总是要发生。）”他用古老的语言轻声说道，“但是对这个孩子，我希望不会这样。”

第七十三章

莱奥妮沿着埃尔米特路跑着,艰难地把手套往手腕上拉着,奋力地扣着纽扣。她向右急转，然后跑向邮局。

两扇木门关上了，还上了闩。莱奥妮用拳头敲打着它，喊叫着。

“请开门？”刚刚十二点过三分，里面肯定有人，“有人吗？这事非常重要！”

没有生命的迹象。她再次敲门叫喊，但没人来。一个脾气恶劣梳着两条灰色细发辫的女人从对面的窗户里探出身来对她喊着让她停止敲门。

莱奥妮道了歉，意识到以这样的方式吸引注意力是多么愚蠢。要是有一封来自康斯坦特先生的信，它注定要在那里等待着她的。她不太可能待在雷恩莱班直到邮件待领处下午重新开门，她只好下次再来了。

她的情绪很混乱。她烦恼着自己没能做完她唯一计划要去做的事情。与此同时，她终于松了一口气。

至少我不知道康斯坦特先生没有写信。

她混乱的推理，以一种奇怪的方式，鼓舞了她。

莱奥妮走下去到了河边。在远处的左边，她看见温泉疗养中心的病人坐在热气腾腾、富含铁元素的大浴池里。在他们身后，站着一排穿着白色制服的护士，她们宽大的帽子像巨大的海鸟一样栖息在头顶，耐心地等待着她们的职责出现。

她走到了对岸，十分简单地发现了玛莉塔带他们走过的小路。树林的特征改变了许多。一些树木失去了叶子，要么是由于自然的——尽管晚了点——秋天的临近要么是由于侵袭了山坡的风暴的暴行。莱奥妮脚下的土地铺上了一层葡萄酒色的落叶，金黄、深红、红棕色，交错分布。她停了一会儿，想着她进行中的水彩素描。愚者的图像进入了她的脑海，她想着或许她会修改一下背景的颜色来符合森林的秋日色彩。

她接着走，被包裹在高处常青树绿色的帷幕里。细枝，落下的枝条，从两边河岸上脱落下的石头，在她的脚下咯哒噼啪地响着。地面被落下的松塔和从七叶树上落下来的闪亮棕色的果实覆盖了。一瞬间，她突然感到一阵思乡的疼痛。她想起了她的母亲，以及在每个十月，她都会带着阿纳托尔和莱奥妮去蒙索公园收集栗子。她揉搓着手指，回想着童年秋日的感觉。

雷恩莱班从视野里消失了。莱奥妮走得快了一些，知道镇子就在眼前，但同时她突然感觉自己离文明非常远了。一只鸟飞过，它的翅膀用力地拍打着空气，吓了她一跳。在她认清那只不过是一只小斑尾林鸽的时候，她紧张地笑了起来。她听到了在远处猎枪的枪声，好奇地想着查尔斯·德纳尔诺是不是也在其中。

莱奥妮奋力前进，很快就到达了庄园。当凯德庄园的后门进入视野时，她感到一阵欣慰。她快步向前，期待着随时见到女仆带着钥匙走出来。

“玛莉塔？”

只有她自己声音的回声传了回来。从这安静的情况来判断，莱奥妮知道没人在那里。她皱起眉头。这可不像帕斯卡，没有做他答应会做的事情。而尽管玛莉塔很容易慌张，但她一般说来还是很可靠的。

或者是她已经来过然后放弃等待了？

莱奥妮摇动着大门发现它们锁上了。她感到一阵怒气爆发出来，然后是沮丧。她站了一会儿，手放在腰上，考虑着她的处境。

她不想被迫走过整个外墙从前门进去。在她上午的经历和走上山坡之后她已经很疲劳了。

肯定还有什么别的办法进入庭院。

莱奥妮无法相信伊索尔德保留的那几个外勤员工能够使这么大的产业的外墙处于完美状态中。她的体形较小。她很确定要是她仔细找，一定会找到一个足够让她钻进去的开口。然后从那里，找到路回到熟悉的道路上就是一件很简单的事情了。

她看了看左右两边，试着决定哪条路有可能会满足她的愿望。最后，她推理出失修状态最严重的部分有可能是离宅邸最远的部分。她转向东方。如果事情进一步恶化的话，她可以简单地沿着边界线一路走，最终就会发现自己走到了对面的正大门。

她轻快地走着，窥视着树篱，拽着石楠，躲开了黑莓树丛恶意的纠缠，寻找着任何铸铁栏杆上的破口。紧挨着大门的部分是牢固的，但当她想起他们第一次到达凯德庄园时，那种破败弃置的感觉促使她走得更远。

她找了不到五分钟就碰到了围栏上的一处开口。她摘下了帽子，蹲了下去，然后深吸了一口气，带着一种成就感钻过了狭窄的开口。钻过去之后，她摘下了外套上的棘刺和叶子，从裙子的褶边上刷掉了泥土，然后以复原的精力走向前去，很高兴离家不远了。

这里的地势更加陡峭，头顶的树冠更暗更压迫。不久，莱奥妮就意识到了她在山毛榉树林的远端，要是她不小心的话，她的路线就会让她路过墓地的位置。她皱着眉。还有其他路吗？

小路纵横交错，而不是只有一条清晰的路，所有的空地和灌木丛看起来都一样。莱奥妮没有别的办法指引方向，只能依靠高高照耀着树冠叶子的太阳。但即便如此，在阴影中那也不是个可靠的向导。但是，她告诉自己，只要她保持朝前走，朝向南方，那她就能走到草地上，然后很快走回宅邸。她只能希望她可以避开墓地。

她走过了斜坡，走上一条通往一小块空地的模糊小路。突然，穿过树木间的空缺之后，她看见了奥德河对岸的一块林地，在其中矗立着帕斯卡之前指给她看过的那些巨石阵。然后她震惊地意识到周围所有与恶魔相关的地名在凯德庄园都能看到：恶魔的扶手椅、魔鬼的池塘和犄角山。她扫视着地平线，很快，也看到了布朗克河与塞尔茨河交汇的地方。帕斯卡曾告诉过她，这在当地被称为圣水盆。

莱奥妮强迫自己压下闯入她脑海里的恶魔扭曲的身体和恶毒的蓝眼睛的影

像。她急匆匆地走着，大步走过不平整的地面，告诉自己被雕像和书里的插图烦扰是多么的荒谬。

山坡陡峭地升起。她脚下地面的性质改变了，很快她就发现自己走在裸露的土壤上而不是欧洲蕨或松塔上。边界上生长着灌木丛或树木但内部却没有，那就像是在绿色的风景上以垂直的角度撕开的一条棕色的纸带。

莱奥妮停下来看着前方。在她的上方是一面山坡的陡峭岩壁，像一道横穿她路途的屏障一样。在她头顶上是一个自然的平台，几乎就像是一座跨过她所站的那块地面的拱桥。她突然意识到了自己站在一条干涸的河床上。曾经，有一道水流，从高山上古老的凯尔特泉流下，造就了这条深深穿过山坡的洼地。

隐藏在河流干涸的地方，在曾经埋葬了古代国王的地方。

莱奥妮环顾着四周，寻找着任何不同寻常的东西，看着土地的形状、树木和灌木丛。她的注意力被地上一块很浅的凹地以及它旁边一块灰色的扁平石头吸引了，在野生杜松丛纠缠着的根须和边缘下勉强可见。

她走过去蹲了下来。她伸手进去，拽着多节的灌木，窥视着根部周围潮湿的绿色空间。现在她能看到那里有一圈石头，一共有八个。她把手插进了树叶里，绿色的黏液和泥巴弄脏了她手套的尖端，她试着发现在它们下面是不是藏着东西。

最大的一块很快就被移开了。莱奥妮往后坐在自己脚跟上，用沾着泥的膝盖跪坐着休息。有什么东西用黑色的沥青或是颜料画在了表面上，一个圆圈里画着一个五角星。

她急切地想要知道自己是不是偶然发现了隐藏着塔罗牌的地方。莱奥妮把石头放到了一边。她用一块木头依次挖掘着每一块石头周围，把土壤堆在侧面。她看到了一小部分泥土中隐藏着的沉重材料，然后意识到了是那些石头把它固定在位置上。

她继续挖着，像铲子一样使用着那块掉下来的木头，刮擦着石头和瓦片的碎块，直到她能够把那材料从土地里拽出来。它挡在一个小洞上。她兴奋地戳着它，试着弄松下面埋着的东西，刮掉了泥土、蠕虫和黑甲虫，直到她碰到了什么坚固的东西。

更进一步，她看到了在她眼前的是一个简单的木头盒子，两边各装着一个金属把手。她把污秽的手套紧抓在扣环上，然后拽着。木盒子紧紧埋在地里，但是莱奥妮使劲儿拉着扭着直到，终于，伴随着一个潮湿、抽吸的声音，它放弃了它的宝藏。

莱奥妮沉重地喘息着，把盒子拉出了洼地拉到一块干燥的土地上，然后把它放在了布上面。她牺牲了自己的手套擦干净了表面，然后慢慢地打开了木头盖子。在盒子里是另一个容器，一个妈妈用来保存她最珍贵财产的那种金属保险箱。

她拿出了保险箱，关上了盒子，然后把金属箱放在上面。它装着一把小挂锁，让莱奥妮吃惊的是，是开着的。她试着打开盖子，一点一点地缓慢往上移动着。它吱嘎作响，但是很容易就打开了。

树下的光线很暗，不管保险箱里装着的是什么都很暗。在她眼睛适应了之后，她觉得自己分辨出了一个包在某种暗色布料里的包裹。无疑它就是一副牌应有的大小和分量。她摘掉了手套，拉起了裙子，然后在她干净、干燥的衬裙上擦了擦湿乎乎的手掌，接着小心地打开了布料的四角。

她的眼前是一张扑克牌的反面，比她习惯的那种要大。牌背涂着鲜艳的森林绿，装饰着旋转的精致金银色线条的图案。

莱奥妮停顿下来，聚集着勇气。她深呼了一口气，然后在脑袋里数到了三，翻开了顶上的牌。

一幅奇怪的图画：一个深色皮肤的男人，穿着有流苏的红色长袍，坐在一座石头望楼上的王座里，抬头看着她。远处的山峰看起来很熟悉。她读着底部的文字：星币之王。

她更仔细地看着，意识到国王的形象也很熟悉。然后她想起来了。那是一个她认识的人的画像。那位被找来驱逐墓地里的恶魔，乞求她舅舅毁掉那套牌的神父——贝朗热·索尼埃。

无疑这就是证据，正如拜亚德先生大约半个小时前告诉她的，她舅舅没有听从他的意见。

“小姐，莱奥妮小姐？”

在听到自己名字的时候莱奥妮警惕地转过身。

“小姐？”

那是帕斯卡和玛莉塔。莱奥妮意识到明显她消失了太久他们出来找她了。她迅速把卡牌重新包了起来。她想要带走它们，但是她身上根本没有能隐藏它们的地方。

她十分不情愿，但是她也知道既然她不想让任何人知道她找到了什么，她别无选择地把卡牌放回了保险箱里，然后把它放回到盒子里，把盒子塞回进洞里。然后她站了起来，开始用鞋底把泥土踢了回去。在快要完成的时候，她把损坏了的肮脏手套也扔到了土里然后盖住了它们。

她不得不相信过去没人找到过这套牌而且现在也不可能会有人找到。她会回来的，在黑暗的掩护下，在谨慎安全的时候把卡牌拿走。

“莱奥妮小姐！”

她听得出玛莉塔声音中的恐慌。

莱奥妮原路返回，爬上了平台朝着她来时的方向跑下了林间小路，朝着仆人们声音的方向。她冲了出去，进入树林之中，离开了小路，因此就不会暴露任何她起始位置的线索。最终，当她觉得她已经离宝藏足够远的时候，她停了下来，歇了口气，然后喊叫起来。

“我在这儿，”她叫喊着，“玛莉塔！帕斯卡！在这儿。”

片刻，他们忧心忡忡的面孔拨开了树木间的开口。玛莉塔突然停了下来，掩饰不住对莱奥妮衣服状况的惊讶或是担心。

“我弄丢了我的手套，”这个自发的谎言简单地说出口，“我不得不回去寻找它们。”

玛莉塔仔细地看着她。“你找到它们了吗，小姐？”她说道。

“不幸的是，我没有。”

“你的衣服。”

莱奥妮低头看着她泥泞的靴子，她弄脏的衬裙和裙子上一道道的泥土和地衣：“我绊倒摔在了潮湿土地上，就这样。”

她看得出玛莉塔怀疑这个解释，但这个姑娘明智地没有开口。他们沉默地走回了宅邸。

第七十四章

莱奥妮在午餐铃声响起前几乎没有时间洗掉指甲上的泥并且换一身衣服。

伊索尔德在餐厅里加入了他们。她很满意莱奥妮从镇里给她带回来的东西，甚至还设法喝了一点汤。在他们吃完以后，她请求莱奥妮留下来陪她。莱奥妮很乐意这么做，尽管在她们聊天打牌的时候，她的思绪在其他的地方。她计划着如何回到树林里取回那些卡牌，以及如何安排另一次去雷恩莱班的旅途。

这一天剩下的时间平静地过去了。天空在黄昏时乌云密布，一场雨袭击了下边的山谷和镇子，但凯德庄园受到的侵扰很少。

第二天早晨，莱奥妮起得比平时晚。

在她走到楼梯平台上的时候，她看到玛莉塔端着邮件托盘走过大厅到餐厅去。没有任何理由假设康斯坦特先生不知怎么得到了她的地址而且直接写信来了。实际上，她的恐惧是相反的——她怕他完全忘记了她。但是因为莱奥妮生活在憧憬和浪漫永久的迷雾里，她很容易想象到麻烦和尴尬的情况，所以对于收到来自卡卡颂的信，她并不抱有任何希望。同时她也发现自己飞快地跑下楼梯，唯一的目的就是拦住玛莉塔。她害怕见到——然而，相反的，希望见到——和维克多·康斯坦特在教堂里给她的那张名片上还有她记忆里相同的盾徽。

她把眼睛靠近了木门和门框之间的裂缝，这个时候玛莉塔从里面打开了门，带着空托盘出来了。

“我觉得你不会碰巧看到了来自卡卡颂的信件吧，玛莉塔？”

女仆好奇地看了她一眼：“我没有注意到，小姐。”

“你确定？”

玛莉塔现在看起来很迷惑：“有通常的通告，一封来自巴黎给阿纳托尔先生的信，还有镇里来的分别给您哥哥和夫人的信。”

莱奥妮安心地叹了一口气，带有一点失望。

“我敢说，是请柬，”玛莉塔补充道，“非常精美的信封，一定出自一个高贵的人。还有一个高贵的家族纹章。帕斯卡说它们是专人送达的，一个穿着旧斗篷的奇怪家伙。”

莱奥妮停了下来：“斗篷是什么颜色的？”

玛莉塔惊讶地看着她："我确定我不知道，小姐。帕斯卡没说。那么，如果您能原谅我……"

"当然，"莱奥妮退后站开，"是的，当然了。"

她在门口迟疑了一会儿，不确定她为什么突然对她哥哥这么焦虑。是内疚、良知让她觉得那些信件或许和她有关系，仅此而已。明智的劝告，她知道，但她依然感觉心神不宁。

她转过身轻轻地跑上了楼梯。

第七十五章

阿纳托尔坐在早餐桌前，注视着那封信。

在他用第二支烟的烟蒂点燃第三支的时候，他的手颤抖着。这个封闭房间的空气里充满了烟雾。桌上有三个信封。一个——没打开——盖着巴黎的邮戳。另两个上带着一个浮雕的纹章，是在斯特恩雕刻店橱窗展示柜里陈列着的那种式样。一张带有同一个贵族家庭纹章的信纸盖在他面前的空盘子上。

事实是阿纳托尔早就知道了这样一封信，总有一天，他会找到他。不管他之前是怎样试图安抚伊索尔德的，从九月份全景廊街的袭击之后他就一直在等待着。一星期前他们在卡卡颂酒店里收到的挑衅信件几乎已经确认了康斯坦特识破了那个骗局而且——更糟的是——追捕到了他们。

尽管阿纳托尔试着缓解伊索尔德的恐惧，但她所告诉他的关于康斯坦特的一切都让他担心。康斯坦特的疾病，他的神经官能症和偏执，他难以控制的脾气，这些都表明他是一个固执着迷的人。他会做任何事情来报复那个他认为辜负了他的女人。

阿纳托尔再次看着手里那封正式的信件，极其有侮辱性同时又十分礼貌得体。那是一封维克多·康斯坦特发来的正式挑战书，明天要进行一场决斗，10月31日星期六，黄昏时。康斯坦特选择了用手枪来战斗。他让维尔涅在凯德庄园提供一块合适的地方——私人土地，这样他们的非法战斗就不会被人发现了。

康斯坦特在结尾处告知维尔涅他在雷恩莱班的王后酒店，等待着阿纳托尔确认他是个有荣誉感的人而且会接受这个挑战。

不止一次，阿纳托尔后悔在蒙马特墓园里的冲动行为。他在墓地中感觉到了康斯坦特的存在。阿纳托尔用尽所有的力量才没有不计后果地转过身当场冷血地射杀他。今天上午，在打开信之后，阿纳托尔第一个念头就是到镇里，在康斯坦特的藏身处与他当面对质。

但这样失控的回应是不会了结事端的。

阿纳托尔在这个有回声的餐厅里沉默地坐了一段时间。他的烟熄灭了，他又点燃了另一支，但是他觉得太过于疲倦并不想抽烟。

他需要一位决斗的副手，当然得是一位本地人。或许他可以找查尔斯·德纳尔诺？至少他是个通晓事故的人。阿纳托尔想到自己或许能够说服加比诺作为医务人员来参加。虽然他确定年轻的医生会对这个要求很犹豫，但他并不认为加比诺会拒绝他。阿纳托尔之前为了伊索尔德的健康，被迫向加比诺吐露了他和伊索尔德之间的情况。因此，他觉得医生不为他也会为伊索尔德而同意的。

他试着用一个令人满意的结果来说服自己。康斯坦特流着血，握着他的手，表示积怨结束了。但是，不知为何，他不能说服自己。即使他是胜利者，他也绝不相信康斯坦特会遵守决斗的规则。

他当然别无选择只能接受挑战。他是个有荣誉感的人，就算在过去一年里他的行为远称不上有荣誉感。如果他不和康斯坦特战斗，什么都不会改变。伊索尔德会在无法忍受的压力下生活，总是等待着康斯坦特的袭击。他们都会这样生活的。如果这封信能作为判断依据的话，那个男人迫害的欲望没有任何减退的迹象。阿纳托尔知道，如果自己拒绝去见他的话，康斯坦特针对他们——针对所有亲近他们的人——的活动就会加剧。

在过去几天里，阿纳托尔从仆人大厅里听到了流言，称镇里流传着关于凯德庄园的故事，令人不安地暗示了朱尔斯·莱斯康布时代恐吓着周边地区的野兽再次回来了。

这样的谣言居然重新出现了，之前对阿纳托尔来说这件事毫无意义，他倾向于无视它。现在他怀疑康斯坦特在背后操纵了这些恶意的流言。

他在拳头里紧紧握着信。他不会让他的孩子在长大以后认为自己的父亲是个懦夫。他必须接受这个挑战。他必须开枪去获胜。

去射杀。

他用手指敲打着桌面。他并不缺乏勇气，问题在于事实上他远不是一位有准头的射手。他擅长轻剑和花剑，而不是手枪。

他把这个念头赶到了一边。他会解决这个问题的，或许在适当的时候还有查尔斯·德纳尔诺的协助，并在帕斯卡的帮助下。在此时，还有更紧迫的决定要做，尤其是要不要向他妻子坦白的问题。

阿纳托尔熄灭了另一支烟。伊索尔德会自己发现决斗的事情吗？这样的消息会导致旧病复发而且会威胁到婴儿的健康。不，不能告诉她。他会让玛莉塔不要提到今天早上的邮件。

他把康斯坦特写给伊索尔德的信塞到了马甲的胸袋里。他不能指望这件事情会隐瞒很久，但是他能够多保护几天她内心的平静。

他希望能够把伊索尔德送走。他勉强微笑了一下，知道没有合理的解释是不可能说服她离开凯德庄园的。而既然这件事不能告诉她，这个思路就毫无可能性了。

决定是否要向莱奥妮吐露秘密就简单得多了。

阿纳托尔意识到伊索尔德是对的。他对他小妹妹的态度更多是基于她曾经是个孩子而不是她正在成长为的年轻女士。他依然觉得她很急躁，经常孩子气，不能或者不愿意控制她的脾气或是管住舌头。然而莱奥妮也表现出了作为一个年轻女士处事从容的一面，她对伊索尔德无可置疑的感情以及他们从卡卡颂回来之后的这几天里，她照料她舅妈的那种关切都是很好的表现。

阿纳托尔之前下了决心要在周末和莱奥妮谈谈。他曾打算告诉她真相，从他和伊索尔德恋爱的开始讲到他们现在的情况。

伊索尔德虚弱的健康状况推迟了这件事，但现在收到了挑战书之后迫切地需要把这次对话提前。阿纳托尔轻轻用手指拍着桌子。他决心在今天上午吐露他们婚礼的故事。根据莱奥妮的反应，如果合适的话，他再决定是否告诉她挑战的事情。

他站起身来，带着所有的信件，大步从餐厅走到大厅按响了铃。

玛莉塔出现了。

“你能去邀请莱奥妮小姐正午时分到图书馆来见我吗？我想要和她私下说话，所以能不能让她保密？玛莉塔，请让她牢记这一点的重要性。此外，没有必要向伊索尔德夫人提到今天早晨收到的信件。我会亲自向她评价它们的。”

玛莉塔看起来很迷惑，但是没有质疑他的命令。

“帕斯卡现在在哪儿？”

让他惊讶的是，女仆脸红了：“我认为，在厨房里，先生。”

“告诉他十分钟之内在后面的房子见我。”他指示道。

阿纳托尔回到房间里换上户外的衣服。他给康斯坦特写了一封简短而正式的回信，吸干了墨水，然后封上了信封让它远离窥探的眼睛。帕斯卡可以在今天下午送达这封回信。现在他脑海里唯一的念头就是，为了伊索尔德和他们的孩子，他绝对不能失手。

从巴黎来的信在他的马甲口袋里，始终没有打开。

莱奥妮在她的卧室里来回踱步，反复思索着为什么阿纳托尔要求在中午和她见面，而且是私下的。是他已经发现了她的诡计吗？又或是因为她打发走了帕斯卡独自从镇子里回来？

窗户下方的声音吸引了她的注意。她探出身去，双手放在石头窗台上，看到了阿纳托尔大步走过草地，帕斯卡两只手捧着一个长木箱跟在他后面。那看起来很像是手枪箱。莱奥妮从未在房子里见到过这样的设备，但是她猜测她过世的舅舅拥有过这样的武器。

或许他们是去猎野猪？

她皱着眉，意识到事情不可能是这样。阿纳托尔的穿着不是去打猎。另外，他和帕斯卡都没有带着猎枪，只有手枪。

她突然感到一阵恐惧，因为不知道原因而更加强烈。她抓起了帽子和外衣，急匆匆地把脚塞到户外鞋里，打算跟着他。

接着，她审视着自己的行动。

阿纳托尔经常指责她行事欠考虑。干坐着等待有违她的本性，但是跟着他又有什么作用？要是他的目的是清白的，那她像条狗一样跟着他起码会让他恼火。他不会打算去很久，因为在正午约了要和她见面。她看了一眼壁炉架上的时钟——两个小时以后。

她把帽子扔到床上，踢掉了鞋，然后四处打量着房间。在正午和她哥哥的会面之前她最好待在原地，找点什么消遣来打发时间。

莱奥妮看着她的绘画用具。她迟疑着，然后走到写字台前开始拿出她的笔刷和纸张。这会是一个理想的机会来完成她绘画的序列。她只有三张没完成了。

她拿来了水，浸湿了笔，然后开始用黑墨水描绘着轮廓，来自墓地墙上那八张画作里的第六张。

XVI号牌：塔。

第七十六章

在雷恩莱班王后酒店二楼的私人客厅里，两个男人坐在壁炉火焰前，驱散着早晨的潮湿。两个仆人，一个巴黎人，一个卡卡颂人，恭敬地保持一定间距站立着。时不时的，在他们觉得主人没注意的时候，向彼此投去不信任的目光。

“你认为在这件事上他会寻求你的帮助？”

查尔斯·德纳尔诺，他的脸依然因为昨天晚餐时喝下了过多的上等白兰地而发红，深深地吸着雪茄，直到那酸而昂贵的烟叶点燃。他斑驳的脸上有一种自鸣得意的表情。他向后仰着头朝着天花板吐了一个白色的烟圈。

“确定不来一根吗，康斯坦特？”

维克多·康斯坦特抬起了手，他发炎的皮肤隐藏在手套之内。今天早晨他感觉不舒服，追捕几乎就快要结束了的期待折磨着他的神经。

“你很确信维尔涅会请求你的帮助？”他重复道。

德纳尔诺听出了康斯坦特声音中的冷酷，他坐直了身体。“我并不认为我对那个人的判断有误，”他立刻说道，知道自己触怒了他，“维尔涅在雷恩莱班的朋友很少，无疑，他能在这种事情上寻求帮助的人并不多。我很确定他会向我交涉的。在时间安排上没有给他机会进一步去远处寻找。”

“确实。”康斯坦特不动声色地说道。

“我猜测他会找加比诺来，镇里的常驻医生，作为医务人员出席。”

康斯坦特点点头，他转向站得离门最近的仆人：“信是今天早晨送到的？”

“是的，先生。”

“你没让那家里的人知道你是谁？”

他摇摇头：“我把它们交给了男仆，他把信和今天早晨的邮件一起拿了进去。”

康斯坦特思考了一会儿：“那么没人知道你是那些流传着的故事的源头？”

他摇摇头：“我只是往那些最可能重复的人耳朵里透了点口风，那只由朱尔斯·莱斯康布养大的野兽再次出现了。怨恨和迷信完成了剩下的事情。那些风暴足够当作事情不妙的证据了。”

“好极了，”康斯坦特做了个手势，“回到庄园的庭院里观察维尔涅的行动，黄昏时给我报告。”

“好的，先生。”

他退向门口，从椅子背上拿下了他的蓝色拿破仑式斗篷，然后走到了阴沉的街道上。

康斯坦特一听到门关上的声音就站了起来。

“我希望这件事迅速地了结，德纳尔诺，而且不要引人注意。我说清楚了吗？”

“当然，先生。一切尽在掌握。”

康斯坦特打了个响指。他的男仆走向前来，拿着一个拉绳口袋。看到这个人有问题的皮肤和面色之后，德纳尔诺不由得厌恶地向后退了一步。

“这里是答应给你的一半，”康斯坦特说道，把钱递了过去，“剩余的部分在事情令我满意地完成之后给你。你明白了吗？”

德纳尔诺贪婪的双手握紧了钱包。

“你会确认我没有携带任何其他武器，”康斯坦特用冷酷无情的声音说道，“你很清楚。”

“会有两把决斗手枪，先生，每一把都装了一颗子弹。如果你带了另一把武器的话，我会找不到的。”他奉承地微笑着，“尽管我无法相信像你这样的人，先生，会在第一次尝试时失手。”

康斯坦特看起来很蔑视这个懦弱的奉承。

“我从不失手。”他说道。

第七十七章

“该死的，炸进地狱里去吧。”阿纳托尔喊着，用靴子的跟踢着地面。

帕斯卡走向他在树林里被野生杜松丛围起来的临时射击场。他再次把瓶子排成一排，然后回到阿纳托尔身边给手枪重新上子弹。

六发之中，两发打偏了，一发击中了一棵山毛榉树的树干，两发打在了木头围栏上，震动下来三个瓶子。只有一发击中了目标，但只是擦过了厚玻璃瓶的底部。

“再试一次，先生，”帕斯卡平静地说道，“保持眼睛稳定。”

“那就是我正在做的。”阿纳托尔脾气暴躁地咆哮着。

“向着目标抬起眼睛，然后再落下。在它冲出枪管时想象这一枪。”

帕斯卡退开了："稳住，先生。瞄准。别急。"

阿纳托尔举起了手臂。这一次他想象着，在他面前的不是曾经装过麦芽酒的瓶子，而是维克多·康斯坦特的脸。

"现在，"帕斯卡轻柔地说道，"稳住，稳住。开火。"

阿纳托尔正中目标。瓶子破碎了，像一个便宜焰火一样在一阵玻璃雨中炸开。声音在树干上回荡着，鸟儿警惕地从巢里飞走。

枪管的末端流出一缕纤细的烟雾。阿纳托尔吹了下枪口，然后眼睛满意地闪烁着，转过身面对帕斯卡。

"好枪法，"仆人说道，他宽阔无表情的脸只有这一次反映了他的想法，"那么……约定是在什么时候？"

阿纳托尔脸上的微笑消失了："明天黄昏。"

帕斯卡穿过空地，枝条在脚下吱嘎响着，再次排开了剩下的瓶子："我们要不要看看您能不能击中第二次，先生？"

"一切顺利的话，我只需要命中一次。"阿纳托尔轻声对自己说道。

但他允许了帕斯卡重新装填手枪，然后继续练习着，直到每一个瓶子都被击中了，一股火药和麦芽酒的气味飘散在林间空地的空气里。

第七十八章

在差五分钟十二点的时候，莱奥妮离开了她的房间，走过了走廊，走下了楼梯。她似乎很沉着，成功地控制了自己的情绪，但她的心跳得像玩具士兵的铁皮鼓一样，手掌潮湿。

当她走过大厅里红黑相间的地砖的时候，在寂静的房间里她鞋跟碰撞的声音似乎响亮得有点不祥，或者看起来如此。她低头看了一眼自己的手，注意到指甲上有绿色黑色的颜料斑点。在她焦虑的上午，她完成了塔的绘画，但她并不满意。无论她多么轻地去描绘树上的叶子或是去给天空上色，总是有一个压抑、令人不安的存在通过她的笔触表现出来。

她走过了那些把她带到图书馆门口的玻璃展示柜。那些勋章、奇珍异物和纪念品没有进入她的思绪，她专心致志地预期着即将到来的会面。

在门口，她迟疑了。然后她高高抬起了下巴，举起了手，用了比她意想中更多的勇气来敲门。

“进来。”

听到阿纳托尔的声音，莱奥妮打开门走了进去。

“你想见我？”她说道，感觉自己好像是被传唤到法官面前而不是来到她亲爱的哥哥身边。

“是的。”他说道，对她微笑着。从他脸上的表情以及他棕色眼睛里的神色来看，莱奥妮意识到他也很焦虑。“进来，莱奥妮。坐下来。”

“你吓到我了，阿纳托尔，”她轻声说道，“你看起来这么严肃。”

他把手放到她肩膀上，引领她来到一张有织锦坐垫的椅子旁：“我要跟你说的是一件严肃的事情。”

他拉出椅子让她坐下，然后走开一段距离转身面对着她，手背在背后。现在莱奥妮注意到他在指间夹着什么——一个信封。

“那是什么？”她说道，想到她最大的恐惧或许就要成真了，她心里悸动着。要是康斯坦特先生，通过某些技巧和努力，获得了地址直接给她写信了怎么办？

“是妈妈写来的信吗？从巴黎来的？”

阿纳托尔的脸上露出一个奇怪的表情，仿佛他刚刚才想起了什么忘记的事情，但很快掩盖了过去。

“不是。至少，是的，是一封信，但这是我自己写的，给你的。”

希望闪耀在她心里，目前一切都还好。“给我的？”

阿纳托尔用手摸着头发叹了一口气。“我发现自己置身于一个尴尬的境地，”他平静地说道，“有一些……我们必须谈的事情，但是现在这个时刻，在你的面前我发现自己很局促，说不出话来。”

莱奥妮笑了。“我不明白那是怎么回事，”她说道，“你当然不会在我面前感到尴尬？”

她这些话的本意是取笑，但是阿纳托尔脸上忧郁的表情冻结了她的微笑。她跳出了椅子跑向他。

“到底怎么了？”她质问着，“是妈妈？伊索尔德？”

阿纳托尔低头看着他手里的信。“我冒昧地把坦白写到了纸上。”他说道。

“坦白？”

“其中包括了我应该——我们应该——在一段时间之前就和你分享的信息。伊索尔德本可以这么做的，但是我觉得我最了解情况。”

“阿纳托尔！”她哭喊着，摇着他的胳膊，“告诉我。”

“你最好不受打扰地读它。”他说道，“而且现在出现了一个更加严肃的情况，需要我立即去处理。”

他从莱奥妮的小手里抽出了胳膊，把信推给她。

“我希望你能原谅我，”他说道，他的声音都变了，“我会等待的。”

然后他没有再说话，大步走过房间到了门口，猛地拉开它，然后走了。

门咔嗒一声关上了。寂静涌了回来。

莱奥妮对刚发生的事情感到困惑不解，又因为阿纳托尔明显的痛苦感到烦恼，她低头看着信封。阿纳托尔优美浪漫的字迹用黑色墨水写下了她的名字。

她盯着它，对里边会出现的内容感到害怕，然后打开了它。

我亲爱的小家伙莱奥妮：

一直以来，你都指责我把你当作个小孩，甚至在你还系着缎带，穿着短裙，而我在和课程搏斗的时候也一样。这一次，这个指控是合理的。在明天黄昏时，我会在山毛榉树林的空地里面对那个尽了一切努力要毁掉我们的人。

如果结果对我不利的话，那我不想让那些你肯定会问我的问题还没有得到解答就离开了你。无论决斗的结果如何，我都希望你知道这件事情的真相。

我全心全意地爱着伊索尔德。在三月时你就站在她的坟墓边，一次绝望的尝试，为了让她——让我们——逃离那个她曾与之有过一段判断不周的短暂姘居的男人的暴力。伪造她的死亡和葬礼对她来说似乎是逃离她生活中那片阴影的唯一办法。

莱奥妮伸手找到了椅背。她小心翼翼地坐在上面。

我承认我曾期待你揭穿我们的骗局。在那些艰难的春季月份里和初夏，甚至在报纸上对我的攻击继续的时候，每一次，我都期待你拆掉我的面具斥责我，但是我把我的角色扮演得太好了。你，那么真心实意的一个人，怎么会怀疑我苍白的嘴唇和憔悴的眼睛并不是放荡而是悲痛的结果呢！

我必须告诉你伊索尔德从未想要欺骗你。从我们到达凯德庄园，她认识了你之后，她就相信你对我的爱——而她希望一段时间之后同样的爱也会扩展到身为嫂子的她身上——会让你把道德考虑放到一边然后在我们的骗局中支持我们。我不同意。

我是个傻瓜。

在我写这封信的时候，在或许会是我生命中最后一天的前夕，我承认我最大的错误就是道德上的懦弱，而这只是许多错误中的一个。

但是这几个星期是美好的，和你，和伊索尔德一起，在凯德庄园平静的小路和花园里。

不只如此。最后一次欺骗，我祈祷，它在你的心里就算不会得到原谅至少也会得到理解。在卡卡颂，在你探索那些无辜街道的时候，伊索尔德和我结婚了。她现在是维尔涅夫人，在法律以及情感的纽带下，她是你的嫂子。

我也快要当父亲了。

但是在那些最幸福的日子里，我们得知他发现了我们。这就是我们突然离开的真实理由。这也是伊索尔德衰退虚弱的原因。但很明显，她的健康不能承受那些对她意志力的攻击了。这件事情不能不做决断。

在发现了葬礼的骗局之后，他不知怎么追捕到了我们，先是在卡卡颂，现在又来到了雷恩莱班。这就是为什么我接受了他的挑战的原因。这是唯一永久解决这件事的办法。

明天晚上，我将面对他。我寻求你的帮助，小家伙，我在过去的好几个月之前就该这样做了。我非常需要你的帮助，不要让我深爱的伊索尔德得知决斗的详情。假若我没有回来，我把我妻子和孩子的平安托付于你。这座宅邸的所有权很牢靠。

你深情的爱你的哥哥 阿纳托尔
10月30日，星期五

莱奥妮双手落到了膝盖上。她曾努力忍住的眼泪开始无声地滑下她的脸颊。她因为遗憾而哭泣，因为那些使他们分开的欺骗和误解而哭泣。她哭了——因为伊索尔德，因为她和阿纳托尔曾经欺骗了自己，因为自己曾经欺骗了他们——直到她所有的情感都耗尽了。

她的思绪敏锐起来。今天上午阿纳托尔不合时宜地离开房子远足的理由得到了解释。

在几天，几个小时之内，他可能会死的。

她跑到窗边推开了竖铰链窗。在绚丽的清晨之后，天气现在很阴沉。在虚弱的太阳、无力的光线之下一切都是静止潮湿的。一阵秋雾漂浮在草地和庭院上，一种欺骗性的平静笼罩了世界。

明天黄昏。

她看着自己在图书馆高大窗户里的影子，觉得十分奇怪，自己居然看起来

依然如故！然而却完全地改变了，眼睛、脸孔、下巴、嘴，都在它们三分钟之前的同样位置上。

莱奥妮战栗着。明天是诸圣瞻礼节，万圣之夜，一个可怕又美丽的夜晚，善与恶之间的幕障最微弱的时候。那是会发生这种事情的时间，早已属于恶魔和邪恶活动的时间。

必须要阻止决斗的进行。要由她来阻止了。不能允许这么荒唐可怕的事情继续下去。但即便这些想法气势汹汹地盘旋在她的脑海里，莱奥妮也知道这是没用的。她不可能改变阿纳托尔自己选择的行动。

"他绝对不能失手。"在跑向门口拉开门的时候，她低声呢喃着。

她哥哥站在外边闷浊的烟草烟雾里，在她读信时等待的痛苦明显地刻在他脸上。

"喔，阿纳托尔。"她说着抱住了他。

他的眼中满含泪水。"原谅我，"他悄声说道，让自己就这么被抱着，"我非常抱歉。你能原谅我吗，小家伙？"

第七十九章

莱奥妮和阿纳托尔在彼此的陪伴中度过了那天剩下的时间。伊索尔德下午在休息，使他们有机会一起聊天。预期的重负和命运阴谋的背叛彻底压垮了阿纳托尔，以至于莱奥妮觉得自己像是年长的姐姐一样。

她摇摆不定，既愤怒被如此欺骗，还被骗了好几个月，又喜爱他对伊索尔德的真挚爱情，以及他竭尽全力地保护这份爱。

"妈妈知道这骗局吗？"她尝试了好几次，想到自己站在蒙马特墓园的空棺材旁边就感到非常受伤，"我是唯一一个没有参与到骗局中的人吗？"

"我没有向她吐露实情，"他答道，"但我相信她明白了背后的隐情。"

"没人去世，"她平静地说道，"那诊所呢？有孩子吗？"

"没有。这是另一个强化骗局的谎言。"

只有在那些安静的瞬间，在阿纳托尔短暂地离开她之后，莱奥妮才允许自己害怕第二天会发生的事情。他对他的敌人说得很少，只说了在他们那段相识的短暂时光里，他曾严重地伤害了伊索尔德。阿纳托尔承认了那人是个巴黎人，他明显成功地识别出了留在他面前的虚假路径而且追踪他们来到了南部。然而，阿纳托尔宣称不知道他是怎么从卡卡颂来到雷恩莱班的。阿纳托尔也没有说出他的名字。

莱奥妮倾听着这个痴迷的故事，复仇的欲望驱动着他们敌人——报纸专栏里对她哥哥的攻击，全景廊街对他的袭击，他准备要做的那些毁掉伊索尔德和阿纳托尔的行动——而且听出了她哥哥话语背后未说出口的警告。

他们没有讨论如果阿纳托尔失手——或者更糟——的结果。在她哥哥逼迫下，莱奥妮保证了，一旦他没能完成任务无法保护她们了，她会立刻想办法和伊索尔德在夜色的掩护下离开凯德庄园。

“那么，他不是一个有荣誉感的人了？”她说道，“你担心他不会遵守决斗的规则？”

“我恐怕他不会，”他严肃地说道，“要是明天事态恶化的话，我不想在他来找她的时候，伊索尔德还待在这里。”

“他听起来是个魔鬼。”

“而我，是个傻瓜，”阿纳托尔平静地说道，“以为事情能够用除此以外的其他方式来解决。”

之后在当天晚上，在伊索尔德去睡觉之后，阿纳托尔和莱奥妮在会客厅里见面，协商第二天行动的计划。

她不喜欢参与到骗局之中——尤其她自己就是这种掩饰的受害者。但莱奥妮承认，以伊索尔德的身体状况，不能让她知道即将发生的事情。阿纳托尔给她安排了任务，在约定的时间缠住他的妻子，这样他和帕斯卡就能悄悄溜走。他邀请了查尔斯·德纳尔诺来当他的副手，这个请求毫不犹豫地被接受了。加比诺医生，一个不情愿的参与者，会在需要的时候提供医疗救助。

虽然她明显默许地点了头，但莱奥妮一点也不想遵从她哥哥的希望。她不会考虑无所事事地坐在会客厅里，看着时钟的指针缓慢地前进，心里知道她哥哥正在忙于这样的战斗。她知道自己会找到办法把她在黄昏与夜晚之间的使命蒙混过去，但是她还没想到要怎么来完成。

但是在言语上或行动上，她都没有显露出想要违背命令的迹象。而阿纳托尔如此专心致志地忙着他躁动不安的计划以至于没有想要怀疑她的顺从。

他也去睡觉了，拿着一支蜡烛来照亮他回房间的路，离开了会客厅。莱奥妮留下来继续待了一会儿，思考着，决定着怎样安排才能有个好结果。

她会坚强的。她不会允许恐惧掌控她。一切都会没事的。阿纳托尔会击伤或是杀死他的敌人。她拒绝考虑其他的可能。

但在夜晚快过去的时候，她知道事情并不会像她希望中那样发生。

第八十章

10月31日，星期六

万圣之夜伴随着冰冷粉红的清晨来临了。

莱奥妮几乎没睡，感到了流逝的时间重压在她身上。早餐时，她和阿纳托尔都没有食欲。上午的时间里他在和伊索尔德私下聊天。

在她坐在图书馆里的时候，她能听到他们笑着，低语着，计划着。伊索尔德在他哥哥陪伴下的喜悦让莱奥妮更加痛苦地想到这样的幸福会多么容易地被夺走。

当她去起居室里和他们一起喝咖啡的时候，阿纳托尔抬起了头，他的眼神在一瞬间未加防备。他眼中的痛苦、忧虑和苦难让她转过了头，害怕她的表情会泄露消息。

午餐过后，他们打牌、朗读故事，度过了一下午，因此成功地推迟了伊索尔德下午的休息，正如莱奥妮和阿纳托尔之前计划的一样。直到四点钟伊索尔德才宣布要回自己的卧室里休息到晚餐时间。阿纳托尔在一刻钟之后回来了，脸上流露着悲伤。

“她睡着了。”他说道。

他们都看着外边杏黄色的天空,太阳最后的残余在云彩后边明亮地闪烁着。莱奥妮的勇气终于抛弃了她。“现在还不迟，”她喊着，“还有时间取消它。”她抓着他的手，“我求你了，阿纳托尔，不要去经受这些。”

他抱着她把她拥入怀里，熟悉的檀香木和发油的气息环绕着她。

“你知道我现在不能拒绝见他了，小家伙，”他轻柔地说道，“这事永远不会以其他方式结束。另外，我不会让我的儿子长大之后认为他的父亲是个懦夫，”他抱得更紧了，“实际上，也不会让我勇敢坚定的小妹妹这么认为。”

“或者是女儿。”她说道。

阿纳托尔微笑了：“或者是女儿。”

地砖地面上的脚步声让他们转了过去。

帕斯卡站在楼梯的底部，手臂上搭着阿纳托尔的厚长大衣。他脸上的表情暴露出他有多么不想参与这件事情。

“时间到了，先生。”他说道。

莱奥妮紧紧地抓着他：“求你了，阿纳托尔。求你了，别走。帕斯卡，别让他走。”

帕斯卡同情地看着阿纳托尔，温柔地，从袖子上掰开了她的手指。

“照顾好伊索尔德，”他低语道，“我的伊索尔德。我在更衣室里留下了一封信，一旦事情……”他突然停顿了，“要在各个方面照顾她。她，还有孩子，保证他们的安全。”

莱奥妮绝望得说不出话，注视着帕斯卡帮他穿上了大衣，然后两个人利落地走向前门。在门口，阿纳托尔转过身来，他把手放到了嘴边。

“我爱你，小家伙。”

一阵潮湿的夜晚空气流过，然后他们离开了，门抖动着在他们身后关上了。莱奥妮听着他们靴子踩在碎石路上沉闷的吱嘎声，直到她再也听不到为止。

接着，事情的真相侵袭着她。她坐在最底下的楼梯上，把头埋进臂弯里，呜咽着。从楼梯的阴影里，玛莉塔悄悄走了出来。那姑娘迟疑着，然后，决定忘记自己的身份，坐在楼梯上莱奥妮旁边，然后搂住了她的肩膀。

“不会有事的，小姐，”她呢喃着，“帕斯卡不会让主人受到任何伤害的。”

莱奥妮爆发出一阵悲伤、恐惧、绝望的恸哭，像被困在陷阱里的野生动物的哀嚎一样。然后，想起了她承诺过不会惊醒伊索尔德，她止住了哭声。

“我的……”她顿了一下，突然意识到自己不再确定该怎么称呼伊索尔德。“我的舅妈还在睡觉吗？”她问道。

玛莉塔站起身来理顺了她的围裙。她脸上的表情表明帕斯卡向她吐露了所有事情。

“您希望我去看看夫人醒了没有吗？”

莱奥妮摇摇头：“不必了，让她睡吧。”

“我能给您拿点什么吗？或许，草药茶。”

莱奥妮也站了起来。“不用，我现在很好。”她微笑着，“我很确定你还有别的事情要忙。另外，我哥哥在回来的时候会需要茶点的。我不会让他等。”

片刻，两个姑娘的目光交汇了。

“好的，小姐。”玛莉塔最后说道，“我会确定厨房准备好了。”

莱奥妮在大厅里待了一会儿，倾听着宅邸的声音，很满意没有目击者看到她接下来要做的事情。在确定一切都安静了之后，她飞快地跑上楼梯，手扶在桃花心木的扶手上，然后轻快地沿着走廊跑向她的房间。

让她困惑的是，她听到了阿纳托尔房间里传出了声音。她停下了，半个小时前她看到阿纳托尔已经在帕斯卡的陪同下离开了房子，此刻她怀疑自己耳朵听到的声音。

她正要继续走的时候门被推开了，伊索尔德几乎摔到她的怀里。她的金发披散着，衬衫领口是松开的。她看起来十分惊慌，仿佛是被什么恶魔或鬼魂从睡梦中惊醒了一样。莱奥妮不由自主地注意到了她喉咙上未愈合的红色伤疤，然后移开了目光。看到她高雅、自制又沉着的舅妈处于这样歇斯底里的痛苦之中，她的震惊使得她的声音比预想中的更尖锐。

“伊索尔德！怎么了？发生什么了？”

伊索尔德摇着头，仿佛在强烈反对着什么，手中挥舞着一页纸张。

“莱奥妮，他走了！去战斗了！”她哭喊着，“我们必须去阻止这一切。”

莱奥妮浑身冰冷，意识到伊索尔德提前发现了阿纳托尔在更衣室里留给她的信。

“我睡不着，于是我就去找她。结果，我发现了这个。”伊索尔德突然停了下来注视着莱奥妮的眼睛。“你知道了。”她轻柔地说，她的声音突然平静了下来。

转瞬之间，莱奥妮忘记了就在她说话的同时，阿纳托尔正在穿过树林去决斗。在她伸出手握住伊索尔德的手的时候，她试着微笑。

“我知道你们长期以来的故事，还有婚礼的消息。”她平静地说道，“我希望我当时也在场。”

“莱奥妮，我想……”伊索尔德顿了一下，“我们想告诉你的。”

莱奥妮抱住了她。片刻，她们的角色反转了。

“你还知道阿纳托尔要当父亲了？”伊索尔德说道，几乎是在耳语。

“是的，”莱奥妮说道，“这是最美好的消息。”

伊索尔德突然脱身离开：“你也知道这场决斗？”

莱奥妮迟疑着。她本可以避开这个问题，但还是停住了。他们之间的欺骗已经够多的了，太多破坏性的谎言了。

“我知道，”她承认道，“信是昨天由专人送来的。德纳尔诺和加比诺陪同着他。”

伊索尔德脸色变白了。“专人，你说是。”她低语着，“那么他就在这里。这里。”

“阿纳托尔不会失手的。”莱奥妮以一种她自己没有感到的坚信说道。

伊索尔德仰起了头挺起了胸：“我必须到他身边去。”

被伊索尔德突如其来的情绪变化弄得措手不及，莱奥妮笨拙地思索着回复。

“你不能去。”她反驳道。

伊索尔德完全没有反应：“决斗的地点在哪里？”

“伊索尔德，你正在生病，现在去找阿纳托尔是愚蠢的行为。”

“哪里？”她说道。

莱奥妮叹了口气：“在山毛榉树林的空地里。我不知道准确的地点。”

“在野生杜松生长的地方。那里有一块空地，我过世的丈夫会时不时去练习。”

“或许是。他其他什么都没说。”

“我必须换衣服。”伊索尔德说道，挣脱了莱奥妮的手。

莱奥妮别无选择只能跟着：“但即使我们现在出发，而且找到了准确的地点，阿纳托尔和帕斯卡也已经出发半个多小时了。”

“如果我们现在出发，或许还能阻止。”

没有在紧身胸衣上浪费时间，伊索尔德套上了她的灰色散步服和户外外衣，把优美的脚塞进靴子里，在她随意地系上每一个扣眼时手指绊到了一起。然后，她跑向楼梯，莱奥妮紧跟着她。

“他的对手会遵守结果吗？”莱奥妮突然问道，希望得到一个和之前阿纳托尔告诉她的不一样的答案。

伊索尔德停了下来看着她，灰色的眼睛里流露出绝望。

“他是……他不是一个有荣誉感的人。”

莱奥妮握紧了她的手，寻求着安慰同时也给出了慰藉，同时另一个问题出现在她脑海里。“预产期是什么时候？”

片刻，伊索尔德的眼神柔软了：“一切顺利的话，六月。一个夏天的孩子。”

在她们悄悄走过大厅的时候，莱奥妮觉得这个世界呈现出了更严酷的色彩。那些曾经熟悉而珍贵的东西——擦亮的桌子和门，钢琴和织锦琴凳——莱奥妮在里面放着从墓地拿回来的乐谱——似乎背弃了她们。冰冷、无生气的东西。

莱奥妮从门口的钩子上伸手摘下了沉重的花园斗篷，递给伊索尔德一件，自己裹上了另一件，然后拉开了门。寒冷的黄昏空气像猫一样环绕在她腿边，围绕着她的袜子、她的脚踝。她从架子上拿起了点燃的灯。

“决斗预定在什么时间开始？”伊索尔德用平静的声音问道。

“黄昏，”莱奥妮答道，“六点钟。”

她们抬头看着天空，头上是深邃阴暗的蓝色。

“要是我们想及时到达的话，”莱奥妮说道，“我们必须抓紧。快走。”

第八十一章

“我爱你，小家伙。”阿纳托尔对自己重复道，前门震颤着在他身后关上了。

他和帕斯卡，提着一盏提灯，沉默地走向车道的尽头，德纳尔诺的马车在那里等待着他们。

阿纳托尔朝加比诺点点头，医生脸上的表情显示出他多么不想参与这件事情。查尔斯·德纳尔诺握住了阿纳托尔的手。

“决斗者和医生坐到后边，”德纳尔诺宣布道，他的声音在寒冷的黄昏空气中十分清晰，“你的仆人和我会坐在前边。”

车篷支了起来。加比诺和阿纳托尔爬上了车。德纳尔诺和帕斯卡，在彼此的陪伴下看起来很不舒服，长木头手枪箱放在他们之间的膝盖上。

“你知道那个约定的地点吗，德纳尔诺？”阿纳托尔问道，“庄园东边山毛榉树林里那块空地？”

德纳尔诺探出身指示着。阿纳托尔听到车夫抖动了缰绳，马车出发了，马具和笼头在平静的夜晚空气中咔嗒响着。

德纳尔诺是唯一一个有聊天欲望的人。他的故事大部分都涉及他参与过的决斗，全都是死里逃生，但对他的决斗者来说总是有一个满意的结局。阿纳托尔明白他是试着让自己放松一些，但是希望他能够别再说话了。

他直挺挺地坐着，看着外面入冬的乡间，想着这或许是他最后一次观察这个世界。车道旁排列着的树木上覆盖着白霜。马蹄落在坚硬地面上的沉重声音回荡在庭院里。苍白的月亮在白色的光辉中升起时，头上阴沉的蓝色天空似乎像镜子一样闪烁着。

“这些是我的手枪，”德纳尔诺解释道，“我亲自装填的，弹匣封闭了。你会抽签来决定我们是用这些枪还是用你对手的枪。”

“我知道。”阿纳托尔厉声说道。接着，后悔自己听上去很粗鲁，他补充道：“我很抱歉，德纳尔诺。我的神经紧张不安。我非常感谢你细心的照顾。”

“查阅一遍规则总是值得的。”德纳尔诺说道，声音比在车厢这种封闭空间里以及情况所需要的大了一些。阿纳托尔意识到德纳尔诺那些虚张声势，也是因为很紧张。

“我们不想有任何的误解。据我所知，在巴黎，规则是不一样的。”

“我不这么认为。”

“你练习过了，维尔涅？”

阿纳托尔点点头：“用家里的手枪。”

“你对它们有信心吗？视线好吗？”

“我会想要再练习几次。”他说道。

马车转了个方向，开始在更粗糙的地面上前进。

阿纳托尔试着想象他珍爱的伊索尔德，躺在床上头发披散在枕头上，她纤细白皙的手臂。他想着莱奥妮明亮、绿色、探询的眼睛，还有那个还未出生的孩子的脸庞，试着在脑海中记住他钟爱的特征。

我是为了他们这么做的。

整个世界浓缩到了这个咯哒作响的车厢里，浓缩到了德纳尔诺膝盖上的木头箱子上，以及他身边加比诺快速紧张的呼吸声中。

阿纳托尔感到马车再次转向左边。在车轮下，地面变得更不平整。突然间德纳尔诺敲着车厢侧板对车夫喊道走右边的小路。

马车转进了树木间的一条恢复原状的小路，然后进入了一块空地。在另一端停着另一辆马车。车子颠簸了一下，尽管那是他知道自己会看到的东西，阿纳托尔震惊地认出了维克多·康斯坦特，托马林伯爵的纹章和黑底金色，尽管这一切都在预料之中。两匹戴着羽毛饰品和眼罩的枣红马，在坚硬冰冷的地面上跺着蹄子。在它们旁边站着一群人。

德纳尔诺最先下车，加比诺是下一个，然后帕斯卡拿着手枪箱下了车。最后，阿纳托尔也下车了。即使在这个距离上，对面的那群人都穿着相似的黑颜色衣服，他还是能认出康斯坦特。他厌恶地打了个冷颤，也认出了那个头皮发炎红肿满是疮疤的人，就是在歌剧院暴乱的那天晚上在全景廊街袭击他的两个人中的一个。在他旁边，是一个更矮，外表更贫穷，看起来很放荡的老兵。他穿着过时的拿破仑式斗篷，样子看上去也很眼熟。

阿纳托尔吸了一口气。尽管从他遇见并爱上伊索尔德的那一刻起，康斯坦特就一直存在于他的脑海里，但从一月那一次，也是唯一的一次争吵之后，他们再也没有见过面。

愤怒毫无预兆地席卷过他全身。他把手握成了拳头。现在需要的是冷静的头脑，而不是冲动的复仇欲望。但是突然间这片树林似乎变小了。山毛榉树光秃秃的树干似乎在朝他靠了过来。

他被一根露出来的树根绊了一下，几乎摔倒。

“稳住，维尔涅。”加比诺低语道。

阿纳托尔集中了精力，看着德纳尔诺走向康斯坦特那一边，帕斯卡跟在他身后双手捧着那个手枪箱仿佛它是个孩子的棺材一样。

副手们正式地彼此致意，短暂干脆地鞠躬，然后他们深入空地之中。阿纳托尔感到康斯坦特冷酷的眼睛在注视着他，尖锐，像一支箭一样直接穿过了冰冻的土地。阿纳托尔也注意到，他看起来生病了。

他们走到了空地的中心，离帕斯卡前一天建立那个临时射击场的地方不远，然后用脚步测量出了双方瞄准的位置。帕斯卡和康斯坦特的仆人往潮湿的土地里钉进了两支手杖来准确地标记地点。

“你的状态怎么样？”加比诺低语道，“我能拿点什么——”

“没有，”阿纳托尔立刻说道，“我什么也不需要。”

德纳尔诺回来了。“我很遗憾我们手枪的抽签输了。”他拍了拍阿纳托尔的肩膀，“我很确定，这不会有任何区别。起作用的是瞄准，而不是枪管。”

阿纳托尔觉得自己是在梦游，他周围的一切似乎都含糊不清，发生在其他人身上。他知道自己应该担心他要用对手的手枪这个事实，但是他一言未发。

两队人彼此靠近了。

德纳尔诺脱掉了阿纳托尔的大衣。康斯坦特的副手也做了同样的事情。阿纳托尔看着德纳尔诺夸张地拍打着康斯坦特的外衣口袋，马甲口袋，来确认他没有带着小笔记本或是能作为防护的其他书本。

德纳尔诺点点头：“没什么不对劲儿的。”

阿纳托尔抬起了手臂，康斯坦特的仆人在他身上摸索着来确认他也没有隐藏着武器。他感觉自己的怀表链从口袋里被拿了出来并解开了链子。

“一块新表，先生？字母交织图案。手艺不错。”

他立刻就认出了这个难听的声音。就是这个人在巴黎的袭击中从他身上拿走了他父亲的怀表。他握紧了拳头来阻止自己把这个人打倒在地。

“放下它。”他凶狠地说道。

那人瞥了一眼他的主人，然后耸耸肩走开了。

阿纳托尔感到德纳尔诺握着他的手肘把他带到了其中一支手杖旁边：“维尔涅，这是你的位置。”

我不能失手。

他拿到了一支手枪。它在手里冰冷又沉重，一把比属于他过世舅舅的那些要好得多的武器。枪管很长，擦得很亮，康斯坦特的金色缩写铭刻在把手上。

阿纳托尔觉得他好像是在很高的地方向下看着自己。他能看到一个和他十分相像的人，同样黑油油的头发、同样的胡子、苍白的脸孔以及冻红了的鼻尖。

在他对面，在同样的距离之外，他能看到一个人，很像是那个从巴黎到南部一直在迫害他的男人。

现在，仿佛是从远处，传来一个声音。很突然，迅速得很荒谬，这件事就要被了结了。

“你们准备好了吗，先生们？”

阿纳托尔点点头。康斯坦特点点头。

“每人一枪。”

阿纳托尔抬起了手臂。康斯坦特做了同样的事情。

然后再次传来同一个声音：“开火。”

阿纳托尔什么也没察觉到，没有景象，没有声音，没有气味，他经历了完全的感官缺失。他觉得自己什么也没做，然后他手臂上的肌肉收缩了，他的手指捏了一下，按动了扳机，在松开这个钩子的时候有一声脆响。他看见火药在火药池里燃烧着，烟雾绽放在空气中。两声枪响回荡在空地里。鸟儿从周围树木的树冠上飞起，它们恐慌地想要离开，翅膀拍打着空气。

阿纳托尔变得无法呼吸。他的腿在身下弯曲着。他在摔倒，他的膝盖落到了坚硬的土地上，他想着伊索尔德和莱奥妮，然后一股热流在他的胸口散开，像热水澡令人安心的服务一样，渗透了他开始变冷的身体。

“他被击中了？”加比诺的声音，或许是，或许不是。

黑色的身影围在他身边，无法辨认出是加比诺还是德纳尔诺，只看到一片黑色和灰色条纹的裤子，包在厚毛皮手套里的手，沉重的靴子。接着他听到了什么。在寒冷的空气中传来了一个疯狂的尖叫声，痛苦绝望地喊着他的名字。

他斜着倒在了地面上。他梦想着能够听到伊索尔德的声音在呼唤他。但是，几乎同时，他意识到其他人也听见了喊声。周围的人分开了，站到了一边，足够让他看到她从树林的遮蔽里向他跑来，莱奥妮紧跟在她身后。

“不。阿纳托尔，不！”伊索尔德喊着，“不！”

在这时，其他情况吸引了他的注意，就在刚刚超出他视线的地方。他的视野在变黑。他试着坐起来，但身侧一阵剧痛，像一把刀扎着一样，使他倒吸了一口冷气。他伸出了手，但是没有力气，感到自己摔回到了地面上。

一切都开始以慢动作移动。阿纳托尔立刻意识到了将要发生的事情。起初，他的眼睛无法接受这个事实。德纳尔诺检查了一切都符合决斗的规则。一枪而且只有一枪。然而他注视着，康斯坦特把决斗手枪丢到了地上，手伸到了外衣里面拔出了第二把武器，尺寸小到枪管可以夹在食指和中指之间。他的手臂继续着上升的弧线，接着挥到了右边开了枪。

在只该有一枪的时候开了第二枪。

阿纳托尔喊叫着，终于能发出声音了，但是太迟了。

她的身体突然静止不动了，仿佛暂时悬在了空气中，然后被子弹的力量推向后方。她的眼睛大睁着，一开始是因为惊讶，然后是震惊和痛苦。他看着她摔倒，像他一样，倒在地面上。

阿纳托尔感到一声哭喊从胸口撕扯而出。他周围的一切都是混乱的，尖叫着叫喊着嘈杂着。而在这一切的中心，尽管不太可能，他觉得自己听到了某人的笑声。他的视野消退了，黑色取代了白色，剥离了这个世界的颜色。

那是在被黑暗淹没之前阿纳托尔最后听到的声音。

第八十二章

一声哀号撕裂了空气。莱奥妮听到了，但起初并没有意识到这是来自她自己的嘴唇。

片刻，她一动不动地站在原地，无法接受亲眼看到的事实。她假想着自己看到的是舞台上的场景布置，空地和每一个人都是用笔刷和颜料或者镜头的快门捕捉到的一瞬间，无生命，无动作，这是一张明信片图画而不是他们有血有肉、真实的自己。

然后，一瞬间，整个世界又涌了回来。莱奥妮注视着黑暗，真相把它血淋淋的手印印在了她的脑海里。

伊索尔德，躺在潮湿的土地上，她灰色的衣服染上了红色。

阿纳托尔，挣扎着想用一只手臂支撑起自己，他的脸痛苦地扭曲着，然后摔回到地上。加比诺蹲在他的身边。

最震惊的，是刺杀了他的面孔。那个让伊索尔德如此恐惧，阿纳托尔如此憎恶的人，一目了然地显露了出来。

莱奥妮浑身冰冷。这么近地见到他，夺走了她的勇气。

“不。”她低语道。

悔恨，像玻璃一样锋利，穿透了她脆弱的防御。耻辱，像决堤的河流一样席卷了她，随之而来是愤怒。在这里，离她几步之遥的地方，是那个进入了她私密思绪的男人，是在卡卡颂之后她梦到过的男人——维克多·康斯坦特。

是她把他引到这里来的吗？

莱奥妮抬高了灯，直到她能够清楚地看到空地边上停着的马车以及车厢侧面的纹章，尽管她并不确定那就是他。

怒火，突然而又暴力，包罗着一切，压倒了她。莱奥妮毫不在意自己的安全，冲出了树木的阴影冲进了空地，向着那群站在阿纳托尔和加比诺旁边的人跑去。

医生看起来瘫痪了。他被刚发生的事情震惊着，完全丧失了行动的能力。他突然动弹起来，几乎在坚硬的地面上失去了平衡，疯狂地看向维克多·康斯坦特和他的手下，然后迷惑地看着查尔斯·德纳尔诺——他检查了枪支宣布决斗的条件都满足了。

莱奥妮先来到伊索尔德身边。她扑倒在伊索尔德身边揭开了她的斗篷。她衣服左侧的浅灰色布料浸成了深红色，像一朵污秽的温室花朵一样。莱奥妮摘掉了伊索尔德的手套，把她的袖口推高到手臂上，寻找着脉搏，很微弱，但是，还有一点生命存留着。莱奥妮快速地用手摸索着伊索尔德平卧的身体，意识到子弹击中了她的手臂。考虑到她没有失血太多，她会活下来的。

“加比诺医生，快，”她喊着，“帮帮她。帕斯卡！”

她的思绪跳向了阿纳托尔。暮光中，在他嘴和鼻子边上呼吸出的十分轻微的白霜给了她希望，他也没有受到致命伤。

她站起身向着她哥哥走了一步。

“待在原地我会感谢您的，维尔涅小姐。你也是，加比诺。”

康斯坦特的声音使她的步伐停了下来。在这时莱奥妮才注意到他依然举着他的武器，手指放在扳机上，准备击发，而且那不是一把决斗手枪。实际上，她认出了这把“保护者”手枪，一把被设计来装在口袋或小提包里的枪。她的母亲就有这样的一件武器。

他还有更多弹药。

莱奥妮厌恶自己，因为她曾经想象过他在她耳边诉说着的漂亮情话，因为她曾经因他的注意——毫不庄重或在意名节地——深受鼓舞。

而且我把他引到了他们身边。

负罪感击打着她，就像那些风暴侵袭凯德庄园一样。但她强迫自己保持镇静。她抬起了下巴直接注视着他。

“康斯坦特先生。”她说道，他的名字像毒药一样。

“维尔涅小姐，”他回答道，依然用枪指着加比诺和帕斯卡，“这真是意外之喜。我没想到维尔涅会让你见到这样丑陋的事情。”

她的眼睛看向阿纳托尔躺着的地方，然后回到康斯坦特身上。

“我是自己来这里的。”她说道。

康斯坦特猛地动了动脑袋，他的男仆走向前来，后边跟着一个肮脏的士兵。莱奥妮认出了那就是用无礼的眼睛注视她走进卡卡颂中世纪老城的那个人。她绝望地意识到康斯坦特的计划有多么完整。

那两个人抓住了加比诺，把他的手臂拉到了背后，把他的灯扔到了地上。莱奥妮听到了玻璃破碎的声音，还有火焰在潮湿的叶子上嘶的一声熄灭了。然后，在她意识到发生了什么之前，高个儿的那个人从外衣下掏出了一把枪，放到了加比诺的太阳穴上扣动了扳机。

这一枪的力量把加比诺从地面上弹了起来。他的后脑炸开了，血和骨头浇了他和刽子手一身。他的身体抽搐着，扭动着，然后静止了。

杀掉一个人，将灵魂和身体分开，花费的时间多么短暂。

这个思绪在她的脑海里一闪而过。莱奥妮捂住了嘴，感觉喉咙里一阵恶心，然后弯下了腰，呕吐在潮湿的地面上。

她用余光看到了帕斯卡向后退了一小步，然后又一步。她无法相信他准备逃跑了——她之前从未怀疑过他的忠诚和坚定——但他还能是在做什么？

随后他注意到了她的目光，瞥了一眼暗示出了他的意图。

莱奥妮直起身转向德纳尔诺。“先生，”她大声说道，转移着注意力，“我很惊讶地发现你是这个人的同伙。在报告你欺诈的消息之后你会被判刑的。”

他满不在乎地做了个鬼脸：“由谁呢，维尔涅小姐？除了我们没别人了。”

“住口。”康斯坦特命令道。

“你竟然以这样的方式让他们蒙羞，”莱奥妮质问道，“你就一点也不在乎你的姐姐和你的家人吗？”

德纳尔诺拍了拍口袋：“金钱说话的声音更大更长久。”

“德纳尔诺，够了！”

莱奥妮看了一眼康斯坦特，第一次注意到他的脑袋似乎一直在颤动，好像他难以控制自己的行动。

但这时她看到阿纳托尔的脚在地上抖动。

他还活着？可能吗？宽慰涌上心头，立刻被恐惧替代了。要是他还活着，他也只能一直保持这样直到康斯坦特认为他死了为止。

夜晚降临了。尽管医生的灯被弄坏了，剩余的灯还是在地面上照出了一片片不均匀的黄光。

莱奥妮逼迫着自己朝着她曾经想要去爱的人走了一步。

“这值得吗，先生？诅咒你自己？但又是因何而起？嫉妒？报复？因为这明显不是为了荣誉。”她又走了一步，这一次稍微朝向边上，希望能掩护帕斯卡。

“让我照顾我哥哥和伊索尔德。”

现在她近得足以看到康斯坦特脸上的蔑视。她不能相信自己曾经觉得他的面貌尊贵高尚。他看起来如此的卑劣，他的嘴很残忍，而他的瞳孔在怨恨的眼睛里只有针孔大小。他使她感到恶心。

“你可不是处于能发号施令的位置上，维尔涅小姐。”他转过头看着伊索尔德躺在地上，裹在她的斗篷里，“这个婊子。一枪太便宜她了。我宁愿她遭受痛苦，就像她让我遭受的那样。”

莱奥妮毫不退缩地注视着他的眼睛。“你现在够不着她了。”她说道，毫不迟疑地说出了谎言。

“请原谅，维尔涅小姐，但是我不相信你的话。另外，你的脸颊上没有一滴眼泪，”他看了一眼加比诺的尸体，“你的意志很坚强，但是我不相信你有这副铁石心肠。”

他迟疑着，仿佛在准备发出慈悲的一击[1]。莱奥妮感觉身体紧绷着，等待着她认为该来到她身上的一枪。她意识到帕斯卡几乎准备好要行动了，需要十分坚定的意志力才能不向他的方向看过去。

“实际上，”康斯坦特说道，“在性格方面你让我想起了你的母亲。”

一切都静止了，仿佛整个世界屏住了呼吸。白色的云彩，冰冷地挂在夜晚的空气中，风吹动着树木光秃的枝干，传来杜松木丛的沙沙声。莱奥妮终于开口了。

“你这是什么意思？”她说道。每一个词都像铅一样落进冰冷的空气中。

她能感到他的满足从他身上散发出来，就像鞣革厂散发出的臭气一样，刺鼻，苦痛。

① 结束严重受伤的人或动物痛苦的致命一击。（译者注）

“你依然不知道你的母亲发生了什么事吗？”

“你在说什么？”

“那可是巴黎的热门话题，”康斯坦特说道，“我听说，这件糟糕的谋杀案让第八行政区警官平庸的脑子被迫花了好一阵时间来处理。”

莱奥妮向后退着，就像他刚打了她一拳一样：“她死了？”

她的牙齿开始打颤。她听得出康斯坦特在沉默中表达出的真相，但是她的头脑不能接受这个事实。如果她接受了，她就会摇晃着倒下去。而每分每秒，伊索尔德和阿纳托尔都在变得更加虚弱。

“我不相信你。”她努力地表达清楚。

“啊，但是你相信，维尔涅小姐。我能在你脸上看出来。”他放下了手臂，从莱奥妮身上把枪口移开了一会儿。她向后退了一步。她能感到，德纳尔诺在她背后移动着，靠近了，堵住了她的退路。在她面前，康斯坦特朝她走了过来，很快走过了他们之间的距离。这时，她用余光看到帕斯卡蹲了下去，在他们从宅邸里带出来的箱子里抓出了剩下的手枪。

“小心！”他冲她喊道。

莱奥妮毫不迟疑地做出了反应，扑倒在地面上，从她头上呼啸着掠过了一枪。

德纳尔诺倒下了，被击中了后背。

康斯坦特立刻做出了反击，朝着黑暗中开火，但是没有打中目标。莱奥妮听得出帕斯卡在灌木丛里，意识到他在朝着康斯坦特背后绕去。

在康斯坦特的指挥下，那个老兵朝着躺在地上的莱奥妮走来。另一个人朝着空地的边缘跑去，寻找着帕斯卡，随意地开着枪。

“在这里！”他朝着主人喊道。

康斯坦特再次开火，这一枪也打偏了。

突然间，通过地面传来了跑动中脚步的震动。莱奥妮朝着声音的方向抬起了头，听到了喊声。

“这里！”

她分辨出了玛莉塔的声音，从黑暗中传来，还有其他人。她眯起了眼睛，现在能够看到几盏灯的光线越来越近，越来越大了，跃动在黑暗中。然后园丁的儿子，埃米尔，在空地的远端出现在视野里，一只手握着燃烧的火把，另一只手握着棍子。

莱奥妮看到康斯坦特看清了局势。他开火了，但那孩子更快，退到了山毛榉树的遮蔽后。康斯坦特笔直地抬起了手臂，再次向黑暗中开枪。莱奥妮看到他的脸被仇恨扭曲了，他转过枪口朝着阿纳托尔的躯干发射了两颗子弹。

莱奥妮尖叫着。“不！”她哭喊着，绝望地用手和膝盖在泥泞的地面上朝她哥哥爬去，“不！”

仆人们，包括玛莉塔在内大约有八个人，冲向前来。

康斯坦特不再停留，把大衣扔在了身后，大步走出了空地进入阴影之后，朝着准备好出发的马车走去。

“不要留证人。”他说道。

他的男仆一言不发地转过身来，朝着老兵的脑袋开了一枪。片刻，那垂死的人脸上带着目瞪口呆的表情，然后他跪了下来，朝前倒在地上。

帕斯卡从阴影中走了出来，用第二支手枪开火。莱奥妮看见康斯坦特踉跄了一下，腿几乎在身下弯曲，但他继续一瘸一拐地走着，离开了空地。在骚动和混乱之中，她听到了车厢门猛地关上的声音，马具的咔嗒声和车灯的叮当声，那交通工具消失在上坡方向的树林之中，朝着庄园后门的方向驶去。

玛莉塔已经在照顾伊索尔德了。莱奥妮感到帕斯卡跑了过来在她身边蹲下。一阵呜咽从她唇间溜出，她挣扎着站了起来，跌跌撞撞地走过最后几码来到她哥哥身边。

“阿纳托尔？”她低声说道。她的手臂紧紧抱着他宽阔的肩膀，摇晃着他，试着唤醒他：“阿纳托尔，求你了。”

寂静似乎加深了。

莱奥妮抓着阿纳托尔长大衣的厚实面料把他翻过身来。她屏住了呼吸。这么多的血，聚集在他之前躺着的地面上，在他身上子弹穿过的恶毒弹孔里。她用手臂抱着他的脑袋，从脸上往后理顺了他的头发。她低头看着他棕色的眼睛。它们大睁着，但是生命已经熄灭了。

第八十三章

在康斯坦特逃跑之后，空地很快被清理干净了。

在帕斯卡的帮助下，玛莉塔把几乎不省人事的伊索尔德放到了德纳尔诺的马车里送回宅邸。尽管她手臂上的伤不是很严重，但失血很多。莱奥妮对她说着话，但伊索尔德没有回答。她允许自己被引领，但是她似乎谁都不认识，什么都不认识。她还在这个世界上，但远离了它。

莱奥妮冻得发抖，她的头发和衣服充满了鲜血、射击和潮湿土壤的臭气，但是她拒绝离开阿纳托尔身边。园丁的儿子和马厩的马夫们用他们的外衣和武器的木柄做出了一个临时的停尸架，他们就是用那些武器赶走了康斯坦特和他的手下。他们在肩上抬着阿纳托尔躺卧的尸体穿过庭院往回走，火把在冰冷的黑暗空气中炽热地燃烧着。莱奥妮跟在后面，一个未经宣布的葬礼中孤独一人的送葬者。

他们后面是加比诺医生的尸体。轻便马车会被派来带走老兵和叛徒德纳尔诺的尸体。

降临在凯德庄园的悲剧在莱奥妮回到宅邸的时候已经传开了。帕斯卡之前派了一位信差到雷恩堡去通知贝朗热·索尼埃这场灾难的消息并且请求他的出席。玛莉塔被派往雷恩莱班去找一位当地的女人，她的业务就是陪伴垂死之人以及为死者入殓。

桑洛普夫人来了，带着一个小男孩，他拿着一个比他大两倍的大棉口袋。当莱奥妮恢复了镇定，和她商讨价钱的时候，桑洛普夫人告诉莱奥妮开销已经由她的邻居，拜亚德先生支付了。他如此慷慨的善意，让莱奥妮麻木的双眼充满了泪水。

尸体放置在餐厅里。莱奥妮沉默怀疑地看着桑洛普夫人用她带来的玻璃瓶子里的水装满了一只瓷碗。

“圣水，小姐。”她呢喃着回答了莱奥妮没有提出的问题。她把一枝黄杨木蘸上了圣水，接着点起两支香薰蜡烛，每人一支，然后开始背诵她对死者的祈祷。男孩低下了头。

“圣佩尔，圣父，带走你的仆人……”

这些话语一闪而过，新旧传统的混合，莱奥妮无动于衷。没有恩赐降临的一刻，阿纳托尔的逝去没有平和的感觉，没有光芒引领着灵魂然后在共同的轮回中相遇。在这个老女人的祭品中找不到安慰，找不到诗意，只有回荡着的巨大失落感。

桑洛普夫人停了下来。然后，指示着那男孩从口袋里递过了一把宽刃剪刀，她开始剪掉阿纳托尔浸透鲜血的衣服。衣服一片蓬乱，因为森林和参差不齐的伤口留下的痕迹，肮脏地纠缠在了一起。整个过程既辛苦又艰难。

“小姐？”

她递给莱奥妮从阿纳托尔口袋里拿出来的两个信封。银色纸张黑色纹章的是康斯坦特发来的信。第二封，带着巴黎的邮戳，还未打开。两封信的边缘都是铁锈色的，好像厚实的纸张被涂上了镶边一样。

莱奥妮打开了第二封信。这是巴黎第八行政区警察局发来的官方正式通知，告知阿纳托尔，9月20日星期天晚上他们母亲被谋杀了。目前还没有抓捕到罪犯。这封信的署名是一位叫西伦的巡官，而且经由许多的地址转寄，最后才在雷恩莱班找到了阿纳托尔。

信里要求他尽快跟警方取得联系。

莱奥妮在冰冷的拳头里紧握着信纸。她一刻也没有怀疑过康斯坦特一个小时前在空地里对她说的那些残忍的话语，但是在此刻，官方白纸黑字写着，她才接受了这件事情的真相。她的母亲去世了，而且是在一个多月以前。

这个事实——她的母亲无人哀悼无人认领——折磨着她刚刚失去亲人的心灵。阿纳托尔走了，这样的事情就落到了她的身上。还有谁呢？

桑洛普夫人开始清理尸体，温柔地擦拭着阿纳托尔的脸和手。莱奥妮看着，感到一阵刺痛。最后她拿出了几条泛黄的亚麻床单，相互重叠着用黑色回旋的针脚缝合在了一起，仿佛它们之前已经使用过很多次了。

莱奥妮再也看不下去了。

“索尼埃神父来的时候告诉我一声。”她说道，离开了房间，留下这个女人继续把阿纳托尔缝进裹尸布里。

莱奥妮像双腿灌了铅一样，缓慢地，走上了楼梯来到伊索尔德的房间。玛莉塔在她女主人的旁边。一位莱奥妮不认识的医生，戴着黑色高礼帽穿着一件简朴的翻领衣服，是从村子里来的，一位穿着浆洗过的白围裙的略微发福的护士陪伴着他。他们是温泉疗养中心的常驻工作人员，也是由拜亚德先生雇用来的。

在莱奥妮进入房间的时候，医生正在注射镇静剂。护士卷起了伊索尔德的袖子，他把粗大的银色注射器针头扎进了她纤细的手臂。

“她怎么样了？”莱奥妮低声对玛莉塔说道。

女仆轻轻摇了摇头：“她正在努力留在我们身边，小姐。”

莱奥妮走到床边。即使在她未经训练的眼中，也能很清楚地看到伊索尔德徘徊在生死之间。她处于强烈高烧的影响下。莱奥妮坐了下来，握住了她的手。伊索尔德身下的床单都湿透了，被换掉了。护士在她滚烫的额头上放了几条冰凉的亚麻布，也只让她的皮肤温度降低了一小会儿。

医生的药品起效了，热度降了下来，伊索尔德的身体在床单下颤抖着，像一个得了圣维斯特舞蹈症的病人一样。

莱奥妮对伊索尔德健康的忧虑暂时克制住了她，不让她狂乱地反复想起自己目击到的暴力，也克制住了再想下去就会压倒她的丧故之痛。她的母亲，死了。阿纳托尔，死了。伊索尔德和她未出生的孩子，命悬一线。

月亮在天空中升起。万圣之夜。

在时钟敲响十一点之后不久，有人敲门，帕斯卡出现了。

"莱奥妮小姐，"他低声说道，"有……人要见你。"

"神父？索尼埃神父来了？"她问道。

"拜亚德先生，"他说道，"还有，警察。"

莱奥妮向医生道别，答应玛莉塔会尽快回来，她离开了房间，跟着帕斯卡迅速地沿着走廊走着。

在楼梯顶上，她停了一下看着下面大厅里那一片黑礼帽和大衣。两个穿着巴黎警察制服的人，另一个穿着破旧的省里制服。在这一片黑色忧郁衣服的森林里，一个瘦削的身形穿着白色的套装。

"拜亚德先生，"她喊着，跑下了楼梯握住了他的手，"你来了我真高兴。"她看着他，"阿纳托尔……"

她的声音停住了。她无法说出那些词。

拜亚德点点头。"我来致上我的敬意，"他正式地说道，接着压低了声音，以免他的同伴偶然听到，"那维尔涅夫人呢？她的情况怎么样？"

"很糟。总之，比起她伤口的影响，医生现在更担心的是她的精神状态。尽管确保她的血液不被感染十分重要，子弹只是割伤了她手臂的内侧。"莱奥妮突然停了下来，现在才意识到拜亚德先生刚才说了什么，"你知道他们结婚了？"她悄声说道，"但我都……怎么——"

拜亚德把手指放到嘴唇上。"这个对话不适合在有客人的情况下进行。"他微笑了一下，然后提高了声音，"莱奥妮小姐，这些先生们和我偶然都在沿着车道走向凯德庄园。非常凑巧。"

两位警官中年轻的那一位摘下了帽子走向前来。他眼睛下面有黑色的痕迹，似乎好几天没有睡觉。

"西伦巡官，"他说道，伸出了手，"来自巴黎，第八行政区警察局。节哀顺变，维尔涅小姐。很遗憾我也带来了坏消息。更糟的是，还是旧消息。好几个星期以来，我一直在寻找您的哥哥来通知他——实际上，还有您——那件——"

莱奥妮从口袋里拿出了那封信。“不必麻烦了，巡官先生，”她低沉地说道，“我知道了我母亲的死讯。这封信是昨天来的，尽管走了一条最迂回的路线。而且，今天晚上，维克——”

她突然停住了，不想说出他的名字。

西伦眯起了眼睛。“您和您过世的哥哥非常难找。”他说道。

莱奥妮感觉到了他蓬乱的外表和疲惫的身形背后的敏锐和智慧。

“而鉴于今晚的这场……悲剧，让我想弄清楚，也许一个月前巴黎的事件和今晚这里发生的事情之间是有某种联系的？”

莱奥妮看了一眼拜亚德先生，然后是站在西伦巡官旁边年纪大一些的那个人。他的头发上有灰色的斑点，强壮的体形和深色的肤色有着南部的特征。

“西伦巡官，您还没有向我介绍您的同事。”她说道，希望稍微延迟一下正式的会谈。

“请原谅，”他说道，“这位是卡卡颂宪兵队的布舒巡官。布舒帮助我找到了您。”

莱奥妮看着这两个人：“我不明白，西伦巡官，您从巴黎寄了信，又亲自来了？而您又是今晚到的。这是怎么回事？”

那两人交换了眼色。

“先生们，容我建议，”奥迪克·拜亚德平静地说道，但语气中充满了不容置疑的权威，“我们是否可以在更私人的环境下继续这个谈话？”

莱奥妮感到拜亚德的手指放到了她的手臂上，意识到需要她来做出决定。

“会客厅里有壁炉。”她说道。

这一小队人走过了棋盘格大厅，莱奥妮推开了门。

会客厅里存留着的关于阿纳托尔的回忆如此强烈以至于让她脚步蹒跚。在她脑海里，她看到了他站在壁炉前，提起了上衣后摆以便让火焰的热量温暖他的后背，他的头发闪闪发光；或是他站在窗边，指间夹着一支香烟，在晚宴当晚和加比诺医生聊天；或是他倚在绿色台面呢的牌桌上，在她和伊索尔德玩二十一点的时候戏谑着。他似乎把自己写进了这个房间的构造里，但是莱奥妮直到此刻才刚刚发现。

拜亚德先生邀请警官们就座，引领她来到躺椅的一角。莱奥妮坐在那里，似乎半睡半醒。拜亚德站在她身后。

西伦解释着事件的过程，他们拼凑弄清的真相，关于9月20日那晚她母亲的谋杀案，尸体上的发现以及调查中的微小步骤引领着他们来到卡卡颂，从那里又来到雷恩莱班。

莱奥妮听到了这些话，它们好像来自十分遥远的地方，无法进入她的思绪。尽管西伦讲述着的是她的母亲——而她爱过她的母亲——阿纳托尔的身故在她的心周围建立起了一道石墙，不允许其他任何情感进入。会有足够的时间来为玛格丽特悲痛，也会为温柔可敬的医生悲痛。但是现在，除了阿纳托尔，以及她对她哥哥做出的保护他妻子和孩子的承诺以外，什么都无法进入她的思绪。

“于是，”西伦在总结，“门房承认收了钱来转交任何通信。德彪西家的女仆确认在那个……事件之前以及之后的日子里，她也看到了那个人在柏林路上徘徊。”西伦顿了一下，“事实上，要不是您过世的哥哥给您母亲写的那封信，我还不知道要怎么找到您。”

“您认出那个人了吗，西伦？”拜亚德问道。

“见到的话会的。一个外表很不幸的人。红肿发炎的脸色，满是疤痕的头皮上头发很少或是没有头发。”

莱奥妮吓了一跳。三双眼睛注视着她。

“您认识他，维尔涅小姐？”西伦问道。

影像出现在莱奥妮的脑海里。他把枪口对准了加比诺医生的太阳穴，按下了扳机。骨头和血液的爆炸在树林的地面上留下了痕迹。

她深吸了一口气。“他是维克多·康斯坦特的人。”她说道。

西伦和布舒又交换了眼色：“托马林伯爵？”

“您说什么？”

“康斯坦特，托马林，都是同一个人。他用哪个名字取决于环境或是他身边的同伴。”

“他给了我名片，”她用空洞的声音说道，“维克多·康斯坦特。”

她感到奥迪克·拜亚德令人安心的手放到了她肩膀上：“这个托马林伯爵是这个案子的嫌疑人吗，西伦巡官？”

警官迟疑着，然后，明显地表明了隐瞒也没有好处，他点点头：“我们发现了他，在过世的维尔涅先生离开巴黎几天后，也从巴黎来到了南部。”

莱奥妮没有听。她能想到的，就是在维克多·康斯坦特握住她的手时，自己的心是怎么跃动的。在自己的想象中，她是如何允许了他在白天陪着自己，晚上进入她的床。

她把他引到了他们身边。因为她，阿纳托尔死去了。

“莱奥妮，”拜亚德轻柔地问道，“康斯坦特是维尔涅夫人逃离的那个人吗？阿纳托尔先生今晚与之决斗的那个人？”

莱奥妮强迫自己回答。“是他。”她用低沉的声音说道。

拜亚德穿过了房间，到饮料小圆桌旁给莱奥妮倒了一杯白兰地，然后走回来。

“先生们，从你们的表情上，”他说道，把杯子放到她冰冷的手指里，“我觉得你们认识这个人。”

“是的，”西伦确认道，“他的名字在讯问中出现了好几次，但从来没有足够的证据把他和这件案子联系到一起。他似乎对维尔涅先生怀有积怨，采取了一系列聪明狡猾的行动，直到最近几星期，他变得没那么谨慎了。”

“或者说更加自大了，”布舒补充道，“在卡卡颂邦贝斯区的一家……娱乐场所里出了一件事，一个姑娘被严重毁容了。”

“我们相信他逐渐反常的行为，某种程度上，是因为他……疾病的加速恶化，开始影响他的大脑了。”西伦突然停了下来用口型说出了那个词，这样莱奥妮就不会听到，“梅毒。”

拜亚德从长靠椅背后转了过来，坐在莱奥妮旁边。

“告诉西伦巡官你知道的事情。”他说着，握住了她的手。

莱奥妮把杯子举到唇边又喝了一口。酒精刺激着她的喉咙，但是它消灭了她嘴里的酸味，在她体内点燃了火焰。

现在还有什么隐瞒的必要？

她开始讲述，毫无隐瞒，详述了发生的一切——从蒙马特区的葬礼和全景廊街的袭击，到她和她挚爱的阿纳托尔在秘鲁广场下了公共马车的那一刻以及今天晚上在凯德庄园的树林里发生的血腥事件。

三月，九月，十月。

在楼上，伊索尔德依然被脑膜炎控制着，在她看到阿纳托尔倒下的那一刻，它就发作了。

影像、思绪在她的脑海中进进出出。她的眼睛半睁着，颤动着。在短暂、喜悦的一瞬间里，伊索尔德觉得自己躺在阿纳托尔的怀抱里。他棕色的眼睛里反射着蜡烛摇曳的光线，但这个幻象褪去了，皮肤开始从他的脸上脱落，暴露出下边的头骨，只留下了骨头和牙齿构成的骷髅头，曾是他眼睛的地方现在是黑色的空洞。

那些低语，那些声音，康斯坦特恶毒的话语潜入了她过热的脑子。她感到自己在枕头上摇晃着，旋转着，试着把回声赶出脑海，但让嘈杂的声音更大了。哪个是话语？哪个是回声？

她梦见自己看到了他们的儿子，哭喊着要他从未见过的爸爸，仿佛被一块玻璃从阿纳托尔身边隔开。她向着他们两人喊叫着，但是嘴里发不出声音，他们听不见她。她伸出了手，玻璃破碎成无数的碎片，而她触碰到的皮肤像大理石一样冰冷而坚硬。只是雕像。

回忆，梦，预兆，远离了停泊处的心智。

时钟走到了午夜，巫术之时，风开始呼啸，嚎叫，摇动着房子的木头窗框。

不眠之夜。不该出门的夜晚。

第十部

Lake 湖

2007 年 10 月

第八十四章

2007年10月31日，星期三

当梅瑞迪丝再次醒来时，哈尔已经走了。

她把手放到了身边他睡觉的位置。床单是凉的，但他在枕头上留下的轻柔气味和脑袋的压痕都还在。

百叶窗关上了，房间里很暗。梅瑞迪丝看了眼时间，八点钟。她猜哈尔不想让客房服务员看见他，回到自己的房间去了。她的手摸上自己的脸颊，仿佛皮肤还记得他在哪里吻别了她，即使她自己想不起来。

她深深地钻进被窝里待了一会儿，想着哈尔，想着他在她身边的感觉，在她体内的感觉，想着昨夜淹没她的那些感情。她的思绪从哈尔转到了莱奥妮，红棕色头发的姑娘，她另一个夜晚的伙伴。

我无法入睡。

梅瑞迪丝记住了梦中的这些话，这些还未说出口而被听到的法语，充满了怜悯感、焦躁感。莱奥妮需要她做些什么？

梅瑞迪丝滑下了床。她拿出一双厚袜子来保持脚部温暖。哈尔忘记了他的外套，堆在他昨晚扔上去的扶手椅上。她把它举到脸旁，吸着他的气味。然后梅瑞迪丝穿上了它，太大太宽松了，还发现了一些汗渍。

她看着那张照片，古铜色士兵的照片，曾曾外祖父维尔涅，昨晚她把它塞进了相框的角落里。梅瑞迪丝感到一阵可能性的牵动。曾经聚在她脑海里的想法，那些错配的想法，在昨夜的过程中安定了下来。

明显第一步是要证实阿纳托尔·维尔涅是否结过婚，但说起来容易做起来难。她还需要找出他和莱奥妮·维尔涅是怎样与伊索尔德·莱斯康布联系到一起的。他们是在1891年拍照时间的前后住在这房子里的，或是他们只是那个秋天的访客？正如她昨天在网上的侦探活动提醒她的那样，普通人是不会出现在因特网上的。你不得不在系谱网站中搜索，需要姓名和时间以及出生死亡的城镇才能有机会获得信息。

她启动了电脑登上了网络。没有玛丽发来的消息，她很失望但并不意外。梅瑞迪丝匆忙写了另一封邮件发到查珀尔希尔，告诉玛丽过去二十四小时内的事情，问她能不能再查几件事。梅瑞迪丝没说哈尔的事情，也没说莱奥妮的事情。

没有让玛丽担心的必要。她写下结束语，承诺会保持联系，按下了“发送”。

梅瑞迪丝觉得渴还有点冷，她到浴室里把水壶灌满。在等待水开的时候，她扫视着书架里的书脊。她的注意力被一本标题为《山间的恶魔、邪灵、恶鬼与幻象》的书吸引了。梅瑞迪丝拿出来打开了它。扉页告诉她这是一位当地作家早年间一本书的新版，奥迪克 · S. 拜亚德，他住在比利牛斯山的村子里，罗斯索尔斯，死于 2005 年。没有原版的出版日期，但明显这是一本当地经典。根据封底的评论，它被认为是关于比利牛斯山民间传说最有权威性的书籍。

梅瑞迪丝浏览着目录，发现这本书的故事是按地区划分的——库伊扎、库斯托萨、迪尔邦、埃斯佩拉扎、法、利穆、雷恩莱班、雷恩堡和基扬。为雷恩莱班部分增色的插图是一张大约摄于 1900 年的黑白照片，都雷恩广场，当时被叫作秘鲁广场。梅瑞迪丝笑了，它看起来如此熟悉。她甚至能够找出准确的地点，在法国梧桐伸展的树枝下，她祖先站立过的地点。

水壶鸣哨然后咔嗒一声断电了。她往茶杯里倒了一袋热巧克力，搅进了两块糖，然后端起饮料拿着书走到窗边的椅子上开始读起来。

这本作品集里的故事各地都差不多——恶魔与魔鬼的传说，流传了好几代人甚至上千年，民间传说与自然现象之间的联系：恶魔的扶手椅、犄角山、魔鬼湖，所有那些她已经在地图上遇见过的名字。梅瑞迪丝轻快地翻回到书名页，查看到确实没有这本书是在何时首版的线索。信息不在这里。最新的故事她看到是 19 世纪早期的，但考虑到作者几年前才去世，她猜测他是近年间才收集到这些故事的。

拜亚德的文风清晰而简明，用最少的修饰加工提供出真实的信息。梅瑞迪丝兴奋地发现有一整章是关于凯德庄园的。这处地产是在宗教战争期间落入莱斯康布家族手中的。1562 年至 1568 年，天主教徒与胡格诺教徒之间的一系列战斗，古老的家族陨落了，被新贵所取代，因为他们对天主教派的吉斯家族或加尔文教派的波旁家族的忠诚而得到奖赏。

她快速地阅读着。1865 年，朱尔斯 · 莱斯康布在他父亲盖伊 · 莱斯康布死后继承了这处地产。他在 1885 年娶了一位叫伊索尔德 · 拉伯德的女子，1891 年去世，没有子嗣。她笑了，另一块拼图放进位置了。她看着玻璃后边照片里年轻的伊索尔德，朱尔斯的遗孀。这时她突然想到在雷恩莱班，莱斯康布 - 布斯凯家族墓地里并没有看到伊索尔德的名字。梅瑞迪丝想知道为什么。

又一件需要查清的事情。

她低头看着树叶。拜亚德转到了与庄园有关的传说。许多年来，流言说有一只恐怖残暴的野兽威胁着雷恩莱班周边的乡间，袭击偏远农场里的农夫和儿童。这些袭击的明显特征是爪痕，脸上三道宽而深的伤口，罕见的印记。

梅瑞迪丝再次停顿下来，想起了哈尔父亲遭受的伤害以及在雷恩堡去往教堂的路上，西哥特立柱顶端被毁容的玛丽亚雕像。紧接着，她回忆了噩梦的碎片——一张挂毯挂在灯光昏暗的楼梯上，被追赶的感觉，爪子和黑色皮毛触碰着她的皮肤，滑过她的双手。

一，二，三，大灰狼。

回到雷恩莱班墓地里，她记起了第一次世界大战纪念碑上的一个名字：桑洛普[①]。

巧合？

梅瑞迪丝在头上伸展着手臂，试着摆脱寒冷、早晨的僵硬以及夜晚的记忆，然后重新看着书页。1870 年至 1885 年，有许多的死亡与失踪。然后是一段相对平静的时期，接着从 1891 年秋天之后谣言就加剧了。人们愈发相信那个生物——当地民间传说中的恶魔——栖息在凯德庄园庭院内一处西哥特墓地之中。接下来的六年间，断断续续地有人死亡——原因不明，然后在 1897 年这些袭击戛然而止。作者没有明确地说明，但他暗示了这一恐怖事件的结束与宅邸的一部分毁于火灾以及墓地被毁的事实有关。

梅瑞迪丝合上了书，紧紧蜷缩在椅子里。她喝了一口热巧克力，试着整理她的思绪，意识到是什么在困扰着她。多么奇怪，在一本致力于民间传说和神话的书里，居然没有提及塔罗牌。奥迪克 · 拜亚德在他的调查过程中肯定听说过那些卡牌。那套牌不仅是从当地风景当中获得的灵感，由布斯凯家族印刷，而且还完全符合书中讲述的时期。

蓄意的省略？

然后，突然间，她又感觉到了一阵寒意，一个弥漫在空气之中，之前并不存在的寒意。感觉有人在那儿，并不远，不在房间里，但很近。飞逝着，只是个痕迹。

莱奥妮？

梅瑞迪丝站起身，发现自己被吸引到了窗边。她解开了长金属挂钩，拉回了两扇高玻璃窗，然后推开了百叶窗，让它们回摆到墙上。早晨的空气很凉，

① Saint-Loup，法语 loup 同时是狼的意思。（译者注）

吹在她的皮肤上，让她的眼睛湿润了。风围绕着古老的树干，穿过纠缠的树叶与树皮，树冠在风中摇摆着，啸叫着，叹息着。空气焦躁不安，承载着音乐回声的记忆。音符浮现在微风中，这个地方自身的旋律。

在梅瑞迪丝看来，风正在积聚力量，飞驰着通过方形树篱上的拱形切口，吹向外面的牧场和粗糙草地。尽管距离很远，但在风吹动湖水拍打着岸边，把水吹上草地时，她刚刚能够分辨出白色的浪花。

那个轮廓，那个影像，那个身形一直待在阴影里，在逐渐升起的苍白太阳的注视下掠过。太阳在粉红色天空上追逐着薄薄的云层，时隐时现，它似乎滑过了潮湿的草地，上面覆盖着露水的光泽。梅瑞迪丝闻到了土地、秋天、潮湿土壤、烧过的麦茬、火堆和骨头的气味。

她安静地着迷地看着那身形——她，梅瑞迪丝感到确定——走向景观湖的另一边。她在一个俯瞰水面的小岬角上停下来站了一会儿。梅瑞迪丝的视野尽可能地距焦着，像一个调焦的相机一样。她想象着兜帽从那姑娘的脸上落下。她的脸苍白又完美地对称，绿色的眼睛一度像翡翠一样闪闪发光。没有颜色的阴影。束起的卷发落了下来，像缠绕着的捶打过的铜线一样，在月光中呈现出透明状，覆盖在她红色长裙的肩头，落到她的纤腰上。没有实体的身形，她似乎在迎着梅瑞迪丝的目光，反射回来她自身的希望、恐惧与想象。

接着她悄悄走进了树林里。

“莱奥妮？”梅瑞迪丝轻声对着寂静说道。

她继续在窗户旁守了一会儿,注视着湖的另一边那个身形曾站立过的地方。远处的空气依旧静止。在阴影中没有活动的东西。

最终她退了进来，关上了窗户。

几天以前——不，甚至是几小时前——她会被吓得不轻，会在镜子里看着自己的时候看见珍妮特的脸注视着她。

现在不会了。

梅瑞迪丝没法解释，但一切都改变了。她的思绪十分清晰。她很好，她并不害怕。她不会发疯。这些景象，这些显现都是一个序列的，像一首音乐一样。在雷恩莱班的桥下——水。在苏格赖尼的路上——土。这里的酒店里——尤其是在这个特定的房间里，她的存在最强烈的地方——风。

宝剑，风的花色，代表了智慧与四维。圣杯，与水联系的花色，代表了情感。星币，土的花色，代表了物质现实与财富。四个花色中，只有火没有出现。权杖，火的花色，能量与斗争。

故事在卡牌之中。

又或许这四个花色在过去是完整的，而现在不是，在一百多年前凯德庄园的火灾里被毁坏了？

梅瑞迪丝回去拿起劳拉给她的那套复制卡牌，依次翻看着每一张牌上面的图画，像她昨晚所做的那样，希望在里面发现它们的秘密。在她一张一张地排出卡牌时，她解放了自己的思绪。梅瑞迪丝想起了在去雷恩堡的路上，哈尔告诉她的话，西哥特人是如何把他们的国王、贵族和他们的财宝一起埋葬在隐藏的坟墓而不是坟场里。秘密的墓室在河流之下，改变流向的时间足够挖掘现场，准备墓穴。

如果原版卡牌真的在火灾中幸存了下来，安全地藏在凯德庄园的庭院里，那么还有哪里比一个古代的西哥特墓葬更安全的呢？那个墓地，根据拜亚德书中所说，可以追溯到相同的时期。如果庭院中有条河的话，那就会是完美的隐藏地点。就在眼前，但完全无法进入。

外边，太阳终于分开了云彩。

梅瑞迪丝打着哈欠，感到因缺乏睡眠而头晕，但她在肾上腺素的作用下兴奋着。她瞥了一眼时钟。哈尔说过欧唐纳博士十点钟来，但那还有一个小时呢。

这点时间足够做她想做的事情了。

哈尔站在职员区自己的卧室里，想着梅瑞迪丝。

帮助她重新入睡以后，哈尔发现自己完全清醒了。他不想打开灯打扰到她，哈尔最后决定悄悄地离开回到自己的房间里，仔细检查他的笔记。在与希拉·欧唐纳见面之前，哈尔想要准备周全。

他看了一眼手表。九点钟。在他再次见到梅瑞迪丝之前还要等一个小时。

他的房间在顶层，窗户朝向南边和东边，给了他没有阻碍的视野，看着草地和后边的湖泊，还有侧面的厨房和服务区。哈尔看着搬运工把一个黑色的垃圾袋扔进垃圾桶里。另一个搬运工站在一边，手臂交叉在胸前抵御寒冷，抽着烟。他的呼吸在清澈的清晨空气中带出一阵白雾。

哈尔坐在窗台上，然后起身穿过房间接了一些水，他改变了主意。他太紧张了无法安定下来。他知道自己不应该把希望寄托在欧唐纳博士会碰巧拥有所有的答案，但哈尔依然情不自禁地相信她至少能给他一些爸爸去世当夜的信息。她也许会想起什么事情，能够逼迫警方把这件事当作是非自然死亡而不是交通事故。

他用手指抓着头发，接着它就会从他的手中溜走。

哈尔的思绪再次偏离到梅瑞迪丝身上。或许，当一切都结束之后，她不会介意他到美国去看她。哈尔打断了自己的念头。在短短几天之后就沿着这样的思路想下去简直荒谬，但是他很长时间没有对一个姑娘有如此强烈的感觉了。

但又有什么能阻止他呢？没有工作，一间伦敦的空公寓。他去别的地方还真不如去美国。哈尔可以做任何自己喜欢的事情。他会去找她的。他知道他叔叔会买断他的股份。

要是梅瑞迪丝喜欢他去那里的话。

哈尔站在高窗旁边看着下方酒店的生活安静地进行着。他在头上伸着胳膊打着哈欠。一辆车缓慢地沿着长车道开了上来。哈尔注视着一位瘦高个、黑短发的女人从车里出来，然后踌躇不决地走上了正门的台阶。

片刻之后，他床头桌上的电话响了。接待处的艾罗伊告诉他，他的客人到了。

“什么！她几乎早了一个小时。”

“要我让她等会儿吗？”艾罗伊问道。

哈尔迟疑着：“不，不用，我马上下去。”

他从椅背上拽过他的外衣，然后冲下了两端狭窄的服务楼梯。他在一楼停了下来，把手臂套进外套里，用职工电话拨了号。

梅瑞迪丝把哈尔的淡棕色外套穿在了她的蓝牛仔裤和长袖T恤衫外面，把脚塞进靴子里。觉得外面会很冷，她抓过了斜纹粗棉布外衣、一条头巾和一双羊毛手套。电话响起的时候她的手已经放在了门把手上，铃声在安静的房间里显得十分荒唐的响亮。

她冲过去接起电话：“嗨，你好。”她体验着听到哈尔的声音时的喜悦和兴奋。

他的回答简明扼要：“她在这儿。”

第八十五章

“谁？莱奥妮？”梅瑞迪丝惊讶地说道，她的思绪短路了片刻。

“谁？不，是欧唐纳博士。她已经到了。我现在在接待处。你能下来找我们吗？”

梅瑞迪丝看了一眼窗外，意识到她对湖的探索不能再等了。

“当然，”她叹了口气，“给我五分钟。”

她脱下了额外的衣服，用自己的红圆领套头衫换下了哈尔的外套，梳了梳头，然后走出了房间。走到楼梯平台上的时候，她停下来看了看棋盘格的大厅。梅瑞迪丝能够看到哈尔在和一个高个黑发、似曾相识的女人谈话。梅瑞迪丝花了一会儿时间才认出她，接着想起来了——在她到达当天的晚上，在都雷恩广场的比萨店外，倚着墙抽烟的女人。

“真是意外。”梅瑞迪丝对自己低语道。

哈尔在她走近时脸上一亮。

“嗨，”她说道，迅速在他脸上吻了一下，然后向欧唐纳博士伸出了手，“我是梅瑞迪丝，抱歉让您久等了。”

那女人的眼睛眯了起来，明显很难认出她。

“我们在葬礼当晚说过几句话，”梅瑞迪丝说道，帮了她一把，“在广场的比萨店外？”

“是吗？”然后她的脸放松了下来，“是这样。”

“我会把咖啡拿到酒吧里去，”哈尔说道，领着路，“那里足够安静，我们可以在那儿说话。”

梅瑞迪丝和欧唐纳博士跟着他过去，梅瑞迪丝问着年长的女人一些问题来打破冷场。她在雷恩莱班住了多久，她和这个地区的联系是什么，她做什么工作，类似这样的寻常话题。

希拉·欧唐纳简单地回答着，但在她说的每一句话背后都有着神经质的紧张。她非常瘦。她的眼睛持续不断地在动，而且还重复地用指尖揉搓着拇指。梅瑞迪丝觉得她最多三十出头，但她的皮肤像年纪大得多的人一样皱纹密布。如果欧唐纳确实喝了酒，那梅瑞迪丝看得出来为什么警方不会严肃地看待她深夜的观察了。

他们坐在角落里，梅瑞迪丝、哈尔和他叔叔昨晚坐过的同一张桌子。白天的气氛全然不同。在抛光蜂蜡和吧台上的鲜花气味中，再加上一堆等待开封的箱子，让人很难想起昨晚的葡萄酒和鸡尾酒。

“谢谢。”哈尔说道。侍者把咖啡托盘放在他们面前。

在倒咖啡的时候对话稍微停顿了。欧唐纳博士要了黑咖啡。在她搅进方糖的时候，梅瑞迪丝注意到了她手腕上的红色伤疤。梅瑞迪丝刚到这里的第一天晚上就见过了，她想知道到底发生了什么事。

“在开始之前，”哈尔说道，“我想要感谢您同意来见我。”

梅瑞迪丝很欣慰，他听起来很平静、镇定而且十分理性。

“我认识你父亲。他是个好人，一个朋友。但，我不得不告诉你，我真的没有什么可以告诉你的。”

“我明白，”哈尔答道，“但要是您能在我详述事情的时候耐心地听一下就行。我清楚事故是一个多月以前，但调查里有些事我不满意。我希望您或许能告诉我一点那天晚上的真实情况。警方说您听到了什么？”

希拉看了一眼梅瑞迪丝，然后是哈尔，随后移开了目光：“他们还是说西摩摔下道路是因为他喝醉了？”

“那就是我难以接受的，我就是不认为爸爸会那样做。”

希拉扯着裤子上的线头，梅瑞迪丝看出了她有多紧张。

“您是怎样遇见哈尔父亲的？”她说道，希望能给她一点信心。

哈尔看起来很惊讶她的打断，但梅瑞迪丝轻轻摇了摇头，于是他什么也没说。

欧唐纳博士笑了，改变了她的面貌，而且一瞬间，梅瑞迪丝看得出要是她没有被生活击垮的话，她会是多么迷人。

“那天晚上在广场，您问了我 bien-aimé 的意思。”

“是的。”

“嗯，西摩就是那样的人。一个所有人都喜欢的人。大家也都很尊敬他，即使他们并不真正认识他。西摩总是很有礼貌，对侍者，对店主都很客气，谦恭地对待每一个人，不像……”她突然停住了。梅瑞迪丝和哈尔交换了眼色，都想着同一件事——希拉是在用西摩和朱利安·劳伦斯对比。“当然他并不常在这里，”她很快接着说道，“但我认识他是在……”

她停了下来，摆弄着外套上的一颗纽扣。

“是在？”梅瑞迪丝鼓励着她，“您认识他是在……”

希拉叹了口气。“几年以前，我的生活中经历了一段……艰难的时光。我在离这里不远的地方进行着一个考古发掘，在萨巴塞斯山脉，被卷入了一件事，做了一些错误的决定。”她顿了一下，“长话短说，从那时起事情就变得艰难了。我的身体不是很好，所以我每周只能工作几个小时，在库伊扎的工作室做一点估价工作。”她再次停顿，“大约十八个月之前我搬到了雷恩莱班来生活。我有个朋友，爱丽丝，和她的丈夫、女儿一起住在一个离这儿不远的村子里，罗斯索尔斯，所以来到这里很合理。”

梅瑞迪丝认出了这个地方：“罗斯索尔斯就是作家奥迪克·拜亚德出身的地方，是吧？”

哈尔扬起了眉毛。

“早先我在房间里读他的一本书。您爸爸的阁楼出清便宜货之一。”

现在他笑了，明显很高兴她记住了这件事。

“就是那个人，”希拉说道，“我的朋友爱丽丝很了解他，”她的眼睛暗了下来，“我也见过他。”

梅瑞迪丝从哈尔的脸上看出，这段对话让他想起了什么，但他什么都没说，于是她并没有追问。

“关键是，我曾有过喝酒太多的问题。”希拉转向了哈尔，“我在一家酒吧里遇见了你爸爸。实际上是在库伊扎。我很累了，可能已经喝了太多了。我们聊了聊天。他很友善，有点担心我。他坚持开车送我回到雷恩莱班。一路没什么困难。第二天早晨，他出现了，带我到库伊扎去拿回我的车。”她顿了一下，“再也没有提过这件事，但在那之后，在他从英国来这里之后他总会来访。”

哈尔点点头:“所以您相信要是他不在适合开车的状态，他就不会去开车？”

希拉耸耸肩：“我不能断言，但是不，我不这么认为。”

梅瑞迪丝还是觉得他们两人都有点幼稚。很多人说一套做一套，但希拉对哈尔父亲坚定的钦佩和尊敬还是让她印象深刻。

“警方告诉哈尔您觉得您听到了事故，但直到第二天早晨才意识到。”她温柔地说道，“是这样的吗？”

希拉用发抖的手把杯子举到了嘴边，喝了几口，把杯子放回碟子上的时候发出了咔嗒声。

“诚实地说，我不知道我听到了什么，根本不知道是不是有关系的。”

“继续。”

“我肯定听到了什么，不是人们转弯过快的时候，通常的刹车或是轮胎的摩擦声，但我猜是一种隆隆声。”她顿了一下，“我当时在听约翰·马丁的*Solid Air*。专辑很柔和，但即便如此，要不是在两首曲子之间的暂停，我也不会听到外面的声音的。”

“那是什么时间的事？”

“大约一点左右。我起床看了看窗外，但什么也看不见。一片漆黑，一片寂静。我只是猜测车已经过去了。在早晨我看到下面河里有警察和救护车的时候我才意识到。”

哈尔的表情清晰地表明他并不知道希拉所说的这些有什么意义。不过，梅瑞迪丝知道。

“等等，”她说道，“让我来理一理。您是说您看向窗外，没有车灯光，是吧？”

希拉点点头。

“那您跟警方说了这件事吗？”

哈尔看着两人：“我不确定为什么这事如此重要？”

“它或许不重要，”梅瑞迪丝立刻说道，“但就是很奇怪。首先，即便你父亲超过了饮酒限量——我不是说他这么做了——他真的会不开灯驾驶吗？”

哈尔皱着眉：“但要是车从桥上落进了水里，车灯可能是被撞坏了。”

“当然，但是从你早先说的来看，车并没有特别严重的损坏。”她接着说道，“而且，根据警方告诉你的话，希拉听到了刹车的尖叫声，以及其他声音，是吧？”

他点点头。

“但是希拉刚刚告诉了我们，那正是她没有听到的声音。”

“我依然没有——”

“两件事。第一，为什么警方的报告不准确？第二——我承认，这是推想——如果你父亲真的在弯道上失控并翻车的话，当然会有两个结果：其一，当时有更大的噪音；其二，一定会看见什么。我不能相信所有的灯都灭了。”

哈尔的表情开始变化：“你是在说，车或许是滚下桥边的，而不是开下去的？”

“这是种解释。”梅瑞迪丝说道。

他们彼此注视了一会儿，角色互换了。哈尔持怀疑态度，梅瑞迪丝则很肯定。

“还有一些事情。”希拉补充道。他们两人转向她，片刻间几乎忘了她在这里。“当我上床睡觉的时候，大概一刻钟之后，我听到了路上有另一辆车。因为之前的事情，我向外看了看。”

“然后呢？”哈尔说道。

“是一辆蓝色标致，向着南方苏格赖尼的方向。在早晨我才突然想到，这是在事故发生之后，大约一点三十分。如果他们是从镇里穿过的，司机不可能没看见车撞到了河里。那他们为什么没有通知警方？”

梅瑞迪丝和哈尔看着对方，想着后边员工停车场里停着的那辆车。

“您为什么能如此确定那是辆蓝色标致？”哈尔问道，保持着自己声音的平稳，“那时天黑着。”

希拉脸红了。“它和我的车款式型号一模一样。在这里每人都有一辆。”她以防卫的语气说道，“另外，在我卧室窗外有一盏路灯。”

“您告诉警方的时候，他们是怎么说的？”

“他们似乎不觉得这很重要。”

她看了眼门口：“抱歉，我得走了。”

她站了起来。梅瑞迪丝和哈尔也站起身来。

“您看，”他说道，把手插到了口袋里，“我知道这是个过分的要求，但有没有任何可能，我能说服您和我一起去库伊扎的警察局？告诉他们您刚才告诉我们的事情。”

希拉开始摇着头。“我不知道，”她说道，“我已经做过证词了。”

“我知道，但如果我们一起去……”他坚持道，“我看过事故报告，您告诉我的大部分内容并不在卷宗里。”他用手指理着蓬松的头发，“我开车送您过去？”他用蓝眼睛盯着她，“我只是想彻底查清楚，为了我爸爸。”

从她脸上痛苦的表情来看，梅瑞迪丝看得出希拉感觉有多么艰难。她明显不想和警察扯上关系。但她对哈尔父亲的感情胜出了。她用力点了点头。

哈尔欣慰地叹了口气。“谢谢您，”他说道，“非常感谢您。我会在大约十二点的时候去接您，给您整理好思绪的时间。行吗？”

希拉点点头：“我今天上午有几件紧急的差事要处理——这就是为什么我来得早了——但我会在十一点钟到家。”

“好的，您家在？”

希拉给出了她的地址。他们三人都握了握手，在这个环境里有点奇怪，然后走到了大厅。梅瑞迪丝回到她自己的房间，让哈尔陪欧唐纳博士走到停车的地方。

他们俩都没有注意到另一扇门的声音——分隔开酒吧和后面办公室的门——咔嗒一声关上了。

第八十六章

朱利安·劳伦斯呼吸很急促。他的血液冲撞着太阳穴。他大步走进书房，重重地在身后摔上了门，如此用力以至于回响让书柜上的玻璃咯咯作响。

他从外套口袋里翻找出了烟和打火机。他的手抖得如此厉害，尝试了好几次才点着。警察局长提到过有人曾来主动提供信息，一个叫作希拉·欧唐纳的英国女人，但说她没有看见什么。这名字曾让他想到了什么，但他随它去了。既然警方都没有严肃对待她，那似乎就不是什么重要的事情。他们告诉他希拉是个酒鬼。

当她今天早晨出现在酒店的时候，甚至在那时他都没有做出判断。讽刺的是，朱利安溜进酒吧后面的办公室偷听她与哈尔和梅瑞迪丝的对话，只是因为他认出了她是来自库伊扎的一家古董经销商。他直接跳到了结论，是马丁女士邀请她到这里来的，讨论布斯凯塔罗。

在偷听之后，他意识到了为什么欧唐纳的名字很熟悉。在 2005 年 7 月，萨巴塞斯山脉的一个考古发掘现场发生了一件事。朱利安想不起具体细节，但是有好几个人被杀害了，包括一位著名的当地作家，他想不起名字了。这些都不重要。

重要的是她看到了他的车。朱利安确信这并不能证明那就是他的车，只是很多相似的车之中的一辆，但这也许正好足够打破平衡。警方之前并没有严肃地把欧唐纳当作证人。但是，如果哈尔坚持追问下去，他们会的。

他不相信欧唐纳把那辆标致与凯德庄园联系到了一起，否则她今天上午就不会来这里了。但他不能冒险，让她根据事实做出推断。

朱利安不得不做点什么。再一次，他的手是被逼的，就像之前对他哥哥那样。朱利安看了一眼他桌子上方墙上挂着的画：古老的塔罗印记，类似一个躺倒的数字“8”，无限可能性，但他感到越来越受困。

在画旁边的架子上，放着他在庄园的发掘过程中找到的物品。他很长时间以后才接受，这是被毁的墓地，仅仅如此，一些旧石头，没有别的。但他发现了一两件物品。一块昂贵，但是损坏了的怀表，上边刻着缩写“AV”，还有一个银制盒式吊坠，里边有两张微型肖像画，都是从湖边的坟墓里找到的。

这是他在意的事情，过去，而不是解决现在的问题。

朱利安走向餐具柜的玻璃酒柜，给自己倒了一杯白兰地来稳定神经。他一饮而尽，然后看着时钟。

十点十五。

他从门口取下了外套，往嘴里放了片薄荷，抓起他的车钥匙，出门了。

第八十七章

哈尔在打着电话，试着和库伊扎的警察局定下见面的时间，然后在承诺好的时间，十二点钟去跟欧唐纳博士见面。

梅瑞迪丝在他脸上亲了一下。哈尔抬起了手，用口型说他晚点去见她，然后回到了他的单方面对话。梅瑞迪丝停了下来，问着友好的接待员是否知道哪里能借到一把铲子。艾罗伊没有对这个奇怪的要求做出反应，简单地建议说园丁应该在后花园里工作，或许能帮上忙。

“谢谢，我会问他的。”梅瑞迪丝说道，然后用头巾包住了脖子，穿过玻璃门走到门廊。清晨的空气几乎已经散去了，但是草叶上还闪烁着银色的露水。一切都沐浴在金黄色红棕色的光芒里，映衬在点缀着粉色白色云彩的冰冷天空下。

空气中已经带有了令人兴奋的万圣节营火的气味。梅瑞迪丝吸进了这气味，秋天的气味，把她带回了童年。她和玛丽虔诚地往南瓜上雕刻着面孔做成灯笼，准备着她“不给糖果就捣乱”的道具服装。和朋友们一起出去的时候，梅瑞迪丝通常装扮成鬼魂，一条白床单剪两个洞露出眼睛，一张用黑马克笔画出来的可怕嘴巴。

梅瑞迪丝轻快地走下台阶，走向碎石小路，她想知道此时玛丽正在做什么。然后梅瑞迪丝振作了精神。在家里，现在是五点十五分。玛丽会是在睡觉。或许过一会儿她会打电话来祝自己万圣节快乐。

到处都看不到园丁，但是他的手推车在这里。梅瑞迪丝四处看着，以防他回来了，但什么也没看到。她迟疑着，然后拿走了树叶上放着的小铲子，藏进口袋里，接着穿过草地向着湖的方向走去。她会尽可能快地把它还回来的。

这是个奇怪的感觉，但是梅瑞迪丝觉得自己正沿着那个身形的足迹在前进，之前在草地上看到的那个身形。

看到的，还是想象的？

梅瑞迪丝发觉自己回头看着酒店的正面，一度停下来想着哪个是她的窗户，以及她是否能从那么远的地方看到她认为自己看到的东西。

梅瑞迪丝走完左手边绕着湖的小路时，地面开始升高。她爬上一个长满草的斜坡来到一个俯瞰水面的小岬角上，正好在酒店的正对面。似乎很疯狂，但是她确信这里就是她之前看到的身形站立着的地方。

想象的。

这里有个月牙形的石头长凳，表面闪耀着露水的光芒。梅瑞迪丝用手套擦了擦，然后坐了下来。一如既往，在深水旁边，关于她生母的思绪涌入了梅瑞迪丝的脑海，以及她所选择的结束自己生命的方式——口袋里装着石头走进了密歇根湖，就像弗吉尼亚·伍尔芙一样——在高中的几年后梅瑞迪丝学到的，但是她怀疑她母亲是否知道这件事。

但是在梅瑞迪丝坐着俯瞰湖水的时候，她惊讶地发现自己感到平静。她依旧想着她的母亲，但并没有伴随着通常的负罪感。心没有怦怦跳，没有羞愧的感觉，没有悔恨。这里是一个深思的场所，平静又私密。树上乌鸦的咯咯叫声，背后浓密高大的方形树篱上画眉鸟的尖声调吱吱声，酒店被水面分隔开了，但依然清楚可见。

梅瑞迪丝继续待了一会儿，然后决定接着走下去。两个小时之前，她还沮丧于不能冲出来开始寻找墓地的废墟。考虑到希拉·欧唐纳在酒店中的表现，梅瑞迪丝猜想哈尔会忙得不可开交。她对他能在一点钟之前回来不抱太大希望。

梅瑞迪丝拿出手机检查了一下，有信号，然后放了回去。要是哈尔需要联系她会打电话来的。

梅瑞迪丝小心地注意别在潮湿的草地上滑倒，她走回到靠近湖边的平地上，然后观察了一下周围。在一边，小路绕着湖边一圈，回到了酒店。在另一边是一条更加杂草丛生的道路，通向山毛榉树林。梅瑞迪丝走了左边的路。几分钟的时间，她就深入树林之中，穿行在斑驳的阳光里。

小路通向一个纵横交错、互相连接的道路网，每一处都很相似。有一些通往山上，另一些似乎倾斜下到了山谷里。梅瑞迪丝打算寻找那个西哥特墓地的废墟，然后从那里开始，寻找可能藏着那些卡牌的地点。它们不太可能是在十分明显的地方，而且有可能很多年前就已经被人找到了，但梅瑞迪丝觉得从哪里开始找都一样。

梅瑞迪丝走下一条杂草丛生的小路，通往一小块空地。几分钟之后，山坡陡峭地下降。她脚下的地面改变了。梅瑞迪丝绷紧了双腿，慢慢地走在滑溜的石头和碎石上，颠簸地往下走着，踢开了松塔和落下的细枝，直到最终她发现自己站在了某种天然的平台上，几乎像座桥一样。而在下方，与它垂直交叉着的，是一片棕色的土地，穿过了周围的绿色林地向山下延展着。

梅瑞迪丝透过树木间的空隙，在远方的山上分辨出了一群巨石，在绿色树林中的一点灰色，很有可能就是在他们去往雷恩堡的路上，哈尔指给她看的那些。

梅瑞迪丝脖颈后边的毛发竖立了起来。

她意识到，在这里，从这个点上，几乎能看到所有哈尔提到过的自然景观——恶魔的扶手椅、圣水盆和魔鬼的池塘。除此以外，从这个点上，所有那些被用在卡牌背景画上的地点也是一样清楚可见。

墓地可以追溯到西哥特时期。那么顺理成章，在庭院里或许还有其他西哥特墓葬？梅瑞迪丝四处看着。这里，至少在她业余的眼光里，看起来很像一条干涸的河床。

梅瑞迪丝试着抑制住自己的兴奋，她环顾四周找条路下去。并没有明显的道路。她迟疑着，蹲了下去，然后转过了身子，接着把身体从边缘降了下去。她用手肘支撑着自己在半空中悬了一会儿，脚下什么都没有。接着她放开了手，坠落了，大约心跳停止的一秒钟，她落到了地面上。

梅瑞迪丝屈膝承受了冲击，接着直起身来开始朝下走。这里看起来像是一条干燥夏季干涸的河床，但稍微有一点秋季蒙蒙细雨的光泽。梅瑞迪丝努力不在松动的石头和潮湿的表层土壤上滑倒，四处寻找着任何不同寻常的东西。

一开始，灌木丛看起来毫无空隙，纠缠在一起滴着露水。接着，在稍远一点的地方，就在河床像游乐场里的螺旋楼梯一样急速下降的地方，梅瑞迪丝注意到了一个浅坑。她走得近了一些，发现自己分辨出了一块平坦的灰色石头，在茂盛的杜松丛交错的树根下探出头来，杜松长着粗糙的针叶和绿色紫色的果实。这个浅坑本身的尺寸不能当作坟墓，但这块石头看起来不像是碰巧放到这里的。梅瑞迪丝拿出手机拍了几张照片。

梅瑞迪丝收起了手机，接着伸手进去拽着多节的灌木。纤细的枝条坚韧又结实，但她成功地把它们拽开了足够的距离，能够让她窥视树根附近绿色的潮湿空间。

梅瑞迪丝感到肾上腺素激增。一圈石头，一共八块。这个图案让她若有所思。梅瑞迪丝眯起了眼睛，然后意识到石头的形状呼应着力量卡牌图画上的星冠。而且现在她站在这里，她看得出这里风景的颜色与色调跟卡牌上描绘的特别相似。

梅瑞迪丝越来越期待了，她把手插进枝叶之中，感到绿色的黏液和泥土渗透进了便宜羊毛手套包裹的指尖，然后拽出了最大的那块石头。她擦干净表面，然后满意地叹了一口气。上边用黑色的沥青或是颜料画着一个圆圈，里边是个五角星。

星币花色的标志。宝藏的花色。

梅瑞迪丝又照了几张照片，然后把石头放到了一边。她从口袋里拿出了偷来的小铲子开始挖，刮着石头和黏土瓦片的碎片。她拉出了一块大点的碎片检查着，看起来像是块屋瓦，但她好奇地想知道这样的东西怎么会埋在了这里，离房子这么远的地方。

然后小铲子的金属头碰到了什么更结实的东西。梅瑞迪丝担心会碰坏什么，她把铲子放到一边用手来完成这个工作，挖掘着泥土、蠕虫和黑甲虫。她拽掉了手套，让手指充当着眼睛。

她终于感觉到了一块沉重的材料，一块浸过蜡的布。梅瑞迪丝把头挤到叶子下面去看，剥开了四角露出了一个小箱子，漂亮上过漆的盖子，还带有纵横交错的珍珠母镶嵌。它看起来像是个首饰箱或者是女士的针线盒，很漂亮而且明显很昂贵。在箱子的顶部是两个暗淡无光的锈蚀黄铜组成的缩写字母：

LV

梅瑞迪丝微笑着。莱奥妮·维尔涅。肯定是。

她想要打开盖子，然后迟疑了。要是卡牌在里边怎么办？这会是什么意思？她真的想要见到它们吗？

匆忙间，梅瑞迪丝感到孤独压迫着她。树林的声音曾是那么温柔，那么令人安心，现在似乎压抑、威胁着她。她从口袋里掏出手机，查看了时间。或许她该给哈尔打个电话？想要听见其他人的声音——他的声音——的欲望刺痛了她。梅瑞迪丝转念考虑了一下，他不会想要在与警方会谈的中间被打扰。她犹豫着，然后发了一条短信，接着立刻就后悔了。换位思考一下，她最不愿意做的事情就是表现得过于黏人。

梅瑞迪丝低头看着面前的箱子。

故事在卡牌之中。

她再一次在蓝色的牛仔裤上擦着满是油污的手掌。然后终于，慢慢地，她打开了盖子。箱子里装满了一轴轴的棉线、缎带和顶针。有衬里的盖子内装满了针和别针。梅瑞迪丝用因为寒冷和挖掘而红肿的脏兮兮的手指，移开了一些棉线轴，在毛毡和布料中翻找着，就像她之前挖掘泥土一样。

找到了。梅瑞迪丝看到顶部的牌有着相同的绿卡背，精致的金银两色的树枝图案，但是颜色更苍白，明显是用画笔手绘的而不是机器制造的。她用手指抚摸着表面，不同的质地，粗糙不光滑，和现在的塑封复制卡牌比起来更像是羊皮纸。

梅瑞迪丝暗暗数到了三，呼唤着勇气来翻开顶牌。

她自己的面孔注视着她。十一号卡牌，正义。

在梅瑞迪丝凝视着手绘画面的时候，她再一次感受到了脑海中的低语。不像那些侵扰过她母亲的话语声，而是温柔平静的，这个声音她曾在梦里听到过，由流动在秋日树木枝干间的空气承载着。

这里，在此地，时间流向永恒。

梅瑞迪丝站起身来。现在，最合情合理的做法是带着卡牌回到房子去。在舒适的房间里研究它们，还有她所有的笔记、互联网、复制品卡牌在手边作为对比。

只不过此时她又听到了莱奥妮的声音。在一瞬间，整个世界似乎浓缩到了这一个地方，她鼻孔里土壤的气味，她指甲里的沙砾和泥土，似乎从土地里渗到她骨头里的潮湿。

只不过这里并不是那个地方。

只不过有什么在呼唤着她深入树林。风声更响了，更有力了，不仅仅是树林里的噪声。音乐，似有似无。梅瑞迪丝能分辨出，在落叶的沙沙声，远处山毛榉树光秃枝干的拍打声中，一段细微的旋律。

单音符，一段小调的悲伤旋律，她脑中的低语声一直在引领她前往毁坏的墓地。

Aïci lo tems s'en, va res l'Eternitat.

朱利安把车停在了雷恩莱班外围的停车场里，没有锁就急匆匆地走进了都雷恩广场。他对角穿过了广场，走进了欧唐纳博士居住的狭窄小巷。

他松开了脖子上的领带。在他的手臂下有几块汗渍。朱利安越考虑这个情况，就越偏执。他只是想找到那些卡牌。任何阻挡或是延迟这个目标的事情都是不可容忍的，必须收拾妥当。

朱利安还没有想过要说什么。他只知道他不能允许她和哈尔去警察局。

他转过街角看到了她，盘腿坐在一道矮墙上，那道墙分隔开了她房子的草坪和通往河岸的废弃公共步道。欧唐纳在抽烟，用手理着头发，在手机上讲着话。

她在说什么？

朱利安停了下来，突然感觉眩晕。现在他能听到她的声音了，一个刺耳的口音，都是平元音，这个单边的对话被他脑袋里血流的砰砰声盖过了。

他走近了一步，听着说话声。欧唐纳倾身向前，以一个迅速的动作在一个银色的烟灰缸里熄灭了烟。有些话跳进了朱利安的耳朵里。

“我得看看那辆车。”

朱利安伸手扶着墙稳住自己。他觉得嘴里发干，像干鱼一样，令人不快又发酸。他需要喝一杯来带走这味道。他四处看着，已经不能正常思考了。有根棍子躺在地上，一半刺出了篱笆。朱利安捡了起来。她依然在讲话，喋喋不休地，讲着谎话。她为什么不能停止讲话？

朱利安举起了棍子，然后打了下去，重重地，在她的头上。

希拉·欧唐纳震惊地喊叫着，于是他又打了一下来阻止她制造任何噪声。她侧身倒在了石头上，然后就是一片寂静。

朱利安扔下了武器。片刻，他一动不动地站着，然后，惊慌失措，难以置信。他把棍子踢到了篱笆里，接着开始逃跑。

第十一部

The Sepulchre 墓地

1891 年 11 月至 1897 年 10 月

第八十八章

1891 年 11 月 1 日，星期天

阿纳托尔埋葬在凯德庄园的庭院里。位置选在了湖对岸俯瞰山谷的小岬角上，在绿色的树荫里，靠近伊索尔德经常坐的那张月牙形石头长凳的位置。

索尼埃神父主持了简短的仪式。莱奥妮——由奥迪克·拜亚德挽着——弗米拉尤律师和布斯凯夫人是仅有的送葬者。

伊索尔德待在自己的房间里，受到持续不断的照料，甚至对葬礼的举行毫不知情。被封锁在沉默、暂停的世界里，她并不知道时间过得快还是慢，仿佛时间早已停止，又仿佛所有的事情都包含在了一分钟的咔嗒声里。伊索尔德的存在已经浓缩到了她脑海里的四面墙之中。她知道光和暗，有的时候发热燃烧着她，有的时候寒冷撕扯着她，但她也被困在了两个世界之间的某个地方，笼罩在一层她无法拨开的面纱里。

一天之后，同样的队伍在雷恩莱班牧区教堂的墓园里，向加比诺医生致以最后的敬意，这一次教堂的会众里还有镇里钦佩这个年轻人的那些人们。科恩特医生做了演说，赞扬了加比诺的勤奋、热情和责任感。

在葬礼之后，莱奥妮，悲痛和突然落到她年轻肩膀上的责任让她变得麻木，她回到了凯德庄园，深居简出。每天的家事变成了毫无乐趣的例行公事，无休无尽、日复一日都是同样的事情。

在光秃秃的山毛榉树林里，雪来得很早，给草地和庭院覆盖上了一层白色。在低垂的云朵下，湖面冻结了，沉睡着，如同一面冰的镜子。

一位新来的医学人士，科恩特医生替代加比诺的助手，每天从镇里来监测伊索尔德的病情进展。

“今晚维尔涅夫人的脉搏很快，”他严肃地说道，把他的设备装到黑色皮革包里，从脖子上解下听诊器，“悲痛的严重性，她的身体状况带来的压力，嗯，这个状态继续下去的话，我很担心她官能的全面恢复。”

在十二月，天气越发恶劣。大风从北方吹来，带来了冰雹，一阵又一阵地袭击着宅邸的房顶和窗户。

奥德河谷冻结在悲惨之中。那些没有遮蔽的人，要是幸运的话，会被他们的邻居收留。公牛饿死在田野里，开始腐烂，蹄子困在泥和冰之间。河流冻结了。道路无法通行。人和野兽都没有食物。圣器保管员的铃声在田野上，在隐藏在冰下变得危险的道路上，叮当响着，基督像在乡间被运载到各处，去恩泽一个又一个垂死罪人的嘴唇。似乎所有的生命都会，一个接一个地，消失。没有光，没有温暖，像蜡烛一样被吹熄。

在雷恩莱班的牧区教堂，布代神父为死者举行弥撒，吊钟发出了转瞬即逝的哀悼音符。在库斯托萨，杰利斯神父打开门，把内殿地面冰冷的石板提供给无家可归的人作为遮身之处。在雷恩堡，索尼埃神父布道训诫称邪恶蔓延在乡间，督促他的会众在这间真正的教堂怀抱里寻求救赎。

在凯德庄园，虽然仆人们被发生的事情以及他们在其中的作用所震惊，但依然保持了坚定。在伊索尔德不见好转的情况下，他们接受了把莱奥妮作为庄园的女主人。但是玛莉塔警觉地发现，悲伤夺走了莱奥妮的食欲和休息，她变得消瘦而苍白，她绿色的眼睛失去了神采，但是莱奥妮的勇气依然存在。她记得自己对阿纳托尔做出的承诺，她会保护伊索尔德和他们的孩子，决心不让他失望。

维克多·康斯坦特被指控在巴黎谋杀了玛格丽特·维尔涅，在雷恩莱班谋杀了阿纳托尔·维尔涅，以及对伊索尔德·维尔涅，前姓莱斯康布，谋杀未遂，还有一件起因于在卡卡颂伤害妓女的起诉悬而未决。据推测——而且未经进一步调查就被接受了——加比诺医生、查尔斯·德纳尔诺和这场悲哀事件中的第三个人——都是在维克多·康斯坦特的命令下被杀害的，尽管并不是他的手指扣下了扳机。

镇子不赞成阿纳托尔和伊索尔德的秘密结婚，主要是因为太过匆忙而不是因为他是她第一任丈夫的外甥。但是看起来似乎，一段时间之后，凯德庄园的安排会被接受的。

与此同时，厨房洗涤室墙边的圆木堆日益缩小。伊索尔德没有恢复知觉的迹象，但是婴儿在她体内茁壮成长着。在凯德庄园二楼她的卧室里，无论日夜壁炉里都有旺盛的火苗发出噼啪的响声。日照的时间很短，几乎没来得及温暖天空，黄昏就再次降临到大地之上。

伊索尔德被悲伤奴役着，正站在一个十字路口，一个是她暂时离开的世界，一个是另一边未知的国度。伴随着她的话语声一直在低语，要是走向前去，就会发现所爱的人在阳光明媚的林中空地里等待着她。阿纳托尔会在那里，沐浴在温柔、热情的光芒之下。没什么可害怕的。伊索尔德相信片刻之后就是解脱，她渴望死亡，和他在一起，但是孩子的灵魂想要降生的欲望太强了。

在一个沉闷无声的下午，没什么能让它有别于之前或是将来那些日子，伊索尔德感到知觉回到了她柔弱的肢体里。起初，是她的手指，如此的微弱，几乎都被错认为是其他事情。一个自发的反应，不是一个出于意识的动作。指尖和她杏仁形的指甲下面的刺痛感。接着，她苍白的脚在床单下抽搐着。然后，她脖颈的皮肤一阵刺痛。

她移动着手，而手也服从了命令。

伊索尔德听见了声音。这一次，不是她一直都能听到的无休止的低语，而是普通的家常的声音，椅子腿摩擦地板的声音。几个月以来第一次，没有被时间或光线弄得失真、增强或压低，而是毫无折射地敲打着她的知觉。

她感觉到有人向她靠了过来，呼吸的温暖吹在脸上。

"夫人？"

伊索尔德颤抖着睁开了眼睛。她听到了吸气声，接着是跑动的脚步声、拉开门的声音、走廊里的喊声、楼下大厅里传来的声音，越来越大，越来越确定。

"莱奥妮小姐！夫人醒了！"

伊索尔德在明亮的光线下眨着眼。更多的声音，然后是冰冷的手指握在手上的触感。她慢慢地把头转到一边，看到莱奥妮体贴的年轻面孔低头看着自己。

"莱奥妮？"

她感到自己的手指被握紧了。

"我在这儿。"

"莱奥妮……"伊索尔德的声音颤抖着，"阿纳托尔，他……"

伊索尔德康复得很慢。她走路，把叉子举到嘴边，睡觉，但是她身体的恢复很不稳定，灰色的眼睛也失去了神采。悲痛分开了她和她自己。伊索尔德所想所见所感所闻的一切都碰响了痛苦回忆的弦。

大多数晚上，伊索尔德都和莱奥妮坐在会客厅里，窗帘拉起来，她纤细白皙的手指放在日益增大的肚子上。莱奥妮会倾听伊索尔德详述他们的爱情故事，从他们第一次见面的那一刻到抓住幸福的决定，以及蒙马特墓园的骗局，还有大风暴前夕，在卡卡颂他们私密婚礼的短暂幸福。

但无论伊索尔德讲述这个故事多少次，结局都是相同的。一个"很久很久以前"的故事，一段童话般的浪漫，却被夺走了它的幸福结局。

终于，冬天过去了。雪融化了，尽管直到一月都有干冷的霜用锋锐的白色覆盖着早晨。

在凯德庄园，莱奥妮和伊索尔德依然深陷在丧失亲人的悲伤之中，注视着影子在草地上伸展。她们的访客很少，只有奥迪克·拜亚德和布斯凯夫人。尽管布斯凯夫人因为朱尔斯·莱斯康布的婚姻失去了庄园，但她仍然是一位慷慨又善良的邻居。

拜亚德先生，时不时地会带来警方追捕的消息。维克多·康斯坦特，在 10 月 31 日借着夜色的掩护，从雷恩莱班王后酒店消失之后，就再也没有在法国出现过。

警方在专门治疗他这种病人的各个温泉疗养中心以及精神病院里调查他，但都无功而返。政府试图没收他可观的财产，对外公布了对他的悬赏通缉令。即使如此，还是没有踪迹，没有消息。

在 3 月 25 日，碰巧是蒙马特墓园伊索尔德的假葬礼一周年的日子，莱奥妮收到了西伦巡官发来的官方信函。他通知她既然他们认为康斯坦特已经逃出了法国，也许越过边境到了安道尔或西班牙，他们要缩小追捕的规模了。他向她保证，这个逃犯一旦回到法国就会被逮捕并送上断头台，而且希望，维尔涅夫人及小姐因此可以不必惊恐康斯坦特会继续危害她们了。

在三月末，恶劣的天气把她们困在室内好几天，莱奥妮发现自己拿起了笔给阿纳托尔过去的朋友和邻居，阿希尔·德彪西，写信。莱奥妮知道他现在使用的名字是克劳德·德彪西，但是她就是没办法这么称呼他。

通信填补了她幽闭生活的一处空缺，而且，对她破碎的心来说更重要的是，这帮助保持了与阿纳托尔之间的一个联系。阿希尔告诉了她，在她和阿纳托尔曾经称作家的大街小巷里正在发生着什么，传着什么闲话，谁和谁起了冲突，学院里那些鸡毛蒜皮的对立，受喜爱或被讨厌的作家、争斗的艺术家、受冷落的作曲家，那些丑闻，那些情事。

莱奥妮毫不在乎对她来说如此遥远、如此封闭的世界，这让她想起了那些与阿纳托尔之间的对话。有的时候，在他和阿希尔去黑猫酒吧待了一晚上之后，阿纳托尔回家以后会来到她的房间，坐到她床脚的旧扶手椅里。而莱奥妮，会把被单拉到下巴边上，倾听他的故事。德彪西主要讲述着他自己，一页一页覆盖着他那黑色细长的字迹。莱奥妮并不介意。这让她的思绪远离了自己的困境。莱奥妮微笑着看到德彪西描述了他星期天早晨去圣热尔维教堂的事情，和他那些无神论的朋友一起聆听格列高利圣咏，蔑视地背对着圣坛坐着，因而既冒犯了教堂会众又冒犯了主持仪式的神父。

莱奥妮不能离开伊索尔德，而且即便她有机会旅行，回到巴黎的想法也太痛，太早了。在她的请求下，阿希尔和盖比·杜邦定期到第十六行政区的帕西墓园，去给玛格丽特·维尔涅的坟墓献花。坟墓是由杜邦出资修建的，最后一次的慷慨之举。“离画家爱德华·马奈的坟很近。”阿希尔写道，“一个平静、荫庇的地方。”莱奥妮觉得她母亲应该会很满意和这样的同伴一起长眠。

四月来临的时候天气也改变了，侵略性、响亮、好斗，就像是将军身临战场一样。狂风吹着云彩掠过山脉的顶部。白天时间变长了，早晨变得明亮了。玛莉塔拿出了针线，往伊索尔德的内衣上缝上宽松的褶子，把裙子里的嵌板取出来，适应她不断改变的体形。

紫色、白色和粉色的山谷花朵从地面有硬皮的边缘下钻出了试探性的嫩芽，对着光扬起脸。那一点点色彩，像是从笔刷上滴下的少许颜料一样，越来越鲜艳，越来越频繁地，颤动在花坛和小路的绿色之间。

斑驳的阳光照在静止的水面上，五月羞涩地蹑手蹑脚地来到了，暗示着更长的夏天即将来临。在雷恩莱班的街道中，莱奥妮经常大胆地去拜访拜亚德先生，或是和布斯凯夫人在王后酒店的客厅里喝下午茶。在简朴的联栋住房门外，金丝雀在挂着的笼子里歌唱。柠檬树和橘子树开满了花朵，扑鼻的香气充斥着街道。在每个街角，翻山运来的西班牙早熟水果摆在木头推车里出售。

在无垠的蓝天下，凯德庄园突然十分壮美。明亮的六月阳光照耀着比利牛斯山闪亮的白色山峰。夏天，终于来了。

阿希尔从巴黎写信说道，梅特林克先生同意了由他来为他的新剧《佩利亚斯与梅丽桑德》谱曲。阿希尔也寄来了一本左拉的《崩溃》，故事设定在1870年的夏天，普法战争期间。阿希尔还附了一张私人的便条说，他知道，和他一样，作为被判有罪的公社成员的儿子，阿纳托尔会对这本书感兴趣的。莱奥妮吃力地看着这本小说，但十分感谢阿希尔感伤地送来了这么体贴的礼物。

她没让自己的思绪回到塔罗牌上。它们和万圣节的血腥事件紧密相关。尽管莱奥妮没能说服索尼埃神父告诉她在替他舅舅驱魔的时候看到的或做过的事情，但她依然记得拜亚德先生的警告。恶魔，阿斯蒙蒂斯，在时势艰难的时候行走在山谷里。虽然莱奥妮并不相信这个迷信的说法，或者只是她自以为不相信，但她也不想冒险再次使这样的恐怖重现。莱奥妮收起了她未完成的画作。它们会让她痛苦地回想起她的哥哥和母亲。恶魔和塔没有画完。

莱奥妮也没有回到野生杜松环绕的林间空地。决斗就是在那片空地里发生的，就是在那里阿纳托尔倒下了，让她的心破碎了，就联想起那个地方都让人十分痛苦。

6月24日，星期五，施洗者约翰的斋日。伊索尔德的阵痛在清晨就开始了。

拜亚德先生，用他隐藏的朋友和同志的关系网，从他出生的村子罗斯索尔斯找来了助产士，她和护士都提前到来为分娩做好准备。

在午餐时间，伊索尔德的分娩状况已经进入了后期。莱奥妮用凉布擦着她的额头，打开了窗户让新鲜空气进入房间，还带来了下边花园里杜松和忍冬的香气。玛莉塔用一块浸透了甜白葡萄酒和蜂蜜的海绵轻轻涂在伊索尔德的嘴唇上。

在下午茶时间，没有出现什么难题，伊索尔德顺利地分娩了，一个男孩，十分健康，哭声十分洪亮。

莱奥妮希望孩子的出生标志着伊索尔德全面恢复健康的开始，希望她能够变得不那么疲倦，不那么虚弱，不那么远离她周围的世界。莱奥妮——实际上是全家人——期待这个孩子，阿纳托尔的孩子，会给伊索尔德带来她所需要的爱和生活的目的。

但是在分娩后的第三天，黑影降临在伊索尔德身上。她询问了儿子的情况，但是接着就挣扎着陷入了那种遥远煎熬的状态，在阿纳托尔遇害之后她所遭受的那种状态。伊索尔德的儿子，和他父亲如此相像，让她想起了自己失去的而不是带来了继续生活的理由。

一位乳母被雇佣来了。

在漫长的夏天中，伊索尔德没有显现出好转的迹象。她很体贴，被叫到儿子身边的时候会尽到母亲的职责，但是其他时候就生活在自己的世界里，不断地被脑海里的声音纠缠着。

莱奥妮毫无保留毫无条件地爱上了这个孩子。路易斯-阿纳托尔是个天性开朗的孩子，长着阿纳托尔的黑发和长睫毛，继承了他母亲闪亮的灰色眼睛。在这个孩子带来的喜悦中，莱奥妮会忘记，有时一连好几个小时，过去降临在他们身上的悲剧。

在七八月酷热的日子里，莱奥妮时不时地在早晨醒来的时候，带着希望，脚步轻快，但接着她就会回想起那些事情，阴影再次笼罩她。但是她的爱以及她保证不让阿纳托尔的儿子受到任何伤害的决心帮助自己恢复了精神。

第八十九章 凯德庄园

时间从 1892 年的秋天转到了 1893 年的春天，康斯坦特依然没有回到凯德庄园。莱奥妮让自己相信他已经死了，但要是能够确认这个想法的话就更好了。

1893 年的八月，和去年一样，像非洲的沙漠一样又干又热。在干旱之后，汹涌的洪水席卷了朗格多克，冲走了平原上的一部分土地，显露出了在泥土下隐藏已久的洞穴和藏物处。

阿希尔 · 德彪西依然经常写信来。十二月他写信致上了圣诞的祝福，告诉莱奥妮国家音乐学会要上演《牧神午后》的音乐会了。一首新作，三部曲中的第一部。莱奥妮读着他自然主义式地描写着林间空地中的牧神，她想起了几年之前找到塔罗牌的那片空地。一瞬间她想要追寻自己的足迹回到那里，确认塔罗牌是否还在那儿。

莱奥妮并没有这么做。

她的世界仍然在东边的山毛榉树林、北边的长车道、南边的草地之中，而不是在巴黎的大街小巷里。对那个小男孩的爱，还有对那个漂亮但受伤的女人的感情支撑着莱奥妮，那个她承诺要照顾的女人。

路易斯 - 阿纳托尔在家里和镇里都深受喜爱，大家爱称他为“小不点”。他很淘气，但很可爱。他总是问问题，更像姑姑而不是父亲，但是也擅长倾听。在路易斯 - 阿纳托尔长高了之后，莱奥妮领着他走在凯德庄园的小路和树林里。帕斯卡会带他去钓鱼，也在湖里教会了他游泳。时不时的，玛莉塔会在做覆盆子蛋奶酥、巧克力布丁的时候，允许他刮着搅拌碗，舔着木勺子。路易斯 - 阿纳托尔会坐在旧三腿凳上，紧紧挨着厨房桌子的边缘。玛莉塔站在他背后确保他不会掉下去，教他怎么揉做面包的面团。

当莱奥妮带他去雷恩莱班的时候，他最喜欢的就是坐在阿纳托尔曾经十分喜爱的那家人行道咖啡馆里。路易斯 - 阿纳托尔有着一头乱蓬蓬的卷发，穿着褶领白衬衫和胡桃色膝盖紧绷的天鹅绒裤子。他坐在高木凳上，腿悬在半空，喝着樱桃糖浆或是鲜榨苹果汁，吃着巧克力冰淇淋。

在他三岁生日的时候，布斯凯夫人送给路易斯 - 阿纳托尔一支竹子鱼竿。随后的圣诞节，弗米拉尤律师送来了一盒小西饼，对莱奥妮致上了节日的祝贺。

路易斯-阿纳托尔也是奥迪克·拜亚德家的常客。拜亚德先生会给他讲述中世纪的故事，还有那些英勇的骑士，对抗了北方的入侵者，保护了南部的独立。拜亚德先生活灵活现地讲述着过去的故事，而没有让这个孩子陷入凯德庄园的图书馆，陷入那些积尘的历史书的书页之中。路易斯-阿纳托尔最喜欢的故事是1209年的卡卡颂攻城战，那些勇敢的男人和女人们，甚至还有只比他大一点的孩子，逃进了隐藏在高地山谷的村落里。

在路易斯-阿纳托尔四岁的时候，奥迪克·拜亚德给了他一把中世纪长剑的复制品，手柄上雕刻着他的缩写——LV。在帕斯卡许多表亲之一的帮助下，莱奥妮从基扬给路易斯-阿纳托尔买了一匹枣红色的小矮马，它长着浓密的白色鬃毛和尾巴，鼻子上有一块白斑。在那个炎热的夏天里，路易斯-阿纳托尔是一个骑士，对抗着法国人或是在枪术比赛里赢得胜利，从帕斯卡特意在房后草地上立起的木头栅栏上敲下铁皮罐子。莱奥妮从会客厅的窗户里注视着他，回想起在她小的时候，她也带着几乎同样的敬畏和嫉妒，看着阿纳托尔在蒙索公园里又跑又藏又爬树。

路易斯-阿纳托尔也展现出了明显的音乐天赋，阿纳托尔小时候在钢琴课上浪费的钱在他儿子身上获得了回报。莱奥妮从利穆请来了一位钢琴教师。那位教授每周一次坐着轻便马车驶上长车道，他围着白色围巾，别着硬领，胡子未经修饰，在两个小时里让路易斯-阿纳托尔反复进行五指练习和音阶。每周在离开的时候，他都会让莱奥妮监督这孩子在手背上各放一杯水来练习，以保持触感。莱奥妮和路易斯-阿纳托尔会点点头，在接下来的一两天里会尝试这么做。但接着水会洒出来，浸透路易斯-阿纳托尔的天鹅绒马裤或是弄湿莱奥妮裙子的宽褶边，在这时他们会大笑着弹奏吵吵闹闹的二重奏。

在他独自一人的时候，那孩子会蹑手蹑脚地走到钢琴边然后开始练习。莱奥妮会不被觉察地站在楼梯顶的平台上，然后聆听着那孩子的手指创造出来的温柔萦绕的旋律。无论他从哪里开始弹，他经常都会弹到A小调。随后莱奥妮就会想到很久以前她从墓地里偷出来的乐谱，依然藏在钢琴凳里，想着是否应该拿出来给他。但是害怕着它的力量以及它对这个地方滋生的影响，莱奥妮并没有这么做。

在这段时间里，伊索尔德生活在昏暗的世界中，像幽灵一样飘荡在凯德庄园的房间和走廊里。她很少说话，对儿子很慈祥，也深受仆人们爱戴。只有在她注视着莱奥妮翡翠般的眼睛的时候，才有什么更深层的东西在她心里闪耀。接着，一秒钟之后，悲伤和回忆会在她眼中闪动，随后再次被黑暗笼罩。伊索尔德偶尔会从她的阴影中走出，像太阳从云朵后出来一样。但那些声音会再次开始，她会捂着耳朵哭泣，玛莉塔就会温柔地把伊索尔德领回她私密、昏暗的房间，直到好转的时候再次出现。阿纳托尔从未远离过她的思绪。对路易斯 - 阿纳托尔来说，他接受了现在这样的母亲，他从来没见过她其他的样子。

总而言之，这不是莱奥妮过去设想中的生活。她想要爱情，想要有机会看看大千世界，想要为自己而活。但是她爱着自己的侄子，同情伊索尔德，而且决心履行她对阿纳托尔的承诺，并没有在职责上动摇。

红棕色的秋天让位给了寒冷洁白的冬天，在巴黎玛格丽特的坟墓上覆盖了厚厚的积雪。绿色的春天让位给了酷热的金黄天空和烧焦的草地，阿纳托尔的坟墓周边石楠缠绕，俯瞰着凯德庄园旁安静的湖面。

土、风、水、火，以不变的规律支配着自然界。

他们平静的生活并没有再持续太久。在圣诞节与新年之间，出现了一系列的迹象——预兆，甚至是警告——表明世界混乱了。

在基扬，一位扫烟囱工人的儿子摔了下来折断了脖子。在埃斯佩拉扎，帽子工厂里发生了火灾，烧死了四个西班牙女工。在布斯凯家族的车间里，一位学徒工被困在了炽热的金属印刷机里，失去了右手上的四个手指。

拜亚德先生来访，带来了他不得不离开雷恩莱班的消息。对莱奥妮来说，这个令人失望的消息让笼统的不安变得更加具体。这是当地冬季集市的时间——布雷纳克，1月19日；奥德河畔康帕尼，20日；贝尔维阿内，22日。他要去拜访这些偏远的村庄，然后要深入高山之中。拜亚德的眼睛里隐藏着忧虑，他解释说有一些责任，比他对路易斯 - 阿纳托尔的非正式监护要更早更有约束力，他不能再耽搁下去了。莱奥妮对他的决定感到遗憾，但是知道不该询问他。拜亚德承诺会在十一月，圣马丁的斋日之前，在收租金的时候回来。

莱奥妮很沮丧他的离去要持续好几个月，但是她很久以前就知道了拜亚德先生一旦下定决心就永远不会偏离目的。

他的即将离去——以及没做解释的原因——再次提醒了莱奥妮她对这位朋友和保护者了解得多么少。她甚至都不能确定他有多大年纪了，但是路易斯 - 阿纳托尔曾经宣称拜亚德至少有七百岁才能有这么多故事可以讲。

奥迪克 · 拜亚德离开后仅仅几天，在雷恩堡爆发了丑闻。索尼埃神父对教堂的重建几乎就要完成了。在1897年初寒冷的日子里，在图卢兹一位专业供应商那里订购的那些雕像送到了。在它们之中有一个圣水盆，放置在一个扭曲的恶魔肩膀上。反对的声音越来越强烈，吵吵嚷嚷的，坚持这一件以及很多其他雕像不适合这个神圣的地方。抗议的信件发给了市政厅和主教，一些是匿名的，要求责问索尼埃，同时也要求了，不再允许神父在坟场中挖掘。

莱奥妮之前并不知道这些在教堂周围的夜间挖掘，也不知道索尼埃据说在黄昏到凌晨之间会花好几个小时在周围的山里行走，寻找着宝藏，流言是这么说的。莱奥妮并没有参与到辩论或是愈演愈烈的抱怨之中，她之前一直认为神父对他的教区很尽心尽力。她不安是因为事实上那些雕像里有一些和那个墓地里的雕像十分相似。几乎就像是有人在指导着索尼埃神父的行动，而且与此同时，故意给他带来了麻烦。

莱奥妮知道索尼埃神父在她过世舅舅的时代里曾经见过那些雕像。事情过去大约十二年了，他竟然会选择复制过去曾经造成了那么大伤害的影像，她不能理解。她的导师和朋友奥迪克 · 拜亚德离开之后，莱奥妮就找不到别人来讨论她的恐惧了。

不满从山上传到了山谷和雷恩莱班。突然间有流言说多年前困扰着镇子的麻烦又回来了。谣言说雷恩莱班和雷恩堡之间有个秘密的隧道，西哥特的墓穴。和过去一样，指责凯德庄园是一只积聚力量的野兽的庇护所。狗，山羊，甚至是牛，都被似乎既不害怕陷阱也不害怕猎枪的狼或是山猫袭击了。“那是一只非自然的生物。”流言是这么说的，“不是一只由自然法则管辖的生物。”

尽管帕斯卡和玛莉塔努力不让流言传到莱奥妮的耳朵里，一些更加恶毒的故事还是传进了她的思绪。活动是隐秘的，指责都不是公开的，于是莱奥妮就无法正面回答那些针对凯德庄园和这个家的逐步增长的抱怨。

没有办法确认这些恶毒流言的源头，只能知道它们在加剧。随着冬天过去，湿冷的春天来临，凯德庄园发生超自然事件的说法越来越频繁。据说有人看到了鬼魂和恶魔，甚至还有在夜色掩护下在墓地里进行的邪恶仪式。庄园又回到了朱尔斯 · 莱斯康布作为主人时的黑暗时代。敌意和嫉妒指向了 1891 年万圣节的事件而且声称庄园难以安宁。这是过去罪孽的报应。

古老的咒语，用传统语言的古代词汇刻在了路边的岩石上，监视着那个，和过去一样，潜伏在山谷里的恶魔。路边的石头上用黑色的沥青涂抹着五芒星。还愿的祭品、花朵和缎带，被放在了没有标记的圣坛上。

一天下午，莱奥妮和路易斯 - 阿纳托尔在秘鲁广场的法国梧桐下面，他坐在他最喜欢的位置上，一个尖锐的习语引起了她的注意。

“Lou Diable se ris.”

在回到凯德庄园之后，莱奥妮问玛莉塔那些词是什么意思。

“魔鬼在大笑。”她不情愿地翻译道。

要是莱奥妮不知道这样的事情是不可能的，她就会怀疑是维克多·康斯坦特在背后操纵着这些谣言和闲话。她因为这样的念头而斥责着自己。

康斯坦特死了。警方是这么认为的。他肯定是死了。否则的话他为什么五年来都没有烦扰过她们，却在现在回来了？

第九十章
卡卡颂

在七月的炎热把雷恩堡和雷恩莱班之间的绿色牧场变成棕色的时候，莱奥妮再也不能忍受她的禁闭了。她需要改变环境。

近期关于凯德庄园的故事在恶意和频率上都加剧了。事实上，上次她和路易斯-阿纳托尔在雷恩莱班感到的气氛令人如此不快。莱奥妮下定决心在可预见的未来都不会再去了。沉默或是怀疑的眼光，过去曾经是问候和微笑。莱奥妮不想让路易斯-阿纳托尔目睹如此不愉快的事情。

莱奥妮选择的远足时机是在国庆日。作为一百多年前攻占巴士底狱纪念日活动的一部分，7 月 14 日在卡卡颂的中世纪城堡会有焰火展示。莱奥妮在那次和阿纳托尔以及伊索尔德一起的短暂痛苦旅程之后再也没有去过那座城市，但是为她侄子着想——作为他五岁生日迟来的庆祝——莱奥妮把自己的顾虑放到了一边。

莱奥妮下决心要说服伊索尔德和他们一起去。最近她舅妈的精神状态更糟了。她开始坚持说有人在跟着她，在湖对岸注视她，坚持说水面下有人的面孔。伊索尔德在没有点起营火的时候看到树林里的烟雾。即便是在玛莉塔可靠的照顾下，莱奥妮也不想留下她，让她这么多天无人陪伴。

“求你了，伊索尔德。”莱奥妮低语道，摇着她的手，“离开这里一段时间对你会有好处的，去感受一下太阳照在脸上。”莱奥妮捏着她的手指，“那对我来说有很大意义，还有路易斯-阿纳托尔。那会是你能给他的最好的生日礼物。和我们一起去，求你了。”

伊索尔德抬头看着她，深灰色的眼睛似乎既承载了极大的智慧，又看不到任何东西。

“如果你希望的话，”伊索尔德用清脆的声音说道，“我会去的。”

莱奥妮如此震惊以至于用双臂抱住了伊索尔德，吓到了她。莱奥妮能感觉到，在衣服和胸衣之下，伊索尔德有多么的瘦，但是她赶走了这个念头。她从未期待过伊索尔德能够同意，因此十分高兴。或许这就是她的舅妈，终于，准备好面对未来的征兆，开始了解她漂亮的儿子。

坐火车去卡卡颂的有一小队人。

玛莉塔看护着她的女主人。陪伴路易斯 - 阿纳托尔的责任就落到了帕斯卡肩上，他讲着军队的故事，最近法国军队在西非、达荷美和科特迪瓦的英勇事迹。他如此有感染力地讲述着沙漠、咆哮的瀑布和在秘密高原上隐藏着的失落世界，以至于莱奥妮怀疑他的描述是来自儒勒 · 凡尔纳先生的作品而不是来自报纸上的报道。路易斯 - 阿纳托尔，他用拜亚德先生的古老中世纪骑士的故事招待了车厢里的人，一段既十分令人满意又嗜血好杀的旅程就这样过去了。

他们在 7 月 14 日上午的午餐时分到达了，在下城区新城里找到了住宿场所，紧靠圣米歇尔大教堂，距离六年前伊索尔德、莱奥妮和阿纳托尔居住过的酒店十分遥远。莱奥妮下午剩余的时间是和她兴奋、眼睛睁得大大的侄子一起观光度过的，而且允许他吃了过量的冰淇淋。

他们在五点钟回到了房间休息。莱奥妮发现伊索尔德躺在窗边的沙发上，看着邦贝斯大街上的花园。莱奥妮心里一沉，立刻意识到了伊索尔德并不想和他们一起去看焰火。

莱奥妮什么也没说，希望自己错了，但是当观赏夜晚盛典的时间来临时，伊索尔德宣布她不想到人群之中。路易斯 - 阿纳托尔并没有失望，因为，事实上，他从来没有期待过母亲能够陪伴他。但是莱奥妮反常地感到一股恼怒，即便是在这唯一一次的特殊场合，伊索尔德也不能为她的儿子振作起精神。

玛莉塔留了下来照顾她的女主人。莱奥妮和路易斯 - 阿纳托尔、帕斯卡一起出发了。庆典是由当地的一位工业家计划并赞助的，萨巴捷先生，他发明了洛何西纳开胃酒和米什莱恩烈酒，被称作“酒中王后”。这次展示是一次实验，但是承诺如果它成功的话，明年的庆典会更大更好。萨巴捷无处不在，在路易斯 - 阿纳托尔的小手里拿着的促销传单上，在他们远足的纪念品上，在建筑物墙上贴着的海报上。

日光开始消退，人群开始聚集到奥德河右岸的特维艾勒区，注视着老城修复的城墙。孩子们、大宅邸的园丁和女仆、女售货员和擦鞋童都朝着圣吉莫教堂走去，莱奥妮曾在那里和维克多·康斯坦特一起躲过雨。她把这个回忆赶出了脑海。

在左岸，他们聚集在玛拉德医院外，所有能落脚的地方都被占据了。孩子们坐在圣文森特·保罗教堂旁边的墙上。在新城，他们聚集在雅各宾门以及河堤上，没人确切知道在期待着什么。

“上来吧，小家伙。”帕斯卡说道，把小男孩抬到了肩膀上。

莱奥妮、帕斯卡和路易斯-阿纳托尔在老桥上占了一个位置，挤进了一个俯瞰水面的突出凹室里。莱奥妮大声地对着路易斯-阿纳托尔的耳朵说话，仿佛在吐露一个巨大的秘密一样，甚至有人说卡卡颂的主教都从他的宅邸里出来观看这个纪念共和主义的庆典了。

随着黑暗的降临，附近餐馆里的食客增加着老桥上的人数。人群开始变得拥挤。莱奥妮看了一眼她的侄子，担心或许让他出去已经太迟了，而且那些噪声和火药的味道或许会令人害怕。但是她惊讶地看到，路易斯-阿纳托尔的脸上有着和她记忆中阿希尔坐在钢琴前作曲的时候同样的那种专注。

莱奥妮微笑着，意识到了她渐渐能够享受她的回忆了，而不是被失落感压倒。

在这时，城市庆典开始了。中世纪的城墙笼罩在一阵橙色和红色的光芒里，还有各种颜色的火花和烟雾。火箭发射到夜空之中，炸开了。

一团团刺鼻的烟雾从山上飘了下来，覆盖了河面，刺激着观众的眼睛，但是盛典的壮丽大大补偿了眼睛的不适。现在，天空是紫色的，在绿色、白色和红色的焰火中发着光，城堡笼罩在明亮的光芒之中。

莱奥妮感觉到路易斯-阿纳托尔热乎乎的小手放到了她的肩膀上。她用自己的手盖住了它。或许这会是一个新的开始？或许统治了她生活这么久的悲痛，会松开它的抓握，允许她想象一个更明亮的未来。

“在未来。”她低声说道，回想着阿纳托尔。

他的儿子听到了她说的话。“在未来，莱奥妮姑姑。”他说道，回应着致辞。他顿了一下，然后补充道：“要是我乖的话，我们明年可以再来吗？”

在展示结束人群散去之后，帕斯卡背着这个困倦的孩子回到了他们的寄宿公寓。

莱奥妮把他放到床上。她承诺他们还会进行这样的冒险，亲吻了他，道过晚安然后离去了，一如既往地留下了一支点燃的蜡烛，来赶走晚上的鬼魂恶灵和怪物。她累极了，因为白天的兴奋和情感的波动而精疲力尽。关于她哥哥的思绪——以及她对自己把维克多·康斯坦特引到了他身边的负罪感——一整天都在刺激着她的记忆。

莱奥妮希望能保证休息，给自己调制了一杯安眠饮料，注视着白色的粉末溶解进一杯热白兰地里。她慢慢地喝了下去，然后钻到了被窝里，陷入了深度、无梦的睡眠。

苍白的晨光使世界重获外形，多雾的清晨悄悄接近了奥德河的水面。

河堤和新城的人行道，卵石路上散落着宣传册和纸张。黄杨木手杖折断的顶端，几张被人群踩在脚下的乐谱，一顶和主人分离的帽子，到处都是萨巴捷先生的传单。

奥德河的水面平整得像一面镜子，在清晨的宁静中几乎是静止的。老船夫，巴蒂斯丁·寇斯——所有的卡卡颂人都叫他提斯图——正操纵着他沉重、平坦的驳船，穿过水面向着拜依谢鲁堰驶去。河流上游这么远的地方，没有多少国庆日庆祝活动的痕迹，没有用过的容器，没有彩色纸带或广告，没有火药残留的气味或是烧焦的纸张。他稳定的眼神注视着照耀在北边黑山上的紫色光线，天空从黑色变成蓝色，再变成早晨的白色。

提斯图的撑竿在水里碰到了什么。他转过身去察看那是什么，以训练有素的轻松调整着平衡。

那是具尸体。

这个老水手慢慢地调转着他的驳船。水拍打着他的船帮，很接近木头的边缘了，但是没有溢进来。他短暂地停了一会儿，头顶上连接着的两岸的电报线在轻柔的早晨空气中唱着歌，尽管并没有风在低语。

他深深地把撑竿插进泥土里，锚住了船。提斯图跪了下来窥视着河水。在绿色水面下，他勉强能够分辨出一个女人的躯体。她面朝下半浮着。提斯图很高兴。淹死的人呆滞的眼睛很难忘记，青紫的嘴唇、惊讶的表情，铭刻在蜡一样黄的皮肤上。在水里的时间不长，提斯图想着。她的面容还没开始变化。

这个女人看起来奇怪的平静，她的长金发像水草一样来回地飘荡，来回地飘荡。提斯图缓慢的脑子被这个动作迷住了。她的背弓着，她的手臂和腿优雅地垂在裙子下方，仿佛她不知怎么贴在了河床上一样。

又是自杀，他想。

提斯图绷紧了腿屈身向前，弯曲的膝盖紧紧地顶在横座板上。他伸出手抓住了那女人的灰色晨服。尽管湿透了又因为河水而变得黏滑，他还是能感觉出布料的质地。他用力拉着，驳船危险地摇晃着，但是这种事提斯图做过无数次了，知道平衡点在哪里。他深吸了一口气，接着再次拉动，抓住衣服的领口以便抓得更牢。

“一，二，三，走。”他大声说道。尸体滑过了船帮落到了潮湿的船舱里，像被网捕获的鱼一样。

提斯图用领巾擦着额头，接着把他标志性的帽子戴到后脑上。他的手不假思索地放到胸前画了个十字。这是个出于本能，而不是信仰的行为。

他把尸体翻了过来。一个女人，已经不再是最年轻的时候了，但依然美丽。她灰色的眼睛睁着，头发在水中披散开了，很明显她是一位淑女。她白皙的双手很柔软，显然不是靠辛苦劳作维生的手。

作为服装商人和女裁缝的儿子，提斯图一眼就能认出上等的埃及棉布。他发现裁缝的标记——巴黎的——在领子上依然清晰可辨。她在脖子上戴着一条银制盒式吊坠，纯银的，不是镀银的，里面是两张微型肖像画，一张是女士自己，另一张是一位年轻黑发的男人。他把它留在远处。他是个诚实的人——不像那些在镇中心河堰上工作的拾荒者，他们会在把尸体上交给当局之前先把它剥个精光——但是他喜欢弄清楚那些他从水里捞上来的人的身份。

伊索尔德立刻就被辨认了出来。莱奥妮在大清早就报告了她的失踪，玛莉塔一起床就发现她的女主人不见了。

他们被迫多待了几天，遵守着例行公事，签署了文件，但并没有质疑当局的裁断：心智失常情况下的自杀。

那是个沉闷、多云、无声的七月天，莱奥妮带着伊索尔德最后一次回到了凯德庄园。因为犯了结束自己生命的罪孽，伊索尔德不会被教会接受，安息在神圣的土地里。另外，莱奥妮也不能忍受把她埋葬在莱斯康布家族的墓穴里。

作为替代，莱奥妮从库斯托萨找来了吉利斯神父，在凯德庄园的庭院里举行了一场私人追悼会。

在 1897 年 7 月 20 日，他们把伊索尔德埋葬在了俯瞰湖面的小岬角，那块平静的土地里，阿纳托尔身边。一块新的简朴墓碑放在了草地里，记载着他们的名字和生卒日期。

莱奥妮聆听着呢喃的祈祷声，紧紧地握着路易斯-阿纳托尔的手，她想起了早在六年前她就已经在巴黎的一处墓地里吊唁过伊索尔德了。熟悉的记忆席卷过她，如此剧烈、恶毒以至于她倒吸了一口冷气。她自己站在柏林路他们的老客厅里，抱紧手站在一副棺材前，一片棕榈树叶漂浮在餐具柜上的玻璃碗里。宗教仪式上令人反胃的香气，死亡渗透了公寓的每一个角落，不得不点燃香烛来遮盖棺材里尸体的甜腻气味。只不过在过去当然没有尸体。而在楼下，阿希尔不断地敲击着钢琴，透过楼板传来黑白琴键的声音让莱奥妮觉得他再弹下去自己就快要发疯了。

现在，莱奥妮听着泥土落在棺材盖上的沉重声音，她唯一的宽慰就是阿纳托尔免于目睹这一天。

仿佛感觉到了她的情绪，路易斯 - 阿纳托尔踮起脚用他的小胳膊抱住了她的腰。

“别担心，莱奥妮姑姑。我会照顾你的。”

第九十一章

比利牛斯山西班牙一侧的一家酒店二楼的私人客厅，几个星期前，从这位客人到来之后，他抽的土耳其烟草的刺鼻烟雾就充斥着这个房间。

这是一个八月的温暖日子，但是他的穿着像是在隆冬：灰色的厚大衣，柔软的小牛皮手套。他的体形瘦弱，脑袋持续地轻微摆动着，仿佛在反对着一个没有别人能听到的问题。他用颤抖的手端起了一杯甘草啤酒送到嘴边，小心地喝着。他嘴角长着脓疱。尽管他的面容枯槁，但他的眼睛有着命令的力量，像最锋利的短剑一样刺入他注视着的灵魂。

他举起了杯子。

他的仆人拿着黑啤酒瓶子走上前来，添满了他主人的杯子。片刻，他们构成了一幅怪诞的图画：毁容的伤残者和他斑秃的仆人。仆人的头皮上长着水疱，因为抓痒而发炎。

“有什么消息？”

“他们说她溺死了。自己跳河了。”仆人答道。

“另一个呢？”

“她在照顾孩子。”

康斯坦特没有回答。多年的逃亡，疾病无情的发展让他十分虚弱，他的身体快要不行了。他不再能自如地行走。但要说有什么变化的话，这似乎让他的思维更敏锐了。六年之前，他被迫比他预想中更快地行动。那剥夺了他享受复仇的乐趣。他想毁掉莱奥妮的兴趣只是为了让维尔涅知道这件事，折磨他，所以那对他来说没什么要紧的。但是施加在维尔涅身上快速利落的死刑仍旧让他失望，而现在似乎他也无法对伊索尔德下手了。

仓促地越过边境逃到西班牙，使得康斯坦特在大约十二个月之后才知道，1891 年万圣节的事情之后，那个婊子不但在他的子弹下活了下来，还生下了一个儿子。她再次存活下来的事实不断地折磨着他的神经。

为了完成他的复仇，他在过去六年里一直很有耐心。查封他财产的企图几乎毁了他。他的律师们用尽了浑身解数和各种不道德的手段才保护了他的财产和行踪。

康斯坦特被迫小心谨慎，待在边境的另一边直到所有对他的兴趣都渐渐平息。终于，去年冬天西伦巡官升职了，被分派去调查占据了巴黎大部分警力的军官德莱弗斯的案子[①]。对康斯坦特全力投入的复仇欲望来说，更重要的是，他得到了消息，卡卡颂宪兵队的布舒巡官四星期前退休了。

终于，路被扫清了，康斯坦特可以安静地回到法国。

他在春天派出了手下来提前做准备。发到市政厅和教会当局的匿名信很轻松地就煽动起了针对索尼埃神父的诽谤活动，这位神父和凯德庄园有着特殊的关系。康斯坦特现在也知道了在朱尔斯·莱斯康布时代发生的那些事情。他听到关于魔鬼的谣言，一个恶魔，在过去被释放了出来威胁着乡间。

是康斯坦特拿钱给同伙散布了新的谣言：一只野兽潜伏在山谷里，袭击家畜。他的仆人从一个村子到另一个村子，煽动着民众，散布着谣言说凯德庄园庭院里的墓地再次成为神秘学活动的中心。他从那些没有保护易受影响的人开始：那些光着脚、睡在户外或是运货马车底下的乞丐，被隔绝在山上的冬季牧羊人，跟着巡回法庭从一个镇到另一个镇的那些人。他往他们的耳朵里滴着康斯坦特的毒药：那些服装商人和镶玻璃工人，大宅邸的擦鞋童，清洁工和餐厅女仆。

村民既迷信又容易上当。传统、传说和历史确认了他的污蔑，在各地散播着耳语，那个痕迹并不是一只动物的爪印。晚上人们听到了奇怪的哭号，此外还有一种腐烂的臭气。散播着那些证据，是因为凯德庄园不自然的感情状况——

① 法国著名冤案，德莱弗斯案。（译者注）

舅妈被她丈夫的外甥娶进了家门，某个超自然的恶魔降下报应了。

那三个人现在都死了。

他用看不见的绳索在凯德庄园周围张开了网。

要是真的有一些他的手下并不知情的袭击的话，康斯坦特推测只不过是常见的陈词滥调，潜伏在高处牧场和山峰上的山猫，或者是狼的凶残行径而已。

现在，布舒退休了，是时候行动了。他已经等了太久了，而且就因为等待，他失去了惩罚伊索尔德的机会。另外，尽管康斯坦特用尽了药品和疗法，水银、温泉、鸦片酊，他还是快死了。他知道用不了多久他的心智就会失常。康斯坦特认识那些症状，能够像那些庸医一样准确地诊断自己的病情。他现在唯一害怕的就是在阴影永久降临之前，那最后的短暂清醒。

康斯坦特计划在九月初穿过边境回到雷恩莱班。维尔涅死了，她也死了，但是还有那孩子。

他从马甲的口袋里拿出了六年前在全景廊街从维尔涅身上夺来的怀表。西班牙的阴影延长了，他在感染了梅毒的腐烂双手里翻动着它，想着他的伊索尔德。

第九十二章

在9月20日，玛格丽特·维尔涅谋杀案的周年纪念日，又一个孩子失踪了。这是一个多月以来的第一个，在下游苏格赖尼的河堤上被掠走的。女孩的尸体在靠近恋人之泉的地方被发现了，她的脸被爪痕严重损毁了，红色的裂痕穿过了她的脸颊和额头。跟那些被赶出家门和被遗忘了的孩子不一样，她是一个大家族宠爱的幼女，她的家族与奥德河和萨尔茨河流域的很多村子都有亲戚关系。

两天之后，两个男孩消失在离深渊湖不远的树林里，那个山地湖里据称栖息着魔鬼。他们的尸体一星期后被发现了，但是天气状况如此糟糕以至于是在过了一段时间，被动物残害了以后才被注意到，他们的皮肤都被剥掉了。

莱奥妮试着不去注意时间上的巧合。在还有希望能够毫发无损地找到孩子们的时候，她把家里所有的仆人都派去参加搜救队，但是这一举动被拒绝了。为了路易斯-阿纳托尔着想，她表面维持着镇静，但是她第一次开始接受他们或许要离开凯德庄园了，直到这场风暴过去。

弗米拉尤律师和布斯凯夫人坚称明显是野狗或是山上下来的狼的行为。在白天的时间里，莱奥妮也能够不去理会那些恶魔或是超自然生物的谣言。但是随着黄昏的来临，她对墓地那段历史的了解以及庭院里存在的那些卡牌让她不那么确信了。

镇里人的情绪变得越来越丑恶，越发针对他们。庄园成了卑鄙的蓄意破坏行动的目标。

一天下午，莱奥妮从树林里散步回来，看到了一群仆人围在外屋的门口。

她好奇地加快了步伐。

“怎么了？”她问道。

帕斯卡转过身来，眼中有恐惧的神色，他用宽阔结实的身形挡住了她的视线。

“没什么，小姐。”

莱奥妮看着帕斯卡的脸，然后看着园丁和他的儿子埃米尔。她走近了一步。

“帕斯卡？”

“求您了，小姐，您不该看到这个。”

莱奥妮的目光锐利起来。“得了，”她轻轻地说道，“我不是小孩了。我很确定不管你藏着的是什么都不会这么糟糕的。”

帕斯卡依然没有动。莱奥妮既被他过度保护的行为激怒了，又很好奇，她伸出戴着手套的手碰了碰他的胳膊。

“请让让。”

所有的眼睛都注视着帕斯卡，片刻，他保持了坚定，接着慢慢地退开，让莱奥妮看到了他如此紧张地想要隐藏的东西。

一只剥了皮的兔子尸体，已经有几天了，用毛皮商的沉重钉子钉在了门上。一群苍蝇嗡嗡地围绕着木门上一个用血涂抹出来的简略十字架。在下面，有用黑沥青写出的字迹：“以此为记，必将得胜。”

莱奥妮捂住了嘴，暴力和臭气让她眩晕，但是她保持了镇定。“把它处理掉，帕斯卡，”她说道，“此外，我会感激你们的慎言。”她看着周围的人们，看到她自已的恐惧反射在他们迷信的眼中，“你们所有人。”

莱奥妮的决定依然没有动摇。她下定决心不能在拜亚德先生回来之前被赶出凯德庄园。他说过他会在圣马丁的斋日前回来，11 月 11 日。她经由他埃尔米特路的旧居所发了很多信，最近越来越频繁，但是完全不知道他在途中有没有收到信件。

局面恶化了，又一个孩子失踪了，在 10 月 22 日。这个日子莱奥妮记得是阿纳托尔和伊索尔德秘密婚礼的纪念日，一对律师夫妇的漂亮女儿，穿戴着褶边裙子和白色缎带，从秘鲁广场上被带走了。公开的抗议立刻爆发了。

不幸的是，当那孩子被撕裂的破碎的尸体被找回来的时候，莱奥妮碰巧在雷恩莱班。她被抛弃在恶魔的扶手椅附近，在离凯德庄园不远的山峰上。她染血的手指里塞进了一枝野生杜松。

莱奥妮被冷冰冰地告知了这件事，明白这个信息是留给她的。木头马车在格朗路上隆隆驶过，后面跟着村民的行列。这些村民都是成年男子，生活的艰辛让他们变得坚强，此刻却公开哭泣着。

没有人说话。然后一个红脸女人，她的嘴敌意而愤怒，看见了莱奥妮，随即指出了她。责难的眼神转向了她，莱奥妮感到一阵恐惧。他们在寻找着该承担责任的人。

莱奥妮高昂着头，决心不表现出她有多害怕，转过身走向马车等待的地方。咕哝的声音更大了，一些话被喊了出来，侮辱、恶毒的咒骂，像拳头一样落在她身上。

“不远了。”玛莉塔催促道，握着她的手臂。

两天之后，一块点燃的破布，浸透了油和鹅的脂肪，从图书馆半开的窗户里塞了进去。它没来得及造成什么严重破坏就被发现了，但是家里的人变得更加胆小，更加警觉，更加悲惨。

莱奥妮在镇里的朋友和支持者——还有帕斯卡和玛莉塔——都尽了最大的努力去说服控告她的人，他们误信了庄园里栖息着野兽的消息。但是镇民的想法狭隘而坚定，他们不容置疑地坚信是山里的老恶魔回来收债了，就像他在朱尔斯·莱斯康布时期做过的那样。

无火不生烟。

莱奥妮试着不去想是维克多·康斯坦特无处不在的手操纵着对庄园的迫害，但尽管如此，她很确信他就要出击了。她试着说服宪兵队，乞求了市政厅，恳求弗米拉尤律师代表她去斡旋，但是毫无用处。庄园孤立无援。

在三天的雨结束之后，仆人在庄园里扑灭了几个纵火袭击的火堆。夜色掩护下，一条狗开膛破肚的尸体被放在了前门的门廊里，最年轻的客厅女仆吓得昏了过去。匿名的信件投送来了，清楚可憎地描述着阿纳托尔和伊索尔德的乱伦关系给山谷带来了这样的恐怖事件。

莱奥妮孤立无援，在恐惧和疑虑中，她明白了这就是康斯坦特一直以来的目的，煽动镇子对他们狂乱的仇恨。而她也明白了，尽管她并没有说出口，就算在夜晚的黑暗中也没有对自己说过，但这永远不会结束。这就是康斯坦特的纠缠。要是他在雷恩莱班周边地区的话——她忧虑地觉得他就在——那么他不可能不知道伊索尔德已经死了。迫害在持续的事实让莱奥妮清楚地意识到她必须把路易斯-阿纳托尔送到安全的地方去。莱奥妮会带上所有能带的东西，希望他们会在不久之后就回到凯德庄园。这里是路易斯-阿纳托尔的家。她不能让康斯坦特把它永远从他手里夺走。

这个计划想起来容易，执行起来却很难。

真相是莱奥妮无处可去。在杜邦将军停止支付账单之后，巴黎的公寓早就被废弃了。除了奥迪克·拜亚德、布斯凯夫人和弗米拉尤律师，她在凯德庄园受限的生活意味着她没有多少朋友。阿希尔离得太远了，而且，他也有自己的担忧。因为维克多·康斯坦特，莱奥妮已经没有直系亲属了。

但是没有其他的选择。

除了帕斯卡和玛莉塔以外，莱奥妮谁都没有告诉，她在为离去做着准备。她很确定地觉得康斯坦特会在万圣节对他们发起最后的行动。那不仅仅是阿纳托尔的忌日——康斯坦特对日期的关注表明他会想要这么做的——而且伊索尔德有一次在清醒的时候不小心说漏过，1890年10月31日就是她通知康斯坦特他们短暂的恋情必须结束的日子。从那天之后，所有的事情随之而来。

莱奥妮决定要是他在万圣之夜袭来，他会发现他们早已离去。

在10月31日干燥寒冷的下午，莱奥妮穿上外套戴上帽子，打算回到杜松丛生的那片空地去。她不想把塔罗牌留给康斯坦特，虽然他不太可能在这么大一片树林里凑巧找到它们。直到她和路易斯-阿纳托尔能安全返回之前——在拜亚德先生一直不在的情况下——她心里想着可以把它们交给布斯凯夫人来妥善保管。

莱奥妮正要穿过大门走到门廊里的时候，听到了玛莉塔叫着她的名字。她吓了一跳，转身回到了大厅。

“我在这儿。什么事？”

“一封信，小姐。”玛莉塔说道，递过一个信封。

莱奥妮皱着眉。在过去几个月的事情之后，任何不同寻常的事情她都很警惕。她看了一眼，并没有认出这字迹。

“谁寄来的？”

“那男孩说是来自库斯托萨。”

莱奥妮皱着眉打开了它。这封信来自牧区的老神父，安托万·杰利斯，邀请她在当天下午拜访他，处理一些紧急的事情。因为他是某种隐士——六年间莱奥妮只见过他两次，路易斯-阿纳托尔受洗的时候，在亨利·布代的陪同下在雷恩莱班见过他，以及在伊索尔德的葬礼上——收到这样的信她十分疑惑。

“有什么要回复的吗，小姐？”玛莉塔问道。

莱奥妮抬头看着：“那男孩还在这儿吗？”

“是的。”

“带他来。”

一个瘦小的孩子，穿戴着深棕色的裤子、开领衬衫和红色的领巾，手里紧握着他的帽子，被领进了大厅。他看上去吓得目瞪口呆。

“没必要害怕，”莱奥妮说道，希望能让他平静下来，“你没做什么错事。我只是想问问你是杰利斯神父亲自把这封信交给你的吗？”

他摇了摇头。

莱奥妮微笑着：“那好吧，你能告诉我是谁把这封信给你的吗？”

玛莉塔把男孩推向前：“女主人在问你问题呢。”

玛莉塔的尖刻干预没帮到忙反而起了阻碍，莱奥妮设法一点一点地套出了这件事的大致脉络。阿尔弗雷德和他的奶奶一起住在库斯托萨村。他正在城堡的废墟里玩，一个男人从神父住宅的正门走了出来，给了他一个苏送一封紧急信件到凯德庄园来。

“杰利斯神父有个侄女替他做事，莱奥妮小姐，”玛莉塔说道，“负责做饭、洗衣服。”

“那人是个仆人吗？”

阿尔弗雷德耸耸肩。

莱奥妮很确定从这个孩子身上了解不到更多信息了，她把他打发走了。

“你会去吗，小姐？”玛莉塔问道。

莱奥妮考虑着。在她们离开之前她有很多事情要处理。但是，她不能相信杰利斯神父会没有充分理由就送了这样的信来。这是个不寻常的情况。

“我会去的，”在片刻的迟疑之后她说道，“立刻让帕斯卡备车在宅邸前面见我。”

在接近三点半的时候他们离开了凯德庄园。

空气中充斥着秋季篝火的气味。他们路过的房屋和农场的门框上绑着黄杨木和迷迭香的枝条。在十字路口，立起了万圣节的临时圣龛。古老的祈祷文字潦草地写在了作为祭品的纸片和布条上。

莱奥妮知道在雷恩莱班和雷恩堡的墓园里，实际上在每一个山村牧区里，穿着黑纱衣戴着面纱的寡妇们，会跪在古老坟墓前的潮湿土地上，为她们曾经的爱人祈祷着解脱，因为之前降临到这个地区的阴影，今年更是如此。

帕斯卡使劲儿赶着马，它们背上冒着汗水的蒸汽，鼻孔张大在寒冷的空气中。即便如此，在他们走完从雷恩莱班到库斯托萨的路程，通过主干道通往村子的陡峭小路之后，也快要天黑了。

莱奥妮听到四点整的钟声回荡在山谷里。留下帕斯卡照看马车和马匹，她走在荒凉的村子里。库斯托萨村很小，不过几间房屋，没有面包店，也没有咖啡馆。

莱奥妮很轻松地找到了神父的住宅，就在教堂旁边。屋里没有生命活动的迹象。她没看到房子里点着灯光。

她的不安越来越强烈，敲着沉重的大门。没有人来，没有人应答。她再次敲门，声音大了一些。

“杰利斯神父？”

几分钟后，她决定去教堂试试。

莱奥妮绕过石头建筑物深色的外围到了后边。所有的门，前门和侧门，都是锁上的。一盏晃动的暗淡油灯，压抑地悬挂在一个弯曲的铁钩上。

莱奥妮越来越不耐烦，走到了街对面的住宅敲着门。在一阵拖动脚步的声音之后，一个老女人拉开了门上的金属格栅。

“是谁啊？”

“晚上好，”莱奥妮说道，“我和杰利斯神父有约，但是没人应门。”

房子的主人用愠怒不信任的眼光看着莱奥妮，什么也没说。莱奥妮伸手到口袋里摸出了一个苏，那女人一把抓了过去。

“神父不在这里。”她最后说道。

“您说什么？”

“神父。他去库伊扎了。”

莱奥妮睁大了眼睛：“这不可能。我不到一个小时前收到了他的信，邀请我来拜访他。”

“我看着他离开的，”那女人说道，明显很愉快，“您是第二个来问的人了。”

莱奥妮伸出了手阻止了那个女人关上格栅，一点点灯光从屋里照到了街上。

“什么样的人？”她问道，“一个男人？”

沉默。莱奥妮摸出了第二个硬币。

“法国人。”老女人说道，带着蓄意的侮辱吐出了这个词。

“那是什么时候？”

“黄昏前。天还亮着的时候。”

莱奥妮困惑地抽回了手指。格栅立刻砰地关上了。

她转过身，裹紧了斗篷抵御夜晚的到来。她只能推测在那个孩子从库斯托萨步行到凯德庄园的时间里，杰利斯神父放弃了等待，不能再推迟他的离去了。或许他不得不去处理其他紧急的事情？

扑了个空之后，莱奥妮愈发焦急地想要回家，她从斗篷口袋里拿出了纸和铅笔，匆匆写下了一张便条，表明她多么遗憾没有见到他，她会尽力在明天再来。她把它塞到了神父住宅墙上狭窄的信箱里，然后匆匆走回了帕斯卡在等待着的地方。

回程的路上帕斯卡更快地赶着马，但是每一分钟似乎都被延长了，莱奥妮在凯德庄园进入视野的时候几乎安心地喊了出来。他们在覆盖着冰的车道上慢了下来，莱奥妮感觉想要跳下车跑向前去。

终于他们停了下来，莱奥妮跳出了马车跑向前门门廊，一个无名无实的恐惧占据着她，在她离开期间任何事都可能发生。她推开了门跑了进去。

路易斯 - 阿纳托尔向她跑了过来。“他在这儿。”他喊着。

莱奥妮的血液在血管里结了冰。

上帝啊，不。别是维克多·康斯坦特。

门在她身后砰的一声关上了。

第九十三章

“你好，小姐。”一个声音从阴影中传来。

一开始莱奥妮觉得她的耳朵在欺骗自己。

他从阴暗中出来向她致意：“我离开得太久了。”

她跳向前去，张开了双手。“拜亚德先生，”她喊道，“非常欢迎你，非常欢迎！”

拜亚德微笑着低头看着路易斯 - 阿纳托尔在他身边双脚换来换去地跳着。

“这个小伙子把我照顾得非常好，”他说道，“他用弹钢琴来招待我。”

没有等待进一步的邀请，路易斯 - 阿纳托尔就跑过红黑相间的地砖，扑到钢琴上开始弹奏。

“听听这个，莱奥妮姑姑，”他喊着，“我在钢琴凳里找到的。我自己在学着弹。”

一段A小调的萦绕旋律，轻快又温柔，他的小手努力着不要弹错和弦。音乐，终于，听到了。由阿纳托尔的儿子——而且如此优美地——演奏着。

《墓地1891》。

莱奥妮感觉到泪水溢出了眼睛。她感到奥迪克·拜亚德的手握住了她的手，他的皮肤又干又薄像纸一样。他们站着聆听着，直到最后一个和弦渐渐消退。

路易斯-阿纳托尔把手放到膝盖上，深吸了一口气，仿佛在倾听着寂静中的回响，然后转过身，脸上带着骄傲的神色看着他们。

“瞧，”他说道，“我练习过。为了你，莱奥妮姑姑。”

“你的天赋很了不起，先生。”拜亚德先生说道，鼓着掌。

路易斯-阿纳托尔高兴得眉开眼笑：“要是长大以后我不能当兵的话，我就到美国去当一个著名的钢琴家。”

“二者都是高尚的职业。”拜亚德笑道，接着笑容从他脸上消失了，“但现在，我才华横溢的小朋友，你的姑姑和我必须讨论一些事情。你能让我们失陪一下吗？”

“但是我——”

“不会太久的，小家伙，”莱奥妮坚定地说道，“我们结束之后一定会叫你的。”

路易斯-阿纳托尔叹了口气，然后耸耸肩，咧嘴笑着朝着厨房跑去，去找玛莉塔了。

他刚刚离开，拜亚德先生和莱奥妮就立刻走到了会客厅里。在他明确缜密的询问下，莱奥妮解释了在他一月离开雷恩莱班后发生的一切，那些悲剧、离奇、令人费解的事情，包括了她对维克多·康斯坦特或许已经回来了的怀疑。

“我写过信说明了我们的困境，”她说道，无法抑制声音中的指责，“但是我没办法知道你是不是收到了我的任何通信。”

“我收到了一些，其他的我猜遗失了，”他忧郁地说道，“我今天下午回来之后才得知伊索尔德夫人的死讯。我很遗憾听到这个悲惨的消息。”

莱奥妮看着他，看出了他有多疲劳多虚弱。“很长的时间里她都郁郁寡欢。”她平静地说道。她抱紧了双手：“告诉我，你都去哪儿了？我十分想念你的陪伴。”

他把他长而纤细的手指尖按到了一起，好像在祈祷。

“要不是那是件对我来说有重大个人意义的事情，”他轻柔地说道，“我是不会离开你的。但我收到了消息，一个人……一个我等待了很多很多年的人回来了。但是……”他顿了一下，“但并不是她。”在沉默中，莱奥妮听出了这些简单词句中的痛苦。

莱奥妮暂时分心了。她过去只听到过一次他以这样的感情说话，但是得到的印象是他如此温柔地提到的那位姑娘已经死去很多年了。

“我不确定是否理解了你的意思，拜亚德先生。”她说道。

“不。”他轻柔地说道。接着一个坚定的表情出现在他的脸上。“要是我知道的话，我是不会离开雷恩莱班的。”他叹了口气，“但是我利用我的旅行给你和路易斯 - 阿纳托尔准备了一个避难所。”

莱奥妮绿色的眼睛里闪动着惊讶。

“但我在一星期之前才做出了那个决定，”她反驳道，“还不到一星期。你已经离开了十个月。你是怎么……”

他慢慢地微笑着：“很久以前，我就觉得这是很有必要的。”

“但是怎么——”

他抬起了手：“你的怀疑是正确的，莱奥妮小姐。维克多 · 康斯坦特确实在凯德庄园周边的地区。”

莱奥妮跳了起来：“如果你有证据的话，我们必须通知当局。他们到目前为止一直拒绝严肃对待我的担忧。”

“我没有证据，只有确定的怀疑。但是，我毫无疑问，康斯坦特来这里是有目的的。你们今晚必须离开。我在山里的房子已经准备好在等待着你们。我会把方位告诉帕斯卡。”他顿了一下，“他和玛莉塔——我认为，现在是他的妻子了——会和你们一起去？”

莱奥妮点点头：“我向他们吐露了我的打算。”

“你必须一直待在罗斯索尔斯，直到能安全地回来为止。”

“谢谢，谢谢你。”

莱奥妮眼中含着眼泪，环顾着这个房间。“离开这个房子我会很难过的，”她轻柔地说道，“对我的母亲和伊索尔德来说，这里是一个令人不安的地方。但是对我来说，尽管这里包含着悲痛，但它是一个幸福的地方。”

她停了下来：“有一件事我必须向你坦白，拜亚德先生。”

他的眼神锐利了起来。

“我答应过你我不会再回到墓地去，”她平静地说道，“而我也遵守了承诺。

但是那些卡牌，我必须告诉你，那天在雷恩莱班我离开你家之后……在阿纳托尔决斗之前……”

“我记得。”他轻柔地说道。

“我走了树林里的路回家，想看看我能不能独自找到藏物处。我只是想看看那些塔罗牌。”

莱奥妮看着拜亚德先生，预期会在他的脸上看到失望，甚至责备。让她震惊的是，他在微笑。

“而你找到了那个地方。”

这是一句陈述，不是疑问。

“是的。但我向你保证，”莱奥妮继续说道，“尽管我找到了那些卡牌，我把它们放回了隐藏处。”她顿了一下，“但我现在不想把它们留在这里，留在庭院里。他也许会找到它们，然后就……”

在她说话的时候，奥迪克·拜亚德把手伸到了他外套的口袋里。他拿出了一个四方形的黑丝绸包裹，一块熟悉的布料，然后打开了它。力量的图画在顶部清晰可见。

“你拿到了它们！”莱奥妮惊叫着，朝他走了一步，然后她停了下来，“你知道我去过那里？”

“你很乐于助人地留下了手套作为纪念品。你忘了吗？”

莱奥妮的脸一直红到了她红棕色头发的发根。

他叠起了黑丝绸。“我到那里去是因为，和你一样，我也认为这些卡牌不应该落入像维克多·康斯坦特那种人的手里。而且……”他顿了一下，“我认为我们或许用得到它们。”

“你警告过我不要使用这些卡牌的力量。”她反对道。

“除非别无选择，”他平静地说道，“我担心那样的时刻就要来到了。”

莱奥妮感到自己的心跳开始加速。“我们现在就走，马上。”她突然间震惊地感觉到沉重的冬季马甲和袜子在剐蹭着她的皮肤。头上的珍珠母发插，伊索尔德的礼物，似乎像利齿一样刺着她的头皮。“我们走。现在。”

毫无预兆的，她发现自己想起了他们在凯德庄园那些快乐的日子——她和阿纳托尔和伊索尔德——在悲剧来袭之前。1891 年那个久远的秋天，在巴黎的明媚阳光之后，就是她最害怕的黑暗，绝对而无法穿透的黑暗。

很久很久以前。

那时她是另一个姑娘，天真无邪，没有受到黑暗或悲伤的影响。泪水模糊了她的视线，她闭上了眼睛。

跑过大厅的脚步声赶走了她的回忆。莱奥妮朝着声音的方向转过身，在这时会客厅的门被推开了，帕斯卡跌跌撞撞地进了房间。

“莱奥妮小姐，拜亚德先生，”他喊道，“有……很多人。他们已经强行穿过了大门！”

莱奥妮跑到窗边。在远处的地平线上，她看到了一列燃烧着的火把，金色和赭黄映衬在黑色的夜空下。

然后，不远的地方，她听到了玻璃破碎的声音。

第九十四章

路易斯-阿纳托尔跑进了房间，挣脱了玛莉塔，扑到了莱奥妮的怀里。他脸色苍白，下嘴唇在颤抖，但是他试着微笑。

“他们是谁？”他小声说道。

莱奥妮紧紧地抱着他：“他们是坏人，小家伙。”

她转向窗户，透过玻璃观察着。虽然还有一段距离，但暴民已经朝着宅邸前进了。每个人都手握一只燃烧着的火把，另一只手握着武器，看起来就像是战斗前夕的军队。莱奥妮猜测他们只是在等待康斯坦特的攻击信号。

“他们这么多人，”她低语道，“他是怎么把全镇都煽动起来针对我们的？”

“他利用了他们天生的迷信，”拜亚德平静地回答道，“共和主义者或是保皇党，他们在成长的过程中一直听着恶魔潜伏在这片土地的故事。”

“阿斯蒙蒂斯。”

“不同的时期有不同的名字，但总是同一张脸。而且就算镇里善良的人们在白天宣称自己并不相信这样的故事，在晚上他们深层古老的灵魂会在黑暗中对他们低语。超自然的存在撕裂肉体，无法被杀死，黑暗禁忌的地方蜘蛛张起了网。”

莱奥妮知道他是对的。她想起了巴黎加尼叶宫暴乱的那晚。还有上个星期，雷恩莱班那些她认识的人脸上的仇恨。她知道杀戮的欲望会多么迅速，多么轻松地在人群中撒播开来。

“小姐？”帕斯卡急迫地说道。

莱奥妮能看到黑色的空气中火焰跃动着，燃烧着，反射在车道两旁甜栗子树的潮湿叶片上。她拉起了窗帘离开了窗户。

“把我哥哥和伊索尔德逼进了坟墓里，即使那样还是不够。”她呢喃着。她瞥了一眼靠在她身上的路易斯-阿纳托尔的黑色卷发的头顶，希望他没有听到。

“我们不能和他们谈谈吗？”他说道，“告诉他们不要打扰我们？”

“谈话的时机已经过去了，我的朋友。总有那么一刻，不管起因有多么恶劣，行动的欲望会胜过倾听的想法。”

“我们不得不去战斗了吗？”他说道。

拜亚德微笑着：“一个优秀的士兵知道何时要站出来面对他的敌人，何时要撤退。今晚我们不会战斗。”

路易斯-阿纳托尔点点头。

“还有希望吗？”莱奥妮低语道。

“希望一直存在。”他轻柔地说道。

接着拜亚德的表情变得坚毅，他转向帕斯卡：“马车准备好了吗？”

帕斯卡点点头：“准备好了，在墓地旁边的空地里等待着。躲开暴民的注意应该足够远了。我希望我能让我们离开这里，不被人看到。”

“嗯，好的，很好。我们会从后面走，抄近路穿过去进到树林里，祈祷他们的首要目标是房子本身。”

“仆人们怎么办？”莱奥妮问道，“他们也必须离开。”

帕斯卡宽阔正直的脸孔涨得通红。“他们不会离开的，”他说道，“他们希望保护这座房子。”

“我不想让任何人因为我而受伤，帕斯卡。”莱奥妮说道。

“我会告诉他们的，小姐，但是我不认为会动摇他们的决心。”

莱奥妮看得出他的眼睛湿润了。

“谢谢你。”她平静地说。

“帕斯卡，在和你会合之前我们会照顾你的玛莉塔的。”

帕斯卡点点头：“好的，拜亚德先生。”

他停下来吻了他的妻子，然后离开了房间。

片刻，没有人说话。然后形势的紧迫性再次压迫到他们身上，每个人都开始了行动。

“莱奥妮，只带那些必不可少的东西。玛莉塔，去拿小姐的旅行包和毛皮衣服。这会是一段又长又冷的旅程。”

玛莉塔强忍住了抽泣。

“玛莉塔，在我已经收拾好的旅行包里，有一个装着纸的小皮夹放在我的针线盒里。是画，大约这么大。”莱奥妮用手比出了一本弥撒书的外形，“带走针线盒，保护好它。但是把皮夹带给我，好吗？”

玛莉塔点点头跑进了大厅里。

莱奥妮等到她离开，接着转身面对拜亚德先生。

“这也不是你的战斗，奥迪克。”她说道。

“萨吉亚什，”他轻轻说道，“我的朋友叫我萨吉亚什。”

莱奥妮微笑着，对这个意外的信任感到骄傲。“好吧，萨吉亚什。很多年以前你曾经告诉过我，最需要我帮助的人是那些活着的而不是死去的。你还记得吗？”她低头看了一眼那个小男孩，“现在他就是最重要的。如果你带走他，那我就会知道至少我没有辜负我的职责。”

他微笑着:“爱——真爱——永恒，莱奥妮。你的哥哥，伊索尔德，你的母亲，他们都知道。你并没有失去他们。”

莱奥妮想起了在凯德庄园第一次晚宴之后的那一天，她们坐在石头长凳上，伊索尔德对她说的那些话。她是在讲述她对阿纳托尔的爱，尽管当时莱奥妮并不知道。这份爱如此强烈，以至于失去了它之后，伊索尔德的生命变得难以承受。莱奥妮自己也希望有这样的一份爱情。

“如果事态恶化了，”她说道，“我想要你答应我，你会把路易斯 - 阿纳托尔带到罗斯索尔斯去。”她顿了一下，“另外，如果你受到伤害我是不会原谅我自己的。”

他摇了摇头：“我的时间还没到，莱奥妮。在我被允许踏上那段旅程之前我还有很多事情必须要做。”

她看了一眼那条熟悉的黄色领巾，刚刚能在他外套口袋里看到的一块柔顺的颜色。

玛莉塔出现在门口，拿着路易斯 - 阿纳托尔的户外衣服。

“过来，”她说道，“快点。”

小男孩听话地走到她身边，套上了衣服。接着，他突然从她身边跑开，跑进了大厅里。

“路易斯 - 阿纳托尔！”莱奥妮在后面叫着他。

“有个东西我必须去拿。”他喊着，片刻之后拿着那张钢琴谱回来了。“我们不会想要不带着音乐就到我们要去的地方去，”他说道，看着周围成人严峻的表情，“好吧，我们原本不会。”

莱奥妮蹲了下去：“你说得很对，小家伙。”

“但是，”他动摇了，“我不知道我们要去哪里。”

在屋外，爆发了一阵喊声，战斗的喊声。

莱奥妮立刻站了起来，感觉到侄子的小手塞到了她的手里。

被万圣节之前这几天里发生的这些事情的恐惧、黑暗和恐怖驱动着，那些拿着火把、棍棒和猎枪的人开始朝着宅邸前进。

“于是，开始了，”拜亚德说道，“勇气，莱奥妮。”

他们的目光交汇。慢慢地，好像现在都很勉强，他把塔罗牌递给了她。

“你记得你舅舅的文章？”

“记得很牢。”

他轻轻笑了一下。“尽管你把书还到了图书馆而且让我相信你从未再去过。”他温柔地指责道。

莱奥妮脸红了：“我或许，有那么一两次，重新熟悉了一下它的内容。”

“或许，这是幸运的。老人并不总是睿智的。”他顿了一下，“但是，你知道你的命运是和这紧密联系在一起的吗？你知道如果你选择把生命注入你所画的画作里，如果你召唤出恶魔，他也会带走你？”

恐惧闪动在她绿色的眼睛里：“我知道。”

“好吧。”

拜亚德耸耸肩。“邪恶吸引邪恶，”他说道，“你舅舅不想丧失性命，他和恶魔搏斗了，但是他从此以后一直带着标记。”

“但要是我不能——”

“够了，”他坚定地说道，“我相信，在那一刻，会明朗起来的。”

莱奥妮把黑丝绸的包裹放到了斗篷宽敞的口袋里，然后跑到壁炉架旁拿下了一盒放在大理石镶边上的火柴。

她踮起脚尖，在拜亚德的额头上吻了一下。“谢谢你，萨吉亚什，”她低语着，“这些卡牌。所有的事情。”

莱奥妮，奥迪克·拜亚德，路易斯-阿纳托尔和玛莉塔从会客厅里出来的时候，大厅里很暗。

莱奥妮在每个角落，每个隐蔽处，都能听到或看到行动的迹象。园丁的儿子埃米尔，一个强壮高大的男人，正在给室内仆人们分发着各种他能拿到的武器。一支老式滑膛枪，一把从展示柜里拿出来的短剑，还有棍棒。户外，仆人们拿起了猎枪、耙子、铲子和锄头。

莱奥妮感觉到了路易斯 - 阿纳托尔的震惊。看着他日常生活中那些熟悉的脸孔的变化，他的手在她的手里握紧了。

她停了下来，声音清晰洪亮地说道：“我不想让你们冒着生命的危险，你们既忠诚又勇敢——我知道我过世的哥哥和伊索尔德夫人也会这么认为的。如果他们在这里见到这场面的话——但这不是一场我们能取胜的战斗。”她环顾着大厅，看着那些熟悉的和不那么熟悉的脸孔：“求你们了，我请求你们，趁现在还有机会离开，回到你们的妻子和孩子身边。”

没人移动。挂在钢琴上方的黑白照片相框的玻璃闪烁着，吸引了她的视线。莱奥妮迟疑着。很久以前，一个阳光明媚的下午，秘鲁广场的纪念品：阿纳托尔坐着，伊索尔德和她站在后边，他们三人都满足于彼此的陪伴。片刻，她想要带走这张照片，但是想到了只带必不可少的东西的指示，她停住了手。照片留在了它一直以来的位置，仿佛在继续照看着这座房子以及其中的人。

看到没有什么要做的事情了，莱奥妮和路易斯 - 阿纳托尔悄悄走出了通向门廊的金属玻璃门。拜亚德和玛莉塔跟在后面。然后，从她身后聚集的人群里，一个声音传了出来。

“祝你好运，莱奥妮小姐。还有你，小家伙。我们会在这儿等你们回来的。”

“也祝你们好运。”小男孩用他甜美的声音说道。

外面很冷。寒霜掐着他们的脸颊，刺痛着他们的耳朵。莱奥妮拉起了罩帽盖住了脑袋。他们能够听到暴民在房子的远端，依然有一段距离，但是那声音让他们都感到恐惧。

“我们要去哪儿，莱奥妮姑姑？”路易斯 - 阿纳托尔低声说道。

莱奥妮听出了他声音里的恐惧。“我们要穿过树林，帕斯卡在马车旁边等着我们。”她说道。

“他为什么在那里等？”

“因为我们不想让任何人看到或者听到我们，”她立刻说道，“然后，记住，依然要非常安静，我们会坐车到拜亚德先生山上的房子那里去。”

“很远吗？”

“是的。”

男孩安静了一会儿。“我们什么时候回来？”他问道。

莱奥妮咬着嘴唇。“想象这是一场捉迷藏的游戏。只是游戏。”她把手指放到嘴唇上，“但是我们现在必须赶快了，路易斯 - 阿纳托尔。而且要非常安静，非常非常安静。”

“还要非常勇敢。”

莱奥妮的手指抚摸着口袋里的塔罗牌。“是的，”她呢喃着，“还要勇敢。”

第九十五章

“点火！”

在湖边，在康斯坦特的命令下，暴民把火把插到了方形树篱的底部。几分钟过去了，然后树篱开始燃烧，先是枝条的网络，接着是树干，噼啪响着就像老城城墙上的焰火一样。火苗升起，摇摆着燃烧起来。

然后那个冷酷的声音再次传来：“动手！”

人群冲过了草坪，绕过了湖泊，踩过了花坛。他们跳上了台阶到了门廊上，推翻了观赏植物的花盆。

康斯坦特跟在远处，手里拿着一支烟，拄着手杖，倾斜得很厉害，好像在香舍丽榭大街上的游行队伍里一样。

在下午四点钟的时候——他很确定这个时候莱奥妮·维尔涅在去往库斯托萨的路途上——康斯坦特让又一个被杀害的孩子被带回家去折磨他的父母。他的手下用牛车把破碎的尸体带到了秘鲁广场，他等待的地方。即便是以他枯竭的精力，也没费什么技巧就引起了人们的注意。这样可怕的伤口不可能是动物造成的，只能是某个超自然的东西。一个藏在凯德庄园里的生物，一个魔鬼，一个恶魔。

庄园里的一个马夫当时正在雷恩莱班。这一小群人围攻了他，质问着如何控制那个生物，它被藏在哪里。尽管没什么证据能让他承认这个荒谬的巫术故事，但这还是激怒了人群。

是康斯坦特亲自建议他们去围攻房子来亲眼确认的。片刻，这个主意就扎下了根，变成了他们自己的想法。之后，康斯坦特说服他们允许自己来组织对凯德庄园的攻击。

康斯坦特在门廊脚下停顿了一下，他因为走路而精疲力尽。他注视着暴民从前门到边门分成了两列，涌上了石头台阶进入了房子后面的门廊。

和门廊等宽的条纹遮阳篷首先被点燃了，一个男孩爬上了常青藤，把他燃烧的火把塞到了它末端折叠着的布料里。尽管布料因为十月的空气而潮湿，但还是在几秒钟之内就着了起来。火把掉了下来，落到了门廊里。一团呛人的黑烟，带着油、帆布和火焰的气味，飘荡在夜空之中。

有人在混乱中喊着：“那些邪恶的人！”

火焰的景象似乎激起了村民的激情。第一扇窗户被打破了，玻璃破碎在铁头靴子的鞋跟下。一个碎片楔在了那个男人的厚冬裤里，他把它踢开了。更多的窗户被打破了。一个接一个，优雅的房间被暴力的人群破坏了，他们的火把捅了进来，点燃了窗帘。

三个人抬起了一个石缸，用它作为攻城槌撞击着大门。玻璃破碎，金属弯曲，门框被击垮了。那三个人扔掉了缸，暴民涌进了大厅和图书馆。他们用浸着油和沥青的破布点燃了桃花心木的书架。一个接一个，古老的书籍燃烧着，干燥的纸张和古旧的皮革封面像稻草一样容易点燃。火焰噼啪响着，从一个书架跃到另一个书架。

入侵者拽掉了窗帘。由于温度的增长和扭曲的金属，更多的窗户破碎了，椅子腿被砸开了。

他们的面孔被愤怒和嫉妒扭曲了，翻倒了莱奥妮曾坐在旁边第一次阅读《塔罗》的桌子，费力地处理着黄铜零件，从墙上扯下了活动梯子。火焰舔食着地毯的边缘，然后变成了熊熊大火。

暴民冲进了棋盘格的走廊。康斯坦特慢慢地走着，怪异地把腿甩到前方，跟着他们进来了。

入侵者在主楼梯脚下遇到了房子的守护者。

仆人们寡不敌众，但是他们英勇地战斗着。他们也一样遭受着那些诽谤、流言、闲言碎语的折磨，此时正在维护着自己的名誉还有凯德庄园的声望。

一个年轻的男仆对着向他而来的人突然打出了一拳。那村民吃了一惊，跌跌撞撞地后退，血从他头上流下。

他们彼此认识，一起长大，是表兄弟、朋友、邻居，然而他们却像敌人一样打斗着。埃米尔被铁头靴子凶狠的一击踢倒了，那个人曾经把他扛在肩膀上送他去上学。

喊叫声更大了。

园丁和庭院仆人们拿着猎枪向暴民开火，击中了一个人的胳膊和另一个人的腿。鲜血从裂开的皮肤里流出，那人举起了手来抵挡殴打。但是由于人数上的巨大差距，宅邸被征服了。老园丁最先倒下了，一只脚踩在了上面，他听到了自己的腿骨折断的声音。埃米尔坚持得稍微长一些，直到他被两个人制服。

第三个人用拳头一下一下地打着他的脸，最终他垮掉了。埃米尔曾经和这些人的儿子一起玩过。他们抬起了他，把他扔出了扶手。在短短的一秒钟里，他看起来悬在了半空，接着掉了下去，头下脚上，落在了楼梯的底部。埃米尔落地的时候，手臂和腿以不自然的角度张开着，只有一缕鲜血从他的嘴角流下，但是他的眼睛是睁开的。

玛莉塔的表弟安托因，一个头脑简单的男孩，但是他的意识足够清晰去分辨对与错。他看见了一个他认识的人，手里拿着皮带，他是其中一个被夺走的孩子的父亲。他的面孔被怨恨和悲痛扭曲了。

安托因没有想清楚也没有停下来，他扑向前去，用胳膊绕过那个人的脖子，试着把他摔倒在地面上。安托因很重也很强壮，但是他并不知道怎么去战斗。几秒钟之内他发现自己被摔到了地上。他立刻举起了手，但是太迟了。

皮带打在他的脸上，金属扣环击中了他的眼睛。安托因的世界变成了红色。

康斯坦特站在楼梯脚下，举起了手挡着脸抵御热量和烟灰，等待着他的仆人跑过大厅来报告。

“他们不在这儿，”他气喘吁吁地说道，“我到处都找过了。似乎他们跟一个老人和女管家一起，大约一刻钟之前离开了。”

“步行的？”

他点点头：“我发现了这个，先生。在会客厅里。”

维克多·康斯坦特用颤抖的手接过了它。那是一张塔罗牌，画面上是一个怪诞的恶魔，一对恋人锁在它的脚下。他试着集中视线，烟雾影响了他的视力。在他看来，恶魔似乎在动，仿佛在重负之下扭动着，恋人开始呈现出维尔涅和伊索尔德的样子。

他用戴着手套的手揉着他疼痛的眼睛，然后想到了一个主意。

“在你解决了杰利斯之后，把这张塔罗牌放到尸体上。至少能够混淆视听。整个库斯托萨村都知道那女孩去了那里。”

男仆点点头：“您呢，先生？”

“帮我到马车那里。一个孩子、一个女人和一个老人？我不认为他们能走多远。实际上，我认为他们更有可能是躲在了庭院里的什么地方。这个庄园大部分都是树林。他们只有可能去了一个地方。”

“那他们呢？”仆人朝着暴民的方向动了动脑袋。

随着战斗到达了顶点，喊叫的声音也越来越强。很快劫掠就会开始，就算那个男孩躲过了今晚，也不会有什么东西让他回到这里来了。他会一无所有。

“由他们去吧。”康斯坦特说道。

第九十六章

他们进入树林后，在黑暗中很困难地行走着。路易斯 - 阿纳托尔是一个强壮的孩子，而拜亚德先生，尽管年纪很大了，脚步令人惊讶的快。尽管如此，他们的进展还是很慢。他们带出了一盏灯，但是没有点着，害怕会引起暴民的注意。

莱奥妮发现她的脚不自觉地走向了她一直以来极力躲避着的通往墓地的小路。她走着，爬上山，她的黑色长斗篷扬起了脚下潮湿的秋季落叶。她想到了自己在庄园里的那些旅途——生长着野生杜松的空地，阿纳托尔倒下的那片空地；她哥哥和伊索尔德的坟墓，并排位于湖对岸的岬角上——想到她也许再也见不到它们了，她的心在哭泣。一直以来她都觉得自己被狭窄的生活范围幽禁了，现在离别的时刻到来了，她却并不想走。岩石、山峰、灌木丛、林间的小路，莱奥妮感觉仿佛这些事物都刻进了自己的身体里。

“我们快到了吗，莱奥妮姑姑？”在他们走了大约一刻钟之后，路易斯 - 阿纳托尔小声说道，“我的靴子弄疼我了。”

“快到了，”她说道，捏着他的手，“小心不要滑倒。”

“你知道吗，”他说道，他的声音暴露了他的谎言，“我一点都不害怕蜘蛛。”

他们到达了空地，慢下了步伐。莱奥妮认出了她第一次到达时见过的紫杉树林，随着时间的流逝它们看起来比之前更多节，树冠更茂密了。

帕斯卡在等待。马车侧面的两盏微弱的灯在寒冷的空气中噼啪作响，马匹在坚硬的地面上跺着钉着蹄铁的马蹄。

“这里是哪儿，莱奥妮姑姑？”路易斯 - 阿纳托尔说道，好奇暂时赶走了他的恐惧，“我们还在我们的庭院里吗？”

“是的。这里是旧墓地。”

“他们埋葬死人的地方？”

“有的时候。”

“为什么爸爸和妈妈没有埋葬在这里？”

她迟疑着：“因为他们喜欢在外面，在树木和鲜花之中。他们一起躺在湖边，记得吗？”

路易斯 - 阿纳托尔皱着眉：“这样他们就能听见鸟叫了？”

莱奥妮微笑着。

“这就是为什么你从来没有带我来这里吗？”他说道，向前走着，靠近了门口，“因为这里有鬼？”

莱奥妮伸出手抓住了他：“没有时间了，路易斯 - 阿纳托尔。”

他的小脸一沉：“我不能进去吗？”

“现在不行。”

“里面有蜘蛛吗？”

“或许有，但既然你不害怕蜘蛛，你不会在意的。”

他点点头，但是他的脸色变得十分苍白：“我们改天会回来的，在白天的时候。”

“那真是个好主意。”她说道。

她感到拜亚德先生的手放到了她的手臂上。

“我们不能再耽搁了，”帕斯卡说道，“我们必须在康斯坦特意识到我们不在房子里之前尽可能地赶路。”他弯下腰把路易斯 - 阿纳托尔抱进了马车里，“那么，小家伙，你准备好进行一场午夜冒险了吗？”

路易斯 - 阿纳托尔点点头。

“这是段很长的路。”

“比深渊湖还远吗？”

“比那还要远。”帕斯卡回答道。

“我不会在意的，”路易斯 - 阿纳托尔说道，“玛莉塔会陪我玩吗？”

“她会的。”

“莱奥妮姑姑会给我讲故事。”

大人们交换着受挫的眼色。沉默中，拜亚德先生和玛莉塔爬进了车厢，帕斯卡坐在了车夫的座位上。

“快来，莱奥妮姑姑。”路易斯 - 阿纳托尔说道。

莱奥妮啪的一声关上了车厢的门：“保证他的安全。”

“你不必这么做，”拜亚德立刻说道，“康斯坦特是个病人。有可能时间和自然的轮回就会让这段积怨结束，而且很快就会结束。如果你等待的话，有可能这一切都会自发地过去。”

“有可能，是的，”她激动地说道，“但是我不能冒这个险。那或许会是三年，五年，甚至十年。我不能让路易斯 - 阿纳托尔在这样的阴影下长大，总是在想，总是看着外面的黑暗，觉得有人在外边，等待着来伤害他。”

她想起了阿纳托尔从他们柏林路上的旧公寓看着下面的街道。又想起了伊索尔德忧心忡忡的脸总是看着地平线，在最微小的事情上看到危险。

“不，”她更加坚决地说道，“我不会让路易斯 - 阿纳托尔过着这样的生活。”她微笑着，“这一切必须结束。现在，今晚，在这里。”她深吸了一口气，“你也是这么认为的，萨吉亚什。”

片刻，在摇曳的灯光里，他们的眼神交汇。接着，他点了点头。

“我会把卡牌送回到它们原来的位置，”他平静地说道，“在这孩子安全了而且没有人看得到我的时候。你可以信任我。”

“莱奥妮姑姑？”路易斯 - 阿纳托尔再次说道，有一点焦急。

“小家伙，有些事情我必须要做，”她说道，保持着声音的平稳，“意味着现在我不能跟你一起去了。你在帕斯卡和玛莉塔还有拜亚德先生身边会十分安全的。”

他哭丧着脸，向她伸出了胳膊，本能地理解了这并不是暂时的分别。

“不！”他哭喊着，“我不要离开你，姑姑。我不会离开你。”

他穿过了座位扑向她，抱着莱奥妮的脖子。她吻了吻他，理了理他的头发，然后坚决地把自己和他分开。

“不！”小男孩喊叫着，挣扎着。

“为了玛莉塔要乖乖的，”她说道，话语卡在了嗓子里，“照顾好拜亚德先生和帕斯卡。”

她退后了一步，用手拍打着车厢的侧板。“走，”她哭喊着，“快走。”

帕斯卡甩响了鞭子，马车猛地向前冲去。莱奥妮试着堵住耳朵，不愿听到路易斯 - 阿纳托尔的声音呼喊着她，哭着，随着马车的远去，声音变得越来越微弱。

当再也听不到车轮在坚硬结霜的地面上发出的隆隆声之后，她转过身走向古老石头教堂的门。莱奥妮泪眼模糊地抓住了金属门把手。她迟疑着，半转过身回头看着。在远处是一道强烈的橙色光芒，带着火花和烟雾，映衬在黑色的夜空下。

宅邸在燃烧。

她坚定了决心。她转动着把手，推开了门，跨过门槛走进墓地之中。

第九十七章

寒冷、沉重的空气涌出来迎接她。

莱奥妮的眼睛慢慢适应了昏暗的光线。她从口袋里拿出了那盒火柴，打开了提灯的玻璃门，点燃了灯芯。

阿斯蒙蒂斯蓝色的眼睛注视着她。莱奥妮深入了正厅。在她慢慢走向圣坛时，墙上的画似乎在悸动，摇摆，向着她移动。石板上的尘土和沙砾在她的靴子底下摩擦着，在坟墓的寂静中显得很响。

莱奥妮不确定应该先做什么。她的手伸向口袋里的卡牌。另一个口袋里的皮夹装着折叠起来的纸张，她尝试画的画作——她自己、阿纳托尔、伊索尔德——她不想离开的那些画。

她终于向拜亚德先生承认了，在亲眼看到了那些卡牌之后，她曾好几次回到图书馆里翻看她舅舅写的书，仔细阅读那些手写的文章，直到她能够一字不差地记下来。但尽管如此，她对拜亚德先生的解释依然留有疑惑。卡牌中包含着的生动的生命和风中承载着的音乐，它们会彼此作用着，召唤出那些栖息在这片古老土地上的魂灵。

会是这样吗？

莱奥妮明白，不只是卡牌，不只是音乐，或是这个地方，而是这三者在墓地界线里的独特组合。

而如果传说和字面上一样真实的话，即使在她的疑惑之中，她也知道已经无法回头了。魂灵会夺走她的生命。它们之前尝试过一次——失败了——但今晚她会自愿让它们带走她，只要它们也能带走康斯坦特。

这样路易斯-阿纳托尔就安全了。

突然间一个摩擦声，一个拍打声，吓了她一跳。她四处看着，寻找着声音的来源，然后安心地叹了一口气，意识到那只是外面的一根光秃的枝干敲打着窗户。

莱奥妮把提灯放到了地上，划着了第二根火柴，然后又划了几根，点着了墙上金属烛台里的旧牛油蜡烛。油脂开始沿着干枯的烛芯流下，固化在冰冷的金属上，但最后每一支蜡烛都点燃了，墓地里充满了黄色、摇曳的光线。

莱奥妮向前走去，感觉仿佛后殿里的八张画都在注视着她的一举一动。她找到了圣坛前的那个位置，一代人之前，朱尔斯·莱斯康布曾经在石头地板上拼出了庄园的名字：C-A-D-E。

不知道自己做得是对是错，她从口袋里拿出了塔罗牌，解开了它们，把整套牌都放在了石板的中心，她过世舅舅的话语回荡在她的脑海里。她的皮夹放在了卡牌边上，解开了绳子但是没有拿出那些画。

通过它们的力量我可以踏入另一次元。

莱奥妮抬起了头。此时一片寂静。在房间外，她听到了风在树木间移动。她更仔细地听。烟雾依然平静地从牛油蜡烛上升起，但是她觉得自己几乎能够分辨出音乐的声音，稀薄的音符，当风穿行在山毛榉和紫杉的枝干间发出的尖声的呼啸。接着它来了，悄悄地，从门下，穿过了窗户上铅条和褪色玻璃之间的空隙。

空气流动着，我感到并不是孤身一人在此。

莱奥妮微笑着，想起了书页中的话语。她并不害怕，现在，她很好奇。在她抬头看着八角形的后殿时，转瞬之间，她觉得或许自己看到力量的脸在动。画中人的脸上出现了十分轻微的微笑。而且在一瞬间，那女孩看起来和她一模一样——就像她画进塔罗临摹画里的脸一样。同样的红棕色头发，同样的绿色眼睛，同样直接的眼神。

我自己和另一个我，过去的与将来的，都相同地存在着。

现在，莱奥妮感到了周围的移动。魂灵，或是卡牌活了过来，她并不确定。恋人，在她满怀希望的眼中，如此明显地呈现出了亲爱的阿纳托尔和伊索尔德的面貌。刹那间，莱奥妮觉得自己在正义的图画里看到了路易斯-阿纳托尔的面孔，牌中的女人举着天平坐着，一串音符围绕在长裙的裙边上，莱奥妮认识的那个男孩包含在她的轮廓之中。接着，在她视野以外的地方，短短的一秒钟里，奥迪克·拜亚德——萨吉亚什——的面貌似乎印在了魔术师年轻的脸上。

莱奥妮一动不动地站着，让风中的音乐洗涤着她。那些面孔、衣服和风景仿佛在移动，变幻，像星星一样闪烁，在银色的空气中旋转着，似乎承载于那看不见的音乐的流动之中。她失去了自我的感觉。次元、空间、时间、质量，现在都无足轻重地消失了。

她猜测，那些震动，空气中的沙沙声，那些鬼魂，轻抚着她的肩膀和鼻子，掠过她的额头，围绕着她，温柔，友善，但并未真正触碰到她。一阵沉默的混乱正在增长，一阵无声低语和叹息的嘈杂。

莱奥妮向前伸出了手。她觉得自己毫无重量，透明，就像漂浮在水里一样，尽管她红色的衣服依然裹在她身上，黑色的斗篷挂在肩膀上。它们在等待她的加入。莱奥妮翻过她张开的手掌，然后，十分清晰地看到，无限符号出现在她手掌的苍白皮肤上，像数字“8”一样。

“Aïci lo tems s'en, va res l'eternitat.”

从她的唇间落下了银色的词句。现在，在等待了这么久之后，它们的意思准确无误。

这里，在此地，时间流向永恒。

莱奥妮微笑着——想着身后的路易斯 - 阿纳托尔，身前的母亲、哥哥和舅妈——她向前走进了光芒之中。

粗糙地面上的震动让他极为不舒服，弄破了手上和背上的好几处伤口。他能感觉到脓水渗透了绷带。

康斯坦特从马车里下来了。

他用手杖戳着地面。不久之前，两匹马曾经站在这里。车辙表明只有一辆马车而且似乎是远离——而不是朝向——东边的墓地。

“在这儿等着。”他指示道。

康斯坦特感觉到，风的奇妙力量迂回在通向坟墓正门的一排排紫杉树多节的树干之间。他用空闲的手紧紧握着大衣，包裹着喉咙，抵御着渐渐增强的气流。他嗅了嗅。他的嗅觉几乎已经消失了，但是他刚刚能够分辨出一股令人不快的，混合着焚香和海岸上腐烂海草恶臭的奇怪气味。

尽管他的眼睛因为寒冷而流泪，他还是能够看到内部有燃烧着的灯光。那男孩可能躲在里边的想法驱动着他前进。他大步向前走，没有注意那几乎像水流奔涌的声音，也没有注意像风吹动着电报线或是在火车接近时金属轨道颤动一样的呼啸声。

几乎像音乐一样。

他拒绝被那些光线、烟雾或是声音的诡计分散注意力，不管是不是莱奥妮 · 维尔涅设计的。

康斯坦特走到了沉重的大门前，转动着把手。一开始，它并没有打开。他猜测门被闩上了或是家具被堆在后面作为障碍物。他再次尝试。这一次，它立刻就被打开了。康斯坦特几乎失去了平衡，半走半跌地进了墓地之中。

他立刻就看见了她，在一个八边形的内殿里的小圣坛前，背对着他站着。事实上，她完全没有试图隐藏自己。但是没有那个男孩的踪迹。

他的下巴伸向前方，他的眼睛扫视着左右，康斯坦特走过了正厅，手杖敲打着石板。一步一步，他的脚怪异地落下。刚进门的地方有一个空的底座，顶端参差不齐，仿佛雕像被扯掉了一样。熟悉的石膏圣人像，放置在一排排简朴的长木椅背后的墙边，标记着他走向圣坛的路程。

"维尔涅小姐。"他尖刻地说道，被她的忽视激怒了。

她依然一动不动。实际上，她似乎不知道他的存在。

康斯坦特停了下来，低头看着圣坛前的石头，地面上散落着那堆卡牌。"这是什么荒谬的东西？"他说道，踏进了那块石板。

现在莱奥妮转过身面对着他，罩帽从她的脸上落下。康斯坦特举起了他染病的双手来遮住眼睛抵挡这光芒。他嘴角的微笑消失了。他不能理解。他能看到那女孩的面貌，同样的直接注视，头发现在披散着，和他从柏林路偷来的那张照片上的一样，但是她变成了其他的东西，没有颜色的影子，没有形体的形状。

他站在那里，迷惑又目眩。她开始了变化，骨骼、肌腱、皮肤下的头骨开始穿出。

康斯坦特尖叫着。

有什么扑到了他身上，一丝之前被他忽略的寂静被一阵嘈杂的尖叫和嚎叫打破了。他用手捂着耳朵，阻止那个生物进入他的脑袋，但是他的手指被爪子拉开了，尽管他的身上一丝痕迹都没有。

看起来仿佛画中的人物都从墙上走了下来，每个人都变成了自己的黑暗面。手指和指甲变成了爪子，眼睛变成了火和冰。康斯坦特蜷曲着身子，丢掉了手杖把手臂捂在脸上来保护自己。他跪倒在地上，喘息着，心脏开始失去了节奏。他试着向前移动，走出这个地上的石板，但是一个无形的力量，像一阵压倒一切的狂风一样，持续把他推了回去。嚎叫，空气中音乐的震动声音越来越大了。那似乎是来自外界，也回响在他的脑袋里，撕扯着他的意志。

"不！"他喊道。

但是话语的音量和强度都在增长。他困惑地看着莱奥妮。他完全看不见她了，光芒太强烈了，周围的空气在白炽的烟雾中发着光。

接着，从他身后，或者说从他皮肤的表面之下，传来了一个不同的声音，像野兽的爪子剐蹭着他骨头表面的声音。他畏缩着，抽搐着，痛苦地喊叫着，然后在一阵空气涌动中倒在了地板上。

突然之间，一个恶魔蹲坐在他的胸前，散发着鱼和沥青的恶臭，瘦削扭曲，长着红色的皮革般的皮肤，额头上长着犄角，还有一双奇异锐利的蓝色眼睛，那个他所知的不可能存在的恶魔，不存在于世上的恶魔。然而阿斯蒙蒂斯的脸孔正在向下注视着他。

“不！”在被恶魔带走之前，他张嘴发出了最后一声号叫。

墓地中的空气立刻静止了。魂灵的低语和叹息越来越微弱，直到最后，莱奥妮和古老的石头都听不到任何声音了。卡牌散落在地面上。墙上的面孔再次变得平坦、二维，但是他们的表情和姿势不易察觉地改变了。每一张都和曾经生活在——以及死在——凯德庄园里的那些人有着明确无误的相似。

在外面的空地里，康斯坦特的男仆因为风、烟雾和光线畏缩着。他听到了主人的叫喊，一次，接着又一次。那非人的声音让他惊呆了而没有行动。

现在，一切都寂静了。墓地里的光线稳定了之后，他才鼓起了勇气走出藏身处。他慢慢地走近了沉重的大门，发现它半开着。他试探的手没有遇到任何抵抗。

“先生？”

他走了进去。“先生？”他再次叫着。

一股冷气流，像呼气一样，一下就清空了墓地里的烟雾，留下了被墙上的灯光照亮的空间。

他立刻就看见了他主人的尸体。康斯坦特面朝下趴在圣坛前边的地面上，一套塔罗牌散落在他周围。仆人冲上前去翻过了他主人骨瘦如柴的身体，接着退缩了。三道深而鲜红的伤口穿过了康斯坦特的面孔，像野兽的凶残痕迹一样。

像爪痕，跟他在被他们杀害的孩子身上伪造的痕迹一样。

那人机械地画了个十字，屈身去闭上他主人惊骇、大睁的眼睛。接着，他的手停住了，他注意到了康斯坦特胸前。在他的心脏上放着长方形卡牌——恶魔。

它一直都在那儿吗？

仆人困惑不解地把手伸向他的口袋，他可以发誓自己把卡牌放进去了，他的主人指示他要把卡牌放到库斯托萨村杰利斯神父的尸体上。口袋是空的。

他把它弄掉了吗？还有什么其他的解释？

一瞬间，他理解了。接着，男仆跟跄地离开了他主人的尸体，开始跑出正厅，跑过雕像视而不见的眼睛，跑出了墓地，逃离了那张卡牌上扭曲的面孔。

下方的山谷里，午夜的钟声敲响了。

第十二部

The Ruins 废墟

2007 年 10 月

第九十八章
凯德庄园

2007年10月31日，星期三

“欧唐纳博士。”哈尔再次喊道。

十一点十分。他已经在希拉·欧唐纳的房子外面等了超过十五分钟了。他试过敲门。她的邻居都不在家，于是他散了会儿步回来，又开始敲门。依然，无人应答。

哈尔很确定他来对了地方——他检查了好几次地址——而且他觉得她不会是忘记了。他试着保持积极的心态，但是这件事随着每一秒钟的流逝在变得越来越有挑战性。她在哪儿？今天上午的交通很糟糕，所以或许她被耽误了？或许她在淋浴，没有听到他？

最坏的情况——而且，他不得不承认，也是最有可能的情况——是希拉·欧唐纳重新考虑了一下和他去警察局的事情。她对当局的讨厌是显而易见的，而且哈尔立刻想到了没有他和梅瑞迪丝支撑，她那一点点勇气也消失了。

他用手指理着蓬松的头发，退了一步抬头看着百叶窗关闭的窗户。这房子位于一排俯瞰着奥德河水面的房屋中间，一边由一道绿色的角钢和竹片的篱笆分隔开人行道。哈尔突然想到他或许可以从后面看到花园里的情况。他沿着这排建筑物走着，然后绕到了后边。从后面很难分辨房子，但他比对出了墙壁的涂料颜色——一栋是浅蓝色的，另一栋是淡黄色——然后他很有把握地知道了哪个是希拉·欧唐纳的地产。

一道矮墙与树篱垂直。哈尔走近了一些来看一眼草地。他的心里闪烁着希望。看起来似乎有人在那里。

“欧唐纳博士？是我，哈尔·劳伦斯。”

没有回答。

“欧唐纳博士？十一点一刻了。”

她似乎面朝下趴在房子旁边的小平台上。那里是个有遮挡的地方，对十月末来说太阳出奇的温暖，但也算不上是太阳浴的天气。或许她是在看书？他有点恼怒地想。他看不见。但是无论她在做什么，她很明显是决定要无视他了——装作她不在那里。他的视野被两盆没修剪过的植物挡住了。

“欧唐纳博士？”

哈尔的手机在口袋里震动着。他的心思只有一半放在上面，他拿出手机看了下短信。

“找到它们了。现在在墓地。亲亲。”

哈尔茫然地看着屏幕上的文字，然后他的脑子开始运转，他开始微笑，理解了梅瑞迪丝的消息。

“至少有个人度过了一个有成效的上午。”他咕哝着，然后回到了眼前的事情上。他不会放弃的。在今天上午他花费了这么多力气说服警察局局长见他们一面，他不会让希拉逃避的。

“欧唐纳博士！”他再次喊道，“我知道您在那儿。”

哈尔开始诧异。就算她改变了主意，那她完全没有注意到也是挺奇怪的。他发出的声音够响的了。他犹豫着，然后打起精神翻过了墙。有根棒子放在了草地上，半推进了树篱里。他捡了起来，发现顶端有痕迹。

血迹，他明白了。

哈尔跑过草地到了一动不动的希拉·欧唐纳身边。一眼就足以看出她被狠狠地打了，不止一下。他检查着她的脉搏。她依然有呼吸，但是她看上去不太好。

哈尔从口袋里掏出了手机，用颤抖的手指打了急救电话。

“现在！”在他说了三遍地址之后，他喊道，“是的，她有呼吸！但是很急促！”

哈尔挂断了电话。他跑进了房里，在沙发背上找到了一条毯子，跑回了外面。他小心地把它盖在希拉身上来保持她的体温，知道他不应该试图移动她，然后回到了房子里从正门走到街上。他对接下来要做的事情感到内疚，但是他不能留在雷恩莱班。

他重重地敲着邻居的门。在她打开门后，他告诉了那个受了惊吓的女人，请求她照顾欧唐纳博士直到医务人员到来，然后在她有机会反对之前冲回了他的车。

他发动了引擎，把脚放在了油门上。只有一个人可能负有责任。他必须回到凯德庄园找到梅瑞迪丝。

朱利安·劳伦斯摔上了车门，冲上了酒店前面的台阶。

他不应该恐慌的。

汗珠从他脸上留下来，浸湿了衬衫的领口。他太阳穴的血管在抽动。他跌跌撞撞地走到了接待处。他需要回到他的书房冷静下来，然后想该怎么办。

“先生？劳伦斯先生？”

他转过身，视线有点模糊，看到了接待员在朝他挥手。

“劳伦斯先生，”艾罗伊说道，接着突然停了下来，“您还好吗？”

“我很好，”他厉声说道，“什么事？”

她畏缩了：“您侄子让我把这个给您。”

朱利安大步走了过去一把从艾罗伊伸出的手里拿过那张纸。便条是哈尔留的，简短、直切主题，希望在两点钟安排他们的会面。

朱利安把纸条攥在拳头里。“他什么时候留下这个的？”他质问道。

“大约十点三十分，先生，就在您出去之后。”

“我侄子现在在酒店里吗？”

“我认为他去雷恩莱班接之前和他在一起的访客了。就我所知，他还没有回来。”

“那个美国姑娘和他在一起吗？”

“没有，她出去到庭院里去了。”她答道，瞥了一眼通向门廊的大门。

“这是多久之前的事情？”

“至少一个小时了，先生。”

“她有没有说她在做什么？她要去哪儿？你听到她和我侄子说话了吗，艾罗伊？任何事？”

她的眼中流露出对他行为举止的警惕，但她冷静地回答了：“没有，先生，但是……”

“什么？”

“在她去庭院之前，她问过我能否借一个——我不知道那个英语词怎么说——une pelle。”

朱利安吃了一惊：“一把铲子？”

艾罗伊警惕地朝后跳开，朱利安把手砸在了桌子上，在柜台上留下了两个潮湿的掌印。马丁女士如果不是打算挖掘的话，她是不会借铲子的。而且她还等到了她确定他离开了酒店之后。

“卡牌，”他呢喃着，“她知道了。”

“那是什么，先生？”艾罗伊紧张地说道，“您看起来——”

朱利安没有回答，只是转过身去，大步走过了大厅，拽开了通向门廊的门，使它砰的一声甩在了墙上。

“要是您侄子回来我该说什么？”艾罗伊在他身后喊道。

从前台后边的小窗户里，她看着他大步走开。没有像之前马丁女士一样去了湖边，而是冲着树林的方向。

第九十九章

正前方是一排紫杉树和一条老路的残留。它看起来并不通向什么地方，但在梅瑞迪丝仔细观察之后，她看到地面上有地基的轮廓和几块破碎的石头。这里曾经有个建筑。

就是这里。

她捧着装着卡牌的箱子，慢慢地走向了墓地曾经所在的位置。梅瑞迪丝脚下的草是湿的，仿佛最近刚下过雨一样。她能够透过沾满泥土的靴底感觉出这个地方的废弃与孤独。

梅瑞迪丝强忍住了她的失望。几块石头、一堵外墙的残骸，除此之外只是块空地。目力所及之处全都是野草。

仔细观察。

梅瑞迪丝看着这个地方。现在她看到了地面并不是完全平整的。她用了一点想象力，意识到了自己能够计算出这个墓地的占地面积。一块地面，大约二十英尺长、十英尺宽，像一个下陷的花园。她紧紧地抓着箱子的把手，走向前去。在她这么做的时候梅瑞迪丝才意识到了自己抬起了脚。

仿佛在跨越门槛一样。

立刻，光线似乎改变了。更浓密，更不透明。风的呼啸在她耳中更响了，像是个反复重复的音符或是微风中电话线的嗡嗡声。而且她能够闻到很轻微的熏香味道，潮湿石头和古老敬奉的气味飘在空气中。

梅瑞迪丝放下了箱子，然后直起身来环顾四周。空气的某种变幻使得一层轻柔的雾气从土壤中升起。一缕缕的光线开始出现，一个接一个，悬浮在废墟的边缘地带，仿佛一只无形的手点起了一套小蜡烛一样。然后随着每个光晕与其他的相连，它们给墓地消失的外墙赋予了形状。透过雾气的面纱，梅瑞迪丝觉得自己看到了地面上字母的轮廓——C-A-D-E。随着她逐步向前，她靴子下的地面感觉也变得不同了。不再是土壤与草地，而是坚硬、冰冷的石板。

梅瑞迪丝跪了下去，没有觉察到潮湿渗透进了牛仔裤。她拿出了卡牌，关上了盖子。她不想弄脏卡牌，脱下了外套反着盖在了针线盒上。她洗了洗牌，像劳拉在巴黎展示给她的那样，然后用左手把牌组分成了三摞。她把它们放回到一起——中间、顶部、底部——然后把整套牌放在她临时拼凑的桌子上。

我无法入睡。

梅瑞迪丝不可能尝试自己做占卜。每一次她阅读自己留下的笔记时，她都比之前更困惑于那些意思。她只是想要翻开卡牌——也许八张，遵循音乐与这个地点之间的关系——直到某种模式出现。

直到，像莱奥妮承诺的一样，卡牌讲述出故事。

她抽出第一张牌，微笑着看到自己的脸孔在注视着她：正义。尽管洗了牌也切了牌，这张牌在她从干涸的河床隐藏处找到卡牌的时候就是顶牌。

第二张牌是塔，一张斗争与威胁的牌。她把它放在第一张旁边，然后再次抽牌。魔术师的蓝眼睛看着她，一手指向天空一手指向地面，无限符号在他的头顶。这是个略带危险的角色，既不是明显的善，也不是明显的恶。随着观察，梅瑞迪丝开始觉得她见过这张脸，但还认不出他来。

第四张又让她微笑了：愚者。阿纳托尔·维尔涅，穿着白套装，戴着平顶帽，手里握着手杖，由他的妹妹亲手描绘。女祭司紧跟着他，伊索尔德·维尔涅，美丽、优雅、高贵。然后是恋人，伊索尔德和阿纳托尔在一起。

第七张是恶魔。她的手在牌上放了一会儿，看着阿斯蒙蒂斯恶毒的面孔在她眼前成型。恶魔与他的邪恶，奥迪克·S. 拜亚德在他的书里提到的恐怖与山间阴魂的化身，关于邪恶的故事，过去的与现在的。

梅瑞迪丝现在从她抽牌的顺序中知道了最后一张牌会是什么。每一个角色都到齐了，在莱奥妮绘制的卡牌中表演着，然而有些修改也有些变化，讲述着那一个特定的故事。

鼻子里闻到了焚香的气味，想象中出现了过去的颜色，梅瑞迪丝感到时间悄悄溜走。连续不断的现在，一切曾来到的和即将来到的，加入到展开卡牌的行列之中。

过去与现在之间游移的东西。

她的指尖碰到了最后一张牌，不用翻转它，就感到了莱奥妮从阴影中走了出来。

Ⅷ号牌：力量。

梅瑞迪丝没有翻开第八张牌，她坐到了地上，感觉不到冰冷或潮湿。看着箱子上铺开的八度音卡牌，她意识到图像开始了变幻。她发现自己的目光落在了愚者上。一开始那只是一处之前没有的颜色，一处血迹，几乎小得看不见，逐渐变大，绽放着，红色映衬在阿纳托尔的白衣服上，覆盖了他的心脏。片刻，他画中的双眼似乎在注视着她。

梅瑞迪丝屏住了呼吸，震惊但无法脱身，她意识到自己正在注视着阿纳托尔·维尔涅死去。人像慢慢地滑倒在画中的地面上，露出了背景中的苏拉哈克山和贝聚山。

梅瑞迪丝绝望地不想再看，但与此同时又感觉自己别无选择，相邻卡牌上的动作吸引住了她。梅瑞迪丝转向女祭司。一开始，从Ⅱ号牌之中伊索尔德美丽的脸庞平静地看着她，安详地穿着一件蓝长裙，白色的手套强调了她纤细的手臂和长而优雅的手指。然后，她的面貌开始变化，脸色从粉色变成青色，她睁大了眼睛，手臂看起来在头上滑动，似乎在游泳，或者漂浮。

溺水。

呼应着她母亲的死亡。

卡牌看起来变得更暗了，在水中伊索尔德的裙子在腿边鼓起，丝绸闪烁在不透明的绿色水下世界中，发滑的手指从脚上脱下了象牙色的鞋。

伊索尔德闭上了眼睛，但在它们合上的时候，梅瑞迪丝看到其中闪耀出的是安宁，而不是恐惧，不是溺死的恐怖。怎么会那样？她的生命对她来说已经是如此的负担以至于让她想死吗？

梅瑞迪丝看了一眼牌列的最后，恶魔，微笑了。恶魔脚下被囚禁的两个人物已经消失了。底座上的锁链空悬在那儿，阿斯蒙蒂斯独身一人。

梅瑞迪丝深吸了一口气。如果卡牌能够讲出过去曾经发生的故事，那莱奥妮呢？她伸出了手，但依然无法振作精神翻开最后一张牌。她不顾一切地想要知道真相。与此同时，她害怕这个故事，会从这些变幻图像中看到的故事。

她把指甲塞到了卡牌的角下，闭上了眼睛数到了三。然后她睁开了眼睛。

卡牌的正面是空白的。

梅瑞迪丝跪坐起身，不相信她眼前的证据。她拿起了卡牌翻了过来，又翻了回去。

卡牌依旧是空白的，一片白，连南部风景的绿色和蓝色都没有留下。

在此时，一个声音闯入了她的沉思。折断的树枝，路上的石头被踢出位置的嘎吱声，一只鸟突然飞出树梢拍打翅膀的声音。

梅瑞迪丝站了起来，回头看了眼身后，但什么也没看到。

“哈尔？”

各种各样的念头闪过她的脑海，一个有帮助的都没有。她赶走了它们。肯定是哈尔，她告诉了他自己去哪儿了，没有其他人知道她在这儿。

“哈尔？是你吗？”

脚步声接近了。有人在快速地穿过树林，树叶移位的沙沙声，树枝在脚下断裂的声音。

如果是他的话，他为什么不回答？“哈尔？这样不好玩。”

梅瑞迪丝不知所措。明智的选择是跑，而不是待在附近等着弄清楚那个人想要的是什么。

不，明智的选择是不要反应过度。

她试着告诉自己那只是另一个像她一样出来在森林里散步的客人。尽管如此，她依然立即行动，把卡牌收拾了起来。现在她注意到了另外几张牌也是空白的。她抽的第二张牌，塔。魔术师也是空白的。

梅瑞迪丝用因为紧张和寒冷而变得笨拙的手指抓起了卡牌。她有一种蜘蛛爬过皮肤的感觉。她轻抚着皮肤，想要赶走这种感觉，那里什么也没有，但她依旧能感觉到。

此时也有一股不同的气味。不再是落叶与潮湿石头的气味或是几分钟前她想象出的焚香气味，而是腐烂的鱼或是停滞港湾里海水的气味。还有火的气味，不是熟悉的山谷里秋日营火的气味，而是热灰、刺鼻烟雾和燃烧石头的气味。

那个时刻过去了。梅瑞迪丝眨眨眼，突然退却了。她开始收起卡牌。然后，在眼角的余光里，她注意到了一个运动的东西。某种掠食者，它的毛发是黑色的，纠缠着，低矮地走过灌木丛，在空地里徘徊着。梅瑞迪丝呆住了。它看上去像是狼或是野猪的体形，尽管她不知道法国是否还有狼，但是它似乎在用后腿蹦跳着。梅瑞迪丝紧紧地抓着箱子。现在她能看到可憎的畸形前腿，以及皮革般满是水疱的皮肤。下一秒，那个生物尖锐的蓝色目光转向了她。她感到胸口一阵剧痛，仿佛刀尖刺入了她。然后那生物转开了头，她心脏上的压力减退了。

梅瑞迪丝听到了很大的噪声。她低头看到了正义的天平从十一号牌人物的手中滑落了。她听到了黄铜秤盘和铁砝码落到画中地板上四散开的咔嗒声。

我来抓你了。

两个故事融合了，和劳拉预测的一样。过去与现在，由卡牌带到了一起。

梅瑞迪丝感到她脖颈后的毛发都竖立了起来，意识到在她注意着树林，试着看清外面树林的昏暗中是什么的时候，她忘记了来自另一个方向的威胁。

要跑已经太迟了。

有人——有什么——已经到了她身后。

第一百章

“把卡牌给我。”他说道。

听到他的声音，梅瑞迪丝的心跳到了嗓子眼。

她转过身，紧握着卡牌，然后立刻退缩了。之前在雷恩莱班或是在酒店的时候，无论何时见到他都是那么干净整洁，现在朱利安·劳伦斯看起来状况极差。他的衬衫领口开着，大量地出着汗。他的呼吸中带着白兰地的酸味。

“外面有什么东西，”她说道，在她有机会思考之前话语就脱口而出，“一只狼或是什么。我跟你说，我看见了，在墙外。”

他停了下来，迷惑笼罩了他绝望的眼睛：“墙？什么墙？你在说什么？”

梅瑞迪丝瞥了一眼，蜡烛依然在闪烁，照出的阴影构成了西哥特墓地的外形。

“你看不见它们？”她问道，“这么清楚。在过去是墓地的地方，光线在闪耀着？”

他的唇边露出了狡诈的微笑。“啊，我知道你在做什么了，”他说道，“但是没有用。狼，危险的动物，鬼魂般的圣殿飘浮在空气中，都很令人分心，但是不会阻止我得到我想要的。”他又靠近了一步，“把卡牌给我。”

梅瑞迪丝蹒跚地向后退了一步。尽管有那么一瞬间，她动摇了。她是在他的地盘上，她是在未经允许在他的庭院里挖掘。她才是那个有错的人，不是他。但是他脸上的表情让她血液变冷了。锐利的蓝色眼睛，他的瞳孔放大了。恐惧沿着她的脊柱流下，她想到了他们所处的位置有多么偏僻，在树林里，距离任何地方都有好几英里远。

她需要保持住某种影响力。她谨慎地观察着他在扫视空地。

“你是在这儿找到卡牌的吗？”他说道，“不，我挖掘过这里。卡牌不在这儿。”

梅瑞迪丝直到现在才清楚地理解了哈尔关于他叔叔的观点。如果欧唐纳博士说的是真的，事故之后在路上经过的是朱利安·劳伦斯的蓝色车的话，她现在能够相信他不会停下来去帮忙了。

梅瑞迪丝后退了一步。“哈尔随时都会到这里的。”她说道。

“那又有什么区别？”

她环顾着四周，试着弄清楚她能不能跑开。她比他更年轻，更健壮。但是她不想把莱奥妮的针线盒留在这里。而且就算朱利安·劳伦斯认为她是在用狼和野兽的说法吓唬他，她知道自己看到了什么东西，某种动物，就在他到来之前潜伏在空地的周围。

“把卡牌给我，我就不会伤害你。”他说道。

梅瑞迪丝又退了一步：“我不相信你。”

“我觉得你相不相信我并不重要。”他说道。接着像一盏灯被关上了一样，他突然发起脾气咆哮着：“把它们给我！”

梅瑞迪丝踉跄着后退，紧紧把卡牌抓在身边。然后她又闻到了那气味。比之前更强烈，一股令人恶心的烂鱼的臭气，还有充斥四周的火的气味。

但是劳伦斯除了她手里的卡牌之外什么都注意不到了。他不断向她走来，越来越近，他伸出了手。

“离她远点！”

梅瑞迪丝和劳伦斯都向着声音的方向转过身去，哈尔从树林里跑了出来，喊叫着，向着他叔叔冲去。

劳伦斯扭过身冲向他，拉开了他的手臂，右拳打中了他的下巴。哈尔被出其不意地打倒了，血从他的鼻子和嘴里流了出来。

“哈尔！”

他踢着他的叔叔，击打着他的膝盖的侧面。劳伦斯跌跌撞撞，但是他没有倒下。哈尔挣扎着起身，尽管劳伦斯年纪很大也更重，但他知道如何战斗，也比哈尔更有使用拳头的经验。他的反应更快。他把双手握到一起，砸在了哈尔的后脖颈上。

梅瑞迪丝跑向针线盒，把卡牌扔到了里面，猛地关上了盖子，然后奔向躺在地上失去知觉的哈尔。

他没有什么可失去的。

“把卡牌给我，马丁女士。”

又一阵风带来了燃烧的味道。这一次，劳伦斯也闻到了。迷惑在他的眼中短暂地闪过，但是他没有理会。

“如果我必须动手的话我会杀了你的。”他说道，语气如此随意使得这个威胁更加可信了。梅瑞迪丝没有回答。现在她想象中那些在墓地墙壁上的闪动的烛光正在跃动着变成橙色、金色和黑色的火焰。墓地本身开始燃烧。黑色的烟雾笼罩了空地，拍打着石头。梅瑞迪丝想象着她能够听到那些石膏圣人像被烤焦时发出的噼啪声。随着金属框架的弯曲，窗户上的玻璃向外飞溅。

“你看不见吗？”她喊着，“你看不见正在发生什么吗？”

她看到警惕在劳伦斯的脸上涌现，然后他眼中出现了纯粹的恐惧的神色。梅瑞迪丝转过身，但是她太慢了，没有看清楚。有什么东西跑过了她身边，某种动物，黑色、纠结的毛发，奇怪颤抖的运动方式，然后它跳了起来。

劳伦斯尖叫着。

梅瑞迪丝恐惧地注视着。他摔倒了，在地面上试图把自己推到反方向，接着像一只奇怪的螃蟹一样拱起了背。他伸出了手臂，好像在和某种看不见的生物搏斗，击打着空荡的空气，尖叫着。有什么东西正在撕扯着他的脸、眼睛和嘴。他的手挠着自己的喉咙，撕裂了皮肤，好像在试着把自己从一只手的抓握中解脱出来。

梅瑞迪丝听到了低语，一个不同的声音，比莱奥妮的声音更大更低沉，回荡在她的脑海里。她并不认识那些词，但是她理解了意思。

你可以逃跑，但无法逃脱。

梅瑞迪丝看到劳伦斯的搏斗结束了，他摔倒在地面上。

寂静立刻降临在空地上。她环顾四周，她正站在一块光秃的草地上，没有火焰，没有墙壁，没有坟墓的气味。

哈尔苏醒了，用一只手肘支起了自己。他把手放到了脸上，然后展开了手掌，上面沾着鲜血。

“到底发生了什么？”

梅瑞迪丝跑过去抱着他：“他打了你，让你昏迷了一会儿。”

哈尔眨眨眼，接着转头看着躺在地上的叔叔。他睁大了眼睛：“是你？”

“不是，”她立刻说道，“我没有碰他。我不知道发生了什么。他刚才还……”她停了下来，不知道怎么才能向哈尔描述她刚才看到的事情。

“心脏病发作？”

梅瑞迪丝弯腰查看着朱利安。他的脸和粉笔一样白，在他的嘴唇和鼻子周围带着蓝色。

“他还活着，”她说道，从口袋里拿出了手机递给了哈尔，“打电话，要是医护人员够迅速的话还来得及。”

他接过了它，但是没有拨号。她看到他眼中的神色知道了他在想什么。

“不，”她轻柔地说道，“不要这样。”

哈尔迎着她的目光，蓝色的眼睛里闪动着痛苦，还有报复他叔叔的可能性。

魔术师，拥有决定生死的力量。

“打电话，哈尔。”

片刻，决定悬而未决。接着，她看到他的眼睛变得阴沉，他恢复了理智。正义，而不是报复。他开始拨着号码。

梅瑞迪丝在朱利安身边蹲了下来，不再害怕，而是同情。他的手掌暴露在空气中。两只手掌上都各有一个奇怪的红色标记，很像数字“8”。她把手放到他胸口上，然后她意识到了，他不再有呼吸了。

她慢慢地直起身来：“哈尔。”

他看了她一眼。梅瑞迪丝摇了摇头：“他死了。”

第一百〇一章

11 月 11 日，星期天

十一天之后，梅瑞迪丝站在那个俯瞰湖面的岬角上，注视着一个小木头棺材被放进地下。

参加的人不多。她自己和哈尔——凯德庄园法律上的主人，还有希拉·欧唐纳，依然留有朱利安袭击她的证据。一位当地的神父和一位市政厅的代表出席了。在劝说之后，镇公所同意了仪式在庭院里进行，位置就在阿纳托尔和伊索尔德·维尔涅被埋葬的地方。朱利安·劳伦斯掠夺了坟墓里的财物，但是并没有打扰到遗骨。

梅瑞迪丝喉咙里哽咽着感情。

现在，在一百多年之后，莱奥妮终于能够安息在她亲爱的哥哥和他妻子身边。

在朱利安死后几小时内，莱奥妮的遗体从墓地废墟下的一个浅坟墓里出土了。看起来几乎就像是她躺倒在土地里休息一样。考虑到之前在这里进行过的范围广阔的发掘，没有人能说明为什么她之前没有被找到，也无法说明这么久以来，她的遗骨为什么没有被野兽弄散。

但是梅瑞迪丝站在了那坟边，从莱奥妮安睡的身体下土地的颜色，她身上树叶的红棕色色调，以及依然穿在她身上保持她温暖的布料的褪色残片中看出了这是多么符合其中一张塔罗牌上的图画。八号牌，力量。还有，在一瞬间，梅瑞迪丝觉得自己看到了莱奥妮冰冷的脸上滚落的泪珠。

土、风、火、水。

在那些例行公事和法国的官僚作风中，已经不可能知道在1897年10月31日的晚上，莱奥妮到底发生了什么事情。那时凯德庄园发生了一场火灾，记录上只有这些。火灾在黄昏时分爆发，在几小时内烧毁了主建筑的一部分。图书馆和书房是受损最严重的。档案里也记录了，那火灾是蓄意而为的。

第二天早晨，万圣节，从闷燃的废墟里找到了一些尸体，据推测是被困在火焰中的仆人。还有其他受害者，并不是在庄园里工作的，是来自雷恩莱班的人。

仍不清楚的是，为什么莱奥妮·维尔涅选择了——或者被迫——留在了这里，而凯德庄园其他的居民都逃走了，她的侄子路易斯-阿纳托尔也在其中。档案里也没有说明火灾为什么扩散了这么远，这么快，而且烧毁了墓地。《奥德邮报》和当时的其他本地报纸的解释是当晚的风非常大。但即便如此，宅邸和树林里西哥特墓地之间的距离似乎太远了，不太可能是这样的。

梅瑞迪丝知道她会弄清楚的。迟早，她会把所有的拼图都拼到一起。

渐渐升起的阳光照耀着水面、树木和风景，这么长时间以来它们一直都保守着秘密。一阵风，像叹息一样，在庭院间，在山谷里，低语着。神父的声音，清晰又恒久，把梅瑞迪丝叫回了眼前的任务。

“以圣父、圣子、圣灵之名。”

她感到哈尔握住了她的手。

阿门。就这样吧。

高大的神父穿着黑毛毡斗篷，对着她微笑。她注意到，他的鼻尖是红的，他温柔的棕色眼睛在寒冷的空气中明亮地闪烁着。

“马丁女士，该您了。”

她深吸了一口气。这个时刻来临了，她突然觉得害羞，不情愿。她感到哈尔在捏着她的手指，然后温柔地放开了她。

梅瑞迪丝努力地控制着情绪，走向前来到坟墓的边缘。她从口袋里拿出了从朱利安·劳伦斯书房里取回的两样东西，一个银制盒式吊坠和一块男式怀表。两件东西上都简单地铭刻着姓名缩写和一个日期“1891年10月22日”。梅瑞迪丝迟疑着，然后蹲下来温柔地把它们丢到了它们所属的土地里。

她抬头看了一眼哈尔，他微笑着轻轻点了点头。她又深吸了一口气，接着从她怀中的口袋里拿出了一个白色的信封。在里面放着那张乐谱，梅瑞迪丝宝贵的祖传遗物，由路易斯-阿纳托尔漂洋过海从法国带到了美国，然后经过一代代人到了她手中。

放弃它是很艰难的事情，但是梅瑞迪丝知道它属于莱奥妮。

她低头看着嵌进地面的那一小块灰色石头饰板，它映衬在绿色的草地里：

莱奥妮·维尔涅，1874年8月22日——1897年10月3日。息止安所。

梅瑞迪丝松开了信封。它转动着，旋转着落下，划过静止的空气，一道白光慢慢地从她戴着黑色手套的手指间落下。

逝者已逝。逝者安息。

她退了回来，双手在胸前紧握，低下了头。片刻，这一小群人沉默地站着，致上他们最后的敬意。然后梅瑞迪丝向神父点点头。

“谢谢您，神父。”

“不客气。”

他似乎以一个恒久的动作吸引了岬角上所有人的注意，然后转过身引领着这个小吊唁队伍走下了山。他们绕湖走了一圈。草地上闪耀着清晨的露水，在他们接近房子的时候，升起的太阳像火焰一样反射在酒店的窗户上。

梅瑞迪丝突然停了下来。

“能再给我一点时间吗？”她对哈尔说道。

他点点头：“我会把他们安排在屋里，然后就回来找你。”

她看着他走远，穿过了草地走上了门廊，然后她转过身看着湖的对面。她想要再多待一会儿。

梅瑞迪丝裹紧了身上的衣服。她的脚趾和手指都麻木了，眼睛刺痛着。仪式结束了。她并不想离开凯德庄园，但是她知道到时候了。明天的这个时间，她会在回巴黎的路上。之后，11月13日星期二，她将在跨越大西洋回家的飞机上。然后她就不得不弄清楚从此到底该怎么办。

弄清楚她和哈尔是否有未来。

梅瑞迪丝看过平静如镜的水面，看向岬角。然后，梅瑞迪丝觉得自己在半月形的旧石凳旁边看到了一个发着微光的人影，无形的轮廓穿着白色和绿色的衣服，腰部收紧，裙摆和袖子很宽松。她的头发披散在身上，在初升太阳的光线里闪耀着红棕色的光芒。后边的树木，挂着银色的白霜，像金属一样闪闪发光。

梅瑞迪丝觉得自己再次听到了音乐，但是她并不确定是在她的脑海里还是在地下深层的地方。音符没有写在手稿纸上，而是写在了空气之中。音乐，似有似无。

她安静地站着，等待着，注视着，知道这是最后一次了。

水面上突然有一道闪光，或许是反射的阳光，梅瑞迪丝看到莱奥妮抬起了手。白色天空下映衬出一只纤细手臂的轮廓，长长的手指包裹在黑色的手套里。

梅瑞迪丝想到了那些塔罗牌。莱奥妮的卡牌，一百多年前由她亲手绘制，讲述着她和她所爱的那些人的故事。在万圣节朱利安死后的那几个小时里——哈尔待在警察局里，来回地给治疗希拉的医院和停放朱利安尸体的太平间打着电话——梅瑞迪丝悄悄地，没有引起任何注意，把卡牌放进莱奥妮的针线盒里，把它送回到树林中古老的隐藏处。

和那张钢琴谱《墓地 1891》一样，它们属于这块土地。

她的眼睛注视着不远处，但影像正在褪去。

她要走了。

是寻求正义的欲望让莱奥妮留在了这里直到整个故事被讲述出来。现在她可以安息在这片她如此热爱的宁静土地中了。

梅瑞迪丝感觉到哈尔走到了她身边。“怎么样了？”他轻柔地说道。

逝者已逝。逝者安息。

梅瑞迪丝知道他在努力理解这些事情。在过去的十一天里，他们一直在交谈。她告诉了他所有发生过的事情，一直到他在他叔叔到达的几分钟后冲进空地的那一刻——莱奥妮，她在巴黎做的塔罗占卜，一百多年前夺走了这么多生命的痴迷，恶魔的故事和此地的音乐，她觉得自己是被不知怎么地吸引到了凯德庄园。神话、传说、事实、历史，都混杂在一起。

“你还好吗？”他问道。

“我很好。只是有点冷。”

她依然注视着不远处。光线在变化，甚至鸟儿都停止了歌唱。

“我依然不明白的是，”哈尔说道，把手塞到了口袋里，“为什么是你？我是说，当然你和维尔涅一家有着血缘上的联系，但即便如此……”

他的声音越来越弱，不确定他要说什么。

“或许，”她平静地说，“因为我不相信有鬼魂。”

她不再能感觉到哈尔，寒冷笼罩着奥德河谷间的淡紫色清晨。只有湖的另一边那个年轻姑娘的脸孔、她的灵魂，融入了树木、森林的背景中，渐渐消失。梅瑞迪丝的视线保持在那个点上。莱奥妮几乎消失不见了。她的轮廓在变幻，滑动，消失了，就像音符的回音一样。

灰色，到白色，再到空白。

梅瑞迪丝抬起了手，仿佛要挥手，那个闪耀的轮廓终于变成虚无。慢慢地，她放下了手臂。

安息吧。

直到最后，一片寂静，一片空无。

“你确定你没事吗？”哈尔再次说道。他听上去很担心。

她点点头：“只是眼睛里进了东西。”

几分钟里，梅瑞迪丝站着注视着这片空无的空间，不想打破和这个地方的联系。然后，她深吸了一口气，接着伸手去触碰哈尔。他很温暖，坚实的血与肉。

“我们回去吧。”她说道。

他们手拉着手，转过身走过了草地，向着酒店后面的门廊走去。他们的思绪全然不同。哈尔在想着咖啡。梅瑞迪丝在想着莱奥妮，以及自己会有多么想念她。

尾 声

三年后

2001年10月31日，星期天

“女士们先生们，晚上好。我的名字是马克，今晚我很荣幸欢迎梅瑞迪丝·马丁女士来到我们的书店。”

这个独立的小书店里爆发了一阵热情的掌声，然后是一片寂静。哈尔坐在前排，微笑着鼓励她。她的出版商站在后排，抱着手臂，竖起了大拇指。

“你们中的很多人都知道，”经理继续说道，“马丁女士是那本广受好评的法国作曲家德彪西传记的作者，该书去年一经出版就引起了热烈讨论。然而，你们有所不知的是……”

马克是个老朋友，而且梅瑞迪丝有一种糟糕的感觉，他会从很久很久以前讲起，从小学开始，讲到高中和大学，然后他才会谈论到书的话题。

梅瑞迪丝发现自己的思绪在沿着熟悉的道路漫游。她想起了让她走到这一步的那些事情。三年的调查、找证据、检查以及复查，试着拼出莱奥妮历史的拼图，与此同时挣扎着准时完成并交付她的德彪西传记。

梅瑞迪丝一直没有真的弄清楚莉莉·德彪西是否到过雷恩莱班，但是这两个故事在相当早期的时候以一种令人激动的方式汇合了。她发现维尔涅家和德彪西家在巴黎的柏林路上曾是邻居。第十六行政区的帕西墓园里，埋葬着马奈和莫里索，福莱和安德烈·梅萨热。在梅瑞迪丝去给德彪西扫墓的时候，在墓园角落里的树下，她发现了玛格丽特·维尔涅的坟墓。

接下来的一年，回到巴黎之后，梅瑞迪丝去给坟墓献上了一束花。

在2008年春天，她的传记交稿之后，梅瑞迪丝立刻就把全部时间用于调查凯德庄园以及她的家族是如何从法国移民到美国的。一百多年的历史，写在字里行间，寻找着联系。

她从莱奥妮开始着手。梅瑞迪丝阅读了许多关于雷恩莱班的资料，还有那些围绕着索尼埃神父和雷恩堡的理论。她看得越多就越相信哈尔的观点。这些事情都是一个幌子，为了把注意力从凯德庄园发生的事情上引开。她倾向于认为，20世纪50年代，在索尼埃神父雷恩堡的家里发现的三具尸体是和1897年

10月31日发生在凯德庄园里的事情有关系的。

梅瑞迪丝怀疑其中一具尸体是维克多·康斯坦特，谋杀了阿纳托尔和玛格丽特·维尔涅的人。记录表明康斯坦特逃到了西班牙，在好几个诊所里治疗过三期梅毒，但没有记录他在1897年秋天回到了法国。第二具尸体可能是康斯坦特的男仆，据信他出现在了袭击宅邸的暴民之中。他的尸体一直都没有被找到。第三具尸体很难弄清楚，扭曲的脊柱、异常的长手臂以及不超过四英尺的身高。

另一件吸引了梅瑞迪丝注意力的事情，是库斯托萨村安托万·杰利斯神父的谋杀案，发生在1897年10月的同一天晚上。杰利斯是个隐士。表面来看，除了日期上的巧合之外，似乎与凯德庄园发生的事情无关。他一开始是被自己的火钳攻击的，然后是放在老内殿格栅上的一把斧子。《奥德邮报》报道说他的头上有十四处伤口，还有好几处颅骨骨折。

这是个特别凶残而且明显无动机的谋杀案。凶手一直没有找到。当时所有的当地报纸都报道了这个故事，细节都差不多。在杀死了那位老人之后，凶手把尸体放平，把老人的双手交叉在胸前。房子被搜索过，一个保险柜被撬开了，但是据照顾神父的侄女说里边本来就是空的，似乎没有任何东西被拿走。

在梅瑞迪丝深入调查之后，她发现两个细节深藏在报纸报道之中。第一，在万圣节当天下午，一个符合莱奥妮·维尔涅描述的姑娘拜访了库斯托萨的神父居所。人们还找到了一张手写的便条。第二，一张塔罗牌被塞到了死者的左手手指之间。

XV号牌：恶魔。

当梅瑞迪丝读到这里的时候，想到了在墓地废墟里发生过的事情，她觉得她明白了。魔鬼，通过他的仆人阿斯蒙蒂斯，采取了行动。

至于是谁把莱奥妮的针线盒和原版卡牌放到了间歇河下的隐藏处，依然是未解之谜。梅瑞迪丝的内心想象着路易斯-阿纳托尔在夜色掩护下悄悄回到了凯德庄园，把卡牌放回了原本的位置，纪念他的姑姑。梅瑞迪丝的头脑告诉她更有可能是奥迪克·拜亚德，她还没有让自己满意地弄清楚他在故事中的角色。

证实系谱信息就简单明了多了。在2008年的夏天和初秋，在雷恩莱班镇公所那位既足智多谋又极其有工作效率的女士帮助下，梅瑞迪丝整理出了路易斯-阿纳托尔的历史。阿纳托尔和伊索尔德的儿子，他在一位叫作奥迪克·拜亚德的男人照料下，成长于萨巴塞斯山的一个叫罗斯索尔斯的小村子里。在莱奥妮死后，路易斯-阿纳托尔从未回到凯德庄园，这处产业就逐渐步入了毁灭。梅瑞迪丝推测路易斯-阿纳托尔的监护人是《山间的恶魔、邪灵、恶鬼与幻象》

的作者奥迪克·S. 拜亚德的父亲，或许甚至是祖父。

路易斯 - 阿纳托尔·维尔涅，和家里的仆人帕斯卡·巴尔泰斯一起在1914 年加入了法国陆军。帕斯卡被授予了很多勋章，但是没能活过第一次世界大战。路易斯 - 阿纳托尔在战争中幸存了下来，在 1918 年宣告和平之后去了美国，正式地把废弃的凯德庄园签字转让给了他布斯凯家族的亲戚。一开始，他靠在汽船上和歌舞杂耍表演里弹奏钢琴勉强维生。尽管梅瑞迪丝无法证明，但她倾向于相信他或许遇到了另一个歌舞杂耍表演者，保罗·福斯特·凯斯。

路易斯 - 阿纳托尔定居在密尔沃基外，现在是米切尔公园的地方。现在她知道了名字，解开故事的下一章就十分简单了。他爱上了一个已婚的女人，莉莉安·马丁，她之后怀孕了，生下了一个女儿，路易莎。很快，这段感情就结束了，莉莉安和路易斯 - 阿纳托尔失去了联系。梅瑞迪丝找不到父亲和女儿之间有联系的证据，但是她想象路易斯 - 阿纳托尔或许在远处注视着他女儿的成长。

路易莎继承了她父亲的音乐天赋。她成为专业钢琴家，在 20 世纪 30 年代美国的音乐厅里，而不是在密西西比河上的汽船里。在密尔沃基的一个小场地里，她举办了自己的首场演奏会，结束之后她在后台入口发现了一个留给她的包裹，里面装着一张穿军装的年轻男子的照片，还有一本钢琴乐谱——《**墓地 1891**》。

在第二次世界大战前夕，路易莎和另一个音乐家订婚了，她在演奏会巡演途中认识的小提琴家。杰克·马丁容易激动又反复无常，即使在缅甸战俘营的经历毁掉他之前也是如此。他回到了美国，染上了毒瘾，遭受着幻觉和噩梦的折磨。他和路易莎有个女儿，珍妮特，但日子明显很艰难。20 世纪 50 年代，杰克从家里消失之后，梅瑞迪丝想到路易莎并不感到难过。

梅瑞迪丝意识到自己在微笑。三年煞费苦心的调查之后，她终于把事情理清了。珍妮特继承了她外祖父路易斯 - 阿纳托尔和母亲路易莎的美貌、天赋和性格，但也继承了她父亲杰克和法国的曾外祖母伊索尔德的脆弱。

梅瑞迪丝低头看着放在自己紧绷着的膝盖上的书封底。一张莱奥妮、阿纳托尔和伊索尔德照片的复制品，摄于 1891 年雷恩莱班的广场。她的家族。

马克，书店经理，依然在讲话。哈尔注视着她的眼睛，然后用手势比画着拉上了自己嘴上的拉链。

梅瑞迪丝露齿一笑。哈尔在 2008 年来到了美国，这是梅瑞迪丝收到过的最好的生日礼物。雷恩莱班的那些事情在法律方面十分复杂。遗嘱认证花费了一些时间，查清朱利安·劳伦斯的准确死因也很麻烦。不是中风，也不是心脏病发作，没有任何种类的创伤迹象，除了他手掌上那些无法解释的伤疤之外，他的心就是停止跳动了。

如果他活了下来，他不太可能会面对谋杀自己哥哥还有对希拉·欧唐纳谋杀未遂的指控。这两个案子里的间接证据都很有说服力，但是警方不愿意重新调查西摩的死因，希拉也没有看到她的袭击者，同时也没有证人。

欺诈的证据很明显，还表明朱利安·劳伦斯多年来一直在挪用酒店的资金来资助他自己的痴迷。一些被非法占有和交易的贵重西哥特文物被追缴了回来。在他的保险箱里找到了详细记载着他在庭院里挖掘行动的图表，还有一本又一本的笔记，潦草地写着一套特殊的塔罗牌。2007 年 11 月梅瑞迪丝被询问的时候，她承认自己有一套复制的塔罗牌，但是原版的卡牌据信毁于 1897 年的那场火灾之中。

哈尔在 2008 年 3 月出售了凯德庄园。这个生意没有赚到钱，只有债务。他解决了他的过去。他准备好继续前进了。但是他们和希拉·欧唐纳一直保持着联系。她现在住在基扬，她告诉他们一对英国夫妇带着两个青春期的孩子，接管了凯德庄园，成功地把它变成了南部最好的家庭酒店之一。

“那么，女士们先生们，请鼓掌欢迎梅瑞迪丝·马丁女士。”

一阵喧闹的掌声爆发出来，梅瑞迪丝猜测尤其是因为马克终于停止讲话了。

她深吸了一口气站起身来。

“感谢你慷慨的介绍，马克，”她说道，“很高兴来到这里。你们当中有一些人知道，这本书起始于我在写德彪西传记时的一次旅行。我的调查把我带到了比利牛斯山一个令人愉快的小镇，雷恩莱班，从那里开始了对我家族背景的调查。这本回忆录是我让过去的鬼魂安息的尝试。”她微笑着，“这本书的女主人公，是一个叫作莱奥妮·维尔涅的女人。没有她，我今天就不会在这里了。”她顿了一下，“但是这本书是献给玛丽的，我的母亲，像莱奥妮一样，她是位令人惊奇的女士。”

梅瑞迪丝看到哈尔递给玛丽一张纸巾，她坐在前排，他和比尔之间。

“是玛丽把音乐引入了我的生活。是她鼓励着我一直问问题，永远不要放弃任何可能性。是她教会了我要一直坚持，不管事情变得多么艰难。最重要的，”她咧嘴一笑，使语调轻快了一些，“而且我觉得特别适合今晚，是玛丽教会了我如何做出最好的万圣节南瓜灯！”

家人和朋友的人群大笑起来。

梅瑞迪丝等待着，既兴奋又紧张，直到寂静再次笼罩这个房间。她深吸了一口气，举起了书开始朗读：

故事始于一座满是骸骨的城市，死亡充斥着大街小巷。巴黎蒙马特区的一座墓园里，遍布着大大小小的坟墓，到处都是天使的石雕，寂静的道路上徘徊着尸骨未寒就已被遗忘的魂灵。

她的话语飘荡在观众之中，成为在万圣节晚上讲述的大量故事里的一部分。老建筑安逸的声音是她的伴奏：椅子在木地板上的嘎吱声，屋顶里旧水管的嘶嘶声，外边街道上汽车喇叭的嘟嘟声，角落里渗滤咖啡壶的呼哧声，黑色白色的音符飘过壁脚板、地板、天花板和地面之间隐藏的空间。

梅瑞迪丝在快要读到尾声的时候慢了下来：

事实上，这个故事并不是始于巴黎墓园里的一副骸骨，而是始于一副牌。始于维尔涅塔罗。

一阵寂静，然后掌声开始了。

梅瑞迪丝意识到自己在屏着呼吸，然后欣慰地吐了一口气。在她看着她的朋友、她的家人、她的同事们的时候，短暂的一秒钟里，在变幻的光线中，她觉得自己看见了一个长着红棕色长发、明亮绿色眼睛的姑娘站在房间后边，微笑着。

梅瑞迪丝还以微笑。但当她再看过去的时候，那里并没有人。

她想起了所有触及了她生活的鬼魂。帕西墓园里的玛格丽特·维尔涅；在靠近三条河交汇的地方，密尔沃基的墓园里，安息着她的曾外祖父，路易斯-阿纳托尔，法国的士兵，美国的公民；路易莎·马丁，钢琴家，她的骨灰撒在了风中；她的生母，埋葬在密歇根湖岸边太阳落下的地方。但最重要的是，她想起了莱奥妮，平静地长眠在凯德庄园的土地中。

风、水、火、土。

“谢谢，”在掌声平息后，梅瑞迪丝说道，“非常感谢你们的到来。”

作者对维尔涅塔罗的说明

维尔涅塔罗是一套虚构的牌，根据经典的莱德·韦特塔罗（1910）为《塔罗惊魂》这本书设计，由某位艺术家绘制。

专家们无法在塔罗的古老起源上达成一致——波斯、中国、古埃及、土耳其、印度——都各有主张。但是我们现在和塔罗联系在一起的卡牌格式被普遍认为起源于15世纪中期的意大利。现在有数以百计的牌组——而且每年还有更多的投入市场。最流行的仍旧是马赛塔罗，它的插图与众不同，是浅黄色、蓝色和红色的; 还有叙事性的通用韦特塔罗，在1916年由英国神秘学者亚瑟·爱德华·韦特设计，由美国艺术家帕米拉·科尔曼·史密斯绘制图画，这是在詹姆斯·邦德电影《生死关头》里索利泰尔使用的套牌！

对那些想进一步了解塔罗牌的人来说，有很多的书籍和网站。最好的全面指南是瑞秋·波拉克的《塔罗全书》，由多林·金德斯利出版。伊塔洛·卡尔维诺1973年的小说《命运交叉的古堡》也是必不可少的读物。

致谢

在写作《塔罗惊魂》的过程中，我极其幸运地得到了这么多人的支持和建议，以及可行和专业的帮助。无须多言，任何错误，事实上的或是解释上的，都是我的错误。

我的经纪人马克·卢卡斯一直以来不只是一位卓越的编辑和好朋友，同时也是各种颜色便利贴的供货商——这次是红色的！同时也感谢 LAW 所有人的辛勤工作和耐心，特别是爱丽丝·桑德尔斯、卢辛达·贝特里奇和佩特拉·刘易斯。同时，感谢尼奇·肯尼的支持和热情，萨姆·伊登伯勒和 ILA 的团队；还有凯瑟琳·埃克尔斯，卡卡颂的朋友和伙伴们，以及安妮·路易斯·费舍尔。

在英国，我很幸运这本书由猎户星出版公司出版。这一切都源自马尔科姆·爱德华兹和无可比拟的苏珊·拉姆。出版商乔恩·伍德（超有精力），编辑吉纳维芙·佩格（超级高效又冷静）和技术编辑简·塞利为了《塔罗惊魂》这本书不知疲倦地工作着，使得整个过程，从开始到忙乱的结束，都超级有趣！此外，感谢那些经常被埋没的英雄们，生产、销售、营销和宣传部门的人们——尤其是盖比·杨、马克·拉舍、达拉斯·曼德森和乔·卡朋特。

在美国，我想要感谢乔治·卢卡斯和帕特南出版公司的了不起的编辑瑞秋·卡亨。同时也感谢德国的德勒默尔出版公司的安妮特·韦伯，法国莱特出版公司的菲利普·多里和伊莎贝拉·拉丰特。

特别感谢作家和作曲家，格雷格·纽恩斯，在斐波那契篇章上帮了忙，创作了那首美妙的音乐《墓地 1891》，这首曲子出现在书中以及有声版本里。同时我也非常感谢猎户星出版公司艺术部门的同人，绘制了那八张维尔涅塔罗。

向大西洋两岸的塔罗占卜师和爱好者致上我的谢意，他们慷慨地提供了意见、建议和经历，我要特别感谢苏、路易丝、埃斯特尔和保罗，科文特花园的神秘商店，感谢露比（也就是小说家吉尔·道森）为梅瑞迪丝做了占卜，同时也感谢那些希望匿名的人。

在法国，感谢玛蒂娜·罗奇和米尔普瓦的克劳丁阿兹玛酒店；感谢雷恩莱班的海金·弗什；感谢米歇尔和罗兰·希尔让我看了日记；感谢卡卡颂的布赖特豪普特夫人和她的团队；感谢皮埃尔·桑切斯和尚塔尔·维尤图过去十八年中的所有实际支持。

非常感谢家人和朋友，特别是罗伯特·戴伊、卢辛达·蒙蒂菲奥里、凯特和鲍勃·辛斯顿、彼得·克莱顿、莎拉·曼塞尔、提姆·布凯、凯西和帕特·奥汉隆、鲍勃和玛丽亚·普利、保罗·阿诺特、莉迪亚·康威和阿曼达·罗斯。特殊致意必须献给雷恩莱班调研组玛丽亚·瑞秋、乔·埃文斯和理查德·布里奇斯，他们在那家比萨店里待的时间比他们预想中的要长得多！

最最重要的，我的爱和谢意献给我的家人：我的父母，理查德和芭芭拉·摩斯，我的姐妹卡罗琳·马修斯和贝斯·赫克利，还有姻亲马克，JD 和里奇。我的婆婆，罗斯·特纳，总是临时顶替让一切运转下去！我们的女儿，玛莎，总是快乐有激情，乐观支持，从来没有怀疑过这本书会不会如期完成。菲利克斯花了好几个月在苏塞克斯丘陵里，思索着主意，提着情节上的建议，提供了非凡的像编辑一样的洞察力和点子——没有他的投入，《塔罗惊魂》就不会是一本非常不同的书。你给青少年带来了好名声！

最后，一如既往的，格雷格。他的爱和信念，提供了从评论性和实践性的建议；那些文件的备份，以及每夜每夜的食物，改变了一切。一如既往，一步一步……走在路上。

图书在版编目(CIP) 数据

塔罗惊魂 / (英) 摩斯著 ; 白照仪译. – 重庆 : 西南师范大学出版社, 2016.1

书名原文: Sepulchre

ISBN 978-7-5621-7692-3

Ⅰ. ①塔… Ⅱ. ①摩… ②白… Ⅲ. ①长篇小说 – 英国 – 现代 Ⅳ. ①I561.45

中国版本图书馆CIP数据核字(2015)第307403号

塔罗惊魂

TALUO JINGHUN

[英] 凯特 · 摩斯 著　白照仪 译

出 品 人：米加德
总 策 划：卢　旭　闫青华
责任编辑：何雨婷　姚丽晴
装帧设计：谷亚楠
出版发行：西南师范大学出版社
重庆市北碚区天生路2号　邮编：400715
http：//www.xscbs.com
市场营销部电话：023-68868624
印　　刷：重庆市正前方彩色印刷有限公司
字　　数：380 千字
开　　本：890mm × 1240mm　1/32
印　　张：14.5
版　　次：2016年5月第1版
印　　次：2016年5月第1次
著作权合同登记号：2015年第298号
书　　号：ISBN 978-7-5621-7692-3
定　　价：40.00元

姓名：________ 性别：____ 年龄：____ 职业：______ 教育程度：_____

邮寄地址：______________________________ 邮编：______
E-mail：______________ 电话：______________

您所购买的书籍名称：《塔罗惊魂》

您对本书的评价：

书名：	□满意	□一般	□不满意	故事情节：	□满意	□一般	□不满意
翻译：	□满意	□一般	□不满意	书籍设计：	□满意	□一般	□不满意
纸张：	□满意	□一般	□不满意	印刷质量：	□满意	□一般	□不满意
价格：	□便宜	□正好	□贵了	整体感觉：	□满意	□一般	□不满意

您的阅读渠道（多选）：□书店 □网上书店 □图书馆借阅 □超市/便利店
□朋友借阅 □找电子版 □其他 ________

您是如何得知一本新书的呢（多选）：□别人介绍 □逛书店偶然看到 □网络信息
□杂志与报纸新闻 □广播节目 □电视节目 □其他 ________

购买新书时您会注意以下哪些地方？
□封面设计 □书名 □出版社 □封面、封底文字 □腰封文字 □前言后记
□名家推荐 □目录

您喜欢的书籍类型：
□文学-奇幻小说 □文学-侦探/推理小说 □文学-情感小说 □文学-散文随笔
□文学-历史小说 □文学-青春励志小说 □文学-传记
□经管 □艺术 □旅游 □历史 □军事 □教育/心理 □成功/励志
□生活 □科技 □其他______

请列出3本您最近想买的书：________、________、________

请您提出宝贵建议：______________________________
____

★感谢您购买本书，请将本表填好后，扫描或拍照后发电子邮件至wipub_sh@126.com和xscbsr@sina.com，您的意见对我们很珍贵。祝您阅读愉快！

图书翻译者征集

为进一步提高我们引进版图书的译文质量，也为翻译爱好者搭建一个展示自己的舞台，现面向全国诚征外文书籍的翻译者。如果您对此感兴趣，也具备翻译外文书籍的能力，就请赶快联系我们吧！

您是否有过图书翻译的经验：□有（译作举例：________________________）
□没有

您擅长的语种：□英语　□法语　□日语　□德语
□韩语　□西班牙语　□其他________________________

您希望翻译的书籍类型：□文学　□生活　□心理　□其他____________

请将上述问题填写好、扫描或拍照后，发电子邮件至wipub_sh@126.com和xscbsr@sina.com，同时请将您的译者应征简历添加至邮件附件，简历中请着重说明您的外语水平等。

期待您的参与！

西南师范大学出版社
上海万墨轩图书有限公司